Robert Low

KRONE UND BLUT

Die Königskriege II

Zum Buch
Schottland kämpft um seine Unabhängigkeit – der Löwe ist erwacht ...
Die schottischen Rebellen sind besiegt und in den Staub geworfen. Der englische König Edward kämpft gegen Stirling, die letze Bastion des Widerstands. Bis auf William Wallace, den ehemaligen Anführer des Widerstands, der nach Frankreich fliehen musste, sind alle Rebellen begnadigt worden. Unter ihnen ist Robert Bruce, Baron von Carrick, der im Verborgenen weiter an seinem Plan festhält, König von Schottland zu werden. Als Bruce ein großer Rubin zugespielt wird, erkennt er, dass er einer der Königsinsignien auf der Spur ist, die seinen Herrscherstatus legitimieren würde. Sir Hal Sientcler, sein treuester Gefolgsmann, wird angesetzt, die Insignien um jeden Preis in Besitz zu nehmen, auch wenn er sich dabei gegen William Wallace wenden muss, der angeblich auf schottischen Boden zurückgekehrt ist. Der Kampf um die Krone nimmt seinen blutigen Lauf ...

Zum Autor
Robert Low ist Journalist und Autor. Mit 19 Jahren war er als Kriegsberichterstatter in Vietnam. Seitdem hat ihn sein Beruf in zahlreiche Krisengebiete der Welt geführt, unter anderem nach Sarajevo, Rumänien und Kosovo. Auf Wunsch seiner Frau und seiner Tochter hat er das Reisen mittlerweile aufgegeben. Um seine Abenteuerlust zu befriedigen, nimmt er regelmäßig an Nachstellungen von Wikingerschlachten teil. Robert Low lebt in Largs, Schottland.
Besuchen Sie den Autor im Internet unter www.robert-low.com

Lieferbare Titel
Die Königskriege:
Der Löwe erwacht
Krone und Blut
Die letzte Schlacht (erhältlich ab September 2015)

Die Eingeschworenen:
Raubzug – Runenschwert – Drachenboot – Rache – Blutaxt

Robert Low

KRONE UND BLUT

DIE KÖNIGSKRIEGE II

Roman

Aus dem Englischen
von Christine Naegele

WILHELM HEYNE VERLAG
MÜNCHEN

Die Originalausgabe *The Lion At Bay*
erschien 2012 bei HarperCollins Publishers, London

MIX
Papier aus verantwortungsvollen Quellen
FSC® C014496

Verlagsgruppe Random House FSC® N001967
Das FSC®-zertifizierte Papier *Holmen Book Cream*
für dieses Buch liefert Holmen Paper, Hallstavik, Schweden.

Vollständige Deutsche Taschenbuchausgabe 04/2015

Printed in Germany 2015
Redaktion: Heiko Arntz
Umschlaggestaltung: Nele Schütz Design, München,
unter Verwendung eines Motivs von © Larry Rostant/artistpartners
Karte: Copyright © 2011 by John Gilkes
Satz: Buch-Werkstatt GmbH, Bad Aibling
Druck und Bindung: GGP Media GmbH, Pößneck
ISBN: 978-3-453-41181-4

www.heyne.de

Für Monique und Simon,
die mir das Beste von Schottland gaben –
Lewis und Harris

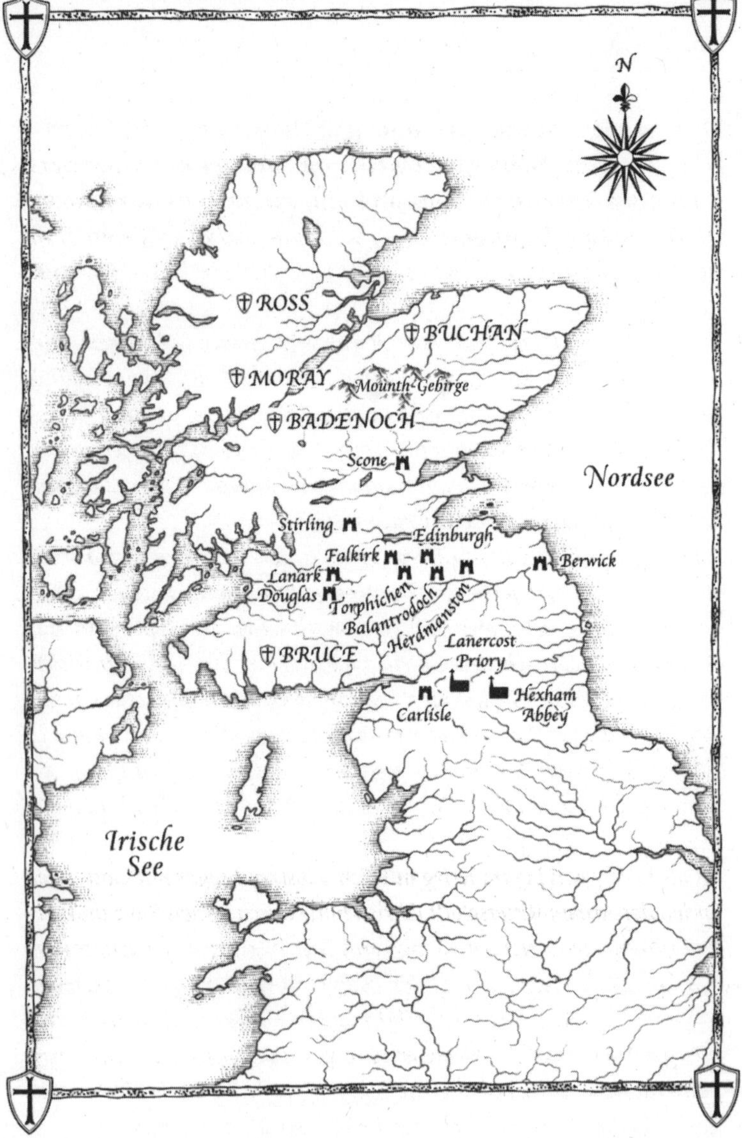
N
ROSS
BUCHAN
MORAY
Mounth-Gebirge
BADENOCH
Scone
Nordsee
Stirling
Edinburgh
Falkirk
Berwick
Lanark
Douglas
Torphichen
Balantrodoch
Herdmanston
Lanercost
Priory
BRUCE
Hexham
Abbey
Carlisle
Irische
See

Dies ist die Chronik des Königreichs aus der Zeit der großen Unruhen. Niedergeschrieben im Kloster der Greyfriars im Jahre des Herrn eintausenddreihundertneunundzwanzig, in der Oktave Septuagesimae, im dreiundzwanzigsten Jahr der Regierung unseres Königs, Robert der Erste, den Gott erhalten möge.

Im Jahre des Herrn eintausendzweihundertneunundneunzig entschied unser guter König, damals noch Sir Robert, Earl von Carrick, dass er nicht länger mit seinem Feind und gemeinsamen Regierungsrat Schottlands, dem Roten John Comyn, Lord von Badenoch, zusammenarbeiten konnte, weil dieser immer wieder neue Wege suchte, um Schottland schweren Schaden zuzufügen.

Deshalb gab Sir Robert dieses Amt auf, damit Bischof Lamberton von St. Andrews an seiner Stelle Regierungsrat werden konnte. Man hoffte, dass der Rote John von Badenoch, wenn er schon nicht mit dem Earl von Carrick zusammenarbeiten konnte, doch sicher nichts gegen einen Mann Gottes haben könne. In der Zwischenzeit war Sir William Wallace, der nach seiner Niederlage bei Falkirk in Ungnade gefallen war, nach Frankreich gegangen, teils zu seiner eigenen Sicherheit, aber auch in der Hoffnung auf Hilfe von König Philipp IV. zugunsten des Königreichs.

Das Königreich lag im Krieg mit sich selbst und sogar mit Gott – der Orden der Armen Ritterschaft Christi hatte durch seinen Stolz und seine Arroganz den Zorn der Könige und Päpste auf sich geladen, sodass man beschlossen hatte, den Orden gefügig zu machen. Der Papst wollte ihn mit einem anderen Ritterorden zusammenlegen, dem der barmherzigen Johanniter, der König von Frankreich jedoch, angetrieben von Niedertracht und Habgier, wollte ihn ganz auflösen und schickte seine Helfer aus, um dies durch allerlei Verschwörungen zu erreichen.

Zur gleichen Zeit hatte Edward sich entschlossen, den gefangenen König John Balliol, in dessen Namen Schottland sich nach wie vor widersetzte, in die Obhut des Papstes zu entlassen. Es schien, als seien die Comyns und die Balliols, gemeinsam mit Wallace in Frankreich bereit, König Edward von England zu zwingen, John Balliol wieder auf den Thron zurückkehren zu lassen.

Die Rückkehr des Königs stand unmittelbar bevor – des Mannes, der bereits abgesetzt worden war, der dem Volk, das er im Stich gelassen hatte, alles andere als willkommen war auf einem Thron, den er zudem gar nicht wollte. Diese Umstände bewogen Sir Robert, mit Longshanks, wie Edward genannt wurde, seinen Frieden zu machen, denn er war überzeugt, dass die Adelsversammlung des Königreichs sich auf einem falschen Weg befand. Es gab viele, die derselben Meinung waren. Einige jedoch, aus hinterhältigen und verleumderischen Motiven, behaupteten, Sir Robert habe sich an Longshanks verkauft, der ihm dafür die Krone Schottlands versprochen und Elizabeth de Burgh, Tochter des mächtigen Roten Earls von Ulster, zur Frau gegeben hatte.

Wie dem auch sei, es kam zu dem Pakt, und Sir Robert, jetzt frisch verheiratet und im Frieden mit dem König, ritt an der Seite von Edward Plantagenet, dem Grauen Leoparden, der Schottland Jahr für Jahr mehr in Stücke riss.

Im Jahre des Herrn dreizehnhundertundvier war das Land der Kriege müde, es war der Lords müde, die sie führten, ebenso wie des großen Elends, das der Krieg über alle gebracht hatte. Es schien, dass selbst Longshanks es satt hatte, noch mehr Blut zu vergießen, obwohl er nach wie vor entschlossen war, dem trotzigen Königreich im Norden ein für alle Mal den Fuß aufs Haupt zu setzen.

Mit Unbehagen musste Sir Robert mit ansehen, wie die letzten Reste des schottischen Widerstands zusammenfielen und die meisten der Adligen sich beeilten, mit Longshanks Frieden zu schließen. Dann, als die Feinde des Königreichs sich sammelten, um den Fall von Stirling zu erleben, der letzten Bastion der schottischen Verteidigung, erhob der Herrgott selbst seine Hände, und alles veränderte sich.

Die eine Hand Gottes schwebte über dem Lord von Annandale, Robert Bruce' Vater, der auf den Tod erkrankte. Als Gott beschloss, ihn in Seine Herrlichkeit aufzunehmen, erbte der Sohn nicht nur die Ländereien und Titel aller Gebiete der Bruces, sondern auch den Anspruch auf die Krone Schottlands. Sir Robert, der sich der Bedeutung dieses traurigen Geschehens bewusst war, machte bereits Pläne, um auf den Thron zu kommen, als das letzte Echo der Rebellion noch nicht ganz verhallt war.

Die andere Hand Gottes brachte Wallace aus Frankreich nach Schottland zurück. Gerade in dem Moment, als König Edward glaubte, alles niedergeworfen zu haben, wurde ihm bewusst, dass eine Kralle des Löwen noch scharf war.

Und die war ebenso gegen Sir Robert Bruce gerichtet wie jede englische Kralle auch.

KAPITEL 1

DAS MOOR VON HAPPREW, IN DER NÄHE VON PEEBLES LICHTMESS-SONNTAG, FEBRUAR 1304

Kalter Regen, und dazu der Schwarze John.

Wirklich keine ermutigenden Umstände für einen erfolgreichen Krieg, dachte Sir Hal, aber wenn man dann noch Bruce' grimmige Visage dazunimmt, den endlosen Marsch durch die Februarnässe, die Verwüstungen, den Rauchgestank und die Ruinen überall, dann konnte einem wirklich das Lachen vergehen.

Die Reiter waren tropfnass, und ihre Stimmung konnte mieser nicht sein, die Pferde standen mit hängenden Köpfen in einem Meer aus gelbbraunem Farn und verschlungenen schwarzen Heidekrautwurzeln, in dem nur hier und da etwas grünes Moos zu einer gewissen Abwechslung beitrug.

Und auch sie waren still, bemerkte Hal. Die Ritter und Sergeants waren vollkommen von der Sorge um ihre teuren, verwöhnten und warm eingehüllten Streitrosse in Anspruch genommen, auf denen natürlich niemand ritt. Die durchnässten, mürrischen Knappen mussten zum hundertsten Mal ihre Fesseln und Hufe untersuchen. Die Pferde, die jetzt tatsächlich geritten wurden, standen erschöpft und mit Schlamm verdreckt da, doch sie zählten nichts neben den Destriern, von denen jeder den Preis für ein schönes Herrenhaus in Lothian wert war.

Die Schotten saßen beklommen auf ihren zotteligen Ponys und unterhielten sich so leise, dass das Schmatzen der Pferdehufe im Schlamm, das Klirren und Klimpern von Zaumzeug und Klingen laut dagegen schien. Hal wusste, warum sie geduckt dasaßen und nur zu flüstern wagten, der Grund dafür war weder der Regen noch die vermutliche Nähe des Feindes.

Dies hier war Sheean Stank, wo niemand sich gern freiwillig aufhielt, eine plötzliche Erhebung in einer flachen Gegend, in der sich Flussauen mit tückischem Moor abwechselten, und hier lebte das Volk der Sheean – die *sidhean*. Obwohl kaum mehr als zwanzig Fuß höher als das umliegende Land, erschien es einem hier wie ein Berg, und jeder wusste, dass dies ein Ort war, wo man aus dieser Welt in die nächste versetzt werden konnte, wo die Elfen einen scheinbar nur einen Tag lang festhielten, doch wenn man zurückkam, waren in der Welt inzwischen sechzig oder gar hundert Jahre vergangen.

Black John Segrave seinerseits hielt nicht viel von Elfen und Feen. Kalter Stahl, davon war er überzeugt, war bei diesen gottlosen Geschöpfen genauso wirksam wie bei schottischen Rebellen, womöglich waren sie sogar ein und dasselbe in diesem Land, das schon rein äußerlich durch Form und Namen auf seine Bewohner hinwies: Foulbogskye, Slitrig, Wolf Rig, Bloody Bush. Und Sheean Stank.

Er blickte hinüber zu Bruce, dem Earl von Carrick und Erben von Annandale, und versuchte ein freundliches Gesicht zu machen, denn Bruce war der neue Günstling Edwards, und die etwa zwanzig verwahrlosten Schotten, die ihn begleiteten, stammten angeblich aus der Gegend und kannten sich in diesem Gelände aus. Außerdem galten sie als loyal gegenüber König Edward. Allerdings bezweifelte Segrave zunehmend das eine ebenso wie das andere. Doch der König hatte sie zu einem ganz bestimmten Zweck ausgesandt, nämlich um die letzten Rebellen ausfindig zu machen und ihre Anführer endlich festzunehmen. Vor allem Wallace.

Und deshalb ritten sie hier mit Schotten, die man ihrem Aussehen und ihrem Verhalten nach selbst für Rebellen halten konnte. Sie wurden von Sir Henry Sientcler von Herdmanston angeführt, den alle nur Hal nannten, selbst die zerlumpten, dreckigen Kerle in seinem Gefolge, die einem graubärtigen Raubein namens Sim Craw unterstanden, das Segrave unter normalen Umständen wegen seiner Unverschämtheit ihm gegenüber schon längst aufgehängt hätte.

Segrave traute keinem von ihnen und wünschte sich inständig, dass Sir Robert Cliffords Leute nicht von ihm getrennt worden wären. Das letzte Mal, als er einen Trupp aufgeteilt hatte, hatte er plötzlich eine unerklärliche Angst empfunden – das war voriges Jahr bei Roslin gewesen. Es hatte Tote und Verletzte gegeben – und auch da war ein Sientcler beteiligt gewesen, erinnerte er sich voll Unbehagen, ein weiterer Angehöriger dieser arroganten Sippe, diesmal aus Roslin selbst. Damals waren sich diese beiden Sientclers nicht grün gewesen, jetzt waren sie angeblich Freunde.

Er, Segrave, traute keinem Schotten, auch wenn er sich noch so englisch gab – wie dieser Earl von Carrick.

»Was denkt Ihr, Mylord?«, fragte er mit belegter Stimme. »Ist der Feind in unserer Nähe? Ob es vielleicht Wallace selbst ist?«

»Jedenfalls haben unsere Späher das berichtet«, erwiderte Bruce sachlich, und Hal sah, wie sich ein Lächeln auf seinem Gesicht ausbreitete. Bruce hatte sich einen Bart stehen lassen, schwarz und auf eine so merkwürdige Art und Weise geschnitten, dass er einen Schnurrbart und ein Bärtchen am Kinn hatte, die Wangen jedoch frei blieben. Hal wusste, dass auf Bruce' rechter Wange kein Barthaar wuchs, also musste er seinen Bart entsprechend stutzen, obwohl er damit aussah – wie Sim Craw leise bemerkt hatte – »wie so ein kleiner französischer Tanzmeister«.

Irgendwo hörte man einen Brachvogel rufen, im selben Moment kam ein Reiter in gestrecktem Galopp über den Hügel und den Abhang herunter, dass alle die Köpfe hoben.

Es war der Hundejunge auf einem schwer atmenden Pferd, er selbst keuchte noch mehr als das Tier und schnappte nach Luft wie ein Fisch auf dem Trockenen, von seinem schwarzen Bartflaum tropfte Wasser, und die Haarsträhnen klebten ihm an den Wangen. Diesen Haarschopf kann kein Eisenhut bändigen, dachte Hal lächelnd. Er konnte nur staunen, was im Laufe der Jahre aus dem schmächtigen Stallburschen geworden war, den er von Douglas mitgebracht hatte – wie lange war das her? Kurz vor Wallace' Aufstand. Bei Christi Wunden – acht Jahre …

»Jetzt komm erst mal zu Atem«, sagte Sim, »ehe du versuchst zu reden.«

»Obwohl es schon gut wäre, wenn wir so schnell wie möglich erfahren, warum du es so eilig hast,« murrte Segrave.

Hal sah, dass Bruce' Augen gereizt flackerten.

»Wir sind hier nicht auf Roslin Glen, Mylord«, sagte Bruce mit betont ruhiger Stimme, und Segrave zuckte zusammen, als habe ihn etwas gestochen.

Es war fast auf den Tag genau vor einem Jahr, erinnerte sich Hal, dass Segrave einen Überfall wie diesen hier so katastrophal verpatzt hatte, dass die englischen Streitkräfte innerhalb weniger Stunden vom Roten John Comyn, Sir Simon Fraser und Sir Henry Sientcler, Hals gleichnamigem Verwandten von Roslin, in alle Winde zerstreut worden waren.

Die dann alle prompt nach Herdmanston gezogen waren und das Anwesen niedergebrannt hatten. Bei dem Gedanken daran kochte in Hal wieder die Wut hoch. Verwandt oder nicht, die Sientclers von Roslin waren auf schottischer Seite gewesen und Hal Sientcler von Herdmanston war jetzt auf Bruce' Seite. Und Bruce war aufseiten der Engländer. Wieder mal.

Der Preis dafür, dass er Bruce gefolgt war, war hoch – allerdings nicht für Bruce selbst, der die Tochter des mächtigen Earls von Ulster zur Frau genommen und dazu neue Ländereien und die erneute Gunst eines alten Königs gewonnen hatte, der sich im Winter seines Lebens befand und doch bisher schon zwei Kinder mit dem jungen französischen Ding gezeugt hatte, das jetzt seine Königin war.

Inzwischen hatten die Sientclers von Roslin natürlich auch das Knie gebeugt und dem König die Füße geküsst. Und Edward, der es für richtig hielt, den Samthandschuh über seine eiserne Faust zu ziehen, hatte ihnen gnädigst ihre Ländereien wiedergegeben.

Hal sah, wie Segrave unbewusst an seine Seite fasste, wo er sich drei Rippen gebrochen hatte, als er vom Pferd gestürzt und Sir Simon Fraser und den anderen direkt vor die Füße gefallen war, womit seine Würde und vermutlich gleichzeitig auch sein Vermögen dahin war, weil sie ihm Lösegeld abpressten.

Aber noch schlimmer war der Moment gewesen, als Fraser sich dafür aussprach, alle Gefangenen zu töten, Lösegeld oder nicht. Es war schließlich gelungen, ihn umzustimmen, aber der Schreck saß Segrave noch immer in den Knochen.

Jetzt war Sir Simon Fraser der Fels in der Brandung für die schottischen Lords, die an jenem Tag bei Roslin Glen dabei gewesen waren, und je näher Segrave ihm kam, desto dringender wurde sein Verlangen, diese Blamage wiedergutzumachen. Bruce dagegen schien entschlossen, die Erinnerung daran wachzuhalten, und Segraves Gesicht wurde immer finsterer.

»Was hast du gesehen?«, bellte Segrave jetzt, und der Hundejunge, nachdem er sich den Regen aus dem Bart gestrichen und über das schmutzige Gesicht gewischt hatte, stieß hervor:

»Frauen, Mylord. Auf der anderen Seite des Hügels.«

Eine Stille trat ein, und die Männer, die bereits begonnen hatten, ihren großen Streitrossen die warmen Decken abzunehmen, zögerten und fragten sich, ob das überhaupt notwendig sei. Die verdreckten Schotten sahen sich wortlos an und packten lediglich ihre Jedburgh-Lanzen etwas fester.

»Frauen?«, wiederholte Segrave verblüfft.

»Wie viele, Junge?«, fragte Hal.

»Ein Dutzend ungefähr«, erwiderte der Hundejunge, der endlich wieder ruhig atmen konnte, und mit der ganzen Erfahrung seiner knapp zwanzig Jahre fügte er hinzu: »Hübsche Weiber, in schönen Gewändern.«

»Was im Namen aller Heiligen macht ein Dutzend Weiber hier draußen?«, fragte Segrave ärgerlich.

Unter den Männern, die hinter Bruce standen, erhob sich leises Gemurmel. Der Earl lächelte freundlich.

»Meine Jungs hier meinen, es könnten Elfen sein, Mylord«, erklärte er. »Vielleicht sind sie das wirklich. Elfen. Feen. Zaubervolk. Hexen.«

Bei jedem dieser Worte wurden die Männer unruhiger und machten Abwehrzeichen gegen das Böse, manche bekreuzigten sich, andere vertrauten auf Gesten aus früheren Zeiten, die sie hastig und verstohlen ausführten.

»Gelobt sei Christus«, brummte Sim.

»In Ewigkeit«, murmelten die Männer. Hal seufzte. Er wusste, dass Bruce Segrave provozieren wollte, dabei aber vergaß, wie das auf jemanden wirkte, der an solche Dinge glaubte. Nur der Hundejunge hatte es gewagt, auf die Kuppe des Hügels zu reiten, und Hal war stolz gewesen, dass er den Mut dazu hatte. Jetzt war noch mehr Mut nötig.

»Vielleicht ist es ein Dorffest«, sagte er, und Bruce und Segrave starrten ihn ratlos an.

»Ein Dorffest?«

»Vielleicht sind es ja Jungfrauen«, warf Sim grinsend ein, »die da gereinigt werden.«

Der Hundejunge, dem beim Gedanken an sein Wagnis noch immer die Knie zitterten, war überzeugt, dass es Elfen waren, denn ihr Tanzen hatte äußerst merkwürdig gewirkt, und eine davon war mit Sicherheit eine Sumpfhexe gewesen, der Größe und der rauen Stimme nach zu urteilen. Doch er war sich nicht völlig sicher und wollte vor Lord Hal nicht wie ein Dummkopf dastehen.

»Sie haben getanzt«, sagte er. »In einem großen Kreis.«

Jetzt packte alle das kalte Grauen. Frauen, die allein tanzten, würden den Zorn der Kirche auf sich ziehen, denn das taten nur Sünder, Heiden und die vom Teufel Besessenen. Und das Tanzen in einem geheimen Kreis war ein so schlimmes Hexenwerk, dass alle Frauen miteinander bestimmt auf dem Scheiterhaufen landen würden.

»Sumpfhexen also«, knurrte Bangtail Hob, der hinter Hal stand, und die Männer brummten zustimmend.

»Gelobt sei Christus«, wiederholte Sim, aber die gemurmelte Antwort ging unter, als ein Mann aus dem Trupp hinter Segrave schrie: »Elfen? Zaubervolk? Wenn Ihr Angst habt, Mylords, dann überlasst die Sache braven, aufgeklärten Männern, nämlich uns englischen Christen.«

Alles drehte sich um zu Sir Roger Malenfaunt. Sein dunkles Gesicht war rot vor Zorn. Bruce' freundliches Lächeln heizte seinen Zorn noch weiter an. Dies waren die Männer, die ihn einst mit dem Lösegeld für die Gräfin Isabella von Buchan übertölpelt hatten, und selbst wenn es ihn nichts gekostet hatte, war Malenfaunts Stolz empfindlich verletzt worden.

Hal dachte nur daran, wie er Isabel, als sie aus Malenfaunts Gefangenschaft befreit worden war, in seine Arme geschlossen hatte. Und nur ein paar Wochen später hatte das Gemetzel bei Falkirk alles zunichtegemacht, und Isabel war gezwungen worden, wieder zu ihrem Mann zurückzukehren. Hal hatte sie seitdem nicht mehr gesehen, aber es war wie eine alte Wunde, die noch immer schmerzte.

Segrave betrachtete Malenfaunt mit Widerwillen. Über diesen Ritter aus Berwick hörte man ziemlich unappetitliche Dinge. Doch jetzt musste er dem Mann zustimmen. Er merkte, dass auch andere sich bereits in die Sättel ihrer mächtigen Pferde geschwungen hatten, ihre hohen Topfhelme aufsetzten und sich von den Knappen Lanze und Schild bringen ließen.

Er wollte auf Clifford warten, doch er fragte sich, ob es sich bei den Frauen vielleicht um die Huren der Rebellen handelte, wenn ja, dann hätten sie vielleicht Informationen für sie …

»Holen wir uns also ein paar von diesen jungfräulichen Elfen«, sagte Segrave auf Französisch zu Malenfaunt, »wir werden sie dann hier schon reinigen.«

»Mylord …«, begann Hal warnend, doch er unterbrach sich, als die Kampfrosse sich schnaubend und schlammspritzend in Bewegung setzten. Jemand schrie: *»Il est hault«*, als ginge es auf die Jagd.

Doch Segrave sah den Zorn in Hals wettergegerbtem Gesicht mit den weißen Fältchen um die Augen. »Wir werden ja sehen«, erklärte er und hob die Hand, um sich vor den auffliegenden Erdklumpen der davonstürmenden Pferde zu schützen.

In der gespannten Atmosphäre ertönte Bruce' Stimme.

»Da – eine Eurer Feen, Mylord.«

Sie drehten sich um und sahen gerade noch die fliegenden Röcke, dann war die Gestalt verschwunden.

»Die würde ich aber nicht wollen«, sagte Sim Craw langsam, und Segrave wandte sein Pferd um und sah in das Gesicht mit den buschigen schwarzen Augenbrauen, das hinter dem ebenso schwarzen Bart fast verschwand. Ungerührt saß Sim da und drückte die große Armbrust, die er zum Schutz vor dem Regen eingewickelt hatte, gegen seinen mächtigen Körper. »Ich hab die Weiber lieber, wenn sie geschoren sind«, sagte er trocken.

Es dauerte einen Augenblick, bis Segrave begriffen hatte, dann brüllte er seinen erschrockenen Knappen an: »Hol sie zurück! Hol sie zurück – verdammt noch mal …!«

Er wollte sich an Bruce wenden, doch es war zu spät. Er hatte dessen lautloses Signal nicht gesehen, jetzt sah er nur noch den Wappenrock, dem eine Handvoll Reiter folgten, nach Westen verschwinden.

Verrat. Dieser Gedanke drängte sich Segrave auf, und er empfand Wut und Angst zugleich. Eine Falle, bei Gott, und Clifford lag noch weit zurück, und Bruce ritt auf und davon und ließ ihn mit einer weiteren Schlacht gegen die Schotten allein, die er unmöglich gewinnen konnte. Bei dem Gedanken spürte er, wie es ihm kalt den Magen zusammenzog, und er drehte sich um und blickte auf seine letzten zwanzig Mann, während die ersten hundert über dem Hügel verschwanden.

Malenfaunt hatte die Frauen sofort gesehen, wie sie ihre Röcke zusammenrafften und in den schützenden Wald rannten wie Hühner vor dem Fuchs. Er stieß ein lautes Johlen aus, nahm den unbequemen großen Helm vom Kopf und schleuderte ihn fort, zusammen mit der Lanze, um eine Hand frei zu haben, dann setzte er mit dem Pferd hinterher und lehnte sich im Sattel zur Seite, um die Flüchtende besser packen zu können.

Die Männer hinter ihm hielten Abstand, hauptsächlich weil sein mächtiges Pferd so viel Schlamm aufwarf, während die Ritter links und rechts dem Beispiel Sir Robert Malenfaunts folgten, indem sie Helme und Lanzen mit bedenklicher Unbekümmertheit im vollen Galopp fortschleuderten.

Sie sahen, wie Malenfaunt jetzt das Tempo verlangsamte und sich herunterbeugte, um den richtigen Moment für seinen Griff nach der Frau mit dem Kopftuch abzupassen. Sie sahen, wie sich die Frau umdrehte. Kopftuch und Gebände flogen durch die Luft und gaben eine wilde, verlauste Haarmähne frei, das bärtige Gesicht war zu einer hässlichen Fratze verzerrt, und Malenfaunt hatte gerade noch Zeit, seinen entsetzlichen Irrtum zu bemerken, da hockte der Mann auch schon am Boden, hatte die zweihändige Axt aus den Röcken hervorgezogen und schwang sie gegen die Beine des Destriers.

Es war Malenfaunts Rettung. Denn gerade als er durch die Luft flog und sich in einem Durcheinander aus Moos und Bäumen und Himmel überschlug, kamen von zwei Seiten des Waldes ganze Wolken von Pfeilen angeschwirrt. Dazwischen stürmte ein zerlumpter, aber entschlossener Haufen Speerkämpfer hervor, zu dem sich die als Frauen verkleideten Männer jetzt ebenfalls gesellten. Die Falle schnappte zu.

Segrave, der noch am Fuß des Hügels stand, hörte, wie das freudige Johlen sich in ängstliches Geschrei verwandelte, und fühlte fast, wie die Schläge auf die Schilde der Kämpfenden hagelten, die er zwar nicht sehen, aber selbst aus dieser Entfernung durch seinen großen Eisenhelm hindurch hören konnte. Er trieb sein großes Kampfross an und ritt den aufgeweichten Hügel hinauf, seine Handvoll Männer hinter ihm her.

Er sah mit einem Blick, dass alles verloren war, als er den Kamm erreichte. Pferde lagen wiehernd und um sich schlagend am Boden, andere galoppierten ziellos umher, Reiter bemühten sich aufzustehen. Überall steckten Pfeile, im Boden, in Menschen und Tieren, und jetzt näherte sich ein dunkles, bedrohliches Dickicht aus Speerspitzen – mindestens dreihundert Mann. Alle Männer, die mit Malenfaunt geritten waren, hatten ihre Pferde verloren und irrten wie verlorene Schafe umher.

Er sah auch den Mann in Schwarz, die silbernen *cinquefoils* wie Sterne auf Tunika und Schild, und sein Herz fing an, wie wild zu schlagen vor Genugtuung. Das war Fraser, der ihn in Roslin Glen fast vernichtet hätte. Bei Gott, dachte Segrave sich, das macht er nicht noch mal.

Ein Schwarm von Pfeilen warf den Mann neben ihm aus dem Sattel, und das große friesische Schlachtross galoppierte mit zwei Pfeilen in der Brust schrill wiehernd vor Schmerz weiter. Schließlich brach es zusammen, es trat um sich, und aus Nase und Maul sickerte Blut in den Moorboden.

Die Männer um Segrave zögerten, in eine Hecke aus Speerspitzen zu reiten, die von etwa sechzig Bogenschützen aus Selkirk verstärkt wurde, aber er war jetzt von einer blinden Wut getrieben und dachte gar nicht daran, stehen zu bleiben.

Hal sah ihn ankommen, sah ihn angreifen – doch dann lachte Bruce plötzlich über sein ganzes breites Gesicht mit dem Tanzmeisterbärtchen und deutete auf die Rücken der Bogenschützen. Er nahm seinen großen Helm ab, ließ ihn fallen und gab seinem Pferd die Sporen.

Er hatte sie perfekt umrundet, und jetzt war es weniger ein Kampf als eine Hetzjagd. Die Bogenschützen hörten das Donnern der Hufe gerade rechtzeitig, um ihre Tätigkeit zu unterbrechen, dann sahen sie mehr als zwanzig brüllende Schotten, die von hinten auf ihren schnellen kleinen Hochlandpferden auf sie zukamen.

Hal drängte sich durch die Menge, wobei er versuchte, sein Pferd unter Kontrolle zu behalten und gleichzeitig Schwerthiebe auszuteilen, doch er war sich sicher, dass er niemanden getroffen hatte, sein Pferd war kein Schlachtross. Er sah, wie Bangtail Hob zusammen mit ein paar anderen fliehende Schotten verfolgte und sie auf ihren kurzbeinigen Pferdchen im Galopp einzukreisen versuchte, aber sie waren eher das Kämpfen zu Fuß gewohnt. Hal rief ihnen etwas zu, aber seine Stimme dröhnte ihm in dem großen Helm in den Ohren, dass er fast taub wurde.

Er nahm den Helm ab und deutete brüllend und gestikulierend in eine Richtung, bis sie alle verstanden hatten und ihre Pferde auf die Speerkämpfer zutrieben, die sich verzweifelt bemühten, einen Ring zu bilden.

Zu spät, dachte Hal und brachte sein Pferd zum Stehen, während er versuchte, seinen Helm am Gürtel festzumachen. Segraves Reiter, die einzeln oder zu zweit ankamen, gingen schon dazwischen, sie suchten nach Lücken zwischen den Speeren und ritten die Männer in den schlammigen Grasboden, und aus den entschlossenen Speerkämpfern war plötzlich ein flüchtender Haufen geworden.

Schwertklirren ertönte, und Hal drehte sich um. Er sah Bruce, der aufrecht und fest im Sattel seines mächtigen Destriers saß, der unter seiner starken Hand unruhig tänzelte und stampfte und mit den riesigen Hufen die Erde aufwarf. Und mit einem Schreck, der ihm fast das Herz stillstehen ließ, erkannte Hal den Hünen, der mit Bruce kämpfte.

Das rotgoldene Haar war stumpf und jetzt mit Grau durchzogen, der Bart lang und zottelig, wie damals, als Hal ihn zum ersten Mal gesehen hatte und ehe er säuberlich gestutzt wurde, wie es die Würde als Regierungsrat von Schottland verlangte. Doch noch immer war er eine imposante Erscheinung – Himmel, er war noch größer, als Hal ihn in Erinnerung hatte – und noch immer ließ er seinen Anderthalbhänder ohne sichtbare Anstrengung in einer Hand wirbeln, in der anderen hielt er den ramponierten Schild mit den Spuren seines Wappens – einem weißen steigenden Löwen auf rotem Grund.

Wallace tat einen Schritt vor, täuschte an, schlug zu und sprang zurück. Bruce, der sich genauso leicht und unangestrengt bewegte wie Wallace, parierte, und die Klingen klirrten. Das Schlachtross mit dem elegant geschwungenen Hals schnaubte und versuchte sich aufzubäumen und zuzuschlagen, wurde von seinem Reiter aber zurückgehalten.

»Verschwindet«, sagte Bruce kalt. »Wenn Ihr klug seid, geht Ihr zurück nach Frankreich – aber auf jeden Fall geht! Der Krieg ist so gut wie beendet, und Ihr seid erledigt. Glaubt mir.«

»Und Ihr, mein lieber Lord von Carrick«, sagte Wallace und grinste in seinem wirren Bart, »Ihr geht am besten zum Teufel. Und wenn Ihr von diesem riesigen Viech runtersteigt, auf dem Ihr da sitzt, seid Ihr ebenfalls erledigt. Glaubt mir.«

Irgendjemand rief etwas, und Hal sah eine rennende Gestalt, die er gut kannte, einer der Männer von Wallace – der loyale Fergus, sein schwarzer Lederpanzer fleckig und zerkratzt.

Mit Fergus, der ihm mit seiner Breitaxt Rückendeckung gab,

zog Wallace sich vorsichtig zurück. Er erwartete offenbar, Bruce würde ihn verfolgen, und auf seinem Gesicht zeigte sich Überraschung, als das nicht geschah. Hal sah, dass Bangtail Hob und Illmade Jock sie umkreisten, und machte ihnen mit Blicken klar, dass das nicht nötig war. Wenn dies hier in einem Zweikampf endete, dann war es allein Bruce' Angelegenheit, obwohl ihm bei dem Gedanken daran schon schlecht wurde. Und noch schlechter wurde ihm bei dem Gedanken, dass er hier Leute niedergeritten hatte, mit denen er vielleicht einst Seite an Seite gekämpft hätte. So weit sind wir gesunken, dachte er bitter, dass selbst die Besten unter uns nur noch den einen Wunsch haben, sich gegenseitig umzubringen.

»Geht nach Frankreich, Will«, wiederholte Bruce leise. »Wenn Ihr hierbleibt, bedeutet das Euren Tod.«

»Wenn ich hierbleibe«, sagte Wallace in gutem Französisch, während er sich immer weiter unter die tropfenden Bäume zurückzog, »kommt Ihr nicht zum Zuge.«

Damit verschwand er – wie eine Geistererscheinung. Hal hörte, wie Segrave dem gerade angekommenen Clifford etwas zurief und laut fluchte, weil Wallace und Sir Simon Fraser verschwunden waren.

Bruce, der bis jetzt entgeistert auf die Stelle gestarrt hatte, wo Wallace verschwunden war, blickte zu Hal hinüber. Er wirkte niedergeschlagen.

»Kein Wort«, sagte er und wandte sich ab. Hal überlegte, ob er damit sein eigenes Vorhaben andeuten wollte oder Segrave gegenüber zugab, dass er Wallace hatte entkommen lassen. Sim Craw war gerade dazugetreten und hatte es ebenfalls gehört. Er schniefte, dann blies er Rotz und Regenwasser aus der Nase und interpretierte es auf seine Weise.

»Verdammt und zugenäht! Wenn Black John hört, dass wir Will Wallace in der Hand hatten und dass wir ihn wieder haben laufen lassen …« Er schwieg, denn mehr brauchte er nicht zu sagen. Der Regen hörte auf. Die Sonne kam heraus, und die Brachvögel schrien, als hätte es hier bei Sheean Stank etwas wie Schrecken, Blut und Tod nie gegeben.

»Elfen«, brummte der Hundejunge Bangtail beschämt zu, als er die Toten in ihren Frauenkleidern betrachtete.

ABTEI VON CAMBUSKENNETH, STIRLING
AM TAG DES HEILIGEN TERNAN,
JUNI 1304

»Ihr habt Euch eine gute Gelegenheit entgehen lassen, Mylord.«

Bruce hob nicht den Kopf, sondern ließ lediglich seine Augen zu Bischof Wisharts breit grinsendem Gesicht wandern, auf dem im flackernden Kerzenlicht groteske Schatten lagen.

»In diesem Spiel ist ein Bischof zu viel«, knurrte er, worauf Wishart leise lachte und Hal mit gerunzelter Stirn wieder einmal feststellte, dass er mit dem Schachspiel nur unzureichend vertraut war. Er war sich sicher, dass er einen Fehler gemacht hatte, aber Bruce hatte die Gelegenheit nicht genutzt. Oder war das ein raffinierter Zug gewesen, um ihn in noch größere Schwierigkeiten zu locken?

»Ja, stimmt«, hörte man Kirkpatricks raue Stimme aus dem Hintergrund. »Hier ist noch einer.«

Eine Gestalt in brauner Kutte und mit Tonsur fegte an ihm vorbei und trat ins Licht, so schnell, dass die Kerzenflamme flackerte und die Schatten wild tanzten. Hal sah, dass er für einen Prälaten erstaunlich jung war, sein rundes Gesicht wirkte glatt und weich, aber seine dunklen Augen verrieten Klugheit. Der Bauchansatz passte nicht so recht zu den schlanken Händen, von denen er jetzt eine ausstreckte.

»Gelobt sei Christus«, sagte der Prälat etwas atemlos.

»In Ewigkeit.«

Bruce erhob sich und küsste pflichtschuldigst die Hand, dann runzelte er die Stirn.

»Endlich«, sagte er mürrisch. »Wir haben gewartet, Exzellenz, und die Zeit, die ich nicht an der Seite des Königs verbringe, ist knapp bemessen.«

»Wie geht es dem edlen König von England?«, fragte Lamberton gut gelaunt.

»So gut, dass es schon fast unerträglich ist«, erwiderte Bruce mit ironischem Lächeln. »Er sitzt in Stirling und spielt mit seinen teuren Spielsachen, und seine Frau und ihre Hofdamen dürfen ihm durch ein rundes Fenster zusehen, das er extra hat einbauen lassen. Es scheint den Damen ein großes Vergnügen zu sein, während des Nähens zu beobachten, wie schwere Steinkugeln gegen Mauern geschleudert werden. Und seine zwei Kinder kreischen vor Lachen.«

»Wie ich höre, hat er zwei große Maschinen«, erklärte Lamberton. Er nahm einen Becher Wein, den Wishart ihm reichte, und ließ sich zufrieden seufzend damit nieder.

»Eine nennt er ›Segrave‹, glaube ich, die feuert große, schwere Kugeln – was ich sehr passend finde. Das weiß ich aus den Beschwerden all der Äbte, denen man zum Bau das Blei von den Dächern genommen hat.«

»Dann solltet Ihr um gutes Wetter beten, sonst werden wir alle nass«, erklärte Bruce säuerlich. »Cambuskenneth hat auch sein Dach verloren, bis auf das Stück über dem Altar, damit wenigstens Gott nicht ungehalten ist. Und Edward Plantagenet hat jetzt zwölf dieser Kriegsmaschinen. Eine davon gehört mir, sie wurde nach Lochmaben geschickt – nur der Wurfarm fehlt, der ist auf wunderbare Weise auf den falschen Weg geraten und wird zu spät kommen, um von Nutzen zu sein.«

»Er hat auch griechisches Feuer, wie ich höre«, fügte Wishart hinzu und schüttelte missbilligend den Kopf, »und Waffen, die beim Platzen Feuer und Schwefel regnen lassen.«

Einen Moment war es still. Hal wusste nicht, was die anderen dachten, aber er selbst bewunderte im Stillen diese Waffen, die mit großen Feuerstößen Erde und Steine in die Luft schleuderten. Und Feuer, das wie Wasser floss und nicht gelöscht werden konnte. Doch die Mauern von Stirling waren zwar versengt und voller Narben, aber sie hielten stand.

»Ja, richtig«, sagte Lamberton plötzlich und rieb die Hände, als wolle er sie am Feuer wärmen. »Keine Angst – Stirling wird standhalten, auch wenn alles andere in Trümmern liegt. Der junge Oliphant hat dort ganze Arbeit geleistet.«

»Der junge Oliphant hält aus, weil Longshanks seine Kapitulation nicht angenommen hat«, erklärte Bruce nüchtern. »Er hat sie vor einer Woche angeboten. Der König möchte seine neueste Maschine in Aktion sehen, den großen Warwulf. Man braucht fünfzig Leute, um sie zu bedienen, und Edward ist entschlossen, Oliphant damit erst noch ein paar Steine an den Kopf zu werfen, ehe der Mann herauskommt.«

Wieder herrschte Stille, in der man das leise Schlurfen weicher Schuhe hörte. Lamberton seufzte.

»Damit hätten dann endlich alle aufgegeben«, sagte er. »Bis auf Wallace.«

Bruce warf dem Bischof einen ernsten Blick zu. Lamberton verdankte seinen Posten Wallace, der ihn eingesetzt hatte, als er Reichsverweser war und jeden Adligen brauchte, den er nur auftreiben konnte. Bruce fragte sich, wie ernst es dem Bischof mit seinem Pflichtgefühl war.

Andere sture Köpfe, die man endlich überredet hatte aufzugeben, waren anfangs noch von Edwards Bedingungen ausgeschlossen worden. Doch selbst ihnen war schließlich vergeben worden, von einem Longshanks, der aus all seinen früheren Versuchen gelernt hatte und es jetzt abwechselnd mit dem Samthandschuh und der eisernen Faust versuchte.

Allen hatte er verziehen – bis auf Wallace.

»Das ist ein Problem, über das wir jetzt sprechen müssen«, fing Bruce an, doch dann verstummte er, als eine neue Gestalt im Licht erschien. Gebeugt, mit einem Gesicht wie ein alter Habicht und strähnigem grauem Haar, das unter einem konischen Filzhut heraushing, nickte der Mann und dankte Kirkpatrick leise, der ihm auf den Stuhl half. Den Becher Wein lehnte er mit einer müden Handbewegung ab.

»John Duns«, verkündete Bischof Wishart, und der Mann mit dem gelblichen Gesicht brachte ein mühsames Lächeln zustande. Bruce kannte den Priester dem Namen nach – ein Mann mit einem messerscharfen Verstand –, aber sein Aussehen schockierte ihn, denn der Geistliche war kaum vierzig Jahre alt.

»Der neue Herr von Annandale«, sagte Duns mit leiser Stimme, wobei er Bruce ansah. »Der Titel, mit dem Ihr Anspruch auf den Thron von Schottland habt. Deshalb seid Ihr doch hier.«

»Ich bin hier, weil es für das Reich notwendig ist«, erwiderte Bruce. »Es braucht einen König.«

»Ganz richtig«, sagte Wishart ruhig, ehe jemand etwas sagen konnte. »Lasst uns erst Gott darum bitten, dass jeder Anwesende hier dieses Treffen geheim hält, damit es niemandem zu Ohren kommt, der gegen uns ist. Bei Strafe des ewigen Höllenfeuers – es darf nichts davon bekannt werden.«

»Und bei der Geldstrafe, die wir beschlossen haben«, fügte Lamberton ebenso leise hinzu, »die ein ganzes Land in den Ruin treiben würde, ganz zu schweigen von einem kleinen Prälaten. War das eigentlich unbedingt notwendig?«

»War es. Aber jetzt wollen wir zum heiligen Ägidius beten«, erwiderte Wishart fest, »dem Schutzheiligen der Krüppel und Bettler, dass es nie so weit kommen möge.«

Das leise, fromme Gemurmel der Geistlichen erhob sich, und vor Bruce' innerem Auge erschien das Gesicht seines Vaters. Für ihn würde man auch noch Gebete murmeln, dachte Bruce, Gebete, die das Kloster von Holm umkreisten wie gefangene Vögel.

Er versuchte, den Alten in einem freundlicheren Licht zu sehen, als er es für gewöhnlich tat, aber es gelang ihm nicht.

Er erinnerte sich an einen frommen, schwerfälligen alten Mann. Auch an verbrannte Bücher erinnerte er sich, und an eine zerbrochene Laute. An Prügel, wenn er den Lehren »des gottverlassenen Alten« zu viel Aufmerksamkeit schenkte.

Der gottverlassene Alte war sein Großvater gewesen, der ihm den Anspruch der Bruces auf den Thron Schottlands eingebläut und gleichzeitig verächtlich erklärt hatte, dass sein Sohn für diese Rolle völlig ungeeignet sei. Und mit Recht, wie Bruce dachte. Sein Großvater hatte unermüdlich daran gearbeitet, den Anspruch der Bruces zu festigen. Mein Gott, hatte man ihn nicht deswegen »den Mitbewerber« genannt? Sein Vater dagegen hatte bis auf eine ängstlich vorgetragene Bitte an Longshanks herzlich wenig dazu beigetragen.

Doch als er dann hörte, dass sein Vater ihm eine letzte Botschaft hinterlassen hatte, die Kirkpatrick ihm überbringen sollte, hatte Bruce' Herz einen kleinen Freudensprung getan. Vielleicht hatte der Alte doch noch einen Funken Liebe für ihn empfunden, auch wenn ihr Verhältnis durch die gemeinsame Veranlagung zu Wutausbrüchen und zur Sturheit immer schlecht gewesen war. Doch dann war auch diese Hoffnung zerstoben, zum letzten Mal.

Nicht ehe Longshanks tot ist.

Kurz und bündig war sie, diese letzte Anordnung, und sie enthielt alles an Liebe, wozu der alte Bruce fähig war. Das war das Vermächtnis der Bruces – das und der Fluch des Malachias, fügte er im Stillen hinzu, während er über seine bartlose Wange strich.

Hal sah diese unbewusste Bewegung und wusste sofort, was in Bruce vorging.

Kirkpatrick hatte es ebenfalls bemerkt, und er und Hal tauschten einen kurzen Blick, jeder von ihnen wusste von der Geschichte, die etwas mit einem früheren Bruce von Annandale zu tun hatte. Der hatte den frommen Mann hintergangen, weil er versprochen hatte, einen verurteilten Verbrecher freizulassen, und ihn dann heimlich doch hängte. Der Priester war sehr verärgert gewesen und hatte die Bruces mit einem Fluch belegt, der noch wirkmächtiger wurde, als Malachias schließlich heilig gesprochen wurde.

Es hatte Bruce' Vater sehr belastet, darum hatte er versucht, den Fluch zu mildern, indem er einen Teil der Pachtgelder von Annandale dafür bestimmte, die letzte Ruhestätte des Heiligen in Clairvaux für alle Zeiten mit Kerzen zu versorgen und Messen lesen zu lassen. Bruce musste öfter gegen diese Furcht ankämpfen, als er sich eingestehen wollte – was Kirkpatrick nur zu gut wusste, deshalb hatte er auch nie erwähnt, dass der Mann, der vor Jahren seinen letzten stinkenden Atemzug an der Wange des jungen Bruce ausgehaucht hatte, Malachias hieß.

Kirkpatrick. Farblos wie Haferbrei, mit einem Gesicht, dem man so ziemlich alle Eigenschaften nachsagen konnte, außer Schönheit. Für die Bruces mehr als ein Diener, aber weniger als ein Freund. Eine heimliche Waffe, ein Frettchen, das man in die dunkelsten Löcher schicken konnte, um verborgene Wahrheiten ans Licht zu bringen – besonders die Wahrheiten um den Steinmetz. Alle hier Anwesenden dachten, der Name des Steinmetzen sei Manon gewesen, ein Sterbender, der ein Geheimnis hütete, da war Bruce sich ganz sicher, und der das Geheimnis mit ins Grab nehmen würde. Deshalb hatte er sich damals ganz nahe zu ihm hinabgebeugt, in der Hoffnung, seine letzten Worte zu hören. Der Steinmetz hatte Blut herausgewürgt – zusammen mit der letzten Hostie, einer weißen Oblate, die wie ein Boot auf einer Blutwelle Bruce ins Gesicht schwappte.

Später hatten sich auf Bruce' Gesicht rote Pusteln gebildet, die aber schnell weiß geworden waren – und jetzt wuchs an der Stelle kein Bart mehr. Bruce hielt dieses kleine Unglück bereits für einen Teil des Fluches – doch wenn er alles wüsste, dachte Kirkpatrick, würde es ihn in größte Unruhe versetzen.

Als hätte er seine Gedanken gelesen, ließ Bruce die Hand sinken und kehrte wieder zurück in die Gegenwart dieses dunklen, unheimlichen Raumes.

»Ich kann auf die Unterstützung Eurer Lordschaften zählen«, sagte er in Wisharts letztes Amen hinein. »Atholl und Lennox sind mir auch sicher, dazu ein großer Teil des niederen Adels wie zum Beispiel Hay von Borthwick und Neil Campbell von Lochawe.«

»Auch die Bischofssitze von St. Andrews, Glasgow, Dunkeld und Scone sind Euch sicher«, erklärte Wishart mit einigem Stolz, wobei er Lamberton eindringlich ansah, der lächelnd über sein bartloses Kinn strich.

»Vielleicht auch Moray«, sagte er. »Und ganz bestimmt Brechin. Den Abt von Inchcolm muss ich noch fragen, aber wie ich höre, schätzt er Euch sehr, Mylord.«

»Und den Abt von Arbroath könnt Ihr auch haben«, warf John Duns ein, »vorausgesetzt, dass es sich dabei um meinen Schreiber Bernard von Kilwinning handelt. Das ist ein guter Mann, der weiß, wie ich denke, und diesen Posten verdient. Longshanks hatte ihn wegen seiner Loyalität zu Schottland seines Amtes im Kloster Kilwinning enthoben.«

»In diesem Spiel werden keine Bauern gekrönt«, sagte Lamberton streng. »Nur Könige.«

Duns zuckte die Schultern.

»Dies ist kein Schachspiel, Mylords. Eher ein Pferdemarkt, obwohl Bernard keinerlei Ähnlichkeit mit einem Pferd hat, auch wenn er wie ein Pferd schuftet – und wahrhaftig auch einen ähnlichen Appetit hat. Obwohl es mir schwerfällt, ich versichere Euch, er ist zu gut für einen Schreiber, der nach meiner Rückkehr nach Paris abgeschoben werden würde.«

Es war schwer, dies alles zu verarbeiten, dachte Hal. Der englische König war nur noch ein paar Meilen entfernt und schleuderte Steine auf Stirling, die letzte Festung des fehlgeschlagenen Aufstands, die noch standhielt – und hier, in diesem engen Raum hoch oben im Glockenturm von Cambuskenneth, wurden bereits wieder Pläne geschmiedet und gegenseitige Gefälligkeiten ausgehandelt, um Robert Bruce zum neuen König Schottlands zu machen.

Doch es war nicht genug, dachte Hal. Zwei Earls, ein paar Bischöfe und eine Handvoll kleiner Lords reichten nicht als Anhängerschaft, wenn ein Mann König werden wollte. Er war sich nicht bewusst, dass er diesen Gedanken ausgesprochen hatte, bis es plötzlich still wurde und er merkte, dass alle ihn anstarrten.

»Kirkpatrick dort kenne ich«, sagte John Duns leise, indem er Hal mit seinen dunklen Augen misstrauisch ansah. »Aber diesen hier nicht.«

»Hal – Sir Henry Sientcler«, sagte Bruce kurz. »Von Herdmanston.«

John Duns zog die Augenbrauen hoch und nickte.

»Ah ja – der junge Mann, der dem Earl von Buchan Hörner aufgesetzt hat. Wie ich höre, wird seine Frau, die Gräfin Isabel, deshalb jetzt hinter Schloss und Riegel gehalten wie eine Preiskuh. Diese Sünde hat Euch beiden wenig Glück gebracht.«

Hal starrte ihn einen Moment an, ein Blick, der Bruce nicht gefiel, denn er erinnerte an die Ruhe vor dem Sturm auf See.

»Und Ihr müsst John Duns sein, der von der Universität Paris relegiert wurde«, erwiderte Hal schließlich. »Wegen Hurerei, wie ich hörte. Und der jetzt langsam an den faulen Säften stirbt, die sich dadurch in seinem Körper gesammelt haben.«

Die Antwort war leise und boshaft gekommen, und Dun spitzte verärgert die Lippen. Wie ein Katzenarsch, stellte Bruce amüsiert fest. Hal lächelte bitter.

»Ich bin sicher, dass unsere *Einmaligkeit* noch mehr für uns bereithält als diese Episoden«, sagte er. Duns sah ihn überrascht an, dann wich die zornige Röte aus seinem Gesicht, und sein Mund verzog sich zu einem Lächeln.

»Ihr kennt meine Lehre?«, fragte er, und Hal machte eine unbestimmte Handbewegung.

»Wir haben es hier mit keinem gewöhnlichen kleinen Lord zu tun«, unterbrach Bruce, indem er Hal leicht auf die Schulter schlug, als wollte er einen besonders klugen Hund vorführen.

»Und Ihr kennt sie natürlich auch«, sagte Duns trocken zu Bruce gewandt, »oder zumindest weiß ich, dass Euer Bruder damit vertraut ist.«

Bruce starrte ihn verständnislos an. Der junge Alexander Bruce galt als der Gelehrte der Familie und war angeblich der beste Student der Universität Cambridge. Bruce selbst hatte im letzten Jahr das Festgelage für ihn ausgerichtet, mit dem man den frischgebackenen Magister Artium gefeiert hatte – aber die Anspielung, dass der junge Mann der einzige Gebildete der Familie sein könnte, ärgerte ihn.

»Ich kenne Eure Lehre von der *haecceitas*, der *Einmaligkeit* eines jeden einzelnen Menschen«, erwiderte er kurz. »Was allerdings Eure Argumente bezüglich Mariä unbefleckter Empfängnis betrifft, so bin ich nicht so recht überzeugt. Das ist Sophisterei … Nun, aber deswegen sind wir nicht hier.«

»Ihr habt recht, Mylord«, unterbrach Hal, worauf Bruce, der sich beleidigt fühlte, erst recht mürrisch dreinblickte. »Ich weiß nur zu gut, warum wir hier sind: ich und Kirkpatrick, weil der Lord von Annandale es befiehlt, und die Bischöfe, weil wir ihren Rat und ihre Unterstützung brauchen. Aber warum dieser Master Duns hier ist, das weiß ich nicht.«

Kirkpatrick, der während dieser Erklärung von einem zum anderen geblickt hatte und bei der unverschämten Bemerkung vom »kleinen Lord« von Herdmanston unwillig aufgefahren war, bewunderte jetzt den Mut, mit dem dieser seine Meinung gesagt hatte. Er war ungehalten über Duns' Bemerkung, »Kirkpatrick kenne ich«, das hatte so nebensächlich geklungen, wie wenn man einem Hund beruhigend das Ohr krault. Es stimmte ja, er war Bruce' Spürhund, aber ganz so schonungslos wollte er nicht daran erinnert werden.

Er wollte gerade die scharfe Antwort geben, die er sich inzwischen zurechtgelegt hatte – da fing er einen Blick von Wishart auf. Der Bischof runzelte die Stirn, dass seine buschigen Brauen sich berührten.

»Master Duns hat einen scharfen Verstand«, warf er beruhigend ein, ehe Kirkpatrick etwas sagen konnte, »und den werden wir bei dem schweren Problem der Quadratur des Kreises brauchen.«

»Richtig«, erwiderte Bruce lakonisch. »Wir müssen versuchen, die Comyns ins Boot zu holen, ohne ihnen wirklich zu sagen, was wir vorhaben.«

»Das ist tatsächlich ein Problem«, erwiderte Wishart. »Und es gibt noch eins.«

Lamberton seufzte und machte eine müde Handbewegung. »Es hat keinen Zweck, um die Sache herumzureden«, sagte er bestimmt. »Wir müssen es schaffen, die Comyns davon zu überzeugen, dass unsere Sache rechtens ist und dass der Earl von Annandale einen Anspruch auf die Krone hat. Und noch mehr – wir müssen es natürlich vor ihnen und allen anderen rechtfertigen können.«

»Rechtfertigen?«

Bruce hatte aufsässig das Kinn vorgeschoben, aber die trotzige Unterlippe von früher war längst vergessen. Jetzt wirkte er streng, wie ein Lehrer, der einen Schüler zurechtweisen muss.

»Ihr seid drauf und dran, einen Thron zu usurpieren, Mylord«, gab Lamberton trocken zu bedenken. »Es wird allerdings ein gutes Argument nötig sein, um Strathearn und Buchan und die Dunbars der Mark zu überzeugen – und das sind nur einige –, dass Ihr ein Recht darauf habt.«

»Einen Thron zu usurpieren?«, bellte Bruce zurück, sodass Wishart beschwichtigend die Hand hob, doch seine Stimme klang fest.

»König John Balliol«, erklärte er und ließ den Namen im Raum stehen, ein Störfaktor inmitten ihrer Pläne. Balliol, in dessen Namen der Aufstand angefangen hatte und der Grund, warum Bruce sich von den Rebellen losgesagt und vor zwei Jahren seinen eigenen Frieden mit Edward geschlossen hatte.

Hal wusste, das war die Zeit, als es Gerüchte von Balliols Rückkehr gab, den der Papst angeblich nach Schottland zurückschicken wollte. Gerüchte, die von Longshanks in die Welt gesetzt worden waren, der verzweifelt versuchte, sich gleichzeitig der Franzosen und der Schotten zu erwehren, die an beiden Enden seines Reiches für Unruhen sorgten. Die Rückkehr des alten Königs passte absolut nicht in Bruce' Pläne, also hatte er Longshanks' Friedensangebot und seine Belohnung angenommen. Er hatte gehofft, seinen Anspruch auf den Thron aufrechtzuerhalten, indem er Edward überzeugte, dass ein Bruce eine bessere Gewähr für ein friedliches schottisches Königreich sei als ein Balliol.

Doch durch eine unglückliche Verkettung von Umständen war es nicht lange danach zur Schlacht der Goldenen Sporen gekommen, in der die Flamen bei Courtrai die Blüte der französischen Ritterschaft ausgelöscht hatten. Gewöhnliches Fußvolk war in riesigen Karrees mit Stangenwaffen angerückt, wie Hal gehört hatte, und hatte so viele französische Ritter getötet, dass deren vergoldete Sporen allein einen kleinen Berg bildeten.

Die fassungslosen Franzosen waren gezwungen gewesen, mit Edward Frieden zu schließen, worauf Longshanks frei war, sich dem Norden zuzuwenden. Das Ergebnis stand jetzt vor den Mauern Stirlings und schleuderte Feuer und Steine, und man hielt Siegesfeiern ab, die die frisch begnadigten schottischen Lords mit grimmiger Höflichkeit zur Kenntnis nehmen mussten.

Damit waren alle Pläne zunichte, Balliol wieder auf den Thron zurückzubringen – und trotzdem hatte das Königreich bis jetzt in seinem Namen gekämpft. Und war gescheitert. Doch Bruce war entschlossen, das zu ändern.

»Balliol sind die Kroninsignien abgenommen worden«, erinnerte Bruce die Anwesenden leise. »Von demselben König, der ihn eingesetzt hatte.«

»Er war mit Zustimmung aller Lords des Königreichs eingesetzt worden«, gab Lamberton zurück, was Bruce mit einer wegwerfenden Handbewegung abtat.

»Trotzdem«, fuhr Lamberton leise fort, »für die, die so beharrlich für ihn gekämpft haben, ist Balliol noch immer der König. Und zu denen gehört auch Wallace.«

»Die Adelsversammlung des Reiches hat das Kämpfen satt«, fauchte Bruce wütend. »Sie sind die Ersten, die endlich ihren Frieden mit Edward machen wollen. Und Wallace ist auch erledigt. Auch wenn es grausam klingt, es ist die Wahrheit. Dies ist kein *Königreich* mehr, Mylords. In allen Dokumenten aus Westminster ist nur noch von einem *Land* die Rede, weiter nichts. Es wird jetzt von Edward regiert, und die Bedingung, um wieder liebevoll an seinen Busen gedrückt zu werden, ist, dass jeder Lord dieses *Landes* Jagd macht auf William Wallace. Und Wallace ist nicht mehr so beliebt, dass dieser Befehl lange unbefolgt bleiben wird.«

»Die Sache mit Balliol ist einfach«, sagte John Duns, und alle sahen ihn an. Sein gelbliches Gesicht wirkte hochmütig, er hatte die schlanken Hände gefaltet. Wishart merkte, wie die Arroganz des Mannes ihn wütend machte, gleichzeitig aber musste er seinem scharfen Geist und diesem unbeugsamen Willen auch Respekt zollen.

Duns war nicht wegen Hurerei von der Universität Paris relegiert worden, wie Hal gehört hatte, sondern dafür, dass er sich dem König widersetzt hatte. Und er litt an einer langsam fortschreitenden Krankheit, von der Wishart inständig hoffte, dass sie bei Duns besonders langsam fortschritt, denn der Verlust des

Mannes würde für sie alle eine Tragödie bedeuten. Dennoch, er war wirklich schwer zu ertragen …

»Wir müssen die Grundsätze des Thrones neu bestimmen«, fuhr Duns fort. »Es muss ein Vertrag sein, zwischen dem König und der Adelsversammlung, und zwar in dem Sinne, dass die Adelsversammlung ermächtigt wird, einen ungeeigneten König abzusetzen. Ein ungeeigneter König ist natürlich jemand, der zulässt, dass ein äußerer Feind nach dem Thron greift. So wie John Balliol es jetzt tut, der es vorzieht, in seinem goldenen Käfig zu hausen, statt für die Freiheit zu kämpfen. Denn die Freiheit, meine Herren, gibt man nicht auf, man verteidigt sie mit dem Leben. Und solange es auch nur hundert von uns gibt, um sie zu verteidigen, werden wir es tun.«

Sie starrten ihn an. Er setzte sich und neigte eitel den Kopf, denn er wusste, dass er den Gordischen Knoten durchschlagen hatte. Selbst Kirkpatrick, der sich noch immer bemühte, das alles zu verstehen, ahnte, dass hier ein genialer Kopf am Werke war.

»Letzteres ist übrigens nicht von mir«, fügte Duns beiläufig hinzu, »sondern von Bernard von Kilwinning.«

Bruce zog warnend eine Augenbraue in die Höhe.

»Das alles klingt recht schön«, sagte er ruhig. »Aber solche Reden sind gefährlich. Die beste Verteidigung des Königreichs war das Chaos, die Uneinigkeit Englands. Denkt Ihr wirklich, dieses Reich braucht eine derartige Einschränkung der königlichen Gewalt?«

»In diesem Vertrag gäbe es nur eine einzige Verfügung«, erwiderte Duns ruhig, »und die wäre nur da, um die Freiheit des Königreiches zu verteidigen. Es ist im Grunde gar keine Einschränkung der königlichen Gewalt. Der Vertrag würde nur darauf bestehen, dass ein König tut, was ein guter König ohnehin tun würde.«

Bruce nickte widerwillig. John Balliol hatte das Königreich verteidigt und dafür gebüßt. Doch seitdem hatte er sich am Hof von Frankreich herumgetrieben und dem Papst am Rockzipfel gehangen. So gesehen hatte Duns recht und Balliol war kein guter König.

Doch Bruce war Engländer genug, um zu sehen, dass die Krone dieses Königreichs keine Krone wie jede andere war. Er hatte bereits gemerkt, dass schottische Könige sich von anderen Königen unterschieden, weil sie hatten einsehen müssen, dass Gott nicht als Einziger bestimmte, wer regierte. Die Wirklichkeit für einen König Schottlands war, dass über die Adelsversammlung des Reiches praktisch jedem Grundbesitzer und Bürger bis zum letzten Kleinbauern und Viehtreiber Macht über den König gegeben war, und wer klug war, der fand sich damit ab.

Kein König Schottlands, sondern König der Schotten – und das war ein gewaltiger Unterschied.

Als Wishart sah, dass Bruce zustimmte, rieb er sich zufrieden die Hände. John Duns war klug, dachte Hal, aber seine Spitzfindigkeiten würden nicht ausreichen, um den Earl von Buchan aus dem Comyn-Clan zu überzeugen, noch den Lord von Badenoch, der ebenfalls ein Comyn und ein Verwandter von John Balliol war.

Der Lord von Badenoch hatte ebenfalls Ansprüche auf den Thron, und selbst wenn alle sich einig waren, dass John Balliol nichts als ein »Toom Tabard« – ein »leerer Mantel« – war, so war es unwahrscheinlich, dass ein Comyn seine Ansprüche für einen Bruce aufgeben würde.

Hal brauchte es gar nicht auszusprechen, denn das tat Lamberton bereits. Die Argumente wurden immer hitziger und flogen hin und her, bis Bruce die Hand hob und alle zum Schweigen brachte.

»Der Rote John Comyn ist ein Problem, das wir bald angehen müssen«, erklärte er. »Aber wesentlich dringender ist die Sache mit Wallace.«

Er sah, wie sich die Gesichter verfinsterten.

»Man muss ihn davon überzeugen, dass er das Land wieder verlassen muss«, sagte Bruce. »Schon zu seiner eigenen Sicherheit, und weil man nichts unternehmen kann, solange er weiterhin im Namen John Balliols hier tobt und wütet. Die Unruhen sind zu Ende, Mylords. Das nächste Mal, wenn dieses Königreich gegen einen äußeren Feind Krieg führt, wird es unter meinem Banner sein. Einem königlichen Banner, Mylords, und gegen Edward den Sohn, nicht den Vater.«

»Bis es dahin kommt«, sagte Lamberton mit listigem Lächeln, »werdet Ihr selbst graue Haare haben. Denn ist Longshanks nicht bei bester Gesundheit? Er hat eine neue, junge Königin an seiner Seite, mit der er zwei gesunde Kinder hat.«

»Und außerdem«, fügte Wishart düster hinzu, »ist es höchst unwahrscheinlich, dass Wallace sich mit dem Argument vertreiben lässt, er stehe Euren Plänen im Wege, Mylord Robert. Und was seine eigene Sicherheit anbetrifft – um die ist er noch nie besonders besorgt gewesen.«

»Überlasst Wallace und den Roten John Comyn nur mir«, sagte Bruce grimmig, dann sah er John Duns mit ironischem Lächeln an: »Und König Edward können wir ruhig Gott und der Zeit überlassen.«

»Affectio commodi«, fügte er hinzu, was John Duns mit einem Neigen des Kopfes registrierte.

Affectio commodi – Duns' Gesetz des sittlichen Verhaltens, in dem es um die Entscheidung für die Gerechtigkeit oder den eigenen Vorteil ging. Hal erinnerte sich an den Lehrer, den sein Vater ins Haus geholt hatte, der »dem Jungen ein bisschen Bildung beibringen« sollte. Der hatte ihn auch damit gequält, und Hal war sehr erleichtert gewesen, als der kleine Priester schließlich sein Bündel geschnürt und sich lohnenderen Aufgaben zugewandt hatte.

Gerechtigkeit oder der eigene Vorteil. Hal brauchte Bruce nicht anzusehen, um zu wissen, wofür er sich entschieden hatte, was sich später auch bestätigte, als Bruce ihn zusammen mit Kirkpatrick in seine Gemächer rufen ließ.

Im Gegensatz zu dem Raum, in dem sie ihre Pläne geschmiedet hatten, erstrahlte dieser hier im Licht der Wachskerzen in den Wandleuchtern, der Fliesenboden war dick mit frischen Binsen bestreut. Duftende Kräutersträuße steckten in den Wandritzen und waren um das Kruzifix gewunden, das von der Wand streng auf die Männer niederschaute, die es sich darunter gemütlich gemacht hatten.

Es waren junge Männer, mit kecken, sommersprossigen Gesichtern, leicht bekleidet mit feinen Leinenhemden, farbenfrohen Tuniken und Beinlingen, die sich hier zwischen abgeworfenen Wämsern, Mänteln, Gürteln, Schwerterscheiden und Stiefeln aus dunkelrotem spanischem Leder rekelten. Zwei Windhunde schnüffelten hoffnungsvoll in den Binsen und suchten nach Bratenresten und angebissenem Obst.

Einer dieser trägen Männer war Edward Bruce, ein leicht misslungenes Ebenbild seines Bruders. Auch er hatte starke Schultern, eine breite Brust und dasselbe Gesicht, nur sah es bei ihm aus, als hätte man es gewaltsam zusammengepresst. Dadurch hatte er Schlitzaugen und einen breiten Mund, und im Gegensatz zu seinem Bruder grinste er ständig.

Hal sah, wie Kirkpatrick für einen Moment erstarrte. Er verspürte eine gewisse Befriedigung, denn jahrelang war Kirkpatrick Bruce' rechte Hand gewesen, ein unauffälliger Spürhund, der jederzeit zur Verfügung stehen musste. Und dies war nun sein Lohn – abgeschoben, ersetzt durch jemanden, der Bruce jetzt nützlicher war.

Soll er doch in den sauren Apfel beißen, genau wie ich es musste, dachte Hal ohne Mitleid. Mein Vater ist tot, mein Zuhause wurde nach der Schlacht bei Roslin Glen von meinen eigenen Verwandten niedergebrannt, und meine Freunde liegen tot auf den Schlachtfeldern von Stirling und Falkirk. Die kleinen Leute auf Bruce' Seite waren alle leer ausgegangen.

Und Isabel. Ihr Verlust war der schmerzlichste von allen. Sie war zum Earl von Buchan zurückgekehrt, der versprochen hatte, ihren Liebhaber und sein Schloss zu schonen. Sechs Jahre lang hatten sie und Hal sich an die Abmachung gehalten, obwohl nicht ein Tag verging, an dem er nicht an sie dachte und sich fragte, ob sie ebenfalls noch an ihn dachte.

Und wozu? Buchan hatte einen Weg gefunden, Herdmanston trotzdem niederzubrennen, und Hal wusste, er suchte nach einem Weg, um auch ihn umzubringen. Er wird von der Seite kommen, wie ein Hahn auf dem Misthaufen – die Warnung seines Vaters, an die er sich nach all den Jahren noch immer erinnerte.

Jetzt war nichts mehr übrig, seine Zukunft hing von Bruce' Schicksal ab. Und Kirkpatrick ging es ebenso, obwohl der Mann kein unwilliger Handlanger gewesen war, bis jetzt, wo dieser neue Sklave an der Seite des Lords von Annandale und Carrick aufgetaucht war.

Die Männer hier waren auch keine hohen Adligen, sondern junge Ritter, die mit diesem Titel vom König für ihre Dienste belohnt worden waren und sich nun herausputzten und herumstolzierten. Sie starrten Hal und Kirkpatrick an, als wären sie zwei alte, zahnlose Wölfe, mit einer Mischung aus Spott, weil es sich offenbar um alte Männer handelte, die hinter der Zeit zurückgeblieben waren und nicht wussten, dass Bruce der Mann der Zukunft war – aber gleichzeitig auch Eifersucht, dass ihr Herr und Meister offenbar vertrauten Umgang mit diesen beiden pflegte.

Bruce zeigte, wie er darüber dachte, als er sich nicht einmal die Mühe machte, Hal oder Kirkpatrick vorzustellen, sondern den beiden lediglich bedeutete, ihm ans Ende des großen Raumes zu folgen. In den Hintergrund, dachte Hal mit bitterem Lächeln, wo wir hingehören.

»Wallace«, sagte Bruce so leise, dass es mehr wie ein Zischen klang. Weder Hal noch Kirkpatrick erwiderten etwas, und Bruce sah sie beide an, dass sie sich fast bedroht fühlten.

»Ich will, dass ihr ihn findet. Sagt ihm, dass ich noch immer sein Freund bin, aber er muss aus Schottland verschwinden, ehe es zu spät für ihn ist. Im schlimmsten Fall wird es dazu kommen, dass die Namen seiner Häscher in Schottland verhasst sein werden, denn vergesst nicht, es werden Schotten sein. Das gehört zu Edwards Strategie.«

Kirkpatrick nickte kurz, und Hal blickte sich um, weil in einiger Entfernung Gelächter erklang, wo jemand ohne großen Erfolg versuchte, den Gesang eines Troubadours nachzuahmen.

»Es wird schwer sein, ihn aufzuspüren«, sagte er. »Er ist ein Gejagter und wird sich auch nicht ohne Weiteres mit jemandem ans Feuer setzen, nur weil er behauptet, sein Freund zu sein.«

Bruce lächelte. »Ihr sprecht seine Sprache«, sagte er auf Französisch zu Hal, »aber Ihr könnt Euch auch in gehobener Sprache ausdrücken, also könnt Ihr Euch in beiden Lagern bewegen. Und was noch besser ist, Ihr habt schon früher mit Wallace zu tun gehabt, und er kennt Euch. Er vertraut Euch. Falls er es nicht tut und man Euch aus dem Hinterhalt überfallen sollte, weiß Kirkpatrick, was zu tun ist.«

»Ein schöner Trost«, erwiderte Kirkpatrick in ebenso gutem Französisch, obwohl die trockene Antwort mit seinem Akzent spöttisch klang. Er machte eine Kopfbewegung in Richtung der Ritter, die sich mit gedämpften Stimmen unterhielten.

»Warum fragt Ihr nicht Crawford dort? Ist er nicht mit Wallace verwandt?«

Bruce sah ihn stumm an, bis Kirkpatrick den Blick senkte. Für diese Aufgabe taugen nur alte Hunde, dachte er. Zumindest zeigt es, dass er uns vertraut wie niemandem sonst.

Hal räusperte sich, ein Zeichen, dass er etwas Wichtiges sagen wollte. Bruce sah ihn an.

»Wallace weiß, was auf Roslin versteckt ist«, sagte er. Bruce erwiderte nichts, obwohl das Problem auch ihn beschäftigt hatte. Er hatte den Krönungsstein von Scone durch eine Nachahmung ersetzen lassen und den echten Stein nach Roslin schaffen lassen. Die Sache hatte Morde nach sich gezogen, und schließlich hatte Wallace es herausgefunden. Er hatte nichts getan – dafür hatte Falkirk gesorgt – und seitdem auch nichts mehr gesagt, und Bruce schlug sich mit der Frage herum, ob er weiterhin schweigen würde.

Schließlich zuckte er die Schultern, als sei es nicht länger wichtig.

»Kümmert euch darum«, sagte er zu Kirkpatrick, dann wandte er sich ab.

Später, als Hal und Kirkpatrick draußen im kühlen Sommerabend standen, sahen sie bei Stirling den Feuerschein am Himmel und hörten das Dröhnen der Geschosse, das der Wind herübertrug.

»Edward wird von seiner jungen Königin etwas zu hören bekommen«, sagte Kirkpatrick trocken, »weil die Kinder bei diesem Krach nicht schlafen können.«

»Der ist noch ziemlich gut drauf für sein Alter«, erwiderte Hal. »Ich fürchte, unser Earl wird verdammt geduldig sein müssen, wenn er warten will, bis sie Longshanks begraben haben, ehe er seine Pläne ausführt.«

»Und wenn Wallace bleibt, wird es noch länger dauern«, sagte Kirkpatrick. »Also sollten wir uns am besten auf die Suche machen.«

»Was hat er mit seiner letzten Bemerkung gemeint?«, fragte Hal.

»Kümmert euch darum?« Kirkpatrick grinste. »Nun ja, wir sollen natürlich dafür sorgen, dass Wallace gefunden wird und seine Botschaft bekommt. Weil er der Sache im Wege steht.«

Hal sah nachdenklich hinter Kirkpatrick her.

DIE BURG VON STIRLING
VIGIL DES JAKOBSFESTES, JULI 1304

Schwitzend im vollen Ornat kniete er da und hörte das Husten und Stöhnen der anderen Bußfertigen, die ebenfalls unter der Hitze litten – aber vor sich sah Bruce den geraden Rücken und den schneeweißen Kopf des Königs, der sich gerade nach einer ehrfürchtigen Verbeugung aufrichtete und zu den knienden Gefangenen hinübersah, die noch demütiger wirkten. Bruce ahnte das Grinsen auf Edwards Gesicht.

Oliphants Gesicht war eine graue Maske und das nicht nur wegen der Asche auf seinem Kopf – zusammen mit dem Hanfseil um seinen Hals war es ein Zeichen seiner Reue und der Unterwerfung, der letzten Demütigung. Hinter ihm als Kulisse sah man die großen Wurfarme des Katapults, dazu den Priester, Segrave und den berühmten Warwulf, die triumphierend die geschwärzten und ramponierten Mauern von Stirling betrachteten.

»O gnädiger Gott, wir erinnern uns heute vor Dir an Deinen Diener und Apostel Jakob, den Ersten der Zwölf, der im Namen Jesu Christi den Märtyrertod gestorben ist …«

Der Bischof von Ross war ein pfiffiger kleiner Mann mit einer Stimme, die genau zu ihm passte, dachte Hal, bat aber sofort Gott um Vergebung für diese Pietätlosigkeit, auch wenn es stimmte.

Doch der Bischof war auch ein Prälat, der das Vertrauen der Engländer genoss – mehr Vertrauen jedenfalls, als ihnen von denen entgegengebracht wurde, die sie – Hal, Kirkpatrick und Bruce – vor einigen Wochen in Cambuskenneth zurückgelassen hatten. Und da er ein aufgeblasener Kerl war, hatte er die Unterwerfung Stirlings natürlich auch mit aller gebotenen Wichtigtuerei betrieben.

Was aber auch gut war, denn ein einziges leises Kichern hätte den ganzen herrlichen Mummenschanz zunichtegemacht. Wie der strenge, unerbittliche Edward, der dem katzbuckelnden Oliphant und den anderen reumütigen Betbrüdern mit ihren Hanfseilen um den Hals befahl, die Festung zu verlassen, in weiße Hemden gekleidet und die Häupter mit Asche bedeckt. Die junge Königin, die auf Französisch flüsternd ihren Gatten bat, Mitleid mit ihnen zu haben und sie zu verschonen, um der Gnade Gottes willen, ausgerechnet an diesem Tag, nämlich der Vigil des Festes zu Ehren des Märtyrers Jakob.

Dreimal hatten sie und ihre Damen, darunter Bruce' irische Gräfin, ihn gebeten, und zweimal hatte Edward hochmütig abgelehnt, das makellos frisierte silberne Haupt mit den sorgfältig geschminkten Wangen trotzig erhoben, während alle anderen zusahen und versuchten, möglichst würdevoll auszusehen.

Doch schließlich hatte das Weinen und Wehklagen seine Wirkung getan, die Rebellen wurden begnadigt, und alle Beteiligten atmeten laut auf.

»Gelobt sei Gott«, endete der Bischof.

»In Ewigkeit.«

Die Antwort von der murmelnden Menge hörte sich an wie ein aufstiebender Vogelschwarm, und die Augustiner prozessierten singend von dannen und schwangen ihre Weihrauchgefäße. Der scharfe Weihrauch reizte Bruce' Kehle, und Hal hörte, wie er sich leise räusperte.

Mit gebeugtem Kopf, sodass Bruce nur ihre Wimpern über der Wange sehen konnte, sah seine Frau besonders jung und reizend aus. Mit ihrer weißen Haut und dem schwarzen Haar war Elizabeth eine echte irische Prinzessin, und Bruce versuchte, nur an sie zu denken und nicht an ihren mächtigen Vater, Richard Og de Burgh von Ulster.

In der Öffentlichkeit war sie freundlich und gehorsam, im privaten Umgang war sie lustvoll, sodass die Liebesbeziehung mit Elizabeth de Burgh in jeder Hinsicht zufriedenstellend war. Er machte, was ihm passte, und sie ließ es nicht nur zu, sondern konnte gar nicht genug von ihm bekommen.

Doch hinterher kam immer die Erinnerung an Belle, seine erste Frau, zurück, wie seine Hand auf ihrer kleinen, schwer atmenden Brust gelegen hatte, als sie ihr Leben aushauchte und das Kind ansah, das sie zurückließ. Arme kleine Marjorie, dachte er schuldbewusst, ich habe mich nicht genügend um das Kind gekümmert.

Und damals, mit Belle, hatte er manchmal auch gedacht, er könne an den Zauber der *sheean* glauben, als sie entspannt nebeneinandergelegen hatten, wenn alles im Licht verschwamm und goldene Stäubchen in den Sonnenstrahlen tanzten.

Tagsüber war Elizabeth de Burgh eine gewissenhafte Gattin. Nachts war sie lüstern und unersättlich, aber damit konnte er leben. Nachts kann ich sie ohnehin nicht sehen, dachte er. Belle war gertenschlank gewesen, mit Brüsten wie Nüsse. Elizabeth dagegen ist so üppig wie das Land, das sie mir mitbringt, dachte Bruce, und dagegen können selbst die dunklen Mächte nichts ausrichten. Der Fluch des Malachias, dachte er, die Welt in Händen zu haben und doch nur Asche zu schmecken – würde das so weitergehen, auch wenn er König wäre?

Elizabeth erhob sich, sie strich ihr Kleid glatt, zupfte das Gebände, das ihr Haupthaar fast völlig bedeckte, zurecht und lächelte ihn mit reizendem Bedauern an, als sie sich anschickte, an die Seite der genauso jungen Königin zu treten, die ebenfalls lächelte. Ihre Augen jedoch waren ohne Ausdruck mit den fast blonden Brauen in dem weißen Gesicht. Trotz ihrer jungen Jahre hatte sie bereits drei tiefe Falten auf der Stirn, als müsse ihre Jugend gleichzeitig ihrem wesentlich älteren Mann Kraft spenden.

Asche. Sie knirschte ihm zwischen den Zähnen, und er wandte sich gerade noch rechtzeitig um, um zu sehen, wie eine Gestalt in brauner Kapuze über einem Mann in Weiß, der einen Strick um den Hals trug, das Kreuzzeichen schlug. Der Mann hatte sich geschüttelt und war in eine Aschewolke gehüllt, aber jetzt war die Zeremonie beendet, und Oliphant freute sich darauf, sich waschen und wieder normale Kleider anziehen zu können.

»Ave Maria, gratia plena«, intonierte der Mönch. *»Ora pro nobis peccatoribus, nunc et in hora mortis nostrae …«*

Bitte für uns Sünder, jetzt und in der Stunde unseres Todes. Oliphant stand im Moment weder der Tod noch etwas Ähnliches bevor, dachte Bruce. Er hatte sich einen gewissen Ruhm erworben, nicht nur weil er so lange ausgehalten hatte, sondern weil er es darüber hinaus auch geschafft hatte, ernsthafte Verletzungen oder ein Bußgeld zu vermeiden. Bruce nickte dem Mann anerkennend zu und erhielt als Antwort ein Grinsen, das in seinem grau verschmierten Gesicht fast spöttisch wirkte.

Bruce nahm eine Bewegung neben sich wahr und sah, dass Hal ihn neugierig anstarrte, und wie so oft verunsicherte ihn auch jetzt die Art, wie der Mann ihn ansah. Er tat es in letzter Zeit immer öfter, fast erschien es wie eine wortlose Anklage, obwohl Bruce nicht wusste, weswegen – es sei denn, es ging um die Gräfin Buchan, Hals verlorene große Liebe, die auch Bruce einst die hohe Kunst der Liebe gelehrt hatte.

Aber das konnte es kaum sein, denn Hal hatte von Anfang an davon gewusst und sich damit abgefunden. Oder ging es etwa um Herdmanston? Es ist niedergebrannt und muss wiederaufgebaut werden, und ich habe versprochen, ihm dabei zu helfen. Aber, bei Gott, der Mann musste auch bezahlt werden, zusammen mit seinen dreißig Rittern, und allein das kostete ihn schon so viel wie die Pacht für zwei Güter. Er musste doch einsehen, dass der Wiederaufbau seines Gemäuers in Lothian keine Priorität haben konnte, solange es um die Krone ging?

Und doch musste er über ihn und Kirkpatrick lächeln. Sie waren beide nützlich, auch wenn sie nicht gerade die stärksten Stützen für einen Mann waren, der König werden wollte. Dennoch, er brauchte ihre Fähigkeiten als Spürhunde, selbst wenn das bisher nichts gebracht hatte. Er wusste, dass sie enttäuscht waren, weil sie Wallace bisher nicht gefunden hatten. Er wusste aber auch, dass sie schon aus Ehrgeiz nicht aufgeben würden. Bruce' Grinsen wurde noch breiter. Teile und herrsche, das erste Gesetz aller Könige.

Der Mönch und Bruce sahen hinter den Gefangenen her, wie sie davonstolperten, dann drehte sich der Mönch um, und Bruce erschrak, denn es war ein Gesicht, das ihm bekannt war. Hal, der neben ihn trat, erschrak ebenfalls, als er das Gesicht des Mannes erblickte, den er als sehr wenig heilig in Erinnerung hatte.

»*Benda ti istran pelegrin: benda, marqueta, maidin. Benda, benda stringa da da agugeta colorada*«, intonierte der Mönch mit dreckigem Grinsen.

Bruce rief laut nach Kirkpatrick, der sofort mit finsterer Miene neben ihm erschien, und Hal merkte, wie auch der Rest von Bruce' Gefolge sich misstrauisch um ihn scharte.

»Lamprecht!«, sagte Kirkpatrick, und es klang, als hätte er in einen verfaulten Apfel gebissen. Der Mann antwortete mit einer leichten Verbeugung, wobei er den Kopf hastig nach beiden Seiten drehte. Er fühlte sich in Gegenwart so vieler Bewaffneter ganz offensichtlich nicht wohl. Dann wiederholte er, was er zuvor schon gesagt hatte.

»*Andara, andara, o ti bastonara*«, knurrte Kirkpatrick zur Erwiderung, und Hal merkte, wie Bruce' Edelleute sich ansahen – aber niemand stellte die Frage, die eigentlich alle interessierte, nämlich, was für eine Sprache das sei.

Hal wusste es von der letzten Begegnung mit dem kleinen Ablasshändler her, es war die *lingua franca,* die Verkehrssprache der Kreuzritter, ein Gemisch aus allen Sprachen der Länder am Mittelmeer, auch der Sprachen der Heiden. Die Pilger verständigten sich damit, und als Hal Lamprecht das letzte Mal gesehen hatte – was mindestens sechs Jahre her war –, hatte dieser behauptet, selbst einer von ihnen zu sein, mit einer Muschel an der Hutkrempe und einer ganzen Sammlung von Reliquien und Ablässen im Gepäck. Das Treffen war weder für ihn noch für alle anderen Beteiligten gut ausgegangen. Kirkpatrick hatte Hal sogar mit einem Messer bedroht. Was hatte den verschlagenen kleinen Ablasshändler ausgerechnet hierhergeführt?

»Was sagt er da?«, wollte Bruce wissen, und Kirkpatrick, der als Einziger diese Sprache beherrschte, erklärte, der Mann, dessen Gesicht von seiner groben braunwollenen Kapuze beschattet war, bitte um Almosen. Und Kirkpatrick hatte ihn aufgefordert zu verschwinden, oder er würde ihn verprügeln.

»Pelegrin taybo cristian, si querer andar Jordan, pilla per tis jornis pan que no trobar pan ne vin.«

»Gute christliche Pilger, wenn ihr zum Jordan reisen wollt, nehmt Brot mit, denn ihr werdet weder Brot noch Wein finden«, übersetzte Kirkpatrick, und man hörte Gelächter, als der Ablasshändler ihm mit seiner schmutzigen Hand einen halben, angebissenen Laib Brot hinhielt.

»Will er das etwa verkaufen?«, fragte Edward Bruce ungläubig. »Scher dich fort«, sagte er, wenn auch höflich, denn man konnte nie wissen, welche Macht so ein Pilgermönch hatte – oder was nach seinem Tod noch aus ihm werden mochte. Der Fluch des Malachias, dachte Bruce wieder, als er das furchtsame Gesicht seines Bruders sah.

Hal sah, wie Lamprechts Augen im Schatten der Kapuze blitzten. Er blickte zu Bruce, der es ebenfalls bemerkt hatte. Nach kurzem Zögern ergriff Bruce das Brot und wandte sich an Kirkpatrick.

»Gib ihm Geld.«

Sichtlich erfreut nahm Lamprecht die Münze, runzelte die Stirn, als er sah, wie klein sie war, dann ließ er sie rasch verschwinden.

»Cambuskenneth«, sagte er laut und deutlich, dann verschwand er schnell, und die verwirrten Männer schauten hinter ihm her. Edward Bruce blickte das Brot an und grinste so breit, dass seine Augen über den Apfelbäckchen nur noch Schlitze waren.

»An deiner Stelle würde ich das nicht essen, Bruder.«

Laut lachend ging er davon, und die anderen folgten ihm. Bruce sah das halbe Brot an, das aus einer groben Körnermischung bestand und innen grau und eingedrückt war, als hätte jemand den Finger hineingesteckt. Er löste das Innere heraus und stieß auf etwas Hartes. Kirkpatrick ließ einen leisen Pfiff hören, dann sah er schnell nach allen Seiten, während Bruce den Gegenstand in seiner Faust verschwinden ließ und weiterritt. Er nickte zufrieden, als sei es für den mächtigen Lord von Carrick und Annandale etwas ganz Normales, einen halben Brotlaib unter dem Arm zu tragen.

Aber sie alle hatten den Rubin aufblitzen sehen, groß und rund wie das Ei eines Rotkehlchens, was allein schon ein Wunder gewesen wäre. Bruce wusste mehr, er kannte diesen Rubin und seine elf Brüder, die zusammen das Reliquiar geschmückt hatten, das zuletzt unter dem Arm eines englischen Ritters gesehen worden war, der auf dem Weg in den Süden nach Westminster war.

Bruce wusste, dass in dem vergoldeten, juwelenbesetzten Kasten das Heilige Kreuz von Schottland aufbewahrt worden war, das größte Heiligtum des Königreichs, das zusammen mit dem Krönungsstein von Scone ebenso wichtig für die Krönung war wie die Krone selbst.

KAPITEL 2

RICCARTON, AYRSHIRE
TAG DER VERKLÄRUNG DES HERRN, AUGUST 1304

Mattie Broon sah sie, als er durch den Nieselregen trottete, neben sich seinen schwachsinnigen Sohn, der vergnügt in alle Pfützen sprang. Es war spät, als Mattie an diesem nassen Augustnachmittag zu seinen Schafen ging, würden die Leute sich später erzählen. Hatte wieder mal zu lange im Wirtshaus von Creishie Jean zugebracht, würden sie sagen.

Mattie sah die Rinder zuerst, kleine schwarze Tiere mit langen, geschwungenen Hörnern. Da er Schafzüchter war, interessierte er sich nicht für Rinder, war aber überrascht, sie hier zu sehen, denn dies war keine Straße, die von Viehtreibern benutzt wurde. Dann tauchten die Hunde auf, magere Köter mit rauem Fell, die etwa ein Dutzend Jungrinder die Straße entlangtrieben.

Jetzt sah er lange Schatten, unheimlich wie Gespenster, sie gehörten zu Männern, die entschlossenen Schritts daherkamen, vier waren es – nein, fünf. Ein Priester darunter, oder vielleicht ein Laienbruder in Pilgertracht – Mattie hatte solche Leute noch nie gesehen. Sein erster Gedanke war, dass sie die Tiere gestohlen hatten, aber dann kamen ihm Zweifel, denn ein Priester war doch sicher kein Viehdieb?

Die Rinder trotteten über die Ebene, ein unordentlicher Haufen zotteliger Tiere mit gefährlich geschwungenen Hörnern. Der Anführer – zumindest hielt Mattie ihn dafür – hob grüßend die

Hand, auch um zu zeigen, dass er keine Waffe trug und sie keine bösen Absichten hatten.

Keine bösen Absichten, Mattie schnaubte verächtlich. Es war doch ganz klar, dass sie die Tiere zusammentrieben und ein Lager aufschlagen wollten. Er hielt einen gewissen Abstand von ihnen und ignorierte die ständig wiederholten Fragen seines Sohnes. Er ließ sich noch weiter zurückfallen und duckte sich etwas. Er hörte ihr raues Gelächter, das Brüllen der Rinder und das laute Bellen der Hunde, die offenbar auf ihr Futter warteten.

Als der Wind den Geruch von Zwiebeln und Hafermehl zu ihm herübertrug, stand Mattie auf, rief seinen Sohn, der im Matsch gespielt hatte, und machte sich auf den Weg. Er würde sich heute nicht um seine Schafe kümmern können, denn er wusste, dass er dies dem Dorfältesten berichten musste. Der würde wissen, was zu tun sei.

Die Viehtreiber hatten unter ihren heruntergezogenen Kapuzen beobachtet, dass er davonging. Sie aßen etwas mit Hornlöffeln aus Holzschalen, bis auf den Jungen mit dem dunklen Haar, der sich mit den Hunden beschäftigte, die sich um ihn drängten.

»Ist er weg?«, fragte Hal, der dem Mann den Rücken zugekehrt hatte. Kirkpatrick sah hoch und schob mit dem Fuß ein brennendes Holzscheit ins Feuer zurück.

»Macht sich ziemlich schnell davon«, brummte er. »Treibt den Jungen an, als ob er eine Kuh ist. Nicht ganz richtig im Kopf, der Junge.«

»Bestimmt holt er den Meister«, sagte Sim Craw und blickte hinüber zum Hundejungen. »Lass die Hunde, Mann. Komm, setz dich hin und iss. Du solltest keine Mahlzeit auslassen, du weißt nie, wann du die nächste bekommst.«

Der Hundejunge gab seinen Tieren einen letzten freundlichen Klaps, dann ging er zum Feuer, wo Sim ihm einen Napf und einen Löffel reichte, wofür er ihm mit einem breiten Grinsen dankte. Hal strahlte auch – der Hundejunge war glücklich, auch wenn es nur zwei magere Hirtenhunde waren, die er betreute, und auch wenn er dafür die beiden letzten Wochen nichts als die beschissenen Hinterteile von einem Dutzend Rinder vor der Nase gehabt hatte. Er war der Einzige, der Spaß an der Sache hatte.

»Ich habe ja gesagt, dass es keine gute Idee ist, als Viehtreiber aufzutreten«, murmelte Kirkpatrick. »Wir sind nirgendwo auch nur in der Nähe einer üblichen Route, also wird jeder, der uns sieht, denken, wir hätten die Viecher gestohlen.«

»Deshalb haben wir ja unseren kleinen Priester mitgebracht«, erwiderte Sim und sah Lamprecht vielsagend an, wofür er einen finsteren Blick erntete. »Wo ein Priester dabei ist, da gibt es keine gestohlenen Kühe.«

Das ist nur ein Grund, warum wir Lamprecht schon seit Wochen von Stirling mitschleppen, wenn auch nicht der wichtigste, dachte Kirkpatrick. Er ertappte sich dabei, wie er Sim anstarrte. Dieses breite Gesicht, die kräftigen Schultern, der angegraute Bart. Schon mehr Grau als Schwarz in dem Bart, dachte er, und diese riesige Armbrust, die er immer mit einer Bewegung seiner breiten Schultern gespannt hatte, wird jetzt immer öfter mithilfe des Hakens am Gürtel gespannt. Wir werden alle älter, dachte er resigniert.

Sim Craw spürte den Blick und sah zu Kirkpatrick hinüber, dieses Gesicht mit der scharfen, langen Nase, das an eine Maske vom Mummenschanz erinnerte, die dünnen Haarsträhnen, die hier und da auch schon weiß waren und feucht an den hohlen Wangen klebten. Mein Gott, was war er für ein hässlicher Kerl.

Der Einzige, der noch hässlicher war, das musste selbst Sim Craw zugeben, war dieser mörderische Malise Bellejambe, die rechte Hand des Earls von Buchan, genau wie Kirkpatrick Bruce' rechte Hand war. Sim hatte den Eindruck, dass jeder Hochwohlgeborene in diesem Land so einen kleinen mordbereiten Gehilfen brauchte, der wie ein Schatten hinter ihm stand, und es ärgerte ihn sehr, dass er und Hal jetzt anscheinend auch dieser Art von Leuten zugeordnet wurden.

»Wenn ich Gedanken lesen könnte«, sagte Hal, als er Sims gewohnt mürrisches Gesicht ansah. Der grinste mühsam.

»Malise Bellejambe«, erwiderte er und sah, wie auch Hals Gesicht sich verdüsterte. Er wünschte sich, er hätte nicht ganz so offen seine Gedanken preisgegeben, denn Malise war ein Problem, das noch nicht gelöst war. Ein Mann, der mit Sicherheit Todd Wattie und zwei wertvolle Jagdhunde umgebracht hatte, genauso wie einen jungen englischen Lord, der darauf gewartet hatte, gegen Lösegeld freigekauft zu werden. Es gab noch weitere Morde, die man ihm anlasten, aber nicht beweisen konnte. Doch das Schlimmste an dem Mann war, dass er jetzt für Isabel verantwortlich war, ein knurrender Wachhund, der die Frau des Earls von Buchan nicht aus den Augen ließ und der einzige Grund, weshalb Hal sich ihr in den letzten Jahren nicht genähert hatte.

Hal wurde aus seinen Gedanken gerissen, weil der Dorfälteste eintraf, gefolgt von ein paar besorgten und neugierigen Dorfbewohnern, darunter auch der Priester. In seiner selbst ernannten Rolle als Anführer der Viehtreiber stand Hal auf und ging ihm entgegen, um ihn höflich, aber nicht unterwürfig zu begrüßen.

»Gelobt sei Christus«, sagte der Priester.

»In Ewigkeit«, erwiderte Hal, und sofort entspannte sich die Situation etwas, da man festgestellt hatte, dass es sich bei den fremden Viehtreibern weder um Gespenster noch um satanische Kobolde handelte, denen diese Worte nie über die Lippen gekommen wären. Er sah, wie der schwachsinnige Junge ausgelassen mit den Hunden spielte, vom Hundejungen grinsend beobachtet, der sich ihm durch die gemeinsame Tierliebe sofort verbunden fühlte.

Die Situation war schnell erklärt – dass es sich hier nur um ein vorübergehendes Nachtlager handelte und dass man den Rindern auf keinen Fall erlauben würde, in die benachbarten Felder und Grundstücke einzudringen. Hal sah aus dem Augenwinkel, wie der Priester seinen Bruder in Christo begrüßte, was ihn in leichte Sorge versetzte.

»Wohin treibt ihr die Tiere?«

Die Frage traf ihn unvorbereitet und zwang ihn, sich wieder dem Dorfältesten zuzuwenden, der sich mit gerunzelter Stirn vor ihm aufbaute. Er grinste.

»Mal hierhin, mal dorthin. Überall dorthin, wo man gutes Rindfleisch zu schätzen weiß.«

Er hätte ebenso gut die schottische Fahne schwingen können, so offensichtlich war es, für wen die Rinder bestimmt waren. Hal konnte nur hoffen, dass der Dorfälteste von Riccarton, einer Hochburg von Wallace, Verständnis zeigen würde. Er täuschte sich auch nicht, aber nach ein paar weiteren Fragen war es klar, dass sie Wallace zwar unterstützten, aber auch hier niemand wusste, wo er war – ebenso wenig wie sein Onkel Adam, ein weiterer Geächteter. Die kleine Burg von Riccarton war jetzt von Engländern besetzt, also war es doppelt unwahrscheinlich, dass Wallace sich in der Nähe aufhielt.

Der Priester schien verwirrt.

»Dieser Mönch spricht sehr merkwürdig«, sagte er zum Dorfältesten, und Hal zwang sich zu einem breiten Lächeln, ein Inbegriff der Unschuld.

»Er ist ein Pilger aus dem Heiligen Land«, erwiderte er, und das genügte anscheinend. Nicht nur erklärte es Lamprechts seltsame Sprache, es brachte ihm auch ein gewisses Maß an Respekt ein.

Der Hundejunge hörte, wie der andere Junge von seinem Vater gerufen wurde, und der Schwachkopf riss sich widerwillig los und lächelte den mürrisch dreinblickenden Lamprecht unschuldig an.

»Muschel«, sagte er, aber der Ablasshändler scheuchte ihn fort wie eine lästige Fliege. Schmollend wandte der Junge sich ab und murmelte vor sich hin, wie gern er die Muschel gehabt hätte, die der Mann ihm nicht geben wollte.

Befriedigt wandte sich die Abordnung zum Gehen, und Hal kehrte ans Feuer zurück, wo er den anderen erklärte, dass Wallace nicht in dieser Gegend sein konnte.

»Na ja, es bestand ohnehin keine große Chance«, seufzte Sim. »Aber da ist ja noch diese andere Sache.«

Der Betroffene merkte, dass Sim herüberblickte, und sein Löffel blieb auf halbem Weg zum Mund stehen, sodass die Suppe ihm in den struppigen Bart lief. Ich nehme alles zurück, dachte Sim, Lamprecht ist sogar noch hässlicher als Malise Bellejambe.

Lamprecht sah ihre Gesichter. Er wusste, was sie dachten, und hoffte, sie ahnten nicht, dass er sich in Kürze abzusetzen gedachte, und noch inständiger hoffte er, dass sie die Wahrheit nicht erfahren würden, bis es zu spät war und er sich schon gerächt haben würde. Er erinnerte sich, wie er vor fünf Jahren mit dem Lord und seinem Gefolge zusammengetroffen war, in dem Leprahaus in Berwick. Der Mann mit dem Teufelsgesicht, dieser Kirkpatrick, der seine Sprache beherrschte, hatte ihm damals ein Messer an die Kehle gehalten.

Die Erinnerung daran schmerzte immer noch, und er musste seine ganze Willenskraft aufbieten, um sich nicht an den Hals zu greifen und diesem Satan seine Gedanken zu offenbaren. Er würde sich schon noch rächen. *Dar cinquecento diavoli, che portar tua malora …*

Doch es erschienen keine fünfhundert Teufel, um den verfluchten Kirkpatrick hinwegzutragen, also beendete Lamprecht sein Mahl. Er kaute, schluckte und grinste.

»Non andar bonu?«

»Sprich gefälligst eine anständige Sprache, du elender Heide«, knurrte Sim, und Lamprecht sah ihn ebenso finster an.

»*Questo diavolo ignorante non consoce il merito*«, fing Lamprecht an, unterbrach sich, holte Luft und fing abermals an, indem er sich in seinem unsicheren Englisch absichtlich an Hal wandte. »Dieser Teufel sieht es nicht, wenn er eine Chance vor der Nase hat. Ich kann helfen. Ich habe das Ding. Ihr wollt das Ding. *Capir?*«

Er hatte das Ding. In Wirklichkeit, dachte Hal, hatte er nur einen Teil von dem Ding, das er vorgezeigt hatte wie ein zerbrechliches Ei, als Hal und Kirkpatrick mit dem Earl Bruce gekommen waren, um dem Versprechen dieses einen Rubins hinterherzujagen.

Im Licht der Wachskerzen hatte Lamprecht in der Pilgerzelle von Cambuskenneth fast zärtlich die Sackleinwand aufgeschlagen.

Selbst der halbe Gegenstand hatte Hal den Atem verschlagen, und das Ganze, das mindestens eine Elle lang sein musste, musste einen blenden.

Bruce hatte das vergoldete Bruchstück an sich genommen, das untere Ende vom Deckel einer kreuzförmigen Schatulle, gewaltsam abgehackt. Es war mit fünf ähnlichen Rubinen besetzt, und die leere Fassung für den sechsten zeigte, wie dick das Gold war. Vor Aufregung zitternd setzte Bruce den Rubin, den Lamprecht ihm gegeben hatte, in die Fassung. Er passte perfekt. Einen Augenblick staunte er ihn an, dann nahm er ihn wieder heraus.

»Es ist aus Westminster«, hatte Lamprecht mit ehrfürchtig leiser Stimme gesagt. »Von dem *furfanta* – dem Schwindel. Pardon … dem Raub. Von dem königlichen Schatz.«

In der Stille der Zelle hatte niemand gesprochen, denn sie alle hatten davon gehört und – um die Wahrheit zu sagen – sie waren entzückt gewesen. Während Longshanks in Schottland wütete, hatte eine Diebsbande – darunter seine eigenen Stiftsherren – die Kronjuwelen aus Westminster gestohlen. Das war vor fast einem Jahr gewesen, und Edwards Toben hatte sich noch immer nicht beruhigt, den Verhaftungen, Foltern und Enthauptungen nach zu urteilen.

Es war auch keineswegs alles zutage gekommen. Im ganzen Land tauchten Bruchstücke auf, selbst im Ausland, wie Bruce gehört hatte. Doch dieses hier war einmalig. Dies war ein Teil des Reliquiars des Schwarzen Kreuzes, das an dem Tag, als Longshanks John Balliol die königlichen Insignien abgenommen hatte, aus Scone entwendet worden war.

»*Si*«, hatte Lamprecht gesagt, als hätte er Bruce' Gedanken gelesen. »Ich habe dies von dem Pudlicote-Mann. Für … kleine Dienste.«

»Wer ist Pudlicote?«, hatte Kirkpatrick gefragt, und Bruce, der das rubinenbesetzte Kreuz in seinen Händen gedreht hatte, dass die Steine im Licht blutrot aufblitzten, hatte die Antwort gewusst.

»Ein Meisterdieb«, hatte er mit düsterem Gesicht gesagt. »Ein kluger Planer, aber doch strohdumm, weil er danach die Kronjuwelen im Land verteilt hat wie Glasmurmeln. Aber er hat dafür bezahlt – seine Haut kann man jetzt an der Tür des Münsters bewundern.«

»*Si*«, hatte Lamprecht zugestimmt. »Pudlicote ist entdeckt – alles ist verloren. *Cosa bisogno cunciar? Padrone* – was soll ich machen?«

»Was *hast* du gemacht?«, hatte Kirkpatrick gefragt.

»Gerannt«, bekannte Lamprecht. »Zusammen mit Jop. Jop eine Hälfte, ich eine Hälfte. Jeder sechs Apostel, und jeder geht seinen Weg. Jop kommt nach Norden.«

Die zwölf Rubine waren als die Apostel bekannt, und man sagte, sie enthielten das Blut Christi – aber selbst sie waren nicht so wertvoll wie das dunkle Stück Holz, das sich im Innern der Schatulle befunden hatte.

»Und das Kreuz selbst?«, hatte Bruce gefragt. Lamprecht versuchte, ein möglichst unschuldiges Gesicht zu machen, was ihm jedoch nicht gelang. Dann hatte er die mageren Schultern gezuckt und dreckig gegrinst.

»Jop weiß, wo Reliquie ist. Stück von Heiliges Kreuz, von diese Land.«

In seinem Gesicht zuckte es verächtlich.

»Bischof hier will zurückhaben. Jop, er sagt mir nicht, wo ist – *cane. Cornudo.*«

»Dieser Jop«, sagte Bruce nachdenklich. »Ein kleiner Mann, ohne Haare?«

»Nein, nein. Groß. Dicker Bauch. Viel Haare. Er ist Mann, was trägt Fahne. *Ti credir per mi, mi pudir assicurar per ti.*«

»Ich glaube dir ja«, hatte Bruce grimmig entgegnet.

»*To star nobilé, è non star fabbola* – tut mir leid. Dies keine Märchen, ist wahr, genauso wie du bist edel. Ich habe keine Geld. Für diese Ding und die Information, ich will nicht viel. Nur zwanzig Pfund Silber.«

Kirkpatrick hätte sich beinahe verschluckt, und Hal riss die Augen auf. Für diesen Preis könnte Sim Craw ein Jahr in England leben – und wenn er nördlich von Berwick bliebe, noch sechs Monate länger.

»Hat Jop das Kreuz?«, wollte Bruce wissen.

»Wenn nicht, er weiß, wo ist«, hatte Lamprecht erwidert. »Ich kann nicht zu ihm gehen. Du gehst zu ihm – du weißt, wo?«

»Ich weiß es«, hatte Bruce geantwortet, dann hatte er den goldenen Schatz zurückgegeben. Das hatte Hal überrascht, Kirkpatrick jedoch nicht, denn er wusste, dass der Besitz eines solchen Gegenstands eine grausame Strafe von Edward nach sich ziehen würde. Er runzelte jedoch die Stirn, als er sah, dass der sechste Apostel bei Bruce blieb – doch ein einziger makelloser Rubin im Beutel eines Earls konnte schon eher begründet werden.

»Wenn Jop uns hilft, sollst du den doppelten Preis kriegen«, hatte Bruce versprochen, worauf sich ein boshaftes Grinsen auf Lamprechts Gesicht ausbreitete. Es verschwand auch nicht, als er hörte, dass er mitkommen müsse, denn das hatte er bei seinem Plan schon vorher bedacht – es war sein kalkuliertes Risiko.

Es gab noch mehr Fragen – besonders dieser Kirkpatrick mit seiner gerunzelten Stirn war voller Misstrauen, er wollte wissen, warum Lamprecht es überhaupt riskiert hatte, zu Bruce zu kommen, wo er mit diesen Juwelen doch offenbar schon reich genug war. Lamprecht hatte verächtlich erwidert, wenn ein Pilger wie er schon allein beim Versuch, einen dieser Steine zu verkaufen, bei lebendigem Leibe gevierteilt würde, sei es doch kein Verlust, dem Earl von Carrick einen davon zu überlassen.

»Im Beutel von Earl, man erwartet es«, hatte er spöttisch gesagt. »In meine nicht.«

Da war etwas dran. Er konnte kaum hoffen, diesen kostbaren Gegenstand zu verkaufen oder anderweitig zu Geld zu machen, noch weniger konnte er damit entkommen. Also hoffte er, an der Information zu verdienen, bei einem Mann, der bestimmt würde wissen wollen, wo sich das Kreuz befand – obwohl er auch dabei Unbehagen empfand. Denn offiziell galt Bruce als loyaler Anhänger König Edwards, also riskierte Lamprecht seinen Kopf, wenn er damit zu Bruce kam – es sei denn, es war nicht so weit her mit dieser Loyalität. Und wenn jemand wie Lamprecht das wusste, dann wusste Longshanks es ebenfalls, und bei diesem Gedanken lief es Hal kalt über den Rücken.

Jedenfalls hatte Kirkpatrick schließlich Ruhe gegeben, während Lamprecht den unwahren Teil dieser Geschichte sorgfältig für sich behielt. Er brannte förmlich vor Rachedurst und konnte nur mit Mühe ein hämisches Grinsen unterdrücken, wenn er den Lord von Lothian und Kirkpatrick ansah.

Es dauerte nicht lange, bis Bruce entdeckte, wer dieser Jop war, denn der einzige Jop, auf den die Beschreibung passte, war Gilbert von Beverley, ein ehemaliger Laienbruder, der von der Abtei als Träger des geliehenen Heiligen Banners bezahlt worden war, als Edwards Armee nach Norden kam, um gegen Falkirk zu kämpfen. Es war ein imposanter Anblick gewesen, denn Gilbert war groß, und mit seinen breiten Schultern hatte er genau den richtigen Körperbau für einen Standartenträger, und es könnte für die Engländer ein Hinweis darauf gewesen sein, wer er in Wirklichkeit war.

Sie wussten es schnell genug. Gilbert, von seinen Verwandten des Wallace-Clans nur Jop genannt, hatte sich prompt abgesetzt und war zu ihnen gestoßen, nur um sie rasch wieder zu verlassen, als ihm der Boden unter den Füßen zu heiß wurde. Kurz darauf war er wieder verschwunden, und jetzt wussten alle, wo er war – und warum.

Seine Ankunft in Schottland war keine Überraschung gewesen, allgemein dachte man, er habe sich nur eine Weile versteckt gehalten. Jetzt saß er warm und trocken in der St.-Mirin-Kapelle von Riccarton, und mit der Behauptung, er sei der lateinischen Sprache mächtig, hatte er sich Edwards strengen Gesetzen entzogen und ins Kirchengericht gemogelt, wo man ehemaligen Rebellen eine gewisse Sympathie entgegenbrachte.

Doch weder die Kirche noch Gott selbst würden ihn vor Edwards Zorn schützen können, wenn dieser jemals erfuhr, dass Jop einer von den Dieben war, die die Kronjuwelen aus dem Münster geraubt hatten.

Das Feuer knisterte, die Funken flogen und brachten Hal in die Gegenwart zurück. Diese geheime Unterredung hatte vor einem Monat stattgefunden, und es war seitdem nicht einfacher geworden, mit Lamprecht zusammen zu sein. Weder mit ihm noch mit seiner Geschichte, dachte Hal.

»Jop …«, sagte er, er wollte noch mehr über diesen Vetter der Wallaces erzählen, der neben seiner Körpergröße weiter keine nennenswerten Charaktereigenschaften zu haben schien. Doch er brauchte gar nichts mehr zu sagen, denn jeder kannte das Problem Jop, und schließlich sprach Sim es aus.

»Dieser Jop«, sagte Sim in Hals Tagträume hinein, »der ist im

Schutz der Kirche ganz sicher. Ich denke, dort wird es genauso schwer sein, an ihn heranzukommen, als säße er im Festungsturm von Riccarton.«

»In der Kirche sind weniger Soldaten«, wandte Kirkpatrick ein. »Wie ich gehört habe, haben die Engländer die Festung mit Engländern vollgestopft, um ganz sicherzugehen, dass das Ungeheuer dort nicht untertauchen kann. Da wird es so eng sein, dass sie vermutlich zu dritt auf einer Pritsche schlafen müssen.«

»Na ja, aber sie werden schnell genug in ihre Hosen steigen, wenn ein kleiner Priester ankommt und um Hilfe ruft, weil ein paar verrückte Viehtreiber anfangen, seine Kirchentür zu demolieren«, brummte Sim, und Kirkpatrick lachte verächtlich.

»Ihr solltet öfter ins Ausland gehen, Sim Craw«, sagte er, wobei sein schottischer Akzent stärker wurde, wie immer, wenn er mit Leuten wie Sim sprach. Er konnte sich auch gewählter ausdrücken, sogar auf Französisch, wenn er wollte, für Hal nur eine weitere Bestätigung dafür, wie undurchsichtig dieser Mann war.

»Und warum?«, fragte Sim mürrisch.

»Dort würdet Ihr vieles hören und sehen. Wie zum Beispiel die Geschichte von dem alten Priester von Riccarton«, erwiderte Kirkpatrick. »Das passierte vor vielen Jahren. Der hatte die Fallsucht, dann lag er oft da wie tot. Und er hatte eine solche Angst, für tot gehalten zu werden, dass selbst eine Totenfeier von einer Woche und ein Glöckchen am Sarg ihm als Vorsichtsmaßnahme nicht genug war – also griff er zu weiteren Maßnahmen, um nicht lebendig begraben zu werden.«

Alle blickten ihn gespannt an, hingen förmlich an seinen Lippen.

»Er ließ sich einen Sarg ohne Deckel machen. Dann ließ er einen Tunnel graben, von der Krypta der Kirche bis zum Friedhof dahinter«, fuhr Kirkpatrick fort, »falls man ihn doch lebendig begraben würde.«

»Und hat er das alles jemals gebraucht?«, fragte der Hundejunge mit weit aufgerissenen Augen.

Kirkpatrick schüttelte den Kopf.

»Er machte eine Pilgerreise nach Rom, um für seine Sünden zu büßen und auch in der Hoffnung, dass er geheilt würde. Nun, das Schiff ging unter und er ertrank.«

»Ja, bei Gott«, seufzte Sim und schüttelte den Kopf. »Man kann seinem Schicksal nicht entgehen, so viel steht fest.«

»Also gibt es diesen Tunnel noch?«, fragte Hal, und Kirkpatrick nickte grinsend.

»Und durch den werden wir ganz einfach in St. Mirins Häuschen rein- und wieder raushuschen.«

Er sah in die untergehende Sonne, die den Horizont rot färbte, im Dämmerlicht summten die Insekten.

»Wenn es ganz dunkel ist«, sagte er.

Sim stand knurrend auf. Er tippte dem Hundejungen auf die Schulter, und zusammen gingen sie, um nach den Rindern und Hunden zu sehen. Der Hundejunge drehte sich mehrmals um.

»Verfolgen dich deine Sünden?«, fragte Sim schließlich. Der Hundejunge schüttelte den Kopf und zuckte die Schultern.

»Lamprecht«, sagte er, und Sim nickte.

»Irgendwas stimmt nicht mit dem«, beharrte der Junge.

»Bei Gott, Junge, da hast du ein wahres Wort gesprochen. Aber jetzt hör auf, hier im Dunkeln herumzuzappeln, und hilf mir mit diesen verdammten Viechern.«

Hal sah ihnen nach, während Lamprecht im Gebüsch verschwand und leise über die Unannehmlichkeiten dieser Reise schimpfte. Zu gern hätte Hal ihm erklärt, er könne von Glück reden, dass es Sommer sei. Im Winter flochten die Viehtreiber sich eine Art umgestülpten Korb aus Weidenruten, dann brachen sie auf dem Fluss oder See das Eis, tauchten ihren Umhang ins Wasser und legten ihn über den Weidenkorb, sodass er gefror, was ihnen darunter einen gewissen Schutz bot.

»Sim Craw muss sich in eins dieser Rindviecher verliebt haben«, sagte Kirkpatrick mit schiefem Grinsen, »er scheint ziemlich viel Zeit dort zu verbringen.«

Hal antwortete nicht. Sim Craw hatte die Tiere von Stirk Davey in Biggar gekauft, der sie ihm billig überlassen hatte mit dem Versprechen, sie zurückzukaufen, vorausgesetzt, dass sie in gutem Zustand waren. Das bedeutete, dass Sim und Hal das Geld behalten konnten, das Bruce ihnen für diesen Zweck gegeben hatte, und sie es zu dem Silber dazugeben konnten, mit dem sie eines Tages Herdmanston wiederaufbauen würden.

Stattdessen dachte er laut über Lamprecht nach. War das alles nur eine Falle von Longshanks, mit der er Bruce' Loyalität auf die Probe stellen wollte?

»Könnte sein«, stimmte Kirkpatrick lakonisch zu, »obwohl ich ihm eine so raffinierte Falle eigentlich nicht zutraue. Wenn er unserem Earl gegenüber so misstrauisch wäre, würde er Leute foltern lassen, damit sie gegen ihn aussagen. Das würde schon reichen, und man bräuchte nicht diesen ganzen Mummenschanz.«

Das war richtig und beruhigte Hal, der stattdessen anfing, über Kirkpatrick selbst nachzudenken, und schließlich die Frage stellte, die ihn schon lange beschäftigte.

»Warum dient Ihr dem Earl?«

Die Antwort kam mit einem leicht verwunderten Lächeln.

»Aus demselben Grund wie Ihr auch«, erwiderte Kirkpatrick und sah, wie sich Hals Mund resigniert verzog.

»Also Pech, unglückliche Umstände.«

»Ja, die Umstände«, sagte Kirkpatrick langsam. »Doch Pech? Bei Euch doch wohl kaum, Mylord. Was habt Ihr denn schon Schlimmes erlebt?«

Frau und Sohn durchs Fieber verloren. Eine unglückliche Liebe, die der Politik zum Opfer fiel. Der Besitz geplündert und niedergebrannt von denen, die er zu seinen Verwandten zählte.

»Und noch anderes mehr«, schloss er spöttisch, und Kirkpatrick stocherte im Feuer, sodass es aufflammte, bis die glühenden Holzstücke wieder verloschen.

»Eure Frau und Euer Junge sind schon über zehn Jahre tot«, erwiderte er heftig. »Auch andere haben geliebte Frauen verloren, durch Fieber, Pest und noch Schlimmeres. Eure große Liebe gehört einem anderen, und Ihr seid schon mindestens fünf Jahre von ihr getrennt, also ist es Eure Schuld, wenn Ihr noch immer darum trauert. Euer Schloss ist etwas beschädigt, zugegeben, es ist zwar schwarz vom Rauch, und die Fußböden sind verbrannt, aber noch immer leben die Bewohner drum herum, Ihr nehmt immer noch Pachtgelder ein, und Eure Verwandten in Roslin verwalten es und kümmern sich um die Reparaturen. Ihr habt das Geld dazu, aus der Pacht und außerdem das, was der Earl Euch zahlt … und was Ihr abzweigen könnt.«

Er unterbrach sich und sah Hal an, im Feuerschein wirkte sein Gesicht streng und herausfordernd.

»Also, inwiefern geht es Euch schlecht?«

»Und Ihr, denkt Ihr etwa, es geht Euch schlechter?«, fuhr Hal ihn an. Kirkpatrick seufzte.

»Ihr seid zum Ritter geschlagen, habt ein Familienwappen und Landbesitz«, erwiderte er mit bitterer Stimme und düsterem Gesicht. »Euer alter Herr, Gott segne ihn, hatte keine besondere Bildung, außer seiner Waffenkunde und ein bisschen Mathematik – aber er hat dafür gesorgt, dass Ihr Lesen und Schreiben gelernt habt, genau wie ein Priester, und dabei habt Ihr auch noch andere Dinge gelernt. Ich dageben bin ein Kirkpatrick von Closeburn, ein Verwandter der Bruces – mein Namensvetter sitzt auf einem Gut der Bruces von Annandale, und doch sieht man ihn viel öfter in Gesellschaft von Leuten, die durch und durch König Edwards Männer sind. Mein Namensvetter ist ein Lord, und ich bin die arme Verwandtschaft, die weder lesen noch schreiben kann, denn wer würde sich schon die Mühe machen, einen Mönch anzustellen, um das jemandem wie mir beizubringen?«

Hal fühlte sich unbehaglich, er dachte an seinen eigenen Lehrer und wie er sich gegen ihn aufgelehnt hatte. Hier war jetzt ein Mann, der es bitter bedauerte, dass er nie einen hatte.

»Aber immerhin spreche ich Französisch«, fuhr er fort – er wechselte in diese Sprache und sprach mehr zum Feuer und zu sich selbst als mit Hal. »Und etwas Gälisch, was ich von Bruce gelernt habe. Und ein wenig Latein, von den Responsorien. Und die *lingua franca*, die diese kleine Kröte Lamprecht spricht, die habe ich in Frankreich gelernt, und … anderswo.«

Er schwieg, dann sprach er auf Französisch weiter, wie zum Beweis. »Mir hat man die Schulter nicht mit dem Schwert berührt, und ein Paar goldener Sporen habe ich auch nicht bekommen. Ich darf das Wappen von Closeburn tragen, aber das ist so ramponiert, dass es für mich weit weniger blamabel ist, gar keins zu tragen. Ich kann die Waffen eines Ritters gebrauchen, aber ich habe nie im Leben auf einem Schlachtross gesessen und werde wohl auch nie so weit kommen.«

Er verstummte und starrte Hal an. Dann wechselte er mühelos vom Französischen zurück in den schottischen Dialekt.

»Und doch schätzt Bruce mich wegen meiner Talente, die beträchtlich sind. Ich kenne den Charakter von Männern und Frauen, ich weiß, wann sie lügen und wann sie Böses im Schilde führen. Ich weiß, wie man ein Schwert gebraucht, mein kleiner Lord von Herdmanston. Aber am besten kenne ich mich bei Nacht mit dem Dolch aus.«

Plötzlich verspürte Hal eine Kälte, gegen die auch das Feuer nichts ausrichten konnte. Er räusperte sich.

»Erwartet Ihr daraus einen Vorteil, wenn der Earl König sein wird?«

»Psst, kein Wort davon«, erwiderte Kirkpatrick leise, dann seufzte er.

»Das tat ich«, sagte er unumwunden. »Doch jetzt merke ich: Was ein Earl möchte und was ein König braucht, sind zwei ganz verschiedene Dinge.«

Er schwieg einen Moment, während das Feuer zischte und knisterte. Dann fuhr er fort.

»Als ich kaum laufen konnte, gewöhnte ich mir an, überall hinzupinkeln, egal wo ich gerade war.«

Er unterbrach sich, als er Hals leises Lachen hörte, und sein düsterer Gesichtsausdruck hellte sich etwas auf, bis er schließlich selbst lächeln musste.

»Ja, das muss schon ein Anblick gewesen sein, aber ich war ja noch klein. Meine Mutter warnte mich davor, in ihren Kräutergarten zu pinkeln, denn hier wuchsen Dinge, die man aß, und die durfte man nicht auf diese Art bewässern. Und da ich ein gehorsames Kind war, tat ich es auch nicht, ich beherrschte mich, um schließlich die Hühner zu besprühen, was noch mehr Spaß machte. Bis zu dem Tag, an dem der Hahn sich umdrehte und mich am Pimmel erwischte.«

Hals Gelächter klang wie ein kurzes Bellen, das er schnell unterdrückte, falls es beleidigend aufgefasst werden sollte. Doch Kirkpatricks Lachen beruhigte ihn.

»Ja, einfach so. Ein schmerzhaftes Erlebnis, und das blieb es auch noch eine Weile. Die Wunde und der Grind waren noch das Wenigste – aber meine Mutter behandelte mich auf ihre Art und gab mir Ratschläge, die ein kleiner Junge wie ich nicht vergessen würde. Denn Hühner sind auch Gemüse, sagte sie.«

Er stocherte im Feuer, dass die Funken flogen.

»Seitdem«, fuhr er fort, »weiß ich, dass nichts so ist, wie es auf den ersten Blick erscheint.«

»Da habt Ihr recht«, stimmte Hal zu. »Ich habe mit Wallace an der Brücke von Stirling und bei den Wäldern von Callendar gekämpft – und doch habe ich die letzten Monate gegen dieselben Leute gekämpft, an deren Seite ich damals stand.«

»Und?«

Es klang herausfordernd und ärgerte Hal.

»Deshalb ist es keine Art und Weise für einen zukünftigen König von Schottland, sich so zu benehmen, nämlich das eigene Volk zu spalten. Ich bin sicher, das werden sie ihm nicht danken.«

Kirkpatrick machte eine abfällige Handbewegung, womit er gleichzeitig die Mücken verscheuchte.

»Alles kleine Leute«, brummte er und deutete mit dem Kopf hinüber, wo der Hundejunge und Sim saßen. »Denkt Ihr denn, sie kümmern sich darum, wer sie regiert? Solange sie ihr Auskommen haben, könnte doch selbst der Teufel die Krone tragen. Nein, es sind die Edelleute des Reiches, um die Bruce sich Sorgen machen muss.«

Hal dachte nach. Er hatte die kleinen Leute erlebt, barfuß, dreckig und vor Angst schlotternd, aber sie hatten mit grimmiger Entschlossenheit ihre Speere umklammert und sich nicht von der Seite ihrer Kameraden gerührt. Keine Edlen, einige nicht einmal Landbesitzer, zum Teil nicht einmal in der Lage, die Sprache des Mannes neben sich zu verstehen und, da es sich um Leute von nördlich und südlich der Mounth-Berge handelte, voll Misstrauen gegeneinander, doch das gemeinsame Ziel vereinte sie. Sie hatten sich genügend Gedanken gemacht und waren verärgert.

Obwohl es lange gedauert hatte, war Hal zu der Überzeugung gelangt, dass es sich hier um ein Königreich handelte, das den Bewohnern genug bedeutete, um es zu verteidigen – und noch wichtiger, es war ein Reich, in dem die barfüßigen, dreckigen Bauern überzeugt waren, genauso viel darüber zu sagen zu haben, von wem sie regiert wurden, wie jeder Earl. Das sagte er Kirkpatrick.

»Schon möglich«, brummte Kirkpatrick. Er versuchte es zu verdrängen, aber es gelang ihm nicht, denn er war sich seiner Sache nicht mehr so sicher wie früher.

Hühner sind auch Gemüse, dachte er.

KAPITEL 3

BALMULLO, FIFE
AM SELBEN ABEND

Sie kamen in der Dunkelheit und brachten ihn auf einer Trage, ein wilder Trupp von Reitern und Fußsoldaten, alle ungewöhnlich still, bis auf ein Knurren hier oder eine geflüsterte Warnung dort. Sie wuchteten die Trage die steile Treppe hinauf und den hölzernen Gang entlang bis zur Tür des soliden, aus Stein gebauten Hauses.

Die Neugierigen, die rundum aus den Fenstern der Hütten aus Lehm und Flechtwerk spähten, sahen im Fackellicht, wer da angekommen war, sie sahen aber nicht den, der da hineingetragen wurde. Sie wussten, dass der Earl von Buchan seine Gemahlin besuchen kam, sahen auch die eine oder andere Frau, in Umschlagtücher gehüllt. »Armes Ding«, flüsterten sie, denn es war schon schlimm genug für sie, diesen Handlanger des Earls als Kerkermeister zu haben, auch ohne dass *der Mann selbst* jetzt auch noch kam, um seine ehelichen Rechte einzufordern.

Der Wächter kam ihnen an der Tür entgegen, spinnenschwarz und klapperdürr, mit schiefem Gesicht. Die Nase, die voller Blatternarben war, schien verbogen, auf der einen Wange hatte er ein rotes Mal, wo ihn einst eine eiserne Bratpfanne getroffen hatte. Der Mann hatte kaum ein Kinn, daher standen die Zähne wie bei einer Ratte zwischen seinen feuchten Lippen vor, die von einem schütteren Bart umrahmt waren.

Isabel sah, wie er sich anschickte seinen Herrn, den Earl von Buchan, unterwürfig und katzbuckelnd zu empfangen, in der Hoffnung auf eine Beförderung, möglichst weit weg von seinem Posten hier auf Balmullo. Eigentlich ist er wie ein Bluthund, dachte sie, der dazu da ist, aufzupassen und zu bewachen, aber genau weiß, dass man ihn hasst.

Der Bluthund Malise Bellejambe musste jetzt zur Seite treten, als die keuchenden und schwitzenden Männer durchs Tor kamen und mit ihrer Bürde in die Halle traten. Der Mann auf der Trage hatte bisher nicht gesprochen, bis auf einen leisen Fluch, als sie ihn etwas unsanft absetzten.

Malise wollte sich mit den Trägern nicht weiter aufhalten, sie stanken nach Schweiß, Holzrauch und vertrocknetem Blut. Ihr Anführer lag bewegungslos auf der Trage, aber eine Art Unterteufel in schwarzem Lederwams fuhr die Träger an und bellte Flüche in einer Sprache, von der Malise wusste, dass es Gälisch war, was nördlich der Mounth-Berge gesprochen wurde.

Buchan folgte ihnen, er streifte seine Handschuhe ab und zog sich den Mantel über den Kopf, ohne vorher die Fibeln zu lösen, und Malise eilte herbei, um ihm behilflich zu sein. Er nickte ihm nur kurz zu – Malise war ein Handlanger, weiter nichts, und nützlich für die Drecksarbeit, die in diesen barbarischen Zeiten verrichtet werden musste. Die Kerze im Wandleuchter flackerte im Nachtwind, und ihr Lichtschein fiel auf seine Frau.

Er holte tief Luft. Monatelang hatte er sie nicht mehr gesehen und vergessen, wie sie aussehen konnte, wenn sie schlafwarm aus dem Bett kam. Ihr Haar hatte noch immer diesen tiefen Kupferton, und obwohl er wusste, dass sie dabei inzwischen nachhalf, änderte das nichts an der Begierde, die es bei ihm auslöste. Sie war noch immer schön, in ihrem Nachtgewand und mit einem pelzbesetzten Umhang darüber war ihr Körper ein Versprechen. Ihre Augen, die im Fackelschein das Blau von Lapis hatten, waren genauso hart und kalt wie dieser Stein, und er spürte, wie eine Verstimmung in ihm aufsteigen wollte, unterdrückte sie aber, denn er war nicht gekommen, um sich mit ihr zu streiten.

Sie blickte ihn an, sein Gesicht war voller als früher, und sie merkte, welche widerstreitenden Gefühle darüberhuschten. Er schien insgesamt zugenommen zu haben, dachte sie und war überrascht, wie man sich in sechs Monaten verändern kann. Zwar war er nicht fett geworden, obwohl er am Kinn und am Bauch schon etwas angesetzt hatte, aber seine früher so mächtigen Schultern wirkten schlaff, als ob sie eine zu große Last zu tragen hätten.

Sein Haar war silbern und seine grauen Augen hart, und für einen Augenblick dachte Isabel, er würde jetzt gebieterisch auf die Tür zum Schlafgemach deuten und ihr hineinfolgen, wie er es gewöhnlich tat – doch in diesem Jahr war es immer seltener passiert, stellte sie fest.

Buchan hatte auch daran gedacht, aber dann ließ er den Gedanken fallen. Er hatte keine Lust mehr, sich schwitzend und stöhnend auf ihr abzumühen, denn ihm verging jegliches Vergnügen daran, sobald sie sich hinterher würdevoll und distanziert davonmachte, während er erschöpft zurückblieb und sich seiner Grobheit schämte.

Es war nie Nachwuchs dabei gezeugt worden, und er hatte sich lange gefragt, ob das natürliche Gründe hatte, oder ob sie es darauf anlegte. Aber er hatte seitdem auch andere Frauen gehabt, und nicht wenige, als wollte er sich entschädigen für das, was sie ihm vorenthielt, und keine von ihnen war schwanger geworden. Auch wenn es ihm Sorgen machte, konnte Buchan sich der Möglichkeit nicht verschließen, dass das Problem vielleicht bei ihm lag.

»Frau«, knurrte er schließlich. Sie nahm es mit einer kurzen, kühlen Verbeugung zur Kenntnis, dann kam ein Diener, der auf einem Tablett Speisen und Wein brachte.

»Malise«, befahl sie, »kümmert Euch um die anderen und sorgt dafür, dass die Pferde in den Stall kommen. Schafft Platz für alle, so gut Ihr könnt, aber seid höflich.«

Malise zögerte einen Moment, dann merkte er, wie Buchan ihn anblickte, und verbeugte sich unterwürfig.

»Mein Herr besucht mich?«, fragte Isabel, und Buchan, den Weinkelch in der Hand, machte eine Kopfbewegung zur Trage hin, die beim Feuer stand, umgeben von den mürrisch dreinblickenden Männern.

»Wallace«, knurrte er. »Er ist verwundet, deshalb habe ich ihn hergebracht. Ihr habt einiges Geschick im Heilen, und man kann sich darauf verlassen, dass Ihr nicht plappert.«

Sie hatte Mühe, ein unbeteiligtes Gesicht zu wahren, doch es war schwer. Wallace war ein Geächteter, und für Buchan, der gerade erst Gnade vor Edwards Augen gefunden hatte, kam es praktisch einem Todesurteil gleich, ihn zu schützen. Ihr »Geschick« als Heilerin war eine weitere Beleidigung ihres Standes, und wenn ihr Mann darüber nachgedacht hätte, hätte er wissen müssen, dass es ihre Schuld nur noch vergrößerte.

Isabel sah ihrem Mann geradewegs in sein volles Gesicht mit den Tränensäcken, und er starrte kühl und stumm zurück. Plötzlich wurde ihr klar, was dieses schwere Gewicht war, das er trug, gleichzeitig merkte sie aber auch, dass er innerlich stahlhart war – härter als sie es für möglich gehalten hatte mit seinem sturen, verbissenen Widerstand gegen die Engländer, egal ob offiziell oder heimlich.

»Ich gehe jetzt in Eure Gemächer«, sagte er schroff, »damit jeder weiß, dass ich nur als der Earl kam, der seine Rechte einfordert. Ihr habt Glück, dass ich im Moment Schlaf dringender brauche als Eure Schenkel, also könnt Ihr ganz beruhigt sein.«

Er wartete nicht länger, sondern eilte durch die düstere Halle davon, und der Rauch der Fackeln waberte hinter ihm her.

Die Männer um die Trage wichen respektvoll zur Seite, als sie nähertrat. Der Mann, der darauf lag und den sie kannte, hatte sich auf den Ellbogen gestützt und grinste sie an, sein Gesicht schweißnass und grau.

»Gräfin – bei Gott, es ist gut, Euch wiederzusehen, obwohl es mir leidtut, dass ich Euch Schwierigkeiten bereite.«

Sie hatte ihn das letzte Mal vor der Schlacht bei Stirling gesehen, jetzt war sie schockiert. Während der Jahre der Verfolgung war sein einst rostrotes Haar grau geworden. Er war immer noch ein Hüne, und er hatte nie viel Fleisch auf den Rippen gehabt, aber jetzt hatte er offenbar gehungert, sodass seine Muskeln angefangen hatten zu schrumpfen, gleichzeitig aber waren sie durch ständige Flucht hart und knotig geworden. Er roch ungewaschen, genau wie die Männer, die ihn gebracht hatten, doch daneben nahm sie noch einen anderen Gestank wahr, den sie nur zu gut kannte.

Sie untersuchte sein Bein und sah die schwarz-grünliche Schwellung knapp unter dem Knie, umgeben von feinen roten Linien.

»Da hab ich vor einiger Zeit einen gehörigen Schlag einstecken müssen«, sagte Wallace aufgeräumt. »Bei Happrew. Hat das Schienbein angeknackst, aber es ist ganz gut geheilt. Dann kam das hier.«

»Da hat die Fäulnis angefangen«, sagte Isabel ohne Umschweife, und Wallace lachte heiser.

»Das weiß ich, Lady«, erwiderte er. »Es tut höllisch weh. Man braucht nur darauf zu blasen, und es schmerzt, als ob jemand draufschlägt.«

»Wir werden mehr machen müssen, als darauf blasen«, sagte Isabel, und Wallace' Adamsapfel bewegte sich krampfhaft ein paarmal, dann nickte er. Sein Gesicht war jetzt ernst.

»Sagt an, Lady – was ist mit seinem Bein?«

Die Frage kam im breitesten schottischen Dialekt von Fergus, dem schwarzen Käfer im Lederwams. Isabel erklärte es so einfach wie möglich, damit der Mann es verstand. Schließlich nickte er, runzelte die Stirn und blickte sie aus seinem Gewirr von Haar und Bart an.

»Ich hab da schon mehrmals ziemlich viel Dreck rausgeholt«, sagte er. »Schwarz wie ein Teufelsarsch – wenn Ihr mir verzeiht, Lady. Wird er es überleben?«

»Ach hör auf, Fergus«, sagte Wallace leise. »Lass doch die gute Frau ihre Arbeit machen.«

Sie ließ heißes Wasser bringen, dazu Tücher und einen scharfen Bratspieß. Wallace ließ sie nicht aus den Augen. Isabel hatte ein mulmiges Gefühl bei dem Gedanken, was sie mit der Wunde tun musste, die schon schmerzte, wenn nur ein Luftzug darüberstrich, aber er schluckte nur und nickte.

»Haltet ihn«, befahl sie, und seine Männer packten ihn an Schultern und Füßen. Sie hielt den Spieß über die Wunde und sah, wie er sich anspannte, dann stach sie zu.

Er heulte, schlug um sich und kotzte, dann wurde er ohnmächtig. Der Spieß flog ihr aus der Hand und glitt über den Fliesenboden, und im selben Moment wusste sie, dass es ihr missglückt war.

Es dauerte zehn Minuten, bis er wieder zu sich kam. Das bleiche Gesicht schweißgebadet, versuchte er ein mühsames Lächeln.

»Jetzt weiß ich, wie man es machen muss, Lady«, sagte er und streckte die Hand nach dem Spieß aus. »Ihr habt die gute Absicht, aber nicht die nötige Kraft dazu.«

Sie gab ihm den Spieß, den er bis auf eine halbe Fingerlänge mit einem Tuch umwickelte, während sie fasziniert und voll Entsetzen zusah. Brächte sie das fertig, wenn es sie selbst beträfe?

Er setzte die Spitze des Spießes vorsichtig auf die Stelle, die sie ihm zeigte, und die schwarzblaue Schwellung schien jetzt zu pulsieren. Dann nickte er Fergus und den anderen zu, die wieder näher traten und sich bereithielten.

»Bei Gott«, sagte er, hob seine gewaltige Faust und brachte sie herab auf den Griff des Spießes.

Als er zum zweiten Mal zu sich kam, hatte sie bereits eine große Menge stinkenden, schwarz-grünen Eiters herausgedrückt, bis frisches Blut folgte. Dann wusch sie alles mit sauberem Wasser, legte einen Umschlag aus warmer Kleie darauf und gab ihm einen Tee aus Bilsenkraut, Knöterich und Schafgarbe.

Gehorsam trank er und verzog das Gesicht.

»Was habt Ihr denn da reingetan, Lady?«

Sie sagte es ihm.

»Ich habe auch etwas Honig hineingetan«, sagte sie, »wie man es bei kleinen Jungen macht.«

Er grinste, aber sein Gesicht war immer noch fahl.

»Ich dachte schon, Ihr gebt mir meine eigene Pisse zu trinken, damit Ihr nicht selbst kosten müsst, um herauszufinden, was mir fehlt.«

Leise räumte sie die stinkenden Tücher und Schüsseln fort, um die Männer, darunter Fergus, nicht aufzuwecken, obwohl sie jetzt wahrscheinlich selbst ein kreischender Dämon nicht hätte wecken können.

»Ich brauche Eure Pisse nicht zu kosten, und ein Horoskop brauche ich Euch auch nicht zu stellen«, erwiderte sie lächelnd, »denn das Ergebnis wäre genau dasselbe – in Eurer Wunde war schwarze Galle. Wenn Ihr den Verband sauber haltet und ruhig liegen bleibt, werdet Ihr in ein paar Tagen wieder gesund sein.«

Zur Probe bewegte er das Bein etwas, dann schenkte er ihr ein bewunderndes Grinsen.

»Ach, der Schmerz ist ja schon jetzt vollkommen weg. Heute Nacht werde ich etwas schlafen, und Morgen früh verlass ich Euch.«

»Ihr werdet etwas länger Ruhe brauchen«, widersprach sie, »und ein paar anständige Mahlzeiten könnten Euch auch nicht schaden.«

Er runzelte die Stirn und schüttelte den verlausten Kopf.

»Ich habe es nicht weit. Bei Tam Halliday in Moffat bin ich sicher. Dorthin gehen wir, wenn wir nicht mehr weiterwissen.«

Sie sah ihn scharf an.

»Das solltet Ihr mir nicht erzählen, besonders wenn andere Ohren mithören können. Was in der Küche gesprochen wird, wird auch im Saal erzählt, Sir.«

Er zuckte die Schultern und antwortete mit einem schiefen Grinsen.

»Euer Mann weiß ja, dass ich dorthin will. Er ist jetzt in Sicherheit – und ich bin auf seinen Befehl hier, oder nicht?«

»Ist er wirklich in Sicherheit?«

Es war heraus, ehe sie es wusste, und er legte den Kopf auf die Seite.

»Lasst Eure Zunge lieber öfter ruhen als Euren Kopf, Lady«, erwiderte er, aber sein Lächeln nahm der Antwort die Schärfe. »Euer Mann hat auch seine guten Seiten.«

Die Rüge ließ sie erröten, und er seufzte und machte eine Handbewegung.

»Außerdem«, fuhr er fort, »ist der Mann wie ein Löwe, wenn es um seine eigenen Interessen geht.«

»Seine Interessen betreffen nur ihn selbst«, sagte Isabel warnend, und Wallace nickte.

»Genau – und dazu braucht er mich. Sein Interesse ist vor allem, Bruce zu verhindern, also genau das, was die Comyns wollen. Und darum bin ich nötig, nämlich um Bruce hinzuhalten mit seinem Anspruch auf den Thron, der John Balliol gehört.«

Er schwieg, und sein Grinsen wurde noch breiter.

»Allerdings wäre ich mir nicht so sicher, was den neuen kleinen Lord von Badenoch anbetrifft, auch wenn der ein Comyn ist.«

Sie nickte, denn sie wusste, dass der Rote John Comyn, der seit dem Tod seines Vaters Lord von Badenoch war, selbst auch

Anspruch auf den Thron erhob. Als Vetter ihres Mannes und, noch wichtiger, aufgrund seiner Abstammung könnte der kleine Rotkopf in Versuchung kommen – nur dass er im Moment noch wegen seiner Beteiligung am Aufstand gefangen gehalten wurde. Aber sie zweifelte nicht daran, dass er sich herauswinden würde, genau wie alle anderen.

Sie dachte an Hal und fragte sich, wo er jetzt war.

»Ich lasse Euch jetzt schlafen, Sir William«, erwiderte sie und wandte sich mit der Kerze zum Gehen.

»Habt Ihr den Mann jemals wiedergesehen?«, fragte er, leise und mit sanfter Stimme – aber es traf sie wie eine Ohrfeige. Sie drehte sich um, und bei den Erinnerungen, die plötzlich auf sie einstürmten, griff sie sich unwillkürlich an den Hals. Sie konnte nur den Kopf schütteln, und er nickte nachdenklich.

»Er ist ein guter Kerl, Hal von Herdmanston«, fuhr er leise fort, sein Gesicht fast unsichtbar im Schatten.

»Ein Name, der einigen hier im Haus nicht willkommen ist«, brachte sie mühsam heraus.

»Blau ist Schönheit, Rot ist Vergebung, Grün ist Trauer, und Gelb ist Verrat«, erwiderte er, halb zu sich selbst, und sie hörte ihn leise lachen. »Seht Ihr, ich erinnere mich immer noch an die Worte der Liebe, auch wenn ich sie nie kennengelernt habe.«

»Ihr solltet fortgehen von hier«, sagte sie plötzlich, voll Mitleid für den Mann. »Verlasst dieses Land. Fangt anderswo ein neues Leben an. In Frieden …«

Sein Lachen klang trocken.

»Zu spät.«

Sein Blick ging in die Ferne, und sie wusste, er dachte daran, welche Zukunft er hätte haben können.

»Ist John Balliol das alles wert?«, fragte sie bitter. »Ist irgendein König das wert?«

Wallace tauchte aus seinen Tagträumen auf.

»Jetzt spricht die Schlange aus dem Paradies, die Freundin der

Frauen.« Doch sein Grinsen nahm der Antwort den Stachel. Er beugte sich etwas vor, sein Gesicht war ernst, seine Augen leidenschaftlich.

»John Balliol ist unser Lehnsherr«, sagte er. »Und wer in diesem Königreich für etwas anderes kämpft, schmiedet lediglich seine eigenen Ketten, mit denen er sich an einen usurpierenden Tyrannen bindet.«

Er lehnte sich zurück und lächelte müde.

»Und wenn Euch diese Antwort von einem Briganten wie mir zu edel klingt, dann hört hier die andere: Es gibt inzwischen zu viele, die mich nur zu gern auf einem Spieß über dem Feuer sehen würden. Nein, ich habe meinen Weg gewählt und werde ihn auch zu Ende gehen.«

Eine Welle des Mitleids erfasste sie, und plötzlich richtete er sich wieder auf und starrte sie an, sein Gesicht dicht vor dem ihren. Einen Moment dachte sie, er habe ihr Mitleid gespürt und schämte sich – doch dann merkte sie, dass er es war, der Mitleid hatte.

»Euer Weg, Lady, ist verzweigt, und Ihr habt zu lange an der Gabelung gestanden. *Holz brennt, auch wenn es durchs Wasser gezogen wurde, und die Weide lässt die Zweige hängen, auch wenn sie zur falschen Jahreszeit gepflanzt wurde*. Denkt daran.«

Am nächsten Morgen verabschiedete er sich, er dankte ihr und gab ihr ein Geschenk, das sie vor Buchan verbarg. Dann war er weg, samt seinen Männern, und zurück blieb nur der säuerliche Geruch und die Trage. Buchan, der früh aufgestanden war und schon gefrühstückt hatte, konnte sich bei Tageslicht an der Tür von seiner Gemahlin verabschieden, als seien nur er und sein Gefolge da gewesen.

»Frau«, brummte er von seinem Zelter herab. Plötzlich überfiel ihn eine große Traurigkeit, ihretwegen genauso wie für sich selbst, und wegen dem, was hätte sein können, wenn alles anders gelaufen wäre. Sie war noch immer schön, und die Ereignisse der letzten Nacht und der Grund, warum er gekommen war, zeigten ihm ihre Stärke und ihr Können. Sie hätte eine gute Gräfin abgegeben.

Doch dann kamen wieder die Erinnerungen an ihre Eskapaden, daran, wie sie ihn gedemütigt und belogen hatte, und alles Mitleid war verflogen. Über ihren Kopf hinweg nickte er dem spinnendürren Malise zu.

»Passt gut auf«, sagte er und wandte sein Pferd um.

Sie stand da, als bedaure sie pflichtschuldigst seinen Abschied, aber sie musste nur immer wieder an Wallace' Worte denken. *Holz brennt, auch wenn es durchs Wasser gezogen wurde, und die Weide lässt die Zweige hängen, auch wenn sie zur falschen Jahreszeit gepflanzt wurde.*

Fünf Jahre lang hatte sie ihren wahren Neigungen widerstanden, gebunden an das Versprechen, dass Hal vor Buchans Zorn sicher sei, solange sie sich an ihren Teil der Abmachung hielt. Ob er nach all den Jahren noch immer etwas für sie empfand? Konnte sie sich dieser Möglichkeit noch länger entziehen?

DIE KIRCHE VON RICCARTON
MITTERNACHT

In der kühlen Dunkelheit klang das *tschink, tschink,* das von den unsichtbaren Steinen abprallte, wie ein Schmiedehammer auf dem Amboss, die Funken schienen riesengroß. Jeder einzelne davon sah aus, als könne er ein Großfeuer auslösen, dabei sollten sie nur ein paar Holzkohlestückchen in Brand setzen.

»Hier liegen Tote«, sagte Sim Craw düster. Lamprecht schnaubte verächtlich, die Stimme des Mannes hatte furchtsam geklungen, und es verschaffte ihm eine gewisse Befriedigung, dass dieser große, starke Kerl hier in der dunklen Begräbnisstätte vor Angst bibberte. Lamprecht empfand keine Furcht.

»Das ist allgemein der Sinn einer Krypta«, sagte Kirkpatrick trocken und sah Sim an, das Gesicht rot wie bei einem Kobold, als er in die Funken blies, um das Flämmchen zum Leben zu erwecken. Er entzündete den Kerzenstummel daran und steckte ihn in die Laterne.

Es wurde heller im Raum, und sie blinzelten und drehten die Köpfe, während sie näher kamen. Auch wenn er sich unbekümmert gibt, dachte Hal, ihm ist doch genauso unheimlich zumute wie uns allen, denn am leisen Klappern der Hornscheiben in der Laterne merkte er, dass auch Kirkpatricks Hand zitterte. Dann sah er in das rote Teufelsgesicht von Lamprecht und berichtigte sich. Unheimlich wie uns allen, außer Lamprecht, dachte er.

Im tanzenden Schatten erschienen vier Steinsärge, und Hal sah, dass in den Wänden lauter kleine, viereckige Nischen waren. Das gemeine Volk wird im Kirchhof begraben, aber dieser Ort hier ist für die Priester reserviert, dachte Hal. Am Anfang kommen sie in die Steinsärge, dann, wenn nur noch die Gebeine übrig sind, werden sie in so ein Loch in der Wand gelegt. Sie bleiben im Kloster – im Leben wie im Tod.

»Ist das hier der Sarg?«, zischte Sim, und Hal blickte auf den einzigen, der keinen schweren Deckel hatte.

»Ja«, knurrte Kirkpatrick und ging drei ausgetretene Steinstufen hinauf zu einer Tür. Sie führte in die Kirche, und Hal hoffte, sie würde sich leichter öffnen lassen als die Tür, die hierher in die Krypta geführt hatte.

Von Unkraut überwuchert und fast völlig eingesunken musste sie erst mühsam freigelegt werden, und bei jedem Laut, den sie vor Anstrengung von sich gaben, verfielen sie in Panik, entdeckt zu werden. Sie hatten drei Rinder mitgebracht, um sich im Notfall damit herausreden zu können, die Tiere hätten im Friedhof gegrast und müssten hinausgetrieben werden, auch wenn diese Ausrede nicht sehr überzeugend klang. Der Hundejunge blieb am Tor, er sollte auf die Tiere aufpassen und den Männern in der Krypta den Rücken decken.

»Ach – sie ist leer.«

Sims Bemerkung war nur ein zischendes Flüstern, aber die Enttäuschung hatte ihm die Angst genommen, und es klang laut, weil es von den Wänden widerhallte.

»Pssst.«

Kirkpatricks Gesicht war ebenso düster wie das von Sim.

»Ich dachte, hier wäre jemand drin«, protestierte der laut.

»Es ist mir egal, auch wenn die Gebeine von Christus selbst hier wären«, fauchte Kirkpatrick zurück. »Ich hätte dir ein Horn geben sollen, damit du uns in voller Lautstärke ankündigen kannst.«

»Mach endlich die verdammte Tür auf«, erwiderte Sim leise, und Kirkpatrick zog seinen Dolch, dessen vier Kanten gefährlich aufblitzten. Hal und Sim warteten geduckt, als erwarteten sie, dass sich aus den Nischen kreischende Dämonen auf sie stürzten, aber sie rochen lediglich den Duft von Stein und Moder. Doch die viereckigen Löcher in den Wänden hinter ihnen kamen ihnen vor wie schwarze Augen.

Das Knarren, mit dem die Tür sich schließlich öffnete, ließ sie alle zusammenfahren. Kirkpatrick hielt inne, und sie erstarrten.

»Jetzt brauchen wir kein Horn mehr«, knurrte Sim bitter, aber Hal ermahnte ihn, endlich den Mund zu halten, ehe die Sticheleien zwischen ihm und Kirkpatrick überhandnahmen. Kirkpatrick steckte seinen vierkantigen Dolch wieder ein und stemmte die Tür auf, ohne sich um die kreischenden Angeln zu kümmern.

»Wer ist überhaupt hier drin?«, wollte er wissen. »Ein paar alte Knochen, außerdem der kleine Priester und Jop, aber die haben sich bestimmt verkrochen und werden uns nicht viel Mühe machen.«

Jop hatte sich nicht verkrochen. Sie entdeckten ihn, nachdem sie lautlos wie Mäuse durch die Kirche geschlichen waren. Das Gebäude war schlicht wie eine Scheune, ohne Querschiffe, nur mit einem zweistöckigen Glockenturm über den Deckenbalken, die man in dem schwachen Licht gerade noch erkennen konnte.

Gemaltes Weinlaub in grellem Grün schmückte die Kragsteine und Kapitelle der Pfeiler, die aus den Steinwänden hervorsprangen, und die weiß getünchten Wände rundum zeigten angsteinflößende biblische Szenen, deren Höllenfeuer im Schein von Kirkpatricks Laterne noch heller brannte.

In der Nähe der Tür stand ein Taufbecken, nicht viel mehr als eine große Schüssel auf einem Sockel, und bis auf den Altar, zu dem einige Stufen hinaufführten, war die Kirche leer. Über dem Altar war ein Gemälde vom heiligen Christophorus mit dem Christuskind, das missbilligend auf die erloschene Lampe des Heiligtums zu blicken schien.

Der Priester, den sie anfangs gesehen hatten, war jetzt verschwunden, aber Jop war noch da. Er machte nicht den Eindruck, als würde er sich leicht ergeben, als sie einige Stufen des hölzernen Glockenturms hinaufstiegen und jetzt im oberen Stockwerk standen.

»Wer ist da? Wer zum Teufel seid ihr?«

Er war ein stattlicher Mann, musste Hal zugeben, und in diesem Raum mit der niedrigen Decke, der mit einem Rollbett, einer stabilen Truhe und einem Kohlebecken möbliert war, wirkte er noch größer. Kupferrotes Haar, wütend funkelnde Augen, breite Schultern – einen Augenblick lang dachten alle drei, es sei Wallace selbst, der ihnen hier in die Arme gelaufen war.

Doch bei näherem Hinsehen wurde es ihnen klar – das Gesicht war dasselbe, jedoch schien hier jemand die Wangen mit einem Blasebalg aufgepumpt zu haben. Die Augen schienen wild entschlossen – aber das Herz dahinter war es nicht. Die Größe war ähnlich, aber die Schultern waren fett und der Bauch ein Bierfass.

»Jop«, sagte Kirkpatrick und zog seinen vierkantigen Dolch heraus, sodass der große Mann zurückwich, gegen das Bett stieß und sich so schwer hinsetzte, dass man es krachen hörte.

»Wer hat euch geschickt?«, fragte er mit heiserer Stimme, und Kirkpatrick lachte leise.

»Niemand in London, wenn du das vermutest«, erwiderte er. »Obwohl du uns auch darüber noch etwas erzählen wirst, ehe wir fertig sind.«

»Und Engländer auch nicht«, fügte Hal hinzu. »Aber Longshanks wird bestimmt wissen wollen, wo du das Kreuz versteckt hast.«

Jop sah ihn an und schien in sich zusammenzusacken, worauf Kirkpatrick spöttisch lachte.

»Ja, wir wissen davon. Und du wirst uns sagen, wo wir es finden.«

»Es war nur eine Hälfte von dem Kasten, in dem das Kreuz war. Der kleine Ablasshändler, Lamprecht, dieser Scheißkerl, hatte die andere Hälfte«, sagte er. »Wir hatten geholfen, für Mabs in der Schweinegasse ein paar Sachen aus Westminster rauszuholen, wo sie versteckt waren. Es war sehr gefährlich, denn Pudlicotes Haut draußen an der Kirchentür war noch nicht mal ganz trocken.«

»Und habt ihr es deinem Vetter Wallace gebracht?«, fragte Hal.

»Zu *dem*?«

Jop klang verächtlich, er wischte sich mit der schweißnassen Hand über die trockenen Lippen und ließ den blitzenden Dolch nicht aus den Augen.

»Wenn ihr ihn seht, grüßt ihn schön von mir«, sagte er bitter. »Gott sei mit Wallace, aber der nimmt einem doch grundsätzlich alles ab, was man besitzt.«

»Und was soll das heißen?«, wollte Hal wissen. Die Antwort brach aus Jop heraus wie ein Wasserfall.

Er hatte Wallace aufgesucht in der Hoffnung, dass er bei seinem Vetter einen Unterschlupf finden würde und dass dieser ihm vielleicht das halbe vergoldete Reliquiar abkaufen würde, das er mitgebracht hatte, denn er wusste, dass Wallace nach einem Dutzend profitabler Überfälle Geld hatte.

Hal und Kirkpatrick sahen sich an.

»Also weiß Wallace von allem?«, fragte Kirkpatrick, und Jop verzog spöttisch den Mund.

»Ja, er weiß es. Er hat gelacht, und dann nahm er es mir ab. Ich hatte eine Hälfte, Lamprecht die andere. Der verfluchte Wallace nahm es mir weg, für den guten Zweck, wie er sagte.«

Er spuckte auf die glühenden Kohlen im Becken.

»Verwandtschaft«, sagte er giftig.

»Und das Kreuz selbst?«, wollte Hal wissen.

Jops Gesicht wurde noch wütender.

»Das Kreuz? Das hat Lamprecht, das wollte er doch mehr als alles andere … Moment mal, hat der euch etwa geschickt?«

Hal und Kirkpatrick sahen sich sprachlos an. Es war klar, der Ablasshändler hatte sie alle hereingelegt und auf eine falsche Fährte gesetzt. Und als sei bei diesem Gedanken der Teufel selbst heraufbeschworen worden, tönte plötzlich laut scheppernd die eiserne Glocke über ihnen.

Jop stieß einen erschrockenen Schrei aus, er sprang auf, und Kirkpatrick fuhr zurück. In dem Moment sah Jop seine Chance und holte zu einem Schlag aus, der Hal krachend gegen die Wand warf. Sim stürzte sich auf Jop, sofort waren die beiden ineinander verkeilt, und das Chaos brach los.

Sim und Jop kämpften taumelnd und stießen das Kohlebecken um, dessen glühende Kohlen sich über die falschen Rubine ergossen. Kirkpatrick warf sich fluchend auf sie, wurde von dem kämpfenden Paar umgerissen und fiel seitwärts auf die Truhe.

Als Hal die schwelenden Binsen am Boden bemerkte, raffte er sich auf und fing an, sie auszutreten. Schließlich fielen Sim und Jop aufs Bett, das vollends zusammenbrach, und die beiden wälzten sich am Boden. Ein neues Krachen, ein lautes Brüllen, dann stand Sim auf und trat einen Schritt zurück.

»Beruhige dich doch, Jop«, schrie er. »Nun mal langsam, Mann – wir wollen dir doch gar nichts tun.«

»Mörder! Diebe! Lamprecht …«

Kirkpatrick kämpfte seine aufkommende Panik nieder – der Lärm der Schlägerei, das Gebrüll, Hals Getrampel auf den brennenden Binsen, das alles machte genug Krach, um selbst die Toten in der Krypta aufzuwecken. In Panik stürzte Jop vorwärts, wodurch Sim das Gleichgewicht verlor und zu Boden ging und Kirkpatrick, ohne nachzudenken, wie eine gereizte Hornisse herumfuhr und zuschlug.

Jop gab einen hustenden Grunzer von sich, erstaunt blickte er auf die Stelle, wo Kirkpatrick ihn getroffen hatte … es war kein besonders harter Schlag gewesen …

Doch dann traf ihn der Dolch ins Herz und er fiel. Wie ein gefällter Baum stürzte er zu Boden, und sein Kopf schlug so hart auf, dass kein Zweifel daran bestand, dass er tot war.

Hal hörte endlich auf, die Flammen auszutreten.

»Gelobt sei Christus«, murmelte er geschockt.

»In Ewigkeit«, erwiderte Kirkpatrick ehrfürchtig, dann wischte er den Dolch an Jops Tunika ab, drückte ein Stück glühende Kohle aus, das in dessen Haar geschwelt hatte, und richtete sich auf.

»Ein Mord war hier eigentlich nicht geplant«, sagte Hal vorwurfsvoll.

»Aber nötig«, erwiderte Kirkpatrick spöttisch, und da es dagegen nichts einzuwenden gab, schwieg Hal.

»Wir sollten hier verduften«, unterbrach Sim, dann fuhr er wieder zusammen, als die Glocke abermals so laut scheppernd läutete, als öffneten sich die Tore der Hölle.

»Mein Gott«, zischte Kirkpatrick.

»Lamprecht«, spuckte Sim, und Kirkpatrick stieß einen deftigen Fluch aus.

»Wir müssen wirklich schleunigst weg von hier«, warnte Hal, doch Kirkpatrick war schon an der Tür, und die anderen folgten. In der Türöffnung blieb er stehen, drehte sich um und gab dem umgeworfenen Kohlebecken einen Tritt, sodass auch die letzten glühenden Kohlen herausrollten. Die Flammen breiteten sich aus, und sie verließen eilig den Raum.

Schnell liefen sie die dämmerige Halle entlang, wo ihre Schatten wild an den Wänden tanzten. Plötzlich erschien eine Gestalt in der Dunkelheit, und Hal stieß einen erschrockenen Schrei aus.

»Halt«, rief eine Stimme, und Kirkpatrick fuhr herum und holte zum Schlag aus, blitzschnell und hart – doch jemand packte ihn am Handgelenk und hielt ihn fest. Er brüllte auf und versuchte sich loszureißen, aber Sim ließ nicht locker.

»Bei Christi Wunden«, fauchte er ihn an. »Willst du etwa einen Priester umbringen?«

Der kleine Priester war aufgewacht und dem Lärm in der Kirche gefolgt, doch jetzt war er vor Schreck gestürzt. Er saß am Boden und starrte entsetzt auf den blitzenden Dolch und auf die Faust, die verhindert hatte, dass er ihn zu spüren bekommen hatte. Sim ließ los und stellte sich schnell zwischen den Dolch und den Priester, den er vorn an seiner Robe packte und hochzog. Er starrte in das ängstlich verzerrte Gesicht.

»Kennt Ihr mich?«, fragte er. Er musste die Frage wiederholen, ehe der Priester Herr seiner Sinne wurde und ihn ansah.

»Ihr seid Diebe und Einbrecher in diesem Gotteshaus …«

Er konnte nicht weitersprechen, denn Sim hatte ihm einen Schlag in die Magengrube verpasst, dass er nach Luft rang, ein zweiter Schlag traf ihn hinterm Ohr und schickte ihn wieder zu Boden.

»Gut«, sagte Sim, und Kirkpatrick trat vor, doch Hal packte ihn am Ellbogen und zog ihn zurück.

»Man muss sichergehen«, zischte Kirkpatrick, doch Hal zerrte ihn am Arm zurück.

»Nicht nötig. Ihr habt doch gehört – er weiß nicht, wer wir sind, also kann er uns nicht verraten. Ist es nicht genug, dass du einen umgebracht hast?«

»Er kann noch eine ganze Menge verraten …«, zischte Kirkpatrick zurück und versuchte sich loszureißen.

»Das reicht für eine Nacht«, erwiderte Hal bestimmt und sah Kirkpatrick fest an.

Ein Krachen an der Tür ließ sie den Streit vergessen. Kirkpatrick fluchte, und wie gejagte Hasen rannten sie zur Tür der Krypta und hinaus, eingehüllt in den Rauch aus Jops Kammer. Sie stolperten die Treppe zur Krypta hinab und zwischen den Steinsärgen hindurch, dann hinaus in die verregnete Nacht, wo sie tief Luft holten und ihre Gesichter in den sanften Regen hielten.

Es gab weder Mond noch Sterne, nur das nasse Gras unter ihren Füßen. Doch hinter ihnen sahen sie Flammen, und Hal merkte, dass Kirkpatrick die Laterne in der Krypta weggeworfen hatte. Dahinter sah man den Feuerschein der brennenden Kirche.

Die Wachen waren schnell angekommen, sie hatten Nacht um Nacht gewartet und gehofft, den gerissenen Wallace hier zu überraschen und festzunehmen. Jetzt waren sie vom Scheppern der Kirchenglocke alarmiert worden und kamen angerannt, bis an die Zähne bewaffnet mit Axt und Schwert – einer hatte sogar eine Lanze – und mit Schilden, Kettenpanzern und Helmen. Sie dachten, damit wären sie den drei zerlumpten Viehtreibern überlegen, die schließlich nichts weiter als ihre Messer hatten.

Hal stieß einen Fluch aus. Mit der englischen Garnison von Riccarton hatten sie nicht gerechnet – doch jetzt war ihm klar, dass dies alles zu Lamprechts Plänen gehörte.

Die Wachen kamen näher. Man hörte ein wildes Raunen und Knurren und das Klirren von Stahl auf Stahl. Funken stoben aus den Klingen, und aus der Dunkelheit kam eine Lanze, die für

Hal bestimmt war, doch sie schlug vor ihm auf und schlitterte über den aufgeweichten Boden.

Sim neben ihm brüllte so laut auf, dass Hal fast taub wurde und zurückfuhr, in dem Moment sauste ein Schwert nieder, das er mit dem Dolch abwehren konnte, doch von der Wucht des Schlages wurde sein Arm taub und er hätte beinahe die Waffe fallen lassen.

Er duckte sich, fuhr herum und stieß mit dem Dolch zu. Er merkte, dass er auf etwas getroffen hatte, und hörte jemanden aufheulen. Eine Klinge kam auf ihn zu, und er konnte sich gerade noch rechtzeitig zur Seite drehen, sodass sie nur durch seine Tunika drang, doch er spürte es kalt unter den Rippen. Der Mann mit dem Schwert hatte das Gleichgewicht verloren und stürzte auf Hal zu, dessen Dolch dreimal zustieß und seinen ungeschützten Hals traf, worauf er auf dem schlammigen Weg zusammensackte.

Wie ein wütender Hund kämpfte Kirkpatrick mit zwei weiteren Wachen. Mehr Männer kamen hinzu, und das tanzende Licht ihrer Laternen beleuchtete die Kampfszene. Hinter sich hörte Hal Flüche und das Splittern der Tür zur Krypta, er drehte sich um und sah, wie die Wachen die letzten Flammen aus der Laterne austrampelten und den Eingang zur Friedhofstür frei machten.

Jetzt waren sie in großen Schwierigkeiten, das wusste Hal, als zwei Männer auf ihn zukamen. Er machte eine halbe Drehung und rammte den ersten hart mit der Schulter, warf ihn zurück und versetzte ihm einen Hieb. Dann traf ihn etwas auf den Hinterkopf und er schwankte, plötzlich war nur noch Wasser und aufspritzender Schlamm um ihn.

Er hockte auf allen vieren, gab sich aber Mühe, aufzustehen und gleichzeitig wild um sich zu schlagen. Er spürte ein Brennen am Hinterkopf und hörte sein eigenes mühsames Atmen. In seinem Mund war metallischer Blutgeschmack, und plötzlich merkte er, wie jemand seine Schulter mit festem Griff packte. Wie nebenbei schoss ihm dabei der Gedanke durch den Kopf, was wohl aus dem Hundejungen geworden war.

Die Hand drehte ihn herum, und er ließ es geschehen. Seine Hand mit dem Messer wurde von einer Faust umklammert, und jemand zischte ihm zu: »Ich bin's, Sim. Lass das jetzt.«

Als Hal durch seine Benommenheit hindurch das Brüllen von Rindern hörte, hätte er fast gelacht. Sim dagegen fluchte und zerrte ihn zur Seite. Dann fielen sie zusammen in den Matsch und rollten ein Stück weiter, während schwarze Gestalten an ihnen vorbeirannten und wütend ihrer Enttäuschung Luft machten. Eine schmale, dunkle Gestalt schnappte bellend nach ihren Fersen.

Hal schüttelte den Kopf und kam langsam in die Wirklichkeit zurück, auf diese Straße, in diese Nacht und in diesen Dreck, gerade rechtzeitig, um zu sehen, wie die kleinen schwarzen Rinder mit ihren gebogenen Hörnern die Straße hinunter und auf die englische Garnison zu galoppierten.

»Zeit, dass wir abhauen«, sagte eine ruhige Stimme – der Hundejunge –, und sie verschwanden so schnell wie möglich, der Hundejunge jedoch nicht, ohne seine Hütehunde zu rufen. Als sie völlig außer Atem waren und eine Pause machen mussten, runzelte er die Stirn, denn einer der beiden Hunde war nicht zurückgekommen.

»Ich fürchte, er ist tot«, brummte er. »Der gute Beauchien«, sagte er und streichelte den anderen.

Beauchien, dachte Hal und lachte, doch er zuckte zusammen, als er merkte, dass ihm davon der Kopf schmerzte. Sim kümmerte sich um seine Rippen und murmelte etwas, und plötzlich merkte Hal mit Schrecken, dass er einen tiefen Schnitt davongetragen hatte. Kirkpatrick nickte dem Hundejungen anerkennend zu.

»Gerade rechtzeitig«, sagte er. »Dein Trick mit den Kühen hat uns alle gerettet.«

»Ich bekam die Nachricht von Lamprechts Absicht zu spät«, sagte der Hundejunge traurig wie zur Entschuldigung. »Es tut mir leid.«

»Welche Nachricht?«, wollte Sim wissen, während er die Wunde unter Hals Rippen missbilligend ansah.

»Dieser Schwachsinnige«, sagte der Hundejunge. »Der wollte doch die Muschel vom Hut des Ablassverkäufers. Ich erfuhr erst später, dass er ihn schon vor einiger Zeit einmal darum gebeten hatte, aber Lamprecht hatte sie ihm nicht gegeben.«

Er schwieg und blickte in die Gesichter der anderen, die langsam anfingen zu verstehen.

»Lamprecht war schon einmal hier, und der Schwachsinnige hatte ihn gesehen. Und ich wette, Lamprecht war bei Jop – dann ging er, um uns und Earl Robert zu suchen. Warum, weiß ich nicht, aber etwas Gutes führte der bestimmt nicht im Schilde.«

Ein klagendes Gebrüll unterbrach das Schweigen, und Sim fluchte.

»Stirk Daveys Rinder haben sich verlaufen«, stöhnte er. »Ehe diese Nacht zu Ende ist, werden die Engländer in Riccarton sich über ein paar saftige Steaks freuen, und wir werden einen ganz schönen Batzen Geld los sein.«

Hal fand, das sei ein ziemlich hartes Schicksal für die Kühe, die ihnen durch ihr Auftauchen das Leben gerettet hatten, aber sein Kopf schmerzte so stark, dass ihm übel wurde und er längere Zeit nichts mehr sagen konnte. Als er wieder sprach, ging es nicht um Rinder.

Stattdessen war es eine Frage, die die anderen wie ein Hammerschlag traf, als sie merkten, dass jemand fehlte.

»Wo ist eigentlich Lamprecht?«

KAPITEL 4

LINCOLN
WEIHNACHTSTAG 1304

Der Dampf von Pferden und Reitern vermengte sich mit dem aufstiebenden Schlamm und Schnee, und durch den Nebel hörte man Gebrüll und Knurren und das Klirren von Stahl, sodass die Männer in Bruce' Gefolge unruhig auf ihren Sätteln herumrutschten.

»Wartet«, befahl er, und sie standen still, bis auf seinen Bruder Edward natürlich, der neben ihm ritt und etwas vor sich hin murmelte.

Bruce blickte auf dieses wilde Durcheinander, auf Männer, die sich vor Lust heulend mit stumpfen Waffen bearbeiteten, ab und zu eine Pause einlegten, um dann ihre schwer atmenden Pferde zu wenden und sich aufs Neue in das sinnlose Gewühl zu stürzen.

»Jetzt«, brummte Edward ungeduldig. »Dort ist er …«

»Warte.«

Jenseits des aufgewühlten, schlammigen Feldes ragte die hohe verschneite Burg auf, von deren Turm aus die Damen zusahen, umgeben von wärmenden Kohlebecken, in dichte Pelze und Handschuhe gehüllt, sodass ihr Applaus wie das Trippeln von Katzenpfoten klang.

»Jetzt«, wiederholte Edward ungeduldig.

»Warte.«

»Aaaah!«

Bruce hörte das lang gezogene frustrierte Knurren und sah die mächtigen Schlachtrosse, doch sein Bruder war schon losgeprescht. Im Stillen verfluchte er ihn, gab aber den anderen ein Zeichen, ihm zu folgen. Mit lautem, befreitem Geschrei brach sein Gefolge aus dem schützenden Wäldchen hervor und stürzte sich auf die kämpfende Menge.

Zu früh, wie Bruce sofort erkannte. Viel zu früh. Ihr Opfer hatte Edward und die Reiter hinter ihm erblickt, jetzt löste er sich aus dem Turnier, um sich ihnen entgegenzustellen, wobei er aus seinem Topfhelm Befehle brüllte, ihm zu helfen. »De Valence«, brüllte er, »de Valence«.

Edwards leichtes, ungepanzertes Pferd scheute und wich aus, als das schwere Schlachtross von de Valence sich aufbäumte und mit seinen tödlichen Hufen um sich schlug, dass die blau-weiße, mit Schlamm bespritzte Schabracke sich blähte. Bruce näherte sich von der anderen Seite und packte de Valences Tunika, doch er erhielt einen so heftigen Schlag auf seinen gepanzerten Arm, dass dieser kraftlos wurde und er loslassen musste.

De Valence hatte jedoch auf seinem mächtigen Pferd das Gleichgewicht verloren, mit einem dumpfen Schrei glitt er seitwärts herunter, wobei einer seiner Sporen über den Rücken seines Pferdes schrammte. Es wieherte vor Schmerzen und galoppierte los, wobei de Valence, dessen anderer Fuß im Steigbügel gefangen war, mitgerissen wurde. Er schrie laut auf, während er eine Furche in dem weichen Boden hinterließ und mitten in den gefährlichen, tänzelnden Trupp hineingezerrt wurde.

»Den dort«, schrie Edward, und sein Bruder drehte sich im Sattel um, als eine Gestalt – der Mann, der ihm den Schlag versetzt hatte – verzweifelt versuchte, vor Bruce' Männern zu fliehen. »Rob – pack ihn!«

Bruce reagierte, wie ein Wiesel auf ein Kaninchen reagiert, ohne zu überlegen. Er packte den Mann um die Hüfte und zerrte ihn aus dem Sattel, seine Flüche, Tritte und Schläge ignorierend. Er schleppte ihn aus dem Gewirr der anderen Reiter heraus und ließ ihn fallen wie einen Sack.

Malenfaunt, benommen und voll blauer Flecke, wurde von rauen Händen ergriffen, jemand versuchte, ihm seinen Topfhelm abzunehmen, aber der war mit seinem Schulterpanzer verbunden. Dann brüllte eine Stimme ihn durch die Luftlöcher hindurch an, sich zu ergeben. Er machte eine müde Handbewegung, alles tat ihm weh, und ihm wurde übel, als er sich vorstellte, was ihn dies kosten würde – noch dazu in den Händen der Bruces, die er ohnehin hasste. Auch der Gedanke, dass er de Valence gerettet hatte, war kein Trost.

Bruce blickte auf das Wappen des Mannes und wusste, es handelte sich um Malenfaunt. Er wandte sich an seinen grinsenden Bruder.

»Wir waren eigentlich hinter einem Adler her«, sagte er bitter, »stattdessen haben wir ein Huhn gefangen.«

Edward machte ein mürrisches Gesicht. Das Turnier wurde wieder aufgenommen und nahm seinen weiteren Lauf, wie ein Rudel sich balgender Hunde, und auf diese Weise feierte man den Tag der Geburt Christi.

KLOSTER VON EVESHAM, WORCESTER
AM SELBEN ABEND

Kirkpatrick tauchte an Hals Seite auf.

»Nach London gegangen«, flüsterte er aus dem Mundwinkel, wobei er die Hände am Feuer rieb, ohne Hal anzublicken. Er zog den Rotz hoch und spuckte ins Feuer, sodass es zischte und die Männer in seiner Nähe sich über seine schlechten Manieren mokierten. Kirkpatrick grinste zurück, es waren alles Reisende und Pilger, und sein Grinsen wirkte brutal, wie es sich für einen

Söldner wie ihn gehörte, der grob wie ein Schmiedehammer war und dem man besser nicht zu nahe kam.

»Hörte es von drei anderen, dreckige kleine Knochensammler, genau wie er. Einer sagte, er will nach Compostela.«

»Sie wissen, wer er ist?«, fragte Hal, und Kirkpatrick nickte.

»Ja«, flüsterte er. »Ein derart hässliches Miststück, das eine komische Sprache spricht und dann auch noch Lamprecht heißt? Der dürfte nicht schwer zu finden sein, selbst wenn er seinen Namen nicht preisgeben sollte. Außerdem ist er den Priestern hier bekannt.«

Hal starrte trübsinnig ins Feuer, draußen heulte der Wind und rüttelte an den Läden. Er brachte Schnee mit, und die Weiterreise am nächsten Tag würde langsam und beschwerlich werden – wahrscheinlich würden sie die Pferde den größten Teil des Weges führen müssen, und das war ein weiterer Vorwurf, den sie dem kleinen Ablasshändler machten, der mit seiner Gerissenheit einen Earl beraubt hatte und Hal, Kirkpatrick und ein paar andere fast das Leben gekostet hätte. Hal machte eine Bewegung und zuckte zusammen, die Verletzung unter seinen Rippen war noch immer nicht verheilt und nässte.

»Wir hätten ihn von Anfang an besser im Auge behalten sollen«, sagte Kirkpatrick als Antwort darauf. »Wir hätten ihn in der Nacht damals gleich mit Jop zusammen erledigen sollen.«

Hal sah ihn nachdenklich an.

»So leicht ist das also für dich? Ob damals umgebracht oder irgendwann jetzt«, sagte er bitter, »das macht doch keinen Unterschied – Mord ist Mord.«

»Pssst«, zischte Kirkpatrick und blickte nach allen Seiten. »Über solche Sachen sollten wir jetzt nicht reden.«

Er rückte näher an Hal heran, sodass seine Lippen dicht an dessen Ohr waren und ihn kitzelten.

»Diese Glocke dort hat nicht von selbst geläutet, und es war klar, warum Lamprecht, dieser kleine Bastard, mitgekommen ist, nicht wegen des Kreuzes oder der Rubine. Er hat die Glocke geläutet und uns damit die englische Garnison auf den Hals gehetzt, und jetzt ist er in der Lage, auch Bruce eins auszuwischen, denn der hat deutlich erkennen lassen, dass er ein Interesse an dem Kreuz hat, und zwar so deutlich, als hätte er eine Bekanntmachung an die Kirchentür von St. Giles genagelt. Und wenn Bruce in Schwierigkeiten kommt, dann kommen auch wir in Schwierigkeiten.«

»Jop sind wir los. Und Lamprecht ist ein falscher Hund«, erwiderte Hal, »der vor hatte, uns alle umzubringen, mit seinen Plänen aber gescheitert ist. Jetzt ist er auf der Flucht und will sein Diebesgut fortschaffen. Wir sollten ihn ziehen lassen.«

Kirkpatrick wiegte den Kopf, als wollte er sagen, vielleicht, vielleicht auch nicht. An der Meinung des Lords von Herdmanston war schon was dran – der kleine Ablasshändler war mit Sicherheit in Richtung Süden unterwegs, von Kloster zu Kloster, von Abtei zu Abtei, überall, wo er eine unentgeltliche Mahlzeit und ein Bett für die Nacht bekommen konnte. Aber dieser kleine Bastard besaß das Kreuz, und obwohl die Verfolgung ein großes Risiko für Bruce bedeutete – und für alle, die ihn begleiteten –, konnte er ihn doch nicht einfach ziehen lassen und nichts tun.

Eine Rückkehr nach London wäre für Lamprecht bestimmt nicht möglich, dachte Kirkpatrick, also war es schon denkbar, dass Hal recht hatte. Vielleicht plante er wirklich, sich bis zur Küste durchzuschlagen und ein Schiff nach Frankreich zu nehmen. Zurück zum östlichen Mittelmeer, wo er seine Beute verkaufen konnte, ohne dass Fragen gestellt wurden, und wo er auch mit seiner Sprache nicht auffallen würde.

»Es war völlig verrückt, was er da versucht hat«, murmelte Hal. »Es muss ihn schon sehr gewurmt haben, was wir damals in dem Leprahaus in Berwick mit ihm gemacht haben.«

Kirkpatrick machte eine wegwerfende Handbewegung und antwortete mit leiser Stimme.

»Wir haben doch gar nicht viel gemacht. Wir haben ihm die Klinge gezeigt und ihm ein paar Ohrfeigen gegeben. Dabei hatte er Glück, denn für seine Komplizenschaft mit diesem Mistkerl Malise Bellejambe hätte er es verdient, dass wir ihm gleich damals die Kehle durchgeschnitten hätten.«

»Das ist wohl deine Lösung für alle Probleme«, sagte Hal kurz, und Kirkpatrick sah ihn mit zusammengezogenen Brauen an.

»Dann hätten wir jetzt nicht mit seinem Hass zu tun, den er weiter mit sich herumträgt und am Leben erhält wie eine Flamme«, sagte er. »Unsere einzige Rettung wird sein, dass dieser Ablasshändler dämlich genug ist und versuchen wird, gegen die Lords zu intrigieren. Aber die tun ja ihr ganzes Leben lang nichts anderes, als sich miteinander und gegeneinander zu verschwören und noch viel gerissenere Pläne zu schmieden, als es Lamprecht jemals in den Sinn käme.«

»Wie zum Beispiel Buchan?«

Kirkpatrick nickte grimmig.

»Wirf einen Comyn in die Luft, und wenn er wieder landet, entdeckst du einen kleinen Mann, der einem Bruce eine lange Nase dreht. Buchan hat diesen Malise auf Lamprechts Fährte gesetzt, um herauszufinden, hinter was Bruce so dringend her ist.«

»Das wäre also das Todesurteil für den Ablasshändler«, brummte Hal mürrisch, »ganz gleich, wer ihn zuerst findet.«

Kirkpatrick, der sich fester in seinen Mantel wickelte, sah ihn gereizt an.

»Mein Gott, Mann, was seid Ihr für ein alter Griesgram«, fuhr er ihn an. »Findet Euch doch endlich damit ab – der Ablasshändler ist schon so gut wie tot, und Ihr solltet Euch lieber mit dem Gedanken vertraut machen, dass Ihr es vielleicht selbst machen müsst. Wenn wir nicht alle selbst dran glauben wollen. Im Übrigen ist es ganz gut, dass Jop tot ist – und dieser kleine Priester von Riccarton wäre es besser auch.«

»Dieser Priester weiß gar nichts«, murmelte Hal bitter, »aber wenn Jop noch etwas länger gelebt hätte, hätte er uns vielleicht verraten, was Lamprecht im Schilde führt.«

»Na ja«, knurrte Kirkpatrick, der merkte, dass er vielleicht etwas zu hastig mit dem Dolch gewesen war. Aber Herrgott, der Mann war schließlich auf ihn losgegangen. Der kleine Priester andererseits war nicht wichtig. Obwohl er sich bestimmt jetzt wünscht, auch nicht mehr zu leben, dachte Kirkpatrick mit grimmigem Lächeln. Und geduldig wie eine Mutter erklärte er Hal, warum es besser gewesen wäre, wenn er auch gestorben wäre.

»Der Priester weiß, dass Jop gesucht wurde. Und er kennt Lamprechts Namen, denn er nannte ihn, wie wir alle gehört haben«, flüsterte er. »Und dieser Name ist den Comyns auch bereits zu Ohren gekommen, deshalb wurde Malise jetzt hinter ihm hergeschickt. Und der Name wird inzwischen auch Longshanks zu Ohren gekommen sein.«

Hal sagte nichts, denn diese Tatsache schmerzte ihn, genauso wie seine Wunde unter den Rippen. Es war wirklich besser für Jop, dass er tot war, denn die Folterknechte des Königs hätten sich mit ihrer Kunst nicht zurückgehalten – wenn Edward Longshanks auch immer wieder stolz verkündete, in seinem Reich gebe es keine Folter – und der Priester würde auch alles erzählen, und zwar jedem, der es wissen wollte.

Je länger Hal darüber nachdachte, desto mehr fragte er sich, was in jener Nacht noch alles unbeabsichtigt hätte ans Licht kommen können. Er wachte schweißgebadet auf, wenn er davon träumte, was der Priester hätte aussagen können, aber er war sich bewusst, dass es ihm schwergefallen wäre, den Mann zu töten. Und er war sich auch nicht sicher, ob er Lamprecht so kaltblütig töten könnte.

Doch die Frage blieb ein Dorn in seinem Fleisch. Warum war Lamprecht nach Norden zurückgekommen, nach allem, was ihm passiert war? Nur um sich an denen zu rächen, die ihn gedemütigt hatten, seiner Meinung nach? Es war schon möglich, dass er seinen Hass wie eine Flamme am Leben erhielt, wie Kirkpatrick es ausgedrückt hatte. Und Buchan könnte daran interessiert sein, weil ein Bruce beteiligt war.

»Nun ja«, war Kirkpatricks lapidare Antwort darauf, wobei er leise lachte, »was diese Frage betrifft, so unterschätzt du den bitteren Reiz, den du noch immer auf den Earl ausübst. Vielleicht will er sich ja an dir persönlich rächen. Aber die Sache hat auch etwas Positives, denn Buchan, dem jedes Mittel recht ist, dir oder Bruce eins auszuwischen, hat Malise Bellejambe hinter Lamprecht hergeschickt, also ist deine große Liebe zumindest ihren Wachhund los.«

»Eine perfekte Gelegenheit, sie zu retten«, erwiderte Hal lakonisch, »nur dass ich im Moment eben leider hier bin.«

Und fünf Jahre liegen zwischen uns wie ein Burggraben, fügte er im Stillen hinzu. Vielleicht will sie ja gar nicht von einem tapferen Ritter gerettet werden, ganz zu schweigen von einem abgehalfterten Liebhaber mit Blut an den Händen.

»Außerdem«, sagte er bitter, »Buchan hat sich doch schon an mir gerächt. Warum sollte er plötzlich noch mehr Rachegelüste haben?«

Kirkpatrick, der es sich inmitten der Menge schnarchender, knurrender Pilger etwas bequemer machte, sagte nicht, was er dachte – dass vielleicht die wilde Gräfin ihrem Gatten gegenüber Hals verhassten Namen wieder einmal laut erwähnt hatte. Oder noch schlimmer, ihn laut gerufen hatte, ausgerechnet als ihr Mann in sie eingedrungen war. Kirkpatrick hatte gehört, er ginge mit ihr um wie ein Viehtreiber mit seiner Preiskuh.

Das würde genügen, dachte er, um den Earl zum Äußersten zu treiben gegenüber dem Mann, der ihm Hörner aufgesetzt hatte. Bei Gott, dachte er, wenn mir das passierte, würde ich es genauso machen.

Doch Buchan verfolgte nicht nur den Lord von Herdmanston, sondern auch Bruce. Dabei war der kleine Edelmann aus Lothian nichts weiter als ein Hindernis, denn die Comyns waren bereit, alles daranzusetzen, wenn es darum ging, einen Bruce auszuschalten. Und umgekehrt.

Irgendwo fingen Mönche an, eine Litanei zu rezitieren, und eine Glocke ertönte.

»Heute Nacht werden wir nicht viel Schlaf bekommen«, murmelte er auf Französisch.

»Es ist doch die Heilige Christnacht«, erwiderte Hal leicht vorwurfsvoll.

»Trotzdem«, brummte Kirkpatrick. »Auch für Ihn wäre es damals besser gewesen, wenn Er in der Krippe Ruhe gehabt hätte, wie alle kleinen Kinder. Das wäre für diese Nacht ein guter Brauch, finde ich.«

»Ihr seid und bleibt ein Heide«, sagte Hal lächelnd.

»Und Ihr seid ein Ausbund von Rechtschaffenheit, Hal von Herdmanston«, konterte Kirkpatrick, »aber trotzdem seid Ihr fast immer vernünftig, außer in der Sache mit dieser Frau.«

»Herrgott noch mal«, knurrte Hal zurück. »Wenn Ihr eine Frau hättet, die Euch auch nur ein bisschen wichtig wäre, würdet Ihr das verstehen.«

Kirkpatrick lachte trocken.

»Ihr habt mich mal gefragt, was ich mir davon erhoffe, Bruce zu dienen«, sagte er plötzlich. »Hier ist meine Gegenfrage, Hal von Herdmanston – was hält Euch denn hier, wo Ihr Euch doch ständig über die Arbeit beklagt, die Bruce uns zumutet? Geht es Euch um Silber? Damit Ihr Euer Schloss wiederaufbauen könnt? Oder um die kleine Gräfin?«

Herdmanston fehlt mir, dachte Hal. Und auch Bangtail und der Hundejunge, die hinter Wallace herjagen sollen, obwohl keiner von beiden dieser Aufgabe gewachsen ist. Und Sim, der sich um den Wiederaufbau von Herdmanston kümmert. Und Frauen, mit denen man sich unterhalten kann, statt sie nur mal auf die Schnelle zu bumsen und dann zu vergessen. Und lachende Kinder, mit klebrigen Händen. Und Männer, die bauen, statt zu zerstören. Und endlich Schluss mit Leuten wie Malise – ach ja, und auch mit all den Kirkpatricks dieser Welt.

Das Wichtigste war sie, und das Lachen, das sie ihm wieder beigebracht hatte, eine Musik, die für ihn verstummt gewesen war, seitdem seine Frau und sein Sohn gestorben waren. Fünf Jahre lang lebte er jetzt schon ohne diese Musik und ohne Aussicht, sie jemals wieder zu hören in diesem schwarzen Loch, in dem er heute, morgen und vermutlich noch jahrelang hocken würde. Das war es, was er zurückwollte, und er hoffte, dass Bruce ihm irgendwie dabei helfen würde.

»Musik«, sagte er. Der andere runzelte verständnislos die Stirn.

Musik?

Doch schließlich schlief Kirkpatrick ein, ohne das Rätsel gelöst zu haben.

LINCOLN
AM SELBEN ABEND

Die Musik tat sich schwer gegen das Geschwätz im großen Saal, wo die Banner sich wie Segel blähten und die Kerzenleuchter Schatten an die Wände warfen. Schwitzende Diener hasteten zwischen den zahlreichen Gästen umher, bunte Roben, lautes Geschnatter, während die Musikanten mit Hingabe zupfend, blasend und trommelnd *Douce Dame Jolie* intonierten.

Sir Aymer de Valence, hinkend, aber vor Freude strahlend, erzählte – zum x-ten Male – von seiner waghalsigen Flucht aus den Klauen von Bruce, indem er sich von seinem eigenen Pferd herab mitten in das Getümmel gestürzt hatte. Und der elegante Klüngel, die engen Freunde des Königs und solche, die es werden wollten, applaudierten lachend – bis auf Malenfaunt, der schwer beleidigt und wütend darüber war, dass seine heldenhafte Tat, sein Opfer für de Valence, dabei nicht einmal erwähnt wurde.

»Hab Euch mit Eurer eigenen deutschen Methode geschlagen«, rief er Bruce zu, und der hob anerkennend schmunzelnd seinen Weinkelch, während er gleichzeitig alle anderen musterte, die sich um den strahlenden jungen Erben von Pembroke geschart hatten.

Hatte de Valence etwa das hohe Lösegeld für Malenfaunt gezahlt? Bruce überlegte. Zwar besaß seine Mutter die Ländereien von Pembroke, aber de Valence hatte Besitztümer in Frankreich, also könnte auch er sich das leisten.

Und wenn nicht er, wer dann? Es war sicher, dass Malenfaunt selbst nicht genügend Geld besaß und auch sonst niemanden hatte, der reich genug war, auch wenn er zum Gefolge von de Valence gehörte. Und doch hatte er sich selbst, sein Pferd und seine Rüstung ausgelöst, und das war nicht billig gewesen.

Wieder erklang Musik, und die Tänzer drehten und verneigten sich lachend und schwitzend bei ihrer *estampie.* Ein lautes Klopfen, unnachgiebig wie ein nörgelndes Weib, ließ die Spielleute schließlich verstummen, und die beschwipsten Tänzer hörten auf zu stampfen und blieben atemlos stehen. Alles drehte sich um zu dem Haushofmeister von Lincoln, der rhythmisch mit seinem Stab auf den Boden stieß und um Aufmerksamkeit bat, denn hinter ihm stand der König.

Tatsächlich wirkte er von Kopf bis Fuß königlich, dachte Bruce. Er hatte seine altersfleckige Hand am Dolch mit dem Griff aus Walbein und Zirkon, sein Silberhaar war sorgfältig frisiert, er war geschminkt und hatte Rouge auf den Wangen. Prächtig gewandet in schwere, purpurfarbene Seide mit Goldstickerei, darüber ein feiner blauer Wollmantel – kein französischer Stoff, wohlgemerkt, sondern gute, englische Wolle, Edward war politikbewusst, selbst was seine Kleidung anbetraf.

Er hatte allen Grund, zufrieden auszusehen, und das Schwanenfest war lediglich ein Ausdruck dessen, was sich für einen Monarchen über zwei Reiche schickte. Der französische König war gedemütigt und zum Frieden gezwungen worden, die Gascogne war Edward sicher, und über diese Insel herrschte er wie noch nie ein König vor ihm.

Er war sechsundsechzig Jahre alt, in weniger als einem halben Jahr wäre seine Regierungszeit die längste, die je ein König von England gesehen hatte. Noch zeigte er keinerlei Anzeichen des Alterns, dachte Bruce mürrisch – es war offensichtlich, dass die junge Königin abermals schwanger war.

Der Plantagenet ergriff das Wort, mit fester, lauter Stimme sprach er von Zwietracht, aus der Harmonie geworden war, von verlorenen Schafen, die zur Herde zurückgekehrt waren. Bruce beobachtete einige der Schafe – Buchan und den erst kürzlich freigelassenen Lord von Badenoch zum Beispiel, lächelnde Wölfe in feinem Wollstoff, die ihn ebenfalls beobachteten und ihm mit geheuchelter Freundlichkeit zunickten.

Dann war da noch Wishart, als Prälat in Violett gehüllt, das genau zu seiner Gesichtsfarbe passte, außerdem Sir John Moubray mit düster gerunzelter Stirn. Mein Ochsengespann, dachte Bruce, alle drei an Longshanks gekettet, um im Königreich – nein, im *Land* der Schotten für seinen Neffen John aus der Bretagne wieder für Ordnung zu sorgen, damit er es als Verwalter übernehmen konnte. Das war eine solide Grundlage für Bruce.

Doch noch immer versuchten die Comyns, sich in den Vordergrund zu drängen, hartnäckig und listig wie Schlangen. Bruce merkte, wie sie versuchten, ihn zu unterlaufen mit ihrem Angebot, hier bei diesem Konkordat der Adligen zu »helfen«. Wie Mäuse, dachte er, fressen sie sich in diesem Kuchen von innen nach außen.

Die schottischen Lords traten vor. Einer nach dem anderen kniete nieder und legte den Lehnseid ab, im Gegenzug dafür bekamen sie von dem silberhaarigen König ihre Ländereien zurück und mussten zur Strafe lediglich stattliche Geldsummen zahlen. Bruce war der letzte. Früher hätte er über eine derartige Kränkung seiner Würde vor Wut geschäumt, aber als er jünger war, hatte er oft unüberlegt gehandelt.

Lächelnd wie ein gütiger alter Oheim half Longshanks ihm beim Aufstehen und achtete darauf, dass alle es auch sahen. Bruce sah den finsteren Blick von Lord Caernarvon, in Samt und Seide gekleidet saß er da, und Gaveston flüsterte ihm etwas ins Ohr. Gaveston war ein Fehler gewesen, stellte Bruce fest, er war nicht der positive Einfluss, den Edward sich für seinen Sohn erhofft hatte.

Die Musik setzte wieder ein, ebenso das Schwatzen und das Gelächter der Anwesenden. Und jetzt ließ Edward die Falle zuschnappen, indem er Wishart, Moubray und Bruce zu sich heranwinkte. Vor ihm lag ein Bündel, das er mit einer eleganten Handbewegung öffnete.

Bruce' Herz schien einen Moment stillzustehen, dann schlug es beim Anblick des verbeulten Goldes umso schneller. Die Rubine waren verschwunden, aber auch wenn das Reliquiar schwarz und verrußt war, glänzte es noch. Jops Hälfte, dachte Bruce und versuchte, seine Gedanken in den Griff zu kriegen.

»Aus Riccarton, Mylords«, brummte Edward, und sein Auge unter dem Schlupflid funkelte böse, »einer Hochburg von Wallace im Land der Schotten.«

Der Prinz und die anderen hinter ihm reckten neugierig die Hälse, und Edward zeigte allen, um was es sich handelte.

»Tatsächlich?«, erwiderte Wishart mit unschuldiger Stimme. »Das sieht sehr nach dem Reliquiar des Schwarzen Kreuzes aus, das Euer Gnaden sicher im Münster verwahrt hatten.«

»Genau das ist es auch«, sagte Edward kurz, dann machte er eine wegwerfende Handbewegung. »Letztes Jahr von Dieben gestohlen. Sieht jetzt ganz danach aus, als ob Eure Schotten dafür verantwortlich wären, Mylords. In Riccarton wurde eine Kirche niedergebrannt und ein Mann ermordet, ein gewisser Gilbert von Beverley, auch Jop genannt, und beim Durchsuchen seiner Sachen fand man das hier. Ein Wunder, dass es nicht verbrannt ist, Mylords.«

»Gelobt sei Christus«, sagte Wishart fromm.

»In Ewigkeit.«

»Gilbert von Beverley«, gab Moubray mit säuerlicher Miene zu bedenken, »war ein Engländer.«

Das Auge mit dem Schlupflid sah ihn mit vernichtendem Blick an.

»Verwandt mit Wallace.«

Der König sprach wie ein Richter, für den damit der Fall erledigt ist.

»Haben Euer Gnaden die Sache untersuchen lassen?«, fragte Wishart mit ausdruckslosem Gesicht, und das Augenlid des Königs zuckte nervös, als er darüber nachdachte, ob die Ahnungslosigkeit des Bischofs echt oder nur gespielt war. Schließlich machte er eine wegwerfende Geste.

»Der dortige Priester behauptet, er habe nur den Überfall gesehen, und wie man das Gotteshaus angezündet habe. Er hätte vielleicht noch mehr sagen können, aber sein Herz versagte. Gott nahm ihn zu sich.«

»Tja«, seufzte Wishart mit geheucheltem Bedauern, »das passiert leider ab und zu bei der Folter.«

Der König blickte ihn finster an.

»In diesem Königreich ist Folter nicht erlaubt«, erklärte er. »Hier regiert das Gesetz.«

Niemand sagte etwas, und die Lüge blieb im Raum stehen.

Bruce schwieg, er gab sich Mühe, nicht zu zeigen, wie erleichtert er war. Er fragte sich, wie lange das Herz des Priesters wohl durchgehalten hatte, ehe es ihn endgültig zum Schweigen brachte. Was hatte der Priester Longshanks erzählt? Mit Sicherheit nicht genug, sonst würde ich jetzt nicht hier stehen und dieses Schlupflid betrachten, das wie ein Vorhang über sein Auge fällt …

Schließlich fuhr Edward fort.

»Sucht den Rest des Reliquiars und das Kreuz, das darin war«, verlangte er. »Sucht Wallace! Und vergesst nicht, Mylords, die Schotten, die in Gnaden zu mir zurückkehren, die ihre Strafe zahlen und ihr Land wiederhaben wollen, haben ab heute vierzig Tage Zeit, um Wallace auszuliefern. Man wird sie im Auge behalten und mir über ihre Fortschritte berichten.«

»Es gibt Schotten, die Euch gegenüber loyal sind«, sagte Wishart, der sich vorsichtig ausdrückte, wie Bruce fand. Er wurde von einer lauten Stimme unterbrochen, wie von einem laut ins Wasser platschenden Stein.

»Alle Schotten sind Diebe.«

Die Männer drehten sich zu der Stimme um, und Malenfaunt, der in der Gruppe stand, die sich um den Prinzen gebildet hatte, wich zurück – aber er ließ Bruce nicht aus den Augen. Der König, der den Mann für seine Frechheit am liebsten niedergeschlagen oder gleich ganz aus dem Schloss gejagt hätte, hielt inne.

Natürlich hatte er Gerüchte über den Lord von Annandale gehört, aber es waren Bruce' Feinde, die da geflüstert hatten … Trotzdem, vielleicht wäre es gut, diesen Windhund etwas rennen zu lassen. Außerdem sahen sein aufsässiger Sohn und dieser Bastard Gaveston zu, also war das die Gelegenheit für ein Lehrstück in königlichem Verhalten.

»Habt Ihr etwas zu sagen, Sir?«, bellte er, und Bruce sah, wie Malenfaunt zusammenzuckte, sich nervös mit der Zunge über die Lippen fuhr und blitzschnell zur Seite sah. Bruce folgte seinem Blick und entdeckte das mokante Gesicht von John, dem Roten Comyn.

»Ich habe nur bemerkt, Euer Gnaden, dass alle Schotten Diebe sind«, sagte Malenfaunt. Doch er war sich längst nicht mehr so sicher wie vorher. Bruce, hatte er gehört, war gar kein echter

Ritter, er bevorzugte die deutsche Kampfmethode, also hatte er seinen Ruf als zweitbester Ritter der Christenheit nicht ehrlich erworben. Malenfaunt hatte selbst die Taktiken miterlebt, die er gebrauchte, und er hatte dafür bezahlt. Oder besser, Badenoch hatte bezahlt, denn das Lösegeld, das Bruce verlangt hatte, war höher als das, was Malenfaunt aufbringen konnte.

»Alle Schotten, Mylord?«, fragte Bruce leise mit trockenem Lächeln. Malenfaunt spürte Wut in sich aufsteigen, eine große Wut auf den Mann, der ihm vor Jahren die Gräfin Buchan abgeluchst hatte und der ihn erst gestern mit einem faulen Trick in den Schlamm geworfen hatte. Bruce' höhnisches Grinsen machte Malenfaunt noch zorniger, und Zorn verlieh ihm den Mut für das, was er vorhatte.

»Manche mehr als andere«, erwiderte er. »Besonders Ehrendiebe, die auf eine Sache schwören und dann etwas anderes tun und dabei den Großmut Höhergestellter schamlos ausnutzen.«

Das war klar genug, und selbst Wisharts Hand, die sich warnend auf seinen Arm legte, half nichts. Bruce schüttelte sie ab, zugleich mit seinem gesunden Menschenverstand.

»Das werdet Ihr natürlich vor Gott verantworten«, erwiderte er, und Malenfaunt spürte plötzlich eine kalte Angst im Bauch. Für einen Mann, der nicht kämpfen konnte wie ein wahrer Ritter, schien Bruce nicht die geringsten Bedenken zu haben …

»Möge Gott aufseiten des Rechts sein«, herrschte er ihn an.

»Ruhig, ruhig«, mahnte Wishart, der bemüht war, die Kampfhähne zu besänftigen. »Der König verbietet solche Gefechte *à l'outrance …*«

»Im Allgemeinen«, warf der König ein und feuerte damit auf Wishart eine Breitseite ab. Im Allgemeinen. Der König hatte die Sache nicht so weit treiben wollen, aber er hatte Bruce wegen gewisser Gerüchte erst kürzlich als Sheriff von Ayr und Lanark abberufen, er hielt es für gefährlich, diesem Mann zu viel Macht zu geben.

Ärger und Trauer zugleich versetzten ihm einen Stich. Er wollte Bruce nicht aufgrund seines eigenen dummen Ehrgeizes verlieren, also wäre eine kleine Demütigung vielleicht ganz gut für ihn. Es war ganz offensichtlich, dass dieser elende Malenfaunt von Bruce' Feinden angestachelt worden war, aber ein König konnte ihn in seine Schranken weisen. Er würde mit beiden ein Wort reden und ihnen klarmachen, dass es trotz scharfer Klingen hier nicht darauf ankam, dass einer am Ende tot war, allein die Unterlegenheit vor Gott wäre für beide schon eine gesunde Demütigung.

Bruce fragte sich später, als er die Überraschung noch immer nicht verarbeitet hatte, wie er in diesen Schlamassel hineingeraten war. Wishart glaubte es zu wissen – und auch, warum.

»Ihr habt den Kopf verloren, Mylord«, erklärte er bitter, und Bruce musste zugeben, dass er recht hatte, und er verfluchte sich selbst.

»Eine familiäre Schwäche«, sagte er leichthin. »Obwohl ich immer geglaubt habe, mein Bruder hätte den Hauptteil davon geerbt.«

»Das ist nicht lustig«, fauchte Wishart zurück. »Es ist doch ganz klar, wer diesen Malenfaunt aufgehetzt hat – Badenoch und Buchan haben ihm das Geld gegeben, mit dem er sich freikaufen konnte, nachdem er das Turnier verloren hatte. Jetzt steht er bei den beiden in der Schuld, und sie schicken ihn als Kampfhund in die Arena.«

»Dann müssen sie ziemlich viel von ihm halten«, erwiderte Bruce höhnisch, »wenn sie glauben, dass ich mich von so einem Versager demütigen lasse.«

Wishart wedelte ungeduldig mit der Hand und sprach auf Französisch weiter.

»Sie werden gewinnen, egal wie es ausgeht. Wenn Ihr Malenfaunt besiegt, haben Badenoch und Buchan ihre Rache an dem Mann genommen, der die Gräfin von Buchan festgenommen und gegen Lösegeld gefangen gehalten hat. Wenn Ihr eine Niederlage erleidet, haben sie Euch gedemütigt. Noch besser wäre es, wenn Ihr in einem solchen Zweikampf getötet würdet – und verlasst Euch drauf, genau das ist Malenfaunts Auftrag.«

Er schwieg und schüttelte sorgenvoll den Kopf.

»Und der Plantagenet erlaubt es natürlich, weil er ebenfalls hofft, Euch dadurch auszuschalten, Mylord«, fügte er hinzu. »Aber Ihr werdet sehen, der König wird Euch bald wissen lassen, dass nicht getötet werden soll. Und Malenfaunt wird er dasselbe sagen – und der könnte es vielleicht ignorieren. Aber eine Niederlage in einer solchen Sache würde Eure Ehre verletzen. Ihr würdet am Hofe gemieden werden, Euch würde der Friede Gottes verweigert werden, und Ihr wäret auf die Begnadigung durch den König angewiesen.«

»*Wenn* er mich besiegt«, erklärte Bruce. Dann runzelte er die Stirn und schüttelte den Kopf. »Immerhin, ich finde es ziemlich kühn von Malenfaunt, dass er es mit mir aufnehmen will – als Ritter hat er schließlich keinen besonderen Ruf.«

Wishart schnaubte. Wenn er sich in die Ecke gedrängt fühlt, dachte Bruce trocken, fällt er in seine alten Gewohnheiten zurück. Dann ist auch sein elegantes Französisch vergessen.

»Und Ihr haltet Euch für etwas Besonderes? Na ja, vielleicht – zweitbester Ritter der Christenheit, nach dem Germanenkaiser? Wann habt Ihr denn zum letzten Mal *à l'outrance* gekämpft, Mylord? Und zwar nach der *französischen* Methode?«

Bruce dachte nach, und plötzlich durchfuhr ihn die Angst wie ein dünner, scharfer Dolch. Er musste zugeben, es war lange her. Nach der französischen Methode – bei der man auf einem schweren Schlachtross angaloppiert kommt, das darauf trainiert ist, den Gegner umzurennen – hatte er in seiner Jugend bei den Turnieren gekämpft. Dann hatte er die deutsche Methode kennengelernt, bei der man ein leichteres Pferd reitet, dem wilden Ansturm nach französischer Methode ausweicht und stattdessen von hinten oder von der Seite angreift. Es wurde von den Franzosen verächtlich »deutsch« genannt, weil allgemein bekannt war, dass deutsche Kreuzritter diesen Trick von den Sarazenen mitgebracht hatten. Man gewann mehr Preise damit, und es war auch die vernünftigere Kampfmethode im Krieg, doch sie wurde von den Adligen der zivilisierten westlichen Welt nicht als ehrenhaft angesehen. Und, noch schlimmer – sie war nicht französisch.

Während sie im Kampfgetümmel vielleicht gerade noch akzeptabel war, war sie in einem vorschriftsmäßigen Zweikampf, wo es um Mut und Geschick ging, nicht erlaubt. Hier war die französische Methode vorgeschrieben, die von den jungen und unerschrockenen Rittern ohnehin bevorzugt wurde.

In diesem Zweikampf ging es also bis zum Äußersten, *à l'outrance*, und die deutsche Methode war nicht erlaubt.

Denn Gott sah zu.

LINCOLN
TAG DES HEILIGEN APOSTELS UND EVANGELISTEN JOHANNES, DEZEMBER 1304

Es war kalt, und der König wurde zu seinem Platz geführt. Dort lagen angewärmte Kissen, außerdem wurde er, genau wie seine Frau, in warme Pelze gehüllt. In dem gestreiften Pavillon, in dem sein Pferd leicht dampfend stand und zwei Kohlebecken brannten, ließ Bruce sich von seinem Knappen in seinen Waffenrock mit dem aufgestickten Wappen helfen.

Das Pferd trat nervös auf der Stelle, kaute auf der metallenen Trense herum und hatte Schaum vor dem Maul. Bruce betrachtete das Tier, das sein Bruder ihm geliehen hatte, da er selbst für einen Zweikampf wie diesen kein vernünftiges Schlachtross hatte. Seine Pferde waren Kastilier, schnelle und starke Tiere, aber mit diesem Monster hier, das nur aus Muskeln, starken Beinen und einem gewaltigen Hinterteil zu bestehen schien, konnten sie es nicht aufnehmen. Eine Kreuzung aus einem Lombarden mit einem Deutschen, wie sein Bruder ihm erklärt hatte. Es war schwarz wie der Teufel, trug aber voll bitterer Ironie den Namen Phoebus.

Irgendwo draußen in einem anderen Pavillon wartete Malenfaunt mit seinem Pferd. Die Vorschrift besagte, dass sich die Gegner, wenn die Formalitäten, die Schwüre und der weitere Mummenschanz erst vorüber war, nicht mehr sehen durften, bis der eigentliche Kampf losging. Der Mummenschanz, dachte Bruce halb belustigt, war vielleicht das Schlimmste an der ganzen Sache gewesen.

Erst war der König mit seinem Gefolge eingezogen, gefolgt von der Prozession der Bischöfe, der Zeugen und der Kampfrichter, dann kam ein weiterer feierlicher Zug mit den Damen – einschließlich der steifen, unnahbaren Elizabeth. Als ihr Mann ihr die Nachricht von der Sache überbrachte, hatte sie nur verächtlich eine Augenbraue hochgezogen und seitdem kein Wort mehr mit ihm gesprochen. Er konnte es ihr kaum verdenken – ihre Ehre war mit der seinen verknüpft, und falls er das Gesicht verlieren sollte, würde sie es ebenfalls verlieren.

Reden waren gehalten worden, Segen erteilt und Schwüre abgelegt, dass keine Waffen mit Zauberkräften im Spiel waren. Lanzen waren abgemessen worden, damit keiner einen Vorteil hatte, und aus demselben Grund waren Absprachen getroffen worden bezüglich der Anzahl und Art der Waffen, die jeder benutzen durfte – wie immer drei Lanzen, jeder die gleiche Axt, sein eigenes Schwert und einen Dolch seiner Wahl.

Und wenn all diese Waffen zerbrochen sein würden, würde mit Fäusten und Zähnen weitergekämpft, dachte Bruce grimmig.

Die Regeln für die Rolle der Knappen und das Verhalten der

vielen Zuschauer wurden verlesen. Bei Todesstrafe durfte niemand zu Pferde erscheinen, ebenfalls bei Todesstrafe oder Verlust seines Besitzes durfte niemand Waffen bei sich führen, denn dies hier war keine Veranstaltung zur öffentlichen Belustigung, sondern ein ernstes Ritual des Ritterstandes, um zu zeigen, welchem von beiden der Himmel gnädig war. Es war festgelegt durch Sitte und Gesetz und damit durch Gott selbst.

Bruce bewegte sich steif und redete wenig. Er war sich bewusst, dass all diese Auftritte, der Prunk und die so offensichtlich zur Schau gestellten Regeln eigentlich nur die Tatsache verschleiern sollten, dass es hinterher auf dem Kampffeld überhaupt keine Regeln mehr gab.

Vor seinem Pavillon hörte man leises Sprechen, man war dabei, den Altar, das Kruzifix und das Gebetbuch wegzuräumen, auf das die Männer geschworen hatten, ihre Ehre vor Gott zu verteidigen. Bruce nickte dem Knappen zu, der bereitstand, um ihm auf Phoebus hinaufzuhelfen, und das Pferd, das wusste, was jetzt kam, zitterte leicht, sodass die prächtige Schabracke flatterte. Bruce setzte sich im Sattel zurecht, das neue Leder knarrte leise.

»*Faites vos devoirs*«, rief jemand, und der Knappe reichte Bruce seinen Helm hinauf.

»*Faites vos devoirs.*«

Die Knappen schlugen die Zeltplanen des Pavillons zurück und machten sie fest, und jetzt erblickte ihn die Menge. Ein Jubelruf erhob sich, der immer weiter anschwoll und die letzte Aufforderung an die beiden Männer »ihre Pflicht zu tun« völlig übertönte.

Umgeben von Knappen wurden die beiden Pferde hinausgeführt auf den Turnierplatz, auf dem man den Schnee entfernt und Sand gestreut hatte. Der Marschall stand da, einen weißen Handschuh in der erhobenen Hand. Er wartete, und die Menge verstummte.

Zumindest wird das seine letzte Unverschämtheit sein, dachte Bruce und sah Malenfaunt an. Der Mann war blass und sein Gesicht, umrahmt von dem Kettenhelm, wirkte verkniffen, und Bruce fragte sich, ob sein eigenes Gesicht genauso steif und angespannt aussah. Er überlegte, warum man ohne Topfhelm hinaustrat. War es, damit alle sich überzeugen konnten, dass es sich bei den Kämpfern auch tatsächlich um die handelte, die es sein sollten, oder etwa, damit jeder die Angst des anderen besser wahrnehmen konnte?

»*Laissez-les aller*«, sagte der Marschall und senkte den weißen Handschuh. Die Knappen beeilten sich, Schilde und Lanzen hinaufzureichen. Der Schild wurde mit zwei Riemen über den linken Arm geschoben, die Lanze wurde in die Halterung am Steigbügel gesteckt.

Bruce drehte sich halb zu Elizabeth um, hob grüßend die Lanze, und seine Knappen wichen zurück. Die Übergabe der Lanze war der letzte erlaubte Kontakt mit der Hand eines anderen, bis alles vorbei war.

Er nahm den Helm vom Sattelknopf und zog ihn über den Kopf. Dunkelheit umgab ihn, bis auf den rechtwinkligen Sehschlitz. Sein Atemgeräusch klang ihm laut in den Ohren, und er bemühte sich, ruhig zu atmen. Er spürte, wie seine Nasenspitze an das Metall stieß. Von gegenüber starrte ihn das tote Stahlgesicht Malenfaunts an.

Von jetzt an sind wir auf uns allein angewiesen, dachte Bruce. Jetzt kann uns nur noch Gott helfen.

DIE WÄLDER BEI PITTENWEEN
AM SELBEN TAG

Ich habe doch nichts als Pech, dachte Bangtail. Es war schon schlimm genug, im Würfelspiel gegen den Hundejungen zu verlieren, aber jetzt hatte er diesem gegenüber auch noch den letzten Rest an Würde eingebüßt.

Der Hundejunge ritt jetzt zurück nach Edinburgh und von dort weiter zu Sim nach Herdmanston, während Bangtail Hob, zu dem der Junge einst voller Respekt aufgeblickt hatte, im eiskalten Regen und auf schlammigen Pfaden hinter dem Führer herritt.

Einst, aber jetzt nicht mehr. Er empfand Scham und Verlust, wenn er daran dachte. Warm und träge war er heute Morgen im zerwühlten Bett unter der Dachschräge von Mariottas Hof in Kinghorn aufgewacht. Es war für ihn und den Hundejungen eine herrliche, wilde Nacht gewesen. Kinghorn war über viele Jahre hinweg ein Lieblingsziel Bangtails gewesen und blieb es auch, nachdem Mariotta selbst schon gestorben war.

Das rhythmische Quietschen, Grunzen und Stöhnen hatte ihn geweckt, gerade rechtzeitig, um festzustellen, wie die Frau von gestern Nacht sich gähnend reckte, auf ihrem weißen Körper hier und da tief sitzender Schmutz und ein paar blaue Flecken von zu groben Händen, aber ansonsten rank und schlank. Sie drehte sich um, und als sie lächelte, sah man, dass sie noch fast alle Zähne hatte. Er setzte sich auf und rieb sich die Augen. Das Bett schwankte.

»Tut mir leid, dass ich so grob war«, brummte Bangtail mit einer Kopfbewegung zu ihren blauen Flecken hin. Das Bett ächzte, und die Schreie wurden lauter, aber Bangtail konnte nicht sehen, was dort hinter ihr vor sich ging.

»Ach«, sagte sie und tätschelte ihn wie einen Hund, »so schlimm bist du doch gar nicht, Bangtail – das bist du nie. Aber der Junge hier, den du mitgebracht hast, der kann es einem ganz schön besorgen.«

Das also war es, und Bangtail konnte sich darüber seine Gedanken machen. Der Hundejunge bumste noch immer mit Hingabe, aber Bangtail war »nicht so schlimm«. Plötzlich spürte er sein Alter wie ein schweres Gewicht. Ihm tat alles Mögliche weh, und sein schütteres Haar war nicht mehr strohblond, sondern eher silbern. Und fast jede Nacht musste er aufstehen, um zu pinkeln.

Er war alt geworden.

Deshalb war es auch kaum eine Überraschung, dass er beim Würfeln verlor. Es ging darum, wer dem Führer zu Wallace folgen würde, denn nur einer von ihnen sollte mitgehen. Der Hundejunge hatte grinsend sein Pferd gesattelt und war nach Herdmanston aufgebrochen, und Sim war mit mürrischem Gesicht vor seinem Bierkrug sitzen geblieben.

Eine Stunde später war der Führer da, listig und unauffällig – und dazu hat er auch allen Grund, dachte Bangtail, denn schließlich wird er im ganzen Land gesucht. Er ging hinaus, sattelte sein Pferd und ritt zu dem Treffpunkt, den der Führer ihm zugeflüstert hatte. Er sah, wie der Mann aus seiner Deckung schlüpfte, blitzschnell, wie ein Kaninchen.

Er trabte ohne Pferd vor ihm her, er rannte ausdauernd wie ein Wolf, offenbar über lange Zeit trainiert – ein Anzeichen dafür, wie heruntergekommen Wallace' Trupp war. Ohne Pferde konnten sie nicht mehr schnell und kraftvoll zuschlagen und dann verschwinden. Ohne Pferde waren sie nur noch Geächtete, auf eine Gegend beschränkt und daher leicht aufzuspüren.

Der Läufer, in groben Wollstoff gekleidet, der so fleckig war, dass man die ursprüngliche Farbe längst nicht mehr erkennen konnte, sprach wenig. Das war Bangtail ganz recht, der über sein Schicksal und die Einzelheiten seines Auftrags nachdachte. Übergib ihm Bruce' Nachricht, sagte er sich, und dann nichts wie zurück nach Herdmanston. Dann ein neues Leben, mit einem warmen Feuer und einer guten Frau. Bei dem Gedanken, womöglich in der Kälte zu sterben, alt und allein, schauderte es ihn. Aber der Gedanke an eine Frau ließ ihn auch erschauern. Er wusste nicht, welches das kleinere Übel war.

Plötzlich war der Führer verschwunden. Bangtail hielt sein Pferd an, blieb einen Moment stehen und blickte sich um. In diesem Moment bewegte sich etwas in den Bäumen zu seiner Linken, die schattenhaften Gestalten wurden deutlicher und traten heraus. Bangtail schluckte trocken.

Sie waren dunkel von altem Dreck, in abgetragenen Lumpen, seltsamen gegerbten Tierfellen und einem Durcheinander aus rostigen Metallteilen und Kettenpanzern. Ihre Haut, soweit man sie durch das verfilzte Haar und die Bärte überhaupt noch sehen konnte, hatte die Farbe von Dreckpfützen. Sie hatten Lanzen, Äxte und runde Schilde bei sich – der eine oder andere trug auch den Wappenschild eines Ritters, und Bangtail wusste genau, woher sie kamen. Dann bemerkte er, dass auch Frauen unter ihnen waren.

»Gelobt sei Christus«, flüsterte Bangtail.

»In Ewigkeit«, antwortete eine erfreute Stimme, und ein Mann trat aus der Menge. Er hatte eine gebrochene Nase und war größer als die anderen, aber Wallace war es nicht.

»Jetzt wisst Ihr, dass wir keine Gespenster sind«, sagte er in schottischem Dialekt, und die anderen lachten, aber es war ein trockenes, erzwungenes Lachen. Dann gab der Mann mit der gebrochenen Nase ein Zeichen, und Bangtail folgte und saß ab. Die anderen scharten sich mit gierigen Gesichtern um sein Pferd. Er machte sich darauf gefasst, dass er es nicht zurückbekommen würde, ebenso wenig wie sein Kleiderbündel und die Waffen, die sie ihm abnahmen. Bei dem Gedanken daran wurde ihm mulmig.

Wallace war leicht zu erkennen, als sie Bangtail zu ihm führten – einen Kopf größer und mit breiteren Schultern als alle anderen. Den Anderthalbhänder hatte er lässig geschultert. Doch der Mann war voller Narben wie eine alte Klinge, mit mageren, knochigen Knien und Ellbogen, und Muskeln, die hart waren wie Hanfseile.

»Ihr seid Bangtail Hob«, sagte Wallace und erhielt ein Nicken zur Antwort.

»Und offenbar habt Ihr uns gesucht. Warum? Wollt Ihr zu uns stoßen?«

»O Gott, nein.«

Die Antwort war heraus, ehe Bangtail sie unterdrücken konnte. Er hörte ein unwilliges Knurren, sah in das kalte, spöttische Gesicht von Wallace und versuchte verzweifelt, sich aus seiner peinlichen Situation wieder herauszuwinden.

»Ich habe lange genug mit Euch gekämpft«, erwiderte er, um den Schaden wiedergutzumachen. »Bei Cambuskenneth und dann auch im Wald von Callendar.«

»Dort wart Ihr dabei?«, sagte Wallace, und in Bangtail stieg die Wut hoch, weil es so zweifelnd klang.

»Mit Lord Henry von Herdmanston. Wir haben Euch damals das Leben gerettet«, erwiderte er barsch.

Jetzt erinnerte Wallace sich, und wenn er daran dachte, was jetzt zu tun anstand, bekam er ein flaues Gefühl im Magen. Er dachte wieder an den Tag, als die beiden Tempelritter ihn beinahe niedergeritten hätten, wenn Hal von Herdmanston ihn mit seinem Mut und seiner Tapferkeit nicht gerettet hätte. Da war noch ein anderer gewesen … richtig, Sim Craw. Sim mit seiner großen Armbrust.

Und dieser hier, oder mindestens behauptete er es. Wallace versuchte, sich an das Gesicht zu erinnern, aber es gelang ihm nicht.

»Ihr wollt also nicht mit uns kämpfen«, sagte er fast gleichgültig. »Warum seid Ihr dann gekommen?«

Bangtail holte tief Luft.

»Der Earl von Carrick versichert Euch seiner Freundschaft und seines Respekts und bietet Euch jede Hilfe an, die Ihr braucht, um zu Eurer eigenen Sicherheit das Königreich zu verlassen, denn es gibt viele, die Euch verfolgen, um Euch an die Engländer auszuliefern.«

Es sprudelte atemlos aus ihm heraus, Bangtail konnte es nicht schnell genug loswerden. Wieder hörte er ein unwilliges Knurren. Es war keine Einbildung, seine Haltung war ablehnend. Wallace schwieg einen Moment, schließlich sprach er.

»Nun ja. Ihr habt mir Bruce' Nachricht überbracht. Genau dieselbe hat er mir schon einmal zukommen lassen, aber er ignoriert meine Antwort. Vielleicht wird diese ihn ja überzeugen.«

Bangtail bekam eine Gänsehaut, als Wallace nichts weiter sagte. Der Mann mit der gebrochenen Nase grinste böse.

»Ich bin hierhergekommen, weil ich dachte, wir könnten ruhig miteinander reden«, sagte er heiser. »Ein Treffen mit einem Ehrenmann.«

Wallace nickte fast traurig. Die Männer packten Bangtail bei den Armen, und er wehrte sich kurz, sein Herz hämmerte wild. Er konnte nicht glauben, was hier passierte.

»Dann habt Ihr falsch gedacht«, sagte Wallace leise. Es klang traurig und bitter, Bangtail überlief es eiskalt. »Wir sind Geächtete. Ihr seht, wie es um uns steht. Wir brauchen Zeit, und wenn ich Euch gehen lasse, müssen wir von hier fliehen. Und außerdem erwartet Euer Herr meine Antwort.«

»Ich werde mit keinem Wort verraten, dass Ihr hier seid«, protestierte Bangtail, entsetzt darüber, wie weinerlich seine Stimme klang.

»Das sagt Ihr«, erwiderte Wallace trocken, »aber mit Euch kam noch ein anderer Mann, und womöglich gibt es noch weitere. Ich muss auch an die anderen denken, nicht nur an mich selbst.«

»Ich habe für Euch gekämpft!«, schrie Bangtail, der jetzt verstand, aber viel zu spät. Der Mann mit der gebrochenen Nase zog einen Dolch hervor, aber Wallace hielt seine Hand fest. In Bangtail flackerte kurz Hoffnung auf.

»Nein«, sagte Wallace entschieden und zog seinen eigenen Dolch. »Das wenigstens verdient er.«

Der Stoß nahm Bangtail den Atem. Sie hatten ihn losgelassen, und er saß am Boden und versuchte zu atmen, über sein Gesicht liefen Tränen und Rotz. Dann spürte er ein Brennen, und er fühlte den Schmerz. Er lag auf dem Rücken und starrte durch das Astwerk, und fast hätte er gelacht, als er überlegte, wie das passiert war. Hier lag er nun, und sein schlimmster Albtraum wurde wahr – er starb allein, alt, in der Kälte …

»Hängt ihn an dem Baum vor Mariottas Hof auf«, sagte Wallace zu Lang Jack. Ihm war, als hätte er sich mit etwas Eklem besudelt.

»Ihr wart früher nicht so grausam«, sagte Jinnets Jean und fing an, Bangtail die Kleider und Stiefel auszuziehen. Wallace antwortete nicht. Er hätte ihnen gern gesagt, dass er es für sie getan hatte, doch er brachte kein Wort heraus.

Freiheit, dachte er. So also fühlt sie sich an.

KAPITEL 5

LINCOLN
TAG DES APOSTELS JOHANNES,
DEZEMBER 1304

Eigentlich war Bruce alles sehr vertraut, nur fühlte er sich durch das lange Pausieren etwas eingerostet und war leicht beunruhigt, weil er sich nicht ganz sicher fühlte. In der Ferne sah er Malenfaunt auf einem mächtigen Pferd mit stolz geschwungenem Hals. Bestimmt auch nicht sein eigenes. Vielleicht gehörte es Buchan oder gar dem König selbst, ging es Bruce durch den Kopf.

Als es plötzlich alle Muskeln anspannte, war ihm klar, dass Malenfaunt ihm die Sporen gegeben hatte, und wild entschlossen trieb er Phoebus ebenfalls mit den Fersen an, und das riesige Muskelpaket preschte so plötzlich los, dass es ihn fast nach hinten riss und seine Lanze wild schwankte.

Die Entfernung zwischen ihnen betrug siebzig Ellen, und ehe man sagen konnte *»Sire Pere, qui es es ceaus«* hatten sie sich einander schon auf Lanzenlänge genähert. Bruce sah, wie seine Lanze über den oberen Rand von Malenfaunts Schild glitt und nur um ein Haar seinen Helm verpasste, dann krachte dessen Lanze gegen seinen eigenen Schild und warf ihn zur Seite, dass er im Sattel wankte. Phoebus stockte und kam aus dem Rhythmus, doch Bruce setzte sich wieder auf, und sie galoppierten erneut los.

Um Himmels willen, dachte er, während sein Keuchen im Helm widerhallte, welcher Wahnsinn hat mich in diese Lage gebracht? Hat mich denn der Teufel geritten?

Der Fluch des Malachias, sagte ihm eine leise Stimme tief in seinem Innern.

Dann kehrte Phoebus um, und wieder donnerten sie über den Turnierplatz, und er versuchte, mit der Spitze seiner langen Lanze aus Eschenholz möglichst gerade auf Malenfaunts makellosen Schild zu zielen.

Malenfaunt, der gerade seine zweite Lanze aus dem Ständer nahm, empfand Erleichterung, die schon fast an Euphorie grenzte. Ganz klar, Bruce war unfähig. Er konnte nicht auf diese Art kämpfen, genau wie Buchan es vorhergesagt hatte, und über diesen ersten Versuch mit der Lanze hätte sogar jeder grüne Knappe gelächelt.

Er riss den Kopf seines Pferdes herum, merkte, wie es gegen die schmerzhaften Spitzen in der Trense aufbegehrte, und fluchte so laut, dass er im Helm von seinem eigenen Lärm fast taub wurde. Dann hielt er die Lanze gerade vor sich und trieb das Pferd zum Galopp an, wobei er ein lautes Geheul anstimmte.

Bruce sah den Angriff kommen. Er spürte eine mächtige Wut in sich aufsteigen, und seine Angst verflog wie Morgennebel an der Sonne. Er war schließlich ein Earl und stand im Ruf, einer der besten Ritter der Christenheit zu sein, und niemand würde ihn einschüchtern. Er rutschte tiefer in den Sattel, streckte die Füße in den Steigbügeln gerade nach vorn und trieb Phoebus nur durch sein Körpergewicht an, der auch prompt losstürzte.

Sie stießen aufeinander, und die Menge jubelte über den perfekten Schlagabtausch, zwei Lanzen, deren Spitzen sich in den Schild des Gegners bohrten und gleichzeitig mit lautem Krachen zerbarsten, wobei die Splitter höher flogen, als man sie hätte werfen können.

Bruce schwankte unter dem Aufprall, und Phoebus taumelte zur Seite, wobei er die Beine kreuzte, erst vorsichtig wie eine Katze, dann stolpernd, wie ein Betrunkener. Malenfaunt spürte, wie ihm der Kopf nach hinten flog und er sich kräftig auf die

Zunge biss. Sein Pferd, das galoppiert war, blieb plötzlich stehen, und seine starken Schenkel knickten ein und hinterließen Furchen im Sand.

Bruce erreichte das andere Ende, wendete und rang nach Atem. Er warf das zersplitterte Ende der Lanze weg, entfernte mit etwas Mühe die kaputte Spitze aus seinem Schild und warf sie ebenfalls fort, was er vor allem tat, um sich und dem Pferd eine Atempause zu verschaffen. Am anderen Ende des Sandplatzes sah er Malenfaunt, der ebenfalls seine zersplitterte Lanze wegwarf, während sein Pferd schnaubte und unruhig unter ihm tänzelte.

Hatte er etwa aufgegeben? War er zu stark verletzt, um weiterzukämpfen? Bruce wusste, dass das eine Finte wäre, denn dies war ein Kampf bis zum Äußersten, bis einer von beiden nicht mehr konnte. Nach den Regeln war ein vorzeitiges Aufgeben gegen die Ehre. Die Regel verlangte auch, dass man damit das Leben einbüßte, denn der Gegner hatte das Recht – nein, die Pflicht –, einen zu töten, und das Geringste, was man erwarten konnte, war, dass einem die Zunge, mit der man vor Gott einen Eid geschworen hatte, herausgeschnitten wurde.

Denn Gott sah zu.

Und der König ebenfalls, und der hatte einen Knappen zu Bruce geschickt, um ihm mitzuteilen, dass hier nicht getötet werden sollte und dass der Gegner sich ebenfalls darauf verständigt hatte. Nun ja, aber im äußersten Notfall sind Unfälle leider nicht immer ganz auszuschließen, sagte Bruce sich grimmig.

Malenfaunt wurde langsam klar, welch großen Fehler er gemacht hatte. Bruce war tatsächlich so gut, wie man es ihm nachsagte – er hatte nur am Anfang gezögert, bis er sich wieder auf seine alten Fähigkeiten besann. Von nun an, dachte Malenfaunt, würde Bruce mit der Lanze tödlich sein – also tat man gut daran, ihm diesen Vorteil nicht zu gewähren.

Bruce sah die schnelle Handbewegung, mit der er seine scharfe

Axt vom Sattelknopf nahm. Drei Lanzen waren erlaubt, und er hatte noch zwei im Ständer. Es gab keine Regel, wonach er seinen Vorteil aufgeben musste – aber Gott sah zu. Und was noch wichtiger war – alle anderen Ritter sahen ebenfalls zu.

Bruce löste seine Axt, und die beiden großen Streitrosse gingen aufeinander los, diesmal etwas langsamer.

Sie umkreisten einander in einer Art ritterlicher Choreografie, hieben mit der Axt aufeinander ein und hackten Splitter aus den Schilden. Ab und zu verhakten sich die Axtköpfe ineinander, und es folgte ein wütendes Zerren, stumm bis auf die angestrengten Grunzer, die man selbst in der Zuschauermenge hören konnte.

Die Axt war eine bösartige Waffe, ein Holzgriff von drei Fuß Länge mit einer scharf geschwungenen Klinge auf einer Seite und einem tückischen Haken auf der anderen. Das obere Ende war eine Speerspitze von einem Fuß Länge, und der Kopf hatte ebenfalls eine Spitze, die sechs Zoll lang war. Diese Waffe war geschaffen, um Helme zu spalten, Kettenpanzer zu durchbohren, mit dem Haken unter Brustpanzer zu dringen und sie wie Krebsschalen zu öffnen – und Bruce liebte sie.

Das merkte Malenfaunt bald, und nach etwa zwei Minuten rang er nach Luft und bekam unter seiner Rüstung vor Angst eine Gänsehaut bei dem Gedanken, was diese meisterhaft geführte Waffe mit Sicherheit in Kürze anrichten würde.

In seiner Verzweiflung versetzte er Bruce' Pferd einen Hieb auf den Kopf, sodass Blut und Hirnmasse spritzten. Phoebus kam kaum noch dazu, ein schrilles Wiehern auszustoßen, ehe er zusammenbrach.

Die Zuschauer brüllten vor Wut über eine so feige, hinterhältige Tat, aber auf diesem Sandplatz gab es keine Regeln, und Bruce, der sich aus den Steigbügeln befreite und am Boden abrollte, wusste es.

Als sein Helm, der nicht festgezurrt war, davonflog und über den Boden schepperte, sodass sein hochrotes, verschwitztes Gesicht zutage kam, wusste er, dass er in Schwierigkeiten war.

DIE MOORE SÜDLICH VON YORKSHIRE
ZUR SELBEN ZEIT

Die Moore hier in England waren auch nicht anders als zu Hause, dachte Malise bitter. Eine schwarz-weiße Landschaft, hier und da vom verblichenen Braun der letzten Farne unterbrochen und übersät mit dunklen Steinen. Hier sollte man um diese Jahreszeit nicht herumwandern.

Er sah zum bleigrauen Himmel hoch. Es sah nach Schnee aus, der womöglich wie ein Leichentuch auf ihn fallen und ihn begraben würde, ehe er die Sicherheit des Klosters von Lund erreicht hatte, ein weiterer Knoten in dem Gewirr von Lamprechts Spuren.

Sucht ihn, hatte Buchan befohlen, an demselben Tag, als er gekommen war, um seine Frau in das Nonnenkloster von Perth zu bringen – endlich, dachte Malise mit grimmiger Befriedigung. Und keinen Moment zu früh, obwohl ihm die Freiheit, die er sich so gewünscht hatte, durch ihren Verlust doch etwas verleidet war. Es war, als hätte sie ihn verhext, er war ihrem Zauber verfallen und musste an sie denken, bis seine Lenden rebellierten und er sich an irgendeiner dreckigen Hure erleichtern musste.

Und davon gab es auch nur wenige auf diesem Weg durch die Winterlandschaft, dem Ablasshändler hinterher. Sein Weihnachtsgeschenk von dem merkwürdig niedergeschlagenen Buchan – ein Pferd und etwas Silber – war nur ein kleiner Trost dafür, dass er um diese Jahreszeit hier unterwegs sein musste.

Finde ihn, hatte Buchan befohlen, denn jetzt war klar, dass Bruce in diese tödliche Sache verstrickt war. Mach den Ablasshändler ausfindig und finde heraus, was er mit Bruce vorhat und welche Rolle die Reliquie des Schwarzen Kreuzes dabei spielt. Und welche Rolle Bruce dabei spielt, und sammle Beweise.

Malise hatte das alles schrecklich satt. Lamprecht, dieser kleine Mistkäfer. Als ich ihn das letzte Mal sah, machte er mir das Leben schwer, und jetzt wird er mir bestimmt wieder Unglück bringen. Aber ich werde dafür sorgen, dass sie ihn foltern, so viel ist sicher.

Aber zuerst musste er ihn finden. Es war nicht schwer, seiner Spur zu folgen. Ein hässlicher kleiner Mann mit einer Pilgermuschel am Hut, einer merkwürdigen Sprache und einer Tasche voll seltsamer Reliquien konnte sich dort, wo er sich herumtrieb, nicht so einfach verstecken.

Malise war bereits mehreren einfältigen Mönchen begegnet, mit Amuletten aus Blei, auf denen Kaspar, Melchior oder Balthasar eingeprägt waren und die ein garantierter Schutz gegen die Pest und sonstiges Fieber sein sollten, ganz zu schweigen von dem Abt, der überzeugt war, dass er eine echte Feder aus dem Flügel eines Seraphen besaß. Alles von Lamprecht verkauft und Malise voll Stolz gezeigt, der dabei erfuhr, dass zwei andere Männer ebenfalls nach dem Ablasshändler gefragt hatten. Er war überzeugt, dass einer von ihnen Kirkpatrick war.

Malise war in York über die Brücke gekommen und an dem Gitter vorbeigegangen, auf dem die hohläugigen abgeschlagenen Köpfe schottischer Rebellen steckten. Malise hielt den Mund, um sich nicht durch seinen Akzent zu verraten, bis er die Stadt hinter sich gelassen hatte und auf der Straße nach Tadcaster war.

Im Kloster St. Maria in Tadcaster hatte Malise in Erfahrung gebracht, dass Lamprecht hier einen Zehenknochen von Mose verkauft hatte, beglaubigt durch ein Pergament mit der Unterschrift eines Tempelritters. Dann war er in südlicher Richtung weitergezogen. Malise hatte einen ganzen Tag verloren, weil er in die falsche Richtung gegangen war, ehe ihm klar wurde, dass der Hurensohn nach London wollte und dabei von einem Kloster zum anderen huschte. Er kam schnell vorwärts für jemanden, der zu Fuß unterwegs war, und anscheinend ließ er sich vom Wetter nicht aufhalten.

Malise ging wieder zurück und durchquerte Tadcaster ein zweites Mal, voll Ärger, dass der Ablasshändler keinen Gedanken daran verschwendete, wie das Winterwetter im Norden wüten konnte. Unwissenheit ist ein Segen, dachte er, aber Lamprecht würde bitter dafür bezahlen, wenn es erst zu schneien anfing und sein schwarzes Herz durch den Frost erstarrte.

Doch er wusste auch, dass der Teufel die Seinen beschützt, der Ablasshändler würde schon nicht umkommen. Als die ersten Flocken auf seinen Handschuh fielen, hoffte er mit frommer Inbrunst, dass Gott wachsam sein möge. Er brauchte Gottes Hilfe mehr denn je, denn auf dem Rückweg hatte er eine weitere wichtige Entdeckung gemacht.

Es gab noch jemand anderen, der dem Ablasshändler folgte und jetzt Malise voraus war, jemand, der ein schwarzes Pferd ritt und ein ganz bestimmtes Schwert hatte, mit einem Kreuz auf dem Knauf.

Das Schwert eines Tempelritters.

LINCOLN
AM SELBEN TAG

Er stand auf der verkehrten Seite seines toten Pferdes, denn die Axt lag auf der anderen Seite, und Bruce hatte jetzt nur noch einen schmalen Panzerstecher, eine Elle lang. Es war eine stumpfe Waffe, zu lang für einen Dolch und zu kurz für ein Schwert, aber perfekt, um in den Schlitz eines Visiers gestoßen zu werden oder ein Kettenhemd zu durchbohren. Aber gegen einen Mann auf dem Pferd, der eine Axt schwang, hätte es genauso gut ein Rohrstock sein können.

Malenfaunt befand sich bereits im Erfolgstaumel, er zerrte an der Trense seines Pferdes, um es umzudrehen, und gab ihm brutal die Sporen, um das Manöver zu wiederholen und sein Opfer niederzureiten. Bruce war am Boden, waffenlos, ohne Helm, hilflos – er hatte gewonnen ...

Bruce sah Malenfaunts hastige Bewegungen. Jetzt bleibt nichts weiter als die deutsche Methode, dachte er grimmig und brachte sich in Stellung, im Magen einen Knoten, mit röchelndem Atem.

Die Menge war eine tobende Meute, als Malenfaunt auf ihn zukam, nur riesige Hufe und eine scharfe Axt, die er umgedreht hatte, sodass die Spitze, wenn man in den Steigbügeln stand und mit aller Macht zustieß, die Hirnhaube aus Metall und den Kettenpanzer darunter durchdringen würde, dann die Polsterhaube und schließlich die Schädeldecke des Opfers. Wie eine Lanze durch eine Schweinsblase, jubelte Malenfaunt innerlich ...

Im letzten Moment sprang Bruce zur Seite – nach rechts, der Axt aus dem Weg. Er hörte einen metallisch klingenden Schrei aus Malenfaunts Helm, dann sah er zu, wie das Pferd weiterraste, auf den toten Phoebus zu.

Malenfaunt war entsetzt, als er merkte, wie sein Pferd scheute, stolperte und dann anscheinend in die Knie ging und wild um sich schlagend wieder aufzustehen versuchte, während Malenfaunt im Sattel herumrutschte. In seiner Panik wartete er nicht ab, um zu sehen, ob sein Pferd sich aus dem Gewirr aus totem Pferd, Zaumzeug und Schabracke würde befreien können – er schlüpfte aus den Steigbügeln und rutschte herunter.

Die Menge brüllte vor Begeisterung, als beide Männer jetzt aufeinander losgingen, Bruce ohne Schild, nur den langen, schlanken Panzerstecher in der Hand, Malenfaunt mit Axt und Schild. Vorsichtig kamen sie sich in dem aufgewühlten Sand näher.

Sie umkreisten sich, Malenfaunt immer wieder mit boshaften Hieben, denen Bruce auswich, während er nach einer Gelegenheit zum Angreifen suchte. Malenfaunt hörte seinen schweren Atem, der laut im Helm widerhallte, in dem ihm so heiß war, dass der Schweiß ihm in die Augen lief. Verzweifelt merkte er, dass er die Axt nicht mehr lange würde schwingen können, bald brauchte er eine Pause, um sich zu erholen ...

Bruce stieß zu, als er seinen müden Arm herabsinken sah, wie eine Schlange stieß seine Waffe zu, durch den Panzer auf Malenfaunts Unterarm und hindurch bis auf den Knochen. Er hörte das dumpfe Aufheulen des Mannes, der Arm wurde zurückgezogen, und die Axt fiel ihm aus den tauben, gepanzerten Fingern. Bruce kam näher, als Malenfaunt stolpernd zurückwich und mit dem Schild versuchte, die Spitze von Bruce' Waffe abzuwehren.

Er zog den Dolch, gerade als Bruce' Arm vom Schild getroffen wurde. Der Schlag betäubte den Arm, und fluchend wich er zurück, der Panzerstecher fiel ihm aus der Hand. Beide Männer keuchten schwer und schienen einen Moment innezuhalten – doch als Malenfaunt sah, dass Bruce unbewaffnet war, warf er sich mit einem Schrei auf ihn, rammte ihn mit dem Schild und hob den Dolch.

Bruce, der vor Schmerzen schwankte, sah das Aufblitzen des Metalls zu spät. Der Dolch kam auf seine Schulter zu, rutschte am Achselschild ab und drang durch den Kettenpanzer in seine rechte Wange. Er spürte den Stoß, nahm geschockt seine volle Länge im Mund wahr, wie eine Trense, spürte, wie er gegen einen Zahn stieß. Die Klinge schnitt in seine Zunge, und sein Mund war voll Blut.

Die Menge tobte – der König sprang auf, und Badenoch beugte sich vor und feuerte Malenfaunt an, ihn zu töten. Malenfaunt brüllte triumphierend und trat einen Schritt zurück, wobei er die Waffe in der Wunde stecken ließ. In Siegerpose riss er die Hände hoch. Er wartete einen Moment, leicht benommen von seinem Erfolg, wie es schien, dann machte er eine halbe Drehung, um seine Axt zu packen.

Als er sah, wie Bruce nach dem Dolch griff und ihn herauszog, verlor er die Nerven. Der Mann hätte doch vor Schmerzen auf den Knien liegen müssen – mein Gott, das Blut strömte nur so über sein Gesicht und auf den prächtigen Wappenrock … Malenfaunt wich zurück, verfing sich in seinen Sporen und fiel.

Einen Augenblick schien der bleierne Himmel wild zu schwanken, als Malenfaunt dalag und zu begreifen versuchte, was gerade geschehen war. Zauber. Das musste es sein – der Teufel schützt die Seinen. Dann verdunkelte sich der Himmel, und er spürte, wie jemand sich auf ihn setzte, dass ihm die Luft ausging und er sich nicht mehr rühren konnte.

Bruce saß rittlings auf Malenfaunt und drückte dessen Arme mit den Knien in den blutigen Sand, aus dem Helm drang ein verzweifeltes Geplapper. Comyn, hörte er. Lord von Badenoch, hörte er. Seine Idee … er weiß von Euren Bemühungen, König von Schottland zu werden. Der König sagte, ich soll Euch nicht töten …, hörte er. Sollte Euch verschonen. Ich weiß, er hat Euch dasselbe gesagt. Verschont mich …

Bruce ließ das Geplapper von sich abprallen, unbewegt wie ein Fels. Ich ergebe mich …, hörte er. Das müsse er ernst nehmen, schließlich sah Gott zu.

Doch Badenoch und die anderen Comyns sahen auch zu, also beugte er sich noch weiter hinunter, den Kopf auf Malenfaunts Schulter, als umarme er einen Freund, packte Malenfaunts blattförmigen Dolch, der rot von seinem eigenen Blut war, und schob ihn unter den Topfhelm, bis er auf den Kettenpanzer am Kinn stieß. Er merkte, wie der Mann versuchte, sich aufzubäumen und den Kopf hin und her drehte, sein metallisches Schweinequieken wurde lauter, sein verzweifeltes Geplapper immer wilder.

Dann legte er den Handballen an den Knauf und hämmerte dagegen, bis er spürte, wie der Dolch durch die Eisenringe drang, dann durch das Kinn, durch die Zunge und nach oben durch Malenfaunts Gaumen. Er wusste es, denn er sah, wie das Blut spritzte. Das Geplapper klang jetzt wie das Winseln eines Hundes. Dann kamen nur noch ein paar unzusammenhängende Silben von dem Mann, dem das Wort jetzt abgeschnitten war.

Die Menge war eine brüllende Bestie, die sich am Schmerz und am Blut ergötzte.

Ein weiterer Schlag würde dem Mann die Klinge ins Gehirn treiben – aber Bruce hörte auf, denn er wollte nicht töten, sondern nur etwas klarstellen.

Mühsam stand er auf, und die Welt drehte sich. Blut strömte aus seinem Mund, als er sich halb blind umdrehte, und die Menge verstummte bei seinem Anblick. Sie sahen das zuckende, stöhnende Häufchen Elend, das Malenfaunt war, und Bruce beendete das blutige Schauspiel dieses Tages mit dem vorgeschriebenen Ritual und rief so laut er konnte:

»Ai-je fait mon devoir?«

Der Marschall nickte, aber es war das Brüllen der Menge, das Bruce bestätigte, dass er seine Pflicht getan hatte. Die Knappen und seine Brüder stürzten auf ihn zu, gerade als seine Knie nachgaben.

KLOSTER DES HEILIGEN AUGUSTIN, ELCHO BEI PERTH TAG DES HEILIGEN FILLAN, JANUAR 1305

Sie waren bei Tage angekommen, dabei hätte es besser zur Stimmung gepasst, dachte sie, wenn es finsterste Nacht gewesen wäre. Es war einer jener seltenen Tage, an dem die Sonne versuchte, sich durch die grauen Wolken zu kämpfen, um auf das verzauberte Elcho zu scheinen.

Zusammen mit ihren Wachhunden, den grimmigen Soldaten ihres Mannes, war sie an Kräutergärten und Rosenspalieren vorbei hier angekommen. Die Büsche waren jetzt schwarz und kahl, aber sie wusste, im Frühling und Sommer war es ein Blütenmeer. Der Karpfenteich war halb zugefroren, und dahinter kam der Pfad aus Kopfsteinpflaster, der zum Kloster führte. Es bestand aus einer Reihe von Häusern, manche aus gelbem Stein, andere ein tiefes Rosa, die wie Edelsteine in der düsteren Umgebung lagen.

Die Fensterschlitze und die starke Tür erzählten auf ihre Art, wie das Kloster so lange überlebt hatte, und der Anblick der Frau, die ans Tor gekommen war, erzählte noch mehr. Sie trug ein einfaches Gewand aus grauer Wolle, um ihren Hals hing eine Kette mit einem kleinen goldenen Kreuz. Sie ist so groß wie ich, dachte Isabel, und ihre Haare unter dem Schleier sind hell, ihren Brauen nach zu urteilen, jedoch nicht weiß. In dem einfachen, sackartigen Gewand war es schwer, ihr Alter zu schätzen, aber Isabel vermutete, dass sie nicht viel älter war als sie selbst. Sie bewegte sich mit Würde und verbeugte sich vor Isabel.

»Lord von Buchan bittet um Schutz für seine Gräfin, Lady, und um Geborgenheit vor der Welt. Er bittet darum, dass Ihr sie ein gottesfürchtiges Leben lehrt.«

Der Sergeant hatte es auf dem Weg hierher auswendig gelernt und immer wieder vor sich hin gemurmelt. Die Frau beachtete ihn nicht einmal, sondern nur Isabel.

»Ich bin Bridget, die Äbtissin«, sagte sie nur und streckte ihr beide Hände entgegen. »Willkommen. Seid Ihr schwanger?«

Die Frage überraschte Isabel so, dass sie beinahe den Kopf geschüttelt hätte, doch dann besann sie sich.

»Wenn ich es wäre«, sagte sie bitter, »dann wäre ich nicht hier. Ich bin die Gräfin Buchan.«

Die Äbtissin verzog keine Miene, sondern nickte nur, als sie auf diese Weise an ihren Stand erinnert wurde. Sie blieb reglos stehen, die Arme in die weiten Ärmel gesteckt.

»Wenn Ihr es wärt«, sagte sie sanft, »und man Euch hierherschickte, dann wäre es nicht das Kind des Earls … Gräfin«, fügte sie mit feinem Lächeln hinzu. Dann blickte sie die finster dreinblickenden Männer an.

»Ihr habt eure Aufgabe erfüllt. Ihr könnt das Gepäck der Gräfin dalassen. Elcho ist kein Ort für Männer.«

Die Sergeants zogen ab, entlassen wie Wachhunde, die sie auch waren. Isabel lächelte, die Äbtissin war ihr sympathisch, doch musste sie auch an das andere Kloster denken, in dem sie vor Jahren Malenfaunts Gefangene gewesen war.

Sie drehte sich um und warf einen letzten Blick auf die abziehenden Soldaten ihres Mannes, hinter denen eine andere graue Nonne die schwere Tür verschloss und verriegelte. Jetzt war ihr klar, dass dies für sie nichts anderes war als das letzte Mal – nur dass diese Nonnen hier wahre Bräute Christi waren.

Die Äbtissin lächelte, sanft und leise wie fallender Schnee, und genauso kalt.

»Euer Gemahl hatte uns benachrichtigt, dass Ihr kommt«, sagte sie. »Jetzt, wo wir wissen, dass der Grund kein unerwünschtes Kind ist, können wir Gott danken, dass er Euch hierhergeführt hat. Wir werden für Euch sorgen und Euch in der Liebe Gottes unterrichten. *Victoria veritatis est caritas* – der Sieg der Wahrheit ist die Liebe.«

Isabel folgte ihr stumm, vorbei an Frauen ohne Schleier, mit geschorenen Köpfen, die in fleckigen Arbeitskitteln aus Sackleinwand mit Kalkwasser und einer Ockerfarbe eine frisch verputzte Wand für die Bemalung vorbereiteten. Die blutrote Farbe lief in schaurigen Rinnsalen an der Wand herab und wurde im letzten Moment von Pinseln aus Eichkatzenhaar aufgenommen, ehe sie das Bild von der Wiedererweckung der Tochter des Jaïrus besudeln konnte.

Rotes Blei und Goldstaub für die Heiligenscheine lagen bereit, woran man den Reichtum Elchos ermessen konnte. Isabel fragte sich, wie viel ihr Mann dafür bezahlt hatte, dass sie hier aufgenommen wurde.

Ihre Räume waren einfach, aber behaglich. Die Äbtissin zeigte ihr, wo der Waschraum und die Latrinen waren, zeigte ihr, wo das Essen eingenommen wurde, und erklärte Isabel, dass das Läuten der Glocke sie rufen würde.

Es war nicht notwendig, ihr zu zeigen, wo die Kapelle war, denn man hörte das Singen, das von dort kam und der Äbtissin ein weiteres dünnes Lächeln abnötigte.

»*Qui cantat bis orat*«, sagte sie – wer einmal singt, betet zweimal.

Endlich allein gelassen, sank Isabel auf ihr Bett. Es war dick mit weichem Heidekraut gepolstert und hatte gute, warme Wolldecken. Neben dem Kamin war Holz gestapelt, aber es brannte kein Feuer, und ihr standen Atemwölkchen vor dem Mund. Zwei keuchende Nonnen kamen schwitzend mit ihrem bescheidenen Gepäck herein, es war alles, was sie hatte einpacken können in der kurzen Zeit zwischen der Ankündigung ihres Mannes und ihrem Aufbruch aus Balmullo. Doch sie hatte die kurze Zeit geschickt genutzt. Sie hatte Ada schnell ein paar Münzen und einen kleinen Gegenstand in die Hand gedrückt, gefolgt von einer geflüsterten, dringenden Nachricht. Dann hatte sie ein kleines, unscheinbares Bündel in die Tiefen ihres Kosmetikkastens geschmuggelt.

Einen Moment später nahm sie das Bündel wieder heraus und öffnete es, um sich den Inhalt anzusehen, auf dem schneeweißen Stoff lagen die letzten fünf blutroten Beeren.

Wallace hatte sie ihr im kalten Morgengrauen in die Hand gedrückt, als er humpelnd Balmullo verlassen hatte.

»Für Eure liebevolle Fürsorge, vielleicht braucht Ihr es einmal, Lady«, hatte er gesagt, »aber verkauft sie außer Landes und erzählt nur jemandem davon, dem Ihr wirklich vertraut. Sie haben keinen Wert dort, wo ich hingehe, denn hierzulande hat niemand das Geld oder wäre auch nur bereit, sie zu kaufen.«

Der sechste Rubin-Apostel, den sie Ada mit auf den Weg gegeben hatte, glühte in ihrer Erinnerung, und sie fragte sich, welcher es wohl war, der in diesem Moment zwischen den üppigen Brüsten ihrer Zofe steckte. Jakobus der Ältere? Matthäus? Petrus?

»Mögen die Heiligen Euren Schlaf segnen«, hatte die Äbtissin beim Gehen gesagt, und sie war erstaunt gewesen über Isabels prompte Antwort.

»Ich brauche keine Heiligen – ich habe die Apostel, die mich schützen.«

Der Rubin steckte wie ein blutiges Ei in der warmen Spalte von Adas Busen und verbreitete Hoffnung, während sie durch die Nacht eilte.

KAPITEL 6

HOLEBOURN, LONDON
TAG DER AUFFINDUNG DES KOPFES JOHANNES DES TÄUFERS, FEBRUAR 1305

Wie ein Vorhang wehte der Regen übers Fleet, ein feiner, übel riechender Nebel aus Teer, Salz und Fischgeruch. Er traf auf eine noch weitaus penetrantere Duftmischung aus Fleisch und Dung, Brot- und Pastetenbäckerei, dem Dampf des Ablöschwassers aus der Schmiede, dazu ließ der Wind die Zeltdächer der Verkaufsstände an der Themse knattern.

Die Bewohner flohen vor diesem Wetter, graue Gestalten mit bleichen, abgehärmten Gesichtern, keifende Frauen mit breiten Hintern. Hal konnte ihre Sprache nicht verstehen. Er fühlte sich nicht recht wohl in London, selbst nicht in dem eigentlich behaglichen Gasthof »Earl von Lincoln«, den sie gerade verlassen hatten. Er fand, den besten Teil Londons hatten sie hinter sich gelassen, er lag um die unscheinbare Kirche St. Andrews herum, wo sie nach Lamprecht gefragt hatten.

Kirkpatrick schielte unter seiner Kapuze hervor und grinste, als er Hals Gesicht sah. Der Lord war nie zuvor in London gewesen – mein Gott, er war ja noch niemals südlicher als York gewesen –, und die vielen neuen Eindrücke, der Lärm und der Gestank mussten ihn treffen wie ein Hammerschlag. Selbst für Kirkpatrick, der schon zweimal in London gewesen war, war es anstrengend. Kesselflicker, Gerber, Goldschmiede, Seiler, alle mit behelfsmäßigen Schildern über ihren Ständen, die anzeigen sollten, was sie verkauften, versuchten sich schreiend gegen Metzger und vor allem gegen die Pferdehändler durchzusetzen, denn dies war das südliche Ende von Smoothfield, dem größten Markt für lebendes Vieh und Pferdefleisch.

Das Gedränge ließ nach, weil die Menschen vor dem Regen flüchteten und die Straße, auf der sich jetzt Schlamm und Dung vermengten, den Karren, Wagen und Sänften überließen. Und solch unverbesserlichen Dummköpfen wie uns, dachte Hal bitter, während ihm der Regen den Rücken hinunterlief.

»Die Schweinegasse«, erklärte Kirkpatrick und deutete auf den Anfang einer stinkenden Gasse. Hal fragte sich, woher er das wusste, aber er sagte nichts. Kirkpatricks Talent, Orte und Menschen ausfindig zu machen, hatte er schon des Öfteren verblüfft zur Kenntnis genommen. Trotzdem fühlte er sich unwohl, weil die Obergeschosse der Häuser so weit hervorragten, dass sie die Gasse zu einer unheimlichen, dunklen Höhle machten, in der man den Himmel kaum noch sehen konnte.

Zwei Männer kamen ihnen entgegen, sie schleppten große Schweinehälften, aus denen blutrot gefärbtes Regenwasser auf die Säcke tropfte, die sie sich um die Schultern gelegt hatten. Also hat Kirkpatrick recht, dachte Hal. Und er hat auch recht, was Lamprecht angeht, der sich hierher verzogen hat, obwohl das anfangs keinen Sinn zu ergeben schien, nachdem sie seine Spur nach St. Andrews und dann zum Roten Löwen verfolgt hatten.

»Der kleine Bastard wird Mabs das halbe Kreuz wieder anbieten«, hatte Kirkpatrick brummend geantwortet. »Und dafür wird er eine Überfahrt nach Frankreich verlangen, oder nach Flandern oder sogar bis León, wenn er mutig genug ist.«

»Würdest du das an seiner Stelle tun?«, hatte Hal leise gefragt, damit ihn die anderen Gäste im Wirtshaus nicht hören konnten. Sicherheitshalber sprachen sie Französisch, und Kirkpatrick hatte gelacht.

»Nein, ich würde das nicht machen. Aber ich bin klug, und

Lamprecht ist nicht nur ein Feigling, sondern er ist auch dämlich wie ein Mondkalb.«

»Er könnte nach Dover gegangen sein«, gab Hal zu bedenken, der nicht ganz so überzeugt war von Lamprechts Dummheit. Kirkpatrick zuckte die Schultern.

»Dann kann er dort, wenn er kein Geld hat, so lange am Strand hocken und auf ein Schiff warten, bis wir ihn gefunden haben.«

Je länger Hal durch den tiefen Schlamm der Schweinegasse watete, desto mehr sehnte er sich nach dem warmen Mief des Roten Löwen zurück, der jetzt weit hinter ihnen lag. Der »Earl von Lincoln« war vor zwei Tagen Lamprechts letzter Unterschlupf gewesen – doch allgemein nannte man das Haus nur den Roten Löwen, nach dem Wappen des Earls von Lincoln, das über die Tür genagelt war. Es gehörte ihm, zusammen mit dem großen Grundstück, auf dem es stand, doch Hal bezweifelte, ob der Earl jemals selbst dort gewesen war. Eigentlich schade, denn der Gänsebraten, gefüllt mit Feigen, Rosinen und Birnen, war ein wahres Festessen gewesen. Es war eine Weißwangengans, denn es war Fischtag gewesen und die Gans war ja auch ein Wassertier, wie jeder Priester bestätigen konnte …

Kirkpatrick ging voraus, und Hal musste seine Tagträume vom Essen verscheuchen und sich bemühen, Schritt zu halten. Er hoffte, die Pläne, die sie im Löwen gemacht hatten, würden sich ähnlich zügig verwirklichen lassen.

Der Regen spülte Unrat aus der Schweinegasse wie aus einer Latrine, Hals Stiefel platschten durch eine gurgelnde braune Brühe, und der Gestank war so furchtbar, dass er durch den Mund atmen musste.

Plötzlich blieb Kirkpatrick stehen, sodass Hal ihm fast auf die Fersen getreten wäre. Es war still, bis auf das Rauschen des Regens und das Quieken unsichtbarer Schweine, und beim Anblick der grauen Gestalten, die vor ihnen auftauchten, brach Hal der Schweiß aus.

Er zählte sechs. Ihre bärtigen, fettigen Gesichter konnte man im Regen nur schlecht erkennen. Drei trugen Hüte mit breiter Krempe, vorn hochgeschlagen, damit der ablaufende Regen ihnen nicht die Sicht nahm. Zwei trugen Kapuzen aus rauem Wollstoff, einer einen Hut, der mit mottenzerfressenem Pelz besetzt war, und alle trugen Kittel aus Sackleinwand, die Tracht der Metzger, fleckig von altem Blut. Und jeder von ihnen trug ein langes, blankes Messer bei sich.

»Wer seid ihr, und was sucht ihr hier?«

Hal hatte Mühe mit ihrem Akzent, er wusste zwar, dass sie Englisch sprachen, aber er musste sich anstrengen, sie zu verstehen. Kirkpatrick, dem es offenbar keine Schwierigkeiten machte, breitete grinsend die Hände aus.

»Wir suchen Mabs«, erklärte er. »Haben gehört, dass es hier Arbeit gibt für Leute, die keine Angst vor Blut haben.«

Das konnten die Metzger auffassen, wie sie wollten, dachte Hal, der leicht geduckt dastand und in dieser Szene nur eine stumme Rolle hatte. Die mottenzerfressene Pelzmütze fuhr herum und sah sie beide an, während die anderen sie einkreisten. Typisch für Schweinehirten, dachte Hal. Sein Mund wurde trocken, und das Herz klopfte ihm bis zum Hals.

»Soldaten«, entschied der Mottenzerfressene und spuckte aus. Kirkpatrick zuckte die Schultern.

»Waren wir, werden wir auch wieder sein, wenn es sich lohnt. Auf jeden Fall wissen wir, wie es geht.«

Die Pelzmütze war gewarnt und hielt Abstand. Nach wie vor strömte der Regen herab. Dann nickte er Hal zu.

»Keine Zunge, was?«

»Aus Italien«, entgegnete Kirkpatrick ohne zu zögern. »Spricht keine vernünftige Sprache.«

Das war die Erklärung für Hals schottischen Akzent.

»Ihr kennt Mabs?«

Kirkpatrick war auf die Frage vorbereitet.

»Ein alter Freund«, fing er an und kniff ein Auge zu, »Lamprecht, ein hässlicher Kerl von einem Ablasshändler, er sagte uns, hier in der Schweinegasse gebe es Arbeit, bei Mabs. Seid Ihr das selber?«

Der Pelzhut stieß ein leises Lachen aus und warf einen schnellen Blick nach links. Aha, dachte Hal, dort ist jemand, der ihm Anweisungen gibt.

»Ich nicht«, sagte der Mottenhut, und die anderen lachten, aber es klang nicht sehr fröhlich. »Dann kommt mal mit. Wir stellen euch Mabs vor.«

Vorsichtig und schwitzend folgte Hal Kirkpatrick, der dem Pelzhut folgte, und die anderen so dicht hinter ihnen, dass es Hal kalt über den Rücken lief. Sie bogen ab in einen Hof, wo ein unglaublicher Gestank herrschte von Schweinen, die sich laut quiekend aneinanderdrängten, als ahnten sie, dass diese Männer Metzger waren. Vielleicht war es auch der Geruch von altem Schweineblut, dachte Hal …

Sie blieben stehen. Der Pelzhut lehnte sich an den Zaun, wo der Dung unter den unzähligen Schweinefüßen nur so aufspritzte, dann drehte er sich um und grinste Hal mit seinen letzten gelben Zähnen an.

»Mabs«, sagte er. Für einen Augenblick war Kirkpatrick verwirrt – dann bewegte sich ein riesiger stinkender Berg, und die größte Sau, die er je gesehen hatte, kam auf ihn zu, sodass er zurückfuhr. Die Metzger lachten.

»Mabs«, sagte eine noch unbekannte Stimme, »riecht frisches Blut und fragt sich, wie es wohl schmeckt.«

Hal und Kirkpatrick fuhren herum und erblickten eine unförmige Frau mit dem größten Busen, den sie je gesehen hatten – noch größer, dachte Hal, als der von Alehouse-Maggie. Sie hatte ein Gesicht wie Brotteig, grau und formlos, doch ihre Wangen waren gerötet vom Trinken und vom Wind. Ihre Augen wirkten wie winzige, tief liegende Rosinen.

»Mabs«, wiederholte sie und blickte liebevoll auf die riesige Sau, die sich jetzt wohlig im Schlamm suhlte, der von ihren fetten Zitzen tropfte.

»Wie die Sagenkönigin«, sagte die Frau wehmütig. »Sie heißt so wie ich.«

»Aha«, sagte Kirkpatrick und bemühte sich, ernst zu bleiben. »Tatsächlich.«

»Mistress Maeve«, unterbrach Hal, wobei er die Frau ohne zu zögern mit dem korrekten Namen der Königin anredete. »Wir suchen einen gewissen Lamprecht, den Ihr kennt. Wisst Ihr, wo er sich aufhält?«

Kirkpatrick schloss entsetzt die Augen. Die Rosinenaugen der Frau wanderten von der Sau zu Hal.

»Also, das ist das merkwürdigste Italienisch, das ich je gehört habe«, sagte sie. »Eigentlich klingt das eher schottisch, wenn meine Ohren nicht trügen.«

Ihre Männer knurrten und rückten näher. Kirkpatrick griff nach seinem Dolch.

»Zurück«, warnte er. »Mein Freund hat recht, wir suchen nur Lamprecht, sonst nichts.«

»Und das Kreuz«, fügte Hal hinzu, wofür Kirkpatrick ihn leise verfluchte.

»Was?«, fragte Mabs.

»Das Kreuz«, wiederholte Hal, ehe Kirkpatrick ihn daran hindern konnte. »Das in dem Reliquiar war, das ihr zwischen Jop und Lamprecht aufgeteilt habt.«

Um Gottes willen, dachte Kirkpatrick, und die Hand am Dolch wurde ihm feucht vor Aufregung, jetzt sind wir erledigt.

»Lamprecht«, sagte Mabs langsam und rollte den Namen wie etwas Ekelerregendes im Mund herum, »der ist hier nicht willkommen. Und dieser elende Hurensohn Jop auch nicht, aber der ist ja sowieso tot, soweit ich gehört habe.«

Sie spuckte aus und sah die beiden Männer misstrauisch an.

»Die Männer des Königs haben ihn umgebracht, jedenfalls erzählt man das. Und ich will nicht Königin Maeve heißen, wenn sie ihn nicht gefoltert haben. Und jetzt seid Ihr hier«, fügte sie mit sanfter Stimme hinzu, »und sucht mich.«

Hal wurde alles klar. Sie denkt, Jop hat alles verraten und wir sind im Auftrag des Königs hier. Er wollte es gerade verneinen, aber Kirkpatrick sah, wie er den Mund aufmachte, und befürchtete das Schlimmste, deshalb fiel er ihm ins Wort.

»Na ja«, stieß er durch die Zähne hervor. »Ein Irrtum. Hat ja weiter niemandem geschadet …«

»Nein?«

Mit einem elenden Gefühl im Magen merkte Kirkpatrick jetzt, dass es sich tatsächlich um einen großen Irrtum handelte, der ihm da unterlaufen war. Lamprecht war ganz offensichtlich nicht hier, und Mabs wollte bestimmt nicht, dass jemand von hier entkam, der Jop, Lamprecht, Mabs und die Schweinegasse auf einen Streich mit dem Raub der Kronjuwelen in Verbindung bringen konnte. Sie lehnte sich gegen den stinkenden Holzverschlag und sah ihre riesige Sau liebevoll an.

»Ja, ja«, sagte sie zärtlich, »du bist ein gefräßiges Mädchen …«

Ihr Kichern wurde von einem lauten, schrillen Pfiff unterbrochen, und Kirkpatrick stürzte auf sie zu, sodass sie zurückfuhr. Der Mottenhut ging dazwischen und schob sie schützend hinter sich – aber Kirkpatrick hatte seinen Dolch nicht mitgebracht, um Fleisch zu zerlegen, sondern um blitzschnell zu töten.

Der Mottenhut taumelte, würgend hielt er sich die Hand an den Hals, und zwischen seinen Fingern quoll Blut hervor. Beide Mabs kreischten und quiekten um die Wette, die Männer brüllten – einer stürzte sich auf Hal, verfehlte ihn aber, glitt aus und kam schlitternd zum Stehen. Hal und der Mann tanzten unsicher umeinander herum und rutschten immer wieder im Schlamm aus, schließlich kam der Mann wieder heran, ein breites, dummes Grinsen auf dem schlaffen Gesicht.

Hal konnte nicht besonders gut mit dem Messer kämpfen, aber er kannte ein paar Kniffe. Er hob den Arm, wie um zuzustechen, dann versetzte er dem Mann einen Fußtritt, der ihn hoch oben am Oberschenkel traf. Hal verfehlte seine Eier, aber der Tritt ließ den Mann zusammenzucken und betäubte das Bein, sodass er hinfiel. Mit erhobener Hand lag er am Boden, wie ein Ritter, der sich ergeben hat und Lösegeld anbietet.

»Bitte«, sagte er, »ich habe Kinder …«

Mit dem Dolch in der Hand blieb Hal stehen. Der Mann erhob sich auf ein Knie, dann schnellte seine freie Hand hervor, und seine harten Knöchel trafen Hals Rippen, die bereits verletzt waren. Der Schmerz durchfuhr ihn wie Feuer, er schrie auf und fiel im Dreck auf die Knie. Er hörte den Mann wütend knurren und sah sein langes Schlachtermesser.

Selbst schuld, dachte er. Ich hätte ihn einfach umbringen sollen.

Plötzlich entstand ein großes Gewühl, Männer erschienen, ihre untere Gesichtshälfte vermummt und mit langen Schwertern, die sie zu gebrauchen verstanden. Der Mann vor Hal drehte sich um, schrie kurz auf und wollte wegrennen, da drang eine Klinge in seine Rippen, und das Blut spritzte. Er fiel, der andere zog die Klinge heraus und grinste ihn an – und Hal erkannte an den Augen, dass es Edward Bruce war.

Die Männer, die Kirkpatrick mit seinem Pfiff alarmiert hatte, agierten schnell und entschlossen. Die Vermummung trugen sie einerseits gegen den Gestank, aber auch, um nicht erkannt zu werden. Es folgten einige Schwerthiebe, man hörte Schreie, schließlich sah Hal, dass Mabs zitternd auf den Knien lag, die Einzige, die überlebt hatte. Jetzt schrie nur noch sie, begleitet vom entsetzten Quieken der Schweine.

»Der Mensch denkt, Gott lenkt«, sagte Kirkpatrick zu Mabs. »Wie schnell die Welt sich doch verändert, was, Mabs? Eben planst du noch ein Festmahl für dein Schoßtier, und im nächsten Moment bist du selbst das Festmahl.«

»Wartet«, sagte Mabs. Sie blickte von Kirkpatrick zu Hal, dann zu den anderen maskierten Männern. Bewaffnet wie Männer des Königs, dachte sie, aber vermummt, um nicht erkannt zu werden, also sind sie doch keine. Falls Longshanks nicht dahintersteckte, konnte man vielleicht mit ihnen verhandeln …

»Warten? Worauf? Freundschaft oder etwas noch Besseres?«

»Das reicht«, brummte die undeutliche Stimme Edwards. »Hier wird nicht gespielt, Mann. Entweder friss das Schwein, oder lass es liegen.«

Die Männer lachten, während Mabs sich wimmernd an den Einzigen wandte, der unbeteiligt schien.

»Das Kreuz. Das Kreuz, Mylord«, sagte sie. Hal, dem die Rippen höllisch wehtaten, sah sie überrascht an. Er hatte die Sau beobachtet, die sich jetzt wieder wohlig im Schlamm suhlte. *Glücklich wie ein Schwein im Schlamm* – das war eine Redensart, und er hatte immer gedacht, dass er es den Schweinen gut nachfühlen konnte – bis jetzt, wo er diese Riesensau sah, die sich hier wälzte.

Mabs' Verzweiflung weckte ihn aus seinen Überlegungen. Erschrocken fragte er sich, wie er hier stehen und träumen konnte.

»Das Kreuz«, wiederholte er, und Mabs war sofort bei der Sache, fieberhaft und voll Hoffnung.

»Jop und Lamprecht hatten es, Sir«, keuchte Mabs und nickte eifrig, wie um ihre Worte zu unterstreichen. »Ich gab Lamprecht das kleine Stück Holz, das in diesem Ding war, Sir, weil es ihm wichtiger war als mir. Jop wollte noch mehr und überredete Lamprecht, das Kreuz mit den Edelsteinen auch noch mitzunehmen. Ich hoffe, der Teufel holt die beiden.«

Hal sah sie an, und langsam verstand er. Er versuchte sich aufzurichten und spürte einen so starken Schmerz, dass er nach Luft rang. Kirkpatrick runzelte die Stirn und sah ihn an.

»Und, ist das alles?«, brachte Hal mühsam heraus.

Sie nickte so eifrig, dass er dachte, ihr Kopf müsse davonfliegen. Ihre riesigen Brüste bebten.

»Er trägt es an einer Schnur um den Hals. Es ist nicht länger als ein Finger, Lord.«

Kirkpatrick und Hal sahen einander an. Es war gut, wenn man es bestätigt bekam, aber umso schlimmer, wenn man daran erinnert wurde, dass man es gleich am Anfang direkt unter der Nase gehabt hatte …

»Pfui«, sagte Edward Bruce. »Dieser Gestank hier ist ja entsetzlich, außerdem ist es Zeit zu gehen.«

Mabs sah den Ausdruck in Kirkpatricks Gesicht.

»Wartet«, sagte sie. »Waaa…«

Im Handumdrehen war es vollbracht – ein kurzer Stoß und sie fiel. Wie ein großer Felsbrocken rollte sie weiter und durchbrach die Absperrung des Schweinekobens, bis sie direkt vor den Füßen ihrer überrascht quiekenden Namensschwester lag.

Die Sau roch das frische Blut, und die anderen Schweine hoben ebenfalls interessiert die Köpfe, während Mabs auf allen vieren im Dreck lag wie eine neue, noch größere Sau.

Sie gingen. Hal versuchte seine Ohren vor den lauten Hilferufen zu verschließen, dann hörte man lautes Grunzen. Er hätte nicht sagen können, ob es das Todesröcheln von Mabs oder die Begeisterung der fressenden Schweine war.

Glücklich wie eine Sau im Schlamm, dachte er. Dann lief ihm ein kalter Schauer über den Rücken. Er war froh, dass der Regen ihn abwusch und dass er wieder saubere Luft atmete.

KLOSTER DES HEILIGEN AUGUSTINUS, ELCHO, PERTH
TAG DES HEILIGEN MAURITIUS, FEBRUAR 1305

Gott hatte schlechtes Wetter geschickt. Als Schwester Mary Margaret neben Bets, der Milchkuh aufwachte, hörte sie den Regen aufs Dach prasseln und hatte gar keine Lust, ihren warmen

Platz neben der Kuh zu verlassen. Aber ihre volle Blase hatte sie geweckt, also stand sie fluchend auf, um sogleich frierend Gott für ihre Lästerung um Verzeihung zu bitten.

Bets rührte sich, und Schwester Mary Margaret, die gebückt und noch etwas steif neben ihr stand, kraulte die Stelle zwischen ihren Hörnern. Sie schlief viel lieber hier draußen im Kuhstall als in ihrer Zelle, und auch wenn die anderen immer wieder Bemerkungen über ihr Aussehen und ihren Geruch fallen ließen, kümmerte sie das nicht.

Regte sie sich etwa über den Farbgeruch und die Flecken auf den Gewändern bei den anderen auf? Nein, tat sie nicht. Ihre Liebe galt den Tieren und nicht den Bildern an den Wänden, und auch sie tat ihre tägliche Arbeit allein zur Ehre Gottes.

Wind und Regen peitschten ihr ins Gesicht, als sie die Stalltür aufmachte, und einen Augenblick überlegte sie, ob sie nicht einfach ihre Röcke hochheben und ins warme Stroh pinkeln sollte – schließlich tat es die Kuh ja auch. Wer wüsste es denn, wenn sie nicht den langen Weg zur Latrine ginge?

Gott würde es sehen. Sie holte tief Luft, als ob sie ins Wasser tauchen wollte. Das habe ich nicht mehr gemacht, seit ich ein kleines Mädchen war, dachte sie, dann rannte sie gegen eine Tür.

Fassungslos fuhr sie zurück, völlig verwirrt, denn hier war doch sonst keine Tür, und sie kannte sich in Elcho mit verbundenen Augen aus. Die Tür bewegte sich, und ihr blieb die Luft weg, denn jetzt erkannte sie, dass es keine Tür, sondern ein großer nasser Schild war, der über ihr aufragte. Sein Besitzer bewegte die breiten Schultern in der Rüstung und schob den Schild auf seinen Rücken, dann streckte er eine riesige, metallene Pranke aus.

»Ihr werdet ja ganz nass hier im Regen, Schwester. Steht auf.«

Schwester Mary Margaret wurde auf die Beine gezogen. Sie merkte, dass sie nass war und dass ein Teil der Nässe warm war, also hatte sie sich tatsächlich bepinkelt.

»Ich heiße William Wallace«, sagte der Mann mit einem wölfischen Lächeln. »Ich bin auf der Suche nach einer Frau, und zwar einer ganz bestimmten. Niemand Geringeres als eine Gräfin. Könnt Ihr mir dabei helfen, im Namen Gottes des Allmächtigen?«

Schwester Mary Margaret fand keine Worte. Denn hinter dem Riesen sah sie noch andere Männer und mitten unter ihnen eine schmächtige, tropfnasse Gestalt, die sie mit hartem Blick anstarrte. Eine Frau, mitten unter diesen bewaffneten Männern ... Ich werde die Äbtissin informieren müssen, dachte sie.

»Ich bin ganz sicher, dass Ihr mir helfen könnt, Schwester«, sagte der Riese und unterbrach ihre Gedanken, die sich überschlugen, und Schwester Mary Margaret erkannte plötzlich, dass die Tage ihrer Äbtissin womöglich gezählt waren.

Sie fuhr sich mit der Hand an den Mund und erstickte einen Schrei. Dann deutete sie in die Richtung, wo die Gräfin untergebracht war. Der Riese grinste.

»*Pax vobiscum*, Schwester«, sagte er und verschwand so schnell, dass Schwester Mary Margaret sich abermals ins Nasse setzte. Sie empfand eine große Erleichterung.

Im Innern des Klosters rannten die Nonnen schreiend durcheinander, als die Männer eindrangen, die nach Schweiß und altem Blut stanken, nach Holzrauch und Raublust. Die Äbtissin stand da, und ihr Herz flatterte wie ein gefangener Vogel. Beschützend streckte sie die Arme aus, als die Gräfin Buchan hinter sie trat.

»Bleibt hinter mir, Gräfin«, rief sie und warf sich vorwärts, als ein Riese auf sie zutrat, grinsend, in der Hand das große Schwert. »Gott wird uns beistehen.«

»Man hat Euch schon viele Namen gegeben, Will Wallace, aber Gott war noch nicht darunter«, sagte die Gräfin und schob sich an der erstaunten Äbtissin vorbei, die geschockt zusehen musste, wie das große Ungeheuer die Hand der Gräfin ergriff, sanft wie ein Höfling, und sie an seinen wilden Bart führte.

Hinter Wallace erschien eine kleine Gestalt, und unter der tropfnassen Kapuze erkannte die glückliche Gräfin ihre Zofe Ada und umarmte sie.

Isabel wandte sich an die schreckensbleiche Äbtissin, die mit offenem Mund dastand, und einen Augenblick bedauerte sie, was sie den Nonnen hier angetan hatte. Doch sie unterdrückte die Regung, sie musste hart bleiben. Schließlich bekam diese Frau von ihrem Mann viel Geld dafür, um sie im Namen Gottes als Gefangene zu halten.

»Jetzt reißt Euch zusammen«, sagte sie spöttisch zur Äbtissin. »*Victoria veritatis est caritas* – der Sieg der Wahrheit ist die Liebe.«

Draußen legte sich eine Hand auf Schwester Mary Margarets Schulter, und abermals wurde sie vom nassen Boden hochgezogen. Ein gespenstisches Gesicht, glänzend und voller Narben, grinste sie an, von seiner Nasenspitze tropfte der Regen.

»Ihr werdet Euch erkälten, Frau«, erklärte Lang Jack und blickte zur offenen Stalltür hinüber. »Wir müssen Euch ins Trockene bringen und Euch diese nassen Sachen ausziehen.«

Schwester Mary Margaret fing zu schreien an.

DAS HAUS DER BRUCES, LONDON
AM SELBEN ABEND

Die Fenster aus Wachspapier tauchten den Raum selbst zur Mittagszeit in bernsteinfarbenes Zwielicht. Sie hielten auch die Kälte und den Lärm der Viehmärkte nicht ab, und Hal hörte sogar das Gewinsel der Bettler auf der Treppe der Kirche von St. Edmund gegenüber. Er war bis zur Hüfte nackt und wünschte, er säße dichter am Kohlebecken, der einzigen Wärmequelle im Raum, das zur Sicherheit auf einer Schieferplatte stand.

Der Arzt befestigte den Verband um Hals Rippen, dann tauchte er die Finger in eine Waschschüssel und trocknete sie umständlich an einem sauberen Leinentuch, ehe er sich zu Bruce umwandte.

»Bei Eurem Diener hier«, sagte er von oben herab, »hat sich eine alte Wunde wieder geöffnet. Ich habe sie genäht und werde ihm eine Salbe und zwei Maulwurfsfüße geben, als Vorbeugung gegen eine Infektion des Knochens.«

Er unterbrach sich und sah den Earl vielsagend an, Hals wütendes Gesicht bei den Worten »Eurem Diener« ignorierte er.

»Bei Euch selbst heilt der Zahn gut, und Eure Zunge ist nicht verletzt«, sagte er. Der Rest blieb unausgesprochen und stand zwischen ihnen wie ein Fremdkörper. Edward Bruce, der die Blicke nicht bemerkt hatte, lachte schadenfroh und schlug seinem Bruder auf die Schulter.

»Das ist mehr, als man von deinem Gegner sagen kann«, brummte er. »Ich habe gehört, er lallt wie ein kleines Kind.«

Der Arzt sah ihn mit kalten Augen an. Er hieß James und behauptete, aus Montaillou zu kommen, was die meisten Leute für nichts weiter als ein Dorf in Frankreich hielten. Doch ein paar wenige wussten, dass Montaillou mitten im Languedoc lag, der Heimat der Katharer, jener Häretiker, die der Papst vom Angesicht der Erde tilgen wollte.

Dieser James von Montaillou, dachte Bruce im Stillen, war zum größten Teil eine Lüge. Er behauptete, ein Mediziner zu sein, hatte aber keine Universität besucht, im besten Falle war er ein geschickter Wundarzt. Er behauptete, ein Christ zu sein, hätte aber eigentlich das gelbe Kreuz der abtrünnigen Katharer tragen müssen.

»Ich habe gehört, dass Sir Robert Malenfaunt nie wieder richtig sprechen wird«, bemerkte James, und es klang vorwurfsvoll. »Sein Gaumen ist durchbohrt und seine Zunge der Länge nach aufgeschlitzt.«

Seine Zuhörer zuckten merklich zusammen. Bruce brachte ein schwaches Lächeln zustande, er hielt das gefaltete Leinentuch gegen die Wange gedrückt, was ihm allmählich zur Gewohnheit geworden war. Die Flüssigkeit aus der noch halb offenen Wunde war klar, doch das Leinen verfärbte sich gelblich.

»Gott schütze ihn«, sagte er undeutlich, aber nur wenige der Anwesenden glaubten wirklich, dass Gott etwas mit Sir Robert Malenfaunt zu tun hatte, denn es war offensichtlich, er hatte ihn am Tag des Turniers im Stich gelassen.

»Das ist das Mindeste, was er verdient«, knurrte Edward Bruce, »ein Zeichen aus Gottes Hand, das er im Zweikampf davongetragen hat, weil er verlor.«

Aber die schlimmste Verletzung, die er davongetragen hat, ist die, die ich selbst auch fürchte, dachte Bruce – nämlich die Ächtung durch meinesgleichen.

James von Montaillou ging, und nach einem kurzen, stummen Blickwechsel mit Edward verließ auch das restliche Gefolge den Raum, und Bruce blieb mit Hal, Kirkpatrick und seinen Brüdern Edward und dem jüngeren Alexander zurück.

»Also haben wir diesen Lamprecht aus den Augen verloren«, erklärte Bruce bitter. »Und mit ihm das Kreuz.«

»Wir werden diesen kleinen Ablasshändler schon noch aufspüren«, sagte Edward entschlossen, worauf sein älterer Bruder ihm einen Blick zuwarf, der wie ein Stoß mit der Lanze war.

»Du hättest gestern gar nicht dabei sein sollen«, erklärte er, seine Worte waren undeutlich vor Wut und Schmerz. »Dort im Schweinemist herumzustampfen wie ein Stallknecht.«

Edward lächelte kühl.

»Ich wollte dafür sorgen, dass es richtig gemacht wird«, erklärte er, und Kirkpatrick fuhr herum und starrte ihn wütend an.

»Was meint Ihr damit?«, wollte er wissen und vergaß Protokoll und Standesunterschied. »Wollt Ihr damit andeuten, dass es ohne Euch nicht ordentlich gemacht worden wäre?«

»Nach allem, was ich sah, waren unsere Schwerter durchaus nötig«, bellte Edward zurück, der jetzt ebenfalls alle Standesunterschiede vergaß.

»Wer hatte das geplant und Euch gerufen?«

»Das war das erste Mal, dass der Hund nach dem Herrn pfiff …«

»Es reicht!«

Bruce' Stimme, scharf vor Schmerz, traf beide wie eine Ohrfeige, und sie verstummten mit mürrischem Blick.

»Ob mit oder ohne dich, Bruder«, fuhr Bruce streng fort, »die Sache lief nicht besonders gut. Und wenn man dich dabei entdeckt hätte, wären wir jetzt alle geliefert. Mein Gott, jetzt streitest du dich mit einem Mann niedrigeren Ranges herum wie ein betrunkener Viehtreiber und zeigst schon wieder diese völlige Missachtung jeglicher Standesunterschiede, genau wie gestern in der Schweinegasse. Damit bringst du heutzutage nicht nur dich allein in Gefahr, Edward – sondern du setzt auch den Namen der Bruces aufs Spiel. Und meinen Namen und meine Stellung noch mehr als deine.«

Hal, der seinen Gürtel wieder umlegte und zuschnallte, sah Kirkpatricks finsteres Gesicht, weil er als »Mann niedrigeren Ranges« bezeichnet worden war. Er sah, wie Edward an seiner Unterlippe kaute und Mühe hatte, nicht zu antworten, und er wusste, warum – im Gefolge gab es geflüsterte Vermutungen, dass er wenigstens *einen* der Titel beanspruchte, die sein Bruder besaß, und dass er ihn nicht bekommen würde, bis sein Bruder als Entschädigung dafür die Krone hatte. Edward Bruce' Draufgängertum wurde nur noch von seinem Ehrgeiz übertroffen.

»Wir müssen Lamprecht finden und mit ihm fertigwerden«, fuhr Bruce fort, und Edward sprach aus, was das bedeutete.

»Wir müssen ihn umbringen«, brummte er, »ehe er weitererzählen kann, was er weiß.«

»Er kann niemandem etwas erzählen, Mylords, ohne dabei preiszugeben, welche Rolle er selbst dabei spielte«, wandte Hal vorsichtig ein. »Es wäre besser, wir erlaubten ihm, sich auf der anderen Seite des Kanals in irgendeinem Loch zu verkriechen.«

»Wenn er gefoltert wird, erzählt er alles, was er weiß«, sagte Bruce geduldig, denn er schätzte den Lord von Herdmanston und wollte ihm nicht über den Mund fahren, was Edward getan hätte, ehe ein Blick seines Bruders ihn bremste.

»Der Ablasshändler ist schlau«, fuhr Bruce fort, »aber auch geldgierig. Er wird versuchen, das Reliquiar zu verkaufen, oder wenigstens einen Teil davon. Doch schon einer dieser Rubine genügt, und er sitzt in der Falle. Außerdem ist da noch das Kreuz selbst. Er hat es, und ich will es haben.« Wie ein gestrenger Familienvater blickte er von einem zum anderen.

»Nun ja, Euer Gnaden«, sagte Hal säuerlich, »was immer seine Geschäfte mit uns gewesen sein mochten, die sind jetzt erledigt, und meiner Meinung nach wird Lamprecht sich im Ausland sicherer fühlen, jetzt, wo er gegen mich und Kirkpatrick nichts ausrichten konnte – und gegen Eure Ehre. Ich glaube nicht, dass seine Rachsucht so weit geht, dass er es noch einmal versuchen wird. Ich habe gehört, er sei in Köln geboren – vielleicht geht er mit seinem Schatz dorthin zurück.«

»Comyn wird das zu verhindern wissen«, erwiderte Bruce, und diese Antwort kam wie ein Schwerthieb, dem man nichts entgegensetzen konnte. Bruce ließ die eintretende Stille wirken, aber seine Gedanken überschlugen sich, während er das zusammengefaltete Leinen von seiner Wange nahm, es aufmerksam betrachtete und wieder gegen die Wunde drückte.

»Buchan hat seinen Spürhund Malise hinter Lamprecht hergeschickt, und der Rote John Comyn arbeitet Hand in Hand mit seinem Vetter, dem Earl Comyn«, sagte er schließlich. »Auch wenn sie nichts weiter hätten als den Verdacht, dass der Ablasshändler etwas weiß, was mir schaden könnte, wäre das für sie schon Grund genug, ihn zu verfolgen. Und wenn der Rote John auch noch vermuten sollte, dass er das Kreuz besitzt, dann wird er es natürlich für sich wollen, um seine Ansprüche auf den Thron Schottlands zu untermauern. Er wird nicht ruhen, bis er es aufgespürt hat.«

Bruce nahm die Leinenkompresse von der Wange, betrachtete sie und hielt sie wieder an die Wunde. Er wirkte niedergeschlagen. Hal erhaschte einen kurzen Blick auf die schreckliche Verletzung, und ihm wurde leicht übel. Er dachte an Malenfaunt und das Duell, das eigentlich von Buchan und Comyn angezettelt worden war.

Für Buchan war es wahrscheinlich die Antwort auf die Geschichte mit Isabel, die Bruce aus Malenfaunts Gefangenschaft befreit hatte, indem er vorgab, ihr Mann zu sein. Doch Buchan hatte seine Gräfin nicht zurückbekommen – sie war bei Hal, wenn auch nur kurz.

Für Bruce hingegen war es vermutlich die Rache für damals, als der Rote Comyn ihn in aller Öffentlichkeit an der Kehle gepackt und mit der Klinge bedroht hatte. Und plötzlich kam Hal der sündhafte und gotteslästerliche Gedanke, dass der Engländer Edward vielleicht doch genau die starke Hand hatte, die dieses aufmüpfige Schottland brauchte, denn ohne sie befand sich das Land bereits im Krieg. Ein Krieg unter Schotten, unter Brüdern, der mit Anschlag und Gegenanschlag, mit Verrat und Messerstecherei geführt wurde.

»Es ist noch nichts verloren«, unterbrach Kirkpatrick Hals Gedanken. »Ich kann Lamprecht finden – aber nicht, wenn ich Sir Hal dabeihabe.«

Er merkte, dass Hal aufgebracht war, aber er zuckte die Schultern.

»Eure Auffassung von Geheimhaltung und Diskretion in diesen Dingen beschränkt sich darauf, dass Ihr nicht gleich laut verkündet, wer Ihr seid«, sagte er entschuldigend auf Französisch, was die Sache ein wenig abmilderte. »Außerdem seid Ihr verwundet.«

Bruce sah von einem zum anderen, betrachtete seine Leinenkompresse und legte sie wieder an die Wange.

»Kirkpatrick«, sagte er, »soll in London bleiben und Lamprecht aufspüren. Hal – Ihr geht zurück in den Norden. Die Männer, die Ihr ausgeschickt habt, müssen inzwischen eine Spur von Wallace gefunden haben. Findet Wallace und kuriert Eure Verletzung aus, denn ich werde Euch noch brauchen.«

Hal nickte. Er hatte genug von Londons stinkenden Straßen und Gassen, und seine Rippen schmerzten, deshalb nahm er Bruce' Vorschlag mit Freuden an. Er und Kirkpatrick gingen zur Tür, wo sie mit übertriebener Höflichkeit einander den Vortritt anboten.

Bruce sah hinter ihnen her. Schulter an Schulter gingen sie, wie zwei Jagdhunde, die sich zwar anknurrten und nach einander schnappten, doch im entscheidenden Moment würde der eine immer für den anderen da sein.

Er schickte Edward fort, dem er noch einige ermutigende Worte über seine kämpferischen Fähigkeiten mit auf den Weg gab, dann seufzte er, als sich endlich die Tür schloss und er mit Alexander allein zurückblieb. Er war der Jüngste, doch der, dem er am meisten vertraute.

Der Fluch des Malachias, dachte er bitter. Er bedeutet, dass Gott einem alle Merkmale wahrer Größe verleiht, zu denen man aber auch den Wagemut verliehen bekommt. Er dankte Gott und allen Engeln dafür, dass er nicht das Draufgängertum seines Bruders Edward hatte, der überreich damit gesegnet war – als ein plötzlicher scharfer Schmerz von seinem abgebrochenen Zahn ihn wieder an seinen unüberlegten Kampf mit Malenfaunt erinnerte.

»Tut es weh?«, fragte Alexander, und plötzlich empfand Bruce so etwas wie Panik und gleichzeitig Ekel vor der Leinenkompresse und seiner verletzten Wange.

»Meine Zunge brennt wie der Teufel«, erwiderte Bruce mit gequälter Stimme. »Aber wenigstens scheuert der abgebrochene Zahn nicht mehr dagegen.«

Die vorsichtige Antwort war nur die halbe Wahrheit. Alexander nickte, dann deutete er mit einer Handbewegung an, sein Bruder solle die Kompresse entfernen. Er beugte sich darüber und betrachtete die Wunde, dann richtete er sich nickend auf, und sein ernster Ausdruck passte so wenig zu seinem jungen Gesicht, dass es Bruce fast amüsierte. Fast. Denn wenn er lächelte, klaffte die Wunde auseinander, die sich in all den Wochen seit dem Turnier kaum geschlossen hatte, und Bruce wusste, dass Alexander und der Arzt sich Sorgen machten, dass sie sich infizieren könnte.

»Der Fluch des Malachias«, sagte Bruce plötzlich, aber er gab sich Mühe, es unbekümmert und lächerlich klingen zu lassen. Alexander lachte nicht, und schließlich sprach er es aus.

»Aber die Wange – tut dir die Wange überhaupt nicht weh?«

Bruce schüttelte den Kopf und kämpfte seine aufsteigende Panik nieder. Kein Schmerz, als das Messer hineinfuhr. Kein Schmerz, als er es herausgezogen hatte. Und auch kein Schmerz, als James von Montaillou unter Entschuldigungen seinen Mund weit geöffnet hatte, um den abgebrochenen Zahn abzufeilen, obwohl das wahnsinnig wehgetan hatte. Alle hatten den tapferen Bruce bewundert, der anscheinend keinen Schmerz kannte.

Keinen Schmerz in einer toten Wange. Die Ironie war natürlich, dass es ihm das Leben gerettet hatte, denn nach Malenfaunts Dolchstoß hätte er ein schreiendes Häufchen Elend sein müssen, dem Tränen und Rotz übers Gesicht liefen und das nur noch auf den Gnadenstoß wartete.

»Lepra«, sagte Alexander, und es klang, als hätte er mit der flachen Klinge auf den Tisch geschlagen. Bruce antwortete nicht, aber es war die Wahrheit, es war der Fluch des Malachias.

»Nur du und ich und James von Montaillou wissen von diesem Verdacht«, sagte er schließlich. Alexander, der Gelehrte, hatte es fast so schnell erkannt wie Bruce und der Arzt. Er nickte und hatte Tränen in den Augen, was Bruce jetzt nicht brauchen konnte. Er sieht mich an wie einen Hund, der getötet werden muss, dachte er.

»Niemand sonst darf es wissen«, brachte er mühsam heraus, und Alexander zog die Augenbrauen hoch.

»Deine Frau auch nicht, Bruder?«

Sie auch nicht, mit ihren Zofen, die ihr alles hinterbrachten, und mit ihrem kleinen persönlichen Priester, der dem Earl von Ulster alles mitteilte, was bei den Bruces passierte. Und von dort, das wusste Bruce, dauerte es nicht lange, bis es zu Edward Plantagenet gelangte.

Eine große Traurigkeit überfiel ihn, als er daran dachte, in welcher Situation sie beide waren. Ihr Umgang war in der Öffentlichkeit höflich, doch privat hatten sie sich völlig entfremdet. Seine Verletzungen dienten als Vorwand für getrennte Schlafzimmer, genauso wie Bruce' Furcht vor der Krankheit, die er womöglich hatte – denn schon der Atem eines Leprakranken war giftig.

Alexander wusste das alles, und ein strenger Blick seines Bruders genügte.

»Edward auch nicht?«, beharrte er weiter, und jetzt war der Blick seines Bruders höchst alarmiert.

»*Vor allem* nicht Bruder Edward.«

Vor allem nicht er, der Hitzkopf, der durch die Hölle und zurück gehen würde, um heiliges Wasser zu holen und seinen Bruder zu heilen – und um sich dann im Glanz seiner Heldentat zu sonnen.

Lepra. Bruce drückte das Leinentuch an die Wange und starrte auf das gelbe Fenster, als könne er hindurchsehen auf die Straße der Viehmärkte, auf die neuen, noch eingerüsteten Häuser der lombardischen Goldschmiede und weiter bis nach Poultrey.

Wo Buchan sein Haus hatte, das Zentrum aller Machenschaften der Comyns hier in London. Sie würden alles dafür geben und jede Schandtat begehen, wenn sie dadurch herausfinden könnten, dass bei ihrem Erzfeind auch nur der Verdacht einer solchen Krankheit bestand.

MOFFAT, ANNANDALE
TAG DES HEILIGEN KESSOG, MÄRZ 1305

Wallace wachte auf, als die Kuh sich erhob. Im schwachen Morgenlicht, das durch den Rauchabzug fiel, sah er Paties Frau, die an der Feuerstelle kniete und versuchte, das Torffeuer durch Blasen wieder zum Leben zu erwecken.

Eins der Kinder weinte, als er aus der Tür in den nebligen Morgen hinaus trat. Für einen Moment blieb er stehen und horchte, er drehte den Kopf bald nach der einen, bald nach der anderen Seite, aber er vernahm nur das leise Gackern der Hühner im Stall.

Schließlich öffnete er seine Hose, und wohlig knurrend pinkelte er auf den Misthaufen. Zum ersten Mal in diesem Jahr dampfte es nicht, stellte er fest.

Er hörte ein Geräusch und blickte über die Schulter nach hinten. Es war Patie, der gekommen war, um ihm Gesellschaft zu leisten, und einen Moment später standen sie friedlich nebeneinander und bewässerten zusammen den Misthaufen.

»Wird ein schöner Tag«, brummte Wallace, und Patie nickte.

»Wenn es eine Woche lang so bleiben würde«, erwiderte er nachdenklich, »könnte ich Erbsen säen. Vielleicht sogar schon Hafer. Gebe Gott, dass wir keine Fäule bekommen.«

Dann blickte er Wallace ins Gesicht.

»Dort drinnen gibt's Haferbrei zum Frühstück.«

Wallace nickte, dann rieb er sich bedauernd das struppige Kinn.

»Ich habe kein Geld mehr, um Euch zu bezahlen«, sagte er, und Patie nickte bedauernd, so als hätte er das erwartet.

»Und dabei seid Ihr ein Ritter«, erwiderte er und schüttelte den Kopf über diese Ungerechtigkeit. »Was habt Ihr denn mit Eurem Geld gemacht? Verwettet oder versoffen?«

Wallace lachte, als er daran dachte.

»Das meiste davon ging für eine Frau drauf«, sagte er, und Patie schnaubte, zog Rotz hoch und spuckte aus.

»War sie es wert?«

»War sie«, gab Wallace zur Antwort, dem noch immer deutlich vor Augen stand, wie er vor ein paar Wochen mit seinem vor Dreck starrenden, zusammengewürfelten Trupp in das Kloster eingedrungen war. »Keine Geringere als eine Gräfin.«

Es war der letzte Glanz, und auch der war schon leicht getrübt, aber er war sich bereits darüber im Klaren gewesen, dass alles vorbei war, als er im Kloster von Elcho stand und die Nonnen kreischend davonrannten. Er hatte Isabel den Rubin lässig zugeworfen, die sich mit der anderen Hand an Ada, ihre erschöpfte, zitternde Zofe klammerte.

»Ich bringe Euch bis Roslin«, hatte er gesagt. »Nach Herdmanston müsst Ihr Euch dann allerdings allein durchschlagen, ich bin heutzutage dort nicht mehr willkommen.«

Sie hatte genickt, sie wusste zwar den Grund dafür nicht, war aber viel zu glücklich, frei zu sein, um danach zu fragen, und Wallace erklärte es auch nicht weiter.

Paties letzter zufriedener Grunzer brachte ihn wieder in die Gegenwart hier am Misthaufen zurück. Der Mann blickte mit zusammengekniffenen Augen hoch zum bleigrauen Himmel.

»Wird eine gute Ernte, solange wir wenig Regen und noch weniger Krieg haben.«

»Gar keinen Krieg mehr, Patie«, erwiderte er, aber es klang so bedauernd, dass er sich fast schämte. Keinen Krieg mehr, denn seine Leute hatten sich in alle Winde zerstreut, nachdem sie Isabel nach Roslin gebracht hatten – Lang Jack Short, Ralf Rae und einige andere machten jetzt wieder die Wälder von Selkirk unsicher, die alten Jagdgründe für die Geächteten. Jinnets Jean und die anderen Huren bedienten jetzt wahrscheinlich die Engländer in Carlisle und beklauten sie nach Strich und Faden, sobald sich eine Gelegenheit bot.

Und jetzt war er hier. Einst hatte er als alleiniger Regierungsrat dieses Königreich geführt, jetzt musste er sich auf diesem armseligen Hof verstecken, den Patie von seinem Schwager Tham Halliday gepachtet hatte, dem Laird von Corehead, dessen Haus natürlich scharf beobachtet wurde. Er wusste, bald würde er nach Moffat weiterziehen, oder vielleicht auch in die Nähe von Glasgow, denn wer ihm einen Unterschlupf bot, riskierte eine hohe Strafe. Er musste sich aber verstecken, bis …

Bis wann? Der Gedanke quälte ihn, seit er aufgewacht war und gemerkt hatte, dass die meisten seiner Leute weg waren. Und die, die noch da waren, waren so ausgehungert, dass er ihnen gegeben hatte, was er noch an Geld besaß, und zusah, wie auch sie sich langsam davonmachten.

Vielleicht könnte er nach Frankreich gehen. Der Rote Rover, de Longueville, würde ihm helfen zu fliehen, wie er es früher schon einmal getan hatte, als er und dieser alte Pirat gemeinsam gekämpft hatten. Aber die Franzosen hatten auch aufgegeben, und jetzt widersetzte sich den Engländern niemand mehr. Der Gedanke schmerzte ihn, aber das Feuer, das früher in ihm gebrannt hatte, fand in dem gewaltigen Körper keine Nahrung mehr, außer im Herzen.

In Frankreich hatte er nichts mehr zu suchen. Für Bruce wäre es allerdings eine Erleichterung. Darüber musste er fast lächeln.

»Kein Krieg mehr, Patie«, wiederholte er.

Patie schloss seine Hose, wischte sich die Hände an der Tunika ab und sah ihn vielsagend an.

»Ich würde das weglegen, bis nach dem Frühstück«, sagte er, »Ihr macht den Kindern ja Angst.«

Wallace sah an sich hinunter und stellte überrascht fest, dass er mit der rechten Hand seinen Anderthalbhänder umklammerte. Das Schwert gehörte schon so lange als ein Teil zu ihm, dass er kaum noch merkte, wenn er es in der Hand hatte. Mit dem Schwert in der Hand war er aufgewacht, war nach draußen gegangen und hatte es auch beim Pinkeln nicht beiseitegelegt. Er hatte gelernt, sehr viele Dinge mit der linken Hand zu machen, weil seine Rechte immer von dem Schwert in Anspruch genommen war. Nackt, schartig und hier und da etwas angerostet, es war ihm ähnlich geworden – aber immer scharf und einsatzbereit.

Er dachte daran, wie er bei Scone Männer damit niedergemetzelt hatte, wie er bei der Brücke von Stirling den stolzen englischen Rittern blutige Wunden beigebracht hatte und in den Wäldern von Callendar dem Vorsteher der Tempelritter, Brian de Jay, den Unterkiefer durchschlagen hatte.

Sein Schwert, so lange ein Teil von ihm, durch Blut und Bösartigkeit geläutert, dachte er. Und jetzt ist es nichts weiter als ein grässliches Ding, das kleine Kinder in Schrecken versetzt.

Genau wie ich.

ST.-THOMAS-VON-ACON-KIRCHE, LONDON
GRÜNDONNERSTAG, APRIL 1305

Er hatte es riskiert, und jetzt merkte er, dass er verloren hatte. Als Lamprecht am Kräuterstand ankam und sich umsah, war er sich sicher, dass er diesen Mann mit dem Umhang schon einmal gesehen hatte. Er war sich auch ziemlich sicher, dass es Kirkpatrick war. Diese aalglatte, vorsichtige Art, mit der er sich zwischen den Verkaufsständen hindurchschlängelte, ohne etwas zu berühren oder irgendwo anzustoßen, war ihm auf widerliche Weise vertraut.

Geld, dachte Lamprecht bitter. Dieser Fluch, der alle Armen antreibt, hatte ihn hier zur Kirche von St. Thomas gebracht, weil er wusste, dass heute hier Almosen verteilt wurden zum Gedächtnis an das Letzte Abendmahl. Hier stehe ich nun, dachte er, mit meinen erbeuteten Rubinen, die mir so wenig nützen, dass ich trotzdem ärmer bin als der ärmste Bettler.

Schon als er auf die Glocke wartete, die das Öffnen des Stadttors signalisierte, hatte er gewusst, dass es keine gute Idee gewesen war. Er hätte in St. Olaf bleiben und dort auf ein Schiff warten sollen, um auf die andere Seite des Kanals zu gelangen.

Doch es war anstrengend, die Rolle eines Malergesellen zu spielen, wenn man gleichzeitig wusste, dass irgendwo dort draußen ein Schotte wie ein unermüdlicher Jagdhund hinter einem her ist. Das hielten seine Nerven nicht aus. Jetzt wusste er, er hätte sich diesen Leuten, Kirkpatrick, Bruce und dem Lord von Herdmanston nie zu erkennen geben sollen – aber die Gelegenheit zur Rache war zu verlockend gewesen.

Die Glocke ertönte eine Stunde vor Sonnenaufgang, die Flügel des Stadttors wurden geöffnet, und die Hausierer mit ihren Körben, die Arbeiter, die Handwerksburschen und die Bettler – zu denen auch Lamprecht gehörte – sowie alle anderen, die außerhalb der Stadtmauern wohnten, strömten hinein. Unter ihnen war auch der Schatten, der Lamprecht folgte und ihm kalte Schauer über den Rücken jagte. Lamprecht sah sich nach allen Seiten um und versuchte vergebens, ihn in der Menge zu entdecken.

El malvogio, ki se voet te tout, a nou se voet – der Böse, den alle sehen und doch nicht sehen.

In dem Moment wurde er entdeckt, gerade als auch er ihn gesehen hatte. Plötzlich gab es in der belebten Gasse der Eisenwarenhändler nur noch ihn selbst und die dunkle Kapuze, die das Gesicht des anderen verdeckte. Fast bildete er sich ein, durch den Stoff des Mantels auch die blitzende Metallklinge sehen zu können.

Er fing an zu rennen.

Anfangs fast blind, rutschte er durch Schlamm und Dreck durch die Menschenmenge, bis er merkte, dass man ihn erschrocken und misstrauisch ansah. Er blieb stehen. Ein rennender Mensch auf einer belebten Straße musste ein Dieb sein, wenn nicht etwas noch Schlimmeres …

Die Gasse mündete in eine breitere Straße, die von Marktständen und Menschen bevölkert war. Er zwang sich, langsamer zu gehen, zwar zügig, aber ohne Hast, und er widerstand dem Drang, sich dauernd umzusehen.

Er war überzeugt, dass sie jetzt zu zweit waren. An einem Käsestand blieb er stehen und spähte zwischen den großen Rädern hindurch. Ja, es waren zwei. Vielleicht sogar noch mehr … In seiner Einbildung wurde er jetzt von allen hier verfolgt.

»Habt Ihr da etwa das Gesicht von Eurem Schatz entdeckt?«

Die spöttische Stimme ließ ihn erschrocken hochfahren, aber merkwürdigerweise wirkte es beruhigend auf Lamprecht, wie der Käsehändler ihn so misstrauisch ansah.

»Mit diesem Blick werdet Ihr noch ein Loch in meinen guten Käse bohren. Wollt Ihr kaufen oder nur schauen?«

Mit einem schwachen Grinsen ging Lamprecht weiter, fast wäre er über einen großen Hund gestolpert und musste einen Sprung machen, wobei er mit einem dicken Fischweib zusammenstieß, das jetzt ebenfalls leicht schwankte und zu fluchen anfing. Er sah ein wütendes Gesicht und Unterarme, an denen Schuppen klebten, in der Hand ein scharfes Messer.

»*Perdonar*«, sagte er und lächelte entschuldigend, aber als sie die fremde Sprache hörte, wurde die misstrauische Falte auf ihrer Stirn noch tiefer. Und Lamprecht kam eine Idee.

»*El malvogio. Lo baraterro. Se per li capelli prendoto come to voler conciare.*«

Rosia Denyz war eine der tragenden Säulen auf diesem Markt, eine mit allen Wassern gewaschene Marktfrau, die seit zwanzig Jahren mit allen Versuchen, sie zu betrügen, zu erpressen oder durch Schmeicheleien hereinzulegen, fertiggeworden war, und alle behandelten sie mit Respekt. Sie verstand keine welschen Sprachen, erkannte aber sofort, wenn jemand fluchte. Aber als dieser hässliche kleine Mann jetzt einen ihrer Fische packte und ihr damit ins Gesicht schlug, war sie so perplex, dass er schon zehn Meter weiter war, ehe sie ihre eigene Sprache wiederfand.

»Haltet den Dieb!«, brüllte sie, obwohl der Fisch vor ihren Füßen lag und sie Lügen strafte.

Von der anderen Seite des Marktes sah Kirkpatrick, wie die Menschenmenge dichter wurde, es wimmelte wie ein Schwarm von Haien. Er verfluchte den pfiffigen Ablasshändler und rannte hinter ihm her. Er wurde kurz von einem Zug Pferde aufgehalten, die von Smoothfield kamen und durch die Menschenmenge, die hinter dem verschwundenen Dieb her war, in Unruhe gerieten – dann erblickte er Lamprecht, der jetzt wieder durch die Gasse der Eisenwarenhändler zurücklief.

Er drückte sich am Hinterteil und dem wehenden Schweif des letzten Pferdes vorbei und stieß mit jemandem zusammen, sodass beide zurückfuhren. Fluchend wollte Kirkpatrick an dem Mann vorbeirennen, dann blieb er plötzlich stehen und starrte in das ebenso überraschte Gesicht von Malise Bellejambe.

Der brauchte einen Moment, ehe er unter der Dreckschicht Kirkpatrick erkannte, in seiner fleckigen, zerschlissenen Tunika, die schon aus mehr Sackleinwand als Wolle zu bestehen schien. Plötzlich wusste er, wer es war, und kreischte auf, wofür er sich später schämte, dann verschwand er hinter einem Mann, der neben ihm stand. Der drehte sich leicht erstaunt um und sah Malise nach, der weiter hinter Lamprecht herrannte. Dann wandte er sich Kirkpatrick zu, der geduckt dastand und jetzt merkte, dass die beiden zusammengehörten. Dieser Gehilfe ist kein Schlägertyp, dachte er, der ist nichts weniger als ein Sergeant und wohlhabend genug, um sich gut zu kleiden – und mit einem Schwert bewaffnet, das er jetzt zog, gerade als die Menge in der Gasse erschien und noch immer voll Sensationslust »Haltet den Dieb, haltet den Dieb!« brüllte.

Als sie sein Schwert sahen, erschraken sie. Die Menge teilte sich und bewegte sich zu beiden Seiten an dem Mann vorbei wie

Wasser um einen Fels herum. Sie schrien ihn an, er solle sich in Acht nehmen, was er mit dieser Klinge machte – dann erblickten die, die ganz am Ende der Menge waren und gar nicht wussten, wen sie eigentlich verfolgten, die blitzende Klinge, und das reichte. Sie waren sicher, dass dies ihr Opfer sein müsse.

Der Sergeant wurde umringt, und als er wild mit dem Schwert um sich hieb und das erste Blut floss, war sein Schicksal besiegelt. Die brüllende Menge ignorierte die Schlagstöcke der Gerichtsdiener ebenso wie das Tuten der Büttel, die mit roten Gesichtern verzweifelt in ihre Hörner stießen – wie eine Flut überrollte sie den Mann.

Kirkpatrick machte sich aus dem Staub, so schnell es ging, aber ohne zu rennen. In der Ferne erkannte er Malises Kopf in der Menge. Nicht aus den Augen verlieren, murmelte er vor sich hin, immer dieselbe Litanei, die ihn gleichzeitig vom Fluchen abhielt. Schließlich hatte er nicht ein Leben lang wie ein Bettler gelebt, um Lamprecht jetzt zu verlieren. Behalte Malise im Auge wie einen losgelassenen Jagdhund und lass dich von ihm führen.

Malise spürte Kirkpatrick im Rücken wie die Hitze eines unsichtbaren Feuers, wagte es aber nicht, sich umzudrehen, weil er sonst Lamprecht aus den Augen verloren hätte, der vor ihm lief. Beinahe hätte er einen Mönch umgerannt, der an einer Krücke humpelte, er stammelte eine Entschuldigung, auf die er eine alles andere als fromme Antwort erhielt – und als er weiterrennen wollte, war Lamprecht verschwunden.

Lamprecht, schwitzend und vor sich hin murmelnd wie ein Besessener, wusste, dass jetzt alle ihn verfolgten. Wenn er weiterhin wie ein Hase davonrannte, war er schon so gut wie tot. Also bekämpfte er den Drang und schlüpfte hinter einen Marktstand, der hoch mit Fleisch mit köstlichen weißen Fetträndern beladen war. Normalerweise wäre ihm bei diesem Anblick das Wasser im Mund zusammengelaufen, doch jetzt sah er kaum hin.

Er hätte London schon längst verlassen sollen. Die bittere Ironie war ihm nicht entgangen, dass er der reichste Bettler im Land war, mit einer Tasche voll unverkäuflicher Reichtümer, aber einem leeren Geldbeutel. Er musste weg von hier.

Jetzt wurde er verfolgt. Bei einem Stand voller Kohlköpfe und Sellerie drehte er sich um und sah Malise. Er erkannte ihn sofort und war wie gelähmt vor Angst. Der auch? Um Gottes willen, also wurde er auch von den Comyns gejagt …

Lamprecht starrte auf die Metzgerstände. Hier wurden auch Innereien verkauft, die Tische quollen über von Herzen und Kutteln, Kalbsbries und Nieren und Lebern. Das Gesumm der Fliegen klang wie das ferne Gemurmel von Priestern, und Berge glänzender Eingeweide glitten übereinander wie Schlangen.

Als Kirkpatrick einen Augenblick später ankam, kauerte Lamprecht hinter einem Ochsenkarren, nur wenige Fuß entfernt von ihm. Falls Kirkpatrick sich umdrehen sollte, würde er ihn entdecken …

Kirkpatrick spürte es mehr, als dass er es sah, vielleicht war es nichts weiter als ein kühler Luftzug am Hals, doch er fuhr herum, gerade als Malise sich mit grimmig gefletschten Zähnen auf ihn stürzen wollte und seine Klinge durch die Luft pfiff, dass Kirkpatrick sich nur mit Mühe in Sicherheit bringen konnte.

»Du Hurensohn«, brüllte Malise. Jetzt zog Kirkpatrick ebenfalls die Klinge, und die Umstehenden wichen zurück und schrien auf. Ein Metzger rief seinen Kollegen zu, dass es hier einen Krawall gebe.

»Du verfluchter, mieser Idiot …«

Der Fluch feuerte ihn erst recht an, Kirkpatrick merkte es, als ihre Klingen aneinanderkrachten, dass die Funken flogen, während sie sich geduckt und lauernd umkreisten.

»Gemach, gemach!«, rief einer der Metzger beruhigend und machte den Fehler, mit ausgestrecktem Arm dazwischenzugehen, um die Kämpfenden zu trennen – mit einem Aufschrei fuhr er zurück und hielt sich die blutende Hand, wo Malise ihn getroffen hatte.

»Mörder! Mörder!«

Der Schrei wurde lauter, gerade als das Geschrei »Haltet den Dieb!« in der Ferne allmählich verstummte, aber es reichte, um die Menge wieder aufzuheizen – eine brüllende Welle, die vom Marktplatz herüberschwappte, wo eine zerlumpte, blutige Leiche auf dem Pflaster lag, die bis vor Kurzem noch ein Sergeant gewesen war, und wo die erschöpften, atemlosen Büttel und Gerichtsdiener zurückblieben wie Treibgut am Strand.

Lamprecht konnte sein Glück kaum fassen, als Malise auf Kirkpatrick losging und ihn nicht weiter verfolgte. Er kroch ganz unter den Ochsenkarren und zwängte seine Finger zwischen die Bretter über sich, dann spreizte er die Beine, hob sie an und umklammerte damit die Achse. Im nächsten Moment fuhr der Wagen an, und fast hätte er laut gelacht über seine List, denn er hatte geahnt, dass der Besitzer sein Tier und den Karren vor dem Aufruhr würde in Sicherheit bringen wollen.

Der Karren rumpelte weg von den brüllenden Metzgern und ihren schreienden Kunden, hinaus aus der Gasse, schwankend und schwerfällig, aber schnell genug für Lamprecht, der darunter hing und sich festklammerte wie eine Napfschnecke am Felsen.

Er sah nicht mehr, wie die Kämpfenden über einen Metzgerstand fielen, dessen Waren sich auf den Boden ergossen wie glänzende, frisch gefangene Aale. Er sah nicht, wie Kirkpatrick einem wilden Hieb von Malise auswich, zurücksprang und mit jemandem zusammenstieß, auf dem Berg von Eingeweiden ausrutschte und in ihm versank. Er sah auch nicht, wie Malise von Kirkpatrick getrennt wurde und sein Messer verlor, worauf er sich blitzschnell aus dem Gewühl davonstahl und in einer Gasse verschwand.

Der Besitzer des Ochsenkarrens aber wollte nichts verpassen. Lamprecht merkte, wie der Karren anhielt, er hörte, wie der Mann umständlich hochkletterte, sich über die Seite schwang und fallen ließ – dann explodierte für ihn die Welt mit einem ungeheuren Schmerz und lautem Aufschrei, als die dick besohlten Lederpantinen auf den Planken landeten und Lamprechts Finger zerquetschten.

Er brüllte auf, und als der Fuhrmann sich zur Seite beugte, um nachzusehen, wer da unten schrie, konnte Lamprecht seine Finger herausziehen und sich aufs Pflaster fallen lassen. Wimmernd kroch er unter dem Wagen hervor und stolperte davon. Er kümmerte sich nicht um die Rufe des Fuhrmanns, blind vor Schmerzen hielt er seine Hände mit den gebrochenen Fingern hoch – und wie ein Tier führte ihn sein Instinkt zum einzigen Unterschlupf, den er kannte.

Malise wischte sich über den Mund. Er wusste, dass er vor Blut und Gedärmen und Scheiße nur so starrte. Er huschte aus der Gasse und am Rande des Tumults entlang, der sich jetzt durch die Gasse der Eisenwarenhändler wälzte. Irgendwo dort drin, dachte er mit grausamer Schadenfreude, steckt Kirkpatrick – nur eine Sekunde länger, und ich hätte ihn gehabt, samt Lunge und Leber.

Ihm fiel ein, dass er seinen Dolch verloren hatte und instinktiv suchte er danach – da entdeckte er wieder die bekannte Gestalt.

Lamprecht, die Hände in den Achselhöhlen. Auf dem Weg ins alte Judenviertel, vermutete Malise. Dass diese miese kleine Ratte ihm aber auch so viel Mühe machen würde …

Doch Kirkpatrick war Lamprecht ebenfalls immer noch auf der Spur. Er war in dem glitschigen Haufen von Eingeweiden keineswegs ertrunken, sondern hatte sich mit dem Dolch in der Hand daraus befreit und war aufgetaucht wie ein Wal aus dem Meer, direkt vor dem erschrockenen Gesicht eines Diebes, der sich gerade hastig Innereien unter das Wams stopfte und eilig verschwand.

Kirkpatrick steckte seinen Dolch weg und schlitterte über das glitschige Kopfsteinpflaster, hinein in die kämpfende, brüllende Menge. Er wich einer Faust aus, glitt an einer keifenden Frau vorbei – und schon war er auf der anderen Seite wieder heraus, dann an den Häusern vorbei und in eine weitere Gasse hinein, immer noch dem flüchtenden Malise auf den Fersen. Das alte Judenviertel, dachte er. Sie wollen zum alten Judenviertel.

Das Viertel war ein unheimlicher Ort und seit zehn Jahren verlassen, als Longshanks damals die Juden aus England verbannt hatte. Es war daraufhin sofort geplündert worden. Seitdem hatte man es den Ratten, dem Regen und dem Wind überlassen. Häuser, die ihre fliehenden Eigentümer zugesperrt hatten, waren wie Schatzkisten aufgebrochen worden, obwohl ihre Besitzer, die es gewohnt waren, immer wieder auf der Flucht zu sein, nur wenig Wertvolles zurückließen.

Ein paar neue Bewohner hatten sich inzwischen hier niedergelassen, die Ärmsten der Armen, die es vorzogen, lieber vor dem heidnischen Aberglauben zu zittern, der noch immer in diesen Judenhäusern lauern mochte, als draußen ohne ein Dach über dem Kopf leben zu müssen.

Ganz am Ende des Viertels, in der Nähe der Gasse, wo die Häuser sich um die St.-Olaf-Kirche drängten wie Kinder um die Röcke einer Mutter, hatten sich einige wohlhabende Goldschmiede niedergelassen. Sie waren zu spät gekommen, als Longshanks die Lombarden so großzügig eingeladen hatte, sich in London niederzulassen. Sie hatten keines der schönen Häuser in der vornehmen Straße ergattern können, in denen die meisten ihrer Landsleute untergekommen waren, und versuchten jetzt, das Ansehen des alten Judenviertels aufzubessern, indem sie St. Olaf großzügige Spenden zukommen ließen.

Die alte Kirche war schon immer da gewesen, sie war eine Herberge für Norweger, die in die Stadt kamen – Kirkpatrick wusste das, weil auch Verwandte der Bruces sie aufsuchten. Er runzelte die Stirn, denn zweifellos steuerte Malise jetzt auf das hohe Sandsteingebäude zu.

Das verlassene Judenviertel war schon bei Tage schlimm genug, fand Kirkpatrick, als er sich durch die engen Gassen kämpfte, wo leere Tür- und Fensterhöhlen ihn wie tote Augen anstarrten. Bei Nacht musste es ein Ort des Schreckens sein, von echten und eingebildeten Schrecken, und er war froh, als er die Kirche endlich erreichte und durch die offene Tür in die vermeintliche Sicherheit des kühlen, dämmerigen Raumes schlüpfte, wo er zur Ruhe kommen würde.

Er hörte Stimmen und blieb stehen. Er spürte, wie ihm der Schweiß über den Rücken lief, aber er zwang sich zu sprechen, als er sah, wer sich da unterhielt – ein Priester in schwarzer Kutte und Skapulier, hochgewachsen, mager und knochig, der mit einem weißhaarigen, rotgesichtigen Mann stritt, der eine mit Farbe bekleckerte Tunika und ebensolche Hosen trug. Seine Schürze, bunt wie Josefs Rock, hatte beides nicht genügend geschützt.

»Heda«, stieß Kirkpatrick aus, und beide Männer fuhren erschrocken herum.

»Ist das hier etwa ein Wirtshaus?«, schimpfte der rotgesichtige Mann und blickte Kirkpatrick vorwurfsvoll an, »wo Leute rein- und rauslaufen können, wie es ihnen passt?«

»In der Gasse der Eisenwarenhändler gibt es einen Aufruhr«, sagte der Priester leise, und bedauernd fügte er hinzu: »Schon wieder.«

»Ist jemand hier hereingekommen?«, fragte Kirkpatrick mit so rauer Stimme, dass es ihm selbst unangenehm war. »Ein kleiner Mann auf der Flucht, gefolgt von einem zweiten, der aussieht wie eine schwarze Spinne?«

Der Priester sah ihn von oben bis unten an, und Kirkpatrick fühlte sich nicht besonders wohl bei dem Gedanken, wie er aussah. Es war schon schlimm genug gewesen, als er als Bettler aufgetreten war, mit einem Sack auf dem Kopf und alten Klamotten, die nach Kohl stanken. Jetzt war er durchnässt von allen möglichen ekligen Flüssigkeiten, Wasser, Blut und Fett, und er konnte nicht erwarten, dass man ihn besonders höflich behandeln würde – was der rotgesichtige Mann mit seinem Verhalten auch sofort bestätigte.

»Wer zum Teufel seid Ihr?«, fragte er ungehalten, aber der Priester hielt beruhigend eine Hand hoch, denn die Stimme des Mannes hatte nicht zu seinem Äußeren gepasst. Kein unterwürfiges Gewinsel – im Gegenteil, er hatte in einem durchaus selbstbewussten Ton gesprochen, also war es ratsam, vorsichtig zu sein.

»Ekarius ist hereingekommen. Ein anderer folgte ihm und fragte nach ihm, genau wie Ihr.«

»Wer ist Ekarius?«, wollte Kirkpatrick wissen, und der Rotgesichtige schob den Priester zur Seite.

»Mein Gehilfe. Und wer seid Ihr?«

»Gehilfe wobei?«, erwiderte Kirkpatrick, und der Rotgesichtige wurde violett, holte tief Luft und plusterte sich auf wie ein Puter.

»Ich bin William von Thanet, ein Meister meiner Kunst«, schrie er. »Ich möchte nicht noch mal fragen …«

»Ich auch nicht.«

Kirkpatrick zog seinen Dolch, der selbst aus sechs Fuß Entfernung den nötigen Eindruck machte. William von Thanet fiel förmlich in sich zusammen und fing an zu stottern. Der Priester schlug das Kreuzzeichen und sagte: »Gelobt sei Christus.«

»In Ewigkeit«, antwortete Kirkpatrick, dann machte er eine vielsagende Bewegung mit dem Dolch.

»Ekarius mischt Farben für Master William«, erklärte der Priester schnell, und William nickte stumm und eifrig zustimmend.

»Ein kleiner Mann, der merkwürdig spricht und sich als Pilger aus dem Heiligen Land ausgibt?«

»Was Letzteres anbetrifft, mein Sohn, so kann ich dazu nichts sagen«, erklärte der Priester. Doch auch William von Thanet hatte jetzt seine Sprache wiedergefunden.

»Aus Köln«, stotterte er. »Er kennt die Kirche von St. Marien in

Lyskirchen, genau wie ich. Er erinnert sich an einige der Fresken und hilft mir, sie nachzumalen …«

Er deutete mit der Hand, und jetzt sah Kirkpatrick zum ersten Mal die Gerüste an zweien der Wände, die Christus in Seiner Herrlichkeit und das Letzte Abendmahl zur Hälfte verdeckten. Köln – nun ja, das wenigstens passte. »Ekarius« war also höchstwahrscheinlich Lamprecht.

»Kann er malen?«, fragte Kirkpatrick verwundert, und William von Thanet explodierte fast vor Entrüstung.

»Du lieber Himmel, nein! Er beschreibt mir nur verschiedene Figuren und Stellungen, die ich vergessen habe. Ich lasse ihn allerdings den Untergrund vorbereiten, mit Kalkfarbe. Wenn er nicht gerade irgendwo herumlungert …«

»Wo ist er denn jetzt?«

Beide Männer deuteten nach oben.

»Er hat sich dort oben ein Nest gebaut«, schnaubte William, »wie ein Eichhörnchen.«

Kirkpatrick sah nach oben, dann sah er die Männer an.

»Es wäre am besten«, sagte er, »wenn Ihr Euch für einen Moment anderen Dingen zuwenden würdet.«

»Es wäre am besten«, sagte der Priester mit fester Stimme, »wenn Ihr mir diesen Dolch geben und dann hinknien und beten würdet.«

William von Thanet wusste, dass das nicht passieren würde, und zog den Priester mit hinaus. In sicherer Entfernung würden sie dann losrennen und einen Gerichtsdiener holen – wenn sie in all dem Aufruhr da draußen einen finden konnten, der gewillt war, ihnen in das alte Judenviertel zu folgen.

Nach einigem Suchen fand Kirkpatrick einen Haufen zusammengebundener Stangen, eine Reihe von Sprossen mit Seilen zum Festhalten an jeder Seite. Als er nach oben sah, erhob sich das Gebäude über ihm in einer Höhe wie eine gute Burgmauer, und zu seiner Linken verdeckte ein weiteres Gerüst eine halb fertige Verkündigungsszene. Er wippte mit den Knien, um die erste Sprosse zu testen, und schluckte schwer, als das ganze Spinnengewebe aus Holz und Seilen anfing zu schwanken.

Sechzig Fuß über ihm spürte Malise es auch, gerade als er sich dem wimmernden Lamprecht näherte, der sich in die dunkelste Ecke verkrochen hatte, zwischen Töpfe mit Kalkfarbe und langen Pinseln. Der Gestank von Farbe und Leinöl würgte ihn und ließ seine Augen tränen, seine Nerven waren aufs Äußerste gespannt, und er konnte seine Wut nur mit Mühe beherrschen.

»Lamprecht, du stinkendes kleines Arschloch von einer Hure ...«

Lamprecht erkannte die Stimme und verspürte plötzlich den Mut einer gefangenen Ratte.

»*Non aver di te paura, malvoglio. Tocomo – er tutto lo mondo fendoto ...*«

Malise fluchte, er hatte keine Ahnung, was Lamprecht da sagte, aber er hörte die schrille, verzweifelte Drohung in der Stimme und schluckte seine Wut hinunter, die ihn zu ersticken drohte.

»Lamprecht«, sagte er beruhigend auf Französisch, was die kleine Ratte verstand. »Hör mir zu – ich bin hier, um dir zu helfen ...«

»Du kommst, um mich zu töten. Alle wollen Lamprecht töten. *Fater unser, tu in himilom bist ...*«

Malise hörte das Winseln und Murmeln. Jetzt spürte er, wie das Gerüst schwankte, und wusste sofort, was es verursacht hatte.

»Dummkopf«, zischte er. »Dämlicher, blöder Idiot ...«

Er beruhigte sich wieder und zwang sich, Französisch zu sprechen.

»Wer ist mein Herr, du Idiot? Der Comyn, Earl von Buchan, Vetter des Comyn Lord von Badenoch, und beide wollen dich doch nur belohnen für das, was du weißt. Warum im Namen Gottes und aller Heiligen sollte ich dir etwas antun wollen? Ich will dich nur vor den Satansbraten beschützen, die der Earl von Carrick hinter dir hergeschickt hat.«

Trotz seiner schmerzenden Finger und seiner Riesenangst wusste Lamprecht, dass Malise mit ziemlicher Sicherheit log, also kroch er plappernd noch weiter zurück. Das Gerüst schwankte wieder, und plötzlich war Malise bei ihm, dicht genug, um ihn zu berühren, das Gesicht vor Wut verzerrt.

»Dort«, rief Malise und deutete dramatisch hinter sich, »dort ist derjenige, der dich umbringen will. Sag mir, was du weißt ...«

»*Hilfe* ... Erst rette mich«, wimmerte Lamprecht, der selbst jetzt noch eine Möglichkeit zum Handeln sah.

Kirkpatrick zitterte und war in Schweiß gebadet, als er sich endlich über den Rand der Plattform zog. Lieber Gott, dachte er, den ich bestimmt zwei Schritte von hier antreffen werde, wie hoch das hier ist.

Zitternd richtete er sich auf, fassungslos, wie jemand jeden Tag auf dieses Gerüst steigen konnte ... nicht für alles Silber der Welt, dachte er, als er anfing, über aufgewickelte Seile und Farbtöpfe zu steigen.

Dann kam die Erde auf ihn zu, er taumelte, griff verzweifelt um sich und hatte Stoff in der Hand, der riss, dann fiel er, rollte über die Kante der Plattform – und hing in der Luft, sein Mantel aus Sackleinwand hatte sich verfangen. Etwas Schwarzes fiel mit schrillem Schrei an ihm vorbei nach unten.

Malise dachte, er hätte Erfolg gehabt, als er Kirkpatrick rammte und ihn unvorbereitet traf und an den Rand der Plattform stieß – doch dann, gerade als der Mann schwankend am Rande stand, merkte er, wie eine Hand nach seinem Ärmel griff, sodass er das Gleichgewicht verlor und sie beide schwankten, bis der Ärmel riss. Malise, dessen Füße sich in einem Seil verheddert hatten, merkte, dass er fiel. Er griff verzweifelt in die Luft – dann fiel er polternd auf die Bretter des Gerüsts und rollte wie ein Stein über die Kante.

Der gepflasterte Boden raste ihm entgegen, und ihm wurde übel – dann zog sich das Seil um seine Füße fest, dessen anderes Ende um die Winde gewickelt war, mit der man schwere Gegenstände nach oben zog, und hier schwang er nun wie eine Glocke, direkt über dem Kirchenschiff, wo der Priester und der Maler mit offenem Mund standen.

Mit lautem Krachen, das ihm den Atem und den Verstand raubte, schlug er jetzt gegen das Gerüst auf der anderen Seite, kam wieder zurück und drehte sich, während das mit Seilen verbundene Holz knarrte, brach und schließlich in einer riesigen Staubwolke mit Donnergetöse zusammenkrachte. Er pendelte zurück und verlor den Schuh, die Schlinge rutschte von seinem Fuß, und er fiel das letzte Stück wie ein Sack Lumpen und rollte dem fassungslosen Priester direkt vor die Füße.

Über ihnen hörte Kirkpatrick, wie sein Mantel anfing zu reißen, in Panik griff er um sich, um irgendwo Halt zu finden, wodurch der Mantel nur noch weiter riss, bis er einen Fuß tiefer hing. Mit einer Hand griff er nach oben und bekam eine Stange zu fassen, gerade als der Mantel vollends zerriss. Er hing und spürte einen Schmerz, als würde ihm sein eigenes Gewicht den Arm aus der Schulter reißen. Er hörte einen Schritt und sah nach oben, wo Lamprecht sich mit einem breiten Grinsen über den Rand beugte.

»*El malvoglio*«, sagte Lamprecht und wünschte, er hätte ein Messer und heile Finger, um es zu halten. Eine Idee kam ihm, und sein Grinsen wurde noch breiter, er hob den Fuß, um damit fest auf Kirkpatricks Finger zu stampfen.

Kirkpatrick wappnete sich. Er wusste, dass er diesen Schmerz nicht aushalten würde und gleich einen tiefen Fall bis zur Hölle selbst tun würde … Er sah hoch, um diesem hässlichen kleinen Miststück einen letzten Fluch entgegenzuschleudern …

Doch sein Gesicht hatte sich verändert, es schien völlig überrascht und starrte hinunter auf eine blutige Klinge, die gerade aus seinem Bauch gezogen wurde. Sie verschwand mit einem schmatzenden Geräusch, mit dem irgendein Faden tief in Lamprechts Innerem durchschnitten wurde, und der kleine Ablasshändler fiel stöhnend zur Seite.

Kirkpatrick, halb blind vor Schweiß und Schmerzen, erblickte eine Hand in einem schwarzen Handschuh, die sein Handgelenk packte, dann zog ihn jemand mit unheimlicher Kraft hoch auf die Plattform, wo seine Beine unter ihm einknickten. Er saß da und starrte auf das zuckende Häufchen, das Lamprecht gewesen war.

Der Mann, der ihn umgebracht hatte, war ganz in Braun und Schwarz gekleidet, doch als er die Klinge an Lamprechts Tunika abwischte, sah Kirkpatrick den Knauf am Griff, der das achtzackige Kreuz der Tempelritter trug. Der Mann grinste durch seinen schwarzen Bart und riss etwas ab, das der Ablasshändler um den Hals trug.

»Rossal de Bissot«, stellte er sich auf Französisch vor, dann machte er eine Kopfbewegung nach dort, wo er heraufgekommen war. »Ihr hättet wissen müssen, dass ein so dicker Maler hier auch ohne zu klettern heraufkommen muss. Jetzt müssen wir uns beeilen, die Seilwinde mit dem Gegengewicht geht auch wieder runter. Das ist ja das reinste Gemetzel hier, was?«

KAPITEL 7

IM WOHNTURM VON HERDMANSTON
SECHS TAGE VOR MITTSOMMER, JUNI 1305

Der Himmel war dunkelviolett wie ein Bluterguss, als Hal und der Hundejunge in Herdmanston ankamen. Es war schwül, und die Pferde bewegten sich so mühsam, als gingen sie unter Wasser. In der Ferne hörte man es donnern.

Hal war noch sehr blass nach seinem Fieber, das ihn auf dem Weg von York nach Whitby gezwungen hatte, die Reise bei den Augustinern in Kirkham zu unterbrechen. Dort hatte der Hundejunge ihn schließlich gefunden. Er hatte ihn gesucht, um ihm zu berichten, dass Wallace Bangtail Hob kaltblütig ermordet hatte.

Jetzt ritten die beiden auf das Dorf zu, das sich um Herdmanston drängte, wo die Kinder ihre Arbeit an den dicken Strohpuppen für das Sonnwendfeuer unterbrachen, hinter ihnen herrannten und sie anstarrten. Für sie bin ich ein Fremder, dachte Hal, als er auf ein pummeliges Kerlchen blickte, das mit dem Finger in der Nase bohrte. Hier gibt es Kinder, die mich noch nie gesehen haben.

In Herdmanston jedoch herrschte reges Treiben. Alles war mit Sägemehl bedeckt, es roch nach frischem Holz und Pech, und die Handwerker, die gerade damit beschäftigt waren, eine Falltür auf dem Dach abzudichten, winkten dem Lord vergnügt zu.

Vieles war wie früher. Alehouse-Maggie, wie immer die Arme vor dem mächtigen Busen verschränkt, empfing ihn mit einem breiten Grinsen und umarmte ihn, als sei er ein kleiner Junge und nicht ihr Lehnsherr, und die Männer in ihren verschwitzten Kitteln johlten und machten Witze, froh darüber, ihre Arbeit für einen Moment unterbrechen zu können, und gleichzeitig amüsiert, weil der Lord von Herdmanston nach Luft schnappte und Maggie bat, vorsichtig mit ihm umzugehen, denn seine Rippen taten immer noch weh.

Sim Craw erschien, die eisengrauen Locken und den Bart voller Sägemehl, aber auch er mit einem freudigen Grinsen und festem Handschlag, und zum ersten Mal seit langer Zeit überfiel Hal ein Gefühl tiefen Friedens.

Und doch war nicht mehr alles wie früher. Bet, die Bäckerin, war nicht mehr da, die Ruhr hatte sie dahingerafft. Jetzt knickste ihre Tochter nervös vor Hal, gertenschlank, wie Bet es wahrscheinlich in ihrer Jugend auch gewesen war, und stellte sich vor als »Bets Meggy«. Strahlend und stolz schritt Meggy davon, nachdem er sie als die neue Köchin und Bäckerin auf Herdmanston bestätigt hatte.

»Es gäbe da noch ein paar weitere Angelegenheiten«, sagte Sim, als sie in der kühlen Halle bei Brot und Käse saßen und aus ihren ledernen Bechern tranken. »Zunächst mal, dieser Malenfaunt hat seine Klage wegen des Eigentums zurückgezogen.«

Hal nickte. Er war nicht überrascht. Damals, als Hal noch zu den Rebellen gehörte, hatte Longshanks Herdmanston beschlagnahmt und Malenfaunt übergeben, zusammen mit einem Stück Pergament, das jedoch keine rechtliche Bedeutung hatte. In all den Jahren war es Malenfaunt nicht gelungen, Herdmanston zu seinem rechtmäßigen Besitz zu machen – und auch nachdem Frieden geschlossen worden war, hatte er weiter versucht, seinen Anspruch mithilfe kleiner, spitzfindiger Rechtsgelehrter durchzusetzen.

Die Sache war für Herdmanston immer ein Dorn im Fleische gewesen, aber nachdem Malenfaunt im Zweikampf mit Bruce seine Ehre, Würde und jegliche Unterstützung verloren hatte, hatte er die Sache fallen lassen. Also hatte dieser unglückselige Zweikampf doch wenigstens etwas Gutes gehabt, dachte Hal, als er sich an den schrecklichen Anblick von Bruce' Wange erinnerte.

»Und Earl Patrick verweigert uns die Benutzung seiner Mühle – aber zum Glück lässt Sir Henry uns in Roslin Getreide mahlen«, fuhr Sim fort.

Hal wunderte sich nicht weiter über die Weigerung Patricks von Dunbar – zwar standen die Sientclers von Herdmanston theoretisch bei Sir Patrick, dem Markgrafen, in der Lehnspflicht, aber da der Lord mit Entschiedenheit aufseiten der Engländer stand, hatten sie ihm Widerstand entgegengesetzt, wo sie nur konnten. Der Markgraf hatte Hal zwar zähneknirschend wieder willkommen heißen müssen, weil das Friedensabkommen mit Longshanks das verlangte, doch ansonsten war jede kleine Unannehmlichkeit, die er ihm bereiten konnte, Wasser auf seine Mühle, wie Sim erklärte, und er war stolz, dass er es durchschaut hatte.

»Und den Hundejungen müsst Ihr noch als Kleinbauern bestätigen«, fuhr Sim fort, »jetzt, wo Ihr ihn zum Freien erklärt habt. Noch kann er eine Pflugschar nicht von einer alten Hacke unterscheiden, deshalb habe ich ihn erst mal gegen Lohn im Kuhstall arbeiten lassen. Sir Henry hat uns übrigens zwei junge Hirschhunde geschickt, über die der Hundejunge ganz glücklich ist.«

Hal saß in seiner neu erbauten Halle. Seit langer Zeit war er jetzt endlich wieder frei von Schmerzen und Sorgen, und auf seinem Gesicht lag ein glückliches Lächeln. Die vertraute Umgebung war wie heilsamer Balsam – Herdmanston mit seiner üblichen Geschäftigkeit, weitab vom Trubel im Land – und doch überrieselte ihn bei den nächsten Worten Sims wieder die alte Kälte.

»Kirkpatrick war hier«, sagte er und runzelte die Stirn. »Anscheinend muss es in London ein ziemliches Handgemenge gegeben haben, bei dem der kleine Ablasshändler umkam und wahrscheinlich dieser elende, verschlagene Bellejambe ebenfalls. Davon gehe ich jedenfalls aus, denn Kirkpatrick selbst sah aus wie eine aufgewärmte Leiche, und er war der Sieger in dieser kleinen Auseinandersetzung.«

Also war der Ablasshändler tot. Hal war sehr erleichtert, vor allem, weil es ihm erspart geblieben war, die Sache selbst zu erledigen – und trotzdem hatte er Schuldgefühle.

»Gelobt sei Christus«, sagte er.

»In Ewigkeit«, erwiderte Sim, dann räusperte er sich.

»Kirkpatrick ist jetzt bei Sir Henry in Roslin«, fuhr er fort, »wo er sich um ›diese andere Sache‹ kümmern soll – ich vermute, es ist dieselbe Angelegenheit, die Bangtail das Leben gekostet hat.«

Er wechselte einen langen, bedeutsamen Blick mit Hal, dann nickte er.

»Ja, also«, brummte er, »ich habe Männer losgeschickt, die sich mal diskret umsehen sollten, natürlich ohne ein Risiko einzugehen. Alles deutet darauf hin, dass Wallace sich irgendwo versteckt hält und seine Leute sich zerstreut haben. Man hat ihn nicht wieder gesehen, seit er vor einiger Zeit in Roslin war. Vielleicht ist das das Ende für ihn.«

»Mit Wallace ist es nie zu Ende«, sagte Hal tonlos, dann lächelte er mühsam.

»Aber er war in Roslin?«, fragte er kopfschüttelnd. »Also hat sogar Sir Henry Geheimnisse vor mir. Gibt es in diesem ganzen Schlamassel eigentlich auch mal eine gute Nachricht?«

Er seufzte resigniert, dann machte er eine Handbewegung, die Herdmanston umschloss und alles, was hier geschehen war.

»Ich meine, außer dem hier, was natürlich sehr erfreulich ist – und dafür kann ich Euch nicht genug danken, Sim Craw.«

Erfreut und verlegen murmelte Sim etwas Unverständliches

und machte eine abwehrende Handbewegung, dann stellte er seinen Lederbecher hin, langsam und vorsichtig, was Hal nicht verborgen blieb.

»Ja, da wäre noch eine letzte Sache«, sagte Sim, »aber es liegt bei Euch, ob es eine gute oder eine schlechte Nachricht ist.«

Hal sah ihn an und zwang sich zu einem Lächeln.

»Nun, ich sitze ja, also wird der Schreck mich kaum umwerfen. Sprecht schon.«

»Sir Henry hat die Neuigkeit bis jetzt für sich behalten, weil er warten wollte, bis Ihr in besserer Verfassung seid. Wallace hat nämlich die Gräfin mit nach Roslin gebracht. Ihr braucht nur ein Wort zu sagen, und sie kommt.«

IM WOHNTURM VON HERDMANSTON, LOTHIAN
MITTSOMMERABEND, JUNI 1305

Er hatte ihr eine Nachricht geschickt, und er hätte sogar Hermes persönlich vom Olymp geholt, wenn der sie schneller überbracht hätte. Dann hatte er gewartet. Ungeduldig war er auf und ab gehinkt, nur gehalten von der Sorge, er könnte vielleicht, wenn er selbst nach Roslin stürmen würde, etwas äußerst Fragiles zerbrechen.

Die Tage vergingen, es war gewittrig und schwül, und noch immer kam sie nicht. Tansys Dan und Mouse trieben vier der fettesten Schweine von Herdmanston auf die Wiese und schnitten ihnen die Kehle durch.

Zusammen mit Illmade Jock, Dirleton Will und Sore Davey und ein paar anderen zerlegten sie die Tiere und taten die Fleischstücke in große Kessel, während das Gras sich blutrot verfärbte. Der Hundejunge schnappte sich einen Schweinekopf, tanzte damit herum und verfolgte wild grunzend die Kinder, die vor Aufregung kreischend davonstoben.

Tansys Dan schlang die Schweinsgedärme um sich wie eine Girlande und spielte mit. Barfuß tanzte er mit dem Hundejungen auf dem blutigen Gras herum, und sie brüllten vor Lachen, als Blut und Dreck ihnen bis an die Knie spritzten. Die Ausgelassenheit steckte alle Anwesenden an, und die Aussicht auf ein Festmahl, auf einen unbeschwerten Feiertag, den man in Frieden würde genießen können, entfachte unter ihnen eine solche Vorfreude, dass sie sich vor lauter Übermut kichernd die Schweinsköpfe entrissen und wild hintereinander herjagten oder sie an den Ohren herumschwangen, bis alles mit Blut bespritzt war.

Kleine Kinder schlitterten und rutschten auf unsicheren Füßen herum und waren ebenfalls vom Scheitel bis an die Sohle besudelt. Neugeborene nuckelten an Schweinenieren, und ihre Mütter, die sich die Leber schmecken ließen, sahen mit ihren roten, blutigen Lippen aus wie menschenfressende Hexen.

Doch noch immer erschien sie nicht.

Donachie, Lord Patricks Diener, kam mit finsterem Gesicht angeritten und verlangte Zoll und Rittersteuer, aber es handelte sich nur um eine neue Schikane, die sich der Markgraf für Herdmanston ausgedacht hatte. Hal schickte ihn mit leeren Händen zurück und erinnerte ihn daran, was das Gesetz sagte.

Die Kinder jedoch versahen ihre Strohpuppen daraufhin noch schnell mit finsteren schwarzen Augenbrauen, und Pater Thomas, der weder auf Herdmanston geboren noch hier aufgewachsen war, predigte in seiner kleinen Kirche mit den rauen Steinwänden über Adam und Eva, die für keinen Grundbesitzer pflügen, säen oder Unkraut zupfen mussten. Er verstand es, die Geschichte mit viel Beiwerk auszuschmücken und geschickt weiterzuspinnen, sodass er schließlich zu dem Schluss gelangte, Sir Hal von Herdmanston sei praktisch ein Verwandter von Jesus, weswegen man ihm entsprechend zu dienen hätte.

Und sie kam immer noch nicht.

Dann feierten sie die Mittsommernacht. Die Feuer wurden angezündet und die Strohpuppen verbrannt, das gekochte und gebratene Schweinefleisch wurde verspeist, und das Bier floss. Die junge Meg, in grünem Kleid mit flatternden Bändern, nahm den Pferdekopf aus Stroh und tanzte barfuß und wild den traditionellen Pferdetanz, der zum Mummenschanz der Mittsommernacht gehörte.

Sie führte den Fackelzug über die Felder an, gefolgt von dem entschlossenen Pater Thomas mit einem feurigen Kruzifix, damit Gott bei all dem heidnischen Brauchtum nicht vergessen werde. Alle Feiernden hatten sich für das Fest mit Girlanden aus Beifuß, Eisenkraut und Schafgarbe bekränzt und zogen mit roten, vor Fett triefenden Gesichtern jubelnd, tanzend und singend über Wiesen und Felder.

Später sprang man durchs Feuer, und ganz Mutige rieben sich die staubigen Sporen des Farnkrauts auf die Augenlider, in der Hoffnung, die Unsichtbaren zu sehen in dieser besonderen Nacht, in der der Schleier zwischen den beiden Welten am durchlässigsten war – doch zur Sicherheit immer mit einem Zweig Weinraute in der Hand, damit man nicht selbst hinübergezogen wurde und auf Nimmerwiedersehen verschwand.

Endlich kam sie.

Langsam stieg sie die Treppe zur Halle hinauf. Kirkpatrick, der ebenfalls mitgekommen war, begrüßte Sim Craw und die anderen mit verlegenem Grinsen und nahm dankbar einen Becher mit Starkbier in Empfang. Sie hingegen stieg hinauf bis in das oberste Gemach des Turmes. Ihre Füße fühlten sich schwer an, und ihr Herz flatterte wie ein gefangener Vogel. Sie war außer Atem und musste stehen bleiben, weil sie fürchtete, ohnmächtig zu werden. Sie wünschte sich, ihr Gebände lösen zu können, um die plissierte Haube vom Kopf zu nehmen.

Es war nicht sehr hell. Zwar flackerte eine Kerze im Raum, aber hauptsächlich kam das Licht vom Vollmond und dem Feuerschein, der durch das große Fenster fiel, sodass sie Hal nur als einen Schatten wahrnahm. Sie blieb stehen, eine Hand am Hals.

Er sah ihren Kopf von unten her auftauchen, der Lichtschein fiel auf ihr kupferrotes Haar, und einen Moment lang stockte ihm der Atem. Sein Herz, das bis dahin so laut geklopft hatte, dass er meinte, man könne es bis draußen hören, schien stillzustehen.

»Isabel«, sagte er heiser.

Sie wich zurück, darauf war sie nicht vorbereitet. Sie war auf gar nichts vorbereitet. Es waren fünf Jahre, seit sie hier gewesen war … fünf Jahre, seit sie ihn das letzte Mal gesehen hatte. Sie strich sich über das Kleid und berührte unbewusst ihr Haar.

Sie hörte, dass er sich bewegte, dann kam der Kerzenschein näher, und er stellte den Leuchter auf die Truhe am Fuße des großen Himmelbetts. Es ist neu, stellte sie überrascht fest. Es war nicht dasselbe Bett, an das sie sich erinnerte. Sie konnte keinen weiteren Schritt ins Zimmer tun.

Er sah hager aus, die Tunika aus feinem graublauem Stoff schien ihm zu groß. Sein Haar war mit mehr Grau durchzogen als früher, und sie berührte mit der Hand ihr Haar, wie um sich zu vergewissern, dass die künstliche Farbe noch da war. Doch seine Augen hatten noch dasselbe Graublau wie früher, allerdings schienen sie kälter geworden zu sein, und er sah sie so durchdringend an, dass sie unwillkürlich die Augen niederschlug.

Er sagte nichts, und sie standen nur da, während das Geschrei und das Gelächter der Mittsommernacht von draußen hereindrangen und die Schatten an der Wand tanzten.

»Habe ich mich so verändert?«, brachte sie schließlich heraus, irritiert vom Zittern in ihrer Stimme, wie eine Jungfer mit einem Strauß Johanniskraut, dachte sie, die hofft, dadurch einen Bräutigam zu finden.

Das Schweigen dauerte so lange, dass es sie fast erdrückte.

»Lämmchen«, sagte er schließlich fast unhörbar. »Mein kleines Lämmchen.«

Jetzt verlor sie die Fassung, der Hals wurde ihr eng, und ihr kamen die Tränen. Sie wusste nicht, wer von beiden sich zuerst bewegt hatte, aber plötzlich hielt er sie in seinen starken Armen, und sie roch Schweiß und Wolle, Holzrauch, Eisenkraut, Leder und Pferd.

Dann, unter Lachen und Weinen, erzählten sie sich, wie sie sich vermisst hatten und dass sie sich noch immer liebten, sie fielen sich ins Wort, redeten beide gleichzeitig, doch jetzt waren die Worte gar nicht mehr wichtig, solange sie nur dahinplätscherten wie ein heilender Strom.

Wie Musik, dachte er, von ihr darin eingehüllt und darin ertrinkend. Wie Musik.

Sie redeten und liebten sich und lachten, denn sie war in die Ärmel ihres langen Kleides eingenäht worden, und er musste sie erst heraustrennen, während sie die kunstvoll gefältelte Spitzenhaube, die zu arrangieren ewig gedauert hatte, abwarf und mit ihr die Jahre der Trennung.

Später erzählte er ihr von Lamprecht und Bruce, und sie berichtete ihm, wie Buchan sie abgeschoben hatte. Sie schworen, sich nie mehr zu trennen, auch wenn die Welt um sie herum in Flammen stehen sollte.

Sie erfuhr, dass er sich mit Kirkpatrick zusammengetan hatte, der sie hergebracht hatte. Und er erfuhr, wie Wallace sie aus Elcho gerettet hatte, und sie sah, wie seine Augen bei der Erwähnung dieses Namens hart wurden, und sie wusste, warum.

»Bangtail«, sagte sie und hörte im Dunkeln, wie er zustimmend knurrte. Dann schlug sie Feuer und zündete eine Kerze an, und im flackernden Licht zeigte sie ihm die Apostel. Sechs rote Augen starrten sie an, während sie sich halb nackt und leicht verängstigt aneinanderschmiegten.

»Ein großzügiges Geschenk«, musste er widerwillig zugeben

und spielte mit den blutroten Rubinen, »aber gegenüber dem Leben von Bangtail Hob wiegen sie weniger als eine Hühnerfeder.«

»Das war eine schlimme Sache, was Wallace da gemacht hat«, gab sie zu und fröstelte plötzlich in der frischen Morgenluft, die durch die offenen Fenster strich. Es war eine Erleichterung nach der drückenden Hitze, aber jetzt bekam sie eine Gänsehaut. »Und trotzdem gibt es auch viel Gutes und Ehrenhaftes an dem Mann, wie du genau weißt.«

Zärtlich legte er ihr eine Decke um die Schultern.

»Ja, mein Mädchen, ich weiß es – und ich bete darum, dass ich Wallace nie persönlich begegnen muss, obwohl genau das unser Auftrag ist, Kirkpatricks und meiner. Es ist besser, wir machen es, statt die Männer von Edward.«

Eine lange Stille trat ein, nur unterbrochen vom plötzlich aufkommenden Wind und dem Prasseln des Regens, was unter denen, die noch immer um das ersterbende Mittsommerfeuer saßen und feierten, erschrockenes Geschrei auslöste.

Dann sah sie ihn an, als hätte der kühle Wind sie plötzlich geweckt.

»Ich weiß, wo Wallace ist«, sagte sie fast traurig.

Es donnerte, wie um ihren Verrat zu besiegeln.

KLOSTER VON ST. BARTHOLOMÄUS, SMOOTHFIELD, LONDON MARIÄ HEIMSUCHUNG, JULI 1305

Eine Hand auf der Hüfte, stand der Rote John Comyn neben dem kunstvollen Grabmal von Rahere, dem ersten Abt von St. Bartholomäus. Ungeduldig tippte er mit der Spitze seines eleganten Stiefels auf den Boden. Er war umgeben von schattenhaften Gestalten, die alle weit genug entfernt waren, um ein leises Gespräch nicht mithören zu können, aber nahe genug, um schnell einzugreifen, falls es notwendig wäre.

Und es könnte leicht notwendig werden. Unter dem Vorwand, sich in Smoothfield – einem der bekanntesten Pferdemärkte Europas – nach einem guten Pferd umzusehen, war der Rote John hierhergekommen, um sich mit Bruce zu treffen, auf dessen Wunsch hin. Nach einem komplizierten geheimen Austausch von Botschaften, mit oberflächlich getarnten Geiseln und der Vereinbarung eines neutralen Treffpunkts war der Rote John schließlich hergekommen. Jetzt stand er neben der liegenden Statue von Rahere in seiner Kutte mit den fromm gefalteten steinernen Händen.

Sonst war niemand hier, trotz des wichtigen Festtags blieben die Menschen einer der beliebtesten Klosterkirchen Londons fern, woran die Macht der Comyns und der Bruces deutlich zu erkennen war. Trotz allem, Plantagenet würde davon hören, dachte der Rote John, aber das ist das Risiko wert, wenn man erfahren möchte, was passiert ist.

Das vor allem wollte er herausfinden. Bellejambe war zurückgekommen, humpelnd und mit Knochenbrüchen. Er hatte nur mit Mühe rechtzeitig aus St. Olaf fliehen können, ehe die Soldaten des Königs angekommen waren. Diese hatten entrüstete Priester und einen toten Ablasshändler vorgefunden. Bellejambe wusste nicht, auf welche Weise Lamprecht zu Tode gekommen war oder wie Bruce' Diener die Sache überlebt hatte – aber was immer Lamprecht gewusst haben mochte, dieses Wissen war verloren.

Sehr, sehr ärgerlich, dachte der Rote John bitter. Aber wenigstens weiß Edward Longshanks nicht, dass ein Comyn in diese Sache verwickelt ist, sonst wäre ich nicht hier, dachte er. Ein Ärger war auch, dass er die Scherben hatte aufkehren müssen, nachdem der Earl von Buchan unter dem Vorwand, seine widerspenstige Gräfin zu besuchen, sicherheitshalber das Land verlassen hatte.

Er nahm eine Bewegung wahr, man hörte Ledersohlen auf Pflastersteinen, und Johns Männer, alle so unauffällig wie möglich gekleidet, erstarrten wie Vorsteherhunde, die eine Spur gewittert hatten.

Bruce war angekommen.

Er näherte sich mit schnellen Schritten, wie ein Mann, der eigentlich Wichtigeres zu tun hat, aber das war nur gespielt – Bruce ging in Wirklichkeit so schnell, weil er dieses gefährliche Treffen hinter sich bringen wollte, und dafür gab es viele Gründe.

Und trotzdem genoss er den Augenblick auch, es war das Ende eines schlechten Tages, an dem Kirkpatrick hinkend angekommen war und Geschichten von Tumulten, Schlägereien und Mord erzählte – und von einem Tempelherrn, der gerade rechtzeitig erschienen war, um Lamprecht umzubringen und Kirkpatrick zu retten.

»Der Tempelritter hat das Kreuz und den Inhalt aus der Tasche des Ablassverkäufers, das goldene Reliquiar, die Apostelrubine und alles andere«, hatte Kirkpatrick berichtet, nachdem James von Montaillou seine Wunden versorgt und sie endlich allein gelassen hatte.

»Er sagte, sein Name sei Rossal de Bissot, und er werde das Kreuz herbringen, sobald der richtige Moment dafür gekommen sei.«

Vorsichtig setzte er sich auf einen Stuhl, und auf seiner Stirn brach ihm der Schweiß aus, den er ungeduldig abwischte.

»Wie es aussieht, stecken die Tempelritter bis zum Hals in dieser Sache drin.«

Ein Hals, der schon halb auf dem Block liegt, verfolgt vom päpstlichen Zorn und französischen Spionen, die ganz gezielt nach Beweisen für eine Gotteslästerung suchen, wie Bruce bemerkte, was jedoch für Kirkpatricks verletzten Stolz und seine schmerzenden Rippen kein Trost war. Bruce spürte, wie schwer er unter seinem Misserfolg litt, und hielt es für das Beste, ihm zu sagen, dass nicht alles verloren sei – ganz im Gegenteil.

»Rossal de Bissot liegt die Sicherheit seines Ordens am Herzen, das ist ganz klar«, erklärte er Kirkpatrick. »Bissot ist ein hoch angesehener Name bei den Mitgliedern der Armen Ritterschaft Christi.«

»Mag sein – aber angesehen oder nicht, er wird nicht lange zögern«, erwiderte Kirkpatrick mürrisch. »Er wird schon seinen Vorteil herausschlagen wollen, wenn er Euch das bringt, was Ihr haben wollt, Mylord – und ich halte es nicht für eine kluge Idee, sich mit diesem Orden einzulassen.«

Bruce antwortete nicht, er strich sich über seine verletzte Wange, die er jetzt ständig unter einer Kapuze verbarg. Es war also klar, dieser Rossal war im Besitz von Lamprechts Diebesgut. Die Apostel waren alle verschwunden, bis auf den einen, den der Ablasshändler ihm in dem Brotlaib übergeben hatte – und was noch schlimmer war, das Kreuz war noch immer weg, und es war auch kein Trost, dass es jetzt die Tempelritter hatten. Trotzdem, die Beteiligung von Bruce an dieser Sache würde ein Geheimnis bleiben, das jetzt zusammen mit Lamprecht für immer begraben war.

Doch das Beste überhaupt war, dass die Comyns gescheitert waren, und kurz nachdem Kirkpatrick seinen Bericht abgeliefert hatte, hatte Bruce um ein Treffen mit dieser Familie gebeten und dann seine Brüder und Kirkpatrick nach Schottland zurückgeschickt.

Er hatte auch Elizabeth und ihre Hofdamen zurückgeschickt, was ein weitaus unangenehmeres Problem gewesen war. Er hatte seine Frau nicht einmal selbst gesprochen, sondern nur Bridget, ihre Zofe, die ihm mitteilte, ihre Herrin habe keine Lust, die Annehmlichkeiten Londons gegen die Kälte im Norden einzutauschen.

Er hatte sich seine wütende Antwort verkniffen, aber sein Blick hatte genügt, um die Zofe blass werden zu lassen und einen

Schritt zurückzuweichen. Ganz ruhig hatte er ihr ein Ultimatum an seine Frau mit auf den Weg gegeben, und bald darauf hatte er bemerkt, dass gepackt wurde – aber er konnte sich über seinen Sieg nicht so recht freuen.

Jetzt also traf er sich mit dem Roten John, und auch der hatte eine Anzahl von Männern mitgebracht, die in der Nähe von Raheres Grabmal warteten. Er betrachtete den kleinen Mann mit der gerunzelten Stirn und dem rotblonden Bart, der nervös zitterte, als hielte er nur mit Mühe eine unsichtbare Streitmacht zurück. Er sah aus, als hätte er die falschen Kleider erwischt, von dem geckenhaften Hut auf dem kurz geschorenen Haar über die Gewänder aus Seide und feinster Wolle bis hinunter zu den Stiefeln mit den angeberisch hohen Absätzen. Bruce verhielt sich äußerst vorsichtig. Dies war derselbe Mann, der ihm schon einmal an die Kehle gegangen war, und die Erinnerung daran war ihm immer noch peinlich.

»War das einer von Euren Männern, der da in dem Tumult in Cheapside getötet wurde?«, fragte er, und der Rote John verzog den Mund zu einem spöttischen Grinsen.

»War er nicht. Es war einer von Buchans Leuten, ein guter Mann aus Rattray, den man sehr vermissen wird. Wie geht es Eurem Diener? Ich habe gehört, er sei übel zugerichtet worden.«

»Dem geht es gut. Besser als Eurem Malise Bellejambe, wie ich höre.«

Wieder lächelte der Rote John, diesmal mit Wärme.

»Auch einer von Buchans Leuten – ja, der sieht schlimm aus. Aber mit Gottes Hilfe und genügend kräftiger Fleischbrühe wird er durchkommen.«

»Gelobt sei Christus«, erwiderte Bruce tonlos.

»In Ewigkeit.«

»Allerdings fürchte ich trotzdem, Gott wird Seine Hand nicht mehr lange über ihn halten«, fuhr Bruce leise und boshaft fort. »Wo ein Buchan regiert, ist Versagen nicht erlaubt.«

»*Go dtachta an diabhal thú*«, zischte Comyn, sich nach allen Seiten umsehend.

»Ja, wenn der Teufel mich wirklich erwürgen sollte«, erwiderte Bruce, ebenfalls auf Gälisch, »dann wird er sich der Hand eines Comyn bedienen.«

Das genügte als Erinnerung an den letzten Versuch des Roten Comyn, um den jähzornigen Lord von Badenoch wütend auf den Fußspitzen wippen zu lassen, wobei er tief und hörbar Luft holte.

»Was verlangt Ihr in dieser Angelegenheit?«, fragte er, noch immer wütend wie ein wilder Eber. »Weswegen wolltet Ihr Euch mit mir treffen?«

Sie setzten ihr Gespräch weiter auf Gälisch fort, damit Mönche, die zufällig vorbeikamen, sie nicht verstehen konnten. Irgendwo wurde gesungen, man beging Mariä Heimsuchung, überall eilten Mönche umher, und es wehten Klangfetzen herüber.

Bruce hob die Hand, unwillkürlich verfolgte der Rote John diese Bewegung mit den Augen und war beruhigt, dass Bruce keine Waffe gezogen hatte.

»Longshanks ist nicht dumm und wird inzwischen wissen, was vorgefallen ist. Es reicht für ihn, dass er keine weiteren Fragen stellen, sondern sich umso energischer um Antworten kümmern wird«, erwiderte Bruce boshaft. »Er wird bald merken, in welche Richtung Eure Bestrebungen gehen, Mylord. Haben die Comyns vor, die Bruces zu vereiteln? Vielleicht betrachtet er das jetzt nicht mehr als einen Zweikampf um persönliche Differenzen – er wird vielleicht eher denken, einer oder beide von uns hätten sich gegen ihn verschworen, das würde ich eher vermuten. Meine Loyalität für ihn ist ungebrochen, Mylord – aber Ihr und Buchan seid ihm noch bis vor Kurzem ein Dorn im Fleische gewesen, und er wird glauben, dass Ihr ihn wieder bekämpfen wollt.«

»Wir haben schon vor Euch für Schottland gekämpft und werden es auch noch lange nach Euch tun«, fauchte der Rote John zurück, dann schlug er sich auf die seidengesteppte Brust. »Comyn und Balliol, Mylord Carrick, bleiben sich unerschütterlich treu, während Ihr Euch dreht und wendet, wie es Euch gerade passt. *Titim gan éirí ort.*«

Mögt Ihr fallen und nicht wieder aufstehen – ein guter alter gälischer Fluch, den Bruce von seiner Mutter her kannte, und bei der Erinnerung daran musste er lächeln, was den Roten John verunsicherte.

»Ja, stimmt, Ihr habt Euch Longshanks entschlossen widersetzt«, stimmte Bruce zu, »deshalb wird auch Eure Frau ihm keine Garantie dafür sein, dass Ihr es nicht wieder tun könntet.«

Die Augen des Roten John flackerten. Seine Frau war Joan de Valence, eine Schwester von Aymer und eine Tochter vom Onkel des Königs. Der Rote John Comyn muss für die Familie de Valence ein riesiges Ärgernis sein, dachte Bruce – fast so schlimm wie für mich.

»Das muss ein Ende haben«, sagte er kategorisch. »Genug ist genug – unsere Feindschaft schadet dem Königreich, und das braucht jetzt eine starke Hand. Es braucht einen König, Mylord.«

»Es hat einen König«, murmelte der Rote John. »Einen Balliol, es braucht keinen Bruce.«

»Abgesetzt von derselben Hand, die ihn auf den Thron gebracht hat«, erwiderte Bruce und merkte, wie der andere bei diesem alten Argument wieder aufbrausen wollte, doch mit einer Handbewegung unterbrach er ihn.

»Darüber können wir streiten bis zum Jüngsten Tag«, brummte er, »dabei könnte der Gordische Knoten doch mit einem Hieb durchgeschlagen werden.«

Sie starrten einander an, und der Rote John wurde still. Er beugte sich leicht zurück und blickte Bruce an – er sah blass aus für einen so dunkelhaarigen Mann, fand John, mit dieser engen dunkelgrünen Kapuze, die sein Gesicht einrahmte und ihm wie ein Kragen aus Moos auf die Schultern fiel. Um die Narbe auf seiner Wange zu verdecken, dachte er, von Malenfaunts Hieb – *marbhaisg ort,* ein Totenhemd für dich, Malenfaunt, dachte er. Wenn du deine Arbeit, für die du bezahlt wurdest, ordentlich gemacht hättest, dann würde der Mann mich jetzt nicht quälen wie ein Stein im Schuh.

»Dann habt Ihr also eine so scharfe Klinge? Eine, mit der man einen König zu Fall bringen kann?«

Die Frage ließ Bruce' Augen aufblitzen, und der Rote John hielt den Atem an. Mein Gott, die hat er in der Tat, dachte er. Dieser Bruce hat vor, den Thron an sich zu reißen.

»Ich habe meine Anhänger«, sagte Bruce vorsichtig, als der Rote John erstaunt die Brauen hochzog. »Mehr, als Ihr vielleicht ahnt. Vereint wären wir ein stärkeres Feuer als getrennt – aber selbst ohne das wäre es besser, wenn wir uns wenigstens nicht dauernd gegenseitig versengen würden.«

»Wollt Ihr damit sagen, dass Ihr aufhört, Euch gegen uns zu verschwören? Dass es Frieden geben wird – oder wenigstens einen Waffenstillstand – zwischen unseren Familien?«

»Das will ich.«

»Damit Ihr Euch zum König von Schottland machen und meine Sippe verdrängen könnt?«

Bruce zögerte.

»Damit ein König auf den Thron kommt, der sich für diese Aufgabe besser eignet als ein John Balliol«, erwiderte er vorsichtig.

»Und was haben die Comyns und die Balliols davon?«, fragte der Rote John spöttisch, »außer einem königlich verärgerten Vetter und einem gefährlich mächtigen Bruce?«

»Schweigen über Euer Komplott außerhalb dieser Mauern«, sagte Bruce und wedelte mit einem Dokument. »Dazu freie Hand auf Euren eigenen Ländereien und Belohnungen von einem dankbaren Herrscher.«

»Sehe ich aus, als hätte ich Angst vor Euch?«, fragte der Rote John höhnisch gestikulierend. »Erzählt Longshanks ruhig Eure Geschichten, dann werdet Ihr ja sehen, ob er noch mal Lust hat, mit Schottland zu kämpfen, denn das wäre das Ergebnis. Dann werdet Ihr sehen, wo diese Leichtgläubigen wirklich stehen, die Ihr so sehr umschmeichelt habt, wenn sie merken, dass Ihr ihnen wieder einen Krieg eingebrockt habt. Und im Übrigen haben wir bereits jetzt freie Hand auf unseren Gebieten und mit John Balliol auch einen dankbaren Herrscher.«

»Longshanks ist es nicht, den Ihr fürchten müsst«, erwiderte Bruce, der seinen kalten Blick nicht vom Roten John abwandte, dessen Gesicht so erhitzt war, dass die Luft zwischen ihnen zu knistern schien. »Fürchten müsst Ihr die Adelsversammlung.«

Das schien den Roten John etwas zu ernüchtern, und Bruce konnte seine Befriedigung darüber nur schwer verbergen. Der Rote John sagte lange nichts, er starrte auf die Statue und das kunstvolle Grabmal mit dem verfärbten Marmor unter den abblätternden Holzbögen.

»Wusstet Ihr, dass Rahere ein kleiner Schreiber im Dienste des alten Königs Henry war?«, fragte er unvermittelt, indem er vom Gälischen ins Schottische verfiel. »Völlig der Fleischeslust verfallen, sagt man, aber nützlich für den König, und deshalb wurde er befördert.«

Er wandte sich zum Grabmal um und umriss mit einer Armbewegung die knienden Chorherren, die zu Füßen der liegenden Gestalt ihre steinernen Bibeln lasen.

»Eine Bestätigung dafür, dass jedermann, und sei er noch so arm geboren, ganz groß werden kann, solange er zu jeder Sünde bereit ist.«

Bruce biss vor Zorn die Zähne zusammen, wobei ihn der Schmerz von seiner Verletzung durchfuhr wie ein Guss mit Eiswasser. Er wartete.

»Ich werde mit dem Earl von Buchan darüber sprechen«, sagte der Rote John schließlich auf Französisch.

»Ihr seid der Comyn, auf den es ankommt«, entgegnete Bruce, und der Rote Comyn nickte wie geistesabwesend, dann rang er sich ein dünnes Lächeln ab.

»Keine Angst, Ihr werdet von uns hören.«

Bruce sah ihm nach, wie er in seinen albernen Stiefeln davonstelzte und bald wieder von seinen starken Männern umgeben war. Weihrauch hing in der Luft, und das Singen wurde lauter, während Bruce' Männer noch immer mit Spannung warteten.

Er war kein Schreiber gewesen, das wusste Bruce. Abt Rahere, der Gründer von St. Bartholomäus, war ein Hofnarr gewesen und verdankte seine Position dem Lachen. Dem Lachen und den Ratschlägen eines weisen Narren.

Bruce las die Worte auf der steinernen Bibel – Jesaja, Kapitel 51: »Denn der Herr tröstet Zion …«, und überlegte, ob er jetzt als Weiser oder als Narr gehandelt hatte, dem Lord von Badenoch so viel zu erzählen. Er fragte sich, ob dieser Lord dadurch auch nur einen Fingerbreit von seinem bisherigen Standpunkt abgerückt war. Oder ob er selbst es wagen würde, den nächsten Schritt zu tun, in seinem Streben nach dem Thron und auch gegen den Widerstand der Comyns.

»Ihr werdet Euren Weg bald fortsetzen müssen, Lord von Annandale«, sagte eine Stimme. Bruce fuhr herum und hinter ihm stand der Prior, die Arme in die Ärmel gesteckt und anscheinend völlig ahnungslos, welches Wolfsrudel hinter ihm lauerte.

»Gott will es so«, sagte der Prior fromm.

Als Bruce ihn sprachlos anstarrte, voller Verwunderung über diesen merkwürdigen Propheten, fügte er entschuldigend hinzu: »Ihr versperrt der Prozession den Weg, mein Sohn.«

ST. MARY'S LOCH, BEI MOFFAT, AN DER GRENZE ZU SCHOTTLAND VIGIL DES ST.-PALLADIUS-FESTES, JULI 1305

Sie kamen am Ufer des Loch entlang, auf der rechten Seite, unterhalb der kahlen Hügel von Watch Law. Auf der anderen Seite der glatten Wasseroberfläche lag der dunkle, dicht bewaldete Wiss.

Es war ein langer Reiterzug, und wer ihm begegnete, sprang vor Schreck auf, weil alle überzeugt waren, dass so viele Reiter hier in dieser Ecke von Schottland nichts anderes bedeuten konnten als einen neuen Krieg. Das halbe Dutzend Engländer in der Garnison von Traquair war schon bei der ersten Staubwolke davongerannt und dann ziemlich verlegen zurückgekommen, als sie merkten, dass das, was sie für Wallace' berittene Horde hielten, aus fünf Männern, einer Frau und etwa fünfzig Pferden bestand, schwerfälligen, kräftigen Tieren, die nach Carlisle zum Markt getrieben wurden.

»Jede Unternehmung mit dir«, sagte Kirkpatrick unwillig zu Sim Craw, »scheint es mit sich zu bringen, dass man ständig die Hinterteile von irgendwelchen elenden Viechern vor der Nase hat. Wenn's nicht diese Klepper sind, dann sind es Rindviecher.«

»Nun mal langsam«, protestierte Stirk Davey. »Da ist auch ein sehr gutes Pferd dabei – wenn Fauberti das sieht, kriegt er sich vor Begeisterung gar nicht mehr ein.«

Stirk war knochig und mager wie ein Hirsch während der Brunft, er schien nur aus nervöser Energie und der Sorge um seinen Schützling zu bestehen, nämlich dieses Pferd, von dem er sprach. Es war ein schönes Kaltblut, ein Schlachtross namens Rammasche, womit man einen wilden Falken bezeichnete. Als unkastrierter Hengst war er eigentlich nicht für den berühmten Pferdehändler Fauberti in London gedacht, aber in Carlisle würde er einen guten Preis erzielen.

Die anderen Pferde – Zelter, Arbeits- und Zugpferde – eigneten sich gut als Tarnung für die Gruppe, die in Moffat in Erfahrung bringen wollte, ob die Gräfin recht hatte und Wallace sich im Turm von Corehead versteckt hielt, denn der traditionelle Weg der Pferdetreiber nach Carlisle führte direkt dort vorbei.

Kirkpatrick fühlte sich in dieser Gegend alles andere als wohl, denn sie waren nur einen Steinwurf von Closeburn entfernt, dem Sitz der Kirkpatricks, der sich im Besitz seines Namensvetters befand, der keinerlei Sympathie für den Rebellen Wallace hatte und sie beide, ohne mit der Wimper zu zucken, nebeneinander aufhängen würde.

Isabel jedoch lächelte nur über seine Angst, obwohl sie selbst ein weiterer Grund für Kirkpatricks Nervosität war – die Gräfin Buchan, die in plumpen, ledernen Reitstiefeln und einem schäbigen Kleid neben ihm ritt, das sie ohne zu zögern auch hochsteckte, wenn sie zwischendurch mal Lust hatte, im Herrensitz zu reiten.

Darüber trug sie einen fadenscheinigen Mantel mit Kapuze, und ihre Augen waren rot gerändert vom Holzrauch, weil sie für den ganzen Trupp über einem offenen Feuer gekocht hatte, wie es jede Frau eines Pferdetreibers tat.

Zugegeben, es war eine perfekte Tarnung – Buchan würde seine Frau hier nie suchen –, aber nicht nur verzögerte sich dadurch ihr wirkliches Anliegen, es war auch nicht recht, dass eine Edelfrau des Reiches um Nahrungsmittel feilschen und Leuten wie dem Hundejungen und Stirk und ihm selbst die Essnäpfe reichen musste.

Hal störte es natürlich nicht – es war schließlich seine Idee gewesen –, aber Kirkpatrick musste immer wieder den Kopf schütteln über den Lord von Herdmanston, der doch sonst immer so vernünftig war – nur nicht, wenn es um diese Frau ging.

Nun ja, dachte er, wenigstens ist sie einmal nützlich für mich, was er ihr gegenüber auch erwähnt hatte, an einem Abend, als sie allein am qualmenden Feuer hockte und Essnäpfe und Hornlöffel wusch. Er hatte sich neben sie gehockt, und schließlich sagte er, langsam und vorsichtig, wie jemand, der auf Eierschalen geht: »Glaubt Ihr nicht auch, es wäre besser, wenn ich allein zu Wallace ginge?«

Sie wischte den letzten Napf trocken, schob eine Haarsträhne unter die Kapuze zurück, und während sie ein paar Mücken verscheuchte, sah sie ihm zum ersten Mal ins Gesicht.

»Hal ist nicht bis hierhergekommen, um draußen zu warten, während Ihr mit ihm sprecht«, sagte sie.

»Warum ist er überhaupt mitgekommen?«, fragte Kirkpatrick leise und dringend. »Das ist etwas, was ich gern wüsste.«

»Wallace wird nichts passieren«, erwiderte sie mit großer Bestimmtheit – deutlicher, als sie es eigentlich verantworten konnte. Aber nur Hal und sie wussten es, und Kirkpatrick musste es einfach so hinnehmen – was er stirnrunzelnd tat.

»Ich werde Euch beim Wort nehmen, Mistress«, sagte er. »Ich möchte wegen Bangtail Hob keine Prügelei zwischen Hal und Wallace, denn man kann nicht wissen, wer von beiden hinterher noch übrig bliebe. Und egal, wer es wäre, damit wäre alles zunichte.«

»Ich wünschte, Eure Hauptsorge gälte dem Lord von Herdmanston«, erwiderte sie scharf, »aber ich weiß, es geht hauptsächlich um Bruce' Pläne, wie immer die aussehen mögen. Ihr vergesst, wie gut ich ihn kenne.«

»Ich vergesse nicht, wie gut Ihr ihn kennt«, entgegnete Kirkpatrick. Die anderen kamen näher ans Feuer.

»Der Himmel segne Euch, Mylady, aber ich bete darum, dass der Lord von Herdmanston das vergessen hat«, sagte er boshaft und verschwand.

Seitdem hatten sie nicht mehr miteinander gesprochen, all die vergangenen Tage, als sie durch Peebles und Traquair gezogen waren und durch die unendlichen Wälder, die einst Wallace'

Gebiet gewesen waren und in denen sich jetzt die zerlumpten Reste seiner Truppe versteckten, die wieder in ihr früheres Leben als Plünderer zurückgefallen waren.

Als sie die Tiere in der Nähe der Kapelle St. Cuthbert zusammentrieben und Stirk Davey mit den Mönchen über Weidegebühren verhandelte, war ihnen klar, dass sich ihre Ankunft herumgesprochen hatte. Unter den Neugierigen in Moffat waren auch zwei, drei Reiter, die nicht näher als auf eine Bogenlänge herankamen, sich dann umsahen und wieder verschwanden.

Geduldig und mit aller Vorsicht mischte Kirkpatrick sich unter die Menge, er feilschte herum und tauschte Neuigkeiten aus, wobei er hin und wieder Wallace' Namen erwähnte, um zu sehen, wie man darauf reagierte.

Als der Abend hereinbrach, versammelten sie sich am Feuer, wo eine kräftige Suppe und Haferbrot auf sie wartete. Ohne jemanden anzusehen, berichtete er, was er erfahren hatte, fast so, als spräche er zu seinem Essnapf.

»Heute Nacht werden wir Besuch bekommen. Sie werden bewaffnet sein, aber solange wir nicht aufspringen und sie bedrohen, werden sie uns nichts tun. Hal und ich werden mit ihnen gehen, und wenn wir nicht innerhalb von zwei Stunden zurück sind, müsst ihr allein entscheiden, was ihr tun wollt.«

Er sah auf, und als er das breite, strahlende Grinsen des Hundejungen sah, grinste er zurück.

»Am besten entscheidet ihr dann so schnell wie möglich, uns dort aus dem Verlies rauszuholen«, fuhr er fort und erntete ein paar unsichere Lacher.

Die Besucher kamen später, als Kirkpatrick sie erwartet hatte, schattenhafte Gestalten in der Dunkelheit, gesichtslose Stimmen, bedrohlich und voll Misstrauen.

»Ganz ruhig bleiben. Sollte sich an der Muschi dieser Frau dort auch nur ein Haar bewegen, werdet ihr es bereuen.«

Für einen Moment war alles still, sie saßen da wie versteinert.

Dann hörte man eine Frauenstimme, und sofort war alle Angst verflogen.

»Lang Jack Short«, sagte Isabel, und es klang fest und entschlossen. »Als wir uns das letzte Mal sahen, hättet Ihr es nicht gewagt, meine Scham zu erwähnen, genauso wenig wie Ihr meine Gastfreundschaft und Bewirtung auf Balmullo in der Nacht verschmäht hättet, als wir Will Wallace' Bein behandelten.«

Fast hätte Hal einen Freudenschrei ausgestoßen. Wenn er ihr nicht ohnehin schon verfallen gewesen wäre, er hätte sie allein wegen dieser Antwort geliebt. Es entstand eine Pause, dann kam jemand näher, und ein hässliches Gesicht mit gebrochener Nase erschien im Feuerschein.

»Gräfin?«

»In Person«, erwiderte sie kurz. »Und gekommen, um Sir William zu sehen. Also etwas weniger unverschämt, Lang Jack, und jetzt tut, was man Euch aufgetragen hat.«

»Bei Gott«, sagte Sim Craw bewundernd, »ich kann immer nur staunen, wie eine so hochwohlgeborene Frau jeden gewöhnlichen Kerl von hier bis zu den Mounth-Bergen kennen kann.«

Das traf Lang Jack empfindlich, aber Hal mischte sich ein, ehe es eskalieren konnte.

»Bringt uns zu Wallace«, sagte er. »Mich, die Gräfin und Kirkpatrick.«

»Ein Gefolgsmann von Bruce?«, fauchte Lang Jack zurück, der diese Tatsache benutzte, um sein Gesicht zu wahren. »Genauso gut könnte ich selbst Wallace meinen Dolch ins Herz stoßen.«

»Ja, das könnt Ihr sehr gut«, erwiderte Hal, der die Geduld verlor. »Das wird Bangtail Hob vor Gott bezeugen können.«

»Ruhig, nun mal ganz ruhig!«

Eine neue Stimme erhob sich und versuchte, die Wogen zu glätten, und der Mann, der aus der Dunkelheit trat, war ein Hüne, eine Figur wie ein Fass, dessen Haar unter dem bunt zusammengeflickten Hut nach allen Seiten abstand. Sein Gesicht war von einer großen Nase geprägt, die sich über den Schnurrbart bog, dazu pfiffige Augen mit schweren Lidern. Wenn er sich umdrehte, hatte er die Angewohnheit, seinen Kopf herumzuschwingen wie ein Falke, der eine Haube trug. Hal wusste sofort, um wen es sich handelte.

»Sir Tam Halliday«, sagte er, und der andere nickte, ehe sein Kopf zurückschwang und er seine schwere Hand auf Lang Jacks Schulter legte.

»Bringt sie hin, wie Will es befohlen hat.«

Mit finsterem Gesicht drehte Lang Jack sich um und ging voraus, während Sim, Stirk Davey und der Hundejunge sich ansahen und dann hinter ihnen her schauten, wie sie in der Dunkelheit verschwanden.

Das Wiedersehen, als es endlich so weit war, berührte sie merkwürdig. Isabel hauptsächlich, weil sie so geschockt war über Wallace' Anblick und wegen der vertauschten Rollen zwischen Hal und Kirkpatrick.

Wallace saß zusammengesunken auf einem kurulischen Stuhl, eine Haltung, an die Hal sich schmerzlich erinnerte. Der Anderthalbhänder allerdings steckte in der Scheide und hing an der Wand. Das war der Unterschied, denn früher hätte Wallace seine Waffe nie aus der Hand gelegt. Hal fragte sich, ob der Gürtel, an dem sie hing, tatsächlich aus der Haut von Cressingham gemacht war, dem englischen Schatzmeister Schottlands, der in der Schlacht von Stirling umgekommen war.

Wallace sah eingefallen aus, er war abgemagert, und an Knien und Ellbogen standen die Knochen heraus. Aber das Schlimmste, wie jeder sofort feststellte, waren seine Augen. Es waren die blinden Augen eines Fisches in trübem Wasser, leicht verwirrt und unendlich müde. Doch bei Isabels Anblick hellten sie sich auf, und auf seinem Gesicht erschien ein Lächeln. Sein Bart war stark gestutzt, und auch sein Haar sah aus wie abrasiert, und er merkte, wie die Gräfin erschrak.

»Geschoren«, sagte er kläglich, »wie ein alter Hammel. Zu viele Läuse. Aber es ist gut, Euch zu sehen, Gräfin. Ich sehe, Ihr habt den Sprung über den Graben getan.«

Schockiert über seinen Anblick, brachte sie kein Wort heraus, aber Hal unterbrach das Schweigen.

»Ich möchte Euch danken, dass Ihr sie gerettet habt«, sagte er auf Französisch, das auch Wallace gebraucht hatte. Aber er merkte selbst, wie hohl es klang.

»Na ja«, sagte Wallace lakonisch. »Ich glaube, es klänge überzeugender, wenn es von der Gräfin käme. Ihr sagt das doch nur aus Höflichkeit.«

»Bangtail Hob«, sagte Hal, und Kirkpatrick seufzte und wollte gerade dazwischengehen, um dieses Thema im Keim zu ersticken, aber Wallace sprach, ehe er etwas sagen konnte.

»Ja, das mit Bangtail war traurig«, gab er zu. »Aber trotzdem notwendig, denn er hätte verraten, wo wir sind. Viele meiner Leute waren erschöpft und krank, ich konnte sie nicht noch eine weitere Nacht in Kälte und Nässe zubringen lassen.«

»Einst hatte er für Euch gekämpft«, erinnerte Hal ihn ungehalten. »Er hätte nichts verraten.«

»Er hätte es der nächstbesten Hure erzählt, mit der er geschlafen hätte«, sagte Wallace müde. »Und wenn Ihr nicht blind vor Trauer um ihn wärt, wüsstet Ihr das auch.«

»Ihr hättet ihn für einen oder zwei Tage festhalten können«, beharrte Hal ärgerlich. »Bei allen Heiligen, er hat Euch das Leben gerettet.«

Wallace' Augen funkelten, für einen kurzen Moment war das alte Feuer wieder da, aber es verglimmte gleich wieder.

»Viele Hunderte haben das getan. Tausende. Um mich sind Tote aufgehäuft wie Herbstlaub im November.«

Er beugte sich vor, gespannt wie ein Jagdhund an der Leine.

»Freiheit«, sagte er heiser, »bekommt niemand umsonst. Man bezahlt dafür mit Leid, manche mehr, manche weniger. Und doch: *dicto tibi verum, libertas optima rerum* – und das ist alles, was ich jemals gelernt habe in der Zeit, als ich zum Priester ausgebildet wurde. Und Ihr kennt diese Worte auch, Hal von Herdmanston.«

Wahrlich ich sage euch, das beste aller Dinge ist die Freiheit. Darauf hatte Hal keine Antwort.

»Schöne Worte«, unterbrach Kirkpatrick laut und ungeduldig. Er verstand kein Latein, stattdessen ließ er klirrend einen schweren Beutel fallen. Mit müdem Blick sah Wallace ihn an.

»Der Earl von Annandale und Carrick«, sagte Kirkpatrick leise auf Französisch, »schickt Euch dies. Genug Silber für die Überfahrt nach Frankreich.«

»Warum sollte Bruce glauben, dass ich sein Geld brauche?«

Kirkpatrick lächelte.

»Das ist für den Geleitbrief, den die Comyns dem Papst im Namen von König John Balliol abgerungen haben«, erwiderte er. »Jetzt könnt Ihr es ihnen mit dem Geld von Bruce zurückzahlen und seid niemandem verpflichtet.«

»Oder ich binde mich dadurch an Euch alle, durch das Gewirr Eurer verdammten Fehden«, entgegnete Wallace.

Kirkpatrick zuckte die Schultern.

»Bruce hat mit dem Lord von Badenoch seinen Frieden geschlossen. Es gibt keine Fehde mehr.«

Das war für alle neu, einschließlich Wallace. Er saß da und rieb sich die Bartstoppeln. Er vermisste es so offensichtlich, sich seinen langen Bart streichen zu können, dass Isabel fast laut aufgelacht hätte.

»Es scheint also«, sagte er bitter, »es scheint also keinen Grund mehr zu geben, weshalb ich im Land bleiben sollte. Alle möchten, dass ich endlich verschwinde.«

Er lächelte traurig.

»Eines Tages, meine Herren, werdet Ihr vielleicht merken, genau wie ich, dass es nicht so leicht ist, dieses Land zu verlassen. Außer durch den Tod.«

Kirkpatrick holte tief Luft. Wallace würde es also tun, er würde gehen. Höchstwahrscheinlich nach Frankreich, und dabei würde er vermutlich denselben bewährten Weg wählen wie früher. Es versetzte ihm einen Stich, wenn er daran dachte, was er hier tat. Dann wischte er den Gedanken beiseite und schob Wallace den schweren Beutel hin.

»Hiermit ist meine Aufgabe erfüllt«, sagte er, und Wallace lachte, aber es war ein kaltes Lachen.

»Ich würde Euch ja dafür danken«, sagte er leichthin, »wenn ich nicht überzeugt wäre, dass Ihr eine weitaus wirksamere Überredungsmethode hättet, wenn ich mich weigern würde.«

Kirkpatrick zuckte mit keiner Wimper. Er breitete die Arme aus, eine Aufforderung, ihn auf Waffen zu durchsuchen. Isabel wusste, dass er nichts versteckt am Körper trug, aber plötzlich fiel ihr ein, dass sie bei Hal nicht sicher sein konnte, auch wenn alle, bis auf sie selbst, schon durchsucht worden waren.

Wallace drehte den Kopf und fing ihren Blick auf. Nur für einen Moment, dann sah er Hal an.

»Und Ihr, Lord von Herdmanston«, sagte er mühsam. »Ist Eure Aufgabe auch erfüllt?«

Hal dachte nach. Bangtails Schicksal, die Wälder bei Falkirk und die Brücke von Stirling, wie einzelne Eisenstäbe schmolz das alles jetzt zu einer Waffe zusammen, so spitz und scharf wie das Schwert an der Wand. Schon spürte er den Griff glühend heiß in seiner Hand, erhitzt durch den Zorn, der in ihm brodelte. Er überlegte kurz, ob er das Schwert von Wallace erreichen könnte, ehe dieser ihm zuvorkam. Zwar war er schwach und müde, aber er war immer noch Wallace, ein Hüne mit geschickten Händen und einem starken Griff. Hal dachte an Scone, wo er den Anderthalbhänder mit einer Hand geschwungen hatte.

Der Moment ging vorbei, die Spannung löste sich, und Kirkpatrick konnte durchatmen.

»Im Namen von Bangtail Hob, meine Aufgabe ist noch nicht

erfüllt, und damit muss ich leben«, sagte Hal mit heiserer Stimme und sah Wallace an. »Aber Eure ist erfüllt. Schert Euch fort, Sir Will. Euer Preis für die Freiheit hat zu viele brave Menschen das Leben gekostet, und Euer Versprechen hat sich nicht bewahrheitet.«

Er wandte sich um und ging. Isabel merkte, dass seine Worte Wallace tiefer verletzt hatten, als jeder Dolch es gekonnt hätte, sie sah, dass der Mann leicht schwankte. Doch schnell erholte er sich, setzte sich aufrecht hin und brachte ein mühsames Lächeln zustande.

»Bei dem Mann werdet Ihr eine starke Hand brauchen«, sagte er zu Isabel, und sie nickte. Ihre aufsteigenden Tränen ließen sein Gesicht verschwimmen, und sie wandte sich ab.

Kirkpatrick blieb allein mit ihm zurück, was er als bittere Ironie empfand. Einst wäre dies die Gelegenheit gewesen, man brauchte nur einen Augenblick und eine scharfe Klinge …

Stattdessen nickte er dem gefallenen Riesen zu und ging ebenfalls. Die eigentliche Waffe lag unter dem Geld im Beutel, so gefährlich wie jedes Messer – ein verräterisches rotes Auge. Wallace würde in seinem Stolz den Inhalt des Beutels nicht anrühren, es sei denn, er wäre dazu gezwungen. Wahrscheinlich würde er ihn niemals anrühren, sondern die Männer, die früher oder später bei Nacht kommen würden.

Draußen in der Dunkelheit holte Kirkpatrick tief Luft, und sein Gesicht verzog sich zu einem kleinen verschämten Grinsen. Jetzt wusste er den Namen von wenigstens einem der Apostel-Juwelen. Dieser Rubin hieß Judas.

KAPITEL 8

IM WOHNTURM VON HERDMANSTON
TAG DER AUFFINDUNG DER GEBEINE DES HEILIGEN STEPHANUS, AUGUST 1305

Das Erntefest war vorüber, die Tische auf der Wiese hatten sich gebogen unter Bergen von Fleisch, Brot und Käse. Alle hatten geholfen, die Ernte einzubringen, lange Reihen von Männern mit Sensen und ganze Schwärme von Frauen und Kindern, die die Halme zusammenrafften, banden und aufstellten.

Hal, mit nacktem Oberkörper, hatte auch mitgeholfen, und für ein paar Stunden war seine Welt mit ihren Problemen zusammengeschrumpft zu einer grünen Wand und einem gelben Stoppelfeld, mit Sim Craw zu seiner rechten und Illmade Jock zu der linken Seite. Er bekam Blasen an den Händen, die aufplatzten, und die Schmerzen kehrten zurück, ganz besonders im Rücken und in den Schultern.

Doch eigentlich hatte Hal es bedauert, als die Arbeit getan war und er sich mit einem Eimer Wasser übergoss, den ihm die kichernde Meg reichte. Die Männer wetteiferten, wer von ihnen den letzten Schnitt tun würde, zwischendurch erfrischten sie sich mit dem kühlen, schäumenden Bier von Alehouse-Maggie.

Leicht beschwipst hatten sie sich mit ihren Sensen um das letzte Büschel gebalgt, doch schließlich schnitt der Hundejunge es ab und reichte den Strauß Meg, die daraus ein Strohkindlein binden würde, was als sicheres Omen galt, dass sie die nächste Braut sein würde.

Bestimmt würde sie die Nächste sein, die ein Kind bekam, dachte Hal – er war überzeugt, dass der Hundejunge schon seit geraumer Zeit diese nur allzu willige Furche pflügte, genauso wie man das Treiben von Sim Craw und Alehouse-Maggie im ganzen Turm hörte.

Die ganze Welt paart sich, dachte er, genau wie ich auch. Er lag da, Isabels rotblonde Haarmähne über seine Brust gebreitet, mit leichten Schmerzen und auf die angenehmste Art erschöpft, von der Arbeit und von der Liebe. Der Ertrag an Wolle war erfreulich, die Ernte war gut, es hatte keine unerwarteten Todesfälle gegeben, und auch die Pachtgelder für Roslin lagen für nächstes Jahr bereit.

Doch eine stille Sorge war immer da. Wann würde der Schlag erfolgen, wie heftig würde er sein und wen würde Buchan damit beauftragen? Es war keine Frage, offiziell würde der Earl seine Frau nie zurückverlangen, schließlich hatte er sie in ein Kloster verbannt, abgelegt wie ein altes Paar Schuhe. Dennoch, es waren die Schuhe der Comyns, und wer sie anzog, gewann damit Teile von Fife, also würde man sie nicht lange in dieser Ecke von Lothian stehen lassen.

Ein Käuzchen schrie, ein unheimlicher Laut in der Nacht. Ein kühler Wind wehte und kündigte Regen an, er rüttelte an den Läden dieses unpraktischen großen Fensters, das sein Vater für seine Mutter hatte bauen lassen, was im Hinblick auf die Verteidigung eines Wohnturmes eine große Unvorsichtigkeit war. Trotzdem war Hal seinem Vater dankbar dafür, genau wie seine Mutter es gewesen war, wenn sie in der Fensternische gesessen und genäht hatte und dabei in die Landschaft draußen blicken konnte. Jetzt tat Isabel dasselbe.

Wenn es keinen Krieg gäbe, dachte er, während er allmählich einschlief, würde ich mir um das dumme Fenster keine Gedanken machen. Aber Bruce macht sich bereit – ein neuer Krieg kündigt sich an …

Ehe der Schlaf ihn vollends übermannte, kam ihm noch der Gedanke, wo Kirkpatrick wohl sein mochte. Dann schlief er ein.

Am nächsten Tag versuchte er, sich durch eine Jagd abzulenken, obwohl die Chancen auf Jagdglück gering waren. Auch die Vorgehensweise war nicht nach seinem Geschmack – man würde das Wild in eine Einzäunung treiben und dann mit Pfeil und Bogen erlegen – eine Jagdmethode, die normalerweise für ältere und gebrechliche Jagdteilnehmer gedacht war. Aber ich bin ja beides, musste er Sim Craw gegenüber eingestehen, der nur knurrend auf sein Pferd gestiegen war und sich die große Armbrust um die Schulter geschlungen hatte. Nur der Hundejunge, der jung und kräftig war, freute sich auf die Unternehmung, denn er war allein für die Hirschhunde zuständig, die er abgerichtet hatte.

Der Weg zum Wildpark von Roslin führte über goldgelbe Stoppelfelder, aus denen laut protestierend Raben und Krähen aufstiegen. Man traf Verwalter und Schäfer und nickte sich zu, aber vom Firth her ballten sich Wolken zusammen.

»Da zieht ein Unwetter auf«, bemerkte Sim, als sie am Rande des Wildparks ankamen, wo die ausgeklügelten Gräben und Erdwälle anfingen, die Rehe und Hirsche auf dem Weg hinein überwinden konnten, aber keinen Rückzug erlaubten.

»Wirklich?«, erwiderte Hal mit leisem Humor, denn Sim hielt sich für einen unfehlbaren Wetterpropheten, obwohl er einen Regen wahrscheinlich auch erst wahrnahm, wenn er nass wurde.

Am Anfang einer langen Strecke mit niedrigem Gehölz blieben sie stehen. Die beiden Hirschhunde hechelten mit hängender Zunge und witterten den Wolfskopf, der hoch oben an eine Eiche genagelt war. Hal wusste, er sollte zwei- und vierbeinigen Wilderern als Warnung dienen, er hätte sich auch nicht weiter darum gekümmert – wenn es ihn nicht an Wallace erinnert hätte.

»Das ist das Ende, das jedem Wolf blüht«, erklärte Sim, als Hal seine Gedanken aussprach. »Es sei denn, er ist so klug, das Land für immer zu verlassen.«

In diesem Moment sprang ein Reh aus dem Wald, blieb kurz stehen und starrte sie an, nicht mehr als eine Lanzenlänge entfernt, sodass Hal hätte schwören können, dass er in den großen, schön bewimperten Augen sein Spiegelbild sah.

Dann machte es einen großen Satz und verschwand auf der anderen Seite zwischen den Bäumen. Ein kurzer, überraschter Moment, dann schossen die Hunde mit aufgeregtem Bellen los und rissen dem Hundejungen die Leinen aus der Hand.

»He, ihr Hurensöhne …«

Der Hundejunge hüpfte vor Schmerz von einem Bein aufs andere und verfluchte seine Schützlinge, die mit wildem Geheul zwischen den Bäumen verschwunden waren und ihre Leinen hinter sich herzogen. Sim Craw musste so lachen, dass er fast vom Pferd fiel, worauf Hal ebenfalls anfing zu lachen, und schließlich konnte der Hundejunge auch nicht anders, der abwechselnd auf seine Hände und in sein Jagdhorn blies, das Signal für die Hunde zurückzukommen.

Was hatte das Reh veranlasst, aus dem Wald heraus und ihnen in den Weg zu rennen? Die Frage ging Hal durch den Kopf, als er merkte, wie sein Pferd zusammenzuckte, als sei es getreten worden, dann bäumte es sich auf, vor Schmerz laut wiehernd – und schon wirbelten Himmel und Bäume durcheinander, und er landete auf dem Boden. Der Sturz nahm ihm den Atem, und der Schmerz von seinen noch unvollständig verheilten Rippen durchfuhr ihn wie eine Lanze.

Sim Craw wusste sofort, was passiert war, und er war nicht überrascht, als zwei Männer durch das Unterholz brachen. Einer von ihnen warf im Laufen seine Armbrust weg und zog ein langes Messer.

Sim trieb sein eigenes Pferd an, das erschrocken vorwärts stürmte und auf die Männer zuhielt. Sie zögerten, einer gestikulierte mit einer Lanze, aber Sim Craw schleuderte seine schwere, ungespannte Armbrust auf ihn, sodass er rückwärts zu Boden ging, während Sim sich vom Pferd aus auf den zweiten Mann stürzte, sein Messer zog und dabei wie ein wilder Stier brüllte.

Hal, der sich gerade mühsam keuchend aufgerappelt hatte, schlug dem verwirrten Hundejungen auf die Schulter, als zwei weitere Männer sie angriffen, mit wirrem Haar, wild entschlossenem Blick und scharfen Klingen in den Händen.

Wahrscheinlich dachte der, der auf den Hundejungen losging, er hätte das große Los gezogen, denn er sah sich einem zwar kräftigen, aber unbewaffneten jungen Mann gegenüber. Doch sein wütendes Grinsen verschwand, als der Hundejunge ihm sein Jagdhorn ins Gesicht rammte.

Schreiend fiel der Mann rückwärts auf seinen Arsch, der Hundejunge tat einen Schritt vor und versetzte ihm einen gut gezielten Tritt zwischen die Beine, dann stürzte er sich auf ihn, um ihm das Messer zu entreißen. In einem Wirbel von Erde und aufstiebenden Blättern wälzten sie sich am Boden.

Der Mann, der auf Hal losging, war der größte von allen und mit einer Pike bewaffnet. Und er wusste, wie man mit ihr umgeht, stellte Hal fest, als er sah, wie er sie hielt. Hal hatte noch immer Mühe, wieder zu Atem zu kommen, aber der Mann kam immer näher, er bewegte die Lanze hin und her wie die Zunge einer Schlange, wobei er die scharfen Kanten ebenso benutzte wie die Spitze.

Hal taumelte zur Seite, als die Kruppe seines eigenen Pferdes ihn traf, das vor Schmerz und Angst unruhig umhertänzelte. Du bist keine Hilfe, dachte Hal. Im selben Moment sah er, wie das stumpfe Ende der Lanze auf ihn zukam, auf seinen Schenkel traf und ihn in die entgegengesetzte Richtung warf.

Mit schmerzverzerrtem Gesicht torkelte Hal zurück, und endlich schaffte er es, sein Schwert zu ziehen. Kaum hatte er es aus der Scheide, als er umfiel wie ein gefällter Baum. Der massige Pikenier stieß einen Triumphschrei aus, mit einer geschickten Bewegung des Handgelenks drehte er die Lanze um und fasste sie mit beiden Händen, um den Todesstoß auszuführen.

Was für eine Dummheit, dachte Hal, während er gleichzeitig vor Freude jauchzte. Er rammte dem Mann sein Schwert in den Bauch – sehr gründlich stieß er es hinein, denn die Spitze war etwas stumpf geworden. Er gab nicht nach, bis er das Rückgrat spürte.

Das Geheul des Riesen verebbte zu einem kläglichen Gewimmer, er ließ die Pike fallen und fing an, wild zu zucken und sich zu winden. Fast schien es, als wollte er sich die Klinge aus dem Leib ziehen, als wäre alles wieder wie vorher, wenn er nur diese Stahlklinge loswerden könnte.

Bei diesen krampfartigen Bewegungen verlor Hal den Schwertgriff, er konnte nichts weiter tun als daliegen und mit ansehen, wie es dem Mann langsam aufging, dass nichts mehr sein würde wie vorher, dass das Schwert nicht herauskam. Diese schreiende Ungerechtigkeit setzte genug Kräfte in ihm frei, dass er noch eine Weile umherstolpern und seine Wut hinausbrüllen konnte, auch als ihm schon die Beine versagten. Hal merkte, wie eine Hand ihn mit festem Griff hochzog, sodass er dem sterbenden Mann ins Gesicht sehen konnte, und was er sah, traf ihn wie ein Hammerschlag.

Ein kleines Messer, das in das Ohr des Mannes stieß, immer wieder, schneller als die Zunge einer Schlange. Plötzlich schoss Hal das Blut des Mannes ins Gesicht, er geriet in Panik und stemmte sich gegen dessen Gewicht, das auf ihn fiel, bis der Mann zusammensackte und unter Würgen zur Seite rollte.

»Niemals aufgeben«, sagte eine Stimme, und als Hal sich das Blut aus den Augen gewischt hatte, sah er den Hundejungen mit dem blutigen Dolch in der Hand. Der entwickelt ein ziemliches Geschick darin, Leuten ins Ohr zu stechen, dachte Hal noch, dann fiel er ins Gras, bis Sim Craw über ihm erschien und zwei kleine Säckchen schwang.

Erst dachte Hal, Sim hätte seinen Opfern die Eier abgeschnitten, doch dann sah er, es waren Geldbeutel.

»Die habe ich den beiden Mistkerlen abgenommen«, brummte Sim und wischte sich die Schweißtropfen vom Gesicht. »In beiden gleich viel drin, bis auf den letzten Heller.«

»Ja«, stimmte der Hundejunge fast vergnügt zu und blickte auf, nachdem er die anderen durchsucht hatte, »genau wie bei denen hier.«

Hal und Sim sahen sich an, dann ergriff Hal die ausgestreckte Hand und ließ sich hochziehen.

»Buchan«, sagte Sim, und Hal nickte und wischte sich das Blut des Toten aus dem Gesicht. Ganz sicher hatte Buchan sie geschickt, auch wenn sie bei Markgraf Patrick von Dunbar in der Lehnspflicht gestanden haben mochten, oder bei Badenoch oder bei irgendeinem anderen Lord, der bei den Comyns in der Schuld stand. Natürlich konnte man keinen der vier Männer identifizieren, aber es waren keine einfachen Banditen – mit so viel Geld würde ein Bandit saufen und huren, statt hier in diesem nassen Wald drei bewaffnete Männer zu überfallen.

Die Hirschhunde kamen zurück und machten unter dem strengen Blick des Hundejungen einen beschämten Eindruck.

»Ja, schämt euch ruhig«, schimpfte der Hundejunge, als sie auf den Bäuchen zu ihm gekrochen kamen. »Wo wart ihr denn, als ihr gebraucht wurdet? Und das Reh habt ihr auch nicht erwischt.«

Sim steckte lachend die Geldbeutel weg, dazu alle weiteren Wertsachen, die die vier bei sich gehabt hatten. Er war nicht der Ansicht, dass es *kein* guter Tag gewesen war, auch wenn die Sehne seiner Armbrust halb durchgerissen und damit unbrauchbar geworden war.

Hal half mit, die Leichen vom Weg ins Unterholz zu ziehen.

Die Sache würde außer Bruce niemandem gemeldet werden, und ihr Verschwinden würde andere für eine ganze Weile von einer ähnlichen Jagd abhalten – warum sollte Buchan vier weitere Männer bezahlen, wenn er bereits vier auf der Fährte hatte?

Er wird sich an dich heranschleichen, seitwärts, wie ein Hahn auf dem Misthaufen. Über die Jahre hinweg, wie ein kühler Hauch aus einem offenen Grab, hörte Hal die Warnung seines Vaters.

DIE BURG VON KIRKINTILLOCH
AM SELBEN ABEND, 1305

Selbst in der Dunkelheit sah man, wie schmutzig die Hand war. Die eine Hälfte des Gesichts lag im Schatten, die andere Hälfte im Licht des Wandleuchters, und mit seiner schiefen, gebrochenen Nase sah Lang Jack aus wie ein verbogener Wasserspeier von irgendeinem Kirchendach.

Das passte zu diesem Mann, der gerade alles, was er im Laufe der Zeit über Wallace erfahren und worüber er bisher Stillschweigen bewahrt hatte – über die Fehlschläge und den vermeintlichen Verrat –, für einen Beutel Gold preisgegeben hatte, bis er nichts mehr zu enthüllen hatte, bis auf eine Zeit und einen Ort. Kirkpatrick ließ den Beutel in seine Hand gleiten, die sich wie eine Kralle darum schloss, ihn wog und dann verschwinden ließ. Lang Jack nickte und verschwand in der Dunkelheit, während der Regen durch die Wasserrinnen gurgelte und das alte Holz schwarz färbte.

Kirkpatrick hielt kurz sein Gesicht hoch, um es abzukühlen, dann schüttelte er sich wie ein Hund und ging durch den Torbogen zurück in die Burg.

In einem verräucherten Raum, der von einem Talglicht schwach beleuchtet war, traf er auf Sir John Menteith, der sich gerade Wein in seinen Zinnbecher goss.

»Mir wäre es lieber gewesen, Ihr hättet mir das nicht überbracht«, empfing ihn der Ritter. Kirkpatrick seufzte, das hatte Sir John schon einmal gesagt. Das war damals gewesen, als Kirkpatrick ihm alles erzählt hatte, das Wo und Wann und Wie der ganzen Sache, er hatte es ihm als dem Mann berichtet, den Longshanks zum Vogt der Burg von Dumbarton ernannt hatte und der damit für diese Gegend verantwortlich war. Verantwortlich auch für die Festnahme von Wallace, in einem Haus, das nur wenige Meilen entfernt lag.

»Ihr seid der Mann der Stunde, und Ihr seid vor Ort«, sagte Kirkpatrick, genau wie beim ersten Mal.

»Man wird mich dafür verachten«, erwiderte Menteith bitter, und Kirkpatrick runzelte die Stirn. Sir John Menteith – und sein Bruder Alexander – wurden sowieso schon verachtet, weil sie den Namen der Stewarts abgelegt und dafür den der Menteith angenommen hatten. »Der falsche Menteith« war noch einer der harmloseren Spottnamen, die man hinter Sir Johns Rücken zischte, und durch die Verhaftung von Sir William Wallace würde es nicht besser.

»Ihr werdet dadurch aufsteigen«, entgegnete er. »Dafür wird König Edward schon sorgen, auf den Rat seiner Männer hin – und von denen ist der Earl von Annandale einer der mächtigsten.«

Menteith wusste längst, dass, egal wer Schottland regierte, ihm seine Beförderung sicher war. Dafür hatten eine Handvoll Soldaten und ein überraschender Besuch in einem einsam gelegenen Haus gesorgt.

Doch Kirkpatrick merkte, dass Menteith noch immer zögerte, wie er den Wein im Mund herumrollte, als wolle er einen schlechten Geschmack loswerden. Der Ritter hatte keine rechte Lust – aber mit dieser Möglichkeit hatte Kirkpatrick gerechnet, denn Longshanks wusste bereits von dem verräterischen Apostel, von dem Geleitbrief des Papstes und von dem Beutel mit Gold – allerdings wusste er nicht, woher der kam.

Wallace, im letzten Moment festgenommen? Kurz vor seiner Flucht, die mit dem Erlös aus dem Raub des königlichen Schatzes bezahlt werden sollte? Mit einem Geleitbrief des Papstes, der so inhaltslos war, dass man ihn getrost ignorieren konnte? Es war eine Geschichte, deren Wirkung garantiert war – Menteith brauchte nichts weiter zu tun, als den Mann an diejenigen zu übergeben, die ihn nach London bringen würden, und das konnte er nicht ablehnen, wenn er nicht selbst in Ketten gelegt werden wollte.

Darüber war sich Menteith auch im Klaren, so verzweifelt er auch den Wein im Mund herumrollte.

»Wollt Ihr zu ihm gehen?«, fragte er, und Kirkpatrick versuchte sich seinen Schrecken nicht anmerken zu lassen.

»Es ist besser, wenn er nicht weiß, dass ich da beteiligt bin«, sagte er wie nebenbei, als ob der Erfolg der ganzen Sache nicht ganz und gar davon abhing, dass Wallace nichts von Kirkpatricks Rolle erfuhr, was unweigerlich auf Bruce hinweisen würde. »Es ist besser, wir lassen ihn in dem Glauben, Lang Jack habe ihn verraten. Das wird auch zu Wallace' Männern durchsickern, die noch übrig sind, und sie noch weiter spalten. Und damit ist es dann hoffentlich vorbei mit weiteren Aufständen.«

Menteith nickte düster, und Kirkpatrick entspannte sich etwas. Wenn Wallace erfuhr, dass Kirkpatrick ihn verraten hatte, würde ihn nichts davon überzeugen können, dass Bruce nicht dahintersteckte, und dann konnte man nicht wissen, was er ausplaudern würde.

Doch so würde man Wallace zum Treffen mit dem Scharfrichter bringen, knurrend zwar, aber verschwiegen. Und Lang Jack würde nur noch so lange überleben, bis Kirkpatrick ihn in einer finsteren Gasse überraschte, wahrscheinlich sternhagelvoll nach seinem neu gewonnenen Reichtum. Niemand würde um den Verräter trauern, der Wallace an die Engländer ausgeliefert hatte, noch würde man den Rächer suchen, der ihn umgebracht hatte.

Und für Bruce wäre das letzte Hindernis auf dem Weg zum Thron beseitigt.

Natürlich war es ein großes Risiko – aber Bruce hatte nur stumm dagesessen, als Kirkpatrick das unter vier Augen mit ihm besprach.

»Er wird niemanden verraten, von dem er weiß, dass er ein freies Königreich anstrebt«, hatte er erwidert, und es war so klar, so über jeden Zweifel erhaben, dass er sich selbst meinte, dass Kirkpatrick keine Antwort darauf hatte. Als er ging, lag Bruce auf den Knien, den Kopf gebeugt. Vielleicht sprach er bereits ein Bußgebet für das, was er vorhatte.

Oder vielleicht versucht er auch, den Fluch des Malachias abzumildern, dachte Kirkpatrick mit bitterem Humor, der ihn dazu zwingt, sein Gewissen mit einer solchen Sünde zu belasten. Zwar ist es unwahrscheinlich, aber es wäre schon gut, wenn er wenigstens auch ein Bußgebet für die Sünden sprechen würde, die er auf meine Seele geladen hat.

Er trat hinaus in den Regen, er wollte einen möglichst großen Abstand zwischen sich und den gefesselten Riesen legen, den er sogar durch die Burgmauern hindurch zu spüren glaubte.

Doch während des langen Ritts durch die verregnete Nacht, auf dem er die Burg hinter sich ließ, spürte er Wallace' stummen, anklagenden Blick aus dem dunklen Verlies heraus, und er empfand etwas, was er lange nicht mehr empfunden hatte. Etwas, über das ihm schon lange eine harte Hornhaut gewachsen war, die jetzt aufgeplatzt war, roh und schmerzhaft.

Scham.

Wallace starrte auf die Mauer, so als könne er sie allein mit seinem Blick durchdringen, als könnten seine Augen die erreichen, die noch übrig waren, und sie dazu bringen, ihn zu retten.

Er wusste, die meisten von ihnen waren tot. Zumindest die, die ihm treu geblieben waren – die anderen würden ihn schneller verraten, als Petrus Jesus verraten hatte. Er bekreuzigte sich bei diesem lästerlichen Gedanken, aber er konnte sich nicht gegen den ironischen Eindruck wehren, dass selbst Gott William Wallace schneller verlassen hatte als Christus am Kreuz.

Und wer hatte ihn sonst noch verlassen? Er sah ihre Gesichter, sie tauchten vor ihm auf und verschwanden wieder wie trockene Blätter im Wind. Fergus der Käfer, vermutlich der treueste von allen, war letzten Winter am Keuchhusten gestorben. Schweißnass und mit Schmerzen in der Brust hatte er Wallace immer noch »den besten Mann, dem ich je gedient habe« genannt.

Es hatte andere gegeben, die schon auf Fergus warteten, als er in die Herrlichkeit Gottes einging, gute Männer – ach ja, und auch Frauen –, die ihm gefolgt waren, weil sie an ihn glaubten. Sie hatten gekämpft und gelacht, hatten Hunger und Überfluss in gleichem Maße hingenommen und hatten sich verstanden, wie man sich nur versteht, wenn man eng zusammenlebt, vereint in der gemeinsamen Sehnsucht – nach einem guten König in einem Reich, in dem man selbst das Sagen hatte.

Verloren. Alles verloren, verloschen wie eine flackernde Kerze, und damit auch das Herzstück von ihm. Er betrachtete seine Hand, schmutzig und gefesselt. Einst hatte er damit seine Feinde das Fürchten gelehrt und Briefe im Namen des Königreichs mit einem provokanten Siegel versehen. Jetzt war sie an die Mauer der Zelle gekettet, die Leckstein genannt wurde, denn hier gab es nur eine Möglichkeit, seinen Durst zu stillen: man musste die Feuchtigkeit ablecken, die vom Türsturz herunterlief.

Zitternd und stumm kniete er in der Dunkelheit und fragte sich, wer ihn verraten hatte. Lang Jack Short natürlich – man hatte ihn sicher dazu überredet, man hatte an seine Rachegefühle appelliert und ihm einen dicken Geldbeutel in die Hand gedrückt. Ich hätte ihm nicht die Nase brechen sollen, dachte Wallace. Auch wenn das miese Arschloch es verdient hatte, mit seiner ewigen Besserwisserei und seiner Nörgelei, was man tun sollte und was nicht, als sei er der Anführer gewesen ...

Anführer jetzt von nichts mehr. Er war übrig geblieben und würde dafür bezahlen müssen. Er ballte die Faust, als hielte er das Schwert, das er nicht mehr hatte. Alles, wofür er gearbeitet hatte – verflogen wie Rauch.

Wie Träume.

Wer hatte ihn verraten? Möglicherweise auch eine Frau, obwohl er sich nicht erinnerte, eine von ihnen besonders schlecht behandelt zu haben – und besonders bevorzugt hatte er auch keine.

Vielleicht Menteith. Nein, der war nur der Pechvogel, dem es jetzt zufiel, die Sache zu Ende zu bringen. Es war ganz klar, dass er unglücklich darüber war. Er war zu Wallace gekommen, nicht lange nachdem man ihn ins Verlies geworfen hatte, und er war mit genug Ketten beladen, um ein Schlachtross zu fesseln. Armer Sir John, hatte Wallace gedacht, als der Mann mit dem traurigen Gesicht dort stand und mit den Füßen im dreckigen Stroh scharrte und sich krampfhaft bemühte, Worte zu finden, um ihm zu sagen, wie leid es ihm tue.

»Wenn man sich dafür entscheidet, dass Friede um jeden Preis das Beste ist«, hatte Wallace gesagt, »dann zahlt man den Preis in Ketten.«

»Der Preis seid Ihr in Ketten«, hatte Sir John gefaucht, der selbst jetzt seinen Stolz nicht überwinden konnte.

»Hier«, hatte Wallace erwidert und seine gefesselten Handgelenke geschüttelt, die noch nicht an die Wand gekettet waren.

»Nein, hier und hier«, hatte er hinzugefügt und sein Herz und seinen Kopf berührt.

Der kluge Will, der seine arrogante Klappe nicht halten konnte. Menteith war bis an die Haarwurzeln zornrot geworden und hatte angeordnet, »den Gefangenen« an die Mauer zu ketten.

Also nicht Menteith. Sondern Buchan oder Badenoch, die irgendein verwickeltes Spiel spielten, in dem das Ende von William Wallace einen Neuanfang für die Comyns bedeutete.

Aber wenn wir von einem Neuanfang sprechen, dachte er, dann ist Bruce doch eigentlich der, auf den es ankommt. Er selbst hatte es laut und deutlich kundgetan, als sie bei Happrew die Klingen gekreuzt hatten.

Wenn ich hierbleibe, kommt Ihr nicht zum Zuge.

Schließlich spielte es keine Rolle, welches schwarze Herz es getan hatte, denn er wusste, seine Zeit war vorüber und damit alles, wofür er gekämpft und geblutet hatte – ja, und auch all die Leichen, über die er gegangen war, auf beiden Seiten, um sein Ziel zu erreichen – alles umsonst.

Die Freiheit war ferner denn je gerückt, für das Königreich wie für ihn selbst. Er kniete in der feuchten dunklen Zelle und spürte, wie all die schweren Jahre sich in einer Reihe schwerer Schluchzer lösten, ein kurzer Anfall von Selbstmitleid für den armen Will Wallace, einsam und verlassen, und den sicheren Tod vor Augen.

Doch ebenso schnell hatte er sich wieder gefasst. Ein paar letzte Schluchzer, dann den Rotz hochgezogen und alles zusammen mit seiner Angst in einem verächtlichen, hohen Bogen ausgespuckt. Dieses Leben war vorüber, und was zuschanden war, konnte nicht wieder heil werden. Alles, was er nun noch tun konnte, war, in Würde zu sterben, um vielleicht einen Lichtstrahl zurückzulassen, dem andere folgen konnten.

Er wusste, sie würden es tun, notfalls über seine Leiche, und so hatte er es selbst ja auch getan. Es macht nichts, dass ich falle, solange jemand mein Schwert aufhebt und weiterkämpft.

Etwas wackelig stand er auf, obwohl niemand da war. Besser, im Stehen zu sterben, als auf den Knien zu leben.

LONDON
TAG DES HEILIGEN BARTHOLOMÄUS, AUGUST 1305

Die breiten Gänge zwischen den Säulen waren verstopft von der Menschenmenge, und alle reckten die Hälse, um etwas sehen zu können. Ihre Neugier war echt, obwohl viele nur auf Wunsch des Königs gekommen waren. Feierlich saß er da, in Hermelin und mit einem goldenen Reif um den Kopf, und strich mit der einen Hand den gewellten Silberbart. Sein Auge mit dem Schlupflid schien dem riesigen Mann listig zuzuzwinkern, der da allein und unter der Last vieler Ketten auf der oberen Stufe des Palastes von Westminster stand.

Die Hochgeborenen und die Honoratioren saßen herausgeputzt und geschmückt auf ihren Stühlen und starrten Wallace mit großen Augen an, als le Blound, der Bürgermeister von London, sich räusperte und die Anklage verlas, wobei er langsam ein umfangreiches Schriftstück entrollte.

»Verhandlung zu Westminster vor Johannes de Segrave, P. Maluree, R. de Sandwich, Johannes de Bakewell und Jean le Blound, Bürgermeister der königlichen Stadt London, am Bartholomäustag, im dreiunddreißigsten Jahr der Regierungszeit von König Edward, dem Sohn von Henry …«

Bruce beobachtete Segrave, der Wallace in Ketten nach London gebracht hatte und hinterher seine Überreste abtransportieren würde – um einen Beutel Silber reicher für seine Mühen.

Bruce fragte sich, ob wohl dreißig Silberlinge in dem Beutel wären, was gut zu dieser Vorstellung passen würde. Er sah hoch zu der Gestalt auf der Treppe, die vor Erschöpfung in sich zusammengesunken war, behangen mit Eisenketten und mit einem Laubkranz gekrönt. Eiche, zum Zeichen dafür, dass er der König der Briganten war, der es gewagt hatte, König Edward die Regierung in Schottland zu entreißen.

Eine schlechte Entscheidung, dachte er. Edward hat einen Fehler gemacht, und der wird auf mich zurückfallen, denn dieser Eichenkranz gibt Will eine Ähnlichkeit mit Christus – gefesselt und gegeißelt und mit Dornen gekrönt – und dieser Tag mochte zwar dem heiligen Bartholomäus gewidmet sein, aber gleichzeitig war es der Tag des heiligen Longinus, des Soldaten, der Jesus aus Barmherzigkeit den Speer in die Seite gestoßen hatte und später als Christ den Märtyrertod gestorben war.

Ein Christus-gleicher Wallace war kein gutes Vorzeichen, und Bruce, der zwar immer noch Wills Kraft bewunderte, runzelte die Stirn bei dem Gedanken, dass er durch König John Balliol zum Märtyrer werden könnte.

Hochverrat, Mord, Raub, Brandstiftung, der heimtückische Mord an William de Heselrig, dem Sheriff in Lannark ... die lange Litanei wurde abgespult und nur einmal unterbrochen, als Will sein blutunterlaufenes Gesicht hob.

»Hochverrat?«, donnerte er mit so mächtiger Stimme zurück, dass es alle überraschte. »Ich habe niemals den Eid auf Euch abgelegt, Longshanks. Mein König ist John Balliol. Ihm gegenüber habe ich keinen Hochverrat begangen.«

Vielleicht. Die Rechtsgelehrten konnten über diese Feinheiten streiten bis zum Jüngsten Tag, dachte Bruce. Die restlichen Anklagepunkte reichten aber immer noch.

»... und danach verschaffte er sich so viele Bewaffnete wie möglich und überfiel Häuser, Städte und Burgen im Land, und verkündete seine Beschlüsse in ganz Schottland, als handle es sich um Gesetze des obersten Herrschers ... und er überfiel das Königreich von England, insbesondere die Grafschaften von Northumberland, Cumberland und Westmorland, und alle dort, die sich dem König von England gegenüber loyal verhielten, wurden auf grausame Art und Weise ermordet ... und er verschonte niemanden, der Englisch sprach, sondern ermordete sie alle auf verschiedene Art und Weise, Alte und Junge, Frauen und Kinder ...«

Edward I., genannt Longshanks, saß da und erinnerte an einen Raben, der darauf wartet, dass ein Schaf endlich verendet. Aufmerksam hörte er der detaillierten Anklage zu und dachte an das einzige Verbrechen, das hier nicht aufgelistet war und niemals erwähnt werden würde, obwohl ihn das rote Auge des Apostelrubins jeden Tag unheilvoll anfunkelte.

Bei Gottes heiligem Arsch, dieser Wallace hatte es doch tatsächlich vom hohen Norden aus fertiggebracht, seine Schatzkammer zu berauben. Die heuchlerische Formulierung, der König habe darauf »mit Besorgnis reagiert«, war eine geradezu absurde Untertreibung.

Zu den restlichen Anklagepunkten äußerte Wallace sich nicht mehr, aber seine Gedanken rasten. Einst hatte er geschworen, nach London zu marschieren, erinnerte sich Bruce, also war dies wie ein übler Spaß, den Gott sich mit dem Mann geleistet hatte. Hier hatte er den besten Ausblick auf Edwards Hauptstadt und würde über allen anderen hängen, dort, wo die Krähen um die Stangen am Stadttor kreisten.

»So ist beschlossen, dass der vorgenannte William Wallace vom Palast von Westminster zum Tower von London geschleppt werden soll, und vom Tower von London durch die Mitte der Stadt zu den Ulmen von Smoothfield, und zur Strafe für Raub, Mord und weitere Verbrechen, die er begangen hat, gehängt und anschließend entmannt wird. Und weil er ein Geächteter war, dem der Landfrieden nicht gewährt war, soll er geköpft werden. Und danach, als Strafe für seine großen Sünden wider Gott und Seine heilige Kirche, indem er Kirchen angezündet hat, in denen geweihte Gefäße und Reliquiare verbrannt sind, sollen sein Herz, seine Leber, Lunge und alle inneren Organe ins Feuer geworfen und verbrannt werden …«

Segrave verlas das Urteil laut und mit salbungsvoller Stimme. Er genoss seinen Auftritt, den König zustimmend hinter sich, an der Seite seinen Sohn Stephen. Auch wenn Bruce dieses Urteil erwartet hatte, zuckte er doch leicht zusammen. Monthermer, der neben ihm saß, bemerkte es und sah ihn an.

»Grausam«, murmelte er, »aber gerecht. Damit dürfte die Sache besiegelt sein. Jetzt wird es im Norden keine Rebellion mehr geben, und das Land kann irgendeinen vernünftigen Verwalter ernennen, der Sir John von Bretagne als Befehlshaber der Truppen in Schottland berät. Gut. Jetzt wäre dieses Passionsspiel also beendet, gehen wir irgendwo einen Wein trinken ...«

Bruce antwortete mit einem Lächeln. Er mochte Monthermer, zählte ihn sogar zu seinen Freunden. Aber er war ein Gefolgsmann Edwards, und damit war klar, wie weit Bruce' Freundschaft reichte.

»Ich komme später nach«, sagte er, und der andere sah ihn fragend an und zuckte die Schultern, als er durch die Menge davonging, hier und da nickte oder eine Verbeugung erwiderte, ein gefrorenes Lächeln auf seinem Gesicht unter der Kapuze.

Er wollte allein gehen, einfach nur eine weitere Gestalt in der Menge sein, die dem traurigen Häufchen Elend folgte, das Wallace jetzt war. Auf einer Ochsenhaut wurde er von vier Pferden bis nach Smoothfield geschleift, durch die gaffende Menge, die gekommen war, um zu johlen. Doch viele standen auch nur reglos da, sie wussten gar nicht, wer da in der Kuhgasse starb.

Dann wurden auch sie mitgerissen, denn Wallace war jetzt ein grimmiges Ungeheuer, und sie wollten mit anhören, wie es schrie, um applaudieren zu können, wie bei einer durchziehenden Komödiantentruppe. Es würde das Letzte sein, was Wallace von seinen Mitmenschen sah, Tausende aufgerissene Mäuler mit verfaulten Zähnen, die spuckten und johlten und den Scharfrichter anfeuerten, zum nächsten Akt der Vorstellung zu kommen und endlich das bluttriefende Gemächt hochzuhalten.

Bruce sah den Mann, der ihn in die Seite gestoßen hatte, finster an, und er verschwand. Stattdessen tauchte Kirkpatrick neben ihm auf.

»Ihr seid hier auch nicht sicher«, sagte er, und Bruce musste ihm recht geben. Er war in dieser Menge ein leichtes Ziel für eine schnelle Klinge. Es war ihm egal, es war nicht wichtig. In seinem Kopf hallten die Worte von Wallace nach, die er bei Happrew gesprochen hatte, mit diesem schiefen, ironischen Grinsen, als hätte er längst geahnt, wie es ausgehen würde.

Wenn ich hierbleibe, kommt Ihr nicht zum Zuge.

Kirkpatrick bemerkte es in Bruce' Augen, als die Scharfrichter die Arbeit an ihrem Opfer begannen. Sie verwandelten Gottes herrliches Geschöpf in einen Haufen Innereien, und dieses Geheimnis veränderte alle, die es sahen. Die äußere Hülle wurde wie ein Vorhang beiseitegezogen, und Tageslicht drang dort hin, wo es nicht hingehörte.

Wallace stieß mit Händen und Füßen, als er würgend am Galgen hing. Er war noch nicht tot, als sie ihn abschnitten, er war auch noch nicht tot, als ihm die Scharfrichter mit routinierter Hand den Schwanz und die Eier abschnitten und die blutige Masse hochhielten, von der Menge mit triumphierendem Gebrüll gefeiert.

Und er war ganz bestimmt nicht tot, als sie seinen Bauch aufschlitzten und seine Eingeweide herausrissen, und mit erstauntem Schaudern hörten sie ihn protestieren, als ein Gehilfe seine Arme weit nach hinten drückte, um seinen Brustkorb zu dehnen, damit der Scharfrichter durch den geöffneten Bauch das Herz erreichen konnte.

»Ihr reißt zu stark an meinen Armen«, sagte er, und weder Kirkpatrick noch Bruce brachten noch ein Wort heraus. Hier war ein Mensch, der sich über schmerzende Ellbogen beschwerte, während die Hand eines anderen nach seinem immer noch schlagenden Herzen griff.

Bruce wusste nicht, warum er eigentlich hier war. Er hatte einen letzten Blick auf Wallace werfen wollen, ihm endlich ins Gesicht sehen und den letzten Schmerz mit ihm teilen wollen.

Doch jetzt wollte er nicht von ihm gesehen werden, der da ausgeweidet wurde wie ein erlegtes Stück Wild und dessen Blut so dick und klebrig den Boden bedeckte, dass einer der Scharfrichter seinen Schuh darin verlor.

Seine Gedanken wanderten viele Jahre zurück zu einer Nacht am Lagerfeuer, zusammen mit den Männern von Herdmanston, von denen einer – ein heruntergekommener kleiner Kerl – ihn nach den Gelübden eines Ritters gefragt hatte.

Er erinnerte sich nur undeutlich daran, denn er war betrunken gewesen, aber er erinnerte sich an den bitteren Geschmack damals, als ihm klar wurde, wie viele dieser Gelübde er selbst damals schon gebrochen hatte, als er sie gewissenhaft aufzählte für diesen kleinen Kerl mit dem schmutzigen Gesicht, der sich nach etwas Besserem sehnte.

Der Hundejunge, erinnerte er sich plötzlich. So hatte man den Kleinen genannt. Nicht mal einen richtigen Namen hatte er, und doch fühlte ich mich damals wertloser als er.

Und so fühlte er sich auch jetzt, und schließlich stolperte er davon, im Mund den metallenen Blutgeschmack und Fliegen, was ihm einen schweren Würgreiz verursachte. Er musste ausspucken, dann richtete er sich auf und ging weiter, weg von diesem Gegröle und dem Blut, und er war sich nur undeutlich bewusst, dass Kirkpatrick hinter ihm ging. Wer würde Hektor kennen, ging es ihm durch den Kopf, wenn Troja das Glück hold gewesen wäre?

KAPITEL 9

DIE BURG VON WINCHESTER
TAG DES HEILIGEN JAKOB DES BARMHERZIGEN,
JANUAR 1306

Die Hungrigen speisen. Die Nackten bekleiden. Die Toten begraben. Die farbenfrohen Wandbehänge blähten sich sanft, und die Kathedrale summte förmlich vor Frömmigkeit, doch selbst das konnte den König von England nicht besänftigen.

»Wie wahrscheinlich ist es, dass er noch etwas sagen wird?«, wollte Edward wissen. Monthermers Gesicht drückte Bedauern aus.

»Er ist lange befragt worden«, sagte er vorsichtig, »aber wir haben nur herausbekommen, dass er Guillaume von Shaws heißt und Schreiber bei Bischof Wishart war. Wenn er in Berwick nicht so betrunken gewesen wäre und sich verplappert hätte, wüssten wir nicht einmal das, Euer Gnaden.«

»Ein Schreiber«, murmelte Edward. Er saß im Stuhl von Lancelot, den man mit Wolle gepolstert hatte. Seine Hände lagen flach auf dem Tisch. Von ferne trug der kalte Wind das gleichförmige Psalmodieren der Mönche herüber, das sich mit dem Geschrei der Bettler vermischte, die sich wegen der Aussicht auf milde Gaben in Scharen eingefunden hatten.

Edward wünschte, sie wären endlich still, aber er sagte nichts. Er war sich bewusst, dass sein Ruf, was Großzügigkeit, Frömmigkeit und königliche Großherzigkeit anbetraf, durch die Sache mit Wallace schwer gelitten hatte. Er war an seinem Verhalten gegenüber einem Rebellen, einem Geächteten aus dem wilden Schottland gemessen und für kleinlich und grausam befunden worden. Der Gedanke schmerzte ihn, er verursachte eine tief sitzende Irritation, die selbst seine Befriedigung über diesen großen runden Tisch, den er selbst einst gestiftet hatte, nicht besänftigen konnte.

Eine großartige Sache, dieser Tisch. Anlässlich eines Wettkampfes zu Ehren Arthurs und des Grals, obwohl Edward nicht mehr genau wusste, wann das gewesen war. Zu einer Zeit vermutlich, als er sich noch für Turniere und die ritterlichen Ideale Arthurs begeistern konnte, was alles aufgehört hatte, als Eleanor gestorben war.

»Verzeiht, Vater, aber dieser Mann war doch nur eine Art Rebell, der unüberlegte Dinge äußerte, wenn er zu viel getrunken hatte. Warum soll er noch mehr gewesen sein?«

Edward betrachtete seinen Sohn, elegant in lila Seide gekleidet. Das war alles lange vor ihm, dachte er. Ich ließ diesen Tisch machen, ehe er geboren war, als ich jung und stark und der beste Ritter der Christenheit war. Damals stellte ich mir vor, wie viele großartige Söhne ich haben würde, die das Königreich, das ich erschaffen wollte, noch mächtiger machen würden.

Jetzt habe ich diesen einen. Den einzigen, den Gott mir gelassen hat, also hat Er zweifellos Pläne mit ihm. Aber ich erkenne sie noch nicht, dachte er seufzend, als er sich daranmachte, dem Jungen etwas zu erklären, was eigentlich ganz offensichtlich war.

»Ein Schreiber von Wishart? Jung, gebildet, mit einem eleganten Bärtchen, der lesen und schreiben und Latein kann, dessen ehrgeizige Pläne allerdings durchkreuzt wurden, worüber er sehr verbittert ist. Er rief nicht offen zur Rebellion auf, aber hinter vorgehaltener Hand plante er Verschwörungen gegen hochgestellte Personen.«

Er war beim Sprechen immer lauter geworden. Jetzt bekam er seine Stimme wieder unter Kontrolle, allerdings nur mit Mühe, und sein Sohn, der erschrocken einen Schritt zurückgewichen war, traute sich wieder näher heran.

»Gaveston sagt ...«

»Gaveston sagt ... Gaveston sagt!«

Er hätte ihn nicht erwähnen sollen, merkte der jüngere Edward, als er sah, wie seinem Vater der Speichel von den Lippen flog.

»Gaveston kann mir den Arsch küssen«, donnerte Edward. »Wie ich höre, hat er es bei dir schon gemacht.«

»Der Prinz«, unterbrach Monthermer leise, »meint sicher nur, dass wir keine handfesten Beweise dafür haben, dass der Mann Verschwörungen geplant hat, außer einem vagen Racheplan gegen Bischof Wishart, der ihn entlassen hat, angeblich wegen wiederholter Trunkenheit. Der Mann hat ja sogar gelacht, als er beschuldigt wurde, sich mit den Comyns gegen Euer Gnaden zu verschwören.«

»Gelacht?«

Monthermer bedauerte bereits, dass er das gesagt hatte, er merkte, dass die Bemerkung im Moment völlig fehl am Platze war. Verzweifelt versuchte er, sich herauszureden.

»Gelacht?«, wiederholte Edward, es klang bedrohlich. »Wenn Ihr einen Mann so befragt, dass er dabei noch lachen kann, dann bin ich nicht weiter überrascht, dass wir keine hieb- und stichfesten Beweise bekommen. Ich schlage vor, Ihr wischt ihm das Lachen vom Gesicht, zusammen mit seinem verdammten Bärtchen, wenn es sein muss.«

»Er ist tot«, platzte Monthermer heraus. »Wir haben ihn so gründlich befragt, dass er es vorzog, vor Gott zu treten, als etwas zuzugeben, Majestät. Wir haben keinerlei Beweise, mit denen man es rechtfertigen könnte, den Earl von Carrick aus den Diensten Eurer Gnaden zu entlassen.«

Er war immer leiser geworden, denn er wusste, der König würde dieses Thema sofort aufgreifen. Monthermer sah den jungen Prinzen bedeutsam an, der ihm dankbar zunickte, sich aber ganz aus dem Gespräch ausklinkte.

»Bruce«, sagte Edward und starrte vor sich hin. Er schätzte den Earl von Carrick, aber er traute ihm nicht über den Weg, außer wenn es darum ging, den Comyns Widerstand zu leisten.

»Die Comyns«, sagte er laut.

»In der Tat, Majestät«, stimmte Monthermer zu. »Es sieht ganz danach aus, als sei diese Familie nach wie vor entschlossen, Schwierigkeiten zu machen. Aber man kann sich einfach nicht sicher sein – die Bruces und die Comyns liegen sich doch seit eh und je in den Haaren.«

»Sie schmieden alle irgendwelche Pläne«, sagte Edward heiser. »Ich höre sie doch, wie Mäuse im Stroh.«

Monthermer breitete die Hände aus und lächelte nichtssagend. Darauf wusste er keine Antwort.

Edward sah den kultivierten, weltgewandten Earl von Gloucester an. Er traute auch ihm kein bisschen mehr als allen anderen, selbst denen, die ihm ewige Loyalität geschworen hatten. Er traute Monthermer überhaupt nur deshalb, weil er den Titel eines Earl von Gloucester nur so lange trug, wie seine Frau, Joan de Clare, lebte. Nach ihrem Tod würde der Titel auf ihren Sohn zurückfallen, und dann hing Monthermers einzige Hoffnung auf Rang und Namen vom König ab. Und Edward vertraute auf Ehrgeiz und Machtgier.

Trotzdem, der Rat des Earls war vernünftig. Dennoch hatte Edward schon allein beim Gedanken an eine neue Rebellion die Nase voll. Er war sechsundsechzig Jahre und acht Monate alt, der älteste König, den England je gehabt hatte. Überall, wo er regierte, war jetzt Frieden, er war auf der Höhe seiner Macht und trotz seines Alters gesund und rüstig. Gott hat dafür gesorgt, dass ich am Leben bleibe, dachte er. Zweifellos wegen einer noch größeren Bestimmung.

Der lang gehegte Wunsch nach einem Kreuzzug brannte immer noch in ihm, er war nur immer durch Krieg und Kriegsdrohungen verhindert worden. Bei allen Heiligen, es durfte nicht wieder losgehen. Er durfte sich nicht noch einmal davon abhalten lassen, Gottes Pläne zu erfüllen.

Er stand auf, leicht gebeugt, mit einem Pelzmantel um die Schultern, der nicht viel gegen die Kälte ausrichten konnte, und stieß den schweren Stuhl Lancelots nach hinten. Das einzige Mal, wo es ihm in diesem Gebäude wirklich warm genug gewesen war, war vor drei oder vier Jahren, als es hier gebrannt hatte und er und die Königin beinahe im Feuer umgekommen wären.

Er hatte lange darüber nachgedacht, ob es wohl absichtlich gelegt worden war, aber schließlich war er zu dem Schluss gekommen, dass niemand nach dem Thron greifen würde, solange er am Leben war.

»Der wahre Charakter eines Menschen zeigt sich in dem«, sagte er plötzlich mit bitterbösem Grinsen, »was er tut, wenn er glaubt, dass er nicht erwischt wird.«

»In der Tat«, erwiderte Monthermer vorsichtig. Er wusste nicht so recht, worauf der König hinauswollte.

»Ich sollte bald in Dumfries sein«, erklärte der König plötzlich.

»Zum Gerichtstag des Sheriffs«, bestätigte Monthermer. »Keine große Veranstaltung, aber eine Frage des Grundsatzes. Deshalb werden alle großen und anständigen schottischen Lords erscheinen, um Euch ihre Ergebenheit zu bezeugen.«

»Und auch die weniger anständigen«, sagte Caernarvon. Der König ignorierte die Bemerkung, aber Monthermer warf ihm einen warnenden Blick zu.

»Ich werde nicht teilnehmen«, erklärte Edward plötzlich und zog den Pelzmantel fester um sich. »Ich friere bis ins Mark. Mir ist, als hätte ich nicht mehr lange zu leben, deshalb sollten auch die Reliquien herbeigeschafft werden. Die werden helfen, und dann wird es mir bald wieder besser gehen.«

Monthermer sah ihn einen Moment verwirrt an, dann ging

ihm ein Licht auf, und ein bewunderndes Lächeln huschte über sein Gesicht.

»Ja, so wird es sein«, erklärte Edward wie eine Katze, die Sahne geleckt hatte. »Warten wir ab, was für Mäuse aus dem Stroh gehuscht kommen, wenn sie glauben, der alte Kater ist zu hinfällig, um sie zu fangen. In der Zwischenzeit nehmt alle fest, die dieser Schreiber genannt hat. Unterzieht sie einer peinlichen Befragung, wir werden ja sehen, ob sie es auch zum Lachen finden.«

KIRCHE DER GREYFRIARS, DUMFRIES
TAG DER HEILIGEN SCHOLASTIKA, FEBRUAR 1306

Die Kirche war eiskalt, vor seinem Mund standen blaugraue Atemwölkchen, und der Hundejunge fragte sich, warum Gotteshäuser nie geheizt wurden. War es denn eine Sünde, wenn einem warm genug war? Er versuchte nach Kräften, nicht mehr an die kleine Nonne in Lincluden zu denken. Mit großen Augen und einem unwiderstehlichen Lächeln hatte sie ihn angekichert, ehe sie von einer entrüsteten Älteren mit einem Gesicht wie ein verschrumpelter Winterapfel schleunigst fortgezogen worden war.

Sie hatten gar nicht nach Lincluden kommen wollen, aber in Dumfries war alles überfüllt von den Großen und Edlen und ihrem Gefolge, sodass die englischen Rechtsgelehrten in die Burg ausweichen mussten.

Wahrhaftig, die Bruces waren mit viel zu vielen Leuten gekommen – um die hundert waren es, etwa doppelt so viel, wie die anderen mitgebracht hatten, und dabei waren nur wenige Stipendiaten darunter. Und deshalb mussten die Benediktinerinnen von Lincluden, eine Meile außerhalb der Stadt, sich jetzt schimpfend und empört über diese Einquartierung zu zweit in eine Zelle quetschen.

Wahrhaftig. Gab es denn überhaupt noch so etwas wie Wahrhaftigkeit? Der Hundejunge bezweifelte es, denn das hier war alles Mummenschanz. Das waren die Gefolgsleute der Comyns und der Bruces mit ihren größeren und kleineren Anhängern, und alle umkreisten einander, vorsichtig wie misstrauische Hunde, während sie sich anlächelten und mit zusammengebissenen Zähnen Höflichkeiten austauschten. Trotzdem, niemand machte einen Hehl aus seiner Ablehnung der Engländer.

Und Hal, der in seinem warmen Mantel dastand und mit der Hand am Schwert Bruce den Rücken freihielt, hatte überhaupt nicht kommen wollen. Das wusste der Hundejunge nur zu gut, denn er hatte gehört, wie Hal es mehrmals laut gesagt hatte, als der Reiter nach Herdmanston gekommen war.

»Ich bin sein Lehnsmann, also kann er mich jederzeit zum Dienst auffordern. Aber jedes Mal, wenn ich ihm gefolgt bin, bin ich hinterher noch stärker von der Gnade des Earls von Dunbar abhängig.«

Der Hundejunge wusste, dass Herdmanston in erster Linie Roslin gehörte und erst an zweiter Stelle Markgraf Patrick, dem Earl von Dunbar, aber die genaueren Zusammenhänge wusste er nicht. Er wusste es auch, weil Hal mit der Gräfin darüber sprach, wobei er immer Englisch sprach statt Dialekt. Dem Hundejungen war auch bewusst, dass er nicht horchen sollte, aber er tat es trotzdem, und wenn jemand vorbeikam, tat er so, als sei er mit seinen Hirschhunden beschäftigt.

»Und außerdem«, hatte Hal gesagt, »was ist mit der anderen Geschichte? Hatte er vielleicht bei Wallace doch seine Hand im Spiel?«

Isabels Stimme klang sanft, ihre Antwort war vernünftig und liebevoll – so beruhigend wie eine gute Salbe, die man auf wunde Hundepfoten streicht.

»Wenn es tatsächlich so war, werden wir es nie erfahren, also ist es am besten, wir hören auf, darüber nachzugrübeln.

Und außerdem haben wir genug mit unserer eigenen Schuld zu tun.«

»Ich könnte mich weigern.«

Hals Stimme war kalt und hart.

»Er bietet die übliche Bezahlung«, fuhr er fort, »aber mit dem, was du mitgebracht hast, brauchen wir es nicht. Ich könnte ihm sagen, er soll sich zum Teufel scheren.«

»Mein Geld lassen wir am besten da, wo wir es versteckt haben«, sagte sie leise, doch mit fester Stimme. »Das kann uns bei Tageslicht gefährlicher werden als im Dunkeln, also sollten wir es im Moment liegen lassen. Aber beim Dienst für Robert Bruce geht es doch um mehr als um Geld, Hal, und das weißt du auch. Der Beweis ist das, was dort im Wildpark passiert ist, falls es überhaupt noch eines Beweises bedarf.«

Natürlich hatte Hal nachgegeben, und als der Hundejunge das hörte, hatte er sich von den Hunden verabschiedet. Am nächsten Tag waren sie von Herdmanston aufgebrochen – Hal, der Hundejunge, Mouse, Illmade Jock und Sore Davey. Sim Craw hatten sie als Verwalter zurückgelassen, der darüber alles andere als entzückt war und ihnen mit mürrischem Gesicht hinterherblickte.

Jetzt stand Hal hinter Bruce Wache. Er spürte, wie die Kälte aus den ausgetretenen Steinen von Greyfriars durch seine Stiefel drang und in ihm hochstieg, dabei dachte er darüber nach, wie Bruce ihn begrüßt hatte, als er bei grauem Himmel und Nieselregen endlich in Lincluden angekommen war.

»Bleibt dicht bei mir«, hatte Bruce gesagt, wobei sich der Narbenwulst auf seiner Wange gekrümmt hatte wie ein Wurm. »Hier brauche ich gute Männer, auf die ich mich verlassen kann.«

Im flackernden Fackellicht sah sein Gesicht genauso unheimlich aus wie das von Kirkpatrick, als sie wie drei Verschwörer zusammen in ihrer Zelle saßen.

Hinterher fragte Hal sich, wie viel schon vor seiner Ankunft abgesprochen worden war – oder warum er überhaupt dabei gebraucht wurde. Früher wäre er mit vielleicht fünfzig guten Reitern gekommen – aber das war vor zehn Jahren gewesen. Die meisten von ihnen waren inzwischen tot oder zu alt und abgekämpft, und die jungen dienten heute anderen Herren. Jüngere, dachte Hal traurig, die mehr Mut und Begeisterung für Raubzüge aufbringen können.

Mut und Begeisterung, dachte Hal, das fehlte ihm jetzt. Niemals hatte er das deutlicher gemerkt als an dem Tag, als er mit einer Handvoll Männer nach Greyfriars geritten war und Bruce getroffen hatte, der gerade in einen kurzen Kettenpanzer schlüpfte, über den er einen losen Gardecorps aus braunem Wollstoff anzog. Er hatte die Kapuze hochgezogen und unter dem Kinn zugebunden, um die Narbe auf seiner Wange zu verdecken, die noch immer nässte. Hal wunderte sich, dass sie nie richtig heilte. War Malenfaunts Klinge etwa vergiftet gewesen?

Nein, das konnte nicht sein. Bruce hatte sich den Dolch aus der Wange gezogen und Malenfaunt von unten ins Kinn gestoßen, wobei er ihm die Zunge aufgeschlitzt hatte. Malenfaunt konnte seitdem nur noch lallen, aber für eine Vergiftung gab es bei ihm keine Anzeichen.

Das Kettenhemd, das Bruce unter dem Mantel trug, war eine reine Vorsichtsmaßnahme, aber wohl nötig, denn dies war ein gefährliches Treffen in einer Stadt, die von Comyns und ihren Anhängern dominiert wurde. Die Kirche der Greyfriars selbst war von der Großmutter des Roten Comyn gegründet worden, von Devorguilla, der Respekt einflößenden Matriarchin, die zur gleichen Zeit auch den Grundstein zum Kloster legte, um hier neben ihrem Mann begraben zu werden. Sweetheart Abbey wurde es seitdem genannt, es war ein mächtiges Symbol des Comyn-Clans.

Dabei wäre es für Bruce gar nicht nötig gewesen, zu kommen, egal ob Gerichtstag des Sheriffs oder nicht, denn Longshanks selbst würde ja auch nicht kommen – der lag krank in einem

Kloster, umgeben von einem Armknochen des heiligen David, einem Stück Kette vom heiligen Petrus und einem Zahn, der gegen Gottes Zorn schützen konnte.

»Vielleicht hat er sich überanstrengt«, hatte Kirkpatrick spöttisch vermutet, als diese Nachricht Bruce' Reiterzug erreichte, und einige, die wussten, dass die Königin schon wieder schwanger war, lachten.

Doch Bruce hatte Reiter vorausgeschickt, um ein Treffen mit dem Lord von Badenoch zu vereinbaren, und niemand war daraus schlau geworden, am wenigsten der Lord von Badenoch selbst.

Jetzt stand er in der Nähe des Altars und sah Bruce in seinem braunen Mantel, der auf ihn zuschritt. Wie so ein Arschloch von einem Mönch, dachte er im Stillen. Glaubt er denn, dass er in einer frommen Verkleidung weniger Misstrauen erweckt?

Er sah auch die Männer, die Bruce mit in die Kirche gebracht hatte – drei, wie es für beide Seiten vereinbart war, und bewaffnet, wie es ihrem Rang zukam, aber ohne Rüstung. Hinter dem Roten John stand sein Onkel Robert, groß und breitschultrig und mit einem roten, buschigen Schnurrbart. Außer ihm war Patrick Cheyne von Straloch da, der beste Turnierkämpfer der Comyns – und als Dritter, vielleicht nur zur Provokation, das zerschundene Gesicht von Malise Bellejambe.

Letzteren hatte der Rote John mitgebracht, weil er erwartet hatte, dass auch Bruce seinen ständigen Schatten Kirkpatrick mitbringen würde – aber er kniff die Augen zusammen, als er Bruce' Auserwählte in die Kirche kommen sah, steifbeinig wie misstrauische Hunde. Seton hatte er erwartet, einen dunklen Mann aus Lothian, der mit Bruce' Schwester verheiratet war. Aber dann folgte der Lord von Herdmanston, der Buchan Hörner aufgesetzt hatte, und bei dessen Anblick durchfuhr den Roten John eine rasende Wut. Ihm folgte ein Jüngling, der überhaupt nicht zählte, der Rote John wusste, dass er nichts weiter war als der

Hundejunge von Herdmanston, was er als eine weitere Beleidigung empfand.

Sein Gesicht war wie versteinert, als Bruce mit weit geöffneten Armen auf ihn zutrat, um den Friedenskuss auszutauschen.

Bruce sah, wie der Lord von Badenoch, dieser eitle kleine Papagei, sich auf die Zehenspitzen seiner hochhackigen roten Halbstiefel stellte, um an ihn heranzureichen und ihm den verlogenen Kuss zu geben, bei dem beide sowieso nur symbolisch die Luft neben der Wange des anderen küssten.

Der Rote John trug einen breitkrempigen Hut und eine wollene Kotze mit weiten Ärmeln und seinem Wappen auf der Herzseite, drei goldene Weizengarben auf rotem Grund. Da das Wappen der Buchan blau war, hatte dieses rote Wappenschild dem Comyn von Badenoch seinen Spitznamen eingebracht.

»Soweit ich weiß, haben wir einen Waffenstillstand«, sagte Bruce, als sie nach ihrem Kuss wieder zurückgetreten waren. Das traf den Roten John völlig unvorbereitet, er hatte einen etwas längeren Austausch von Höflichkeiten erwartet.

»Wir haben nichts dergleichen ausgemacht«, erwiderte er vorsichtig, dann zuckte er die Schultern. »Aber Euch und den Euren ist ja auch nichts passiert.«

»Sir Henry von Herdmanston ist von vier Männern überfallen worden«, sagte Bruce, »er hatte Glück, mit dem Leben davonzukommen.«

Jetzt also war klar, warum der Lord von Herdmanston mitgekommen war. Badenochs Augenbrauen schossen in die Höhe, und er hatte sich schon halb zu Bellejambe umgedreht, ehe er sich anders besann. Bruce merkte, dass der Rote John nichts von dem Überfall wusste, und das bedeutete, dass die Sache von Buchan allein geplant worden war. Das wird dem Lord von Badenoch gar nicht gefallen, dachte Bruce. Denn aufgrund seines Thronanspruchs galt er als das Oberhaupt seines Clans – doch es musste schwer sein, einen Earl zu zügeln.

»Verliert Ihr die Kontrolle über Eure Hunde, Badenoch?«

Der Rote John schluckte seine Wut hinunter und zwang sich zu einem falschen Lächeln.

»Sollen die Comyns jetzt etwa für jeden Briganten und Spitzbuben im Land verantwortlich gemacht werden?«, entgegnete er.

»Dies waren keine Briganten«, sagte Bruce bestimmt, »jeder hatte dieselbe Summe im Beutel – der Lohn für das, was sie tun sollten. Aber sie haben einen hohen Preis dafür bezahlt, sie sind alle tot.«

»Hat nichts mit mir zu tun«, erwiderte Badenoch, der sich über diesen Fehlschlag ebenso ärgerte wie über die Sache selbst – und darüber, dass Buchan ihm damit eine Peinlichkeit beschert hatte. »Da dürfte es sich wohl um eine private Auseinandersetzung mit dem Lord von Herdmanston handeln, wie Ihr genau wisst.«

»Mit solchen Auseinandersetzungen riskiert man viel und gewinnt wenig«, erwiderte Bruce. »Ein starker König im Land würde das ein für alle Mal beenden, wenn ihm seine Krone lieb ist.«

Der Rote John seufzte. Somit wären wir wieder beim Thema, dachte er. Die alte Litanei.

»Wir haben einen König, Mylord. Er heißt Edward. Und wenn nicht er, dann gibt es noch einen anderen, einen Balliol namens John, falls Ihr das vergessen haben solltet.«

Bruce beugte sich ein wenig vor, seine Stimme klang heiser, sein Gesicht, von der Kapuze eingerahmt, schien angespannt.

»Wie es damit steht, ist doch klar«, erwiderte er. »König John ist ein gebrochener Mann, und es ist höchst unwahrscheinlich, dass er jemals zurückkommt und in diesem Land wieder auf dem Thron sitzen wird.«

Der Rote John wusste zwar, das war die Wahrheit, er hätte es aber niemals zugegeben, und am wenigsten einem Bruce gegenüber.

»Die Geistlichkeit in diesem Lande braucht einen König«, fuhr Bruce fort und bediente sich damit eines Arguments, das er gründlich vorbereitet hatte. »Sie verlangen einen König, denn ein Königreich ohne König ist kein Königreich. Longshanks hat Schottland zu einer Provinz degradiert, Mylord, in der die Gesetze Englands gelten, und die Bischöfe hier werden sich mit einem Erzbischof, den England ernannt hat, nicht abfinden. Sie werden nicht dulden, dass ein König sich in die Rechte des Papstes einmischt, der als Einziger für dieses Erzbistum zuständig ist.«

»Bernard von Kilwinning«, fuhr Bruce fort, »hat die These aufgestellt, dass ein König dieses Reiches einen Vertrag mit der Adelsversammlung hat – und wenn er diesen Vertrag nicht erfüllt, dann hat die Adelsversammlung das Recht, ihn abzusetzen.«

»Ja, das habe ich gehört, und jeder kleine Priester von Kilwinning und auch Wishart und Lamberton verkünden es von jeder Kanzel und auf allen Marktplätzen«, sagte der Rote John mit einem bitteren Lächeln. »Das ändert aber wenig an der Tatsache.«

Bruce verstand nicht gleich, stumm sah er ihn an.

»Es ist unwahrscheinlich, dass die Adelsversammlung einen neuen König aus einer anderen als einer legitimen Linie wählen würde«, fuhr der Rote John in überlegenem Ton fort. »Sonst könnte sich ja jeder hergelaufene Pferdehändler oder Kleinbauer zur Wahl stellen.«

Er unterbrach sich und sah Bruce listig an.

»Oder auch ein Wallace«, fügte er giftig hinzu.

»Ganz richtig«, konterte Bruce schlagfertig. »Und Ihr solltet wissen, Mylord, dass die Geistlichkeit mir den Vorzug gibt.«

Das war glatter Hochverrat, es war so unverfroren, dass der Rote John einen Moment brauchte, um es zu verarbeiten. Sein Mund klappte auf und zu wie bei einem frisch gefangenen Fisch.

»Wishart, Lamberton …« Bruce zählte die Bischöfe des Reiches an den Fingern seines Handschuhs auf, während sich die Gedanken des Roten John überschlugen. Das musste in einem geheimen Treffen vereinbart worden sein. Eine Verschwörung, bei Gott!

»Also ist es doch ganz klar, Mylord von Badenoch. Die Zeit arbeitet für mich. Ich sehe ja ein, dass Ihr Eure eigenen Ansprüche habt, aber durch unsere Fehde wird das zunichte, was die Bischöfe von uns erwarten. Was Gott von uns erwartet. Wir müssen dieses Problem lösen, Mylord, zum Wohl des Reiches.«

Endlich fand der Rote John seine Sprache wieder, doch er war heiser vor Wut. und seine Stimme war nur noch ein Krächzen.

»Ihr wagt es, mir vom Wohl des Reiches zu predigen?«, sagte er drohend und so leise, dass Bruce es kaum hören konnte. »Ihr? Ihr vergesst, wer dieses Königreich verteidigt hat, wer sein Leben und sein Glück riskiert und dafür gekämpft hat. Während Ihr Euch nach dem Wind gedreht und unterwürfig das Knie gebeugt habt. Was haben wir denn davon gehabt, von diesem edlen Kampf? Ruin und Gefangenschaft – ich selbst bin erst seit Kurzem wieder frei. Andere, die nicht das Knie beugen wollten, sind noch immer in Gefahr. Und Wallace ist verraten und ermordet, während Ihr, Mylord von Annandale, eine Frau und ihre sämtlichen Gebiete gewonnen habt.«

Er schwieg und atmete schwer. Er und Bruce sahen sich an wie kämpfende Hirsche.

»Und doch würde ich alles wieder tun«, fuhr der Rote John knurrend fort, »wenn es für den rechtmäßigen König dieses Reiches wäre. Und weder Ihr noch Eure Drohungen noch Eure Versprechen würden mich davon abhalten.«

Einen Moment war es still, aber nur, weil Bruce versuchte, seine Wut zu beherrschen. Er merkte langsam, dass der Rote John von seiner Meinung nicht abweichen würde, und er selbst war mit seinem Entschluss, die Absprache mit den Bischöfen preiszugeben, vielleicht einen Schritt zu weit gegangen. Doch nun hatte er diesen Weg eingeschlagen, und es gab nur eine Richtung, nämlich vorwärts …

»Natürlich kann es einen rechtmäßigen König in diesem Reich geben«, erwiderte er vorsichtig, »doch das bedarf Eurer Zustimmung, Mylord, als Oberhaupt der Comyns. Wenn ich mit Eurer Zustimmung gekrönt werde, werde ich mit der Belohnung nicht zögern – Carrick und Annandale wären die Lorbeerkränze, die ich den Comyns überreichen würde.«

Der Rote John kniff die Augen zusammen. Er wusste, der Bruder von Bruce beanspruchte diese Titel für sich, also war dies ein gewagter und ziemlich verzweifelter Bestechungsversuch.

»Widersetzt Euch wenigstens der Wahl der Bischöfe nicht, wie immer die ausfallen mag«, fügte Bruce hinzu.

»Der Wahl der Bischöfe?«

Die Worte wurden gezischt und klangen giftig.

»Natürlich werden sie Euch wählen«, fuhr der Rote John fort, das Gesicht zu einer hässlichen Fratze verzerrt, »und Ihr betrachtet Euch wohl schon als rechtmäßigen König, von Gott erwählt.«

Es war keine Frage, und Bruce wusste nicht recht, was er erwidern sollte. Er schwankte zwischen dem Wunsch, es einerseits hinauszuschreien, und andererseits der Vorsicht, mit der er es so lange hatte geheim halten können. Schließlich machte er den Mund ein paarmal auf und wieder zu, blieb aber stumm.

Der Rote John stellte sich auf die Zehenspitzen und beugte sich etwas vor, sein roter Bart zitterte vor Empörung, genau wie seine Stimme.

»Selbst wenn John Balliol ein gebrochener Mann ist«, zischte er leise und gefährlich, »er hat einen Sohn. Und selbst wenn dieser Sohn versagen sollte, bin ich da. Und auch wenn ich versagen sollte, gibt es Comyns, die ein größeres Recht darauf haben, König in diesem Land zu werden als Ihr, Mylord von Annandale. Das sollt Ihr wissen, denn selbst wenn dieser opportunistische Plantagenet die Gunst der Stunde nutzen sollte, dann wäre ein Konklave, das beschlösse, dass Ihr zum Regieren nicht fähig seid, trotzdem legitim.«

Ganz kurz legte er Bruce die Hand auf die Schulter, eine höhnische Geste, mit der er ihn entlassen wollte.

»Gott hat einen Plan für dieses Reich«, fauchte er, »aber darin kommt Ihr als König nicht vor, Mylord. Wenn Ihr Euch öffentlich als den usurpierenden Lump zu erkennen gebt, der Ihr insgeheim schon lange seid, wird Euch bei jedem Vorhaben ein Comyn im Wege stehen.«

Die kurze Handbewegung brachte das Fass zum Überlaufen, das arrogante Grinsen erinnerte Bruce wieder an damals, als der Rote John ihn an der Gurgel gepackt hatte – mein Gott, er hatte tatsächlich Hand an den Earl von Carrick gelegt. In Bruce stieg eine Riesenwut auf, die ihn fast erstickte. Die Wut darüber, was er damals zu tun versäumt hatte und wie es ihn jedes Mal geärgert hatte, wenn er daran dachte.

Er nahm ein helles, weißes Licht wahr und mitten darin eine Stimme, die Gott oder dem Teufel gehören mochte, aber höflich wie der Diener eines Prälaten klang, der ihm die Frage stellte. Er spürte den Griff des Dolches in der Hand, riss ihn heraus und stieß ihn diesem widerwärtigen kleinen Papagei in die Rippen.

Der Rote John spürte es, doch konnte er kaum glauben, dass Bruce es gewagt hatte, ihn anzugreifen. Dann ergriff ihn plötzlich eine wilde, namenlose Angst, als er den Dolch spürte und das Geräusch beim Herausziehen hörte. Er fühlte ein Brennen, und seine Knie zitterten.

Bruce starrte auf das, was er getan hatte. In seinen Ohren donnerte ein Wasserfall. Er sah, wie Badenoch auf seinen hohen Absätzen rückwärts taumelte und zusammensackte, sodass er seinen Dolch fallen ließ und instinktiv die Hände ausstreckte, um ihn zu halten.

Die Klinge fiel scheppernd auf die Steine, und kleine Blutstropfen flogen umher, es klang wie ein Glockenschlag, und alle hoben den Kopf.

Seton war als Erster da. Er brüllte wie ein Stier, um Hal und den Hundejungen zu warnen, dann zog er sein Schwert.

Dicht hinter ihm war Badenochs Onkel Robert, dessen empörtes Brüllen Seton noch übertönte und von den Mauern der Kirche widerhallte, als er sich auf Bruce stürzte, wobei er seine eigene Klinge zog und über dem Kopf wirbeln ließ.

Seton packte Bruce am Arm und stieß ihn zurück, während er gleichzeitig Robert Comyn, der einen Sprung machen wollte, einen grausamen Hieb verpasste. Hal sah, wie die Klinge in den Hals des Mannes fuhr, er hörte ein schreckliches Zischen und einen überraschten, kurzen Laut, zu dem Robert Comyn gerade noch fähig war, ehe sein Kopf sich vom Körper trennte.

»Bring ihn fort«, schrie Hal dem Hundejungen zu, der den völlig benommenen, taumelnden Bruce packte und wegzerrte, während Hal und Seton keuchend von den gefallenen, blutenden Gestalten zurückwichen. Robert Comyns Körper bewegte sich noch immer, und seine Füße zuckten in seinem eigenen Blut.

Malise wollte mit all dem nichts zu tun haben. Cheyne von Straloch, ebenfalls vor Schreck wie gelähmt, besann sich endlich darauf, seine Klinge zu ziehen, und Malise war sicher, dass der dämliche, große Tölpel sich wie ein wilder Wolf in das Durcheinander stürzen würde …

»Mord!«, schrie er und rannte zur Hintertür der Kirche. »Mord! Ein Comyn! Mord!«

Hal und Seton sahen sich an und gingen zum vorderen Portal, während Cheyne auf sie zustürzte, dann unsicher stehen blieb und neben dem gefallenen Badenoch auf die Knie fiel und hilflos die Hände rang, während Hal und der Hundejunge durch die Hintertür der Kirche verschwanden.

Was immer jetzt passieren würde, dachte Hal verzweifelt, der Krieg war zurückgekehrt.

EINE STUNDE SPÄTER

Die englischen Rechtsgelehrten saßen unter dicken, schwarzen Rauchschwaden, fassungslos angesichts ihrer Kapitulation. Sir Richard Giraud war so klug gewesen, die Tore der Burg zu öffnen, und Bruce' Männer waren eingedrungen, geführt von Edward, sein großes, breites Gesicht wie eine Felswand. Die Engländer hielten sich im Hintergrund und warteten ab, was jetzt geschehen würde, sie wussten immer noch nicht genau, was eigentlich passiert war.

Sie waren allerdings nicht die Einzigen, die verwirrt waren. Im großen Saal der Burg stellten die Brüder von Bruce zusammen mit ein paar anderen die umgeworfenen Tische und Bänke wieder auf und setzten sich hin. Bruce selber saß da wie eine Statue und starrte wortlos zu Boden.

»Hat er schon etwas gesagt?«, fragte Edward plötzlich und drehte sich zu Kirkpatrick um, doch der zeigte nur stumm auf Bruce und konnte auch nichts weiter sagen. Edward riss seine Kettenhaube herunter und rieb sich frustriert den Kopf. Er hatte erfahren, dass es »einen Kampf« gegeben habe, dass Badenoch und sein Onkel zu Boden gegangen und vermutlich tot waren. Und jetzt saß der Täter zitternd hier und murmelte etwas vom »Fluch des Malachias«.

Edward kämpfte seine aufsteigende Panik über eine neue mögliche Bedrohung nieder. Er hatte sofort Reiter losgeschickt, um ihre Anhänger zu benachrichtigen und Kampftruppen zu mobilisieren. Dann hatte er mit viel Gepolter und wüsten Androhungen, notfalls alles niederzubrennen, die Engländer dazu gebracht, die Burg von Dumfries zu öffnen und sie dann besetzt. Doch die Comyns waren auch noch da, und zweifellos zogen sie ebenfalls ihre Truppen zusammen. Die ganze Angelegenheit war höchst ärgerlich, und sein Bruder, das Familienoberhaupt, war nur noch ein nutzloses Häufchen Elend.

»Unschuldiges Blut.«

Er drehte sich um und blickte auf seinen Bruder, dem diese Bemerkung entfahren war. Er sah aus wie damals als Sechsjähriger, wenn er etwas ausgefressen hatte. Aber es war kein Gesichtsausdruck, der zum Earl von Carrick und Annandale passte, dem Mann, der König werden wollte.

»Was ist denn eigentlich passiert, Bruder?«, fragte er zum x-ten Male. Er hatte Hals und Setons Version gehört und die des dunkelhaarigen Jünglings, den sie den Hundejungen nannten, aber er hatte bisher nicht viel darüber erfahren, was sein Bruder mit dem Roten John Comyn gemacht hatte. Ihn mit dem Dolch angegriffen, hatte er gehört – aber das konnte vieles bedeuten – von einer einfachen blutenden Verletzung bis zu einem aufgeschlitzten Bauch, und er hatte keine Ahnung, was sein Bruder sich da geleistet hatte.

Plötzlich packte Bruce Edwards Handgelenk mit einem so festem Griff, dass es schmerzte, und zog ihn näher zu sich heran.

»Gott verzeihe mir, Edward, ich habe eine schwere Sünde begangen. Und noch dazu in einem Gotteshaus. Der Fluch des Malachias ...«

»Im Namen aller Heiligen«, fuhr Edward ihn an und riss seine Hand so heftig zurück, dass er seinen Bruder fast von der Bank gezogen hätte, »was hast du mit ihm gemacht?«

»Höchstwahrscheinlich habe ich ihn umgebracht.«

Die Antwort kam leise und mit rauer Stimme, es klang bedauernd und furchtsam. Fast hätte er ihm tröstend eine Hand auf die Schulter gelegt, aber damit ginge er wohl zu weit. Er zögerte.

»Du zweifelst also noch daran, ob du ihn getötet hast?«

Die Frage kam laut und barsch, und alle Köpfe drehten sich zu Kirkpatrick um, der mit gerunzelter Stirn erst den unglücklichen Bruce und dann dessen Brüder ansah.

»O Gott, nein«, sagte Alexander, der endlich verstand, während Niall und Thomas verwirrt dasaßen und mit den Füßen scharrten. Ohne Robert sind sie alle verloren, wurde es Hal plötzlich klar.

»Du hast ein gutes Herz, Bruder«, sagte Edward zu Alexander auf Französisch, »aber mit solchen Dingen hast du keine Erfahrung. Trotzdem kannst du jetzt mal deinen vielgerühmten Kopf anstrengen. Du bist doch bestimmt gescheit genug, um hier einen Ausweg zu finden.«

Einen Augenblick war es still. Es hätte zu keinem unglücklicheren Zeitpunkt kommen können, aber so viel war klar – nach einer Attacke auf den Lord von Badenoch gab es kein Zurück. Die Bruce-Fraktion befand sich im Kriegszustand, sowohl mit den Comyns als auch mit den Engländern, und wenn es für sie überhaupt eine Chance gab, hier zu gewinnen, dann musste ihr Oberhaupt zum König von Schottland gekrönt werden. Alle sahen die Jammergestalt auf der Bank an, Bruce zitterte immer noch und kaute ratlos an den Nägeln.

»Das ergibt doch alles keinen Sinn«, knurrte Kirkpatrick, »solange der Rote John noch lebt.«

Die Wahrheit hing in der Luft, schwer wie die Rauchwolken draußen.

»Der Rote John war das Hindernis …«, fuhr Kirkpatrick fort, er hätte noch mehr gesagt, aber Edward unterbrach ihn.

»Kümmert Euch darum«, sagte er. »Dann müssen wir von hier verschwinden.«

»Gott im Himmel«, flüsterte Bruce. »Der Fluch des Malachias …«

Edward fuhr wütend herum. »Jetzt reicht es, Bruder. Reiß dich gefälligst zusammen. Was geschehen ist, ist geschehen, jetzt brauchen wir alle einen klaren Kopf.«

»Kommt Ihr mit?«

Hal starrte Kirkpatrick an. Ihm wurde fast übel, als ihm klar wurde, dass dies eine Aufgabe war, die er nicht allein bewältigen konnte.

»Wir müssen ganz sicher sein«, fügte Kirkpatrick hinzu, und Hal nickte.

Sie traten hinaus in die dämmrigen Straßen. Die Steinhäuser der Reichen hatten die Farbe von altem Blut, die Fensterläden waren bereits geschlossen. Außer ihnen war niemand mehr unterwegs, als sie wie ein wildes Wolfsrudel aufbrachen, Illmade Jock, Mouse und Sore Davey, die hinter dem Hundejungen, Kirkpatrick und Hal hergingen. Alle hatten ihre Waffe in der Hand, denn für Diskretion war es jetzt ohnehin zu spät.

Irgendwo mussten auch die Comyns mit ihren Anhängern sein. Sie waren überrascht worden und hatten sich zerstreut, aber es würde nicht lange dauern, bis sie sich wieder gesammelt hatten – und dann wäre es besser, wir wären schon weg von hier, dachte Hal.

Dieser Ansicht war auch James Lyndsay von Donrod. Er wischte sich mit dem Handrücken über den Mund und trat nervös von einem Fuß auf den anderen. Sie hatten ihn mit einer Gruppe seiner eigenen Männer zurückgelassen, um das vordere Portal der Greyfriars-Kirche zu bewachen.

»Ja, er ist noch drinnen«, sagte er, als Kirkpatrick nach dem Roten John fragte. »Sie haben noch niemanden herausgebracht, obwohl viele hineingegangen sind – Mönche und so weiter, mit sauberen Leinentüchern. Ich habe Leute an die Hintertür geschickt, habe aber nicht gehört, dass dort jemand herausgekommen sei.«

»Also muss einer von ihnen noch am Leben sein«, murmelte Sore Davey und kratzte an einem Grind.

»Aber bestimmt nicht Sir Robert«, erwiderte Hal und dachte an den abgeschlagenen Kopf des Onkels, der in einer großen Blutlache gelegen hatte.

»Also«, sagte Kirkpatrick grimmig, »dann muss es der Rote John selbst sein, der vielleicht noch am Leben ist.«

»Wollt Ihr dann wirklich reingehen, Kirkpatrick?«, fragte

Lyndsay und blickte verunsichert zur Kirchentür. »Es sind ziemlich viele Leute dort drin.«

»Dann holt Ihr jetzt am besten Eure Männer und kommt auch mit«, erklärte Kirkpatrick und sah einen nach dem anderen an, wobei sein Blick besonders lange bei Hal verweilte.

»Denkt daran«, warnte er sie mit heiserer Stimme, »jetzt geht es in erster Linie nur um eins, nämlich den Roten John zu beseitigen. Davon hängt alles andere ab.«

Er ließ seinen Blick noch einmal in die Runde schweifen. Es wurde dunkel, irgendwo hörte man einen Hund bellen, dann heulen.

»Seid ihr bereit?«

Noch lange nicht, dachte Hal. Für einen feigen Mord in einer Kirche noch lange nicht. Aber auch er nickte, als er das zustimmende Brummen der anderen hörte.

Sie stürmten durch die Kirchentür und stolperten fast übereinander vor Angst und Wut über das, was sie jetzt zu tun hatten und schnell hinter sich bringen mussten. Ein Priester schrie auf und ließ eine Schüssel mit blutigem Wasser fallen, ein Mann mit erhobenem Schwert und Schild wurde von Illmade Jock und Mouse fast umgerannt, während Sore Davey ihm beide Beine mit dem Schwert durchhieb.

Es entstand ein wüstes Durcheinander, man hörte laute Schreie und klirrendes Metall, und Hal stürzte sich blindlings hinein, Kirkpatrick dicht hinter ihm. Sie sahen einen Mann im Lederwams, er blinzelte unsicher – doch die Klinge in seiner Hand war schärfer als seine Augen. Hal duckte sich und schwang gleichzeitig sein Schwert, dann hörte man einen durchdringenden Schrei.

Kirkpatrick kniete neben der Gestalt am Boden, die in blutige Leinentücher gehüllt war, der kleine Mund schlaff und das Gesicht leichenblass, selbst das kleine Bärtchen hatte nur noch die Farbe von Weizenstroh. Über ihm stand Hal, schwer atmend und mit blutigem Schwert, irgendjemand schrie noch immer.

Entsetzt und ungläubig starrte Hal auf den Fuß, den er abgeschlagen hatte, er steckte noch immer im Stiefel, aus dem Blut lief. Muss merkwürdig sein, dachte Hal mit jener fast unbeteiligten Nüchternheit, wie sie einen oft mitten im Gemetzel überkam, dazuliegen und seinen Fuß an einer Stelle zu sehen, wo er gar nicht hingehört.

Kirkpatrick sah, dass der Rote John starb. Alle Leinentücher und Kompressen waren von Blut durchtränkt, konnten aber sein verströmendes Leben nicht retten. Sein eigener geriffelter Dolch schien jetzt völlig unwichtig, aber trotzdem stieß Kirkpatrick damit zu, und der Rote John zuckte zusammen, es war sein letztes Lebenszeichen.

»Vater!«

Die Köpfe fuhren hoch, und sie sahen den Jungen, der halb verborgen hinter dem bleichen Malise Bellejambe stand. An seiner Seite standen zwei Waffenknechte mit blutigen Klingen und verzweifelten Gesichtern, aber Mouse stürzte sich bereits auf einen von ihnen.

Der Junge. Der Sohn des Roten John, ein täppischer Siebzehnjähriger, der gekommen war, um Abschied zu nehmen ... Die Bedeutung wurde Hal und Kirkpatrick gleichzeitig klar, aber Lyndsay von Donrod war noch schneller.

»Aber ... nein ... Ihr wolltet doch nicht?«, keuchte er, indem er Kirkpatrick beim Arm packte und wieder in die Knie zwang, gerade als er mit seiner blutigen Klinge aufstehen wollte. Mit einem deftigen Fluch holte Kirkpatrick aus und versetzte Lyndsay eine Ohrfeige, dass der hinfiel und sich auf dem Fliesenboden überschlug.

Malise sah ihn auf sich zukommen, seine schlimmste Befürchtung wurde wahr. Er sah das Blut, das vom Schwert tropfte, er schrie auf und wich zurück, wobei er ihm gleichzeitig den

Jungen fast entgegenschob. Hal sah es, für den Bruchteil einer Sekunde blickte er Bellejambe verächtlich an – dann drehte er sich um und schlug Kirkpatrick mit der Faust ins Gesicht.

Er hatte dazu sein Schwert nicht losgelassen, und es war ein Glück, dass es Kirkpatricks Gesicht nur mit der flachen Klinge traf. Die harte Faust streckte ihn neben Lyndsay zu Boden.

Die beiden rangen miteinander wie zwei schwerfällige Käfer, ehe sie sich aufrappelten und Lyndsay sich vor Kirkpatrick in Sicherheit bringen konnte, der brüllend aufstand und Blut von seiner geplatzten Lippe ausspuckte.

»Wolltet Ihr das wirklich tun?«, fragte Hal, das Schwert auf Kirkpatrick gerichtet. »Er ist ein Junge. Warum nicht auch noch seine Mutter und die Vettern? Oder am besten bringt Ihr gleich alle hierher zum Altar, damit auch der im Blut der Comyns ersäuft!«

Aus dem Augenwinkel sah Kirkpatrick, wie die Männer von Herdmanston sich langsam um Hal scharten, um ihren Herrn zu schützen. Er merkte, dass er hier nichts mehr ausrichten konnte, aber innerlich kochte er vor Wut und Schmerzen. Der Hundejunge trat vor, mit entschlossenem Gesicht setzte er den Fuß auf Kirkpatricks Dolch, der am Boden lag. Kirkpatrick sah erst ihn, dann Hal wütend an.

»Das werde ich Euch nicht vergessen, Herdmanston«, fauchte er. Der Hundejunge schob ihm den Dolch mit der Schuhspitze zu, ein leises Klirren, das in der Stille wie ein Glockenschlag klang. Kirkpatrick hob ihn auf, drehte sich um und verschwand.

Hal wandte sich an die Waffenknechte, die geduckt und zum Angriff bereit dastanden. Malise war verschwunden, aber der Sohn des Roten John stand noch immer da, blass und den Mund entschlossen zusammengepresst. Der Mann mit dem abgeschlagenen Fuß war entweder ohnmächtig geworden oder gestorben, sein Wimmern war verstummt.

»Nehmt den Jungen und macht euch schleunigst davon«, sagte Hal zu den Waffenknechten, »ehe Kirkpatrick es sich anders überlegt und zurückkommt.«

Er blieb stehen, während sie eilig davongingen. Er sah das blutige Bündel, das einst der Lord von Badenoch gewesen war, dann hatte er wieder das Gesicht des Jungen vor Augen, grau vor Schreck, weil seine Welt schlagartig zusammengebrochen war. Sein Vater, der Mann, den er für unsterblich gehalten hatte, war nicht mehr. Hal kannte dieses Verlustgefühl, und es schmerzte ihn noch immer.

Lyndsay von Donrod atmete hörbar auf.

»Gelobt sei Christus«, brummte er.

»In Ewigkeit«, erwiderten alle Anwesenden.

Hals Lachen klang bitter. Was für eine Parodie von Frömmigkeit an diesem Ort, der getränkt war von Blut und Sünde.

DIE BURG VON TIBBERS, DUMFRIES
TAG DER HEILIGEN KEVOCA VON KYLE, FEBRUAR 1306

Drosseln, Amseln und weiße Tauben flatterten im Rauch der strohgedeckten brennenden Außengebäude, und an der Wand einer Stallruine lehnten eine Handvoll Männer mit düsteren, rauchgeschwärzten Gesichtern, sahen zu und kauten hartes Brot.

Doch in der Halle von Tibbers nagten die Hunde unbekümmert an ihren Knochen, Hühner kratzten hoffnungsvoll im Stroh, und irgendwo im Gebälk lernten junge Spatzen fliegen, als sei in der Welt nicht gerade das Unterste nach oben gekehrt worden.

Hal saß da und beobachtete, wie Bruce und ein paar andere Pergamente entrollten, die sie der Schatztruhe entnommen hatten.

Der Burgherr saß mit ausdruckslosem Gesicht am anderen

Ende der Halle, die Hände auf den Knien, zu beiden Seiten einen von Bruce' Männern. Hal empfand Mitleid mit Sir Richard Siward, der neben dem Rauch seiner brennenden Gebäude auch diese bittere Niederlage ertragen musste.

Tibbers war nach Dalswinton und Caerlavrock eingenommen worden, alles Burgen, die Bruce' Truppen erobert hatten, als wolle er jetzt mit Gewalt allem, was vorausgegangen war, den Stempel seiner Autorität aufdrücken. Bis auf diese waren sie alle niedergebrannt worden, und allein dadurch nahm Tibbers schon eine Sonderstellung ein.

Aber was noch wichtiger war, hier war Bruce wie nach einem langen Schlaf zu sich gekommen und hatte seinem mürrischen Bruder wieder Befehle erteilt, der sich schon daran gewöhnt hatte, eigene Entscheidungen zu treffen, und sich jetzt wieder unterordnen musste. Zum Ausgleich hatte Bruce ihn mit seinen anderen Brüdern losgeschickt, um sich Ayr zu sichern.

Jetzt war Bruce mühsam damit beschäftigt, dem etwas langsamen John Seton zu erklären, dass er Tibbers unbedingt halten müsse, denn es würde zu schwer sein, sie zu schleifen. Verzweifelt sah John Seton die anderen an, aber die machten auch keine besonders intelligenten Gesichter – die Lindsays, dann Bruce' wortkarger Neffe Thomas Randolph, Crawford von Ayr – sie alle boten das gleiche Bild, stumm und verständnislos. Selbst seine engsten Verwandten, Alexander und der grimmige Christopher Seton, grinsten ihn nur an und schienen keine Hilfe zu versprechen.

Er ist völlig überfordert, dachte Hal, als er den bleichen John Seton ansah. Aber das sind wir alle. Zwar haben wir Dalswinton, den Hauptsitz der Comyns, niedergebrannt und Tibbers und all die anderen Burgen eingenommen, aber eigentlich haben wir nur wild um uns geschlagen und noch gar nichts erreicht. Sie konnten es sich nicht leisten, außer auf Tibbers noch eine weitere Garnison zu errichten, deshalb hatten sie den Rest in Schutt und Asche gelegt, was lediglich zur Folge hatte, dass die Besitzer ins englische Lager überliefen.

Durch die Comyns blind geworden, dachte Hal. Er war sich gar nicht bewusst, dass er es laut gesagt hatte, bis es plötzlich still wurde und er merkte, dass sämtliche Augen auf ihn gerichtet waren.

»Habt Ihr etwas zu sagen, Mylord von Herdmanston?«

Die Stimme klang wie eine geballte Faust, und das Gesicht unter der engen Kapuze war finster und drohend, zwei Merkmale des neuen Bruce, der nach dem Mord am Roten Comyn wie ein besudelter Phönix aus der Asche wiederauferstanden war.

»Ihr seid zu sehr auf die Comyns fixiert«, erklärte Hal. Er merkte, dass er sich auf gefährliches Terrain begeben hatte, ging aber entschlossen weiter, trotz Kirkpatricks hämischem Grinsen am anderen Ende der Tafel. »Ihr vergesst die Engländer, die einfach kommen und sich hier alles zurückholen werden.«

Bruce brauchte Hal, deshalb musste er Geduld mit ihm haben. Er war sich sehr bewusst, dass seine beiden Jagdhunde sich endlich an die Gurgel gegangen waren, und er wusste auch genau, warum.

»Fhad bhitheas craobh 'sa choill, bithidh foil 'sna Cuiminich«, sagte er mit bösem Lächeln, dann übersetzte er es für die, die kein Gälisch verstanden. »Solange noch ein Baum im Wald, steht ein Comyn im Hinterhalt.«

Die Männer um ihn lachten pflichtschuldigst, und Bruce ließ die Pergamentrolle los, sodass sie mit den klimpernden Siegeln zusammenschnellte.

»Ihr dürft niemals die Comyns aus den Augen verlieren, Mylord von Herdmanston«, sagte er, immer noch lächelnd. »Sie werden sich von der Seite heranschleichen, wie ein Hahn auf dem Misthaufen.«

Er merkte, wie Hal zusammenzuckte, und wusste auch, warum – Kirkpatrick hatte es ihm verraten, den Ausspruch von Hals

Vater, der ihn vor Buchans Rache gewarnt hatte. In der Stille, die darauf folgte, hörte man Kirkpatricks krächzendes Gelächter.

»Ganz klar, und einen Comyn haben wir aus den Augen gelassen«, brummte er bedauernd, »dem man nicht hätte erlauben dürfen zu entkommen.«

Bruce sprach schnell, weil Hals Nackenhaare sich schon wieder sträubten.

»Wir werden die Comyns ausrotten müssen«, sagte er sachlich, »darunter auch den jungen Sohn des Badenoch, insofern hat Kirkpatrick recht. Aber vielleicht nicht gleich hier und jetzt. In dieser kleinen Kirche wurde bereits genug Blut vergossen, um den Herrn zu erzürnen.«

»Gelobt sei Christus«, murmelte John Seton bang.

»In Ewigkeit.«

Die Worte flatterten durch den Raum wie die jungen Spatzen draußen, dann stand Bruce auf, sein Gesicht war von tiefen Furchen durchzogen. Er schüttelte sich wie ein Hund.

»Wir werden gen Norden reiten«, erklärte er. »Dort werden wir uns mit Bischof Wishart treffen und versuchen, uns die Burg von Dumbarton ebenfalls zu sichern.«

Entschlossen ging er auf den würdevollen Sir Richard Siward zu und blieb vor ihm stehen, bis dieser ihn ruhig und gefasst ansah.

»Ihr habt auf das falsche Pferd gesetzt«, sagte Bruce unumwunden auf Französisch. »Aber ich werde Euch trotzdem verschonen, wenn auch nur, damit Ihr Plantagenet dies hier bringt.«

Er hielt ihm ein versiegeltes Päckchen hin, und nach kurzem Zögern nahm Siward es und nickte. Bruce holte tief Luft, dann drehte er sich mit einem mühsamen Lächeln zu den anderen um.

»Und jetzt, edle Herren, holt Eure schönsten Kleider heraus – es geht zu einer Krönung.«

Hal trug die Neuigkeit hinaus in den Hof, wo die anderen es sich in dem Teil eines Stalles bequem gemacht hatten, der noch ein Dach hatte. Sie hatten ein kleines Lagerfeuer angezündet, wärmten ihre Erbsensuppe auf und waren nicht sehr erbaut von Bruce' Krönungsplänen.

»Es ist ein verdammt anstrengender Ritt bis nach Glesca«, sagte Mouse düster, indem er im Topf rührte und nachdenklich den Inhalt betrachtete.

»Und dann nach Scone, vergiss das nicht«, erwiderte Illmade Jock bitter, »der Ort, wo Könige gemacht werden.«

»Und das womöglich noch im Regen«, murmelte Sore Davey und sah hoch, wo man durch die Löcher im Dach den bleigrauen Himmel sah.

»Habt Ihr Angst vor ein bisschen Nässe?«

Die Stimme ließ sie alle herumfahren, die Hände gingen grüßend an die Stirn, und Mouse fiel sogar aufs Knie, als sei Bruce bereits gekrönt. Bruce trat in den geschützten Teil des Stalles, gefolgt von einem schmächtigen Schreiber mit dem Tintenhorn um den Hals, in der Hand Feder und Pergament.

»Wenn Eure Lordschaft bereit sind«, sagte Hal diplomatisch, »werden wir zur Stelle sein, an Eurer Seite, egal in welchem Wetter.«

»Weil Ihr ja auch den Geldbeutel habt«, sagte der Hundejunge etwas keck. Bruce erkannte ihn, und sein Gesicht hellte sich auf.

»Dich kenne ich doch«, sagte Bruce, der sich an das Gesicht zunächst nur erinnerte, weil er es in der Greyfriars-Kirche gesehen hatte – doch dann dämmerte es ihm. »Der Hundejunge.«

»Ja, genau der, Euer Gnaden«, erwiderte der Hundejunge fröhlich, und der Schreiber kritzelte etwas. Bruce sah das fragende Gesicht des Hundejungen und lächelte.

»Bruder Bernard von Kilwinning hält alles fest«, sagte er, »für die Chronik. Damit muss man sich abfinden, wenn man auf den Thron kommt.«

»Ja, ja«, sagte der Hundejunge grinsend. »Viele schöne Worte. Voll kleiner Schwindeleien und Erfindungen.«

Bernard fuhr auf.

»Dies wird eine wahrhaftige Chronik der Ereignisse«, protestierte er.

»Wo Schwarz nichts Schmutziges ist«, warf Illmade Jock ein, jetzt ebenfalls mutig geworden. Hal räusperte sich warnend.

Der Hundejunge machte eine wegwerfende Handbewegung.

»Ach, Ihr seid mit Worten so trickreich wie ein Fuchs auf der Jagd«, sagte er, während Hal Bruce beobachtete, ob dessen Belustigung nicht langsam in Ärger umschlug. »Zum Beispiel dies hier – was habt Ihr dazu zu sagen?«

Bernard räusperte sich und konsultierte seine Notizen.

»Die Burg von Tibbers wurde nach furchtlosem Kampf eingenommen, und Sir Richard Siward unterwarf sich der Gnade des Königs, der ihm großherzig das Leben schenkte.«

»Ach ja«, sagte der Hundejunge in das spöttische Gejohle hinein, das jetzt folgte. »Ich stelle fest, dass die, denen man das Leben nicht schenkte, erst gar nicht erwähnt sind.«

»Einige fielen im Kampf«, erwiderte Bruder Bernard vorsichtig. »Das könnte ich erwähnen – ja, tatsächlich, ich hatte auch schon gedacht …«

»Fielen«, wiederholte der Hundejunge und schüttelte den wirren Haarschopf. »Wie nett das klingt. Gefallen. Ehrlicher wäre es wohl zu sagen, dass wir sie hinknien ließen und ihnen die Köpfe eingeschlagen haben, oder? Überall Blut und Geschrei, mein kleiner Priester, wie eine Herde frisch kastrierter Pferde.«

»Manche Dinge«, sagte Bruce nachdenklich, »lässt man besser weg, um Frauen und Kinder nicht zu erschrecken.«

Er sah den Hundejungen an, der zustimmend nickte, allerdings sah er aus wie jemand, der sich nicht so leicht zufriedengeben würde. Bruce erinnerte sich an das letzte Mal, als er mit dem Hundejungen gesprochen hatte, doch er konnte sich nicht erinnern, wann das war. Da war es um Ehre und Gelübde gegangen, das wusste er noch, und wie angeekelt von sich selbst er sich damals gefühlt hatte.

»Und was habt Ihr über den Mord am Roten John geschrieben?«, wollte der Hundejunge von dem Priester wissen, aber Hal war mit einem Sprung neben ihm.

»Nun mal langsam«, sagte er. Er wagte nicht, Bruce anzusehen. Doch Bruder Bernard wirkte ebenfalls unschlüssig.

»Nun«, erwiderte er mit einer beschwichtigenden Handbewegung, »Mord war es nicht, denn es war nicht kaltblütig geplant, *nae praecognita malitia,* nein, auf keinen Fall. Es war eher ein plötzlicher, hitziger Streit, ein Zwist, den man juristisch *chaudmelle* nennt. Trotzdem, sowohl das kirchliche als auch das weltliche Recht verurteilt Streitereien und Fehden – aber Gottes Geschöpfe sind nun mal Sklaven irdischer Leidenschaften …«

Er sah ihre Gesichter und merkte, wer hinter ihm stand. Plötzlich schien er in sich zusammenzusacken.

»So jedenfalls lautet die Begründung, Mylord«, schloss er zaghaft. »Wie ich gehört habe«, fügte er noch leiser hinzu.

In Bruce' Ohren dröhnte es bei der Erinnerung daran, wie leicht seine Klinge in Badenochs Körper gefahren war, als ob unter dem dicken Wollstoff, den er am Leib trug, nichts weiter gewesen wäre.

»Sucht eure Sachen zusammen«, sagte Hal barsch, um sie wieder auf den Boden der Tatsachen zurückzubringen. Bruce lachte leise auf.

»Bei Gott«, sagte er, »wenn man mit Leuten von Herdmanston diskutiert, wird man doch nie enttäuscht. Passt gut auf sie auf, Sir Hal – und auf Euch auch. Ich habe noch eine ganz besondere Aufgabe für Euch.«

Dann wandte er sich an den verängstigten Mönch und schlug ihm auf die Schulter, aber auch wenn es scherzhaft gemeint war – sein Gesicht drückte es nicht aus.

»Chaud-melle«, wiederholte er. »Ein hitziger Streit. Irgendwie gefällt mir das.«

Hal sah ihnen hinterher. Bernard von Kilwinning erläuterte

seine Theorie, und Bruce schien ihm zuzuhören. Keine böswillige Absicht, dachte Hal – tatsächlich, das würde besser passen als meine Vermutung, von der ich aber immer noch nicht so recht überzeugt bin.

Nämlich, dass es von Anfang bis Ende geplant war, einschließlich Bruce' Schockzustand hinterher.

KAPITEL 10

HERDMANSTON, LOTHIAN
TAG DES HEILIGEN CUTHBERT VON DUNBAR, MÄRZ 1306

Selbst Gott ruhte am siebten Tag, dachte Hal, aber Malenfaunt hält sich für etwas Besseres – außerdem sitzt ihm die Fratze des Teufels selbst im Rücken, die hier dem Earl von Buchan bemerkenswert ähnlich sieht.

Zusammen mit Patrick, dem jungen Erben des Markgrafen – der mitgekommen war, um die Sache zu legitimieren – war er in einer Wolke von Selbstgerechtigkeit am Wohnturm von Herdmanston aufgetaucht, offiziell um Malenfaunts Recht auf Herdmanston zu demonstrieren und einen der grausamen Mörder des Lords von Badenoch festzunehmen. Doch in Wirklichkeit – was aber jeder der Belagernden sorgfältig zu verschleiern suchte – ging es Buchan mehr um seine Frau und ihren Liebhaber.

Sim, auf seine Ellbogen gestützt, hielt mit ihm zusammen auf den Zinnen Wache. Sie versuchten angestrengt, im Regen etwas zu erkennen.

»Ist das nicht der junge Patrick dort unten?«, fragte Sim, und Hal richtete sich auf und sah hinunter. Sie hörten einen dumpfen Schlag, dann spürten sie an den Fußsohlen ein leichtes Vibrieren, und beide Männer duckten sich instinktiv.

»Passt auf Euren Kopf auf«, warnte Sim, über dessen bärtiges Gesicht Schweiß und Regenwasser lief. Hal lehnte sich gegen die Zinnen, das Gesicht zum verregneten Himmel erhoben. Er dachte nicht, dass die Bolzen der mechanischen Belagerungsarmbrust auf der Lafette dort unten ihm gefährlich werden könnten, denn sie zielten, seitdem die Belagerer hier waren, immer in dieselbe Richtung – nämlich auf den Eingang des Wohnturmes.

Es hatte den Feind vier Tote und doppelt so viele Verwundete gekostet, bis sie die dicke, mit Nieten und eisernen Bändern verstärkte Eichentür so stark mit Öl getränkt hatten, dass sie schließlich brannte. Jetzt hingen nur noch verkohlte Holzreste und verbogenes Metall in den Türangeln. Die große Armbrust zielte auf das innere Tor mit dem eisernen Fallgitter, hatte jedoch bisher nichts weiter ausrichten können, als die Mauern um das Tor leicht zu beschädigen.

Sim hatte sich geschworen, dem kleinen gedungenen Kerl, der für Buchan dieses Monstrum nach Herdmanston gebracht hatte, einen dieser Bolzen in den Arsch zu schießen.

Er hätte auch gern einen Bolzen seiner eigenen Armbrust dafür geopfert, nur war die Entfernung zu groß. Vorsichtig spähte er über die Zinnen und sah das hölzerne Gestell dieser Vorrichtung, an der drei emsige kleine Flamen gerade wieder mit vereinten Kräften drehten, um sie erneut zu spannen. Dann prüften sie den Schusswinkel und veränderten ihn vielleicht um Haaresbreite. In der Nähe saß Patrick von Dunbar stolz auf einem tänzelnden Destrier in einer Schabracke, die mit Familienwappen übersät war. Er gestikulierte wild und machte Vorschläge, die die flämischen Kriegsbaumeister aber völlig ignorierten.

Sim drehte sich um und ließ sich neben Hal nieder. Seite an Seite saßen sie nass und missmutig auf dem Dach.

»Das ist der Sohn des Markgrafen höchstpersönlich, der kleine Grünschnabel von Dunbar. Den haben sie hierhergeschickt, damit er sich mal so richtig aufplustern kann«, sagte er voll Bitterkeit. Patrick von Dunbar war da, weil sein Vater, der Markgraf, zu alt für dieses Unternehmen war. Aber Marjorie, seine Mutter, war eine Comyn, nämlich die Schwester von Buchan.

»Also, der Junge des Markgrafen und der Earl von Buchan. Wenn es stimmt, dass man einen großen Mann an seinen Feinden erkennt, dann seid Ihr der größte Ritter der Christenheit, Lord Hal. Denn wie ich höre, will Longshanks auch kommen«, brummte Sim.

»Ich habe gehört, er soll in Berwick sein«, entgegnete Hal tonlos. »Und in Lochmaben, in Stirling und in Perth. Und dass ihm ein Schwanz gewachsen ist, passend zu seinen englischen Hörnern.«

»Trotzdem«, murmelte Sim, »auch zwei der ranghöchsten Edelleute im Land sind schon mehr als genug – und zwei zu viel. Was glaubt Ihr, sind sie wegen der Gräfin gekommen – oder wegen der anderen Sache?«

Das war genau die Frage, die Hal beschäftigte und weswegen er nicht geflohen war und seine Burg bis zum letzten Atemzug verteidigen wollte. Denn unten in der Halle war Isabel, und neben ihr befand sich ein verhüllter Stein – die »andere Sache«, die Sim erwähnt hatte.

Eine Ewigkeit schien vergangen zu sein, seit Bruce ihn in die dunklen Gewölbe von St. Mungo gerufen hatte, wo Wishart und Bernard von Kilwinning mit Lamberton gestritten hatten. Der war gerade aus Berwick geflohen und hatte von den völlig überrumpelten Engländern berichtet, die sich anscheinend nicht einig waren, was sie als Nächstes tun sollten.

Bruce, voll Entschlossenheit und vom Mord an dem Roten Comyn gerade frisch absolviert durch die alte Bulldogge, den Bischof Wishart selbst, reagierte auf dieses scheinbare Versagen der Engländer mit Spott.

»Edwards Zorn mag mit Verzögerung kommen, aber wenn er kommt, wird er furchtbar sein. Ich habe ihm durch Lord Tibbers einen Brief geschickt, in dem ich ihn wegen verschiedener Dinge um Vergebung bitte, habe ihn aber auch gewarnt, dass ich mich mit meinem längsten Knüppel verteidigen werde, wenn er hinter mir her kommen sollte. Ich erwarte nicht, dass er mir verzeiht.«

Das waren Dinge, die nicht für die Ohren der Bischöfe geeignet waren, denn Wishart verfasste bereits empörte Predigten, in denen er Bruce' Handeln verteidigte und seine bevorstehende Krönung rechtfertigte.

»Auf keinen Fall darf der König mit diesen Taten in Zusammenhang gebracht werden. Ein König dieses Reiches hat nichts mit Untaten und kaltblütigem Mord zu tun«, hatte er bei einem der vielen Treffen gepredigt, wobei Kirkpatrick trocken aufgelacht hatte, was ziemlich mutig war, wie selbst Hal fand.

»Ja, stimmt, dafür hat er ja mich.«

Das war eine Wahrheit, die niemand zugeben wollte, und schlagartig wirkten alle Gesichter am Tisch unbeteiligt, und man tat so, als seien diese Worte niemals gefallen. Hal empfand ein plötzliches Mitleid mit Kirkpatrick, den das Gefolge der neuen Lords hämisch ansah und hinter seinem Rücken den »alten Hund« nannte, wenn sie sicher sein konnten, dass er es nicht hörte, denn niemand wurde mehr gefürchtet oder stand Bruce näher als der schwarze Kirkpatrick.

Doch Hal bemerkte auch, dass Bruce, je näher er dem Thron kam, sich desto mehr von seinem »alten Hund« distanzierte.

Hal, der sich im Strudel all dieser Geschehnisse ziemlich nutzlos vorkam und genau wusste, wie sehr Kirkpatrick sich ärgerte, war fast erleichtert, als Bruce ihn zu sich rief.

»Ihr müsst mir einen Dienst erweisen«, sagte er und fing an zu erklären. Wishart hatte die kostbaren königlichen Gewänder gerettet, sogar das königliche Banner und eine von den Kronen – aber das Wichtigste fehlte noch. Sogar das Kreuz hatte sich auf wunderbare Weise wieder eingefunden, es war Lamberton in Berwick von einem Fremden übergeben worden, von dem der Bischof überzeugt war, dass es ein Templer war. Ein Mann namens de Bissot, und er brachte die Reliquie, wie er sagte, »im Frieden Christi, und damit sie an ihren rechtmäßigen Ort zurückkehre«.

Aber einer von Wisharts Schreibern war festgenommen worden, worauf Lamberton Berwick schleunigst verließ. Er zweifelte keine Minute daran, dass der Mann einer peinlichen Befragung unterzogen werden würde, und wollte lieber nicht in der Nähe sein, wenn er erzählte, was er wusste.

Hal und Kirkpatrick sahen sich an, als sie das hörten. Sie wussten, wann und wo das Holzkreuz von Lamprechts Hals gerissen worden war, und für einen Augenblick schien ihre alte Freundschaft wieder zu erwachen. Doch dieses Gefühl währte nicht lang.

»Ich habe also das Kreuz und eine anständige Krone«, sagte Bruce zu Hal, als er ihn beiseitegenommen hatte. »Aber ich brauche den Stein. Und jemanden, der mich krönt, und das muss jemand aus dem Hause MacDuff sein. Und weil MacDuff selbst ein Junge ist und von den Engländern festgehalten wird, gibt es nur noch einen Kandidaten, der die Aufgabe übernehmen kann.«

Isabel, die Gräfin von Buchan. Als ob es nicht schon schlimm genug war, dass sie noch immer von ihrem Mann verfolgt wurde, weil sie fortgelaufen war, dachte Hal bitter – jetzt will Bruce ihr auch noch die letzte Chance nehmen, dass er ihr verzeiht. Ausgerechnet von ihr verlangt er, dass sie ihm die Krone aufs Haupt setzt. Neben dem Stein von Scone, dem Heiligen Kreuz und dem Segen der Bischöfe wären damit alle Bedingungen erfüllt, um der Krönung Legitimität zu verleihen. Aber für Isabel, dachte Hal, würde das den endgültigen Bruch mit ihrem Ehemann bedeuten.

Er war mit den Männern von Herdmanston nach Roslin geritten, wo sein Verwandter und Namensvetter, Sir Henry, ihn willkommen hieß. Der fragte ihn nach Neuigkeiten und war schon damit beschäftigt, Leute zu mobilisieren und seine Burg auf eine Belagerung vorzubereiten. Nachdem Hal auch von Henrys Frau begrüßt worden war und sich die Kinder freudig an ihn gehängt hatten, stiegen er, Illmade Jock und Sir Henry hinab in das dunkle, kalte Kellergewölbe und suchten die geheime Nische im Boden. Dort lag der geschmuggelte Krönungsstein, der seit mindestens zehn Jahren kein Tageslicht mehr gesehen hatte. Rotgolden glänzte er im Fackellicht. Es hatte Mord und Verrat gekostet, um ihn den Engländern zu entwenden, jetzt wurde er hinausgetragen, in Säcke gewickelt und auf einen Karren geladen.

Sir Henry von Roslin wischte sich den Schweiß von der Stirn und packte Hals Handgelenk mit festem, fast verzweifeltem Griff.

»Ich bin sehr froh, dass ich diese Verantwortung jetzt los bin«, sagte er mit einer Kopfbewegung nach dem Karren hin. »Ich beneide Euch nicht um Eure Aufgabe. Aber ich werde trotzdem nach Scone kommen und auch Männer für den König mitbringen.«

Für den König. König Robert. Es klang merkwürdig, und als Hal das blasse, ängstliche Gesicht von Sir Henrys Frau sah und die Kinder, die sie an sich drückte, erkannte er die ganze Tragweite der neuen Gefahr, die das Königreich bedrohte. Ein weiterer Aufstand – Hal verfluchte Robert Bruce dafür, besonders, weil er Isabel in diesen Strudel mit hineinziehen wollte.

Davon sprach er auch zu Isabel, als er sich in der großen Halle am Feuer wärmte. Zusammen mit dem Hundejungen, Illmade Jock, Mouse und ein paar anderen hatte er den Karren mit dem Stein mühsam nach Herdmanston zurückgebracht, von Wind und strömendem Regen gepeitscht, sodass alle froh waren, als sie das elende Ding endlich in den Hof hieven konnten.

Sie hatte ihn angelacht, mit ihrem roten Haar und den dunkelblauen Augen.

»Ich wusste immer, dass der Moment kommen würde, wo das von uns verlangt werden würde«, sagte sie, und es klang selbstsicherer und mutiger, als sie sich in Wirklichkeit fühlte. Und mit einem leichten Zittern in der Stimme fügte sie hinzu: »Wie oft passiert es denn, dass ein kleiner Lord von Herdmanston zwei der drei Krönungsinsignien in seinem Besitz hat?«

Für einen Moment kam es ihm vor, als sei der Raum voll von Königen und Prinzen, von Edlen und Vornehmen, sie drängten sich um sie, glänzend, unbesiegbar, und erfüllten die Halle mit ihrer unsichtbaren Macht. Dann lösten sie sich auf und waren verschwunden, aber Hal wusste, wenn er den Himmel und die Erde bis in ihre letzten Winkel durchsuchen würde, es gäbe niemanden, den er in diesem Moment mehr lieben könnte als Isabel.

Doch alle wohlige Wärme war am nächsten Morgen verschwunden, als Scabbit Wull fröstelnd die Leiter vom Dach heruntergestiegen war und seine Neuigkeit verkündete.

Der Feind stand vor dem Tor.

Bei der Erinnerung daran schüttelte es Hal. Es regnete immer noch. Robert Bruce saß in Scone und wartete ungeduldig darauf, zum König gekrönt zu werden, und Hal fragte sich, wie lange er warten würde, ehe er die Krönung einfach selbst durchführen würde.

Selbst jetzt konnte Hal sich nicht sicher sein, warum Buchan und Dunbar ihn belagerten, ob es der verborgene Stein oder die Rache wegen Isabel war. Eines war ganz sicher, es hatte nichts mit Malenfaunts fadenscheinigen Ansprüchen zu tun, der war in der ganzen Sache nur ein Vorwand und Buchans Marionette.

Aber das war nicht weiter wichtig. Der verwünschte Stein lag jetzt, nachdem er mit viel Mühe die Treppe hinauf und über den Wehrgang in den Wohnturm gewuchtet worden war, in der Torhalle, von einer Leinendecke verhüllt, wo er Isabel als Tisch für ihre Utensilien diente, die sie zur Behandlung der Verwundeten brauchte. Sowohl der Stein als auch Isabel würden in einem Triumphzug zur Schau gestellt werden, falls Herdmanston fallen sollte, da war sich Hal sicher – und genauso sicher war er, dass das Einzige, was man von ihm zur Schau stellen würde, sein Kopf wäre.

Hal folgte Sim zur Falltür und die steile Treppe hinab zu seinem Schlafzimmer. Dort stand er einen Moment, bis auf die Haut durchnässt, und betrachtete das große Fenster mit den Sitzbänken in der tiefen Nische, das jetzt mit Fensterläden fest verschlossen war.

Irgendwo dort draußen war Buchan, schlecht gelaunt wie eine nasse Katze, und wartete ungeduldig darauf, sich am Liebhaber seiner Frau zu rächen. Malenfaunt andererseits wollte sich für alles rächen, was mit Bruce zu tun hatte, während Dunbar und sein Gefolge von gerechtem Zorn für den Mord an Badenoch getrieben waren – und alles das waren Gründe, warum Hal hier nicht lebend herauskommen würde, wenn Herdmanston fallen sollte.

Eine Bewegung brachte ihn in die Gegenwart zurück. Der Hundejunge saß mit dem Bogen in der Hand im Schatten und spähte zwischen den Ritzen der Fensterläden hinaus, um sicherzustellen, dass es niemandem einfiele, hier an dieser Schwachstelle des Turmes hochzuklettern. Grinsend sah er Hal an, sein Gesicht war dunkel von dem Bart, der ihm neuerdings spross, die Arme muskulös von der Arbeit mit den Hunden.

»Niemals aufgeben, Mylord«, sagte er, und Sim brummte zustimmend, als er die Treppe hinunter in die Halle polterte.

Hal blieb einen Moment stehen und zwang sich zu einem Lächeln. Der Hundejunge, der mit zwölf Jahren von Douglas zu ihm gekommen war, erinnerte Hal immer noch an seinen Sohn, der ganz in der Nähe, zusammen mit seiner Frau und seinem Vater, unter dem Steinkreuz lag.

Ein Steinkreuz, dachte er bitter, keine vierzig Schritte von dieser verfluchten Belagerungsarmbrust entfernt, die Gräber zertrampelt und entweiht von den Stiefeln der Soldaten, die Kapelle missbraucht für ihre Ausrüstung.

Unten, im Halbdunkel der großen Halle, waren Alehouse-Maggie und eine Handvoll Mütter – hier eine Jane und eine

Bess, dort eine Muriel, alle aus den umliegenden Hütten. Sie drängten sich um das kümmerliche Feuer und sangen mit leiser Stimme, um die verstörten Kinder zu beruhigen. Isabel kümmerte sich um jemanden, der auf einem Rollbett lag. Sie drehte sich um, als sie Hals Schritte auf dem Fliesenboden hörte.

»Sein Zustand ist stabil«, erklärte sie, dann beugte sie sich hinunter und schnupperte. »Riecht aber immer noch wie eine Latrine.«

Der Patient auf dem Bett gab ein leises Lachen von sich, und Hal trat näher und sah ihn an. Das dunkle Haar war wirr und das blasse, schiefe Gesicht voll Hoffnung, aber die Wunde, die Isabel gerade frisch verbunden hatte, blutete noch immer.

»Es gibt zwei Dinge, die nach drei Tagen stinken«, sagte Illmade Jock mit schwacher Stimme, »Fisch und ungebetene Gäste.«

Hal sagte nichts. Jock war vor drei Tagen von dem Bolzen einer Armbrust getroffen worden, der sich in seine Einzelteile aufgelöst hatte und von der Mauer zurückgeprallt war. Der Schaft war zersplittert und die Spitze ebenfalls, deshalb war Jock nicht gleich getötet worden. Aber die Trümmer mussten aus seiner Achselhöhle herausgeschnitten werden, wobei er mehr Blut verloren hatte, als er entbehren konnte. Für Hal war klar, dass er sich zu den vier anderen gesellen würde, die während der siebentägigen Belagerung gestorben waren.

Die Hunderte, die draußen den Turm belagerten, hatten mindestens ein Dutzend eingebüßt, die meisten von ihnen am ersten Tag, als sie die Treppe hinaufgestürmt waren, wo eine Lücke von sechs Fuß überwunden werden musste, um zu der Eichentür zu gelangen. Diese Tür mit Axt und Feuer zu zerstören hatte sie die meisten Leute gekostet, weitere waren von Sim und dem Hundejungen vom Dach aus erschossen worden, bis die Belagerungsarmbrust eintraf und die Angreifer sich zurückziehen mussten.

Sie hatten fast den ganzen Tag gebraucht, um dieses Gerät aus Holz und Metall zusammenzubauen – aber dann hatte es angefangen, große, lange und dicke Bolzen durch das zerstörte Tor zu schießen, in der Hoffnung, das Gittertor dahinter ebenfalls zu bezwingen. Die Narben im Mauerwerk zeigten, dass sie es noch nicht getroffen hatten, aber das ununterbrochene Surren und Einschlagen, das Kreischen, wenn sie nachluden und wieder spannten, strapazierte jedermanns Nerven.

Isabel trat zu ihm, ihre Locken quollen unter dem Kopftuch hervor. Wieder schlug ein Bolzen ein, aber es war nur der Lärm, der alle erschrecken ließ, denn hier unten waren die Mauern von Herdmanston mehrere Ellen stark.

»Was werden sie jetzt machen?«

Sie sprach Französisch, damit Maggie und die anderen seine Antwort nicht verstehen konnten.

Hal dachte nach. Der Wohnturm hatte eine Höhe von zehn hochgewachsenen Männern und stand auf einem Hügel, der jeden Belagerungsturm so weit auf Abstand hielt, dass man das Obergeschoss nicht erreichen konnte, selbst wenn man einen genügend hohen Turm bauen könnte. Und mit einer kürzeren Leiter war nichts zu erreichen, und auch Leinen mit Haken daran konnte man nicht so weit werfen. Der Garten war geplündert und alle Außengebäude verbrannt – obwohl das meist nur die Reetdächer betraf, denn der Lehm auf dem Flechtwerk wurde durch das Feuer nur noch härter, und die wenigen Steingebäude waren intakt, auch wenn das Dach fehlte.

In den Kellern von Herdmanston lagerte genug Fleisch, Gerste und Hafer, und solange der Regen anhielt, würden auch die Zisternen voll bleiben. Trotzdem, es gab leider nur wenige kampffähige Männer auf Herdmanston und zu viele Frauen und Kinder, um einer langen Belagerung standzuhalten, also würden logisch denkende Feinde – so dachte Hal – abwarten und die Sache aussitzen.

Doch er wusste, dass Buchan alles andere als logisch dachte. Keiner von denen dort draußen dachte logisch, jeder von ihnen war viel zu sehr von seinen eigenen Begierden und Interessen in Anspruch genommen, um abwarten zu können. Sie würden angreifen, und die einzige Möglichkeit war der Torbogen, wo die Eichentür gewesen war und das eiserne Gittertor bis jetzt standhielt. Dort würden sie angreifen, aber erst müssten sie das Gittertor bezwingen.

»Und dann werden sie verhandeln wollen«, sagte Hal mit ironischem Lächeln, »weil es einen Einbruch darstellt und die Etikette es verlangt. Der junge Patrick wird darauf bestehen, der ist ja fast ein kleiner Arthur, wenn es um Ritterehre geht.«

Sie nickte und sah ihn mit ihren tiefblauen Augen an.

»Ich sollte gehen«, fing sie mit leiser Stimme an, aber er legte ihr einen Finger auf die Lippen.

»Das wirst du nicht tun, mein Lämmchen«, sagte er. »Das sind doch alles nur formale Gesten, damit Dunbar als Ehrenmann dasteht. Wenn wir die Burg nicht halten können, *kann* es gar nicht gut ausgehen – denn egal, wie das Friedensangebot aussieht, wir beide werden davon ausgenommen sein.«

Sie sah auf die Kinder, die Annie beruhigt hatte und jetzt vorsichtig über die Wendeltreppe ins Kellergewölbe führte, wo es zwar sicherer war, aber auch dunkler, trotz der Fackeln, die sie sich eigentlich nicht leisten konnten.

»Aber die Kinder«, sagte sie so bittend, dass Hal sich zwingen musste, fest zu bleiben.

»Die Frauen und Kinder werden sie vielleicht ziehen lassen«, erwiderte er, »aber sie müssten weit von hier weggehen, ohne warme Kleidung, ohne Essen und ohne ein Dach über dem Kopf, ehe sie vor diesen Soldaten in Sicherheit wären.«

Er kratzte sich den Kopf und sie sah, wie müde er wirkte.

»Und außerdem«, fuhr er fort und machte eine Handbewegung zu dem Stein, der unverdächtig unter der Decke dalag, »ist da noch das da. Allein mit dem Stein könnte Buchan Bruce' Krönung anfechten. Aber er hätte ja außerdem auch noch dich, die er zur Schau stellen könnte. Willst du das wirklich?«

»Eher würde ich sterben.«

Er merkte, wie sie zitterte, als sie ihren Kopf an seine Brust legte. Er roch nach Schweiß, Leder und Holzrauch, aber es ging auch eine Stärke von ihm aus, an die sie sich klammerte wie eine Ertrinkende. Sie wurde mutlos, als sie daran dachte, was ihnen bevorstand.

Sie würden hier sterben.

Eine plötzliche Explosion ließ sie auseinanderfahren, es klang, als hätte jemand einen riesigen Kessel die Steintreppe hinuntergeworfen. Kinder heulten, alles schrie durcheinander, und Hal und Sim rannten die Treppe zum Torhaus hinunter.

Hier hatten sich bereits Bewaffnete zur Verteidigung eingefunden, aber Hal stellte fest, dass der Feind nicht eingedrungen war. Das Gittertor allerdings war offen und hing in den Angeln. In einer Ecke war die Mauer mit Blut bespritzt, und darunter lag ein Kleiderbündel, aus dem ebenfalls Blut lief und sich zu einer dunklen Pfütze sammelte.

»Wull, unser Torwächter«, sagte Sim zu niemandem im Besonderen, aber mit so düsterer Miene, als sei dieser schuld an allem.

Hal überlief es kalt. Der alte Wull war schon zu Zeiten seines Vaters Torwächter gewesen, ein widerspenstiger alter Brummbär, der ständig an allem herumgenörgelt hatte.

Es war nicht schwer zu erkennen, wo die Armbrust getroffen hatte. Ein dicker Bolzen mit Eisenkopf war durch das zerstörte Tor geschossen und hatte das Eisengitter über dem Schloss getroffen und verbogen, wenn auch nicht durchschlagen.

Aber der Bolzen war zerborsten und hatte einen Hagel aus Holz und Metall ausgelöst, in den Wull geraten war, seinen Topfhelm wie immer schief auf dem Kopf, in der Hand das alte, schartige Schwert, dessen Griff klapperte, sobald er es drohend schwang. Die Wucht der Metall- und Holztrümmer hatte ihn zerrissen und das Schloss am Gittertor zerschlagen.

»Holt Hämmer«, ordnete Hal an, als er den Schaden sah. »Und bringt Leckie, den Schmied, mit«, rief er den Männern hinterher, die sich gehorsam auf den Weg machten.

Einen Moment lang standen Sim und er grimmig und stumm da, während sich um sie herum eine fieberhafte Geschäftigkeit entfaltete. Der mächtige Riegel war zwar zerstört und konnte nicht mehr repariert werden, aber man konnte das Tor immer noch verbarrikadieren …

Sie sahen sich an.

»Sie werden es gehört haben«, brachte Sim mühsam heraus, und Hal nickte. Er hörte, wie die Frauen die weinenden Kinder beruhigten, und merkte plötzlich, dass es an vielem fehlte: an Binsen für die Fußböden, an Fackeln, an Pfeilen …

Sie würden Verhandlungen anbieten, und Hal wusste nicht, ob er sich darauf einlassen sollte.

»Ihr seid Euch sicher, Master Ingeniarius?«

Gaultier nickte, und seine beiden Assistenten, die sich als Schutz gegen den Regen Säcke über die dreckigen Köpfe gezogen hatten, nickten wie mechanische Spielzeuge.

»Durch den Torbogen«, sagte der Flame zufrieden. »Es hat schwer gekracht, also hat es das Gitter getroffen. Wir haben es alle gehört.«

Und die beiden Spielzeugmännchen nickten erst ihm, dann sich gegenseitig und schließlich dem finster dreinblickenden Malenfaunt zu. Patrick von Dunbar, das runde Gesicht mit dem dünnen Schnurrbärtchen von seiner Kettenhaube eingerahmt, sah den Earl von Buchan strahlend an.

»Ein sauberer Treffer, bei Gott. Zumindest ist es beschädigt. Das kann man doch als einen Durchbruch bezeichnen, oder?«

Buchan, dem das dünne Haar am Schädel klebte, nickte zustimmend, runzelte aber die Stirn. Seiner Meinung nach hatte man schon viel zu viel Zeit mit dieser Sache vertan, und der Grund für all dies saß in der Halle und zitterte vermutlich vor Angst davor, was man jetzt mit ihr machen würde. Und sie hat auch allen Grund zu zittern, dachte er brutal.

»Ein weißes Friedenszeichen«, fügte Patrick mit Bestimmtheit hinzu. »Wie besprochen. Und ich verlasse mich hierbei auf Euch, Mylord, so hatten wir es ausgemacht.«

Malenfaunt lachte höhnisch, sagte aber nichts. Er sprach wenig dieser Tage, seine gespaltene Zunge machte sowieso alles unverständlich, und zusammen mit der tiefen Schmach, die in ihm schwelte, genügte das, um alle auf Abstand zu halten.

Malise, der geduldig und tropfnass neben seinem Earl stand, sah Malenfaunt an und dachte daran zurück, wie dieser in dem Turnier mit Bruce unterlegen war. Ihm fiel ein, dass er auch in irgendeinen Skandal in einem Nonnenkloster in Berwick verwickelt gewesen war, wo man die Bewohnerinnen später herausgetrieben und befragt hatte.

Selbst jetzt gab es noch Gerüchte über Teufelsanbetung und Schlimmeres, und mehr als einmal war Malenfaunts Name dabei genannt worden. Er war hier, weil de Valence ihn aus seinem Gefolge ausgeschlossen hatte, und wurde von jedem Edelmann gemieden, der auch nur ein Fünkchen Ehrgefühl im Leibe hatte. Deshalb versuchte Malenfaunt jetzt, sich beim Earl von Buchan einzuschmeicheln, denn immerhin war er einst der Gefangenenwärter von dessen widerspenstiger Frau gewesen.

Ein Krieg käme dem hier gerade recht, dachte Malise, denn damit wären alle Anklagen gegen ihn mit einem Schlag vergessen und es könnte sein Ansehen sogar wieder verbessern. Und bald würden alle Ritter gebraucht werden, sobald Longshanks sich endlich von seinem faltigen Arsch erhob und anfing zu brüllen wie der mottenzerfressene Löwe, der er nun mal war.

Er wusste, diesmal war es keine Frage, auf welcher Seite die

Buchans, die Balliols und Comyns stehen würden – auf der Seite nämlich, die Bruce zum Gegner hatte.

»Ich habe meine Gründe, warum ich hier bin«, sagte Buchan säuerlich, indem er seinen Panzerhandschuh auszog und sich das nasse Gesicht abwischte. »Bietet an, was immer Ihr wollt, aber weder die Gräfin noch Hal von Herdmanston werden mit einbezogen. Denn bei Gott – die beiden gehören mir.«

Im Nieselregen versammelten sie sich bei dem Steinkreuz und hielten einen Schild hoch, der mit weißem Leinen verhüllt war. In dem schwarz verräucherten Torbogen erschienen zwei Gestalten, von denen die größere mit dem Dachsbart eine schwere Armbrust geschultert hatte. Diejenigen, die Sim und den Lord Hal erkannten – Dunbars Männer und ein paar aus dem Ort, die man für Lohn angeworben hatte –, schickten ein paar freundliche Rufe zu ihnen hinüber, wurden jedoch schnell zum Schweigen gebracht. Bis auf einen.

»Hallo, Sim Craw – ›niemals aufgeben‹ ist also die Devise!«

Der unverwüstliche Davy Scott von Baccleuch brachte die anderen Schotten zum Lachen, die spöttisch auf die wütenden Blicke von Comyns Gefolge reagierten.

»Davy Scott – von dir habe ich lange nichts mehr gehört, seit … bei Gott, das müsste Roslin Glen gewesen sein. Wie lange ist das her?«

»Drei Jahre«, rief Scott zurück, ohne sich um die missbilligenden Blicke der anderen zu kümmern.

»Das war ganz unglaublich«, rief Sim. »Ein großartiger Sieg, wie ich hörte.«

»Richtig, Mann«, rief Davy begeistert, und seine dunklen Augen strahlten. »Überall Kerrs, die auseinanderstoben wie die Hasen. Ich sah Kerrs aus Cessford und Graden und andere, sogar von drüben aus Teviotdale. Ein Riesenspaß.«

»Und Engländer«, sagte Sim trocken. Davy Scott hatte den Anstand, ein beschämtes Gesicht zu machen. Nicht nur, weil er sich wieder mal von einer alten Fehde hatte hinreißen lassen, sondern weil er jetzt eigentlich aufseiten der Engländer stand, die er damals mit so viel Begeisterung durch Roslin Glen gehetzt hatte.

»Na ja, die auch.«

Sim blickte in die Runde, bis er das Gesicht fand, das er gesucht hatte. Es war noch immer listig wie ein Fuchs, mit kalten, dunklen Augen, die aber jetzt vor Anstrengung zusammengekniffen waren.

Er sieht nicht mehr gut, dachte Sim, und boshaft sagte er zu sich selbst: Möge Gott dich blind werden lassen, Malise Bellejambe.

Malise spürte es und sah weg. Er fühlte sich nicht wohl unter dem Blick des großen, dicken Sim Craw, der ihn daran erinnerte, dass er vor Jahren einen Menschen kaltblütig ermordet hatte, Todd Wattie hatte er geheißen. Ein Freund von ihm, dachte Malise, und ihm wurde ungemütlich zumute.

Buchan und Hal ignorierten das alles, sie starrten sich an. Hal wunderte sich, wie mager der Mann war. Er ist zwar zehn Jahre älter als ich, dachte er, aber das ist keine Erklärung für dieses knochige, gelbe Gesicht, noch für die ungesunde, fiebrige Röte auf seinen Wangen. Er merkte, wie der Mann vor Zorn kochte.

Buchan betrachtete seinerseits Hal, der im Laufe der Zeit grauer geworden war, sein Gesicht von Sorgen gezeichnet. Aber das alles fiel Buchan gar nicht auf. Sein Magen krampfte sich zusammen, jetzt kam der Moment der Rache. Der Mann sah ihm ins Gesicht. Und mit einem plötzlichen Schwindelgefühl, wobei ihm fast übel wurde, merkte er, dass er keinerlei Triumphgefühl dabei empfand, sondern nur seine eigene, kleinliche Wut.

Dunbar hielt es für das Beste, die Sache in die Hand zu nehmen.

»Eure Leute bleiben am Leben und können in Frieden abziehen«, sagte er kurz zu Hal. »Ihr müsst die Gräfin aushändigen und Euch zusammen mit ihr meiner Gnade und der des Earls von Buchan ausliefern. Eure Burg wird dem Erdboden gleichgemacht.«

Eine kurze Stille, jemand holte tief Atem, alles wartete gespannt darauf, ob Herdmanston kapitulieren würde.

Patrick hoffte, er würde es nicht tun. Denn obwohl es eine blutige Angelegenheit werden würde, die Burg zu stürmen, wünschte er es sich mit der ganzen Leidenschaft seiner zweiundzwanzig Jahre. Er hatte so etwas noch nie erlebt, wie Malenfaunt wusste, der höhnisch den Mund verzog. Das Söhnchen des Earls würde schon merken, was es bedeutete – falls er es überlebte, dachte er.

Er selbst hatte solche Auseinandersetzungen stets vermieden, denn die Aussicht, im Streit um einen wertlosen Haufen Steine etwa durch die Hand irgendeines bewaffneten Kleinbauern zu sterben, schien ihm nicht ritterlich genug – andererseits, wenn er sich an das ehrenhafte, ritterliche Turnier mit Bruce erinnerte, hatte er ebenfalls Angst gehabt, sterben zu müssen, und hatte in Panik plappernd um sein Leben gebettelt.

Bei der Erinnerung daran hätte er am liebsten gekotzt, denn die nutzlosen Bemühungen seiner gespaltenen Zunge, die Bruce ihm stattdessen verpasst hatte, ekelten ihn selbst.

Die beiden, auf die es hier wirklich ankam, hatten sich mit ihren Blicken förmlich ineinander verkeilt, kalt und unbewegt wie Basilisken starrten sie sich an, bis Hal endlich sprach. Er wandte seine Augen nicht von Buchan ab, seine Antwort galt aber eigentlich Patrick von Dunbar.

»Ich werde hierbleiben«, sagte er leise. »Außerdem habe ich gerade erst die Schäden vom letzten Überfall ausgebessert. Mir wäre es lieber, die Burg würde stehen bleiben.«

»Ich bin Euer Lehnsherr«, erklärte Patrick hochnäsig, dann fiel ihm ein, dass er es nicht war und korrigierte sich schnell.

»Mein Vater ist es. Ihr schuldet ihm Lehnspflicht und eine Erklärung für Euer ständiges Umschwenken. Ich habe Euch mehr Ehre und Gnade zuteilwerden lassen, als Ihr verdient …«

»Spart Euch Eure Worte, das ist ihm egal, er ist jetzt ein Gefolgsmann von Bruce.«

Buchans Stimme war wie eine Peitsche, die Dunbar das Wort abschnitt.

»Wenn Ihr jetzt nicht aufgebt«, fuhr er fort, ohne Hal aus den Augen zu lassen, »ist das Euer Ende. Ich werde Eure Eingeweide an einen Pfahl nageln und Euch so lange drum herum laufen lassen, bis Euer Leben abgewickelt ist. Und ich werde die Hure zusehen lassen, ehe ich meine Männer auf sie loslasse. Und wenn die fertig sind, überlasse ich sie meinen Hunden.«

Patrick wollte protestieren, aber jetzt wandte Hal seinen Blick von Buchan ab und sah den jungen Lord von Dunbar an.

»Reg dich nicht auf, Patrick«, sagte er kameradschaftlich. »Du hast dich in schlechte Gesellschaft begeben, denn auch wenn Christus persönlich unter euch wäre, würde der Earl von Buchan ihn verraten.«

Jetzt mischte sich Malenfaunt mit einem ganzen Schwall unverständlicher Laute ein, dabei wurde er immer wütender, weil er dachte, dass niemand ihn verstand. Doch anscheinend irrte er sich. Zu seinem Erstaunen ergriff Malise Bellejambe das Wort.

»Mylord Malenfaunt meint«, sagte dieser, als er die verständnislosen Gesichter sah, »dass er eine Urkunde von König Edward persönlich hat, nach der Herdmanston ihm gehört. Er ist gekommen, um seine Burg in Besitz zu nehmen, und wünscht, dass Ihr sie mit sofortiger Wirkung aufgebt.«

Er runzelte die Stirn, als er die Stille und die Blicke aller wahrnahm, und wandte sich an den ebenfalls verblüfft aussehenden Malenfaunt.

»Was ist?«, wollte Malise wissen. »Das ist es doch, was Ihr gesagt habt, oder?«

Malenfaunt nickte, die Augen weit aufgerissen, wie ein Hund, dessen Herr die Peitsche weggeworfen hat.

»Herdmanston gehört mir«, knurrte Hal, »und dabei bleibt es.

Wenn Ihr mich oder die Meinen in Eure Gewalt bringen wollt, edle Herren, dann müsst Ihr Euch schon etwas mehr anstrengen.«

»Komm herein«, sagte eine leise Stimme, die so unverwechselbar klang, dass Buchan sichtlich zusammenfuhr.

Den roten Kopf stolz erhoben, stand sie hinter Hal und sah ihrem Mann mit blitzenden Augen ins Gesicht.

»Es hat keinen Zweck, mit einem Mann zu verhandeln, der seine Frau den Hunden vorwerfen will«, fügte sie auf Französisch hinzu und legte Hal leicht die Hand auf die Schulter. Der Hundejunge sah vom Dach aus, wie Buchan sich im Sattel höher aufrichtete, und selbst aus dieser Entfernung entging es ihm nicht, dass sein Gesicht vor Zorn fast schwarz anlief.

Buchan verstand Hals Lächeln bei ihrer Berührung als ein Triumphgrinsen in seine Richtung, und jetzt brachen bei ihm alle Dämme. Mit einem lauten Schrei bearbeitete er die Flanken seines Streitrosses derart brutal mit den Sporen, dass das Tier sich erschrocken aufbäumte und mit den Hufen in die Luft schlug, dann preschte es los. Buchan hatte das Schwert erhoben, er hatte vor, Hals Fußknöchel zu durchschlagen und ihn von der Treppe zu stürzen.

Da versetzte ein anderer Reiter seinem Pferd einen solchen Schlag auf die Schulter, dass es zur Seite sprang. Es war Davy Scott, der mit seinem Pferd Buchan den Weg verstellte und das wütende Gesicht Patricks von Dunbar sah. Dennoch spannte er die Armbrust, die er versteckt mit sich geführt hatte und an der Seite seines Pferdes so niedrig hielt, dass selbst die scharfen Augen von Sim Craw sie nicht entdecken konnten. Wenn er Hal von Herdmanston jetzt erschoss, würde Buchan ihn reich belohnen …

»Zügle dein Schwert!«, brüllte Patrick von Dunbar Buchan wütend an. »Wir haben Waffenstillstand, bei Gott!«

Einen Moment lang sah es so aus, als würde das Unvorstellbare geschehen, dass Buchan die Hand gegen den Sohn des Earls von March erheben würde – dann zischte ein Pfeil über alle Köpfe hinweg, den nur wenige wahrnahmen. Ein paar Männer schrien auf und wollten nach ihren Waffen greifen, doch noch ehe sie die Hand am Griff hatten, hatte der Hundejunge den besten Schuss seines bisherigen Lebens getan. Er traf Davy Scotts Oberlippe, der Pfeil drang geradewegs durch dessen Kopf.

Als seien die Fäden einer Marionette durchgeschnitten worden, sackte er zusammen, rutschte zur Seite und stürzte vom Pferd, die Armbrust fiel zu Boden, und der Schuss löste sich, sodass der Bolzen über die geduckten Köpfe hinwegflog.

Alles schrie erschrocken auf, und es entstand ein großes Durcheinander. Gedeckt von Sims Armbrust, brachte Hal Isabel zurück in den Turm, während Patrick von Dunbar Buchan und alle anderen um sich herum brüllend anwies, nicht anzugreifen.

Mit einem letzten brutalen Ruck am Zügel, auf den Bradacus mit schmerzhaftem Wiehern protestierte, riss Buchan sein Pferd herum und trabte davon. Das alte Schlachtross stieg vorsichtig über Davy Scotts Leiche, die Buchan keines Blickes würdigte.

Eine Stunde später machten sie den Versuch, die Burg zu stürmen. Es hatte aufgehört zu regnen, und die Sonne schien warm, sodass der Boden dampfte und ganze Wolken von Insekten erschienen, die die Pferde so plagten, dass sie wild an ihren Stricken rissen und für keine Aufgabe zu gebrauchen waren.

Die Männer versammelten sich mit grimmigen Mienen. Sie wussten, es würde ein harter Kampf werden, denn auch wenn sie weit in der Überzahl waren – es gab nur einen Weg in die Burg, und das war über die Treppe, auf der gerade zwei Mann nebeneinander gehen konnten.

Die ersten vier würden die Schilde tragen, vor sich und über ihren Köpfen. Die beiden nächsten würden die schwere Holzbohle tragen, so lang wie ein Mann, um die Lücke zwischen dem Treppenabsatz und dem Tor zu überbrücken. Die anderen würden ihnen mit Lanzen und Äxten folgen, Erstere, um die Verteidiger vom Tor zurückzudrängen, das zweifellos inzwischen verstärkt und verbarrikadiert sein würde, Letztere für den Nahkampf, bei dem Schwerter zu lang waren.

Der junge Patrick, dessen ernstes Gesicht vor Eifer glühte, ritt die Reihen entlang und versuchte, sich so ritterlich wie möglich zu geben. Er schlug Männern auf die Schulter, mit denen er normalerweise nicht einmal zusammen essen würde, und er selbst wollte diejenigen anführen, die die Holzbohle tragen würden.

Mit finsterem Gesicht, prächtig anzusehen mit den goldenen Weizengarben auf blauem Grund, stand Buchan da und beobachtete ihn. Aber es war ganz klar, dass er sich nicht selbst am Kampf beteiligen wollte. Es war nicht üblich, dass Earls in einem solchen Gefecht ihr Leben aufs Spiel setzten, und wenn dieser alberne Sohn eines Earls es unbedingt probieren wollte, dann war das seine Sache.

Das hatte er auch Malise gegenüber gesagt, als er ihn aufforderte, sich an dem Überfall zu beteiligen. Malise, in einer höchst unbequemen Rüstung und mit einer ungewohnten Axt und einem Schild in der Hand, stapfte unwillig los, aber die Waffen allein kamen ihm schon so schwer vor, dass er sich fragte, ob er damit überhaupt die Treppe hochkommen würde.

Malenfaunt hielt ihn auf, indem er ihm die Hand auf den Arm legte und etwas Unverständliches murmelte. Malise begriff nicht, warum außer ihm niemand sonst den Mann verstand, ihm war sonnenklar, was er sagte.

»Wartet, bis alle anderen drin sind«, warnte er, dann grinste er vielsagend. »Seht Ihr den Rauch dort?«

Malise sah ihn. Aus einer seitlichen Öffnung über dem Tor stieg eine dünne Rauchsäule auf, und verwirrt nickte er.

»Sie haben ein Feuer angezündet. In einer kleinen Küche, aber ich glaube nicht, dass sie dort ein Huhn braten wollen.«

Sie beobachteten den Angriff. Die Männer mit den Schilden, geduckt und so schnell wie möglich, dann die mit der Bohle, die ihre Wut und Verzweiflung hinausbrüllten, um sich Mut zu machen.

Ein Pfeil prallte auf einen Schild, ein Bolzen traf einen weiteren Schildträger in den Oberschenkel, und er fiel schreiend und mit lautem Getöse hin. Die Bohle wurde als Steg über den Graben gelegt, und mit anfeuerndem Gebrüll führte Patrick von Dunbar sie durch den Torbogen.

Das Gittertor war verrammelt und verstärkt mit dem Verbindungssteg, der normalerweise in die Burg führte. Außerdem hatte Leckie, der pfiffige Schmied, eine Eisenstange zu einem Ring gebogen, mit dem man das Gittertor wieder einigermaßen befestigt hatte. Patrick, der aus der Sonne kam und jetzt ins Dunkel spähte, sah undeutlich Gestalten, die Speerspitzen durch die Gittervierecke schoben.

Die Männer drängten vorwärts, und Patrick rief ihnen zu, sie sollten dem Metall am Tor mit ihren Hämmern zu Leibe rücken. Speere prallten auf Schilde – dann, plötzlich und unerklärlich, wichen die Männer hinter dem Gittertor zurück. Einen Moment lang waren die Angreifer verwirrt, weil niemand mehr da war, den sie angreifen konnten. Unschlüssig standen sie vor dem Gittertor und waren den anderen im Weg, die mit ihren Hämmern ankamen – dann hörte man ein lautes Zischen wie von einem plötzlichen Regenguss, und alles fing an zu schreien, als sich aus den Öffnungen über dem Tor kochendes Wasser über sie ergoss.

Malenfaunt nickte selbstgefällig, als die ersten Männer vor Schmerzen heulend aus dem Tor gerannt kamen. Drei von ihnen erwischten den Steg nicht oder wurden in der allgemeinen Panik hinuntergestoßen. Der Rest rannte und stolperte die Treppe hinab. Einer bekam einen Bolzen zwischen die Schulterblätter, und Malise wusste, den hatte Sim Craw geschickt, der hoch oben auf den Zinnen stand. Es überlief ihn kalt, wenn er daran dachte, dass er um ein Haar auch in dem Chaos gewesen wäre, wenn Malenfaunt ihn nicht davor bewahrt hätte.

Der junge Patrick kam heraus, vor Schmerzen heulend und schreiend zerrte er sich seinen Kettenpanzer vom Kopf und warf die gepolsterte Haube hinterher. Knappen und Diener rannten herbei und versuchten zu helfen. Schließlich waren sein Gesicht und der Kopf freigelegt, beides schwer verbrüht. Stöhnend ließ er sich ins Gras fallen.

»Bei Christi Blut«, murmelte Malise und bekreuzigte sich.

»Amen«, murmelte Malenfaunt trocken.

Sie trugen Patrick von Dunbar fort, der nun mit Gänsefett gesalbt wurde und Zeit hatte, sich über die Zusammenhänge zwischen ritterlichem Kampf und dem Verlust ritterlichen Aussehens Gedanken zu machen. Malenfaunt dagegen grinste und stieß Malise an, um ihn auf das wütende Gesicht Buchans aufmerksam zu machen, und obgleich dieser es nicht schätzte, wenn Malenfaunt sich über seinen Lord lustig machte, musste er zugeben, dass der Earl von Buchan in diesem Moment aussah wie ein Ochse, der eine Wespe im Arsch hat.

Hal hatte sich bisher nur sehr wenig am Kampf beteiligt, denn Illmade Jock lag im Sterben, und Mintie Laidlaw hatte sich über die Geschehnisse so aufgeregt, dass ihre Wehen zu früh eingesetzt hatten.

»Hol mir heißes Wasser«, sagte Alehouse-Maggie zu Mouse. »Und ein scharfes Messer, ich muss mir die Nägel schneiden.«

»Eine gute Hebamme sollte kurze Fingernägel haben und nicht trinken«, sagte Isabel mit einem Lächeln.

»Na ja, Mylady«, sagte Maggie augenzwinkernd, »das mit den kurzen Fingernägeln bekommen wir hin … Mouse, hol mir einen Napf mit Fett. Normalerweise würde ich ja Mandelöl nehmen, um jemanden wie Araminta Laidlaw einzufetten, aber jetzt muss es auch so gehen.«

Einige der Frauen lachten, weil sie Mintie und ihren Ausspruch kannten – »Ich mag zwar eine arme Frau sein, aber ich bin von edler Geburt« –, aber es ging unter in all dem Poltern und Klirren und Gebrüll, das von draußen hereindrang.

»Sieh zu, dass im Fett keine verbrannten Fleischreste sind«, rief Maggie hinter dem verwirrten Mouse her. »Wir wollen keinen Speck braten, sondern einem Kind auf die Welt helfen.«

Isabel kniete neben Hal, der Illmade Jock den Schweiß von seinem schiefen Gesicht wischte.

»Geh schon«, sagte Isabel leise. »Du wirst woanders gebraucht, und das hier ist nichts für einen Mann. Dieser arme Kerl wird allein vor seinen Schöpfer treten müssen, wie wir alle.«

»Gelobt sei Christus«, sagte Hal und betrachtete Alehouse-Maggie, die ihre Nägel kürzte und eine Reihe von Instrumenten vor sich aufbaute, die eher in eine Schmiede gepasst hätten als zu einer Entbindung.

»In Ewigkeit … und jetzt geh«, erwiderte Isabel.

Als er zum Tor kam, war der Kampf vorüber, und der letzte Mann stolperte gerade stöhnend davon. Zwei weitere lagen tot da, verbrüht und erdolcht. Hals Männer keuchten, aber sie wischten sich den Mund mit dem Handrücken ab und grinsten wie Wölfe.

Im nicht nachlassenden Nieselregen zogen sich die nächsten Stunden scheinbar endlos dahin. Hals Leute nahmen Piken mit zwanzig Fuß langen Schäften und scharfen Spitzen und schoben damit die Toten aus dem Torbogen nach draußen, ohne das Gittertor öffnen zu müssen.

Illmade Jock starb, als hätte man eine Kerze ausgeblasen. Sie legten ihn und das, was von Wull dem Torwächter noch übrig war, in den dunkelsten, kühlsten Teil des Gewölbekellers. Es war eine Geste der Hoffnung – wenn diese beiden ordentlich begraben werden sollten, mussten die anderen am Leben bleiben.

Minties Kind kam ohne Komplikationen zur Welt – ein Mädchen, das sie Margaretha nannte, was von den Frauen, die es mit liebevollem Gegurre umsorgten, sofort zu Greta abgekürzt wurde.

Vier Stunden später kam ein erneuter Angriff, gerade als es dunkel wurde und die Feinde schwerer zu erkennen waren. Sie schleuderten Netze mit brennendem Stroh in den Torbogen, und es gab Funkenregen und viel Rauch, in dessen Schutz sie sich hineindrängten, bewaffnet mit schweren Hämmern und einem Rammbock, um dem Gittertor damit zu Leibe zu rücken.

Hal sah sie durch die Rauchwolken ankommen, graue Gestalten, geduckt und dicht aneinandergedrängt, die Schilde erhoben. Schwarzer Löwe auf weißem Grund, ein roter Baum, ein Muster aus roten und gelben Streifen – nichts davon ergab einen Sinn für ihn, außer dass die nachfolgenden Männer dahinter Schutz fanden, vor allem diejenigen, die den vier Fuß langen Rammbock schleppten, den man an einem Ende mit einer eisernen Kappe versehen hatte.

Neben Hal spannten Chirnside Rowan und Hob von der Mersey die beiden einzigen Armbrüste, die sie besaßen, außer der, die Sim auf den Zinnen benutzte. Im Dunkeln sahen die Bolzen aus wie die Schwingen eines Eisvogels, sie platzten und spritzten wild auseinander. Ein Mann fluchte und taumelte gegen einen anderen, er umklammerte seinen Knöchel und hüpfte auf einem Bein weiter, bis ein weiterer ihn umrannte. Sie trampelten auf dem schmalen Holzsteg über ihn hinweg, um ans Gittertor zu kommen, während das brennende Stroh sie halb erstickte.

Stahlklingen blitzten und klirrten, man hörte Schlachtrufe, aber auch viel sinnloses Gebrüll, und Hal kam sich vor wie unter Wasser, weil man alles nur so undeutlich hörte. Er schwitzte unter seinem Kettenhemd und der Polsterung, und er hatte den Wunsch, zu rennen, zu pissen, zu kotzen – und möglichst alles gleichzeitig.

Dann gab das Gittertor nach. Es wurde durch das Gewicht des

Ansturms eingedrückt, und mit Triumphgeschrei stürmte die Meute in den Burghof.

Hal und seine Leute empfingen sie auf eine Art und Weise, die ihren Vorfahren gefallen hätte – sie standen Schulter an Schulter und hatten einen Schildwall gebildet. Zwar hatten die Schilde nicht mehr die Form wie früher, aber dennoch war der Wall noch genauso Furcht einflößend wie vor einem halben Jahrhundert, als die Norweger bei Largs die Flucht ergriffen hatten.

Ein Lanzenträger flog taumelnd auf Hal zu, und er drehte sich zur Seite, um ihm auszuweichen. Dabei versetzte Hal mit seiner Axt dem Schild eines anderen einen schweren Schlag, und Sore Davey schlitzte dem Mann das Wams mit dem Schwert auf, sodass dieser sich fluchend zurückziehen wollte. Doch der Ansturm von hinten war so stark, dass der Mann gewaltsam nach vorn gedrückt wurde, bis er die Arme nicht mehr bewegen konnte. Er sah die Klinge von Hals Kriegsaxt auf sich zukommen, konnte ihr aber ebenso wenig ausweichen wie ein Wagen, der einen Berg hinunterrollt, einem Haus ausweichen kann. Er schrie auf, als sie traf, schrie noch mal auf, als sie herausgezogen wurde, dann verschwand er unter den trampelnden Füßen der anderen.

Es folgte ein Augenblick, wo beide Seiten taumelten und keiner viel mehr tun konnte als fluchen, und alle versuchten, hustend und würgend mit dem Rauch fertigzuwerden – dann drehten sich die Angreifer ganz hinten plötzlich um und stolperten davon.

Die Männer vorn spürten, dass der Druck nachließ, und zogen sich ebenfalls zurück, halb blind und erstickt vom Rauch. Einen Augenblick sah Hal das schiefe Grinsen auf Malenfaunts Rattengesicht. Endlich musste er selbst mitkämpfen und ging geduckt hinter seinem gestreiften Schild.

Einen Moment lang wollte Malenfaunt sich auf Hal stürzen, um die Sache ein für alle Mal zu Ende zu bringen – dann sah er die Axt. Eine Klinge, auf der anderen Seite ein Haken, gebogen wie der

Schnabel eines Raubvogels, dazu eine Spitze am Ende und eine weitere am Fuß. Er wurde blass, er erinnerte sich an eine Axt genau wie diese, mit der er es im Turnier nicht geschafft hatte, Bruce zu töten. Er hob seinen Schild hoch und zog sich eiligst zurück.

Hustend, spuckend, mit roten Augen und halb blind schoben Hal und seine Leute das Gittertor wieder zurück, und Leckie hämmerte einen neuen Eisenring, um es zu sichern – diesmal aus einem Schwert, was nicht nur eine ungeheure Verschwendung war, sondern wahrscheinlich auch ziemlich sinnlos, weil die Angel sich in der Mauer gelockert hatte.

Als Leckie fertig war, hatte der Rauch sich verzogen. Die Frauen brachten Wasser zum Trinken und zum Waschen, und in diesem Moment hätte ein Balsam aus Gänseschmalz auch nicht wohltuender sein können, wie Clem Graham verkündete.

Die Dunkelheit senkte sich auf sie herab wie ein barmherziger Mantel. Ein Mann erschien und bat um Waffenstillstand, um die Toten und Verwundeten zu bergen, die am Fuße der Treppe stöhnten, was sie ihm gewährten, streng bewacht von Mouse mit einer Fackel und von Chirnside Rowan mit der Armbrust.

In der Schlafkammer des Lords mit dem großen, unpraktischen Fenster stand der Hundejunge und sah Sim Craw und Hal an. Neben Hal stand Isabel und kaute nervös an ihrer Unterlippe.

»Es ist die einzige Möglichkeit«, wiederholte der Hundejunge, und Sim kratzte sich den Stoppelkopf. Er wusste zwar, dass es richtig war, hatte aber Schwierigkeiten, es zuzugeben. Er sah auf das Gewirr am Boden. Ein Seil, das aus einer Länge geflochtenem Hanf, aus gedrehten Stoffstreifen, Ledergürteln und Zaumzeug zusammengeknotet war und dessen eines Ende um den Bettpfosten geschlungen war.

»Es wird sich auflösen wie die Schlüpfer einer Hure«, knurrte er, dann verbeugte er sich mit einer Entschuldigung gegen Isabel, die es mit einer Handbewegung abtat.

»Deshalb muss *ich* es machen«, erklärte der Hundejunge geduldig, »weil ich der Leichteste bin. Raus und weg, wie ein Spatz vom Baum. Ganz einfach.«

Hal wusste, einer musste die Flucht wagen. Man musste in Erfahrung bringen, ob von irgendwoher Hilfe zu erwarten war, und Bruce daran erinnern, was für ihn auf dem Spiel stand, wenn er Herdmanston im Stich ließ. Er nickte.

»Geh mit Gott«, sagte er kurz, und mit unternehmungslustigem Grinsen nahm der Hundejunge das Seil und ließ es mit Sims Hilfe aus dem Fenster. Mit einem schnellen, geschickten Schwung war er draußen, Kopf und Schultern erschienen noch einmal kurz grinsend im Fensterrahmen, dann war er verschwunden.

Das Bett knarrte und rutschte quietschend ein Stück über den Boden. Sim, Hal und Isabel setzten sich schnell darauf, und unter ihrem gemeinsamen Gewicht blieb es stehen. Aber das provisorische Seil zitterte bei jeder Bewegung des Hundejungen, und die Knoten ächzten bedenklich.

»Wenn hinterher jemand sagen sollte, Isabel MacDuff habe zusammen mit Hal und Sim von Herdmanston zugleich in einem Bett gelegen«, sagte Isabel, »dann schneide ich ihm die Eier ab und mache einen Geldbeutel daraus.«

»Erzählt bloß Maggie nichts davon«, bat Sim inständig, dessen Angst nicht nur gespielt schien.

Der Hundejunge ließ sich langsam hinabgleiten. Er stieß mit den Schuhen gegen die nasse, bemooste Mauer, und jeder Stoß kam ihm laut wie ein Glockenschlag vor. Bald war er auf Höhe des dunklen Tors, wo es nach verkohltem Holz und Blut stank, schließlich schwebte er über dem Burggraben zwischen Mauer und Treppe. Er holte tief Luft und ließ sich fallen.

Fast hätte er bei dem Sturz in die Dunkelheit laut aufgeschrien – aber er fiel nur einen Fuß tief, landete auf der nassen

Böschung des Hügels und schlitterte auf dem Hintern durch Nässe und Blut, bis er dort war, wo die Toten gelegen hatten.

Einen Augenblick lang blieb er liegen und versuchte, außer seinem Keuchen und lauten Herzklopfen etwas zu hören, doch alles blieb still. In der Ferne hörte er Gelächter, er sah ein Feuer aufflackern, duckte sich und kroch schließlich auf allen vieren bis zur Ringmauer.

Sie war nur wenige Zoll höher als er, eine Mauer, um Zwei- und Vierbeiner vom Diebstahl abzuhalten, mehr nicht. Innerhalb dieser Mauer waren die Gebäude geplündert und zum Teil niedergebrannt worden – bis jemand fragte, wo die Belagerer sich denn aufhalten sollten. Jetzt sah man, dass das Brauhaus und die Bäckerei von innen schwach erleuchtet waren, auch wenn das halb verbrannte Strohdach eine nasse, stinkende Masse war, an der der Hundejunge sich jetzt vorbeischlich und über die Mauer kletterte.

Es war der schnellste Weg und ersparte ihm den langen, gefährlichen Weg durch das Lager der Feinde – aber ungefährlich war auch das nicht.

Da war zunächst die Dunkelheit, in der er sich fast blind fühlte, lediglich die Feuer in einiger Entfernung zeigten ihm, in welche Richtung er ging.

Jetzt war er Hal dankbar, dass er darauf bestanden hatte, ihm das alte Schwert mitzugeben. Dem Hundejungen war eigentlich sein Messer lieber gewesen, aber das würde ihm in einem Zweikampf nicht viel nützen. Gott schütze dich, hatte Hal gesagt. Beim Abseilen hatte er das unhandliche Schwert auf dem Rücken gehabt, wo es ihm nicht geholfen hätte, denn um es zu ziehen, hätte er Arme wie ein Tintenfisch gebraucht.

Doch jetzt nahm er es vom Rücken und zog es aus der Scheide. Dann steckte er die Scheide vorn an die Schwertspitze und hielt die Riemen mit den Zähnen fest. Zusammen mit dem Schwert hatte das Ganze jetzt Mannslänge, und mit diesem wackeligen Fühler vor sich her tastend wie ein riesiger Käfer, ging er weiter.

Er fiel nur einmal der Länge nach hin und spürte, wie die Nässe in seine Kleider drang, aber er umklammerte das Schwert mit einer Hand und hielt den ledernen Riemen weiter fest zwischen den Zähnen, damit die Scheide nicht verloren ging. Er horchte angestrengt, das Gelächter in der Nähe beruhigte ihn ein wenig, und er streckte seine freie Hand aus, um aufzustehen – dann fuhr er zurück, weil er in ein raues nasses Fell gegriffen hatte.

Es war einer seiner Hirschhunde, der, den er Riach genannt hatte, weil sein Fell auffällig gestreift war. Man hatte ihm die Kehle durchgeschnitten. Eine große Traurigkeit erfasste den Hundejungen – er hatte die Hunde nicht mit in den Wohnturm genommen, denn bei einer Belagerung gibt es kaum ein überflüssigeres Tier als einen Hund. Er fraß Fleisch, das eigentlich die Menschen brauchten, und im Ernstfall war an ihm selbst nicht viel Nahrhaftes.

Der Hundejunge war sicher, dass der andere, Diamant, ebenfalls tot war. Die Hunde hatten die Vorburg gewiss vor den Eindringlingen zu schützen versucht.

Er verfluchte die Belagerer und versprach ihnen Rache, aber ein Teil seiner Wut betraf auch ihn selbst. Mein Name bringt nichts Gutes, dachte er, als er auf Zehenspitzen davonschlich, denn anscheinend bringe ich guten Hunden nichts als Unglück.

Die Scheide stieß jetzt leise an die gegenüberliegende Seite der Außenmauer. Er steckte das Schwert ganz hinein und befestigte alles wieder auf seinem Rücken. In der Ferne hörte er abermals Gelächter und merkte, dass es betrunken klang. Er lächelte grimmig. Wenn ich zurückkomme, werdet ihr nicht mehr gackern, dachte er. Und den Schwanz dieses Hundemörders werde ich an die Tür des Hundestalls nageln.

Er brauchte die ganze Nacht, um das Lager des Dorfältesten zu erreichen, es war ein langer, nasser Marsch durch Heide und Farnkraut, bis der Gesang der Vögel das Morgengrauen ankündigte.

Das dicke Gebüsch um das Lager riss an seinen Kleidern, und er hatte kaum einen Schritt hineingetan, als er eine Stimme hörte.

»Keine Bewegung. Stehen bleiben, oder du hast einen Pfeil im Leib.«

»Gelobt sei Gott«, sagte der Hundejunge erleichtert, und nach kurzer Pause kam die Antwort.

»In Ewigkeit.«

Es war Scabbit Wull, der ebenfalls erleichtert war, dass das, was ihn hier überrascht hatte, ein Mensch und kein Gespenst war – dann war er hocherfreut, als er sah, dass es der Hundejunge war. Alle Bewohner des Lagers freuten sich, denn sie dachten, die Lage hätte sich beruhigt und sie könnten ihre kalten, nassen Notunterkünfte verlassen und wieder zu ihren warmen Feuern zurückkehren, die sie hier nicht anzuzünden wagten, und vor allem auch wieder satt zu essen zu haben, denn ihre Vorräte gingen langsam zur Neige.

Es waren fünfzehn, bis auf Wull alles Frauen, die hier die Besitztümer von Herdmanston bewachten: die Arbeitspferde, die Zugochsen und die Milchkühe der Kleinbauern, soweit sie es geschafft hatten, sie rechtzeitig hierherzutreiben.

Das Lager befand sich in einer großen Senke, bewachsen mit dichtem Buschwerk, das sie in der Mitte gerodet hatten. Wenn man nicht wusste, wo es war, konnte man zwei Schritte vom Rand stehen und ahnte trotzdem nicht, dass es da war. Hier versteckten sich die Bewohner von Herdmanston immer, wenn ein Feind sie bedrohte – die Engländer nannten den Ort den »Hexenkessel« und trauten sich nicht hierher.

»Gott mit dir«, sagte Wull, als der Hundejunge sich verabschiedete, und er selbst versprach, sich und sein Pferd nicht zu schonen, um Hilfe zu holen.

Eine Stunde später traf er auf bewaffnete Reiter.

KAPITEL 11

KLOSTER VON SCONE
MARIÄ VERKÜNDIGUNG, MÄRZ 1306

Der Hundejunge hatte noch nie solche Speisen gesehen. Damals, als er von Douglas nach Herdmanston gekommen war, dachte er schon, er sei im Himmel gelandet, weil es dort Gerstenbrei mit Lauch und Speckstücken gab – aber das hier, das Fest zur Krönung eines Königs, war noch viel großartiger.

Aber auch sonst übertraf alles seine kühnsten Erwartungen. Er selbst wurde geehrt als einer der Männer, die den Stein zusammen mit Isabel sicher nach Scone gebracht hatten, und er saß so weit oben an der Tafel, dass es ihn fast schwindelte. Vielleicht lag es aber auch am gewürzten Met und dem Bier, an der Leche Lombard mit Honig und Eiern und gewürzt mit Pfeffer, der kostbarer war als Gold, oder am Ragout aus Hühnerfleisch, an dem panierten Schweinebraten, am Wild, das in Mandelmilch gekocht und mit *poudre douce* gewürzt war.

Hal sah sein schweißglänzendes Gesicht, an dem die schwarzen Haarsträhnen klebten, und vermutete, dass seine Freude sicher auch damit zusammenhing, dass er Jamie Douglas wiedergefunden hatte. Die beiden strahlten sich an, sie schwatzten und aßen und tranken, als gebe es zwischen ihnen keinerlei Standesunterschied.

Hal war sehr erleichtert gewesen, als der Hundejunge mit dem Reitertrupp in Herdmanston angekommen war. Voller Stolz war er von seinem Pferd gerutscht und mit einem Freudenschrei zu

Hal gerannt, der mit seinen Leuten in der verwüsteten Vorburg stand.

»Ich habe sie gleich mitgebracht!«, hatte er gerufen und stolz mit der Hand hinter sich auf die bewaffneten Männer gezeigt, angeführt von einem schlanken dunkelhaarigen Jüngling, der zur Rechten von Sir Henry von Roslin ritt.

»Und seht mal, wen ich noch mitgebracht habe«, fuhr er lachend fort, und Jamie Douglas, dessen müdes Gesicht und leichtes Lispeln auf den ersten Blick täuschen konnten, hatte sich im Sattel sitzend verbeugt, dann mit zusammengekniffenen Augen zu Sim Craw hinübergeblickt und sich das Ohr gerieben.

Hal sah, dass Sim rot anlief wie ein Mädchen. Jamie Douglas, der Erbe der Douglas in Lanarkshire, war in Frankreich gewesen und erst jetzt an Bruce' Seite zurückgekehrt. Das letzte Mal, als Hal und Sim Jamie Douglas gesehen hatten, war er zwölf Jahre alt gewesen, und Sim erinnerte sich, wie er Jamie für seine Frechheit eine Ohrfeige gegeben hatte.

»Jetzt würde ich mich nicht mehr trauen, Euch zu ohrfeigen«, gab er widerstrebend zu, und Jamie Douglas lachte.

Hal und die anderen hatten geahnt, dass jemand im Anmarsch war, als im Feindeslager plötzlich große Hektik ausbrach. Man hörte Hackgeräusche, als die Flamen anfingen, mit ihren Äxten die Lederriemen durchzuschlagen, die die Mechanik des Katapults zusammenhielten.

Daraufhin waren Hal und Sim und viele andere aufs Dach geeilt und hatten durch die Zinnen gespäht, dorthin, wo die Flamen ihr Gerät zerlegten, denn Schraube, Winde und Stränge des Katapults stellten ihre Existenzgrundlage dar und sollten den Feinden nicht in die Hände fallen. Und deshalb hatten sie ebenfalls Späher dabei, die Ausschau hielten.

Hal erinnerte sich, wie Buchan dagesessen und auf den Wohnturm gestarrt hatte, den Ort seiner Demütigung. Ohne ein Wort hatte er sich plötzlich umgedreht und war davongeritten, und eine Stunde später waren alle verschwunden gewesen, zurück blieben die Ruinen und die Toten. Und nicht lange danach war der Hundejunge eingetroffen und hatte Jamie Douglas, Sir Henry von Roslin und eine Hundertschaft von Reitern mitgebracht.

»Gerade noch zur rechten Zeit«, hatte Hal aufatmend gesagt. Er strahlte vor Freude und hatte den Arm um Isabel gelegt. Doch als er Henrys Gesicht erblickte, war seine Euphorie rasch wieder verflogen.

»Im Gegensatz zu Roslin kann diese Burg nicht gehalten werden«, hatte Henry erklärt. »Ihr könnt Euren Haushalt nach Roslin verlegen, die Pachtgelder werden an mich gehen …«

»Der König hat angeordnet, Herdmanston zu schleifen«, sagte Jamie, und auf dem Gesicht des Hundejungen spiegelte sich Entsetzen wider.

»Ist Bruce denn König?«, hatte Sim knurrend gefragt, und Jamie hatte fröhlich genickt.

»Seit heute. Ich habe extra darauf verzichtet, heute zum Ritter geschlagen zu werden, und bin auf seinen Wunsch hierhergekommen. Er will die ganze Zeremonie wiederholen, wenn wir mit dem Stein und der Gräfin zurückkommen. Aber König ist er jetzt schon.«

Er verbeugte sich höflich vor Isabel, die es gnädig zur Kenntnis nahm, sich aber peinlich bewusst war, dass ihr Kleid von Blut und Ruß verschmutzt war und ihr grauer Haaransatz dringend nachgefärbt werden musste.

Jetzt saß Hal in der großen Halle des Klosters von Scone beim Festmahl, zu den Klängen von Rauschpfeife und Trumscheit, Harfe und Fidel. Der Troubadour sang *Douce Dame Debonaire,* und die Mönche setzten ihr Seelenheil aufs Spiel, weil sie aus ihren Klausen hervorspähten und gegen den Drang ankämpfen mussten, dazu mit den Fußspitzen zu wippen. Ihre Oberen – fünf Bischöfe, drei Äbte und eine Schar weiterer Kirchenmänner – waren offenbar gefeit gegen Gottes Zorn und konnten sich erlauben, lautstark auf der Tischplatte den Takt zu schlagen. Doch während der Troubadour langatmig den Dialog zwischen dem Pferd Fauvel und Frau Fortuna wiedergab, hatte Hal immer noch die weinenden Frauen und Kinder vor Augen, wie sie zum Abschied von ihren Männern geküsst wurden, während aus dem zerstörten Torbogen von Herdmanston schwarzer Rauch quoll. Mit grimmiger Entschlossenheit hatten die Männer von Roslin Herdmanston so gründlich in Schutt und Asche gelegt, dass auch Buchan seine Freude daran gehabt hätte.

»Offenbar ist es mein Schicksal, von meiner Verwandtschaft obdachlos gemacht zu werden«, hatte Hal mit Bitterkeit festgestellt, und Henry von Roslin war selbst so beschämt und traurig darüber, dass er keine Antwort darauf wusste.

Am Kopf der Tafel saß Bruce, angetan mit kostbaren Gewändern, die ihm allerdings nicht gehörten. Es hätte ihn überrascht, wenn er gewusst hätte, dass es hier noch jemanden gab, der genau so düsterer Stimmung war wie er selbst.

Er war König. Er war gekrönt worden, von der richtigen Person, am richtigen Ort, mit der korrekten Zeremonie und mit allem, was dazugehörte. All die Jahre der sorgfältigen Planung hatten endlich Früchte getragen. Doch es waren Balliols Krönungsroben, die er trug, und das ungewohnte Gewicht auf seinem Kopf war Toom Tabards Goldreif – alles Dinge, die Wishart versteckt und für diesen Moment sicher verwahrt hatte.

Schlimm genug, dass der Prunk nur geborgt war – aber natürlich hatte er dafür auch die verhüllende Kapuze abnehmen müssen. Jetzt war sein Gesicht mit der noch immer nässenden Wunde auf der Wange für alle sichtbar, und sie konnten sich ihre Gedanken dazu machen.

Neben ihm saß die Königin, und auch das verdarb ihm jeden Bissen des Festmahles. Schlimm genug, dass sie sich so entfremdet hatten – wegen der Krankheit, die er bei sich vermutete, wagte er sich nicht mehr in ihre Nähe, weil schon sein Atem ihr den Tod bringen könnte –, aber sie ließ ihn ihre Verbitterung mit der ganzen Leidenschaft ihrer siebzehn Jahre auch deutlich genug spüren.

Es wäre schon lange nötig gewesen, aber Bruce hatte es immer wieder aufgeschoben, bis jetzt, unmittelbar vor der Krönung. Er hatte sie besucht und war wie immer äußerst kühl empfangen worden von diesem Mädchen, das nicht verstand, warum sein Mann sich anscheinend plötzlich von ihm abgewandt hatte. Sie verstand auch nicht, warum er sein Gesicht vor ihr verbarg, warum er einen Schleier trug, der nur seine Augen frei ließ, wie bei den Sarazenen.

Er hatte ihr erklärt, dass die ganze Zeremonie wiederholt werden würde, diesmal mit dem Krönungsstein, und dass er von der vorgeschriebenen Person gekrönt werden müsse, nämlich der Gräfin Buchan. Bei diesem Namen hatte sie den Kopf gehoben und war rot angelaufen, denn ihr waren Gerüchte über eine alte Liebesaffäre mit dieser Frau zu Ohren gekommen. Und Lady Bridget, diese alte, vertrocknete Klatschbase, die schon Elizabeths Amme gewesen war, hatte mit ihrem Gerede nur noch alles schlimmer gemacht.

»Es ist eine Schande, dass Mylady für diesen Sommerkönig die Königin spielen muss«, hatte sie gefaucht, »aber dass dieser Mummenschanz jetzt noch mal mit dieser alten Hure wiederholt werden muss, ist wirklich die Höhe.«

Das Schweigen danach schien eine Ewigkeit zu dauern. Elizabeth hatte vor Schreck die Augen aufgerissen, und ihr ganzer Hofstaat, bis zum letzten kleinen Priester, wartete mit Spannung, was jetzt passieren würde.

Es passierte mit einem Knall, dass sie alle aufschreckten, einige schrien und alle wichen vor Lady Bridget zurück, die wie ein Käfer zappelnd am Boden lag und sich schließlich aufsetzte, hilflos, erschrocken und verängstigt. Sie berührte ihre Lippe, sah Blut an ihrer Hand und stöhnte auf.

Bruce, dem von der Ohrfeige der Handrücken schmerzte, sah seine Königin an und schämte sich für das, was er getan hatte – hatte tun müssen. Doch es hatte das Verhältnis zwischen ihnen nur weiter verschlechtert …

»Ich habe vieles toleriert, Mylady«, hatte er zu Elizabeth gesagt und dabei die bleich gewordene Lady Bridget ignoriert, »und Ihr habt es mir als Schwäche ausgelegt. Jetzt sagt diesen Leuten hier Lebewohl, denn nach der Krönung werden sie alle zu Eurem Vater nach Irland zurückkehren. Ihr werdet einen neuen Hofstaat bekommen, lauter brave Schotten. Und wenn Ihr Gottes Beistand braucht, steht Euch der Dekan der königlichen Kapelle zur Verfügung.«

Er ließ seinen strengen Blick in die Runde schweifen.

»Was ich mir als Earl habe gefallen lassen, ist eine Sache«, fügte er hinzu. »Aber jetzt bin ich König und führe einen Krieg, deshalb kann ich nicht riskieren, dass alles, was ich tue, nach Irland dringt und von da aus an Plantagenet weitergemeldet wird.«

Doch Bridgets verängstigtes, blutiges Gesicht, auch wenn es von Hass erfüllt war, machte ihm zu schaffen, und der Anblick des Hundejungen brachte alles wieder hoch. Er erinnerte sich an den Jungen, mit dem er vor Jahren am Lagerfeuer gesessen hatte. *Man muss einer Dame immer in Treue dienen,* hatte er als eine der Rittertugenden aufgezählt, und auch wenn es kindlich und unbeholfen ausgedrückt war, bei der Erinnerung an den Ernst in der Stimme des kleinen Kerls musste Bruce sich schämen.

»*Hare, hare, hye*«, sangen sie laut und mit vom Wein geröteten Gesichtern und schlugen im Takt auf die Tische, dass die Zinnteller hüpften. »*Goudalier ont fet ouan d'Arras Escoterie. Saint Andrie – hare hare, goudeman et hare druerie.*«

Horcht, hört es jetzt, übersetzte Jamie es für den Hundejungen, der nur staunen konnte, wie gut sein frisch zum Ritter geschlagener Freund Französisch gelernt hatte in den Jahren, die er mit Bischof Lamberton in Frankreich verbracht hatte. *Diese Bierbrauer machen Arras noch zu Schottland. Beim heiligen Andreas, hört es – gute Männer und gute Zeiten …*

Auf der anderen Seite des Tisches saß Kirkpatrick einsam in der Menge und zählte die Köpfe. Die Bischöfe von Glasgow, Dunkeld, Moray und Brechin. Der Abt von Scone und ein weiterer von Inchcolm. Drei Earls – John von Atholl, Malcolm von Lennox, Alan von Menteith, die gerade ihre schönen Tuniken aus Wollstoff mit Bratensauce bekleckerten.

Und das war's, bis auf eine Handvoll aus dem niedrigeren Adel, darunter einige zweifelhafte – Randolph zum Beispiel, den würde man im Auge behalten müssen, dachte Kirkpatrick. Nicht ein einziger Comyn und auch kein Balliol – es war nicht gerade ein starkes Vertrauensvotum für den neuen König von Schottland.

Man trug Schweinskopfsülze mit Senf auf und fing an, Trinksprüche auszubringen auf »gute Männer und gute Zeiten«, während Jamie dem Hundejungen erzählte, dass Agnes, die Magd, die sie als Jungen auf Douglas gekannt hatten, mit Fergus dem Koch durchgebrannt war und zusammen mit ihm in Perth jetzt eine Schenke betrieb. Und dass der Falkner namens Gutterbluid noch immer da war und den Cliffords diente, die jetzt dort wohnten, und wie er, Jamie, sie eines Tages alle aus der Burg von Douglas ausräuchern würde.

Er sagte es laut und wiederholte es mehrmals, leicht beschwipst und stolz darauf, von einem König zum Ritter geschlagen worden zu sein, und von seinem früheren Lispeln war nichts mehr festzustellen. Kirkpatrick fragte sich, ob Edward, der König, der sich unbedingt Schottland einverleiben wollte, eigentlich wusste, wie viel Hass ihm im Norden von den jungen Leuten aus dieser Generation entgegenschlug.

Er fragte sich auch, ob Edward überhaupt davon wusste, was hier in Scone stattgefunden hatte. Doch eines wusste er genau: wie Longshanks darauf reagieren würde. Er spürte ja ohnehin den ständig schwelenden Zorn des englischen Königs, selbst aus dieser großen Entfernung.

GEMÄLDESAAL, WESTMINSTER, LONDON
PFINGSTEN, MAI 1306

Seraphim, Propheten und der gewaltige Judas Makkabäus blickten missbilligend auf die Männer, die um den Tisch versammelt waren. Ein Luftzug ließ die Wandleuchter flackern und die Schatten an den Wänden wild tanzen.

Mir ist in diesem Bett noch nie richtig warm gewesen, dachte Edward mürrisch, während die Vorhänge um sein grün-goldenes Bett sich blähten. Trotzdem sah er es sehnsüchtig an, wie es dort so einladend am anderen Ende seiner Privatgemächer auf dem erhöhten Podest stand. Er hatte einen langen Tag hinter sich, mit vielen Pelzen, golddurchwirkten Gewändern, Kronen und Edelsteinen, an dem er unsichere Jünglinge mit dem Schwert an der Schulter hatte berühren müssen, Jünglinge, die als Knappen niederknieten und sich als Ritter wieder erhoben.

Es waren mindestens dreihundert gewesen, schätzte Edward müde, und alle waren gleichermaßen erschöpft von der Vigil in der Kapelle. Der Hof der Templer war von ihren Zelten verstopft und das Gedränge tagsüber so groß gewesen, dass er den Weg in die Abtei von Berittenen frei machen lassen musste.

Aber es hatte sich gelohnt, die Zeremonie, der Zeitpunkt – Pfingsten, das Fest, an dem Arthur seinerzeit seine legendäre Tafelrunde bei Caerleon versammelt hatte – und die Bindung so vieler junger Ritter an diesen Tag und an seinen Sohn.

Er blickte den Jungen an, auch er war blass und hatte dunkle Ringe um die Augen. Er hatte das Ritual gut durchgestanden und die Nacht allein in der Schlosskapelle gewacht. Im Morgengrauen hatte Edward ihn dann zum Ritter geschlagen, und zusammen waren sie zur Abtei hinübergegangen und hatten aus all den anderen jungen Männern ebenfalls Ritter gemacht.

Dann kam das Festgelage und der Geniestreich mit den vergoldeten Schwänen, auf die Edward persönlich geschworen hatte, sich an Bruce zu rächen, zusammen mit dem Versprechen, ins Heilige Land zu ziehen, sobald dieser Feind erledigt sei.

Alles war ganz und gar eines König Arthur würdig, und nur wenige zweifelten daran, dass der König es auch tatsächlich tun würde, denn er war eine großartige Erscheinung, sorgfältig geschminkt, gesalbt und frisiert. Um nicht zurückzustehen, hatte der Prinz sich erhoben, prächtig anzusehen im Wappenrock der Gascogne, eine Würde, die ihm auch gerade erst verliehen worden war, und schwor mit lauter Stimme, keine zwei Nächte am selben Ort zu verbringen, bis die Schotten besiegt seien.

Einige wussten, dass er damit Parzivals Schwur an der Tafelrunde nachahmte, als Arthurs Ritter auszogen, den Heiligen Gral zu suchen – aber auch das gehörte irgendwie dazu. Genau wie die Musikanten und das Essen und Trinken und die Prahlerei.

Dennoch sah der eine oder andere den König an und machte sich so seine Gedanken ... zum Beispiel de Lacy. Er hatte Edward an dem Tage erlebt, als die Nachricht von Bruce' schändlichem Verrat eintraf, hatte gemerkt, wie sein Gesicht erst blass wurde und versteinert, und dann vor Zorn dunkelrot anlief.

»Möge Gott ihn verfaulen lassen«, war er explodiert. »Ich werde ihn an die Kette legen wie einen tollen Hund. Mögen er und alle um ihn herum verflucht sein, zusammen mit ihren Helfershelfern. Er steht jetzt auf der gleichen Stufe wie Kain, der Brudermörder, und Judas, der Verräter, und wie Dathan, Abiram und die Rotte Korah, die für ihren Verrat an Moses lebend in die Hölle kamen ...«

Er hatte noch mehr gesagt, bis er schließlich zu Boden fiel und alle höchst alarmiert herbeieilten. Er war einen halben Tag bewusstlos gewesen und musste die nächsten zwei Wochen in einer Sänfte getragen werden, sodass de Lacy schon befürchtete, er würde sich nie mehr erholen.

Doch wie ein Wunder hatte er sich erholt und forderte knurrend Vergeltung. Er hatte Aymer de Valence in den Norden geschickt, um den Schotten den Krieg zu erklären. De Lacy war sehr erleichtert gewesen, dass de Valence diese Aufgabe zugefallen war – mit seinen sechsundfünfzig Jahren wollte der Earl von Lincoln nicht derjenige sein, der das Drachenbanner in den Norden tragen musste, der niemanden verschonen durfte und selbst ebenso wenig Schonung zu erwarten hatte. De Lacy war der letzte der alten Krieger aus Edwards jungen Jahren – Aymers Vater, William, war schon lange tot, John de Warenne war ebenfalls schon drei Jahre tot, Roger Bigod war zu krank … die Liste konnte noch weiter fortgesetzt werden.

Sechs Kriege in acht Jahren – und noch immer waren die Schotten nicht besiegt. Und jetzt zogen sie also wieder los, um das Land zu geißeln, um seine Städte, Höfe und Burgen in Schutt und Asche zu legen.

Was Edward fast verzweifeln ließ, waren nicht das Geld und die Kraft, die ein weiterer Feldzug kosten würde, sondern die Erkenntnis, dass dieser Kampf einfach kein Ende fand. Bruce hatte sich wohl eingebildet, die Sache sei ausgestanden oder zumindest, dass man die feste Hand respektieren würde. Doch schon das Datum für diese zweifelhafte Krönung war ein Schlag ins Gesicht gewesen – ausgerechnet Mariä Verkündigung, auf den Tag genau zehn Jahre, seit Edward selbst den Schotten den Krieg erklärt hatte.

Doch dieser Feldzug würde der letzte sein, dachte Edward. Ich werde sie niederbrennen und strafen wie nie zuvor. Mit dem Feueratem eines Drachen werde ich über sie hinwegfegen …

Aber er wusste auch, dass es für ihn der letzte sein würde, denn seine Altersgenossen waren alle nicht mehr da, von nun an würde die neue Generation in den Ring treten müssen. Er saß an dem runden Tisch – noch ein Echo aus Arthurs Zeit – und starrte seinen Sohn an, die neue Generation.

Er hatte sein Möglichstes getan, um ihn und die jungen Ritter aneinanderzubinden, aber er war sich nicht sicher, ob der Junge überhaupt verstand, was da geschehen war und warum. Und selbst jetzt, wo sein Vater ihn in seine Privatgemächer hatte rufen lassen, hatte er Gaveston mitgebracht.

Der König warf einen missbilligenden Blick auf diesen Mann, den sein Sohn mehr schätzte als sonst jemanden. Neidisch musste er zugeben, dass der Jüngling die Vigil gut überstanden hatte, er wirkte noch immer frisch. Er war der Erste gewesen, den sein Sohn zum Ritter geschlagen hatte, und der König wusste, dass er ein gefürchteter Turnierkämpfer war. Doch das machte ihn nicht beliebter in den Augen derer, die diese Bevorzugung voll Misstrauen beobachteten, denen seine Arroganz zuwider war und die es auch nicht schätzten, wenn sie sich auf dem Arsch im Dreck wiederfanden.

Mürrisch sah Edward ihn von oben bis unten an und dachte daran, dass er selbst es gewesen war, der ihn in den Dunstkreis seines Sohnes gebracht hatte, weil er dachte, er würde einen guten Einfluss auf ihn haben. Von allen Fehlern, die ich je in meinem Leben gemacht habe, dachte Edward, war das der größte. Vielleicht gab es ja immer noch eine Möglichkeit, den Mann wieder loszuwerden, ihn durch jemanden zu ersetzen, den sein Sohn ebenfalls schätzte – wie diesen jungen Roger Mortimer.

Gavestons blonder Haarschopf leuchtete, seine Tunika war blau und braun, darüber trug er einen Überwurf aus roter Seide, die mit goldenen Vögeln bestickt war. Seine Schuhe waren Maßarbeit, wie Edward missbilligend feststellte, und liefen – bei Gott – vorn spitz zu wie Storchenschnäbel.

»Ich habe dich rufen lassen, Caernarvon«, knurrte er. »Ich erinnere mich nicht, dass auf meiner Liste noch ein weiterer Name stand.«

Caernarvon. Schon allein dieser Name war eine Ohrfeige für den Sohn, der sich nach einem Vater sehnte. Er nannte ihn nicht einmal beim Namen, lediglich beim Titel.

»Wie ich höre, wollt Ihr über die Unruhen in Schottland sprechen«, erwiderte sein Sohn, während Gaveston sich klug im Hintergrund hielt. »Mein Bruder hier hat viel Erfahrung mit Schlachten.«

Edward sah die kühlen, ausdruckslosen Augen des jungen Mannes, dann blickte er in das blasse Gesicht seines Sohnes. Jesus, dachte er mit wachsender Verzweiflung, und ihm werde ich das Land anvertrauen müssen. Gott stehe uns allen bei.

Er riss sich zusammen. Wenn es denn auf Oberflächlichkeiten und spitze Schuhe hinauslaufen musste, dann wollte er es wenigstens in bestmöglichem Zustand hinterlassen. Niemand sollte später am Grabe Edward Plantagenets stehen und sich darüber beklagen, in welchem Zustand er seinem Sohn das Reich übergeben hatte.

»Bruder magst du ihn nennen«, erwiderte er kalt, »aber gezeugt habe ich ihn nicht. Hinaus.«

Gaveston zögerte einen Moment, lange genug, um Edward das Blut ins Gesicht schießen zu lassen. Dann verbeugte er sich lässig, trat zwei Schritte zurück, drehte sich um und war verschwunden. Der König bedachte seinen Sohn mit einem Blick, von dem Milch sauer geworden wäre.

»Wenn du aufgefordert wirst, hierherzukommen«, sagte er müde, »handelt es sich immer um eine Familienangelegenheit. Das solltest du inzwischen wissen – bei Christus und allen Heiligen, Junge, das ist dir doch lange genug eingebläut worden.«

»Ich wollte Euch damit nur erfreuen«, erklärte sein Sohn geknickt. »Ich wollte Euch nämlich um die Erlaubnis bitten, meinem Bruder, Sir Piers, Ponthieu zu schenken.«

Es kam Edward vor wie ein langsamer Stich mit dem Messer, so langsam, dass sein Sohn es gar nicht merkte, bis der König plötzlich aufsprang und sein Stuhl polternd umfiel. Der Prinz erschrak über das dunkelrote Gesicht mit dem Schlupflid so sehr, dass er zurückfuhr. Ihm fielen frühere Situationen ein, wo er den Zorn seines Vaters herausgefordert hatte.

»Ponthieu!«, brüllte Edward. »Ponthieu … du Bastard von einem Hurensohn. Ponthieu?«

Er reckte sich neben dem Prinzen empor, der zusammengekrümmt auf einem Stuhl saß und die Schläge seines Vaters über sich ergehen lassen musste, dessen Hände sich gebärdeten wie die Flügel eines irrsinnig gewordenen Vogels.

»Du willst diesem Gecken etwas von deinem Heimatland schenken? Du? Der in seinem ganzen Leben noch nicht einen Fußbreit dazugewonnen hat?«

Er hörte auf, ihn weiter zu schlagen, weil er einfach nicht mehr die Kraft dazu hatte. Der Prinz hatte zusammen mit seiner Kappe auch jegliches Empfindungsvermögen verloren, er konnte diesem furchtbaren alten Mann genauso wenig Widerstand entgegensetzen wie dem Wind draußen, also saß er da und ließ das Gewitter über sich hinwegziehen.

Edward sah das gelockte und sorgfältig frisierte Haar seines Sohnes, der es in Nachahmung von Gavestons zu blondieren versucht hatte, und jetzt sah er eine Möglichkeit, ihm wehzutun. Er packte ihn mit beiden Händen bei den Haaren, und der Prinz schrie vor Angst und Schmerz und versuchte sich zu befreien. Ganze Büschel riss er ihm aus, und es floss Blut.

Im nächsten Moment merkte er, dass das Gewitter vorbei war. Er starrte hoch auf die keuchende Gestalt seines Vaters, der überrascht auf die blutigen Haarbüschel in seinen Fäusten starrte.

»Ich wollte Euch immer nur Freude bereiten«, brachte der Prinz heraus, doch er merkte, wie jämmerlich das klang, und er schämte sich. Edward ließ die blutigen Haare fallen, beugte sich hinab und zog seinen Sohn vom Stuhl hoch. Dreiundzwanzig, dachte er und drückte ihn an sich, fest genug, um das klebrige Blut an seiner eigenen Wange zu spüren. Geistesabwesend klopfte er ihm den Rücken und murmelte etwas. Ihm war, als befände er sich in einem früheren Traum, der Junge war drei Jahre alt und die Zukunft hell …

»Ich weiß, Junge. Ich weiß.«

Plötzlich spürte der Prinz, wie das volle Gewicht seines Vaters auf ihm lastete. Er konnte ihn nicht halten und ließ ihn langsam zu Boden gleiten, dann rief er um Hilfe.

BEI DER BURG VON CUPAR, FIFE
TAG DES HEILIGEN BAITHEN, DES HEILIGEN KOLUMBAN SELIGER NACHFOLGER, JUNI 1306

Kirkpatrick wusste, er war erledigt, jetzt hatte Gott ihn endgültig verlassen. Eigentlich war es ihm schon in dem Moment klar geworden, als er über die Fliesen der Privatkapelle von Scone klapperte. Der König hatte ihn zwar rufen lassen, doch unter den neidischen Blicken des gesamten Hofstaates war es das reinste Spießrutenlaufen gewesen.

Er konnte sich denken, was sie über diesen alten Hund getuschelt hatten, diesen Handlanger des Teufels. Nun ja, das war eben sein neues Gefolge, junge Kerle mit sorgfältig frisiertem Haar und geschminkten Lippen, dachte er sauer, und es war ihm eine innere Befriedigung, dass der frisch gekrönte Bruce ihn trotz allem immer noch brauchte.

Das war wenigstens ein kleiner Trost in seiner niedergeschlagenen Stimmung, für die er zwar den Grund wusste, den er sich aber nicht eingestehen wollte. Seit seinem Streit mit dem Lord von Herdmanston hatten sie sich entfremdet, und das war ein Gefühl, mit dem er nicht fertigwurde.

Die neuen Höflinge beobachteten ihn kritisch, denn jetzt gab es eine Etikette, die beim Erscheinen vor König Robert einzuhalten war. Soundso viele Schritte, soundso viele Verbeugungen, man hatte zu warten, bis man gerufen wurde, musste rückwärts hinausgehen ... aber Kirkpatrick schien das alles nicht zu kümmern, was die Höflinge und Türsteher natürlich ärgerte.

Der König saß im Moment nicht etwa auf dem Thron und gab Audienzen – ganz im Gegenteil. Der neue König der Schotten lag auf den Fliesen, die Arme weit ausgebreitet und die verletzte Wange auf die geprägte Oberfläche der Fliese vor dem Altar gedrückt. Die Fliesen waren alle verschieden, jede trug ein Wappen von *Les Neufs Preux,* den »Neun Helden«, und Kirkpatrick überlegte, ob der König vielleicht hoffte, diese spezielle Fliese könnte ein Wunder wirken. Sie zeigte Hektor, den Helden von Troja.

Der König, der zur Buße und aus Dankbarkeit in Kreuzesform ausgestreckt dalag, war nackt bis auf das blaue und rote Farbenspiel, das durch die Buntglasfenster direkt auf seine Haut fiel. Jetzt rührte er sich und sah mit einem angedeuteten Lächeln schräg zu Kirkpatrick hoch.

»Ich atme den Duft der Frömmigkeit«, erklärte er, etwas undeutlich, weil er die Wange auf den Boden gedrückt hielt. Die Frömmigkeit schien Kirkpatrick ein bisschen nach parfümiertem Rauch zu duften, aber das konnte auch der Rest von dem Weihrauch sein, der ihm noch von der Messe her in den Kleidern hing, die der König zusammen mit Abt Thomas gefeiert hatte. Das Gesumm der Priester in der Ferne klang wie ein Schwarm Wespen.

Bruce richtete sich auf und setzte sich mit gekreuzten Beinen hin, sein immer noch flacher Bauch war von rotem und blauem Licht gefleckt. Kirkpatrick wusste besser als sonst jemand, was Bruce den Wind aus den Segeln genommen hatte nach dem plötzlichen Energieausbruch, in dem der neue König mit seinen müden Getreuen nach Norden bis Aberdeen gezogen war, um die Anhänger der Comyns das Fürchten zu lehren.

Bruce hatte von den Hafenstädten an der Ostküste Geld erpresst und Händler als Geiseln ins Gefängnis werfen lassen, er hatte von Perth und anderen Städten militärische Unterstützung gefordert und dem Earl von Strathearn gedroht, ihn aufhängen zu lassen, falls er nicht den Treueeid auf ihn schwor. Mithilfe seiner Anhänger hatte er Brechin, Cupar und Dundee erobert.

Jetzt aber war alles ins Wanken geraten, nachdem Percy und Clifford sich systematisch durch den Südwesten arbeiteten. Sie hatten sich Dumfries sichern können, außerdem Ayr – und Tibbers, wo der unglückliche John Seton inzwischen baumelte wie ein verfaulender Apfel.

Aber das war es gar nicht, was den König vor den Altar dieser Privatkapelle geworfen hatte. Grund war eine schlichte Pergamentrolle, die zwei Templer gebracht hatten. Einer von ihnen war Rossal de Bissot, der Kirkpatrick in St. Olaf vor dem Sturz in die Tiefe bewahrt und das Kreuz für die Krönung gebracht hatte.

Kirkpatrick wusste nicht genau, was das Pergament enthielt, aber es gab Gerüchte, zu denen auch das geradezu euphorische Geschrei der Comyn-Anhänger passte – dass nämlich der neue König als Usurpator und Mörder aus der Kirche ausgeschlossen werden sollte und dass das päpstliche Dekret zur Exkommunikation jeden Tag eintreffen würde.

»Jeder Mensch ist rein, wenn er ins Leben tritt«, murmelte Bruce mehr zu sich selbst, und Kirkpatrick versuchte die Gänsehaut zu ignorieren, die er dabei bekam. »Ich kam schon unter dem Fluch eines Heiligen zur Welt, und inzwischen trage ich eine Riesenlast an Sünden. Ich werde vom Teufel verfolgt, Kirkpatrick.«

Selbst Kirkpatrick brachte nicht den Zynismus auf, diese Feststellung zu ignorieren, und er sah sich nach allen Seiten um, ob sich nicht im schattigen Inneren dieses heiligen Gebäudes vielleicht etwas verbarg. In Tweed hatte letztes Jahr ein Priester einen Kobold mit einem Lamm zwischen den Zähnen entdeckt, den er so lange mit seinem geweihten Hirtenstab bearbeitet hatte, bis er das Tier fallen ließ und die Flucht ergriff.

Diese Geschichte war vom dortigen Abt bestätigt worden, also hatte Kirkpatrick keinen Grund, daran zu zweifeln. Deshalb war ein König, der ohne den Segen der Kirche der teuflischen Welt ausgeliefert war – und sicher betraf es auch alle, die in seinen Diensten standen –, ein großes Unglück, das man nicht einfach ignorieren konnte. Und die Wunde auf Bruce' Wange gab überdies Anlass zu der Befürchtung, dass der Teufel ihn am Ende tatsächlich schon heimgesucht und mit Lepra geschlagen hatte.

Völlig unerwartet gab Bruce jetzt eine Reihe von Befehlen, mit heiserer Stimme und so schnell, dass Kirkpatrick Mühe hatte, sich alles zu merken. Sein Arzt, der Katharer, war verschwunden, und Bruce befürchtete das Schlimmste. »Spürt den Arzt auf und sorgt dafür, dass er das medizinische Geheimnis, das er kennt, nicht verraten kann. Macht Euch mit den beiden Templern, Rossal de Bissot und dem anderen, auf den Weg und sorgt dafür, dass sie wohlbehalten in Berwick ankommen ...«

Kirkpatrick nickte, als hätte er alles verstanden, was nicht ganz stimmte. Er sah keinen Grund, den Arzt aufzuspüren und ihn umzubringen – es sei denn, überlegte er später, dass dieser kleine Häretiker mehr über Bruce' Zustand wusste als Kirkpatrick selbst.

Der Gedanke ärgerte ihn, aber er wiederholte knurrend den Auftrag und versprach, ihn auszuführen, obwohl er insgeheim darüber staunte, wie Gott einen auf die Probe stellt, wo man doch sein Leben plant und sich einbildet, alles selbst zu entscheiden.

Er hatte nur ein einziges Mal im Leben mit Katharern zu tun gehabt, und der Gestank von den Scheiterhaufen hätte ihn fast erstickt, sodass er sich damals schwor, sich nie wieder in einen derart unheiligen Krieg verwickeln zu lassen. Jetzt musste er diesen Schwur brechen. *Deus lo vult*. Er war sich nicht bewusst, dass er es laut gesagt hatte, aber der König antwortete.

»*Ave Maria, gratia plena*«, sagte Bruce glücklich und lächelte den zögernden Kirkpatrick an, dessen noch immer offener Mund ihn in seinem neu gefundenen Seelenfrieden kaum irritierte.

»Macht Euch keine Sorgen«, fügte er beruhigend hinzu, »Gott hat einen Plan.«

Kirkpatrick erinnerte sich an die protokollarischen Vorschriften, die vermutlich auch einen nackten König betrafen, also verbeugte er sich und ging rückwärts aus der Kirche. Sein Herz raste, und er fühlte sich wie ein Fisch in einem Suppenkessel, der jeden Moment anfangen würde, zu brodeln. Er hoffte nur, Gottes Pläne würden auch dafür sorgen, dass der neue König sich etwas anzog, ehe er die Privatkapelle verließ.

Auch während des Ritts mit den beiden verkleideten Templern nach Cupar konnte er das Bild nicht loswerden – der König mit puterrotem Gesicht und ansonsten splitternackt im bunten Licht der Fenster. Und vor allem dieses selige Lächeln, als sei es die natürlichste Sache der Welt, so Hof zu halten, mit seinem baumelnden Pimmel und der Seele am Rande der ewigen Verdammnis.

Die Templer hoben Kirkpatricks bedrückte Stimmung auch nicht gerade, obwohl sie versuchten, so unauffällig wie möglich zu bleiben. Sie wirkten wie Ritter, die sich als arme Händler verkleidet hatten, doch beteten und bekreuzigten sie sich unaufhörlich, sodass selbst ein Blinder merken musste, dass sie dem Orden angehörten. Es war sehr wahrscheinlich, dachte Kirkpatrick, während er den Kopf wegen der vielen Fliegen einzog, dass sich der Fluch des Malachias, genau wie die Pocken, bereits auf ihn übertragen hatte.

Deshalb überraschte es ihn auch nicht, als sie in einen Trupp walisischer Bogenschützen hineingerieten. Sie waren um eine Biegung geritten und einer Wegstrecke mit tiefen Wagenspuren gefolgt, dann kam eine weitere Biegung. Es ging schon auf den Abend zu, ein Kiebitz rief, und sie waren alle müde und nicht mehr ganz bei der Sache.

Die drei hatten nur noch einen Gedanken – eine warme Mahlzeit und dann zu Bett. Sie merkten gar nicht, wie sie eingekreist wurden, bis sie von den grinsenden und schwatzenden Männern umgeben waren.

Der Templer mit Namen Jehan hatte sein Schwert unter dem Mantel hervorgezogen und sich mit dem heiseren Schrei »*Deus lo vult*« auf den Nächstbesten gestürzt, was nicht sehr klug war. Kirkpatrick packte Bissots Pferd am Zügel und zog es fort, während auch dieser seine Waffe zog.

»Lasst ihn, er gibt Euch ja eine Chance!«, schrie er, und im selben Moment sah Rossal de Bissot, wie Jehan zwei Bogenschützen erledigte, während sein Zelter, der leider kein Schlachtross war, nervös tänzelte und scheute. Die Waliser, die sich fluchend zerstreut hatten, sammelten sich schnell wieder und legten jetzt große Pfeile auf ihre Sehnen.

Rossal riss den Kopf seines Pferdes herum, gerade als Kirkpatricks ganze Aufmerksamkeit von dem verzweifelt kämpfenden Jehan in Anspruch genommen war, wobei er aber immer noch den Zügel von Bissots Pferd festhielt, der ihm jetzt mit einem solchen Ruck entrissen wurde, dass er aus dem Sattel fiel. Für einen Augenblick war er völlig verwirrt, der Aufprall war schmerzhaft gewesen, und er schnappte nach Luft. Allerdings entging ihm weder das sich eilig entfernende Hufgetrappel – noch die Ironie, dass er de Bissot auf seine Kosten gerettet hatte.

Plötzlich trampelten viele Füße um ihn herum, nasse Erde und saftige walisische Flüche flogen ihm um die Ohren. Er wurde auf die Beine gezerrt und blickte in das finstere Gesicht eines

Bogenschützen in einem mit Metallplättchen besetzten Wams. Hinter ihm versuchte Jehans Pferd gerade, auf die Beine zu kommen, es schien zu hinken. Der Templer lag auf dem Gesicht im Schlamm.

Der finster Dreinblickende, eindeutig der Anführer, verschwendete nicht viel Zeit, er stellte lediglich sicher, dass Kirkpatrick entwaffnet wurde, ehe de Valence erschien, barhäuptig, aber in Rüstung. Kirkpatrick erkannte ihn sofort, eine blau-weiße Pracht mit einem Rattenschwanz von Sergeants.

Dann erblickte er eine weitere Gestalt hinter dem stolzen de Valence, und als Kirkpatrick das narbige Gesicht sah, war es ihm, als würde ihm eine Lanze in den Leib gebohrt und ganz langsam umgedreht.

»Kirkpatrick«, sagte Malise Bellejambe, und man hörte die teuflische Schadenfreude in seiner Stimme. Er setzte sich im Sattel zurück, während de Valence und der finstere Waliser sich verständigten, und für einen kurzen Moment existierten nur diese beiden Männer, Malise und Kirkpatrick, die sich gegenseitig mit ihren Blicken durchbohrten.

»Gott ist gütig«, sagte Malise und verzog sein ramponiertes Gesicht zu einem dreckigen Grinsen, dann drehte er sich um, während de Valence absaß.

»Vergewissert Euch, Euer Gnaden, dass er keinen versteckten Dolch mit sich führt«, sagte Malise zu de Valence, während er unterwürfig vom Pferd stieg, um nicht auf seinen Vorgesetzten herabsehen zu müssen.

De Valence konnte Malise nicht leiden. Er war der Spion des Earls von Buchan, aber der Comyn war jetzt ein Freund der Engländer, also durfte man ihn nicht verärgern und musste auch zu seinen Leuten höflich sein.

Trotzdem hatte de Valence bei Malenfaunt die Grenze gezogen, einem Ritter, der sich in einem Turnier *à l'outrance* mit Bruce persönlich vor Gott verleugnet hatte. Seit dieser Schmach war er von jeder ehrbaren Gesellschaft ausgeschlossen und hatte eine gespaltene Zunge – was eine gerechte Strafe war. De Valence war der Meinung, dass Malenfaunt in dem Duell hätte getötet werden müssen. Er behandelte den wortbrüchigen Ritter auch, als sei er tot, und duldete nicht, dass Malenfaunt auch nur in seine Nähe kam.

Das Dumme war nur, dass er stattdessen diesen Bellejambe akzeptieren musste, obwohl er den auch ignorierte, soweit er konnte. So wie jetzt, als er Malise den Rücken zudrehte und die verdreckte Gestalt betrachtete, die von zwei seiner bewaffneten Sergeants festgehalten wurde. Ein dunkler, verschlagener Typ, dachte er, der nichts Gutes im Schilde führt.

»Ihr seid mit diesen Templern gekommen?«, fragte de Valence. Kirkpatrick sah gerade, wie Jehan weggezerrt wurde, seine Schuhspitzen schleiften im Dreck. Bewusstlos, aber er lebt noch, dachte er. Wenigstens etwas.

»Friedliche Reisende«, fing er auf Französisch an, um seine Bildung zu zeigen, aber er wurde von Malise unterbrochen, dessen Rachsucht jetzt platzte wie eine eiternde Beule. Mit verächtlichem Schnauben trat er dicht vor ihn.

»Lügner«, sagte er, und de Valence drehte sich um und runzelte die Stirn, denn es war klar, dass Kirkpatrick ein gebildeter Mann war, vielleicht sogar ein Ritter, was einen gewissen Respekt gebot. Doch Malise machte das mit einem genüsslich gefauchten Satz zunichte.

»Dies ist der Mann, der den Lord von Badenoch kaltblütig ermordet hat.«

NAHE DER BURG VON CUPAR, FIFE
AM NÄCHSTEN TAG

Das Gesicht des Mönchs, bereits vom Wind gerötet und rau, war jetzt fast dunkelrot, und seine Augen blitzten vor Empörung. De Valence seufzte und rutschte im Sattel herum. Sein Hintern tat ihm weh, und die Feuchtigkeit drang durch sämtliche Schichten seiner Kleidung, durch Leder und Leinen, Polsterung und Kettenpanzer, bis in seine müden Knochen.

Er sehnte sich nach einem Feuer, nach einer warmen Mahlzeit und einem heißen gewürzten Getränk. Das Letzte, was er jetzt brauchte, war ein empörter italienischer Abt.

»Bei Gottes heiligem Namen«, beharrte dieser unnachgiebig, »Ihr müsst das beenden. Es ist gegen den Himmel.«

Aymer de Valence gab ihm recht. Er war sich auch völlig bewusst, dass dieser Mensch, der in seinen weißwollenen Gewändern mehr aus Empörung zitterte als vor Kälte, der Abt Alberto von Mailand war. Er war von York geschickt worden, um dafür zu sorgen, dass den heiligen Männern, nämlich den Bischöfen Lamberton und Wishart, bei dem Aufstand nichts passierte.

Ursprünglich war der fröstelnde, blasse kleine Priester von Rom geschickt worden, um den zunehmend verstörenden Nachrichten nachzugehen, die die Tempelritter in England und im kriegszerstörten Schottland betrafen. Zweifellos hatte er mehr herausgefunden, als er erwartet hatte, stellte de Valence voll Grimm fest.

Jetzt hatte der walisische Drache sich erhoben, und der Orden der Armen Ritterschaft Christi war dem Laster verfallen, was Aymer auch ganz gut fand. Er hatte wenig Sympathie für die Templer, deren Arroganz und vorgetäuschte Armut ihn schon oft geärgert hatten. Ihr lasterhafter Lebenswandel – wenn man dem Glauben schenken durfte, was man so hörte – war ein Skandal. Sagten nicht seine eigenen Männer grinsend und sich in die

Rippen stoßend, sie gingen »in den Tempel«, wenn sie ins Bordell gingen?

Doch der Drache spuckte Feuer, wenn die Waliser ihn zum Leben erwecken konnten. De Valence musste diese rachsüchtigen, halbwilden walisischen Zwerge bei Laune halten, und was noch wichtiger war, er musste aufpassen, dass sie sich nicht gegen ihn selbst wendeten. Und wenn er sie dazu loslassen musste, um mit einem verhassten Feind zu machen, was sie wollten, dann konnte er dagegen auch nichts tun.

Der Abt trug einen Ring mit dem eingravierten *biscione* am Finger, der wunderschönen Darstellung einer aufgerollten Schlange, die einen Menschen zu verschlingen schien. Tatsächlich war sie aber dabei, ihn zu gebären, und de Valence war sehr versucht, dem Abt die heidnischen Hintergründe dieses Symbols zu erklären.

Doch er tat es nicht, denn es war das Wappen der Visconti von Mailand, einer der mächtigsten Familien der Lombardei, mit direkten Verbindungen zum Papst. Alberto mochte zwar der geringste der Nachkommen sein, aber er gehörte dazu und hatte ein ganzes Rudel von Inquisitoren hinter sich – Dominikaner, die unheimlichen schwarzen Hunde Gottes.

»Mein lieber Abt Alberto«, sagte de Valence jetzt mit einem Lächeln, breit wie ein Pferdearsch, »Ihr müsst einsehen, dass ich es nicht verbieten kann. Dieser Templer hat sich über das Gesetz erhoben und bei seinem Fluchtversuch ein paar Waliser umgebracht. Ich kann versuchen, sie milde zu stimmen, aber weiter nichts – und wie es scheint, reicht mein Einfluss nicht aus, um sie an ihren … außergewöhnlichen Gebräuchen zu hindern.«

»Außergewöhnlich!«, kreischte der Abt mit so hoher Stimme, dass de Valence fast erwartete, er würde aus seinen Schuhen fahren. »Gebräuche!«

Der Italiener machte den Mund auf und wieder zu, der so voll von langen, komplizierten Wörtern war wie ein Möwenschnabel voll von Fischen, dass er schließlich gar nichts herausbrachte. Aymer benutzte seinen Vorteil und winkte mit der gepanzerten Hand.

»In der Tat«, sagte er. »Dies sind Waliser, aus den fernen Bergen unseres Königreiches, die erst in jüngster Zeit zu Gott gefunden haben, obwohl Priester wie Ihr schon seit Jahrhunderten mit Weihrauch, mit Kruzifixen und Gebeten in ihren Bergen und Wäldern am Werke sind. Es ist kaum verwunderlich, dass sie ... merkwürdige Sitten und Gebräuche haben.«

»Merkwürdig!«

Jetzt war der Schrei so laut, dass die Waliser sich umsahen und de Valence die Augen schloss und nur hoffen konnte, dass sie nicht beleidigt waren. Er merkte, wie der, den sie Addaf nannten, ihn anstarrte, und schickte ein Stoßgebet empor. Wenn der sich über etwas empörte, würde es ein Blutbad geben, und obwohl de Valence und seine Ritter sie erledigen könnten, wäre es damit zweifellos aus mit den Kriegsdiensten der walisischen Bogenschützen.

Der Qualm des schlecht brennenden Feuers hing über ihnen wie eine Verwünschung.

Na ja, dachte Aymer im Stillen, vielleicht war »merkwürdig« tatsächlich nicht ganz der richtige Ausdruck für das, was dort auf der Lichtung geschah.

Die Waliser hatten einen Scheiterhaufen aus feuchtem Holz aufgeschichtet, den sie in Brand zu setzen versuchten. Mitten darin, vorn und hinten auf Pfähle gespießt, war ein Pferd, das zum Glück tot war – ein feiner Destrier, wie Aymer bedauernd feststellte, der ein besseres Schicksal verdient hatte, als dass man ihm die Kehle durchschnitt und dann aufrecht hinstellte, als lebte er noch. Ein Pferd, wie er sich ärgerlich sagte, das ein Angehöriger der Armen Ritterschaft nie hätte besitzen dürfen.

Doch sein Besitzer saß noch immer darauf. Man hatte ihn auf das tote Pferd gebunden, in seiner Rüstung, den Helm auf dem

Kopf. An gebrochenen Armen trug er den Schild und die Lanze, die sie ihm an die Finger gebunden hatten. Unter dem Helm hatte er einen Knebel im Mund und wartete darauf, bei lebendigem Leib verbrannt zu werden.

Falls die Waliser das Feuer jemals in Gang bekommen würden.

Ein untersetzter Mann in einem mit Platten verstärkten Wams und einer grünen Kapuze gab mit lauter Stimme Befehle, und die Waliser gehorchten ihm. Sie holten noch mehr Holz, andere entzündeten weitere Fackeln und fachten die Flammen an, während der Scheiterhaufen glimmte und rauchte und von den verzweifelten Befreiungsversuchen des Templers leicht ins Schwanken geriet.

Der Waliser und der Abt aus Mailand hatten sich wütend angefunkelt, als sie sich begegnet waren, der eine machte Abwehrzeichen und schlug außerdem das Kreuz mit seinen vom Bogenschießen schwieligen Fingern, der andere bekreuzigte sich und hatte die Hände zum Gebet gefaltet. Wie schlecht angeleinte Bluthunde, dachte de Valence müde. Aber ich würde noch immer auf Addaf setzen, den Bogenschützen, den sie den Zielsicheren nennen.

»Irrsinn«, fauchte Abt Alberto. »Dies ist doch Irrsinn. Das wird der Papst zu hören bekommen.«

»Der Papst wird auch von den Missetaten des Ordens zu hören bekommen«, gab de Valence gereizt zurück. »Außerdem – wenn Ihr den Beweis findet, den Ihr sucht, was passiert denn dann mit den Templern, die von der heiligen Mutter Kirche für schuldig befunden werden?«

Eine Stille trat ein, natürlich wollte niemand zugeben, dass sie ebenfalls auf dem Scheiterhaufen enden würden – und nicht anders machten es die Waliser hier.

»Ihr könnt den anderen haben, wenn wir ihn festnehmen«, sagte de Valence versöhnlich. »Ein gewisser Rossal de Bissot. Sobald die königliche Justiz mit ihm fertig ist.«

»Sie sollten nicht nach weltlicher Justiz gerichtet werden«, beharrte der Abt. »Es sind Kirchenleute, die nur vom Papst bestraft werden können. Und der wird davon hören.«

»Das habt Ihr bereits erwähnt«, fauchte de Valence. Dann beugte er sich im Sattel etwas vor. »Ich versichere Euch, mein lieber Abt, in Anbetracht der vielen Anklagen gegen den Orden wird der Papst sich bei Euren Beschwerden taub stellen. Das geht doch ohnehin alles im Siegestaumel über die Exkommunikation seiner Feinde unter, wodurch ihm selbst alle Sünden vergeben sind.«

»Der Zweck heiligt nicht die Mittel«, sagte der Abt und reckte sich wichtigtuerisch. Die Mönche und Priester, die ihn begleiteten, nickten und falteten fromm die Hände.

Geht nach Hause, hätte Aymer am liebsten gesagt. Geht nach Hause und helft Galeazzo und den anderen Viscontis, Mailand zu regieren und den Papst zu zügeln. Überlasst das wirklich wichtige Geschäft den Kriegern, die zwar ebenfalls sehen, dass all das »Irrsinn« ist, die aber trotzdem weitermachen – wie ein Bauer, der auch ein Feld voller Steine pflügt.

Denn dieser »Irrsinn« war notwendig. Lamberton hatte auch in der Sache mit Schottland nachgegeben – aber erst, nachdem er alle Männer, deren er habhaft werden konnte, zu Bruce geschickt hatte. Und die Belagerung von Cupar hatte ihnen den Handlanger Luzifers persönlich in die Hände gespielt, nämlich Bischof Wishart.

Prächtig anzusehen in Kettenhemd und Helm hatte der störrische alte Hund gelobt, für die Sicherheit der heiligen Gewänder zu sorgen. Eine Ironie, die niemandem dort entgangen sein konnte, besonders nicht denen, die wussten, dass die Belagerungsmaschinen, mit denen er Cupar bezwungen hatte, aus dem Holz gebaut worden waren, das König Edward höchstpersönlich für die Reparatur der Kathedrale von Glasgow geschickt hatte.

Jetzt war keine Zeit, sich wegen der Bedenken eines Abtes Sorgen zu machen, egal, ob er ein Visconti, ein päpstlicher Spion oder die rechte Hand Christi persönlich war, denn er bezweifelte, dass König Edward sich dadurch von seiner Rache würde abhalten lassen. Sollte der kleine Visconti ruhig die Ironie dieser Geschichte zu spüren bekommen, dachte Aymer mit Genugtuung.

Ein plötzlicher lauter Schrei unterbrach seine Gedanken, dann hörte er Jubelrufe. Der Scheiterhaufen hatte endlich Feuer gefangen. Der Priesterklüngel bekreuzigte sich und fing an, Gebete zu murmeln.

»Wie auch immer«, sagte Aymer de Valence schließlich mit schiefem Lächeln. »Auf jeden Fall sieht es aus, als sei die Sache jetzt entschieden.«

Er klappte das Visier seines Helms herunter, drehte sein überraschtes Pferd herum und galoppierte los –, er sah nicht viel und hatte nur den einen Wunsch, sich endlich wieder zu bewegen und alle anderen Gedanken zu verscheuchen.

Hal, Sim und Jamie Douglas lagen auf einem Hügel flach auf dem Boden. Sie spähten durch das nasse Farnkraut und sahen den qualmenden Holzhaufen mit den Gestalten drum herum. De Valence, der einen blau-weiß gestreiften Mantel mit einem Kranz aus roten Vögeln trug, war leicht zu erkennen. Die anderen jedoch waren schwerer zu identifizieren – eine Gruppe offensichtlich streitender Prälaten, ein Haufen zerlumpter Waliser, die versuchten, ein riesiges Feuer anzufachen, und eine Schar misstrauischer Sergeants, die hinter de Valence her galoppierten. Hal hatte keine Ahnung, was dort vor sich ging.

»Den hätte ich doch glatt von seinem tollen Pferd schießen können«, murmelte Sim mürrisch, denn Hal hatte ihn unwillig von der Seite angesehen und ihm bedeutet, sich zurückzuhalten.

»Dann sähen wir jetzt alle wie Igel aus«, brummte Hal. »Das dort sind walisische Bogenschützen. Die haben ihre Waffen nur mal kurz abgelegt, um Holz zu sammeln.«

Sim sah genauer hin, dann nickte er voll Bewunderung.

»Tatsächlich, Volltreffer für Euch – das hatte ich nicht gemerkt. Bei Gott, haben wir ein Glück, dass die mit ihrem Feuer beschäftigt sind. Dabei ist es doch gar nicht so kalt …«

»Wir sollten uns das näher ansehen«, sagte Jamie Douglas mit Nachdruck. »Da stehen ja nur noch zwei. Seht Ihr es?«

Er hatte recht. Die Waliser folgten de Valence und ihrem Anführer. Der hochgewachsene Mann in dem Wams, das mit kleinen Metallplatten verstärkt war, hatte den beiden zugerufen dazubleiben, doch den Grund dafür verstand Hal nicht.

»Wahrscheinlich sollen sie aufs Essen aufpassen«, sagte Sim. Jamie und Hal sahen sich an, aber man musste es gar nicht erst aussprechen – für ein Feuer zum Kochen war das verdammt groß, selbst für diese vielen Waliser.

»Die braten dort bestimmt einen ganzen Ochsen am Spieß«, fuhr Sim voll Vorfreude fort und leckte sich schon die Lippen. Damit konnte er sogar recht haben. Hal und seine Männer waren von Bruce geschickt worden, um Cupar auszuspähen, den letzten bekannten Posten der Engländer, und Jamie Douglas war mitgekommen, um Erfahrung zu sammeln. Es war ein langer, mühsamer Ritt gewesen, lange, schwüle Sommertage, mit riesigen Fliegenschwärmen, aber wenigen vernünftigen Mahlzeiten.

Doch trotz der Aussicht auf gebratenes Rindfleisch hatte Hal ein unbehagliches Gefühl, wenn er daran dachte, wie unberechenbar Jamie Douglas sein konnte. Einerseits beneidete er ihn, denn Jamie war jung, und für ihn war alles ein Abenteuer, doch andererseits ärgerte es ihn, weil er ein großes Risiko für alle bedeutete.

Jamie und der Hundejunge waren praktisch unzertrennlich – selbst jetzt stand der Hundejunge mit den Ponys nicht mehr als zwanzig Yards entfernt in seinem Versteck. Sim meinte, die beiden erinnerten ihn an die beiden Hirschhunde, die Hal einst besessen hatte, wobei Jamie dem unterwürfigen der beiden ähnelte, der allerdings zu Bösartigkeiten fähig war, die man lieber nicht heraufbeschwören sollte. Der Hundejunge dagegen ähnelte eher dem unermüdlichen und zuverlässigen Tier, das meist hinterhertrabte.

Hal erinnerte sich nicht gern an diese Hunde, die der Stolz des Hundeführers Todd Wattie gewesen waren. Malise Bellejambe hatte die Hunde vergiftet und Wattie kurz danach aus dem Hinterhalt ermordet. Und am schlimmsten war, dass es für Bellejambe in den zehn Jahren, seitdem es passiert war, keinerlei Konsequenzen gehabt hatte.

»Und jetzt?«

Die Frage kam auf Französisch. Jamie Douglas hatte den Kopf zur Seite geneigt und sah Hal grinsend an. Er ist ein geborener Führer, dachte Hal.

»Wir könnten wenigstens einen davon festnehmen«, fuhr Jamie fort, »und dadurch wertvolle Informationen für den König bekommen.«

»Ach, ich weiß nicht«, unterbrach ihn Sim flüsternd, der noch immer durchs Farnkraut spähte. »Wo geht denn der kleine Kerl jetzt hin?«

Sie beobachteten angestrengt, wie einer der Waliser in Richtung des Waldes ging und den anderen allein ließ.

»Ach so«, sagte Sim lachend, »der muss nur mal ins Gebüsch. Das ist unsere Chance …«

Sie waren auf und davon, ehe Hal eine Entscheidung treffen konnte, Sim halb geduckt, wie ein schwerfälliger Bär, Jamie wie ein Windhund. Sie beschrieben einen Halbkreis, sodass sie den Mann sehen konnten, wie er seine Hose aufband und die Umgebung nach Brennnesseln absuchte.

»Jetzt«, zischte Jamie, als er Sims festen Griff spürte. Er drehte sich um, und Sim schüttelte den Kopf.

»Wartet noch.«

Der Waliser hockte sich hin, grunzte und tat einen langen, lauten Furz.

»Jetzt, jetzt ist er doch beschäftigt«, zischte Jamie, der vor Aufregung Französisch sprach und vergessen hatte, dass Sim das nicht verstand – doch Sim hatte genug verstanden.

»Wartet.«

Der Mann musste sich anstrengen, dann stieß er einen langen Seufzer aus. Er suchte sich eine Handvoll Blätter, um sich zu säubern, und Jamie, der sich immer noch zurückhalten musste, litt tausend Qualen, aber Sim blieb stumm und unerbittlich.

»Wenn er sich noch mal abgewischt hat, ist er weg«, flüsterte Jamie bitter, doch Sim grinste nur. Der Mann stand auf, zog seine Hose bis zu den Knien hoch – und drehte sich um.

Jetzt sah Jamie es auch. Der Mann tat, was jeder machte – er sah sich um, betrachtete, was er produziert hatte – ein gemächlicher, zufriedener Blick zurück. Jetzt, wo er ihnen den Rücken zudrehte und die Hose erst halb hochgezogen hatte, jetzt war der richtige Moment, wie Sim Jamie mit einem Stoß in die Rippen signalisierte.

Der Junge war aufgesprungen und war schon dort, noch ehe der Mann zufrieden nicken konnte – dann traf ihn ein harter Schlag in den Rücken, und ein Arm legte sich um seinen Hals, sodass er weder schreien noch Luft holen konnte.

Zusammen gingen sie zu Boden, was Sim vorhergesehen hatte, Jamie war obenauf und nahm dem Waliser den Atem, sodass dieser, als Sim hinzukam, schon schlaff dalag. Ein Schlag mit dem Griff des Dolches vollendete die Sache. Eine Sache hatte Jamie allerdings nicht bedacht ...

»Verdammt und zugenäht«, fauchte er und sah an sich herunter. Sie hatten sich in dem frischen Haufen gewälzt, seine Hände und Kleider waren verschmiert und stanken zum Himmel. Sim Craw grinste nur.

»In Eurem Haar ist auch etwas«, sagte er hilfsbereit. »Und

da Ihr sowieso schon eingesaut seid, könnt Ihr auch das beschissene Ende von ihm nehmen, wenn wir ihn zurücktragen. Schnell jetzt, wir müssen uns still und heimlich davonmachen.«

In diesem Moment erreichte sie ein neuer Geruch, der den Gestank überlagerte, ein leckerer, verführerischer Duft nach gebratenem Fleisch, den Sim nur zu gut kannte. Aus seinem Versteck sah er den Holzhaufen, der gerade mit einem Funkenregen zusammenfiel und in dem Sim zu seinem Entsetzen mitten darin ein verkohltes Pferd mit einem Menschen darauf erkannte. Und selbst durch Ruß und Feuer hindurch sah man auf dem Schild, den der Mann am Arm trug, ein grob mit Blut verschmiertes, achtzackiges Kreuz – das Zeichen der Tempelritter.

»Gelobt sei Christus«, flüsterte er, und Jamie, der es ebenfalls gerade sah, bekreuzigte sich.

»In Ewigkeit.«

Hastig machten sie sich davon und zerrten den Mann mit sich, während sein Gefährte ahnungslos bei dem verbrennenden Templer zurückblieb.

Wieder in ihrem eigenen Lager angekommen, warfen sie den Waliser hin und berichteten, was sie gesehen hatten. Der Bogenschütze wurde mit finsteren Blicken bedacht, denn, wie Gibs Peggie sagte, auch wenn es ein sündiger Tempelritter war, hatten die Waliser kein Recht, ihn zu verbrennen, sondern das durfte nur die heilige Mutter Kirche, und auch erst, nachdem seine Sünden einwandfrei bewiesen waren.

Hal wusste, dass die Templer nur noch wenige Freunde hatten, denn diese angeblich armen Ritter demonstrierten ihren Reichtum und ihre Macht immer wieder auf die arroganteste Art und Weise. Niemand hatte den geringsten Zweifel, dass auch diese Ritter hier hoffnungslos in Sünde verstrickt waren, und er fragte sich nur, wie lange es noch dauern würde, bis der Erlass über die Inquisition auch auf Adlige ausgedehnt wurde, die eine Verbindung zu den Tempelrittern hatten oder deren Wappen eine Ähnlichkeit mit dem Kreuz der Tempelritter aufwies. Selbst das blaue Kreuz auf seinem eigenen Schild kam ihm schon fast wie eine Anklage vor.

Der Alte Templer von Roslin hatte Glück gehabt, dachte er, dass er all dies nicht mehr miterleben musste. Allerdings hatte er das Unglück vorausgesehen, das die Templer heraufbeschworen, als sie bei Falkirk Wallace gestellt hatten. Das war unter der Führung ihrer korrupten Großmeister passiert, denen Longshanks wichtiger war als ihre Gelübde.

Doch das Schlimmste war, dass dadurch alle Gottesdiener in Verruf kamen – denn wenn die Templer, die ja schließlich Priester waren, schon so viel Schuld auf sich geladen hatten, wie musste es dann erst bei den kleinen Mönchen aussehen? Und wie stand es um den Bischof, den Kardinal, und – Gott bewahre – um den Papst selbst?

Jetzt jedoch musste Hal diese Gedanken verscheuchen, denn es gab wichtigere Probleme. Es war klar, dass die Engländer im Anmarsch waren, sie zogen an der Ostküste entlang nach Norden, in Richtung Perth. Hal wollte weg von hier und sich dorthin begeben, wo die schottische Armee sich sammelte. Man würde den Bogenschützen bald vermissen, und Hal wollte nicht mehr hier sein, wenn man anfing, ihn zu suchen. Doch erst musste noch Zeit sein für einen Becher Bier und ein Stück Brot.

Es war gutes Brot, aber nicht so gut wie das, was man in Frankreich aß, wie Jamie behauptete.

»Sie tun Käse hinein, dann formen sie es zu einem Ring, es ist mehr wie eine Pastete als Brotteig. *Gougère* nennen sie es, und man könnte schwören, sie haben das Rezept von den Engeln selbst bekommen.«

Die anderen stießen sich an, und Sore Davey räusperte sich.

»Macht man das dort so, Sir Jamie?«, fragte er mit unschuldigem Gesicht. »Mein Gott, Ihr scheint Euch wirklich mit französischer Lebensart auszukennen. Habt Ihr dort auch gelernt, wie man sich Scheiße ins Haar kämmt?«

Sie lachten so laut und so lange, dass Jamie dunkelrot wurde und kurz vor einem Wutausbruch schien – doch dann sah er, wie selbst der Hundejunge grinste, und entschied sich ebenfalls zu einem bedauernden Grinsen.

»Lektion gelernt«, sagte er zu Sim, der ihm nickend eine Lederflasche mit Wasser reichte. Dann half er ihm, seine Locken zu reinigen, von denen eine gehörige Portion mit angeekeltem Gesicht einfach mit dem Messer abgesäbelt wurde, was weitere Heiterkeit auslöste.

Hal betrachtete den Waliser, gefesselt, verängstigt und mit seiner eigenen Scheiße beschmiert, von der ihn niemand säubern wollte. Das war auch egal, denn eine Stunde später saßen sie im Sattel und ritten davon. Der Gefangene wurde von Wynking Wull an einem Seil mitgezerrt, und jedes Mal, wenn Hal das verschwollene Gesicht und die aufgeschundenen Ellbogen und Knie des Walisers sah, stieg ihm der Geruch des verbrennenden Templers wieder in die Nase und vertrieb jegliches Mitgefühl.

Sie folgten der englischen Armee etwa eine Stunde lang. Die Karrenspuren und die tierischen und menschlichen Hinterlassenschaften wiesen ihnen den Weg. Sie trafen auch auf Verwundete und Deserteure, von denen die meisten beim Anblick des Reitertrupps flohen. Diejenigen, die zu schwach oder zu dumm waren, um zu fliehen, wurden niedergeritten und umgebracht von Männern, denen der Gestank nach verbranntem Fleisch noch immer in der Nase hing.

Es musste ein anständiges Heer von mehreren Hundertschaften sein, überlegte Hal, aber König Edward war nicht dabei. Satan hatte seinen Unterteufel de Valence geschickt, um mit seiner Höllengabel wieder Ordnung herzustellen.

Nach einer weiteren Stunde war Hal überzeugt, dass die Engländer nach Perth zogen, und er beschloss, ihnen nicht weiter zu folgen, sondern mit dem Gefangenen nach Scone zu ziehen, wo die Schotten hoffentlich noch versammelt waren. Er wollte sich vorsichtig verhalten, denn es wurde Abend, und er war sicher, die Engländer wussten, dass sie in der Nähe waren und würden sich mit ihren leichten Pferden bereithalten. Ein Treffen, das Hal gern vermeiden wollte.

Sie kamen über einen kleinen Hügel, gerade als die Sonne unterging und die Abenddämmerung zusammen mit sirrenden Mückenschwärmen über sie hereinbrach. Sie hielten an, die Pferde warfen unruhig die Köpfe hoch und schlugen mit den Schwänzen nach den Plagegeistern.

Dirleton Will, der vorausgeritten war, tauchte plötzlich wieder auf, er peitschte sein Pferd und hielt erst an, als er schon mitten unter ihnen war. Er deutete mit dem Daumen hinter sich.

»Pferde ... drei Arschlöcher, sie verfolgen einen einzelnen Mann«, keuchte er. »Sie müssen jeden Moment hier sein.«

Panik brach aus, alles zückte die Waffen, und man hörte ein paar Rufe. Sie hatten sich kaum formiert, als der einsame Reiter über der Hügelkuppe auftauchte, bei ihrem Anblick kurz zögerte und dann heruntergestürzt kam wie ein Vogel ins rettende Nest.

Die drei Kavalleristen, die ihn verfolgten wie jagende Wölfe, stellten plötzlich fest, dass sie in eine Meute von Jagdhunden geraten waren. Jamie Douglas, Dirleton Will und Mouse führten die Verfolgungsjagd an, und dann gab es einen kurzen Kampf, man hörte Schreie, es floss Blut, aber Hal versuchte es zu ignorieren, während er sich dem einsamen Reiter zuwandte.

Seine Kleider waren die eines Bauern, standen aber in krassem Gegensatz zu seiner Haltung und der Stimme, mit der er sie grüßte. Er bewegte sich mit äußerster Vorsicht.

»Gelobt sei Gott«, sagte er.

»In Ewigkeit.«

Die Spannung legte sich etwas, schließlich hielten die Männer ihre Waffen bereit, und Sims große Armbrust war ebenfalls gespannt, auch wenn sie bei den unruhigen Bewegungen seines Pferdes schwankte.

»Ihr solltet dieses Ungeheuer lieber entspannen«, sagte der Fremde mit einem fremden Akzent, den Hal als französisch erkannte, »denn wenn das losgeht, kann es genauso gut jemanden von Euch treffen wie mich.«

Sim runzelte die Stirn, doch er ließ die Waffe sinken, und der Fremde senkte langsam die ausgebreiteten Arme und legte beide Hände leicht auf den Sattelknopf. Jamie Douglas kam auf seinem lebhaften Hochlandpony zurückgetrabt, grinsend schwenkte er sein blutiges Schwert.

»Alle tot«, verkündete er auf Französisch. »Englische Kavalleristen … Ist dies der Mann, den sie gejagt haben?«

Das ungebührliche Verhalten des jungen Lord Douglas wollte Hal gar nicht gefallen, aber er zwang sich zu einem Lächeln.

»Mylord James von Douglas«, stellte er ihn dem unbekannten Reiter vor, wobei er ebenfalls das elegantere Französisch wählte. »Ich bin …«

»Sir Hal, Lord von Herdmanston und ein Freund des Königs«, erklärte der Fremde mit der Andeutung eines Lächelns. »Ich kenne Euch. Ich heiße Rossal de Bissot«, fügte er hinzu, und Hal riss die Augen auf, denn diesen Namen kannte er gut, und jetzt erkannte er auch das Gesicht.

»Ihr habt das Kreuz gebracht«, sagte er auf Englisch. Ein Templer, der inkognito reiste. Sofort fiel ihm der andere ein, der dort lebendig gebraten worden war, und ehe er es sich anders überlegen konnte, hatte er es ausgesprochen.

De Bissot nickte, die Augen in dem ernsten Gesicht wurden hart.

»Ihr habt diese Ungeheuerlichkeit gesehen?«

»Ich habe es gerochen«, erwiderte Hal, und Sim Craw gab brummend zu, dass er es auch gesehen hatte. Hals Blick sagte de Bissot alles, was er wissen musste, und er seufzte.

»Es ist eine heidnische Sitte von jenseits des Meeres«, sagte er mit ausdrucksloser Stimme. »Kreuzritter berichteten davon, und die Waliser übernahmen sie, als ihr Land überfallen wurde. Sie nennen es einen Cantref-Braten, und sie machten es mit jedem englischen Ritter, der ihnen in die Hände geriet. Sie ließen sie als Symbol zurück, zur Abschreckung, wie Haken im Fisch.«

»Na ja«, brummte Sim, der sich anstrengen musste, um den Mann zu verstehen, »zweifellos hatten sie Gründe dafür.«

De Bissot sah ihn mit glasigem Blick an und nickte.

»Im Namen Gottes«, sagte er, »habe ich flüchtende Frauen niedergeritten, Kindern die Köpfe zertrümmert, alte Männer in ihre eigenen brennenden Häuser gestoßen und mehr Bluttaten an unbewaffneten, unschuldigen Menschen vollbracht, als je ein Priester in der Beichte ertragen könnte.«

»Im Namen Gottes und gegen die Heiden«, versuchte Hal es abzumildern, aber jetzt war der glasige Blick auf ihn gerichtet.

»Ich tat es den Walisern an, die nicht für christlich genug erachtet wurden, um Barmherzigkeit erwarten zu können. Das ist ein Grund, warum Gott unseren Orden verflucht hat.«

Unruhe ergriff die Männer bei dieser Beichte. Es war eine Sache, genüsslich ausgeschmückte Gerüchte zu hören, aber es war etwas ganz anderes, plötzlich einen dieser gefallenen Engel unter sich zu haben.

»Aber niemand, ob verflucht oder nicht, verdient es, lebendig gebraten zu werden.«

Es war die klare Stimme des Hundejungen, sie klang fest und überzeugt. Sie war so plötzlich dazwischengefahren, dass sich sogar auf dem düsteren Gesicht de Bissots ein Lächeln andeutete.

»Der, mit dem sie es hier gemacht haben, hieß Jehan de Chaumont, ein tapferer Ritter, der sich geopfert hat, damit ich fliehen konnte.«

»Fliehen?«

Rossal de Bissot nickte und sprach schnell auf Französisch weiter.

»Meine Aufgabe ist es zu versuchen, von unserem Orden zu retten, was noch zu retten ist. Die Comyns arbeiten gegen mich und sind jetzt die Freunde der Engländer – also sind ihre Feinde meine Freunde. Den Comyns wäre es lieber, wenn ich tot wäre, deshalb hatte Euer König versucht, mich und den jungen Jehan – möge er sanft in Gottes Armen ruhen – sicher nach Frankreich zu schicken, aber ein gewisser Malise Bellejambe hatte andere Vorstellungen. Er ist der …«

»Ich weiß, wer er ist«, unterbrach ihn Hal, der wieder den schweren Stein im Magen spürte. »Malise Bellejambe ist bei seiner Geburt dem Teufel aus dem Arsch gefallen und versucht seitdem, wieder den Weg hinein zu finden. Er hat den Falschen erwischt – aber es ist nicht das erste Mal, dass er einen solchen Fehler macht, nur traurig für Euren Freund de Chaumont. Braucht Ihr Hilfe auf Eurem Weg?«

»Die brauche ich nicht«, erklärte de Bissot ruhig und stand auf. »Doch Ihr solltet wissen – der Mann, den Euer König uns als Begleitung mitgegeben hatte, ist festgenommen worden. Bellejambe und ein paar Reiter der Comyn bringen ihn nach Berwick. Wenn Ihr ihn retten wollt, müsst Ihr Euch beeilen.«

Hal wusste, um wen es sich handelte. Ihm war, als hätte Gott persönlich ihm den Namen ins Ohr geflüstert, aber dennoch fragte er.

»Kirkpatrick«, sagte de Bissot mit einem trockenen Lächeln. »Ich habe ihm schon einmal das Leben gerettet, in London. Diesmal kann ich es mir nicht leisten, es allein zu versuchen.«

Bei dem Namen, auch wenn er mit französischem Akzent ausgesprochen wurde, hoben alle die Köpfe, es wurde totenstill. Das einzige Geräusch kam von de Bissots Pferd, das den Kopf schüttelte, um die Fliegen zu verscheuchen.

Schließlich drehte Hal sich um und sah in ihre ernsten, fragenden Gesichter. Einen Moment schwiegen sie noch, dann ergriff der Erste das Wort.

»Kirkpatrick? Seid Ihr wahnsinnig geworden?«

Sims Gesicht wurde dunkel und trotzig, was Hal irritierte, obwohl er nicht hätte sagen können, warum.

»Jawohl«, erwiderte er. »Der kaltblütige Mörder höchstpersönlich. Jetzt braucht er unsere Hilfe.«

»Habt Ihr Euren Verstand verloren?«, fragte auch Mouse unter zustimmendem Gemurmel. Dann sah er Hals Gesicht und fügte hastig hinzu: »Mylord?«

»Wahrlich keine leichte Aufgabe«, gab Clem Graham zu bedenken. »Euer Mann ist bestimmt gefesselt, und die Comyns werden wie Kletten an ihm hängen.«

»Ihr wollt also, dass wir ihn befreien, Mylord«, fasste Dirleton Will es zusammen, während er ein Stück alten Käse nach Schimmel absuchte. »Nachdem wir jetzt schon genug Aufmerksamkeit erregt haben, indem wir einen walisischen Bogenschützen entführt haben und man uns sicher bereits sucht.«

Er schob sich ein Stück Käse in den Bart, ungefähr dorthin, wo sich sein Mund befand, und kaute kurz.

»Und dieser Kirkpatrick, das ist doch der kleine Kerl, der sich an Euch rächen wollte, sobald er eine Chance dazu bekommt«, fügte er vielsagend hinzu, und die anderen brummten zustimmend, einig darüber, dass der Mann mit allem, was er getan hatte, sich jede Chance auf Hilfe verscherzt hatte.

»Er hilft den Templern«, sagte der fingerlose Tam und nickte dazu. »Die Baphomet anbeten.«

Rossal de Bissot, der das gehört hatte, setzte sich im Sattel auf.

»Es heißt«, murmelte er, »dass Gott mit all seinen Engeln dem Orden der Armen Ritterschaft den Rücken gekehrt hat. Doch einige von uns haben ihre Gelübde noch nicht vergessen.«

Es war still, während alle darüber nachdachten, dann verscheuchte Chirnside Rowan die Mücken aus seinem Gesicht und schnaubte verächtlich.

»Ach verdammt, Tam Scott«, spottete er. »Du würdest doch einen Baphomet nicht mal erkennen, wenn er auf dich scheißen würde.«

Alle lachten, und der nasenlose Sandie warf Jamie einen listigen Blick zu.

»Dann kann er ja immer Sir Jamie fragen«, sagte er, »denn wie es scheint, ist ihm das gerade passiert.«

»Wenn das so ist«, konterte Jamie Douglas schlagfertig, »dann ist Baphomet ein Waliser. Wenn ihr Lust habt, Jungs, es gibt hier in der Nähe eine ganze Menge Baphomets, die könnt ihr euch ruhig mal näher ansehen.«

Die Herausforderung wurde mit verlegenem Gemurmel aufgenommen, aber Hal kannte seine Männer, sie waren mutig genug, aber hier ging es eher um die praktische Seite.

»Der Plan ist zum Scheitern verurteilt«, brummte Bull, und da er selten etwas sagte, waren alle so überrascht, dass es zunächst still wurde. Er selbst schien ebenfalls überrascht und wurde unter den Blicken der anderen so verlegen, dass er auf seine Steigbügel sah und rot wurde. Aber Sim hatte die unwillige Bewegung von Hals Bart bemerkt.

»Ihr seid also entschlossen?«, fragte er.

»Ich bin ein Ritter«, sagte Hal und merkte, dass es kein Entrinnen gab. »Zwar nur ein kleiner aus Lothian, aber es ist meine Pflicht. Außerdem ist Malise Bellejambes Belohnung schon lange überfällig.«

Diejenigen, die sich noch an den Mord an Todd Wattie erinnerten, nickten, und die anderen hatten genug davon gehört, um sich zumindest an der Rache beteiligen zu wollen.

»Gut gesagt«, erklärte Jamie fröhlich. »Auf mich könnt Ihr zählen, denn ich bin ein Ritter und habe nicht weniger Ehre im Leib als die anderen hier.«

»Ich bin zwar kein Ritter«, knurrte Sim Craw, »aber an meiner Ehre ist auch nichts auszusetzen.«

Dirleton Will schüttelte den Kopf.

»Verdammt, Sim, du bist doch zu alt, um auf Leute loszugehen wie in einem Turnier. Das überlässt du besser den Adligen und denen, die nicht nachts zum Pinkeln aus dem Bett müssen.«

»Ach, du alter Jammerlappen. Dir werd ich es schon zeigen, von wegen alt – darüber kannst du nachdenken, wenn ich dich bei der Kehle packe und dir die Eingeweide rausreiße …«

»Das reicht jetzt«, sagte Hal bestimmt, während Dirleton, völlig unbeeindruckt von dieser Drohung, wie beschwichtigend die Hände vor Sim hob, den Effekt aber mit seinem spöttischen Grinsen zunichtemachte.

Hal hörte das Gelächter, heiser wie der Wind, wenn er über ein Stoppelfeld weht. Aber er wusste, es war das berühmte Pfeifen im Wald. Auch wenn sie sich fürchteten, die Männer von Herdmanston würden trotzdem in den Krieg ziehen, und Hal wusste, es hatte viel damit zu tun, was die Waliser mit dem Tempelritter gemacht hatten. Der Mann hatte jetzt einen Namen, und das verstärkte das Entsetzen für diejenigen, die es gesehen und gerochen hatten.

»Wenn Ihr mir zwei gute Männer geben würdet«, sagte de Bissot, »könnte ich sie von hinten angreifen, während Ihr von vorn kommt. Wenn dann jemand in der Mitte Kirkpatrick befreien kann, hätten wir für diesen Tag Gottes Werk getan. Es muss schnell und überraschend passieren.«

»Ja, klar«, sagte Jamie Douglas mit angriffslustigem Grinsen, neben sich den ebenfalls grinsenden Hundejungen. »Gottes Werk. Dafür sind wir genau die richtigen Kerle, das werdet Ihr schon sehen.«

KAPITEL 12

DAS KLOSTER VON SCONE
AM SELBEN TAG …

Er verzog das Gesicht und schüttelte sich.

»Bei Gott, ist das scheußlich.«

Isabels Gesicht, als sie dem König die Schale abnahm, sah ebenfalls nicht sehr freundlich aus.

»Etwas so Bitteres hat mir der Katharer nie zu trinken gegeben«, beschwerte Bruce sich angewidert.

»Er hat Euch auch nie etwas gegeben, das wirklich hilft«, entgegnete Isabel, »und jetzt ist er davongelaufen. Offenbar fürchtet er um sein Leben, weil er sich an einen Usurpator als König gebunden hat, der ein kaltblütiger Mörder sein soll und von der heiligen Mutter Kirche verstoßen werden wird. Jetzt seid Ihr auf mich angewiesen.«

»Ja, sprich dich ruhig aus, Weib! Du brauchst mir wahrhaftig keinen Honig um den Bart zu schmieren.«

»Ihr seid ein König, und deshalb solltet Ihr stärker sein als andere Menschen. Außerdem habe ich Euren Trank tatsächlich mit Honig und Gewürzen versüßt, aber es hat den Geschmack wohl nicht allzu sehr verbessert.«

»Was war denn da drin?«, fragte er plötzlich mit leiser Stimme, die angstvoll klang.

»Raute, Baldrian, Klette, Labkraut und Lorbeer, unter anderem. Und diese Salbe hier wird aus Rettich gemacht, aber die ist nicht zum Essen, die müsst Ihr auf die Wunde streichen.«

»Wird sie helfen?«

Sie sah ihn an und lächelte.

»Gegen Lepra hilft sie nicht«, sagte sie.

»Warum soll ich sie dann nehmen?«, fragte er wie ein trotziges Kind.

»Weil Ihr keine Lepra habt, sondern nur eine Hautkrankheit. Das ist etwas ganz Alltägliches«, erwiderte sie. »Im schlimmsten Fall wird das Labkraut Euren Bart gelb färben, und wenn Ihr die Rettichsalbe an Mariä Lichtmess auftragt, wird Euch das ganze Jahr über das Geld nicht ausgehen – jedenfalls wenn man Hildegard von Bingen Glauben schenken darf.«

Bei ihrem optimistischen Ton verschwand seine Angst mit einem Schlag. Er wusste, sie hatte sich immer mit Kräutern und Heiltränken beschäftigt, aber er hatte bisher geglaubt, das sei nur so eine typisch weibliche Beschäftigung, wie Frauen sich auch mit Wolle und Nähnadeln beschäftigten. Als er diesen Gedanken äußerte, klang es jedoch nach großer Bewunderung für ihr Wissen und keineswegs herablassend, wie man es hätte erwarten können.

»Und was noch wichtiger ist«, erwiderte sie, »bei mir ist Euer Geheimnis sicher. Natürlich ist diese Narbe ein Ärgernis, aber da ist nichts dran, das nach Lepra aussieht, Robert.«

»Die Anzeichen stellen sich nur langsam ein«, entgegnete Bruce, und ihr war klar, dass er alles darüber wusste, was er in Erfahrung bringen konnte. »Sie brauchen Jahre, bis man sie erkennt.«

Das war zwar richtig, aber Isabel sagte ihm nicht, dass die ersten Anzeichen sich gewöhnlich an den Extremitäten der Gliedmaßen zeigten – an der Nase und an den Fingern. Und am Schwanz.

»Ich würde es auch nicht weiter verstecken«, sagte sie. »Wenn die Haut erst geheilt ist, sollten Luft und Sonne an die Narbe kommen, das wäre besser als Eure enge Kapuze. Und außerdem – ein großer Turnierkämpfer muss doch mindestens eine Narbe im Gesicht haben, damit die Frauen schwach werden und die Männer Respekt haben.«

»Mein Gott, Isa«, sagte Bruce und schüttelte lachend den Kopf. »Ich hätte dich heiraten sollen.«

»Stattdessen habt Ihr mich zu meinem Mann zurückgeschickt und die Tochter eines Earls geheiratet. Das habt Ihr nun davon!«

»Ich bin der König«, brummte er und sah sie von der Seite an. »Eigentlich dürftest du so nicht mehr mit mir sprechen.«

»Ihr seid ein großes Kind«, sagte sie leichthin, »das ein Gesicht zieht, wenn ihm etwas nicht schmeckt. Und im Übrigen – wir haben beide unser Bett gewählt, jetzt müssen wir darin schlafen.«

Bruce beruhigte sich etwas. Mit Mühe bezwang er seine Angewohnheit, sich lose Hautfetzen von der Wange zu zupfen.

»Ja, übrigens – wie geht es eigentlich dem Herrn von Herdmanston?«

»Sein Schicksal ist im Moment bitterer als der Trank, den ich Euch gegeben habe«, sagte sie unverblümt. »Sein Land ist verbrannt, seine Burg geschleift, seine Leute in alle Winde zerstreut – und das haben Männer getan, denen er Lehnspflicht geschworen hatte. Gnade ihm Gott, wenn er erst seinen Feinden in die Hände fällt.«

»Ich hoffe, dass er versteht, warum das notwendig war«, entgegnete Bruce, doch es schwang ein Zweifel mit. Er seufzte müde. »Ich kann es mir nicht leisten, noch mehr gute Männer zu verlieren, ich habe ohnehin schon zu wenige.«

Durch die dicken Mauern drang der Lärm seiner wenigen guten Männer, die Karrees gebildet hatten und sich eifrig im Kampf mit Piken übten, während ihre Frauen dicke Wämser nähten, deren Wülste sie mit Heu ausstopften.

»Er bleibt Euch treu«, sagte sie entschieden, dann hob sie ihre Töpfe und Schälchen auf. »Jetzt muss ich mich um Eure Frau kümmern, zu deren Hofdame Ihr mich gemacht habt.«

»Eine wohlverdiente Ehre«, erwiderte er, und sie antwortete mit einem etwas gequälten Lächeln.

Als sie die Königin das letzte Mal gesehen hatte, hatte sie einen Zelter geritten und auf einem *sambue* gesessen, einem eleganten, aber so unpraktischen Sattel, dass das Pferd geführt werden musste, weil der Reiter das nicht selbst tun konnte. Mit ihrem neuen Hofstaat hatte sie über die Chansons von Guilhem gesprochen, doch das Gespräch war abrupt verstummt, als Isabel dazukam. Sie ärgerte sich, denn die neuen Frauen waren aus dieser Gegend und hätten es besser wissen müssen. Aber am Hof konnten gute Manieren schnell vergessen werden, das war Isabel wohl bewusst.

»Eine Ehre, von der Ihre Gnaden nicht besonders viel halten«, erwiderte sie, »und das hättet Ihr wissen können. Schlimm genug, dass ich ihr die Krone aufs Haupt setzen musste, aber jetzt muss ich auch noch ständig um sie sein und sie daran erinnern, dass ich früher einmal die Geliebte ihres Mannes war.«

»Um Gottes willen, Isa, pass auf, was du sagst.«

Er stand auf und ging ein paarmal auf und ab, dann blieb er vor ihr stehen.

»Ist sie beleidigt?«

Ihr Blick genügte als Antwort, und er schüttelte den Kopf.

»Ich weiß nicht, was …«, fing er an, dann verstummte er und ließ die Hände fallen.

»Fangt an, den Schaden wiedergutzumachen«, riet sie. »Speist mit ihr zusammen, widmet ihr etwas Zeit. Sonst wird der Graben zu breit, um ihn noch zu überwinden.«

Er richtete sich hoch auf und holte tief Luft. Dann nickte er und sah sie lächelnd an.

»Ein guter Rat und eine gute Wundbehandlung. Gott segne dich, Isabel – und deinen Lord Herdmanston.«

»Ich hoffe, er ist in Sicherheit«, sagte sie, und dabei stieg panikartig die Ahnung in ihr auf, dass er es vermutlich nicht war.

Als sie gegangen war, trat Bruce an den Tisch und nahm eine kleine verschlossene Flasche aus einem Beutel. Er öffnete sie und steckte den Finger hinein. Er war voll Blut, misstrauisch roch er daran. Roch es verfault?

Er seufzte. Schon möglich. Er hätte es besser wissen müssen, auch wenn die Flasche vergoldet und der Verschluss mit Edelsteinen besetzt war, er hätte sie seinem Arzt, diesem abtrünnigen Katharer, nicht abkaufen sollen. Die Flasche war in Pergament verpackt und mit dem Wappen des Ordens versiegelt gewesen, das ihre Herkunft bezeugen sollte. Wahrscheinlich hätte Lamprecht, der verlogene Ablasshändler, mir dasselbe verkaufen können, dachte er ironisch.

Er sah das zerknitterte Pergament an, den Text darauf konnte er schon auswendig. *Hoc quicumque stolam sanguine proluit, absergit maculas, et roseum decus, quo fiat similis protinus angelis.*

Wer im göttlichen Blut badet, wird von allen Sünden rein und erlangt engelsgleiche Schönheit.

Er sah die kostbare kleine Flasche an, die ihm absolut nichts genutzt hatte. Was hatte er auch erwartet? Dass man das Blut, das aus Seinen Wunden geflossen war, aufgefangen und über Jahrhunderte hinweg in dieser Flasche aufbewahrt hatte, um für Bruce in der Stunde der Not auf wunderbare Weise wieder zum Vorschein zu kommen?

Vielleicht. Vielleicht war es wirklich Sein göttliches Blut und nicht nur etwas, womit der verzweifelte Arzt seine Flucht finanzieren wollte. Ihn überlief es kalt. Hoffentlich war es Blut von einem Huhn oder einem Schwein, denn wenn selbst das Blut Christi versagt haben sollte, welche Hoffnung gab es dann überhaupt noch für König Robert Bruce?

Doch andererseits, dachte er, kann Christus die Welt denn überhaupt noch retten? Alles spricht dagegen, Herr, und es sind so wenige Gerechte übrig in diesem Königreich, das von endlosen Kriegen verwüstet ist, wo Deine Herde bis auf ein paar Einzelne geschrumpft ist und die leidenden Völker sich gegenseitig umbringen.

Doch es gab einen Plan. Wenn es mich nicht gäbe, würden Grausamkeit und Wahnsinn weiter regieren, würde man den Schwachen die Kehlen durchschneiden oder sie in die Sklaverei verkaufen, und die Zukunft wäre ein Albtraum, ein grausames Blutbad.

Ich bin die Sicherheitsleine, dachte er. Die Leine und die Peitsche zugleich, und selbst unter dem Fluch des Malachias werde ich nicht aufgeben. Er dachte an Wallace, sah sein verzerrtes, blutiges Gesicht an jenem Tag, als sie ihn ausweideten wie ein Stück erlegtes Wild. Und er dachte an die Rolle, die er selbst dabei gespielt hatte.

»Ich glaube«, sagte er laut, »dass der Katharer recht hatte – diese Welt ist tatsächlich die Hölle.«

Aber eine andere haben wir nicht.

IN DER NÄHE VON CUPAR, FIFE
ZUR GLEICHEN ZEIT …

Auf der Hügelkuppe brach die Hölle los. Malise sah die Pferde, die wie eine Riesenwelle ankamen, geritten von keuchenden Männern, deren Angst und Zorn ihnen den nötigen Mut verlieh.

Er hatte Kirkpatrick beobachtet, der hinter Malenfaunts Pferd hergestolpert kam. Ab und zu gab Malenfaunt mit brutalem Lachen seinem Pferd die Sporen, sodass Kirkpatrick nicht Schritt halten konnte, er fiel hin und wurde mitgeschleift.

»Ihr müsst schneller laufen«, schrie er, »sonst ziehe ich Euch auf diese Weise bis nach Carlisle.«

Niemand außer Malise verstand sein Genuschel, aber alle sahen, was er tat. Ein paar der Sergeants lachten, rau wie alte Krähen, doch den meisten war es nicht zum Lachen, und ihr

Anführer verzog missbilligend das Gesicht, denn er war dafür verantwortlich, dass der Gefangene lebend Carlisle erreichte, um von dort vor König Edward selbst gebracht zu werden.

Was danach passiert, dachte Sir Godard Heron, geht mich nichts mehr an, aber ein Mann, der am Mord des Oberhaupts der Comyns beteiligt war, konnte kein mildes Urteil erwarten. Trotzdem, er mochte diesen Malenfaunt nicht, diesen eidbrüchigen Ritter, der beim Turnier seinen Schwur vor Gott gebrochen hatte und dafür mindestens seine rechte Hand hätte verlieren müssen.

Malise dachte, er müsse Malenfaunt allmählich davon überzeugen, dass Kirkpatrick ein Pferd brauchte, nicht zuletzt, weil sie momentan in einem Tempo ritten, als handle es sich um einen Vergnügungsausflug im Wildpark und viel zu langsam, um sich dabei sicher zu fühlen. Kirkpatrick, der an einem dünnen Seil mitgezogen wurde, das Malenfaunt sich um die Hüfte geschlungen hatte, sah aus, als würde er nicht mehr lange durchhalten. Doch der Earl von Buchan wollte ihn lebend, damit er von den königlichen Folterknechten befragt werden konnte. Es war äußerst wichtig, von Kirkpatrick selbst zu hören, dass Badenoch von dem Usurpator Robert Bruce ermordet worden war.

Malise hatte gerade etwas sagen wollen, als die Reiter über die Hügelkuppe kamen und sich wie eine Flut brüllend über sie ergossen.

Hal erkannte, dass der Trupp gut gerüstet und bewaffnet war. Die Sergeants hatten richtige Reitpferde, doch er dankte Gott, dass keiner von ihnen auf einem Schlachtross saß, nicht einmal der Ritter mit den Reihern auf Waffenrock und Schild.

Das alles nahm er in dem kurzen Augenblick wahr, den sie brauchten, um die sanfte Böschung hinunterzugaloppieren, mitten hinein in die konfuse, völlig überrumpelte Truppe.

Hal ritt auf seinem Hochlandpony ganz nahe an den Zelter heran, der wild mit den Augen rollte und mit den Hufen in die

Luft schlug. Hal versetzte dem Reiter einen Schlag mit seinem Schild und schwang das Schwert, doch er verpasste ihn, und schon galoppierte sein schrill wieherndes Pony weiter.

Er riss wild am Zügel und versuchte, es zur Umkehr zu bewegen, da sah er, wie Chirnside Rowan einen Sergeant mit dem Haken aus dem Sattel riss, worauf der nasenlose Sandie den Unglücklichen mit Fußtritten und Dolchstößen bearbeitete. Der Ritter mit den silbernen Reihern auf blauem Schild versetzte ihm einen schweren Hieb, und der Nasenlose bäumte sich auf, schrie laut und fiel wie ein nasser Sack von seinem Pony. In dem wilden Durcheinander wurde Hal von seinen Leuten getrennt, aber er sah, dass Jamie Douglas jetzt an ihrer Spitze ritt und angriff, auf seinem Gesicht eine wilde Freude – dann fing die Welt an, sich für ihn zu drehen.

Der Mann, der daran schuld war, trug einen neuen blauen Mantel, in seinem wutverzerrten Gesicht trug er einen struppigen Schnurrbart, er schlug mit seinem Schwertknauf auf Hals Topfhelm ein und bemühte sich gleichzeitig, sein Pferd in die gewünschte Richtung zu lenken. Hal konnte mit seinem Schwert einen weiteren Hieb abwehren, der Widerhall im Helm war selbst in diesem Schlachtgebrüll ohrenbetäubend. Sie wurden auseinandergerissen, aber der blaue Mantel kam wieder auf ihn zu.

Was habe ich dem bloß getan?, überlegte Hal fieberhaft, während die Schläge auf seinen Schild donnerten, dass er es ausgerechnet auf mich abgesehen hat?

Weil er in dir den Anführer vermutet, antwortete er sich selbst. Wenn er dich erledigt, haben sie gewonnen.

Er schlug wild mit dem Schwert um sich, er stach zu, spürte, wie es traf, und sah das schmerzverzerrte Gesicht mit dem schwarzen Schnurrbart. Er empfand einen Augenblick des Triumphes. Er musste einen Schlag gegen seinen Schild einstecken, ein zweiter riss den Achselschild von seiner Schulter, ein dritter schlug eine tiefe Kerbe in den Hinterzwiesel seines Sattels. Der Schweiß lief ihm in die Augen, doch er holte aus, schlug mit aller Kraft zu und sah, wie seine Klinge die Metallhaube des Blaumantels verbeulte und sein Kopf zur Seite flog, dann sackte der Mann plötzlich zusammen und fiel vom Pferd, mitten in den Hexenkessel aus Hufen und Schlamm.

»*Deus lo vult!*«

Der Schrei ließ Hal aufblicken, er versuchte gerade, sein Pferd unter Kontrolle zu bekommen, das nur den einen Wunsch hatte, von diesem Furcht einflößenden Ort fortzukommen, und so stark an der Trense zog, dass er beide Hände brauchte, um es zur Ruhe zu bringen, was mit Schwert und Schild schwierig war. Trotzdem erkannte er schlagartig, dass Rossal de Bissot den Zeitpunkt perfekt gewählt hatte. Er hatte abgewartet, bis das Ende des Reiterzuges vorpreschte und sich in den Kampf stürzte, ehe er selbst mit dem Schlachtruf der Tempelritter angriff.

Das war ihr Ende – das ihre und das von Malise. Der hatte wie versteinert dagesessen, als die Reiter sie überfielen, er hatte das blaue Kreuz gesehen und wusste sofort, um wen es sich handelte. Es schien ihm, als habe er sehr lange dagesessen und beobachtet, wie die Männer mit ihren langen Lanzen auf ihren kleinen Pferdchen angaloppiert kamen, diesen Piken, an deren Spitze auch noch ein Haken und eine Axt war. Tatsächlich war es nicht länger als ein paar Augenblicke gewesen, aber er wäre ewig dort sitzen geblieben und hätte zugesehen, wie der Kampf sich entwickelte – wenn er nicht diesen Schlachtruf gehört hätte.

Deus lo vult. Das weckte ihn auf, als hätte man dicht neben seinem Ohr eine Glocke angeschlagen. Er merkte, dass er wimmerte, er war wie von Sinnen bei dem Gedanken, welche Rache der Eigentümer des blauen Kreuzes zusammen mit dem Mann dieses Schlachtrufs an ihm nehmen könnte. Er riss seinen Zelter herum, dass das Pferd vor Schmerz und den brutalen Sporen laut aufwieherte, und galoppierte davon wie ein Windhund, der eine Fährte aufgenommen hat.

Einige der Sergeants sahen ihn, das war für sie das Signal. Sie drehten ebenfalls ihre Pferde herum und folgten ihm. Hal sah sie fliehen, er empfand eine ungeheure Erleichterung und gleichzeitig so etwas wie Schock. Wir haben tatsächlich gewonnen, sagte er sich.

Kirkpatrick stand neben Hals Pony und blickte zu ihm hoch. Er hatte seinen Rücken einem Reiter zugekehrt und schien an einem Strick zu ziehen wie jemand, der einen schweren Karren zieht, er sah hoch zu Hal und grinste ihn mit seinem zerschundenen Gesicht an.

Malenfaunt, der versuchte, sein Pferd zu zügeln, und gleichzeitig wild nach vorbeireitenden Gestalten hieb, die nicht stillstehen wollten, merkte plötzlich, wie er rückwärts von seinem Pferd flog, das losgaloppierte. Er landete so unsanft, dass es ihm den Atem nahm. Erschrocken stellte er fest, dass Kirkpatrick ihn mit dem Seil, das sie beide aneinanderband, aus dem Sattel gerissen hatte.

»Kirkpatrick«, schrie Hal und griff nach dem Zügel des Pferdes. Ein weiteres Pferd platzte dazwischen, wild vor Angst schlug es aus und bäumte sich auf und versuchte, sich aus dem Durcheinander zu befreien, während sein Reiter, der Schild und Schwert verloren hatte, sich mit beiden Händen festhielt, bis ein entschlossener Hieb ihn in die Rippen traf und aus dem Sattel warf.

Sim Craw, das Gesicht von Blut und Schweiß überströmt, ließ die Klinge wirbeln, um das Blut abzuschütteln, und trieb sein Pony an Hals Seite. Mit gerunzelter Stirn blickte er auf Kirkpatrick, wie ein Vater auf seinen missratenen Sohn.

»Los, mach schon«, knurrte er.

Kirkpatrick kam angehumpelt und stieg auf Malenfaunts Pferd, was Hal, der ungeduldig auf seinem nervös tänzelnden Pony herumrutschte, ewig zu dauern schien. Er traute seinen

Augen nicht, als Kirkpatrick innehielt und die Leine nahm, die um seine aufgescheuerten Handgelenke geschlungen war, und sie sorgfältig um seinen Sattelknopf schlang.

»In Gottes Namen, Kirkpatrick«, brüllte er, »beeil dich, du elender Hurensohn – wir haben nicht den ganzen Tag Zeit!«

Sie ritten los und lösten sich aus der Menge, während gleichzeitig Dirleton Will, Sore Davey, Mouse und ein paar andere sich schützend um sie scharten. Kurz darauf ritten sie die Böschung wieder hinauf, und jetzt kamen aus allen Richtungen Reiter an, die das Schlachtfeld verlassen hatten und wieder zu ihnen stießen.

Es dauerte einen Moment, bis Hal merkte, dass Kirkpatricks Pferd schwerer atmete als die anderen. Es zog etwas hinter sich her, schwer wie ein Baumstamm und brüllend.

Malenfaunt.

Sie galoppierten noch ein paar Minuten weiter, dann ließ Hal sie anhalten. Die Hochlandponys standen keuchend und breitbeinig da, und die Männer rutschten erschöpft und mit weichen Knien aus dem Sattel. Hob von der Mersey stand da, die Hände auf die Knie gestützt, und kotzte. Sore Davey hatte das pickelige Gesicht schmerzlich verzogen und weinte wie ein Kind.

»Versuch mal festzustellen, wie viele fehlen«, sagte Hal zu Sim, der grimmig nickte.

»Wir haben nicht viel Zeit«, warnte Sim. »Das waren gute Sergeants, die werden schwer darunter leiden, dass wir sie mit unseren kleinen Pferdchen in die Flucht geschlagen haben. Wenn sie sich etwas gefangen haben, werden sie hinter uns her kommen.«

Hal nickte und ging zu Kirkpatrick, der auf wackeligen Beinen neben seinem Pferd stand. Mit einer kurzen Bewegung schnitt Hal den Strick um seine Handgelenke durch.

»Seid Ihr verletzt?«

Kirkpatrick dröhnte der Kopf, und ihm war übel. Er stand – aber seine Beine spürte er nicht. Er machte eine wegwerfende

Handbewegung und brachte ein Grinsen zustande. Er verstand nicht, weshalb Hal ihn befreit hatte, und äußerte es.

»Das frage ich mich auch«, erwiderte Hal grimmig. »Wenn ich weiß, was es mich gekostet hat, kann ich Euch vielleicht antworten.«

»Trotzdem stehe ich in Eurer Schuld«, sagte Kirkpatrick auf Französisch, »ich möchte alles zurücknehmen, was ich im Streit gesagt habe, und bitte Euch um Vergebung.«

Das ist wenigstens etwas, dachte Hal, als er durch das Farnkraut dorthin ging, wo am Ende des Seils eine stöhnende Gestalt lag. Malenfaunt blickte wie durch einen blutigen Schleier, doch er erkannte ihn. Er versuchte etwas zu sagen, aber man konnte nur raten, was er meinte.

»Was sagt er da?«, fragte Chirnside Rowan neugierig.

»Dass er sich ergibt«, sagte Hal stirnrunzelnd. »Glaube ich jedenfalls.«

Er wurde von einem Trupp Männer abgelenkt, die gerade angeritten kamen, darunter auch Rossal de Bissot und Jamie Douglas, der über sein ganzes verschwitztes Gesicht grinste und zusammen mit dem Hundejungen den Kampf noch einmal durchging, wobei es anscheinend viel zu lachen gegeben hatte.

»Vier fehlen«, sagte Sim, als er in Hörweite war. »Der nasenlose Sandie, Andra, Roslin Rob und der Blaue Tam. Der Nasenlose und Andra sind tot, und die anderen wird der Reiher auch nicht am Leben lassen.«

Das erklärte die Tränen von Sore Davey – Andra war sein Bruder.

Kirkpatrick hatte es gehört, er sah Hal an. Vier Männer verloren, um ihn zu retten. Das war ein hoher Preis für den Lord von Herdmanston, und Kirkpatrick wusste es. Er hörte, wie de Bissot *»Ave maria, gratia plena«* murmelte, und suchte den Blickkontakt mit dem Templer.

»Ich danke Euch für Eure Hilfe bei meiner Rettung«, sagte er auf Französisch. »Ich fürchte, ich bin jetzt keine geeignete Begleitung mehr für Euch.«

De Bissot sah ihn an. Kirkpatricks Kleider waren nur noch blutige Fetzen, seine Hände aufgerissen, sein Gesicht geschwollen und blutunterlaufen. Er schien auch die eine oder andere Rippe gebrochen zu haben. Der Templer nickte.

»Ich werde mich mit Gottes Hilfe allein durchschlagen«, sagte er und wandte sich an Hal.

»Der Dank des Ordens ist Euch gewiss«, sagte er. »Wir beide sehen uns wieder.«

Damit ritt er davon, und Hal starrte hinter ihm her und fragte sich, ob diese letzten Worte etwa eine gotteslästerliche Prophezeiung gewesen waren. Malenfaunts Stöhnen lenkte ihn ab, und Sim trieb mit Nachdruck zum Weiterritt an.

Kirkpatrick ging steifbeinig zu Malenfaunt hinüber, bückte sich und suchte nach etwas, dann richtete er sich strahlend auf, in der Hand seinen vierkantigen Dolch.

»Mein Messer – dachte ich mir's doch«, verkündete er. »Er wollte dem englischen Edward die Waffe gleich zusammen mit dem Mörder präsentieren.«

Er sah den verzweifelten Malenfaunt an, der jetzt auf den Knien lag und hilflos hin und her schwankte.

»Wie schnell sich doch die Welt verändert, Malenfaunt«, sagte er boshaft auf Französisch. Und noch ehe jemand etwas sagen konnte, blitzte der Dolch auf. Hal hörte ein leises Zischen, als hätte man in ein aufgetriebenes totes Schaf gestochen, und Malenfaunt schrie auf. Mit entsetzt aufgerissenen Augen umklammerte er seinen Hals, aus dem das Blut durch die Finger spritzte. Niemand rührte sich.

»Ich habe dich da getroffen, wo man ›das Herz im Hals‹ vermutet«, sagte Kirkpatrick leise, fast verträumt, während die Männer den wimmernden Malenfaunt anstarrten, der den Mund auf und zu machte wie ein Fisch auf dem Trockenen.

»Du wirst sterben, und nur Gott kann dich noch retten, aber ich bezweifle, dass Er es tun wird. Es heißt, dass man herrliche Visionen hat, wenn man auf diese langsame, friedliche Weise stirbt.«

Malenfaunt versuchte aufzustehen, aber er war bereits zu schwach und sank wieder zurück. Auf seinem Gesicht lag ein merkwürdig seliger Ausdruck, während das Blut aus seinem Hals schoss. Kirkpatricks Gesicht wurde zu Stein.

»Aber das werde ich nicht zulassen«, fügte er hinzu und stieß den Dolch fest in Malenfaunts Auge bis in sein Gehirn, sodass der letzte überraschte Blick des Mannes nur noch Schrecken und Todesangst ausdrückte und seine gespaltene Zunge sich hilflos bewegte.

Alle wandten sich ab, als der Ritter zusammensackte und verblutete.

»Bei Gott«, sagte Jamie Douglas zwischen Ekel und Bewunderung schwankend, »Ihr seid wirklich nicht zimperlich, Kirkpatrick.«

Kirkpatrick antwortete nicht, mit seinem geschundenen Gesicht sah er nur Hal an, dann humpelte er zu seinem Pferd zurück.

»Ich habe Huren beim Leichenraub gesehen, die barmherziger waren«, rief Sim missbilligend hinter ihm her. »Jetzt scher dich nach Hause und kuriere deine Blessuren aus – aber lass dich für eine Weile nicht unter anständigen Menschen sehen.«

Kirkpatrick drehte sich um, sein Gesicht war trostlos.

»Ich habe kein Zuhause«, erwiderte er bitter, »genau wie du. Aber im Gegensatz zu dir habe ich nie eins gehabt, also habe ich auch nichts verloren.«

Er kletterte mühsam auf sein Pferd, seine Hände fingen wieder an zu bluten, als er die Zügel nahm und das Seil wegwarf, das ihn mit dem Toten verband.

»Keine Angst, Sim Craw«, sagte er, aber seine Stimme klang

todmüde, »es wird nicht lange dauern, bis ich wieder bei euch bin. Du wirst schon sehen.«

»Wir reiten«, befahl Hal streng. Er fragte sich, wie jemand überhaupt noch ein Zuhause haben konnte, wenn dies alles erst vorüber war. Müde stieg er auf sein schweißüberströmtes, zitterndes Pony und sah noch einmal hinunter auf den toten Malenfaunt, um den die Blutlache langsam größer wurde.

Dies ist Krieg, dachte er, ein Krieg mit einem entfesselten Drachen, in dem jedes Rittertum so unauffindbar verloren ist wie der Gral selbst.

KAPITEL 13

METHVEN
VIGIL DER ÜBERFÜHRUNG DER RELIQUIEN DER HEILIGEN MARGARITA
JUNI 1306

Die Delegation traf am Abend ein. In der Sommerhitze roch es nach Holzrauch und Fisch, der zusammen mit Steckrüben im Kessel kochte. Wie Gespenster schritten sie in ihren dunklen Roben zwischen erleuchteten Zelten und Reihen angebundener, scharf riechender Pferde hindurch, bis sie vor dem großen Pavillon mit dem gelben Banner standen, dessen roter Löwe schlaff herabhing.

Abt Alberto fand, dass das Zelt des Heerführers genauso aussah, wie Bruder Jakobus es ihm beschrieben hatte – es war gut durchdacht und bot jede Annehmlichkeit, mit der man eine Geliebte verwöhnen konnte. Unter dem Dach hingen Laternen mit Quarzscheiben, der saubere Holzfußboden war mit frischem Gras und Wildblumen bestreut, und auf kleinen Tischchen standen Schalen mit kostbaren Pistazien, gezuckerten Mandeln und Ingwer.

Die Gesichter, die vor den schönen Wandbehängen standen und ihn ansahen, wirkten nicht feindlich, eben wie Männer, die eine Aufgabe zu erfüllen hatten und kompetent und selbstbewusst waren. Von irgendwoher, aus einem abgetrennten Teil des Zeltlagers, hörte man leise Frauenstimmen.

Bruce musterte den kleinen italienischen Abt eingehend. Er

macht nicht viel her, dachte er, also ist er vermutlich gefährlich. Ein Visconti, der das Ohr des Papstes hatte, also vermutlich doppelt gefährlich. Doch er war nicht gekommen – was Bruce befürchtet hatte –, um die *ferendae sententiae* zu überbringen – das Urteil des päpstlichen Gerichts, das Bruce mit dem Kirchenbann belegen würde.

Das war immerhin etwas, dachte Bruce, doch wahrscheinlich war diese päpstliche Bulle schon auf dem Weg. Blieb nur noch zu ergründen, ob es stimmte, was er vorgab, nämlich dass er hier war, um eine Nachricht von Aymer de Valence zu überbringen, der sich im Moment wie ein ängstlicher Hund in Perth verkrochen hatte und nun Bruce zum Kampf herausforderte.

»Ich hoffe«, sagte er höflich und zurückhaltend, »dass Euer Besuch in unserem Königreich bisher erfolgreich war.«

Der Abt ignorierte das »unser Königreich« und blickte den Mann an, den sie *Bruce* nannten. Hochgewachsen, mit einem entschlossenen Gesicht, mit einer nässenden Narbe auf der einen Wange und einem auffallend sauberen Bart. Der Mann zu seiner Rechten war eine gedrungenere Version davon, ein Mann wie ein Tanzbär, mit buschigem Bart, sicher sein Bruder Edward. Die anderen waren für den Abt nicht wichtig, es waren alles Krieger.

»Bisher ja«, erwiderte er ebenso höflich, »obwohl König Edward wohl etwas dagegen einzuwenden hätte, dass es Euer Königreich sein soll. Selbst wenn Ihr bereit seid, es zu verteidigen – wie waren gleich Eure Worte, Mylord – *und sei es mit dem längsten Knüppel, den Ihr habt.*«

»Euer Gnaden«, korrigierte ihn eine strenge Stimme. »Ihr sprecht mit dem König.«

Der Abt wedelte entschuldigend mit den Händen.

»Hat Euch Edward der Unersättliche geschickt?«, fragte Bruce mit kalter Stimme und ignorierte den Verstoß des Abtes gegen die Etikette, der ihm bestimmt nicht versehentlich unterlaufen war.

»Ich komme vom Heiligen Vater, mein Sohn«, erwiderte der Abt sanft, »um in den Königreichen seines Bruders in Christo König Edward die Komtureien seines Ordens der Armen Ritterschaft zu überprüfen.«

»Und habt Ihr schon ein paar saftige Fälle von Ketzerei gefunden?«, unterbrach ihn der Tanzbär, und der Abt bemerkte ein kurzes, unwilliges Zucken auf dem Gesicht des älteren Bruce.

»Nichts Ernsthaftes«, erwiderte er und hörte, wie Bruder Jakobus leise brummelte. Fast hätte er gelacht. Zumindest haben dieser unrechtmäßige König und ich eins gemeinsam, dachte er – nämlich lästige Untergebene. Und keiner war lästiger als Bruder Jakobus, er war einer dieser Spürhunde Gottes, den der Heilige Stuhl gern ab und zu losließ und dessen dauerndes Winseln und Bellen zusätzlich zu seinem Schnüffeln furchtbar störend sein konnte.

Dem Abt war bekannt, dass Bruder Jakobus der Schreiber von Geoffroy d'Ablis war, dem Inquisitor in Carcassonne, und dass er im Frühjahr dorthin zurückkehren würde. Er wusste auch, dass sein wirklicher Name Jean de Beaune war, denn er hatte seine jüngsten Abhandlungen – über die korrekte Vorgehensweise bei Inquisitionen – unter diesem Namen veröffentlicht, doch in der allgemeinen Bewunderung für den Mann wurde diese Sünde des Hochmutes ignoriert.

»Bruder Jakobus ist da allerdings anderer Ansicht«, fuhr der Abt fort, ohne den Spürhund Gottes anzusehen. »Wir waren bei der Armen Ritterschaft in … wie heißt der Ort doch gleich? Irgendwas mit Balan …«

»Balantrodoch«, brummte der Tanzbär. Der Abt lächelte.

»Richtig. Merkwürdiger Name.«

»Ihr sagtet, dass Ihr dort keine ketzerischen Lehren gefunden habt«, sagte Bruce, der wieder zum Thema kommen wollte.

»In der Tat. Ein paar Schriftstücke, aber nichts von Bedeutung …«

»Heidnische Irrlehren«, unterbrach Bruder Jakobus, und Bruce sah, wie der Abt genervt die Augen schloss, vermutlich um nicht die Fassung zu verlieren. Dann wandte er sich an Bruce, der ihn mit mildem Interesse ansah, und zuckte die Schultern.

»Bruder Jakobus ist der Meinung, dass eine Abhandlung darüber, dass die Erde sich um die Sonne dreht, eine gefährliche Sünde darstellt und dass alle, die eine Abschrift davon besitzen, auf den Scheiterhaufen gehören. Aber seht Ihr – nun habe ich es selbst ausgesprochen und damit alle unsere Seelen in tödliche Gefahr gebracht. Bruder Jakobus müsste einen sehr großen Scheiterhaufen errichten.«

Bei seinem Spott wandelte sich der Mund des Spürhundes zu einem fest zusammengekniffenen Strich. Bruce war dieser Jakobus gut bekannt, der schon seit mindestens zehn Jahren eine Hexenjagd im Lande veranstaltete und ständig zwischen York, Berwick und Edinburgh hin und her eilte. Gott allein mochte wissen, was er dabei suchte.

Bruce hatte auch herausgefunden, dass dieser Spürhund Gottes bei der Schlacht von Stirling zum Gefolge Cressinghams gehört hatte. Dort war er unmittelbar nach seiner Verfolgung der Katharer in Carcassonne aufgetaucht. Das alles hatte Bruce von Kirkpatrick und seinem spurlos verschwundenen Arzt erfahren – er fragte sich, wo dieser jetzt wohl sein mochte und was er so erzählte. Und vor allem, wem …

»Ich dachte, die Erde ist der Mittelpunkt aller Dinge«, sagte Edward Bruce stirnrunzelnd. Der Abt gewährte ihm erneut ein Lächeln, wobei seine Wangen aussahen wie verschrumpelte Winteräpfel.

»Ganz richtig. Diese … Irrlehre, wie unser guter Bruder hier es nennt … ist ein heidnischer Glaube, wie er schon sagte. Maurisch, obwohl es davor wohl sarazenisch war und noch früher eigentlich persisch. Das waren damals alles gottlose Feueranbeter, und die Sonne als das größte Feuer von allen war für sie eine Gottheit, und deshalb stellten sie sie in den Mittelpunkt des Universums.«

Er faltete die Hände.

»Eigentlich ist es nicht ketzerisch. Wenn ich behaupte, dass ein galoppierendes Pferd sich nicht vorwärts bewegt, sondern der Boden unter ihm rückwärts – ist das Ketzerei? Oder ist es nicht vielmehr Dummheit?«

»Wenn genug Menschen es glauben …«, murmelte Bruder Jakobus, aber der Abt ignorierte ihn.

»Also ist der Orden der Armen Ritterschaft unschuldig angeklagt?«, fragte Bruce.

»Was für eine Anklage soll das sein?«, entgegnete der Abt. »Es gibt keine Anklage. Der Orden hat sich des Hochmuts, der Trägheit des Herzens, der Habgier und des Praktizierens obskurer Bräuche schuldig gemacht. Ich habe viele beeidete Aussagen von Novizen, die behaupten, sie hätten sich geweigert, das Kreuz anzuspucken oder ein Götzenbild Baphomets zu küssen. Doch bisher habe ich keinerlei Bestätigung für solche Praktiken gefunden.«

»Und doch gibt es Ketzerei«, erklärte Bruce grimmig. »Ihr braucht nur irgendeinen dieser Adligen zu fragen, und sie werden Euch über die Sünden des Ordens aufklären.«

Der Abt runzelte die Stirn, er verstand nicht.

»Die meisten dieser *nobiles* hatten Verwandte, die mit Wallace in den Wäldern von Callendar waren, viele waren auch selbst dabei«, erklärte Bruce mit steinerner Miene. »Und dort ritt der Orden im Gefolge König Edwards und half ihm dabei, unsere Leute umzubringen. Christen, Abt Alberto, die sich wie Wölfe auf Christen stürzen. Ist das etwa keine Ketzerei, die der Heilige Vater bestrafen müsste?«

Jetzt verstand der Abt. Er fing an zu nicken, so langsam, als würde er gleich einschlafen.

»Keine Ketzerei. Nur eine weitere Form von Hochmut, von dem ich sprach, aber ganz gewiss eine Sünde – und zusammen mit den weiteren Sünden, die sie auf sich geladen haben, ist das Grund genug, sie dem Orden vom Hospital des heiligen Johannes zu Jerusalem unterzuordnen. Vielleicht werden diese Ritter sich dann wieder auf Gott und sein wohltätiges Werk besinnen.«

»Der Johanniterorden will aber nichts mit ihnen zu tun haben«, erwiderte Bruce. »Was auch klug ist.«

Der Abt schnalzte missbilligend mit der Zunge.

»Wir sollten uns hüten, den ersten Stein zu werfen«, sagte er leise. »Denn es ist die Sünde des Neides, die in erster Linie für die Probleme des Ordens verantwortlich ist. Er ist auch viel zu reich, wie ich bereits sagte, man munkelt sogar von Wucher. Schon allein dafür würde Bruder Jakobus sie auf den Scheiterhaufen bringen, aber er und viele seiner Kollegen haben die Lehre des heiligen Bernhard vergessen: ›In der Verfolgung zeigt sich, wer ein Heuerling und wer ein wahrer Hirte ist.‹«

Er verstummte, seine rührselige Stimmung war echt, weil er gerade an den Tempelritter dachte, den man auf sein Pferd gebunden und verbrannt hatte …

»Amen«, antwortete Bruce zusammen mit dem Gemurmel der anderen. Jakobus steckte seine Hände in die Ärmel, blieb aber stumm – ein Spürhund, der im Moment an der Leine lag.

»Aber all das interessiert Euch doch weniger als das, was Euch der englische Befehlshaber in Perth sagen lässt«, fuhr der Abt fort. »Er ist einverstanden, Euch auf dem Feld zu treffen – aber nicht morgen. Morgen ist Sabbat und der Tag des heiligen Gervasius.«

»Der Tag der heiligen Margarita, Königin von Schottland, und der Überführung ihrer Gebeine«, korrigierte Bruce mit seinem merkwürdig schiefen Lächeln. Er will die Narbe nicht bewegen, wurde dem Abt plötzlich klar, das bedeutete, dass sie nach all dieser Zeit immer noch nicht richtig verheilt war …

»Dann haben wir also einen Waffenstillstand bis übermorgen?« Edward Bruce wollte es noch einmal bestätigt haben.

Der Abt zögerte einen Herzschlag lang, ein Zögern, das ihm die Politiker in Rom in ihren weihrauchduftenden Gewändern nicht hätten durchgehen lassen. Der Grund war – schon wieder – die Vorstellung des brennenden Tempelritters. Und dazu noch das versteinerte, gleichgültige Gesicht von de Valence, der es entschuldigt hatte und sich sicher fühlte mit seinem Befehl von Papst und König, sanktioniert durch ein Symbol, wie es heidnischer nicht sein konnte – einem Drachenbanner, das es den Menschen gestattete, jede Sünde zu riskieren.

Doch sein Zögern wurde hier nicht bemerkt, und der Abt nickte, denn seine Botschaft war ein Waffenstillstand, und die Ritterehre verlangte, dass er sie korrekt überbrachte, auch wenn sie von den schmalen, zweifelhaften Lippen eines Aymer de Valence kam.

Es war alles gesagt. Bruce sah ihnen nach, als sie wieder davongingen, und er wartete auf den Aufstand, den es geben würde, sobald sie außer Hörweite waren. Es dauerte auch nicht lange, und wie immer war Edward der Wortführer.

Sie werfen mir das Wort »Ritterlichkeit« an den Kopf, als sei es Ketzerei, dachte Bruce, als er sich ihren Bedenken und ihrer Wut stellte. Jetzt würde ein Streit losgehen, der unauflösbar war.

Das wussten die anderen auch, selbst wenn sie sich noch so bemühten – de Valence saß sicher in Perth, mit einer Armee, die ungefähr so groß war wie die, die Bruce zusammengekratzt hatte. Die englischen Lords Percy und Clifford zogen mit einem weiteren Heer im Westen herauf, und irgendwo im Süden lauerte wie eine noch ferne Gewitterwolke der habgierige König selbst und stellte mit seinem Sohn ein weiteres Heer zusammen.

»Wenn wir sie nicht hier in einer Schlacht stellen und diese auch gewinnen, Mylords«, sagte Bruce ihnen klipp und klar in die finsteren Gesichter, »dann unterstützt uns niemand mehr, und wir werden zu schwach sein, wenn Longshanks kommt. Wir müssen de Valence hier besiegen, und um das zu schaffen, müssen wir ihn herausfordern, damit er aus seinem Bau herauskommt und kämpft.«

Wenn sie es nicht tun, ist es mit mir als König zu Ende, dachte er. Er stellte sich schon den mokant gespitzten Mund seiner Frau vor, mit dem sie ihr ewiges »Ich hab's Euch ja gesagt« einleitete. Sommerkönig und Sommerkönigin, hatte sie einst gesagt. Den anderen Teil dieses heidnischen Brauchs hatte sie nicht erwähnt, denn der Sommerkönig wurde rituell geopfert, weil man glaubte, sein Blut würde das ganze Land fruchtbar machen.

Nun ja, aber es würde nicht so weit kommen. Ein Sieg hier bei Methven würde seinen Thron festigen, und dazu brauchte er jemanden, den er in einem ehrlichen Turnier schlagen konnte. Er musste die Apokalypse mit Gewalt herausfordern.

Als er diesen Gedanken aussprach, war der gelehrte Alexander der Einzige, der verstand, dass das nicht die Katastrophe war, nach der es klang, sondern vielmehr eine Offenbarung, ein neues Licht. Eine neue Welt.

Aufgrund seiner Ritterehre würde de Valence zu einem ehrlichen Zweikampf zu bewegen sein, dachte er. Ein Turnier *à l'outrance* würde die Sache richten.

Denn in der äußersten Not ist Gott immer am nächsten.

Hal beobachtete, wie der Zug der Priester mit ihrem Gefolge sich zwischen den Feuern hindurchwand, aus dem Lager hinaus und auf die Straße zurück nach Perth. Er hörte, wie einer das *Te Deum* murmelte, während die meisten schweigend dahinschritten, unheimlich wie die Dunkelheit selbst. Er hielt nicht viel von diesen *domini canes* und dachte daran, wie sie Wallace und Moray damals bei Stirling Cressinghams Ultimatum gebracht hatten … Mein Gott, fast auf den Tag genau zehn Jahre war das jetzt her.

Zehn Jahre. Die Zeit lastete auf ihm und schien plötzlich schwer wie ein Mühlstein. Er seufzte, Sim Craw sah ihn unter seinen buschigen Augenbrauen an und überraschte Hal mit seinen eigenen Gedanken.

»Ich muss gerade an diese Männer denken«, murmelte er. »Bei Abbey Craig. Mein Gott, Sir Hal, ist das lange her.«

»Ja, damals warst du noch jung und rüstig«, neckte Chirnside und grinste.

»Das ist er immer noch«, mischte sich der Hundejunge ein. »Du brauchst ihn nur mal richtig zu ärgern, dann wirst du schon erleben, wie rüstig er noch ist.«

Sim schob einen Ast und etwas trockenes Gras ins Feuer.

»Danke, dass du mir beistehst, Junge«, antwortete er langsam und ernst, »aber Chirnside hat gar nicht so unrecht. Man merkt schon, wie die Jahre auf einem lasten, und manchmal bin ich morgens gar nicht besonders rüstig. Und wenn ich mich nachts aus dem Bett wälze, um zu pinkeln, dann tun mir alle Knochen weh.«

Die Männer starrten ihn erstaunt an, und Hal überkam eine unbestimmte Angst, wenn er die Falten in Sims Gesicht sah und den Bart, der mehr grau als schwarz war. Ja, er ist alt geworden, dachte Hal plötzlich – aber mein Gott, er ist ja nur eine Handvoll Jahre älter als ich, und ich bin auch alt. Wenn Sim anfangen sollte zu versagen, würde meine Welt ins Wanken geraten …

Doch dann sah er den gewohnten, pfiffigen Blick unter den buschigen Brauen.

»Aber ich kann mich noch genauso gut mit einer Hure im Gras wälzen wie du, Chirnside Rowan.«

Das Gelächter ließ Rowan rot anlaufen, der unter den Rippenstößen seiner Nachbarn fast vom Baumstamm gefallen wäre. Schließlich bestätigte er mit einer Handbewegung, dass er Sims schlagfertiger Antwort nichts entgegenzusetzen hatte. Er schlug eine Mücke tot.

»Mein Gott«, knurrte er, »für diese Teufelsviecher hier müssen wir ein wahrer Segen sein. Die denken wahrscheinlich, sie sind im Mückenparadies.«

»Ach, das sind doch nur kleine Dinger«, sagte Sim Craw. »Dort, wo der Schwarze MacRuiraidh herkommt, sind sie viel größer und dicker und haben Stacheln wie Turnierlanzen.«

Die Männer von Lothian lachten, und das Opfer lachte mit. Anfangs hatten die Flachländer den Schwarzen MacRuiraidh angestarrt, als sei er vom Mond gefallen, dieser Mann von den Inseln mit seinem wirren, pechschwarzen Haarschopf und der großen Axt. Aber inzwischen hatten sie sich an ihn und seine Sippe gewöhnt, die gekommen war, um König Robert zu unterstützen. Christine von Garmoran hatte sie geschickt, und hier und da wurde ein listiges Auge zugekniffen und der Nächste heimlich angestoßen, um anzudeuten, was ihr neuer König wohl mit dieser Inselkönigin angestellt haben mochte, dass sie ihm so großzügig unter die Arme griff.

Es sind alles Schotten, sagte Hal sich. Von Chirnside Rowan aus dem Grenzgebiet, der gerade das Feuer mit einer Handvoll trockenem Farnkraut fütterte, bis zu den kaum verständlichen Männern von Dingwall hinter den Mounth-Bergen, die freiwillig gekommen waren und sich damit dem Earl von Ross widersetzt hatten, der kein erklärter Anhänger von Bruce war.

Bis jetzt nicht – doch morgen würde sich alles entscheiden.

Jamie Douglas kam angaloppiert und scheuchte sie auf wie ein frischer Wind, der ins Feuer fährt. Er gab dem Hundejungen ein Stück Brot, erhielt von diesem ein Stück Fleisch, und nach einigen Minuten waren die beiden wieder fort, rastlos wie Jagdhunde verschwanden sie in der Dämmerung, in der man in der Ferne leise Musik und das Gelächter von Frauen hörte.

Das Leben war genauso, wie ein Mann es sich vorstellte, dachte Hal. Wie ein *junger* Mann es sich vorstellte, verbesserte er sich, denn wenn das Blut jung und hitzig ist, ist auch die ganze Welt neu, wie ein neugeborenes Kalb, das noch nicht trocken geleckt ist.

Doch wenn man ein paar Jahre auf dem Buckel hatte, war es anders. Tief im Inneren, das wusste Hal, war die Erde alt, so alt, dass er sich manchmal fragte, was es auf der Welt gegeben hatte, noch ehe es Feen, Alben und Trolle gab, und welche Art von Männern und Lords damals gelebt hatten, ehe die zivilisierten Menschen ankamen.

Verglichen mit Jamie Douglas fühlte man sich alt, weil man wusste, dass die Welt für die Jungen noch ganz neu war. Sie entdeckten sie, als seien sie die ersten Menschen überhaupt.

Wieder hörte man das Lachen und Kreischen von Frauen – Gott allein wusste, woher es kam oder wie sie dies alles überstanden – und die Männer am Feuer wischten sich grinsend über den trockenen Mund und überlegten, ob ihr Glück oder ihr Silber ausreichen würde.

Doch Sim Craw hatte nichts mit Frauen und prallen Oberschenkeln im Sinn. Er dachte an die Schreie des Walisers, den mit Scheiße verdreckten Bogenschützen, den sie als Gefangenen mitgebracht hatten und der einer peinlichen Befragung unterzogen worden war – nicht sehr schlimm, fand Sim, eigentlich längst nicht hart genug, denn Sim war überzeugt, dass der Mann noch mehr hätte erzählen können.

Sim hatte gedacht, er sei zu einfach davongekommen – bis dann Edward Bruce' Männer den Mann niedergezwungen und ihm Zeige- und Mittelfinger der rechten Hand abgeschnitten hatten, der Hand, mit der man die Sehne zog, und dann die Wunde barmherzig mit Pech verschlossen hatten.

»Du wirst nie mehr auf einen Schotten schießen«, hatte einer gesagt, breitbeinig, die Hände auf den Hüften, als sie den Waliser gehen ließen. Die schmerzende Hand an die Brust gedrückt, halb blind vor Tränen und Rotz, war er davongehumpelt, glücklich, dass er mit dem Leben davongekommen war. Sim hatte bemerkt, dass Edward Bruce darüber nicht glücklich war.

»Ihr hättet ihm auch die Zunge herausschneiden sollen«, hatte er geknurrt, »damit er nicht erzählen kann, was er hier gesehen hat.«

Hal andererseits war glücklich über Isabels Nähe, die, wie er wusste, irgendwo in diesem prächtigen Zeltlager der Königin in Diensten war. Später würde er sie suchen, wenn er sicher sein konnte, dass die Königin sich zur Ruhe begeben hatte und er Isabel ganz für sich haben würde.

Er legte sich zurück und sah in den dunklen Himmel, übersät mit Sternen wie frisch geschlagene Funken, ab und zu klatschte es und er hörte, wie die Männer über die Mücken schimpften.

»Wenn du genau hinhörst«, meinte Bull, »kannst du ihre Schlachtrufe hören. Wenn die so groß wären wie wir, würde keine Armee mit ihnen fertigwerden.«

»Ja, richtig«, sagte Erchie Scott, »vielleicht sollten wir irgendeinem kleinen Beelzebub eine Seele opfern, damit wir so eine Armee bekommen. Dann können die gegen die Engländer kämpfen, und wir reiten alle nach Hause.«

»Gelobt sei Gott«, entfuhr es seinem Bruder, dem fingerlosen Tam, und er bekreuzigte sich. »Lasst uns nichts dergleichen heraufbeschwören – so was sagst du besser nicht, Bruder.«

»Und außerdem«, warnte Chirnside, »ist es doch klar, dass morgen keine Schlacht stattfinden wird. Diese Priester werden König Robert gebeten haben, den Sabbat nicht zu brechen.«

»Ach verdammt«, schimpfte Sim Craw. »Halten wir etwa plötzlich den Sabbath, ein? Wann hat das schon mal jemanden beeindruckt? Als Gott Wallace diesen fetten Verräter Cressingham auf einem Silbertablett präsentierte, hatten wir bei der Brücke von Stirling von einem heiligen Sabbat zum nächsten mit denen gekämpft – und die große Schlacht fand an dem Feiertag nach St. Finian statt.«

Alle lachten leise, und er strahlte sie an.

»Feiertage, ihr kleinen, dreckigen Lästermäuler, sind die Tage, an denen wir am besten kämpfen – für Gott jedenfalls.«

Diejenigen, die sich noch an die Geschichte von Wallace' Triumph erinnerten, nickten beifällig zum Amen der anderen, dann lehnten sie sich zurück und dachten an diesen großartigen Tag.

Hal dachte daran, dass es nur noch wenige sein konnten, die damals tatsächlich dabei gewesen waren und im nassen Gras gekniet hatten, um von den Mönchen der Abtei von Cambuskenneth die Hostie zu empfangen. Doch das Versprechen dieses Tages war seitdem durch Hungersnot, Tod und Niederlagen in Vergessenheit geraten, und nun saßen sie hier, viele Jahre später, und kämpften noch immer und waren dem Sieg keinen Schritt näher.

Eine Gestalt tauchte auf, und alle Köpfe wandten sich ihr zu. Es war ein in jeder Hinsicht unauffälliger Mann, sowohl was seine Größe als auch sein Alter betraf, und auch seine Rüstung schien alt und abgewetzt. Er trug einen ramponierten Schild auf dem Rücken, dessen Wappen so verblichen war, dass es kaum noch zu erkennen war.

»Gelobt sei Gott«, sagte er. Sein Gesicht mit dem angegrauten Bart sah müde aus.

»In Ewigkeit«, kam die Antwort. Dann stand Hal auf, und er und der Fremde umfassten sich an den Handgelenken. Es folgte ein kurzer Austausch von Begrüßungen, eine Bitte wurde erfüllt, dann schlurfte der Mann mit einem Viertelscheffel Hafer über das zertrampelte Gras davon.

»Gott stehe uns bei«, brummte Wynking Wull, dessen Gesicht vor Ärger noch stärker zuckte als sonst. »Schlimm genug, dass wir Leute wie diesen heimatlosen Jungen von Douglas mit durchfüttern müssen. Unsere Gürtelschnallen werden bald am Rückgrat sitzen, wenn wir unsere schwer erkämpften Vorräte mit jedem zerlumpten Bettler teilen, der vorbeikommt.«

»Kein zerlumpter Bettler, sondern Sir John Lauder von der Insel Bass Rock«, sagte Sim Craw und erklärte es näher, während Hal sich zurücklegte und über Leute wie Sir John Lauder nachdachte, den letzten Nachkommen der Lauders, die den Bass Rock von Patrick von Dunbar bekommen hatten.

Sir John hatte ein kleines Landhaus bei Whitekirke besessen, ein Gebäude, zur Hälfte aus Stein gebaut, in dem unten sein Vieh und oben seine Familie wohnte, ein Besitz, der ihn kaum über den Rang eines Leibeigenen heraushob, obgleich er ein Adliger war.

Doch selbst das hatte er für Bruce geopfert. Er hatte sein Vieh geschlachtet, seine Felder und sein Haus abgebrannt und seine Familie zu Verwandten geschickt, dann hatte er die Überreste der Rüstung seines Vaters angelegt, das Schwert seines Großvaters gegürtet und war nach Methven marschiert.

Er hatte keine Bediensteten und ganz sicher kein Schlachtross – der Viertelscheffel Hafer war für ihn selbst, mit etwas Wasser vermischt das Einzige an Nahrung, was er zu sich nehmen würde, solange er nichts Besseres erbitten konnte, ohne seinen letzten Rest an Würde zu verlieren.

Am nächsten Morgen – falls es überhaupt zur Schlacht kommen sollte – würde er in einem Karree von Pikenieren seinen Platz einnehmen, Seite an Seite mit barfüßigen Pächtern und anderen von noch niedrigerem Rang. Er würde dafür sorgen, dass die schwerfälligen Reihen nicht aufbrachen, und kämpfen, bis sie gewonnen hatten oder starben.

Irgendwo neben ihm würde der junge Jamie Douglas stehen, ein mächtiger Adliger Schottlands, und doch nicht reicher als Lauder von der Insel Bass Rock, weil in seiner Burg die Engländer saßen und die Pacht von seinen Ländereien kassierten.

Hal dachte an Herdmanston mit dem blauen Himmel darüber, so blau wie der Mantel der Jungfrau in dem Gemälde an der Kirchenwand, die fruchtbare, dunkle Erde darunter und er selbst mittendrin. Im Geiste stand er in dem Wohnturm, der ihm gehörte, und einen Moment war es ihm, als wollte ihm die Brust zerspringen. Doch so sehr er sich auch bemühte und die Augen zusammenkniff, er konnte den letzten Eindruck nicht verdrängen, die verrußten Mauern und den schwarzen Rauch, der wie eine drohende Gewitterwolke am Himmel stand.

Vorbei und verloren, ebenso wie das Haus von Lauder. Alles war weg, nur das wunderbare Gefühl in seiner Brust war noch da, und der Grund dafür befand sich hier irgendwo in der Dunkelheit und machte gerade der jungen Königin ihre Aufwartung. Er erhob sich, er wollte sie sehen, wollte sie in den Armen halten.

Er überraschte sie dabei, wie sie hinter den eleganten Zelten in einer Laube aus gebogenen Weißdornzweigen den Boden mit einer dicken Schicht Farnkraut bedeckte. Als sie ihn kommen hörte, richtete sie sich auf. Er sah, wie müde sie wirkte.

»Wie geht es Ihrer Gnaden?«, fragte er, und sie antwortete mit einem Blick, als er sie in die Arme nahm.

»Sie ist zäh und erträgt alles stoisch«, sagte Isabel, gegen seine Brust gedrückt, dann hob sie den Kopf, um Luft zu holen. »Sieh mal, unser kleines Liebesnest.«

»Ausgezeichnet«, sagte er bewundernd und versuchte vergeblich, ein Grinsen zu unterdrücken. Sie schlug spielerisch gegen seine Brust.

»Das hat aber weniger mit deiner Unersättlichkeit zu tun als damit, dass ich es keine Minute länger in diesem Frauenklüngel aushalte«, erklärte sie. Er nickte und ließ sich auf das weiche Farnkraut fallen, sie streckte sich neben ihm aus.

»Ist es sehr schlimm?«

»Schlimm genug, dass ich ernsthaft darüber nachdenke, ob ich nicht lieber mit irgendwelchen Männern am Feuer sitzen würde«, schnaubte sie. Er lachte.

»Besser nicht, Liebes«, riet er. »Denn dann müsste ich den ganzen Abend damit verbringen, einen nach dem anderen zu verprügeln.«

»Ach, du tapferer Ritter«, flötete sie, »halte mich nicht so fest, sonst zerdrückst du deine Rosenknospe noch.«

»An den Feuern dort sitzen einige, die nichts lieber täten, als deine Rosenknospen zu zerdrücken«, sagte Hal trocken. »Sie haben aber keine Ahnung, welche Dornen sie dabei in Kauf nähmen.«

»Ich brauche alle meine Dornen für die Königin und ihre Hofdamen.«

»Brauchst du sie immer noch?«

Isabel ließ ein kurzes, ärgerliches Zischen hören.

»Wie gesagt, die Königin ist zäh. Wie eine abgeklärte Matrone, die Feuer, Flut und Hungersnot erlebt hat, obwohl sie doch noch ein junges Mädchen ist. Freude macht es ihr nicht, aber sie folgt pflichtschuldig ihrem Mann, bis in die Hölle, wenn es sein muss. Und ich glaube, die erwartet sie auch gleich hinter dem nächsten Berg. Die Schwester des Königs ist nicht übel – Lady Mary ist alt genug, um einen klaren Kopf zu behalten. Aber es sind die anderen«, fuhr sie ärgerlich fort. »Hofdamen, die ich ständig daran erinnern muss, dass ich eine Gräfin bin, obwohl sie über diesen Titel die Nase rümpfen. Und Marjorie erst …«

Sie verstummte und schüttelte besorgt den Kopf.

»Sie ist ja erst seit Kurzem eine Prinzessin, aber sie ist noch schrecklich kindisch und schmollt, weil sie weder Hermelin noch Perlen hat und nicht einmal einen warmen Saal, um sich von jungen Männern umschwärmen zu lassen.«

»Was auch der Fall wäre«, sagte Hal nachdenklich, der genau wusste, wie begehrt Frauen von hohem Rang waren, »trotz ihres Kinns.«

Sie grinsten sich verständnisvoll an, denn beide kannten das Problem dieses Kinns, mit dem Bruce' Tochter gesegnet war, ein schweres Schicksal für eine so zarte Blume.

»Hast du Interesse?«, fragte Isabel neckisch. »Wenn du dieses Kinn ertragen kannst, würde man es dir reichlich lohnen.«

»Und dich in der Weißdornlaube zurücklassen? Allein und in Tränen?«

»Es soll Männer geben, die auch das anziehend finden.«

»Na gut, dann musst du darum beten, dass ich umkomme. Manche Männer sind ganz wild darauf, eine trauernde Liebende zu trösten.«

Die Neckerei endete damit, dass sie ihn plötzlich heftig an sich drückte.

»Sag so etwas nicht«, sagte sie mit erschrocken aufgerissenen Augen. »Ich bin keine stoische Matrone, die solche Reden ertragen kann.«

»Still, ganz still«, beruhigte er sie. »Lämmchen. Soll ich dich mit höfischer Liebesdichtung trösten? Dich anflehen, dass du die Nacht meines Elends mit dem Mond deines Antlitzes erhellst?«

»Gott bewahre«, erwiderte sie und legte sich wieder hin, plötzlich sinnlich und voll Verlangen. »Ich würde mich jetzt lieber mal ans Aufschnüren machen.«

Er fing an, dann hielt er inne.

»Der König wird die Königin morgen früh wegschicken, damit sie in Sicherheit ist«, sagte er. »Dies könnte für einige Zeit das letzte Mal sein, dass wir uns sehen.«

»Ich weiß«, sagte sie und verbarg ihr Gesicht in dem Bogen zwischen seinem Hals und der Schulter – dann ließ sie sich auf das Farnkraut zurückfallen.

»Hast du Schwierigkeiten mit den Knoten?«, fragte sie schelmisch. »Ich habe mein Messer dabei, falls du sie aufschneiden musst.«

Hinterher, als sie auf dem Bett aus Farnkraut lagen, hörte er das leise Lachen und die Akkorde von Humfy Johnnies Harfe.

Hal hatte noch immer dieses merkwürdig wilde Gefühl, als er ihren sanften Atem neben sich hörte. Als er einschlief, träumte er, dass der blaue Himmel und die braune Erde sich neigten, sodass sie voneinander getrennt wurden.

Er wachte in der Dunkelheit auf und fürchtete sich.

METHVEN
TAG DER ÜBERFÜHRUNG DER RELIQUIEN DER HEILIGEN MARGARITA, JUNI 1306

Der Sommermorgen war frisch und duftend angebrochen. Die Sonne stand am Himmel, der so blau war wie das Meer, und wärmte die Erde auf den Feldern rund um Methven, sodass Hal meinte, förmlich spüren zu können, wie sie sich unter den Hufen der Pferde immer weicher anfühlte. Hoch am Himmel jubilierten die Lerchen.

Sie kamen in einem großen Bogen, erst nach Norden, dann westwärts von Methven her geritten, einem armen Dorf, wo sie auf ihrer Suche nach etwas Essbarem nichts weiter gefunden hatten als ein paar Bohnen und Heu für die Pferde.

Hal wusste, dass ein Großteil der Armee hoffte, in dieser leeren Vorratskammer noch etwas zu finden. Er war froh, dass der Hofstaat mit den zwei Brüdern von Bruce nach Norden geschickt werden sollte, denn dort würde Isabel wenigstens nicht hungern müssen. Doch er würde sie vermissen.

Sore Davey, der vorausgeritten war, kam in schnellem Galopp zurück und deutete mit der Hand nach hinten.

»Dort kommen Leute«, sagte er, und ehe Hal feststellen konnte, wo und wie viele und ob sie zu Fuß oder zu Pferde waren, hatten seine Reiter schon ihre Riemen festgezurrt und ihre Waffen gelockert.

Ein Trupp Fußsoldaten, drei Mann breit und so lang, dass es um die hundert Mann sein mochten, auch wenn man Sore Daveys unsicheren Umgang mit Zahlen berücksichtigte, war aus dem Wäldchen herausgekommen und kam jetzt über die Felder anmarschiert.

Bei einem Trupp, der so kompakt daherkam, ohne dass jemand zurückblieb oder aus der Reihe tanzte, handelte es sich mit Sicherheit nicht um eine schottische Einheit, denn die

Schotten waren so weit hier draußen nicht zu Fuß unterwegs, und sie marschierten auch nicht so diszipliniert. Es waren auch keine Plünderer, denn die würden in losen Gruppen kommen, gerade groß genug, um ein paar Bauern zu überwältigen und ihnen ihre Vorräte stehlen zu können.

»Engländer«, sagte Chirnside mit Genugtuung, »die sich hier in der Gegend herumtreiben und Hühner klauen wollen.«

Aber in Reih und Glied? Hal meldete Zweifel an, und die Intelligenteren gaben ihm recht und nickten nachdenklich. Trotzdem – er konnte mit seinen zwanzig Reitern nichts weiter machen als sie beobachten, also ritten sie weiter, langsam und vorsichtig, bis dorthin, wo der Trupp quer durch ein junges Kornfeld marschierte. Einige von ihnen rissen Ähren ab, die noch unreif und deshalb auch nicht abgebrannt worden waren.

Sie trugen leichte Rüstung, stellte Hal fest, nur Leder und verschiedene Kettenpanzer, aber kaum einer hatte einen Helm, allenfalls eine Lederkappe. Der Anführer trat ab und zu aus dem Glied und blieb stehen, um seine Männer an sich vorbeimarschieren zu lassen. Er war dunkelhaarig und trug ein mit Nieten besetztes Lederwams. Sie alle hatten kurze Lanzen zum Werfen oder Zustoßen, jeder von ihnen hatte eine Tasche um, einen Mantel und ein Bündel auf dem Rücken.

Es traf Hal wie ein Guss von eiskaltem Wasser, als er plötzlich die schwarzen Kolonnen dahinter auftauchen sah, erst zwei, dann vier, dann fünf, alles Fußsoldaten, die in loser Formation marschierten. Er überschlug kurz – es waren drei- bis vierhundert Mann.

»Allmächtiger, sie halten den Waffenstillstand nicht ein.«

Es fühlte sich an wie eine schallende Ohrfeige. Die Engländer hatten Perth schnell und geschlossen verlassen, und Hal wusste, was er hier sah, waren erst die Fußsoldaten, denn er war vorausgeritten und hatte keine Pferde gesehen.

Er rief den Hundejungen, der nach seiner mit Jamie Douglas

durchzechten Nacht ziemlich müde aussah, aber sehr entschlossen wirkte.

»Reite zu Bruce, so schnell du kannst«, sagte Hal. »Reite bis in sein Zelt hinein, wenn nötig, und warne ihn, dass die Engländer den Waffenstillstand gebrochen haben, dass die Reiter wahrscheinlich schon in der Nähe sind und die Fußsoldaten zügig hinterherkommen.«

Er sagte nicht, was er selbst tun wollte, das würde Bruce schon wissen. Die anderen hatten bereits reagiert. Neidisch sahen sie hinter dem Hundejungen her, und der warme Sommermorgen schien plötzlich kalt, doch ihre Hände, mit denen sie die Jedburgh-Lanzen umklammerten, waren schweißnass, während sie sich wie ein Schwarm Spatzen vor die marschierende Kolonne stellten.

Addaf sah die Reiter am anderen Ende des Feldes, er hielt eine Hand hoch, und seine Männer blieben stehen. Sie standen in einem Meer kniehoher grüner Halme, die sich leise im Wind bewegten, wie Wellen.

Leichte Kavallerie, wie Addaf unschwer erkannte. Pikeniere, aber schottische, und die hatte er schon früher kennengelernt, eher berittene Fußsoldaten als Kavalleristen, obwohl man vermutlich mit ihnen fertigwerden könnte. Er drehte sich um und war zufrieden mit seinen Männern, die ruhig und entspannt dastanden, als handle es sich um eine kleine Unterbrechung auf einem Spaziergang.

Tüchtige Männer, die meisten um die zwanzig Jahre, einige älter – und einer, Hwyel, eigentlich noch ein Fohlen, aber voller Eifer. Er war sich bewusst, dass er der Älteste von allen war und dass niemand länger als fünf Jahre bei ihm gedient hatte.

Natürlich mussten Schotten derartige Erinnerungen in ihm wachrufen, denn er hatte lange genug Männer in den französischen Kriegen angeführt, aber das letzte Mal, als er so weit im

Norden war, war vor fast zehn Jahren gewesen, bei der königlichen Kampagne gegen Wallace. Mein Gott, so lang her.

Keiner von seinen damaligen Männern war heute dabei, die meisten waren tot, die anderen in die Heimat zurückgekehrt. Er allein war übrig, und aus den walisischen Soldaten, die damals für Edward gekämpft hatten, war eine bezahlte Söldnertruppe geworden, die aufseiten dessen kämpfte, der am meisten bot, und auch er selbst war nichts weiter als ein Vertragssoldat.

Der Vertrag war in diesem Fall mit de Valence geschlossen worden, zu dessen Armee Addaf eigentlich überhaupt nicht gehören wollte, denn er erinnerte sich gut daran, wie de Valence in genau dieser Kampagne gegen Wallace walisische Bogenschützen niedergeritten hatte. Die Waliser waren betrunken und streitsüchtig gewesen, das war nicht zu leugnen, aber keiner von ihnen hatte es verdient, durch englische Ritter zu sterben. König Edward hatte Glück gehabt, dass von den Walisern an jenem Tag überhaupt jemand kämpfte, denn die meisten hatten sich aus Bosheit verweigert und die Arbeit den Armbrustschützen aus der Gascogne überlassen.

Damals hatte Addaf Schotten wie diese hier gesehen, wie sie auf ihren kleinen, schnellen Pferden hin und her flitzten und mit ihren Haken stolze Ritter aus dem Sattel holten und ihnen, wenn sie am Boden lagen, mit ihren Spitzen und Klingen den Rest gaben.

Aber das war Vergangenheit. Keiner von denen, die er befehligte, hatte eine Ahnung, wer de Valence war, sie wussten nur, dass er pünktlich bezahlte und ihnen erlaubte zu plündern. Auf Addafs Befehl hin machte die Kolonne rechts um und formierte sich zu einem lockeren Block, drei Mann tief, der sich den Reitern entgegenstellte. Man hörte es rascheln, als sie ihre Bögen aus den Säcken zogen.

»Spannen«, rief Addaf, und die Bogenschützen zogen schnell und geschickt die Sehnen auf.

Hal führte seine Reiter im schnellen Schritttempo, sie gingen weit auseinandergezogen, um bedrohlicher zu wirken, und hielten auf die Flanken der Kolonne zu. Er hatte vor, gerade außer Reichweite der Speerkämpfer zu bleiben und sie durch Gebrüll und Drohgebärden so weit einzuschüchtern, dass sie stehen blieben, und wenn sie sich schließlich umdrehen sollten, um zurückzuweichen, würden die Reiter sie angreifen. Er bemerkte eine weitere stattliche Kolonne, die jetzt unsicher weiter seitlich stehen blieb, und versuchte, auch diese im Auge zu behalten. Wir müssen diese Engländer aufhalten, dachte er, damit Bruce Zeit gewinnt, um mit ihnen fertigzuwerden.

Irgendetwas in der Mitte der Dreierkolonne der Speerkämpfer beunruhigte ihn, auch weil sie völlig unbeeindruckt weitermarschierte – im Gegensatz zur zweiten, wo die Männer wild mit den Speeren herumfuchtelten und unsicher durcheinanderliefen.

Er kam näher, und sein Unbehagen wurde noch größer, denn nicht einer dieser Speerkämpfer besaß einen Schild. Nicht ein einziger … er spürte einen Eisklumpen in seinem Magen, gleichzeitig hörte er Sim Craw fluchen.

»Ach, ihr jungfräulichen Arschbacken – das sind walisische Bogenschützen!«

Bogenschützen. Walisische. Bei diesen Worten überfiel alle eiskalte Panik. und selbst Hal hatte Mühe, Ruhe zu bewahren. Sie hatten zwar keine besseren Bögen, noch waren sie bessere Schützen als die, die Hal von Selkirk und anderswoher kannte – es lag daran, dass die Pfeile der Waliser wie ein Hagelsturm ankamen, alle gleichzeitig, im Gegensatz zu dem undisziplinierten Schießen, das Hal sonst gewohnt war, selbst von den vielgepriesenen Gascognern mit ihren Armbrüsten.

Es war dieser Ansturm von Pfeilen, der die Männer hinstreckte, genauso wie ein Hagelschauer, der ein Weizenfeld platt macht.

»Zurück! Weg von hier!«, schrie er und machte auch sofort

kehrt, doch schon hörte er das Knarren der gespannten Sehnen und das Sirren fliegender Pfeile.

Zu spät. Hal wusste es, als er sein Pony zum Galopp antrieb, um die andere Seite des Feldes zu erreichen. Zu spät. Er hörte es, genauso wie eine Maus den Flügelschlag der Eule hört, ehe sie ihre Fänge spürt.

Es zischte über ihnen, dann regnete es Pfeile. Er sah, wie Jemmie sich aufbäumte, hörte, wie die Pfeile trafen und ihn in einen Igel verwandelten. Sein Pferd, in der Kruppe und der Flanke ebenfalls getroffen, wieherte laut auf, scherte aus und raste davon.

Ein weiteres Pony überschlug sich, aber der Reiter war von Pfeilen durch Oberschenkel und Rücken im Sattel festgenagelt und wurde mitgerissen, er hatte keine Wahl.

Hals Pferd machte einen Satz, dann stolperte es ein paar Schritte weiter und blieb stehen, breitbeinig und mit gesenktem Kopf. Es blutete stark und gab ein schmerzhaftes Stöhnen von sich, dann gaben seine Beine nach, und Hal sprang ab. Er sah nur das Büschel Federn, das in der Seite des Tieres steckte. Lungenschuss, dachte er, um Haaresbreite an meinem Knie vorbei.

Addaf genügte die eine Salve, denn er hätte seine Männer losschicken müssen, um so viele Pfeile wieder einzusammeln wie möglich, sie waren knapp und zu kunstvoll gefertigt, um sie liegen zu lassen. Er sah, wie die Reiter auf der anderen Seite des Feldes im Wald verschwanden, sah reiterlose Ponys in panischer Angst umhertraben, die meisten vor Schmerzen hinkend.

Ein letzter Mann taumelte allein umher, Addaf konnte der Versuchung nicht widerstehen und legte einen Pfeil auf die Sehne – es war ein weiter Schuss, aber auch nicht weiter als damals, als es ihm gelang, mit einem Kriegspfeil eine Weidenrute zu durchschießen …

Plötzliche Rufe lenkten ihn ab, er drehte sich um und sah die zweite Kolonne, die sich inzwischen zu einem wilden Haufen aufgelöst hatte, laut jubelnd ihre Waffen schwenken.

»Ich habe bewundernde Zuschauer«, sagte er sich und nickte ihnen zu, die Männer lachten.

»Wir ließen sie ordentlich tanzen und singen«, schrie Hywel begeistert, »Pfeil und Bogen ließen sie springen.«

Er erntete lautes Gelächter, und als Addaf der umhertaumelnde Mann wieder einfiel und er sich umdrehte, war der verschwunden. Er runzelte die Stirn, entspannte seinen Bogen und schickte die Männer los, um die Pfeile einzusammeln und auch die wertvollen Spitzen aus der Erde zu ziehen, die man wieder mit Schäften versehen konnte.

Am Waldesrand warf Hal sich schwitzend und keuchend hin, andere würgten, spuckten und untersuchten sich gegenseitig sowie ihre Pferde nach Verletzungen.

»Wie viele?«

»Sechs«, sagte Sim Craw. »Fünf haben ins Gras gebissen, und Hob von der Mersey hat einen Pfeil im Rücken und spürt seine Beine nicht mehr. Acht Ponys tot. Gelobt sei Gott.«

»In Ewigkeit«, erwiderte Hal, dann stand er mühsam auf. »Aber heute nicht, glaube ich. Sitzt auf und reitet, zu zweit, wenn nötig. Sore Davey, ich werde hinter dir sitzen, du bist leicht. Legt Hob über einen Sattel und nehmt ihn mit. Es wartet noch eine Schlacht auf uns, die wir gewinnen müssen.«

Er irrte sich. Es gab keine Schlacht mehr, die sie gewinnen konnten, diese ganze, trostlose Wahrheit wurde ihnen klar, als sie in ihr altes Lager zurückkehrten, wo eine gewaltige Schlägerei im Gange war, die Männer kämpften wie wilde Hunde, ohne jede Ordnung, niemand schien das Kommando zu haben.

Da waren Fußsoldaten, die sich zu kleinen Knäueln zusammengeschlossen hatten, schlecht bewaffnet, aber wild entschlossen, während andere herumrannten wie kopflose Hühner, verfolgt von rachedurstigen Männern in Rüstung und auf Schlachtrossen. Hal spähte über die Schulter von Sore Davey nach links, von wo sie gekommen waren, und sah eine Gruppe von Reitern, die leuchtend blauen Streifen und roten Vögel von Aymer de Valance leuchteten auf den Schabracken seines Pferdes, ebenso wie auf denen seines Gefolges.

»Der König …«, brüllte Sim Craw und deutete auf die Gruppe von Reitern um eine Gestalt herum.

Er trug keinen Wappenrock, aber das Schild mit dem goldenen Löwen war deutlich zu sehen, er trug Kettenpanzer und Kettenhaube, aber nur den offenen Helm, dessen Goldreif in der Sonne blitzte. Das prächtig gestreifte königliche Zelt hinter ihm war halb zusammengefallen, und bei den Resten der Stoffplanen tauchte jetzt der Hundejunge mit seinem müden Pony auf, das nach dem langen Galopp zur Warnung des Königs nur noch stolperte. Isabel, dachte Hal und schlug Sore Davey auf die Schulter, gleichzeitig schrie er den anderen zu, sich nach rechts zu halten, auf die Zelte zu, weg von de Valence. Der Hundejunge sah sie und wandte sein Pony gehorsam in die Richtung, aber er dachte an Jamie Douglas, der dort irgendwo in diesem blutigen Chaos stecken musste.

Sie ritten an drei Männern vorbei, zwei zu Fuß, der dritte im Sattel mit ein paar Pferden am Zügel. Hals Herz blieb fast stehen, weil auf einem davon eine Frau saß, die ziemlich unsicher wirkte, und er war dankbar, dass er sie nicht kannte.

Der Hundejunge allerdings kannte sie. Er brachte sein Pony so abrupt zum Stehen, dass Sore Daveys Pferd es fast umgerannt hätte und Hal ihn verfluchte, weil er hinter ihm über die Kruppe abgerutscht war. Er sah die bewaffneten Männer, die sich verstört umdrehten. Mit einer schnellen Bewegung schwang er den Schild von seinem Rücken nach vorn und zog die Klinge, während der Hundejunge mit wutverzerrtem Gesicht sein Pony auf den Reiter zulenkte, unverständliches Zeug brüllte und mit seiner Jedburgh-Lanze zustieß.

Sim Craw verstand, was er wollte, und riss ebenfalls sein Pferd herum, zwei oder drei weitere folgten seinem Beispiel, sie machten kehrt und preschten hin, um zu helfen. Der Rest ritt ahnungslos mit Hob weiter, dessen Angst- und Schmerzensschreie in der Ferne verhallten.

Der Hundejunge ritt mit der Jedburgh-Lanze auf den Sergeant zu, der sich fluchend duckte und dabei die Pferde losließ. Der Schaft glitt über seine gepanzerte Schulter, der Haken fing sich in seinem Wappenrock, und der Hundejunge, indem er eines der Pferde rammte, das sich erschrocken aufbäumte, ritt weiter und zerrte den Mann aus dem Sattel. Mit freudigem Gebrüll ritten Sim Craw und die Handvoll Männer über ihn hinweg und stießen mit ihren Lanzen zu.

Die Frau war vom Pferd geflogen, aber die beiden Fußsoldaten hatten sie völlig vergessen. Sie zogen ihre Waffen und stellten sich den Angreifern mit der wütenden Verzweiflung gefangener Ratten. Einer von ihnen sah Sim und die anderen kommen und suchte schleunigst das Weite, der andere jedoch blieb geduckt stehen und sah abwechselnd Sim, den Hundejungen und Hal an.

Er warf einen kurzen Blick auf seinen Schild, den er fortgeworfen hatte, weil er vorgehabt hatte, die Frau wieder einzufangen, dann stürzte er sich kurz entschlossen auf Hal, das Schwert in beiden Händen.

Er war ein grober Kerl, und nachdem der erste Hieb eine neue Kerbe in das gezackte blaue Kreuz auf Hals Schild geschlagen hatte, sodass diesem die Zähne klapperten, versuchte Hal gar nicht erst, elegant zu kämpfen. Mit wutverzerrtem Gesicht senkte er die Schulter und warf sich auf ihn. Mit einer letzten Anstrengung schwang er seinen Schild wie eine offene Tür herum und traf den Mann, sodass der grunzte, dann mit einem Aufschrei zurücktaumelte und auf den Arsch fiel. Er zappelte mit Armen und Beinen wie ein Käfer und ließ sein Schwert fallen.

Im nächsten Moment eröffnete sich ihm eine neue Welt, die geschrumpft war bis auf die grausame Spitze einer Jedburgh-Lanze, die der Hundejunge über sein Gesicht hielt. Hinter ihm schnaubte das reiterlose Pony, nervös vom Blutgeruch, und trabte hinüber zu den anderen Reitpferden.

»Ich ergebe mich«, japste der Mann. Einen Augenblick lang dachte er, dieser wild blickende Jüngling werde ihn trotzdem umbringen.

Chirnside Rowan, der noch auf seinem Pferd saß, grunzte verächtlich.

»Mein Gott«, knurrte er. »Reicht es nicht, von einem Rang zu träumen, den du sowieso nie haben wirst? Jetzt hältst du dich wohl sogar für Roland von Roncesvalles, oder für Sir Galahad, der dem Gral hinterherjagt.«

»Ja«, stimmte Sim Craw zu, der dazutrat, »unser kleiner Hundejunge ist wirklich ein *gentle parfait*. Er hält sich an den ritterlichen Schwur, dass man einer Dame immer treu dienen soll.«

Der Hundejunge wandte sich um und blickte die Frau an, die er gerettet hatte. Die kniete jetzt neben der Leiche des Sergeant und durchsuchte ihn mit geübter Hand, neben ihr stand Hal.

»Die Königin und ihre Damen?«, fragt er eindringlich. »Wo sind sie?«

Die Frau zog dem Mann einen Stiefel aus, drehte ihn um und schüttelte ihn. Sie verzog enttäuscht das Gesicht, als nichts herausfiel.

»Davongeritten«, erwiderte sie. Sie grinste den Hundejungen an.

»Marthe«, sagte er. »Geht's dir gut?«

Marthe zog dem Toten den anderen Stiefel aus und drehte ihn um, ein zweischneidiger Dolch fiel heraus, und sie nahm ihn an sich, runzelte aber die Stirn, weil nichts weiter folgte. Sie strahlte den Hundejungen an.

»Jetzt geht's mir gut, dank dir und deinen Freunden«, erklärte sie und kniff lasziv ein Auge zu. »Ich schulde dir was. Sobald es dir passt – dir soll Hören und Sehen vergehen.«

Der Hundejunge wurde rot bis an die Haarwurzeln, als er Hal ansah.

»Creishie Marthe«, erklärte er. »Ihr Mann ist ein Holzfäller aus Selkirk …«

»Die Gräfin«, brummte Hal, und Creishie Marthe hob den Kopf und kniff die Augen zusammen, als sie ihn erkannte.

»Ach, Ihr seid es, Euer Gnaden.«

Sie erhob sich und knickste.

»Der Himmel segne Euch, Euer Gnaden«, fuhr sie ruhiger fort, »aber die Gräfin ist schon vor einiger Zeit abgereist, mit voll beladenen Ponys. Und Niall, der nette kleine Bruder des Königs, war auch dabei.«

Hal atmete tief durch vor Erleichterung. Sie war also entkommen – fast hätte er laut gelacht. Doch der Hundejunge brachte ihn wieder auf den Boden der Tatsachen zurück. Er deutete auf die eingestürzten blau-weißen Zelte in der Nähe, in deren Innerem sich etwas bewegte, das jetzt anfing zu fluchen.

Sofort waren alle Männer auf den Beinen und fingen an, es zu umstellen. Ein gut gezielter Hieb von Sore Davey öffnete die Leinwand wie eine reife Frucht – dann kämpfte sich fluchend eine Gestalt heraus. Alle zogen die Waffen – dann erkannten sie ihn.

»Kirkpatrick«, sagte Hal fassungslos. »Um Himmels willen, Mann, was führst du denn jetzt schon wieder im Schilde?«

Kirkpatrick, verschwitzt, mit blutunterlaufenem Gesicht und noch immer humpelnd, umklammerte eine Schatulle, auf die er grinsend klopfte.

»Ich rette Geheimnisse«, erklärte er. »Die königlichen Rollen.«

Hal wusste sofort, wovon er sprach, und hob eine Augenbraue. Alle waren so überstürzt geflohen, dass diese wichtigen Dokumente vergessen worden waren. Darauf war festgehalten, wer im

Dienste des Königs stand, was sie an Gefolge mitgebracht hatten und wie viel er ihnen schuldete. Falls es de Valence in die Hände fiele, hätte der alle erforderlichen Informationen darüber, wer zu Bruce' Anhängern gehörte.

»Eigentlich verdienen sie es ja nicht«, sagte Kirkpatrick bitter. »Die Hälfte von unseren braven Adligen haben ihre Wappenröcke unter den Sattel gestopft und ihre Schilde verdeckt, damit man sie nicht erkennt, dann sind sie weggerannt, als sei der Leibhaftige hinter ihnen her.«

Creishie Marthe hatte ihre Aufmerksamkeit jetzt dem Sergeant zugewandt, der sich ergeben hatte, und ihm mit dem Dolch blitzschnell die Kehle durchgeschnitten. Sie ignorierte das Blut und sein Zucken und suchte bereits unter dem Saum seines Kettenhemds nach verborgenen Schätzen.

»Bei Gott«, sagte Chirnside zum Hundejungen, »du hast einen ziemlich gefährlichen Geschmack, was Frauen anbelangt, mein Junge.«

Kirkpatrick sah den Ring, als Marthe dem Mann die Panzerhandschuhe abzog. Ein Messer blitzte auf, und der blutige Finger verschwand bereits in ihrem beachtlichen Busen, als Kirkpatrick ihre Hand festhielt.

»Denk nicht einmal daran«, zischte er in ihr empörtes Gesicht und blickte auf den Dolch in ihrer Hand. Sie sah seine Augen und wusste sofort, wer er war. Sie wimmerte nur leise und händigte ihren grausigen Fund samt dem Ring daran aus.

Hal hatte es gesehen, er warf einen schnellen Blick zum Hundejungen, ob der bemerkt hatte, dass seine »Dame« wenig ritterlich behandelt wurde – aber der starrte nur auf die Schlacht, die in einiger Entfernung von ihnen immer noch tobte. Männer rannten vorbei. Ein Reiter kam galoppierend näher, und allen wurde klar, dass das Schlachtgetümmel sich den königlichen Zelten näherte. Creishie Marthe merkte es auch, sie raffte ihre Röcke zusammen und machte sich eilig davon.

»Jamie«, murmelte der Hundejunge und ergriff die Zügel seines Ponys. Hal, der jetzt auf einem der geduldigen Reitpferde saß, blickte zurück auf das schwarze, bedrohliche Gewühl der kämpfenden Männer.

»Der König«, sagte er, doch ihm war klar, dass keine Macht der Welt ihn bewegen würde, den Rest seiner Leute in dieses Chaos hineinzuziehen.

Der König wusste, dass er in Schwierigkeiten war. Eigentlich hatte er es schon in dem Moment gewusst, als der Bote angeritten kam, den er als den Hundejungen erkannte. Dadurch hatten sie alle wenigstens genug Zeit gehabt, sich ihre Kettenhemden überzuziehen, doch die schweren Beinschienen hatte er nicht angelegt. Sein Kettenpanzer hatte eine Kapuze, außerdem lange Ärmel und Handschuhe, und jetzt war er sehr froh über dieses Kleidungsstück, das er in der Vergangenheit wegen seines Gewichts oft verflucht hatte.

Das Eintreffen des Hundejungen hatte ihm auch genug Zeit verschafft, um die Königin an einen sicheren Ort zu schicken. Er gab ihr seine Schlachtrosse mit, die man gerade erst gefüttert hatte, weswegen sie im Kampf nicht zu gebrauchen waren. Er ließ sich einen Zelter satteln und setzte sich den offenen Helm mit dem goldenen Reif auf.

Natürlich stammte auch der von Balliol, wie so vieles an königlichen Würdenzeichen, obwohl dieser König ihn nie getragen hatte. Eigentlich war der Helm etwas zu groß für Bruce, aber er wollte ihn trotzdem tragen, weil er dadurch für seine Leute gut zu erkennen war und der Anblick ihres kämpfenden Königs ihnen Mut machen würde.

An die Kehrseite der Medaille dachte er natürlich auch in diesen angespannten Minuten, ehe die Engländer eintrafen. Falls er fallen sollte, würden sie sich wahrscheinlich aufgeben.

Doch für diesen Gedanken hatte er nicht mehr viel Zeit, denn schon stürmte ein Reiter auf ihn zu, gesichtslos in seinem Topfhelm. Er schwang die Streitaxt und versuchte, sein übereifriges Schlachtross unter Kontrolle zu halten. Bruce wich aus, ließ sein Schwert herabsausen und riss seinen Zelter sofort wieder herum. Er hatte das Schlachtross getroffen, das halb wahnsinnig war vor Schmerz, die Hälfte seines Schweifs fehlte, und die Kruppe war blutüberströmt, der Reiter flog herunter und landete mit lautem Scheppern am Boden. Die deutsche Methode …

Bruce hatte nicht viel Zeit zum Jubeln, er wartete auch nicht, ob der Ritter wieder aufstehen konnte oder nicht, denn schon waren weitere Angreifer da, und seine eigenen Leute scharten sich schützend um ihn. Er merkte sofort, dass dies hier keine richtige Schlacht war. Er wusste nicht, wie er es hätte nennen sollen – es war einfach ein riesiges Chaos, mit Bruce in seinem Zentrum.

Er duckte sich, als jemand sein Schwert schwang, und versetzte dem Mann einen so heftigen Stoß mit dem Schild, dass der aus dem Sattel stürzte, dann hieb er nach links und rechts, steckte selbst einen Hieb ein, sodass er grunzte und nur hoffen konnte, dass das Schwert stumpf und sein Kettenhemd dick genug war. Ein Mann stürzte auf ihn zu, zu Fuß und ohne Helm. Er packte Bruce' Pferd am Zügel und brüllte triumphierend, er habe den König festgenommen.

Bruce versetzte ihm einen Hieb, der Mann schrie auf und ging zu Boden, während Bruce' Zelter in Panik den Kopf hochriss beim Anblick dieses grausigen Anhängsels, der blutigen Hand, die noch immer am Zügel hing. Bruce verlor einen Steigbügel und musste sich tief in den Sattel setzen, bis das Pferd sich beruhigt hatte und zitternd stehen blieb.

Der Ritter, der ihn als erster angegriffen hatte, warf sich plötzlich von der anderen Seite auf ihn. Er hatte seinen Topfhelm weggeworfen und zerrte sein Schwert heraus, er blutete aus der gebrochenen Nase und atmete mühsam. Er versuchte, Bruce am

Bein zu packen, griff aber daneben und erwischte stattdessen den leeren Steigbügel.

»Er gehört mir«, brüllte er, während das Blut ihm aus der Nase spritzte. »Ergebt Euch, Sirraaaaaah!«

Sein Triumph endete mit einem Schmerzensschrei, als Bruce seinen gepanzerten Fuß in den Steigbügel schob und dem Mann die Finger einklemmte, sodass seine Hand jetzt festsaß. Bruce wendete sein Pferd, der Mann verlor den Halt und wurde schreiend mitgerissen, bis er endlich seine Hand frei bekam und in eine Gruppe kämpfender Männer geschleudert wurde, die auseinanderstoben.

Jetzt traf Bruce ein Hieb, der sich anfühlte, als würde die ganze Seite seines Gesichts eingedrückt, es krachte, als sei die Welt auf ihn gestürzt, und er war kurz davor, das Bewusstsein zu verlieren, doch mit dem Instinkt des Turnierritters schaffte er es, sich mit einer letzten Kraftanstrengung auf dem Zelter zu halten.

»Ich habe ihn!«, brüllte eine Stimme. »Ich habe ihn!«

Er sah einen silbernen Löwen auf rotem Schild und dachte, es könnte Mowbray sein – stellte dann aber benommen fest, dass links von ihm alles rot war und sich merkwürdig kalt anfühlte. Gott stehe mir bei, dachte er verzweifelt, ich bin blind …

Er merkte, wie er vom Pferd gezogen wurde, sah Hände, die ihn eilig packten – dann hörte er ein lautes Rauschen, das Geräusch seines eigenen Blutes in den Ohren. Er lag da, starrte zum rot verschleierten Himmel hoch und nahm viele rennende Beine um sich herum wahr. Hufe, Rüstungen, Beinschienen, Stiefel – alles stampfte und umkreiste ihn –, dann krachte es wieder, jemand fiel hin, und als Bruce langsam und mit unendlicher Mühe den Kopf wandte, sah er das verzerrte Gesicht von Mowbray, der von einem tödlichen Hieb getroffen worden war, über seine gebrochenen Augen strömte das Blut.

Hände packten ihn und zogen ihn hoch.

»In den Sattel, Euer Gnaden«, sagte eine drängende Stimme,

und Bruce merkte, wie er hochgehoben wurde. Reflexartig warf er das Bein über den Rücken und landete sicher im Sattel eines frischen Pferdes. Benommen blickte er durch das Blut nach unten, dort erkannte er Simon Frazier, der ihn angrinste.

»Seton – bring den König in Sicherheit. Er ist schwer verwundet.«

Schwer verwundet. Bruce wollte gar nicht wissen, wie schwer verwundet er war, er spürte es. Die eine Seite seines Gesichts war völlig gefühllos, und er war überzeugt, sie war weg, die Wange, das Auge, alles.

Verloren. Alles war verloren an diesem von Malachias verfluchten Tag …

METHVEN
SPÄT AM ABEND

Das Gemurmel der Priester in der Abenddämmerung klang wie ein Fliegenschwarm, und de Valence dachte an den Abt, der jetzt irgendwo in Perth war, in Sicherheit, und daher gar nicht sehen konnte, welche Sünden hier unter dem Drachenbanner begangen wurden.

Es waren viele Sünden, das wusste de Valence, so viele Sünden, wie es Fliegen gab, und die zertrampelten Roggen- und Gerstenfelder rund um Methven mussten ihnen wie eine riesige gedeckte Tafel vorkommen. Aber auch andere Schatten huschten durch die Dämmerung, um sich zusammen mit den Fliegen auf die Leichen zu stürzen.

De Valence saß auf seinem Streitross, umgeben von grimmig blickenden Männern. Er schwitzte unter seiner schweren Kleidung mit der Heraldik und wünschte sich, dieser Mummenschanz wäre endlich zu Ende, sodass er vom Pferd steigen und die Rüstung ausziehen könnte.

Es war gut, dass er hier gewonnen hatte, dachte er, sonst hätte er Longshanks' Zorn auf sich geladen, weil er Bruce nicht festgenommen hatte – noch sonst jemanden, der wichtig war – und auf dem Weg nach Berwick auch noch Badenochs Mörder verloren hatte.

Es war schon eine Ironie des Schicksals, dass er jetzt hier sitzen und all diese Dummköpfe anlächeln und belohnen musste, die mit einem Banner angeritten kamen oder einen völlig unwichtigen kleinen Kerl mitzerrten, bis es so dunkel war, dass man die Schlacht für beendet erklären musste.

Missmutig blickte er auf eine einsame Gestalt, die zu Fuß ankam, ihre Fackel tanzte bei den merkwürdig großen Schritten, die sie machte. Er kannte diesen Gang, doch das Gesicht des Walisers Addaf war durch die Schatten, die die Fackel darauf warf, kaum zu erkennen. Bei Gott, dachte er, nicht einmal die angeheuerten Hauptleute können sich halbwegs ritterlich benehmen.

»Euer Gnaden«, sagte der Mann mit dem knappsten Nicken, das er als Begrüßung für nötig hielt, und de Valence lächelte bitter. Der Waliser war immer noch nützlich, genau wie seine Gebirgsgnome, auch wenn dieses »Euer Gnaden« klang, als hätte er ihn lieber angespuckt. Also musste er ihm die Ehre erweisen.

»Mydr ap Mydvydd«, sagte er, ein Titel, den walisische Bogenschützen jemandem verliehen, dem sie als Anführer vertrauten.

»Das hier habe ich gefunden, Euer Gnaden«, sagte Addaf in seinem singenden Tonfall und reichte ihm einen Gegenstand hinauf. De Valence betrachtete den offenen Helm, und Robert Tuke beugte sich herüber und kniff die Augen zusammen, dann lachte er kurz auf, als er den zerbeulten Helm mit dem verbogenen Goldreif erkannte, von dem eine Hälfte fehlte.

»Wir haben die Krone des Usurpators«, krähte er den anderen über die Schulter zu. »Bald werden wir auch den Kopf haben, der dazu passt.«

Ihr Gelächter schallte durch den Abend, über die Leichen und die Verwundeten hinweg, die sich nach Hilfe sehnten, aber nicht zu stöhnen wagten, weil sie damit nur die Plünderer anzogen, die ihnen die Kehle durchschneiden würden.

De Valence betrachtete den ruinierten Helm und brauchte nicht lange zu überlegen, wo die fehlende Hälfte der Krone war, obwohl er Addaf nicht danach fragen würde. Viel wichtiger war der Schaden am Helm, es sah nach einem gewaltigen Schwerthieb aus.

Der Mann, der ihn getragen hatte, hatte eine schwere Gesichtsverletzung davongetragen, da war er sicher. Der Kopf, wenn wir ihn finden, dürfte nicht mehr ganz heil sein.

Bruce wachte aus einem Albtraum auf, in dem die Küsse seiner Tochter plötzlich zu Wolfsbissen geworden waren, die seine Haut aufrissen und an seinen Knochen nagten. Er wachte vor Schmerzen auf und sah flackerndes Fackellicht, ein quälendes Ziehen und Zerren an seiner linken Gesichtshälfte, das er mit der Hand wegzuwischen versuchte.

»Haltet ihn fest«, brummte eine Stimme.

»Haltet die Fackel höher, Euer Ehren«, sagte eine Frauenstimme. »Sonst nähe ich noch seine Nase zu.«

Er war entsetzt, wie schwach er war. Er merkte, dass er nur unartikulierte Laute von sich geben konnte. Dann sah er ein Gesicht, groß und glänzend vor Schweiß, mit einem Grinsen wie der Mond. Das Fackellicht ließ wilde Schatten darüber huschen, aber er kannte es. Edward, dachte er. Mein Bruder Edward. Er nannte seinen Namen, sein Mund fühlte sich auf der einen Seite merkwürdig an, doch er war unendlich erleichtert, dass er etwas einigermaßen Verständliches von sich gegeben hatte.

»Ganz ruhig, Robert«, sagte Edward. »Du hast mich erkannt, das ist gut. Wenigstens hat dein Verstand nicht gelitten, obwohl das ein Wunder ist – bei Gottes heiligem Arsch, Weib, macht doch sein Gesicht nicht vollends zuschanden!«

»Nur ein kleines Knochenstück – es ist rausgefallen«, hörte Bruce die Frau empört sagen.

Du lieber Gott, dachte er, was hat man mir angetan? Und was passiert jetzt mit mir?

Ein scharfer Schmerz, es war wie eine Reihe von Dolchstößen, und er wollte schreien, konnte aber nur undeutliche Laute von sich geben, er versuchte fortzustoßen, was die Schmerzen verursachte, aber starke Hände hielten ihn fest. Schließlich ließen die Hände los, sein Gesicht schien in hellen Flammen zu stehen.

»Fertig, Euer Ehren«, sagte die Frau. Im Fackellicht sah er sie kurz, ihre bleiche Haut, den wirren Haarschopf, den sie sich mit blutigen Händen immer wieder aus dem Gesicht strich, zwischen den Lippen hielt sie eine Nadel. Edward schwamm wieder in sein Gesichtsfeld, er sah ihn an.

»Nicht schlecht, Creishie Marthe. Eine saubere Naht.«

»Ich wünschte, mein altes Mütterchen könnte das sehen«, erwiderte die Frau mit schrillem Gelächter. »Immer hat sie über meine Näherei geschimpft – und jetzt ist sie sogar auf dem Gesicht eines Königs verewigt.«

»Nun ja, jetzt wissen wir also schon zwei Dinge, die du gut kannst«, sagte jemand, und die Frau schnaubte empört über diesen Angriff auf ihre Ehre.

Edward grinste Bruce fröhlich an und nickte.

»Schlaf jetzt. Wir müssen schnell weg von hier, Bruder.«

»Was ist … passiert?«, brachte Bruce mühsam heraus. Edward tat es mit einer Handbewegung ab.

»Du hast ein kleines Turnier mit einem Engländer verloren«, erwiderte er, »und einen aufs Dach bekommen. Aber dein Auge ist in Ordnung – die Wunden sind darüber und darunter. Du wirst eine eindrucksvolle Narbe zurückbehalten – dein Gesicht wird dir jetzt garantiert einen Spitznamen einbringen, Bruder.«

Einen Spitznamen. Bruce hörte, wie die anderen unter Gelächter Namen vorschlugen, mit denen man sich an ihren König erinnern würde – Robert der Narbige, der Ramponierte Rob, Robert Flickenteppich … Die Stimmen verstummten langsam, und Edward klopfte ihm sanft auf die Schulter.

»Deinen eleganten Kriegshut haben wir aber zurückgelassen«, sagte er. »Die Krone ist sowieso verloren.«

Die Krone ist verloren. Bruce kämpfte sich hoch, und Edward sah alarmiert, wie sein Bruder sich aufsetzte.

»Ich habe die Krone nicht verloren«, rief er aus, ehe der Schmerz ihn überwältigte und er sich wieder auf die Pritsche sinken ließ.

Ich habe nicht verloren, dachte er unter heftigen Schmerzen. Bei Gott, nein, das habe ich nicht.

KAPITEL 14

DAS KLOSTER VON LANERCOST
FEIERTAG NACH DEM FEST DER KREUZERHÖHUNG, SEPTEMBER 1306

Es war bitterkalt im Kloster mit seinen hohen, schattigen Wänden, kannelierten Pilastern und den eisigen Fliesenböden. Das kleine Feuer in dem Raum konnte gegen die Feuchtigkeit nichts ausrichten, und der einzige Schmuck war eine Statue der Maria Magdalena, die den Betrachter mit erhobener Hand aus einer Nische anstarrte.

Zweifellos erwartete sie ein weiteres Stück Holz im Feuer, dachte Edward, als er zu dem Mann am Tisch trat, der dem König seinen Rücken zugewandt hatte. Ein Diener des Klosters, der für das bescheidene Feuer in dem riesigen Kamin zuständig war, sprang auf die Füße und verbeugte sich, sodass der sitzende Mann sofort wusste, wer hinter ihm stand.

Er erhob sich, schob die Bank zurück und drehte sich um, dann verbeugte er sich.

»Euer Gnaden«, sagte er und wischte sich die Soße von seinem Schnurrbart.

»Setzt Euch, setzt Euch«, brummte Edward mit einer abwehrenden Handbewegung und schlurfte um den Tisch herum, um auf der anderen Seite Platz zu nehmen, wo er das Feuer im Rücken hatte. Er zog fröstelnd die Schultern hoch und winkte dem Diener.

»Hol mehr Holz und bring das Feuer endlich richtig in Gang, verdammt noch mal.«

Marmaduke Thweng fand, dass der König große Ähnlichkeit mit einer zwei Tage alten Leiche hatte – mit dem Rouge und der Schminke allerdings mit einer ziemlich grotesken Leiche.

»Esst ruhig, esst«, sagte Edward jovial. »Ihr habt einen langen Weg hinter Euch, um Eure Schützlinge herzubringen, Sir Marmaduke, und Ihr habt Euch weiß Gott eine anständige Pastete verdient. Aber jetzt erzählt mir alles.«

Thweng sah mit Bedauern auf die halb gegessene Pastete aus Schinken und Rindfleisch, die köstlich schmeckte, doch leider konnte er beiden Aufforderungen nicht gleichzeitig Folge leisten.

»Die Frauen kommen langsam nach, Euer Gnaden, in Wagen, wie es sich für ihren Rang gehört. Euer Sohn beschloss, den Earl und den Bruder von Bruce mit mir vorausreiten zu lassen. Er wusste, dass Ihr sie so bald wie möglich sehen wollt.«

»Zweifellos will er sich einschmeicheln, der junge Bastard«, brummte Edward mit einem Blick auf die Pastete. Sein Magen schmerzte. So etwas darf ich nicht mehr essen, wenn ich den Ärzten gehorchen soll, dachte er wehmütig. Hahnenfußpulver gegen die Bauchschmerzen, außerdem nur noch Speisen, die für einen weichen Stuhlgang sorgen, damit er nicht immer solche Qualen litt, wenn er auf den Abort ging – die verdammten schwarzen Säfte in seinem Arsch erlaubten ihm nicht einmal mehr bequem zu sitzen.

Seine Krankheit war allgemein bekannt, und Thweng dachte an den Moment zurück, als der König aus Schottland zurückgekommen war, nachdem er Balliol die königlichen Insignien abgenommen und gespottet hatte, dass »ein Mann ein gutes Werk tut, wenn er sich eines solchen Scheißhaufens entledigt«. Und wie die, die er sich jetzt mit so viel Mühe abringen musste, war auch dieser sehr schmerzhaft gewesen.

Thweng war klug genug, weder über dieses Thema zu sprechen noch über den Grund, weshalb der König so verärgert über seinen Sohn war. Sir Giles d'Argentan und ein ganzer Trupp von Rittern, die alle unter der Führung des Prinzen den Norden »säubern« sollten, hatten stattdessen beschlossen, nach Frankreich zu reisen, wo ein wichtiges Turnier stattfinden sollte. Der Prinz hatte es ihnen natürlich erlaubt, und es war ein wahres Wunder, dass er wenigstens so vernünftig war, nicht auch noch selbst mitzureisen.

Der Gedanke daran machte ihn immer noch wütend. Zweiundzwanzig Haftbefehle hatte der König in seinem Zorn unterschrieben, sogar einen für seinen Schwiegersohn, diesen albernen Gecken Humphrey de Bohun. Die anderen waren alles Jünglinge aus hochrangigen Familien, die neue Generation, die Edward mit so viel Mühe versucht hatte, beim Schwanenfest an seinen Sohn zu binden.

Und selbst das versucht er zu hintertreiben und zu ruinieren, dachte Edward. Selbst das …

Thweng beobachtete, wie Edward nach der Pastete langte, mit den Fingern das Fleisch herauspulte und sich in den Mund stopfte, wobei die Soße ihm von den Fingern und durch den gekräuselten Bart rann.

»Haben sie Bruce gefunden?«

Thweng schüttelte den Kopf.

»Weder in Kildrummy noch in Dunaverty«, erwiderte er. Der König zog die Schultern hoch, er saß da und brütete und genoss die Reste der köstlichen Soße, die er sich von den Fingern leckte. Weg, wie der Nebel auf diesen verdammten Bergen, dachte er. Verschwunden. Dunaverty und Kildrummy – barbarische Namen hatten sie dort – waren die letzten Hochburgen, wo der Usurpator sich noch hätte verstecken können.

Das bedeutete, dass er sich in den Wäldern und Bergen versteckte, mit Ortsnamen, die übersetzt hießen »See des Hinterhalts«, »Wolfsbach« und »Mordloch«.

»Ihr könntet ihn finden«, erklärte Edward. »Ihr seid doch ein

Diebsfänger in Euren Gebieten in Yorkshire, stimmt's? Gegen Belohnung?«

Thweng kniff die Augen zusammen, dieser Ansatz gefiel ihm nicht. Er wäre nicht zum Diebsfänger geworden, wenn er das Geld nicht brauchte, aber die Jahrzehnte im Dienste des Königs hatten ihm nicht gerade viel eingebracht.

»Nur Wegelagerer und Geächtete, Euer Gnaden«, sagte er. »Und in einem Land, wo ich mich mit geschlossenen Augen auskenne und jeder bemüht ist, mir zu helfen. Etwas ganz anderes ist es, einen Mann in einem unbekannten Land ausfindig zu machen, wo die Bewohner alles tun, um das zu verhindern.«

»Man muss ihn finden«, beharrte der König und nahm wieder von der Pastete. Thweng nickte, er versuchte sich nicht anmerken zu lassen, wie er das alles satthatte. Es wäre tatsächlich das Beste, wenn man Bruce finden würde, schon allein, damit endlich das Blutvergießen unter dem Drachenbanner aufhörte.

»Werdet Ihr mit dem Earl von Atholl sprechen, Mylord?«, fragte er.

»Das werde ich nicht tun«, erklärte der König entschieden. »Er würde zweifellos versuchen, sich herauszureden, und mir erzählen, er sei durch seine Mutter, die der Bastard irgendeines Königs ist, mit mir verwandt. Bei Gott, nein, er kommt aufs Schafott.«

Thweng war alarmiert. Er erinnerte den König daran, dass seit mehr als zweihundert Jahren in England kein Earl mehr hingerichtet worden war. Der König betrachtete ihn mit säuerlicher Miene, sein Schlupflid zuckte.

»Der Bruder von Bruce … Niall, so heißt er doch? Ja, der. Der kommt ganz bestimmt aufs Schafott, und seinen Kopf werde ich nach Berwick schicken, damit sie ihn dort auf den Pfahl stecken. Und Atholl soll auch büßen, egal, ob er ein Earl ist oder nicht. Er kann stattdessen gehängt werden. Wenn er einen höheren Rang hat als die anderen, können wir ihn ja dreißig Fuß höher hängen.« Er grinste fettig. »Was die Frauen anbetrifft – nun, für die hätte ich eine nette italienische Strafe.«

Thweng hatte keine Ahnung, wovon er sprach.

»Nach Fossalta – Ihr erinnert Euch doch an die Schlacht? – da haben die Bologneser Enzio von Sardinien in einen eisernen Käfig gesteckt. Er hat zweiundzwanzig Jahre darin verbracht, ehe er starb.«

»Barmherziger Gott«, platzte Thweng heraus. Dann besann er sich, denn er sah, wie die königliche Stirn sich verdüsterte. Er versuchte es mit einer anderen Taktik.

»Das könnt Ihr doch nicht mit seiner Frau machen, Euer Gnaden. Mit einer de Burgh aus Ulster? Und Marjorie, die Tochter von Bruce, ist ja noch ein Kind.«

Edward runzelte die Stirn, dann zuckte er die Schultern.

»Stimmt. Besser ich schicke sie ins Kloster. Aber die anderen – seine Schwester und Buchans Hure, die ihn gekrönt hat – bei Gott, die stecke ich in Käfige.«

Er leckte sich erneut die Finger, dann zuckte er zusammen, weil der Magen wieder schmerzte – und er empfand Widerwillen gegen seinen eigenen Körper, weil der ihn im Stich ließ.

»Und wenn einer von diesen Bastarden es wagt, von dem Turnier in Frankreich zurückzukommen«, fügte er hinzu, »dann werde ich noch weitere Käfige bauen lassen …«

Er unterbrach sich, als er einen eisigen Luftzug an den Füßen spürte, und fuhr herum zu dem unglücklichen Diener.

»Bei Gottes heiligem Arsch, du Tölpel – wirst du jetzt endlich für ein anständiges Feuer sorgen, sonst verbrenne ich dich selbst darin!«

Schlecht gelaunt wie eine nasse Katze, wandte er sich an Thweng.

»Ich will Bruce. Geht jetzt zurück zu meinem Sohn, er soll diesen Thronräuber endlich aufspüren.«

Thweng lächelte gequält, dann sah er die zermanschte Pastete an und schob sie bedauernd zur Seite.

IN DER NÄHE DER BURG VON DUNAVERTY, KINTYRE
TAG DES HEILIGEN MALACHIAS, NOVEMBER 1306

Die Feuer waren bescheiden, aber ihre Wärme tat den Männern gut, die in dicke wollene Umhänge gehüllt in der runden Senke saßen. Die Flammen hatten den Schnee geschmolzen, aber er fiel noch immer in großen, weichen Flocken, sodass die Männer von vorn zwar warm, am Rücken jedoch kalt waren, obwohl sie mehrere Schichten Wolle übereinander trugen. Die Bäume seufzten und knarrten im Wind.

Die Ponys standen in der Nähe, sie stampften und scharrten mit den Hufen in der Hoffnung, etwas Essbares zu finden. Der Hundejunge wäre am liebsten aufgestanden und zu seinem Pony gegangen, um ihm eine Handvoll Hafer zu geben, die er noch in seinem Bündel hatte. Doch er wagte es nicht, denn dann hätte er zugeben müssen, dass er noch einen Viertelscheffel Hafer besaß, und dazu hätten diese wilden Männer aus dem Norden sicher einiges zu bemerken gehabt.

Er und Sim Craw, Hal und Chirnside waren die Einzigen, die von den Männern Herdmanstons noch übrig waren, die sich seit Methven immer weiter nach Norden durchgeschlagen hatten und jetzt von der Gnade der Campbells und MacDonalds und noch wilderer Clans von jenseits der Mounth-Berge abhängig waren. Und er wollte nicht den Eindruck erwecken, dass er sich für etwas Besseres hielt.

Hal beobachtete den Hundejungen aus dem Augenwinkel, er merkte, dass er unruhig war und immer wieder zu seinem Pony blickte, aber nicht aufzustehen wagte. Er bedauerte, dass der Junge – mein Gott, er war natürlich gar kein Junge mehr – sich von diesen wilden Typen aus Kintyre eingeschüchtert fühlte. Es waren Kämpfer, Männer, die zu Neil und Donald Campbell gehörten, zu Angus Og von den Inseln und andere, die gegenüber König Robert noch loyal waren, während die Earls von Ross und Sutherland schon wieder die Seite gewechselt hatten.

Besonders Ross, der in das Heiligtum von Tain eingedrungen war und die Königin und alle ihre Damen herausgeholt hatte. Isabel … Hal wurde heiß bei dem Gedanken, am liebsten wäre er aufgesprungen, aber er zwang sich, sitzen zu bleiben, obwohl er innerlich bebte.

Wer ihn jetzt ansah, erblickte einen hageren, grimmigen Mann, der noch dunkler wirkte durch die fettige schwarze Mütze aus Wolfsfell, die er bei einem Toten gefunden hatte, und den dicken Umhang, den er jemandem mit vorgehaltenem Messer abgenommen hatte. Sein Kettenhemd und der harte Lederpanzer hingen an ihm herunter, schadhaft und rostig vom langen Gebrauch und vom Wetter. Mit seinem bleichen, traurigen Gesicht wirkte er wie ein Toter, den man hier im Waldboden gefunden hatte.

Neil Campbell erschien, und die Männer blickten auf. Er war einfach gekleidet und trug einen Pelzumhang und eine Mütze aus Fuchsfell mit den Ohren des Tieres daran, sein eigenes Haar war ebenso rot, und er trug ein dickes geflochtenes Goldband um den Hals, wie ein alter Nordmann.

Hal und seine Männer – ein Dutzend, als sie vor Wochen losgezogen waren – waren nach Dunaverty auf der Halbinsel Kintyre gegangen, denn es hieß, dass König Robert hier Zuflucht gesucht habe, aber als sie dort ankamen, wurde es bereits von den Engländern belagert.

Danach waren sie in den tiefen Tälern und Wäldern in immer neue Schlachten verwickelt gewesen, bis sie, von Krankheit dezimiert und halb verhungert, auf diese Männer gestoßen waren, die keine Rüstungen hatten, ja nicht einmal genug normale Kleider besaßen. Ihre Waffen bestanden aus Schleudern, kurzen Speeren und Messern.

Die Männer von Herdmanston hatten entsetzt die Köpfe geschüttelt, und Hal hatte die meisten nach Hause geschickt, wo sie versuchen würden, sich rund um die Ruine des alten Wohnturmes oder in Roslin wieder so etwas wie eine Existenz aufzubauen. Für ihn gab es diese Möglichkeit nicht – und außerdem musste er in Erfahrung bringen, ob Isabel dem Zorn des Earls von Ross entkommen oder zusammen mit der Königin festgenommen worden war. Doch eigentlich glaubte er, die Wahrheit schon zu wissen.

Jetzt waren nur noch er, der Hundejunge, der grimmige Chirnside Rowan und Sim übrig, dem vor Schüttelfrost die Zähne klapperten. Mehr wie Tiere lebten sie, zusammen mit diesem Bergvolk, das nur die eigene Sprache kannte und nichts anderes verstand. Erst als Neil Campbell auftauchte, der genauso gut Französisch wie Gälisch sprach, erfuhr Hal die neuesten Neuigkeiten.

Sie waren schlimm genug. Der König war von Dunaverty geflohen und seitdem verschwunden, mit großer Wahrscheinlichkeit hatte er das Land verlassen – vielleicht für immer. Isabel war festgenommen worden. Niall, der Bruder des Königs, war tot. Selbst der Earl von Atholl war tot.

Doch die Campbells und die MacDonalds, die ebenso gegen ihre alten Feinde kämpften wie gegen die Invasoren, hatten mindestens tausend barfüßige, abgerissene kampfwillige Männer, eine beachtliche Leistung, wenn man die Jahreszeit bedachte und die Tatsache, dass der Krieg schon seit dem Sommer andauerte. Es war keine Ernte eingebracht worden, und die Familien dieser Männer hungerten – doch das schienen die Leute in Kauf zu nehmen.

Hier jedoch waren jetzt nur knapp hundert von ihnen. Ihre Anführer und das, was man vielleicht als deren Gefolge bezeichnen konnte, hatten sich versammelt, um einen Entschluss zu fassen, was sie tun wollten, jetzt, wo ihr König anscheinend spurlos verschwunden war. Sie saßen im Kreis so dicht am Feuer, dass ihre Umhänge Gefahr liefen, von den Flammen erfasst zu werden, und reichten einen Krug mit einem namenlosen Getränk herum, das in der Kehle brannte wie Branntwein. Dabei funkelten sie sich misstrauisch an, denn unter der Oberfläche schwelten noch immer die alten Fehden zwischen den Clans.

Hal war das alles ziemlich egal, jetzt, wo seine schlimmsten Befürchtungen sich bestätigt hatten. Er wollte nichts weiter als den König finden und ihn bitten, Isabel auf jede nur mögliche Art zu helfen.

Neil Campbell, stattlich, prächtig anzusehen und grinsend, hob den Krug, leckte sich die Lippen und eröffnete die Versammlung, indem er einen Stab aus Eichenholz hochhielt. Sofort stand jemand auf und ergriff ihn, worauf die anderen still wurden und brummend warteten, dass er sprach.

Der Mann sprach Gälisch, und Neil Campbell wartete, dann übersetzte er es für Hal und seine Leute. Die wilden Männer machten ungeduldige Gesichter, und der Sprecher verzog spöttisch den Mund. Sein Haar war zu Zöpfen geflochten, und er hatte Zahnlücken. Er gehörte zum Clan der Lennox, wie Hal sich undeutlich erinnerte, aus irgendeiner unwirtlichen Gegend nördlich von Loch Lomond.

»Ich habe gehört«, übersetzte der Dolmetscher, »dass man bei der Belagerung von Dunaverty König Robert nicht gefunden hat. Doch die Invasoren sind noch immer dort, und deshalb müssen wir entscheiden, ob wir gegen sie kämpfen oder nach Hause gehen wollen.«

Weder sagte jemand etwas, noch reichten sie den Krug an Hal weiter, der sich über diese Frechheit ärgerte. Dies ist eine Farce, dachte er. Diese Männer haben doch gar keine Wahl, sie müssen kämpfen, denn sonst wäre ihr armseliges Leben immer wieder englischen Überfällen ausgesetzt. Fast hätte er es ausgesprochen, aber er hielt sich zurück, denn Sim Craw hatte hohes Fieber und musste gepflegt werden.

»Die Macht der Inseln und der Berge wird sie schließlich vernichten«, übersetzte Neil Campbell, als ein weiterer Mann den Stab genommen hatte und sprach. Es war Grann, ein MacDonald von den Inseln, mit dem Hal einst wochenlang gekämpft hatte, ein erbarmungsloser Krieger mit wirrem Haar und Bart, der seine Opfer stets wie Rehe ausweidete, falls sie Wertsachen verschluckt hatten.

Nach Neil Campbells Aussage kam Grann von einer Insel im Nordwesten und bildete sich darauf viel ein, und auch darauf, dass er eine gute Waffe besaß, ein Schwert nämlich, das einst einem alten Wikinger gehört hatte und in dessen runden Knauf ein fleckiges, abgegriffenes Silberkreuz eingelassen war. Trotzdem war Grann immer noch Heide.

»Nur die Kraft unseres Arms kann sie aufhalten«, brummte Hal, der jetzt nicht mehr schweigen konnte. »Unser Arm, mit einer Klinge am Ende.«

Keiner sagte etwas. Hal hatte es gewagt, ohne den Stab in der Hand zu sprechen. Ja, dass er es überhaupt gewagt hatte, vor ihnen das Wort zu erheben, das war unerhört, denn er war aus dem Süden Schottlands und besaß so wenige Männer, dass er eigentlich gar nicht zählte.

Neil Campbell übersetzte es für die, die die Sprache des Südens nicht verstanden, und blickte in das finstere Gesicht dieses Lords von Herdmanston, ließ sich aber nichts anmerken.

Er sah die starken Sehnen und die alten Narben auf den Handrücken des Mannes, sein graues Haar und den Bart, dazu war er in zerbrochene Kettenglieder und altes Leder gehüllt. Irgendwo in diesen Bergen, dachte er, ist aus diesem Lord aus Lothian wieder einer dieser alten, dunklen Bewohner geworden, noch älter als die, die im heiligen Eichenhain am Ma-Ruibhe den Göttern Blutopfer brachten. Er griff nach dem Stab und hielt ihn hoch.

»Der Lord von Herdmanston hat recht«, sagte er zunächst auf Englisch, dann auf Gälisch, und alle blickten auf. »Bei Old Glen sind die Invasoren vor uns in alle Winde zerstoben«, fuhr er fort, »und Angus Og und seine Leute haben viele ihrer Krieger umgebracht und an ihren Vorräten reiche Beute gemacht.«

Er unterbrach sich und sah in die Runde.

»Aber die Invasoren sind wie Läuse. Wenn man sie nicht alle umbringt, kommen sie wieder zurück.«

Allgemeines Kopfnicken und zustimmendes Brummen. Dann stand ein Mann auf und hob die Hand. Der Hundejunge kannte ihn als Gillespie, ein kleiner Anführer von irgendwoher, so weit weg, dass es kaum noch zum Königreich gehörte. Er mochte diesen Mann nicht, genauso wenig wie er fremde Hunde mochte.

»Ich bin Gillespie, auch bekannt als Erkinbald des Wahren Volkes vom Alten Bach in Cawdor«, sagte er langsam und mit feuchtem Zischen. »Ich habe Seinen Gnaden zugehört und den Lord aus Lothian gesehen, der bei ihm steht. Es ist ja alles sehr schön und gut, dass der Lord aus Lothian gekommen ist, um die Rechte des Wahren Volkes vom Alten Bach zu verteidigen, und auch sehr schön, dass wir alle hier sind, um es ebenfalls zu tun.«

Er schwieg und sah sie alle an, während Neil es leise für Hal übersetzte. Der Wind ließ die Schneeflocken tanzen und drückte das Feuer nieder.

»Ich sah aber niemanden hier, um die Rechte des Volks vom Alten Bach zu verteidigen, als die Iren uns überfielen, obwohl sie bei einigen von euch über euer Land marschieren mussten, um zu uns zu kommen. Auch höre ich von dem Mann aus Lothian kein Wort darüber, *wie* er mit seiner Handvoll Leute die vielen Läuse töten will.«

Wieder machte er eine Pause, und die Männer sahen sich an, einige wollten ihm antworten, aber alle hielten sich an den Brauch des Stabes aus Eichenholz. Andere hielten die Hände hoch, sagten aber noch nichts.

»Der Vater meines Vaters«, fuhr Gillespie mit unerträglicher Langsamkeit fort, »kämpfte gegen Eure Leute, Grann. Vierundsiebzig Schlachten. Es verging kein Tag, an dem mein Vater nicht entweder das Blut eines Angehörigen der Granns vergoss oder das eines anderen feindlichen Nachbarn. Ich selbst habe vierzehnmal gegen die Invasoren gekämpft. Ihr behauptet, wir sind alle vom selben Blut, aber wenn die Invasoren nicht in dieses Land gekommen wären, würden wir gegeneinander kämpfen, oder sogar gegen die Leute aus Lothian, die uns ihre Priester schicken, um uns ihren Glauben aufzuschwatzen, statt uns unseren alten Glauben, unsere Heiligen und unsere Priester zu lassen.«

Plötzlich entstand Bewegung, fast wie ein Windstoß, und jetzt hatte Grann den Stab in der Hand und stand so dicht vor Gillespie, dass dieser erschrocken vor dem hasserfüllten Gesicht zurückwich. Grann spuckte ein paar Worte aus wie einen ungenießbaren Brocken Fleisch, dann sah er in die Gesichter, auf denen der Feuerschein zuckte.

Als er geendet hatte, blieb er abwartend stehen, fest und unerschütterlich wie ein alter Baum, während Neil Campbell es für den Lord aus Lothian übersetzte. Dann fuhr er fort, mit demselben bitteren Zorn, als hätte er nie unterbrochen.

»Dort steht Gillespie, dessen Großvater gegen meinen kämpfte und der dabei genauso viel verlor, wie er gewann. Und dessen Vater gegen alle Nachbarn kämpfte, auch das hat ihm weder Land noch Ehre eingebracht. Und jetzt kämpft er gegen die Invasoren – die seinen Besitz trotzdem in Schutt und Asche legten. Ehe er hierher zu uns kam, hat er noch nie gewonnen.«

Er schwieg und starrte sie alle wild an, während Neil sich leise zu Hal beugte und ihm die Übersetzung zuflüsterte. Er sah Grann mit Unbehagen an, denn er merkte, wie die Spannung wuchs.

»Ich weiß, was mein Vater gemacht hat, und sein Vater vor ihm«, fauchte Grann auf Gälisch, »aber ich weiß auch, was ich selbst gemacht habe. Ich habe gegen diese Engländer gekämpft und gegen alle, die sie unterstützen, ob es die MacDougalls oder die MacDonalds sind, jeden Tag meines Lebens, seit unser guter König Alexander tot ist.«

Unter den MacDonalds entstand eine Unruhe, halb ärgerlich, halb beschämt, denn seit Bruce auf dem Thron war, hatte es jenseits der Mounth-Berge einiges an politischen Umwälzungen gegeben.

Davor waren die MacDougalls Patrioten gewesen, die MacDonalds dagegen Anhänger der englischen Krone. Jetzt hatte sich die Sache verkehrt, obwohl Hal sicher war, dass es sich auch genauso schnell wieder ändern könnte. Egal, wer Bruce unterstützte, Hal wusste, der andere würde sofort die gegenteilige Position einnehmen, denn die alten Fehden duldeten es nicht, dass ein MacDougall und ein MacDonald Seite an Seite standen.

»Kein Tag ist vergangen, an dem ich keinen Kopf abgeschlagen und in Öl gelegt habe«, fuhr Grann fort, und alle sahen sich entsetzt an, denn das klang einfach zu heidnisch für die Ohren guter Christenmenschen.

Grann ignorierte es und fuhr fort.

»Aber in einer Beziehung hat Gillespie recht. Blut ist nicht gleich Blut. Die Engländer haben schwarzes Blut, wie das Blut, das beim Schweineschlachten fließt, wenn die Schweine schön fett geworden sind. Und das Blut der Menschen von Lothian ist rot, aber es ist dick und fließt langsam. Das Blut der Menschen vom Alten Bach ist dünn und klar – wie Wasser.«

Es folgte ein allgemeines lautes Aufbegehren, und Gillespie zog seine einzige Waffe, ein Tischmesser. Man hörte Schreie und ärgerliches Knurren, und schließlich musste Neil Campbell seinen Leuten ein Zeichen geben, damit sie die Kampfhähne trennten.

Neil selbst nahm Grann beim Arm, er führte ihn aus dem Kreis der Männer heraus und nahm ihm den Stab ab. Er reichte ihn Hal und verlangte mit lauter Stimme Ruhe. Der Hundejunge sah, wie der Lord von Herdmanston den Stab leicht verlegen in der Hand drehte.

Hal wusste nicht, was er sagen sollte, oder was Neil Campbell von ihm erwartete. Ihm war es längst egal, ob König Robert regierte oder wegrannte, er hoffte nur, dass er noch genug Einfluss hatte, um ihm bei der Befreiung Isabels zu helfen, und dass er ihn dazu bewegen konnte.

Hal konnte kaum glauben, wie grausam diese Trolle waren, und er beneidete niemanden, der sie zu regieren versuchte. Das waren also die Einzigen, die noch übrig waren, um das Königreich zu verteidigen? Er hatte nur einen Wunsch, nämlich seine Männer zusammenzurufen, mit ihnen zurück nach Lothian zu reiten und dort den Verbleib Isabels ausfindig zu machen. Zu gern hätte er diesem ganzen widerwärtigen Aufstand den Rücken gekehrt – aber Sim Craw war schwer krank, und außer ihm blieben ihm in der ganzen Welt nur noch zwei Männer.

Er brauchte etwas zu essen und eine Unterkunft. Er brauchte Nachricht von Isabel, vor allem darüber, wo sie war. Also lächelte er erst einmal und nickte Neil zu, der seine Worte übersetzte.

»Die Versammlung hier … an diesem Ort«, fing er an, er hatte vergessen, wie diese Fellträger diese Senke mitten in der Wildnis nannten, »soll euch Gelegenheit geben, alle eure Meinungsverschiedenheiten auszuräumen …«

»Dieser neue König …«, kam eine Stimme auf Englisch und so vorsichtig wie jemand, der neue Schuhe anhat, »ist der ein Wallace oder ein Leerer Mantel?«

Der Mann hatte weiße Haare, und sein Gesicht war fahl wie Haferbrei – zumindest das, was man unter dem dicken Haarschopf und dem buschigen Bart sehen konnte. Hal wusste, dass es ein Rebellenführer der MacKennys war, aus den Gebieten, die dem Earl von Ross gehörten, und der einen Hof am Rande eines Loch hatte, das Neil Campbell auf Gälisch Ma-Ruibhe nannte. Selbst in einem Land, das verrückt war wie eine Ziege mit zwei Köpfen, drehten sich die Menschen nach diesem Alexander Oigh um.

»In diesem Loch liegt eine Insel«, hatte Campbell Hal erzählt, »auf der ist ein Schrein des heiligen Máel Ruba, wo viele Menschen begraben sind. Dort steht eine Eiche, an die Stierköpfe genagelt sind, denn dort hält man noch Opferzeremonien ab, wie früher. Aber um zu dieser Insel zu kommen, muss man sich an einem Ungeheuer vorbei wagen, das dort im Loch lebt. Diese Menschen sind wahrhaftig anders als wir.«

Dies von jemandem wie Neil Campbell zu hören war fast lächerlich, aber Hal überlief es kalt bei der Geschichte von Alexander, dem Ältesten, die fand er weniger lustig. Und auch der meist unbeschwerte Neil war vorsichtig in Gegenwart des alten Anführers.

»Du hättest erst den Stab verlangen sollen, Alexander Oigh«, sagte Neil Campbell ernst, aber seine Stimme klang respektvoll. Der alte Mann winkte ab.

»Ja doch, ja. Ausgerechnet ein Campbell muss mich korrigieren, na gut, aber die Frage bleibt doch die gleiche, ob mit oder ohne Stab.«

Die Stille senkte sich auf sie wie eine Schneewehe. Ein Wallace oder ein Toom Tabard – ein Kämpfer oder ein »leerer Mantel«? Hal staunte, wie schnell und wie weit sich die Geschichte von Sir Will herumgesprochen hatte – und dass sogar die Zukunft des Königs selbst davon abhing. Ob sie nun Trolle waren oder nicht – sie waren die einzigen Krieger, die noch übrig waren.

»Er ist der König«, erwiderte Hal vorsichtig. »Und Wallace war Wallace, und Balliol ist immer noch der, der er war. Auch König Robert ist sein eigener Herr – aber wenn ihr wissen wollt, ob er kämpfen wird, dann kann ich euch sagen, dass er nicht einfach auf die Knie fallen wird, und ehe er sich den Königsmantel ausziehen lässt, wird man ihn erst totschlagen müssen.«

Als Neil das übersetzt hatte, hörte man zustimmendes Brummen. Alexander Oigh nickte nachdenklich, und Hal stellte erstaunt fest, dass er es selbst glaubte, was er ihnen da erzählt hatte. Der Rest brach jetzt einfach aus ihm heraus.

»Das ist der Grund, warum eure Leute sich versammeln«, sagte er ihm ins Gesicht. »Das wäre ein törichter Anführer, der später einmal seinen Kindern erzählen müsste, dass er es versäumt hat, seinen König und sein Reich zu verteidigen, weil er etwas gegen seine Nachbarn hatte.«

Darauf folgte zustimmendes Gelächter. Hal gab Neil den Stab und trat in den Kreis zurück, froh, die Sache hinter sich gebracht zu haben. Schnell ging er an Sim Craws Krankenbett, zusammen mit seinen zwei Getreuen, dem Hundejungen und Chirnside Rowan. Sie alle blickten hinab auf Sim, der bleich und mit großen Schweißtropfen auf der Stirn dalag.

Sie sahen sich an, diese letzten drei, und keiner konnte etwas sagen. Hal stopfte die Decken fester um Sim und hoffte, dass sie sich nur kalt anfühlten und nicht noch feucht waren, mit seinen vor Kälte tauben Fingern konnte er es nicht unterscheiden.

Er blickte hoch zu dem provisorischen Dach aus Ästen und Zeltplanen und betete darum, dass der Schnee trocken blieb, es nicht regnen und nicht zu windig werden möge, damit dieses leichte Dach standhielt. Der Hundejunge legte Holz aufs Feuer.

»Bei Gott«, knurrte plötzlich eine Stimme. »Ihr könnt ja mächtig gute Reden halten. Seine Gnaden der König wird sich bestimmt freuen, wenn er hört, dass sogar hier draußen in der Wildnis sein Lob gesungen wird.«

Alle fuhren herum und sahen die vertraute hagere Gestalt, die mit einem schiefen Grinsen aus dem Schatten gehumpelt kam.

»Kirkpatrick«, brachte Hal schließlich heraus.

»Genau der«, versicherte Kirkpatrick und hockte sich steif ans Feuer, nachdem er einen kurzen Blick auf Sim Craw geworfen hatte. Er schüttelte traurig den Kopf.

»Der sieht wahrhaftig elend aus«, sagte er. »Mein Gott, der Schnee kommt aber auch früh dieses Jahr. Wieder so ein Segen des heiligen Malachias, dessen Fest ja heute ist.«

Hal starrte ihn sprachlos an, teils wegen dieser Tatsache, teils aber auch vor Verwunderung, dass er überhaupt hier war.

»Was führt dich hierher?«, fragte Chirnside barsch.

Kirkpatrick hielt seine Hände übers Feuer und rieb sie, völlig unbeeindruckt von Chirnsides Grobheit und von der Fassungslosigkeit der anderen.

»Ich bin hier, um diesen Anführern zu sagen, dass Seine Majestät am Leben ist und es ihm gut geht und dass er im Frühjahr zurückkommen wird«, sagte Kirkpatrick. »Darüber werden sich diese armen Kerle hier sicher freuen, denn das bedeutet, dass sie den Winter erst mal zu Hause verbringen können.«

Er rieb seine Hände noch stärker, so als sei ihm bei der Erwähnung des Winters noch kälter geworden, aber vielleicht war es auch ein plötzlicher kalter Windstoß.

»Und dann muss ich nach Süden, im Auftrag von … jemand anderem«, sagte er geheimnisvoll.

»Also lebt er und es geht ihm gut, dem König«, sagte Hal.

»Er ist zwar ein bisschen angeschlagen«, gab Kirkpatrick zu, »nach einem schweren Treffer, den er bei Methven einstecken musste. Zusammen mit ein paar anderen hat er sich danach in den Bergen herumgetrieben, sie haben gekämpft und sich versteckt wie gejagte Wölfe.«

»Und wo ist er jetzt?«, fragte Chirnside Rowan rundheraus, aber Kirkpatrick legte nur den Finger auf die Lippen.

»In Sicherheit. Das letzte Mal, als ich ihn sah, grinste er Christina Macruarie von Garmoran wie ein Honigkuchen an, und sein ramponiertes Gesicht war offenbar kein Hinderungsgrund für sie, ihn ebenfalls nett zu finden. Diese außergewöhnliche Frau hat ihn erst mal unter ihre Fittiche genommen. Er hat einen ganzen Trupp von Inselbewohnern, die sich um ihn kümmern, er hat sogar eine ganze Flotte von Schiffen zur Verfügung. Aber ich vermute, er wird wohl die meiste Zeit auf den Knien liegen und Malachias um Vergebung bitten und hoffen, dass es wieder aufwärtsgeht.«

»Mein Gott«, brach es bewundernd aus Chirnside heraus. »Er bumst eine andere Frau? Die mit den Schiffen?«

Hal sah ihn ernst an.

»Seine Königin ist gerade von den Feinden festgenommen worden«, erinnerte er ihn. »Und wir sitzen zähneklappernd hier in Kälte und Nässe. Und anderen geht es noch schlimmer, die haben den Hals in der Schlinge oder den Kopf auf einem Pfahl.«

»Ach, du alter Sauertopf«, spottete Kirkpatrick. »Wenigstens ist der König in Sicherheit.«

»Wenn er sich nicht zu Tode bumst«, lachte Chirnside. Der Hundejunge verzog das Gesicht bei der irritierenden Vorstellung, dass der König bei Christina Macruarie auf diese Weise sein Leben aufs Spiel setzen könnte. Dann blickte er zu Kirkpatrick wie ein aufmerksamer Hund.

»Jamie?«, fragte er und war hocherfreut, als Kirkpatrick nickte.

»Ebenfalls in Sicherheit, zusammen mit dem König. Jamie Douglas fand das einzige kleine Boot meilenweit im Umkreis, mit dem wir aus Dunaverty davonrudern konnten, ehe die Engländer eintrafen.«

Hal fragte sich, ob auf Kirkpatrick nach dieser Mission ebenfalls noch ein Boot wartete und ob da wohl noch weitere vier Personen hineinpassen würden. Sim Craw, überlegte er, könnte etwas von der Gastfreundschaft der Macruaries gut gebrauchen, auch wenn es nur ein Bett und eine warme Decke war. In der Ferne hörte er, wie Neil Campbell den anderen Kirkpatricks die Neuigkeiten mitteilte.

Es war zu Ende, dachte er dumpf. Wieder ein gescheiterter Aufstand. Noch mehr Blut, noch mehr Asche – und was hatte er davon, und die anderen, für die er verantwortlich war? Er wandte sich an Kirkpatrick, der mit Chirnside und dem Hundejungen sprach.

»Wohin gehst du?«, fragte er, und Kirkpatrick lächelte leise. Es war ja tatsächlich kein Zufall, dass er hier war, und jetzt zog er den Lord von Herdmanston etwas näher zu sich heran.

»Ich habe schon darauf gewartet, dass Ihr das fragt. Nach Süden. Dorthin, wo eine gewisse Gräfin festgehalten wird.«

Hal starrte ihn an, und Kirkpatrick versuchte, nicht zu zeigen, wie gereizt er war. Mein Gott, der Mann war doch sonst immer so vernünftig – nur nicht, wenn es um diese Frau ging.

»Isabel«, sagte er, als spräche er zu einem Kind. »Ich weiß, wo sie ist. Ich dachte, Ihr und ich, wir könnten vielleicht dorthin gehen.«

KAPITEL 15

BURG CLOSEBURN
FEIERTAG NACH DEM FEST DER VIER GEKRÖNTEN MÄRTYRER, NOVEMBER 1306

Käserinde und ein lautes Schluchzen. Nicht die schönsten Eindrücke, um diese Welt zu verlassen, dachte Isabel, aber passend zu diesem Gefängnis, in dem ich vielleicht mein Leben beenden werde.

Sie warf das Stück harten Käse fort und zerrte mühsam den Sack, auf dem es gelegen hatte, durch den Raum, wobei eine Spur der Gerstenkörner durch die Löcher, die die Mäuse hineingenagt hatten, auf den Boden rieselte. Verschimmelt, dachte sie, deshalb haben sie ihn hiergelassen, als sie den Raum zur Gefängniszelle machten. Jetzt konnte er wenigstens als Kopfkissen dienen. Sie blies sich eine Strähne aus dem Gesicht und ärgerte sich über ihre grauen Haaransätze, die sie nicht nachfärben konnte.

»Um Himmels willen, Mädchen, hör doch endlich auf.«

Mary Bruce wirkte ernst wie die Statue einer Jungfrau, aber ihr Französisch war fehlerfrei. Marjorie hingegen war alles egal, sie schluchzte hemmungslos.

»Ach, Tante, sie werden uns alle umbringen«, wimmerte sie. Mary gab ihr einen Klaps auf die Schulter, um ihre Nichte im nächsten Moment wieder bedauernd an sich zu drücken.

»Ruhig, ganz ruhig«, tröstete sie. »Sie werden uns nicht umbringen – und bitte, sprich Französisch. Schließlich bist du die

Tochter eines Königs, Mädchen, und nicht irgendein Bauernmädchen aus Lothian.«

Isabel, die in Lothian einige hochangesehene Bauern kannte, dachte an Sim Craw und den Hundejungen. Wie würden die wohl reagieren, wenn man sie in den Gewölben von Closeburn zwischen verschimmelten Vorräten einsperren würde? Vermutlich würden sie sich glücklich schätzen, dachte Isabel, weil sie warm und trocken säßen und weil man alte Käserinden und verschimmelte Gerste noch essen konnte.

Marjorie hatte Schluckauf vom Weinen, aber Isabel war froh, dass sie sich etwas zu beruhigen schien. Ein Kind noch, gerade im Begriff, zur Frau zu werden – man konnte es ihr kaum verübeln, dass sie die Fassung verlor, nach allem, was bei Tain passiert war.

Nach Isabels Meinung war es keine gute Idee gewesen, sich in Richtung Norden nach Inverness aufzumachen, in der Hoffnung, dort ein Schiff zu den Orkneyinseln zu erwischen. Die waren unter norwegischer Herrschaft, wo eine weitere Schwester von Bruce als Königin herrschte. Doch der Weg dorthin führte durch Gebiete der Buchans und der Rosses, zwei Earls, die Rebellen verfolgten. Deshalb war sie nicht überrascht, als im Nebel plötzlich Männer mit wilden Bärten aus dem nassen Farnkraut auftauchten, vor denen sie fliehen konnten.

Als sie den Schrein von St. Duthac erreichten, dessen verwitterte Säulen den Hof des Heiligtums andeuteten, hatten sie schon vier Männer verloren. Und auch der Hof von Duthac war eine trügerische Hoffnung gewesen, denn dort empfing sie das spöttische Gesicht des Earls von Ross persönlich. Seine Männer hatten den letzten Widerstand durch ein Blutbad beendet, und Marjorie hatte angefangen, verzweifelt zu weinen und zu schluchzen und hatte bis jetzt nicht wieder aufgehört.

Mary Bruce hatte sich hoch aufgerichtet und war dadurch größer als der Waffenknecht, der auf sie zukam und sich schon lüstern die Lippen leckte. Voll Hochmut hatte sie ihn angestarrt und in fließendem Gälisch davor gewarnt, die Schwester des Königs von Schottland auch nur anzufassen.

Man würde nie wissen, ob der Waffenknecht davon beeindruckt war oder nicht, denn der Earl von Ross hatte diesen Lehnsmann mit einer Keule in blutigen Matsch verwandelt und das, was noch von ihm übrig war, im Schrein von St. Duthac an eine Säule gehängt, um seinen anderen Wölfen zu zeigen, dass es ihm ernst war, wenn er sagte, sie sollten die Finger von den Frauen lassen. Der Fall bestätigte aufs Neue, dass es dem Earl von Ross gar nicht in den Sinn gekommen wäre, dass Gott größere Macht haben könnte als er selbst.

»Seht gut hin«, hatte Mary Bruce zu Ross gesagt, als die blutige Leiche hochgezogen wurde. »Denn das wird auch Euer Schicksal sein, weil Ihr diesen Schrein geschändet und Hand an die Königin gelegt habt.«

Der Earl hatte lediglich die Schultern gezuckt und gelächelt. Seine Unterwürfigkeit galt nur der Königin selbst, die bei all dem merkwürdig unbeteiligt wirkte. Isabel folgerte daraus, dass man mit der Königin anders verfahren würde als mit ihren Hofdamen – dass man ihr nichts antun würde, weil sie die Tochter von Ulster war.

Und genauso war es. Warm angezogen und ohne sich noch einmal umzusehen, war Elizabeth de Burgh davongeritten, während Mary, Marjorie, Isabel und die Zofen auf Karren gesetzt und nach Süden gebracht wurden.

Isabel hatte einmal kurz gesehen, wie Niall Bruce und Atholl mit Ketten an Füßen und Handgelenken hinter den Karren hergetrieben wurden, aber als sie im Dunkeln in einem Kloster ankamen, waren die beiden Männer verschwunden. Es war bittere Ironie, dass dieses Kloster ausgerechnet Elcho war, obwohl weder die Äbtissin noch eine der Nonnen mehr da war, die sie früher gekannt hatte.

Jetzt waren sie hier in Closeburn, und Isabel hatte noch immer keine Ahnung, was mit ihnen geschehen würde. Wahrscheinlich würde man sie nach Süden bringen, nach Carlisle oder noch weiter, weit weg von jeder möglichen Rettung.

Sie hörte das bekannte Klirren, dann das Knirschen eines großen Schlüssels im Schloss – es war Dixon, der Gefängniswärter, der seine violetten Lippen spitzte.

»Ihr habt einen Besucher«, sagte er mit einem Kopfnicken in Isabels Richtung. »Der Meister trinkt noch Wein mit ihm und schickt mich, damit Ihr Euch herrichten könnt.«

Isabel schnaubte.

»Und wie, bitte, soll ich das machen?«, fragte sie. »Soll ich diesen Sack hier ausleeren und mir über den Kopf ziehen? Das wäre allerdings noch besser als dieses Kleid, das ich anhabe.«

»Na ja, so ist das halt manchmal«, murmelte Dixon mit trübsinniger Miene.

»Immerhin sehr passend zu diesem Gästezimmer«, fuhr Isabel spöttisch fort.

»Ja, ich weiß«, erwiderte Dixon und sah sie mit einem Auge an, das andere kniff er zu, als denke er nach.

»Wir haben diesen Raum nicht etwa extra leer gemacht, damit Ihr hier reinkönnt«, sagte er traurig, »sondern sie haben ihn leer gefressen, bis auf die letzte Käserinde, die Männer, die hier einquartiert sind. Es wird ein schwerer Winter für uns werden, meine Damen, wenn Ihr von hier weitergezogen seid, denn Ihr und alle, die mit Euch gekommen sind, haben uns die Haare vom Kopf gefressen.«

»Dann scheint es vernünftig, wenn ich diesen Sack Gerste erst einmal behalte«, erklärte Isabel scharf. »Bringt meinen Besucher her, Wärter.«

»Wer könnte das sein?«, fragte Marjorie, nachdem der Mann gegangen war, und Isabel hörte an ihrer Stimme, dass Hoffnung auf Rettung darin mitschwang. Doch als sie einen Blick mit Mary

Bruce tauschte, war beiden Frauen klar, dass das unwahrscheinlich war.

Es war, wie Isabel schon vermutet hatte, ihr Mann.

Er trat ein, in Pelze gehüllt gegen die Kälte, an die die Frauen sich gewöhnt hatten, unter der er jedoch litt, gefolgt von dem verhassten Malise Bellejambe. Ihr Mann stand hoch aufgerichtet da, seine breiten Schultern immer noch ziemlich eindrucksvoll, den Kopf mit dem schmutzig grauen Bart stolz erhoben.

Doch er war abgemagert, mit gelblicher Gesichtsfarbe, sein Haupthaar dünn und strähnig, und in seinem Pelz sah er aus, als würde er von einem mottenzerfressenen Bären umklammert, der aus dem Winterschlaf erwacht war.

Sie empfand für einen Moment Mitleid beim Anblick seiner Augen, nässend, mit Tränensäcken und unbeschreiblich müde – er wirkte wie eine alte Statue. Seine Gefühle, seine marmorharte Pracht waren jetzt verwittert, abgeschliffen und überwuchert vom Moos der Vernachlässigung und der Verbitterung.

Der Tod von Badenoch musste ihn hart getroffen haben, dachte sie, ganz zu schweigen von der erzwungenen Verbindung mit den Engländern, die er immer bekämpft hatte, weil die Bruces auf der anderen Seite standen.

Diese endlose Fehde wird sie beide noch umbringen, dachte sie.

»*Madame*«, sagte er eisig. »Ihr seid festgenommen. Ich bin endlich rehabilitiert.«

Sie hörte die Kälte in seiner Stimme und empfand nichts als Traurigkeit dabei.

»Ein großes Volk rehabilitierter Leichen sind wir«, entgegnete Mary Bruce, und er richtete seine tränenden Fischaugen auf sie, wobei sein Blick kurz die zitternde Marjorie streifte.

»Ihr seid still«, sagte er mit verblüffender Ruhe und einer eiskalten Missachtung ihres Ranges. »Ihr kommt nach Roxburgh, Lady, und das Kind kommt in ein Kloster irgendwo im Süden.

Schätzt Euch glücklich, dass Ihr am Leben seid – obwohl Ihr bald Eure Meinung ändern werdet, wenn Ihr erfahrt, welche Pläne Longshanks mit Euch hat.«

Bei dem Gedanken an eine Trennung fing Marjorie wieder laut an zu heulen, und Buchan schnitt ein angewidertes Gesicht, dann wandte er sich wieder Isabel zu.

»Ihr kommt nach Berwick, wo dasselbe Schicksal auf Euch wartet, aber zu meinen Bedingungen«, sagte er, was geheimnisvoll drohend klang, Isabel aber nicht schlauer machte. Er machte eine abrupte Kopfbewegung, und eifrig wie ein kriecherischer Hund trat Malise auf sie zu, ein lüsternes Grinsen auf der hässlichen Visage.

»Malise wird dafür sorgen. Ich gebe Euch in seine Obhut, *Madame*. Ich empfehle Euch Gott an, denn dies ist das letzte Mal, dass Ihr mich seht.«

Er sah sie an, noch immer üppig und sinnlich – aber ihr Gesicht war verhärmt, und aus ihrem roten Haar schimmerte es weiß hindurch. Sie war, dachte Buchan, im gleichen Sinne eine Frau, wie man auch eine Löwin eine Katze nennen konnte.

Er dachte plötzlich an die Macht, die er einst über sie besessen hatte. An die Strafen, die er sich für ihre Vergehen ausgedacht hatte. Wie er es ausgekostet hatte, wenn sie nackt vor ihm gestanden hatte, mit nichts weiter bekleidet als mit »zwei Schweißperlen«. Ihre Vergehen …

»Das letzte Geschenk, das Ihr von mir bekommt, wird der Kopf Eures Liebhabers sein, wenn wir ihn finden. Vielleicht wollt Ihr ihn ja noch einmal sehen, ehe er auf den Pfahl kommt.«

Damit ließ er sie wenigstens wissen, dass Hal lebte und in Freiheit war – und dass auch sie am Leben bleiben würde. Als sie allerdings Malise' triumphierendes Grinsen sah, fragte sie sich, ob das wirklich eine Gunst war. Als sie sich wieder ihrem Mann zuwenden wollte, war er verschwunden.

»Kommt, Mylady.«

Das war keine Bitte, und die Hand, die Malise ihr hinhielt, war keine Einladung. Ihr Magen krampfte sich zu einem Stein zusammen, als sie in seine lüsternen Augen blickte und ihr klar wurde, dass sie ihrem schlimmsten Albtraum ausgeliefert war.

CLOSEBURN VILL, ANNANDALE
VIGIL DES FESTES DES HEILIGEN ATHANASIUS VON FIFE, DEZEMBER 1306

Sie erreichten die von Engländern besetzten Gebiete der Bruces in Schneestürmen und Graupelschauern. Unter bleigrauem Himmel und in Eiseskälte stolperten sie von einem Kloster zum nächsten. Sie waren unterwürfig und fromm oder auch ausgelassen und fröhlich, je nachdem, wie die Situation es verlangte, und niemand verschwendete einen misstrauischen Blick auf diese beiden Straßenhändler, die sich wie Schnecken, mit ihrem ganzen Besitz auf dem Rücken, nach Süden durchschlugen.

Kirkpatrick hatte zwei hocherfreuten Händlern ihre sämtlichen Kurzwaren abgekauft und ihnen mehr dafür bezahlt, als sie im ganzen Jahr hätten verdienen können. Einer von ihnen verkündete daraufhin, er würde jetzt das Wanderleben endgültig aufgeben, und Hal verstand bald, warum, auch wenn es für sie eine ideale Verkleidung war.

»Das ist perfekt«, sagte Kirkpatrick begeistert, als Hal mit zweifelndem Blick die in Leder gewickelten Päckchen beäugte, schwarz von altem Fett als Wetterschutz. »Und wir sind genau zur richtigen Zeit unterwegs, so kurz vor dem Christfest.«

Das stimmte, denn überall waren ihre Bänder, Nähseide und Nadeln gefragt, auch von Leuten, die sich diese Sachen sonst nicht leisten konnten. Es war unter Bürgern, Bauern und Leibeigenen Sitte geworden, dem Herrenhaus Geschenke zu machen »zu Ehren des Christfests«, und eine Eichel mit einem bunten

Band darum oder ein Beutel aus Sacktuch, mit Seidenfaden genäht, war wenig, bedeutete aber ein Opfer für Menschen, die ohnehin nicht viel hatten. Und man tat es in der Hoffnung auf spätere Gefälligkeiten.

Also wanderten sie, ohne Pferde, Tag um Tag in Richtung Closeburn, wo, wie Kirkpatrick wusste, Isabel festgehalten wurde.

»Drei Frauen«, hatte er Hal erzählt. »Dorthin gebracht, wo ein Schwager von mir Pächter ist, und bei ihnen Niall Bruce und der Earl von Atholl.«

»Die Frauen sind vielleicht schon wieder woanders«, sagte Hal düster und trotzdem voll Hoffnung. Er dachte »oder noch schlimmer«, sprach es aber nicht aus. Man konnte ja nicht sicher sein, ob ein rachsüchtiger König Edward zwar Niall und einen Earl hinrichten, die Frauen aber verschonen würde.

»Ja, stimmt«, hatte Kirkpatrick erwidert, »aber ich soll die Schwester des Königs und seine Tochter ausfindig machen, und das werde ich tun. Also, kommt Ihr mit?«

Er konnte nicht ablehnen, und er hatte für seine Leute, die er zurückließ, Vorsorge getroffen, soweit es ihm möglich war. Er dachte an den fiebernden Sim Craw, der schweißüberströmt und dampfend auf seinem kalten Lager aus Zweigen lag, hilflos neben ihm der Hundejunge und Chirnside Rowan.

»Bringt ihn zum König«, hatte er befohlen. »Neil Campbell wird Euch helfen. Wenn Ihr das getan habt, könnt Ihr gehen, wohin Ihr wollt.«

Chirnside Rowan, der nach Hause wollte, nickte, aber Hal konnte es kaum über sich bringen, den Hundejungen anzusehen, und als er es endlich tat, brach es ihm fast das Herz.

»Ich weiß«, sagte er leise, »dass von Herdmanston wenig übrig ist, und bei meinem Vetter in Roslin noch weniger. Vielleicht kehre ich nie mehr dorthin zurück, auch wenn dieser Versuch Erfolg haben sollte, denn ich bin ein Geächteter und habe dort keine Zukunft mehr.«

Der Hundejunge sah ihn fassungslos an, er konnte sich weder rühren noch etwas sagen.

»Ich habe dich von Douglas mitgenommen«, fuhr Hal fort und sprach jetzt schneller, als wollte er es hinter sich bringen, »auf Wunsch von Jamies Stiefmutter, und ich habe es nie auch nur einen Moment bereut. Jetzt gebe ich dich frei. Such Jamie und sag es ihm, er wird sich um dich kümmern. Und wenn der Himmel es will, werdet ihr, wenn Gott und alle Heiligen in diesem Land endlich aufgewacht sind, beide wieder nach Douglas zurückkehren.«

Er hatte das Gesicht des Jungen wieder vor Augen, als er in den Schneewehen eines Hinterhofs stand und spürte, wie Nässe und Kälte durch seine kaputten Schuhsohlen drangen. Blass und traurig bei der Vorstellung, dass er Hal nie wiedersehen würde, waren dem Hundejungen die Tränen gekommen, als sie sich kurz umarmten, und der Schmerz darüber war jetzt schlimmer als der kalte Wind …

Kirkpatrick klopfte an eine Tür und trat zurück, als er hörte, dass jemand kam, er wollte nicht im Lichtschein stehen, der durch die Tür fiel. Er grinste, als er sah, dass sie es war, in der einen Hand hatte sie einen qualmenden Kienspan, mit der anderen hielt sie ihren wollenen Umhang vorn zusammen. Sie stand da und sah die beiden unsicher an.

»Wer ist da?«

Er trat vor in das schwache Licht des Kienspans.

»Annie«, sagte er. »Bei Gott, du bist immer noch so schön wie eh und je.«

Hal war verblüfft, als sie einen kurzen Schrei ausstieß und der Kienspan in den Schnee fiel, wo er zischend verlosch. Es folgte eine kurze Stille, während ihre Augen sich an die Dunkelheit gewöhnten.

»Du …«, sagte sie, und Kirkpatrick nickte, immer noch grinsend. Ihre Ohrfeige überraschte ihn, eine saftige, klatschende

Maulschelle mit harter Hand, sodass sein Kopf zur Seite flog. Dann hörte Hal, dass sie in Tränen ausbrach, und Kirkpatrick spürte ihre weiche Wärme, als sie sich in seine Arme warf.

»Annie«, sagte er und bewegte versuchsweise seinen Unterkiefer, um festzustellen, ob sich etwa Zähne gelockert hatten.

»Du verlogener, stinkiger Misthaufen«, erwiderte sie und löste sich von ihm, die Hände in die Hüften gestemmt. Ihr Wollumhang stand jetzt offen, und Hal sah ihre beachtlichen Kurven unter dem Kleid, das für dieses Wetter zu dünn war. Sie wird sich erkälten, dachte er unwillkürlich, dann blickte er nach links und rechts, um zu sehen, ob sie von ihren Nachbarn beobachtet wurden.

»Du hattest gesagt, du kommst wieder«, klagte sie ihn an. »Na ja, bist du ja auch – zwölf Jahre später.«

»Fünfzehn«, verbesserte Kirkpatrick, dann ärgerte er sich, dass er es gesagt hatte. »Ich war noch ein Junge«, entschuldigte er sich, »ich hatte ja noch kaum einen Bart.«

Ihre Stimme wurde auch leiser, und sie blickte kurz über ihre Schulter ins Haus. Oho, dachte Hal, offenbar gibt es jetzt hier auch einen Ehemann.

»Und ich war noch Jungfrau«, zischte Annie, »aber das hat dich genauso wenig abgehalten.«

»Du warst nicht abgeneigt«, erwiderte Kirkpatrick verzweifelt, denn dieses Gespräch nahm nicht den Verlauf, den er erwartet hatte. Doch dann wurde ihr Gesicht weicher. Es war voller und schlaffer als das der kleinen Herzensbrecherin, an die Kirkpatrick sich erinnerte, aber es ließ ihn noch immer nicht kalt. Erste Liebe, dachte er mit Wehmut, und plötzlich empfand er einen Ausbruch von Neid gegenüber dem Mann, der da im Inneren des Hauses verborgen war. Der hatte etwas erreicht, das ihm selbst nicht vergönnt war.

»Kein Wort davon«, sagte sie mit einem weiteren schnellen Blick nach hinten. »Ich habe jetzt einen Mann – einen guten Mann, der als Schuster gut verdient und auch mit Kohle handelt, und ich bin jetzt Mistress Annie Toller. Ich möchte dich hier in seinem Haus nicht als verflossenen Liebhaber vorstellen.«

»Nein, mach das lieber nicht«, sagte Kirkpatrick mit bedauerndem Lächeln. »Stell mich vor als Rab von Shaws, einen Straßenhändler, der eine Unterkunft braucht, genau wie Hal von Herdmanston hier. Sag ihm, wir werden euch mit Bändern und Flitterkram gut bezahlen, wenn ihr ein Nachtlager und etwas zu essen erübrigen könnt.«

Sie erschauerte, und nicht nur wegen der Kälte.

»Schwarzer Roger«, sagte sie leise, und Kirkpatrick zuckte zusammen, während Hal neugierig den Kopf auf die Seite legte. Dieser Name war ihm neu.

»Wir hören ab und zu von dir«, fuhr Annie fort. »Und das ist der Name, der dann fällt. Wenn du in dunklen Geschäften hier bist, Roger, dann kannst du gleich wieder gehen.«

»Nichts dergleichen«, log Kirkpatrick. »Ich brauche dich aber, um Duncan zu finden. Ich brauche seine Hilfe.«

»Weswegen?«

Kirkpatrick wurde ungeduldig.

»Annie, es ist eiskalt. Du bist ja auch schon ganz blau.«

»Weswegen?«

Kirkpatrick drehte sich um und winkte Hal, näherzutreten.

»Dies ist Hal von Herdmanston«, sagte er. »Genauer gesagt, Sir Hal. Er und ich sind hier, um seine große Liebe zu suchen, die Gräfin von Buchan.«

Sie hatte davon gehört, was Hal wunderte, denn damit hatte er nicht gerechnet. Mein Liebesleben wird herumerzählt wie ein verdammtes Volksmärchen, dachte er wütend, an dem sich alle die Mäuler zerreißen.

Kirkpatrick wusste, dass Annie diese Geschichte bestimmt genüsslich aufgesogen hatte, und nun stand diese Legende eines

Troubadours leibhaftig vor ihr, mit durchweichten Stiefeln und schwermütigem Gesicht. Hastig machte sie einen Knicks und fuhr sich mit der Hand an den Mund, weil ihr vor Aufregung das Herz zu zerspringen drohte.

»Oh«, sagte sie, »der arme Mann. Die Dame. Oh. Kommt schnell rein, ehe ihr erfriert.«

Hal sah Kirkpatrick von der Seite an, er sah sein spitzbübisches Grinsen, als er ein Auge zukniff und durch die Tür schlüpfte.

Ihr Mann, Nichol, war dick und hatte ein rotes Gesicht. Er war misstrauisch den Fremden gegenüber, doch gleichzeitig auch begierig auf ihre Neuigkeiten und ihre versprochene Bezahlung, die die Stimmung seiner Frau für Wochen aufhellen würde.

»Ihr könnt im Kohlenschuppen schlafen«, erklärte er und sah seine Frau streng an, die gerade protestieren wollte. »Ihr werdet essen, was man euch gibt, und ihr esst getrennt von uns.«

Und trotzdem, während er sie nach Neuigkeiten über die Straßen ausquetschte und wissen wollte, ob Wagen mit Kohlen unter den jetzigen Bedingungen nach Glasgow und zurück fahren könnten, nahm er sich Hals Stiefel vor und reparierte sie, fast so, als könnten seine Hände einfach nicht anders.

Schließlich hatte er ihnen wesentlich mehr mitzuteilen, als sie an Neuigkeiten zu bieten hatten, und Hal bewunderte das Geschick, mit dem Kirkpatrick ihn ausfragte. Sie erfuhren von den vielen englischen Soldaten in Closeburn, was offenbar mit den Gefangenen zu tun hatte, die dort untergebracht waren.

»Der Profos von Closeburn lässt sich selten sehen«, erzählte Nichol, indem er mit der Ahle im Mundwinkel emsig nähte, »weder bei Tisch noch sonst. Er spielt Schach und hat wohl einen sehr guten Partner gefunden, den er nicht verlieren möchte, wie es heißt, obwohl die anderen, die zur gleichen Zeit angekommen sind, längst schon wieder weg sind.«

»Eine Frau?«, fragte Hal, ehe Kirkpatrick ihn daran hindern konnte. Nichol sah auf und runzelte die Stirn.

»Das habe ich nicht gesagt«, erwiderte er, dann glättete sich seine Stirn wieder, und er zuckte die Schultern.

»Es waren aber in der Tat auch Frauen dabei«, gab er zu. »Die Schwester des Königs …«

Er schwieg, sah sie an und nähte weiter. Aber Hal wusste, er war jetzt sehr beunruhigt, weil er das Wort »König« vor diesen Fremden ausgesprochen hatte, die ihn jetzt denunzieren könnten. Kirkpatrick kicherte beruhigend.

»Keine Angst«, sagte er. »Wir sind keine Denunzianten. Wir hoffen nur, dass die Schwester nicht dasselbe Schicksal ereilt wie ihr kleiner Bruder, den Gott vor weiterem Leid bewahren möge.«

Alle bekreuzigten sich hastig, aber von nun an wurde Nichol wortkarg, und schließlich erstarb das Gespräch ganz. Hal und Kirkpatrick begaben sich in ihr zweifelhaftes Nachtquartier, den Kohlenschuppen, der immerhin leer war bis auf reichlich Kohlenstaub.

»Tja«, sagte Kirkpatrick nachdenklich, »schmale Kost, wie es aussieht. Zu viele Leute in Closeburn, um für sie zu heizen. Und sie satt zu kriegen wird bestimmt auch nicht leicht sein.«

»Und das bedeutet, dass es voll von Menschen sein wird, denen wir nicht begegnen sollten«, erwiderte Hal unruhig, der ahnte, dass ihr Vorhaben damit sehr viel schwieriger wurde.

»Es ist möglich«, ertönte Kirkpatricks Stimme im Dunkel. »Aber wir brauchen Duncan.«

Hal hatte von Duncan von Torthorwald gehört, einem weiteren Kirkpatrick, aber dieser war Wallace gefolgt und musste jetzt dafür büßen. Er war von den Engländern für vogelfrei erklärt worden, und in Torthorwald regierte jetzt der Profos von Closeburn.

»Aber es geht ihm gut, meinem Vetter gleichen Namens«, hatte Kirkpatrick erklärt. »Closeburn und Auchencas und jetzt Torthorwald, dazu Lochmaben, das er für die Bohuns verwaltet.«

Hal hatte herausgehört, wie bitter es klang.

»Wird uns dieser Duncan denn helfen?«, fragte er. Er überlegte, ob ein Mann, der einen König der Balliol unterstützt hatte – und damit einen Comyn –, jetzt Bruce helfen würde. Es kam keine Antwort, und schließlich schlief Hal ein.

Er wachte auf, weil er ein Rascheln und ein leises Grunzen gehört hatte, einen Laut irgendwo zwischen einem erstickten Schrei und einem Röcheln, also blieb er still liegen und lockerte den Dolch unter seiner Tunika. Doch der Rhythmus endete mit einem gemeinsamen Keuchen, dann hörte er jemanden flüstern.

»Ob wir ihn geweckt haben?«

»Nee. Der träumt von seiner verlorenen Liebe und was er machen wird, wenn er sie erst wiederhat.«

Kirkpatrick löste sich von Annie, und im Stillen segnete er Hal und seine Gräfin, denn es war diese Liebesgeschichte, zusammen mit seiner Hand unter ihrem Rock, die sie dazu bewogen hatte, ihre Grundsätze zu vergessen, während sie an der Tür des Kohlenschuppens auf Duncan warteten.

Kirkpatrick hatte nichts von ihren Gefühlen geahnt, von ihrem Verlangen, sich wenigstens etwas von dem zurückzuholen, was ihr in den Jahren der Trennung vorenthalten geblieben war. Durch die Armut, durch die Trauer um Kinder, die bei der Geburt gestorben waren. Aber jetzt war ihm all das klar. Und mit einem Schlag begriff er, was er vor vielen Jahren aufgegeben hatte, geopfert den Versuchungen der großen, weiten Welt mit ihren Möglichkeiten.

Seine Hand wanderte wieder zurück zu ihrer feuchten Spalte, und sie schlug ihm auf den Arm.

»Es reicht«, zischte sie. »Wir haben Glück, dass mein Mann schläft wie ein alter Hund. Aber mehr will ich nicht riskieren. Nie wieder, Roger – das hier war nur zur Erinnerung, der schönen, alten Zeiten wegen.«

Doch der leidenschaftliche Kuss, den sie ihm gab, strafte sie Lügen, hinderte ihn aber daran zu sagen, was er gern gesagt hätte. Doch als jetzt eine Gestalt im Dunkeln auftauchte, vergaß er es.

»Mistress«, sagte der Mann und nickte Annie zu.

»Duncan«, sagte Kirkpatrick.

»Schwarzer Roger«, grüßte der andere.

»Gut«, sagte Hal und trat aus dem dunklen Kohlenschuppen in die klare Nacht hinaus. Der Himmel war mit Sternen übersät, und der Mond schien hell. »Ich bin Hal von Herdmanston, ein Ritter. Jetzt haben wir uns wohl alle vorgestellt.«

Duncan nickte Hal zu und kam etwas näher. Er war groß und kräftig, mit einem dichten schwarzen Bart, den er sich gegen die Kälte hatte wachsen lassen. Er war in einen dicken Umhang gehüllt, wahrscheinlich auch um die Waffen zu verbergen, dachte Hal.

»Ihr geht jetzt besser ins Haus, Mistress«, sagte er zu Annie, »falls Euer Mann Euch vermisst.«

Sie knickste und zögerte kurz, als wollte sie etwas zu Kirkpatrick sagen, doch dann huschte sie davon. Hal ahnte, wie schwer ihr der Abschied fiel, als sie in der Dunkelheit verschwand.

»Du bist ein elender Hurensohn«, sagte Duncan so leise, dass nur Kirkpatrick und Hal es hören konnten. Kirkpatrick fragte ihn, ob er sehr lange in der Kälte gestanden hatte, um ihm und Annie zuzuhören, und spöttisch fügte er hinzu, dass es ihm sehr leidtue, sich auf den Grund und Boden von Torthorwald verirrt zu haben.

Plötzlich stand Duncan so dicht vor ihnen, dass Kirkpatrick seinen warmen Atem im Gesicht spürte.

»Nichol Toller ist ein ehrenwerter Mann, und ehe ihr hier aufgetaucht seid, war Annie eine anständige Frau«, sagte er. »Sie verdienen es nicht, dass ihr hier Unfrieden stiftet.«

»Ihr werdet jetzt einen Schritt zurücktreten«, sagte Hal leise, aber bestimmt. Duncan spürte, wie etwas gegen seine Seite stieß, und sah im Mondlicht etwas aufblitzen.

»Das ist kein guter Anfang für uns«, sagte er, und Hal nickte.

»Dann fangen wir am besten noch mal von vorn an«, sagte er. »Ich bin Sir Hal von Herdmanston. Ihr nennt mich ›Mylord‹ und fragt, was Ihr tun könnt, um uns beiden und Seiner Gnaden, dem König, zu helfen.«

»Welcher König soll das sein?«, fragte Duncan höhnisch.

»Der, von dem Ihr in Zukunft hoffen werdet, dass er Euer Freund ist«, erwiderte Kirkpatrick, der sich von seinem Schrecken erholt hatte. »Nicht der, der mit seinem leeren Mantel nach Frankreich geflohen ist und gar nicht daran denkt zurückzukommen, weil die Adelsversammlung ihn ohnehin hat fallen lassen. Und auch nicht der habgierige Engländer, mit dessen Tod wir endlich frei sein werden – wenn man Merlins Prophezeiung glauben darf. Habt Ihr das begriffen, Duncan?«

»Und warum seid Ihr hier?«

Kirkpatrick grinste und erklärte ausführlich, was sie brauchten – nämlich gute Pferde und Verpflegung für fünf Personen, denn sie hofften, die Burg von Closeburn mit drei Frauen zu verlassen. Duncan war nicht dumm, er sagte, er habe von den Gefangenen gehört, und rieb seinen Bart bei dem Gedanken an dieses Vorhaben.

»Doch das war vor einigen Wochen. Vielleicht sind sie gar nicht mehr da«, warnte er. »Es war ein solches Kommen und Gehen seitdem und oft unter großer Geheimhaltung, wahrscheinlich, um solche Versuche zu verhindern.«

»Aber der Profos von Closeburn spielt mit einem der Gefangenen Schach«, gab Hal zu bedenken. Duncan kniff die Augen zusammen.

»Ihr habt gute Kundschafter«, sagte er nickend. »Er ist tatsächlich ein leidenschaftlicher Schachspieler und hat sich immer beklagt, dass es hier keine guten Spieler gibt. Bis vor Kurzem.«

»Isabel spielt Schach«, erwiderte Hal. »Und Lady Mary Bruce ebenfalls.«

Duncan strich sich den Bart, auf dem sein Atem zu Raureif wurde. Er nickte.

»Fünf Pferde. Hochlandponys, nichts Großartiges – die Zeiten sind vorbei«, sagte er mit Bitterkeit in der Stimme.

»Wie wollt Ihr hineinkommen?«

Kirkpatrick kniff nur ein Auge zu und grinste.

DIE BURG VON BERWICK
ZUR GLEICHEN ZEIT

Isabel überschlug im Geist die Jahre, die ein Mensch braucht, um erwachsen zu werden und schließlich wieder zu altern und zu sterben. Dann dachte sie darüber nach, wie viel Zeit ein Mensch im Bett verbringt, schlafend oder wach, krank oder gesund, fiebernd vor Lust oder mit Albträumen. In ihrer Welt hatte nur Krankheit oder Lust es gerechtfertigt, tagsüber im Bett zu sein – doch dies gehörte eben nicht zu ihrer Welt, das wusste sie.

Schneeweiße Laken, eine Decke aus Zobelfell, drum herum ein wahrer Wasserfall aus rotem Samt, um die Privatsphäre zu schützen, ihr Kopf auf einem Daunenkissen aus feinstem Leinen – sie träumte von den Zeiten auf Balmullo, während sie hier bewegungslos auf schmutzigem Stroh lag. Sie hatte das Bedürfnis, sich zu bewegen, wusste aber, dass ihre Gliedmaßen ihr nicht gehorchen würden. Sie fühlte sich wie ein gefangenes Tier.

Der Raum war nur schwach beleuchtet, und sie sah Menschen kommen und gehen, aber sie konnte weder sprechen noch ihre Augen bewegen. Die unbeschreibliche Panik, die sie anfangs empfunden hatte – ihr hatte das Herz geklopft, als müsse es zerspringen –, hatte sich gelegt. Über den stinkenden Fußboden zog sich ein schwacher Lichtstreifen.

Sie hörte Hammerschläge. Der Käfig. Malise hatte es genossen, ihn ihr auf dem langen Weg von Closeburn in allen Einzelheiten zu schildern. Und als er während der ersten Übernachtung in der Abtei von Devorguilla in Dumfries zu ihr kam, hatte sie das auch nicht weiter überrascht.

Die Abtei der Liebenden nannte man sie, und Isabel war sich der Ironie bewusst. Sie hatte sich gewehrt, und er hatte sie fast bewusstlos geschlagen, dann hatte er sie mit Gewalt genommen. Zum Glück war es schnell vorbei gewesen dieses erste Mal, aber er hatte es seitdem immer wieder getan, mehrmals in jeder Nacht. Sie wusste, es ging ihm ebenso sehr darum, ihr seine Macht über sie zu demonstrieren, als um die Sache selbst.

Malise wäre überrascht gewesen, denn er bildete sich ein, niemand könne ihn durchschauen. Das erste Mal – o Gott, dieses erste Mal, nach den vielen lüsternen Träumen, die er gehabt hatte, hatte er gedacht, er würde vor Lust vergehen, besonders als sie sich wehrte und er sie niederzwang, genau wie er es sich immer vorgestellt hatte. Nackt und hilflos und zitternd lag sie vor ihm.

Auch Isabel wäre sehr überrascht gewesen, wenn sie geahnt hätte, dass der Unflat, der sich über sie ergoss, nicht das Ergebnis seines Hasses war, ganz im Gegenteil – Malise hatte endlich seine große Liebe gefunden. Endlich konnte er alle seine Gedanken und Träume mit ihr ausleben, denn sie gehörte ihm ganz allein. Außer ihm sah sie niemanden.

Er erzählte ihr alles. Alles, worüber er sonst mit niemandem sprechen konnte. Seine grausamen und obszönen Fantasien, die er immer hatte für sich behalten müssen, ergossen sich jetzt über sie.

Wie er Männer und Frauen gefoltert hatte, wie er sie und ihre Kinder umgebracht hatte, alles im Namen ihres Mannes und zum Wohle der Comyns, der Badenochs und der Balliols – aber auch aus eigenem Interesse und aus Lust.

Er kannte sich in der Anatomie aus, merkte sie. Er sprach von bloßliegenden Nerven, von verdrehten oder aufgeschlitzten Muskeln, von abgerissenen Brüsten und grausamem Sex.

Bei einem dieser Gespräche dachte er laut darüber nach, ob er vielleicht erfolgreicher wäre als sein Herr und Meister und sie womöglich von ihm schwanger werden würde. Doch ein solches Geschöpf, meinte er, würde nicht viel taugen.

»Wenn du es im Bauch hast«, sagte er staunend, »bewundert dich jeder dafür, aber in Wirklichkeit ist es doch überhaupt nichts Besonderes. Ich habe mal eine schwangere Frau aufgeschnitten, und es war ein Ding wie ein Frosch, zusammengekrümmt und klebrig, mit einem großen Kopf. Ich hab's den Hunden hingeworfen.«

Als sie den Tweed überquerten und Berwick erreichten, lag sie auf einer Trage und war kaum noch bei Bewusstsein. Der Gefängniswärter, Robert de Blakebourne, warf einen Blick auf sie, schnauzte Malise an und schickte ihn zum Teufel.

Malise befürchtete, er sei zu weit gegangen. Er fing an, seine Fingernägel zu kauen, und benahm sich etwas zurückhaltender, und der Kastellan, ein gutmütiger Mensch, versuchte, ihm die Gewalt über Mylady ganz zu entziehen. Doch das war unmöglich, denn es geschah auf Wunsch des Earls und König Edwards höchstselbst.

Ein Mädchen namens Agnes reichte Isabel in verdünntem Wein aufgeweichtes Brot, und diese war dankbar dafür, denn sie starb vor Durst. Allerdings stahl dieses Mädchen ihr auch ihr letztes Schmuckstück, ein Medaillon mit seinem Haar. Trotzdem hoffte Isabel, Malise würde das Mädchen nicht erwischen, denn das gäbe nur neues Blutvergießen.

Sie fragte sich, wo Malise war. Es war schon zu viel Blut geflossen, und sie wusste, was jetzt mit ihr geschah, war Gottes Strafe für ihre Sünden. Sie versuchte, sich an ihren Namen zu erinnern, brachte aber nichts Zusammenhängendes heraus. Ihr fiel nichts ein außer *Ave Maria, gratia plena* und *Panem nostrum quotidianum da nobis hodie*.

Sie lag im Turmzimmer, wo man die Fensterläden abnahm

und das Fenster zu einer Tür vergrößerte, die zum Käfig führte, der außen an der Mauer hing. Wenn es ihr besser gehe – und es wärmer sei, darauf hatte der Kastellan bestanden –, würde sie in diesem Käfig sitzen müssen, wo man sie den ganzen Tag sehen konnte, obwohl ihr gestattet war, sich »für private Zwecke« zurückzuziehen, wozu sie Malise, ihren Kerkermeister, vorher um Erlaubnis zu fragen hatte.

Blakebourne hatte aus Barmherzigkeit auch dafür gesorgt, dass der Käfig an der zum Hof gewandten Seite des Turmes angebracht wurde, sodass nur die Burgbewohner sie sehen konnten, aber nicht all die Neugierigen, die sonst aus der Stadt herkommen würden, um sie anzugaffen.

Außer den Handwerkern kam niemand. Wenn sie abends gegangen waren und sie allein in der Kälte und Dunkelheit zurückblieb, versuchte sie, so ruhig und gleichmäßig wie möglich zu atmen. Sie fing an, ihre Atemzüge zu zählen – eins, zwei. Ein, aus. Wie lange würde sie noch atmen müssen?

Sie war froh, wenn es dunkel wurde, denn dann konnte sie von Hal träumen und ihr war, als läge sie in der warmen Sonne.

CLOSEBURN VILL, ANNANDALE
AM NÄCHSTEN TAG

Es war ein Tag mit blauem Himmel und weißen Wattewölkchen, doch es war kalt, der Atem stand einem vor dem Gesicht, und die Menschen zogen sich warm an und stampften mit den Füßen. Closeburn war zu klein, um einen richtigen Markt zu haben. Der Handel hier schien sich hauptsächlich auf die Felle der Schafe zu beschränken, die an Michaelis geschlachtet worden waren. Hal, der sich mit dem Geschäft gut auskannte, schätzte, dass die Wolle nach der Frühjahrsschur einen guten Preis erzielen müsste.

Kirkpatrick feilschte und scherzte, er verbreitete gute Laune und verkaufte viel, während Hal ein mürrisches Gesicht machte und versuchte, mit seinen neu besohlten Stiefeln nicht zu tief im Matsch zu versinken. Er hatte ein schlechtes Gewissen, weil Nichol sich noch extra die Mühe gemacht hatte, sie mit Schweinefett wasserdicht zu machen, während Kirkpatrick mit seiner Frau gebumst hatte.

Am Nachmittag bezog sich der Himmel und wurde bleigrau, und es wurde langsam dunkel, aber der Zweck war erfüllt, wie Kirkpatrick zufrieden feststellte. Man hatte zwei Straßenhändler gesehen, die ihre Waren auf dem Markt feilgeboten hatten und jetzt die Gastfreundschaft der Burg in Anspruch nehmen würden, in Christi Namen und gegen ein Bestechungsgeld für den Vogt.

Der Vogt war ein fetter Kerl, der sie argwöhnisch von oben bis unten betrachtete. Sie hatten sich wegen der Kälte Fett ins Gesicht geschmiert, und der Holzkohlestaub hatte ein Übriges getan. Dazu waren ihre Hände mit den schwarzen Fingernägeln in schmutzige Lappen gewickelt.

»Wegen Gottes Barmherzigkeit kann ich euch nicht wegschicken«, brummte er, »aber ihr werdet am Ende der Tafel sitzen und euch einen Teller teilen müssen, ich glaube nicht, dass jemand anderes eure dreckigen Finger in seinem Brei haben will.«

Hal wusste, dass es mehr die Silbermünzen waren als Gottes Barmherzigkeit, dass sie am Tisch des Profos von Closeburn gelandet waren. Kirkpatrick dagegen hoffte, der erwähnte Brei sei nur ein Scherz und nicht etwa ein Hinweis auf die schmale Kost hier.

Die Halle war hell erleuchtet, und Kirkpatrick huschte hinein, leise wie eine Maus, mit gesenktem Kopf. Er behielt sein Bündel dicht neben sich, als er sich hinsetzte und sich unauffällig umsah. Hal warf sein Bündel in eine Ecke und setzte sich neben Kirkpatrick auf die Bank, dann tauschten sie sich wortlos über ihre Beobachtungen aus.

Am Kopf der Tafel standen leere, reich verzierte Stühle. Hal machte Kirkpatrick mit einem Rippenstoß darauf aufmerksam, dass der Profos von Closeburn gar nicht anwesend war.

»Der spielt Schach«, flüsterte er.

Kirkpatrick musterte die Gesichter, erleichtert, weil er einige davon flüchtig kannte, die ihn selbst aber in seiner Aufmachung nicht erkennen würden. Er hatte sich wegen der Frauen in Closeburn einige Sorgen gemacht, sich aber dann – mit Recht, wie sich herausstellte – gesagt, dass die Burg so mit Soldaten überfüllt war, dass sie sich alle nach Auchencas abgesetzt hatten, um ihre Ruhe zu haben.

Die meisten Männer am unteren Ende der Tafel waren Soldaten oder Reisende wie sie selbst. Eine Handvoll Wollhändler aus Italien, ein Mönch und ein Haufen wild aussehender Kerle, die vermutlich nicht auf der Durchreise, sondern hier stationiert waren.

Am Kopf der Tafel saßen nur drei Personen, einer von ihnen ein Ritter des Johanniterordens, dunkel und unheimlich in seinem schwarzen Mantel mit dem weißen Kreuz. Kirkpatrick kannte keinen von ihnen und stieß jetzt Hal an.

»Der Hagere mit dem feschen Bärtchen«, flüsterte Hal. »Das ist das Wappen der Fitzwalters – der Halbmond darauf bedeutet, dass er ein zweiter Sohn ist.«

»Ich glaube, es gibt da einen John, der nicht Geistlicher geworden ist«, überlegte Kirkpatrick leise. »Die Fitzwalters gehören alle zum Gefolge von König Edwards Sohn, dem Caernarvon. Das erklärt, warum sie hier sind. Und was ist mit dem anderen, dem Jüngeren?«

Er kniff die Augen zusammen, als das Treiben in der Halle langsam lebhafter wurde. Ein Diener brachte dampfende Schüsseln und knallte sie missmutig auf die Tafel, wahrscheinlich hielt er sich für etwas Besseres als die, die er bedienen musste.

Hal studierte das Wappen und runzelte die Stirn. »Auch wieder ein Halbmond. Ich kenne das Wappen, aber es sollten drei silberne Tonnen auf rotem Grund sein, nicht Schwarz auf Gold – das ist das Wappen des Ross-Clans.«

»Ah«, sagte Kirkpatrick, er löffelte gerade die Suppe, die überraschend gut war. »Das ist der Zweig aus Wark, nicht der aus Tain. Aber es läuft immer auf dasselbe hinaus – wo ein Ross ist, da hat er auch Gefangene.«

Hals Herz machte einen Freudensprung. Natürlich! Der Ross-Clan besaß auch Ländereien in England, bei Wark am Tyne, also war dieser Sprössling gekommen, um Isabel und die anderen nach Süden zu bringen. Der Gedanke beflügelte ihn, fast wäre er aufgesprungen und losgerannt, um sie zu suchen. Eine nasse Hundenase schnupperte an ihm, und er blickte unter den Tisch.

Es war ein rauhaariger Talbot, und bei dem Geruch nach Flohkraut, mit dem man sein Fell eingerieben hatte, kam die Erinnerung an den Hundejungen in Hal so schmerzlich hoch, dass er den Kopf senken musste, damit niemand seine Tränen sah. Er würde den Jungen, genau wie Herdmanston, nie wiedersehen, so viel stand fest. Wenn Isabel erst einmal gerettet war, würden sie zusammen dieses grauenvolle Land verlassen …

In der Halle verbreitete sich Unruhe, am Kopf der Tafel hatte man nach Unterhaltung gerufen. Man verlangte, dass alle Reisenden, die hier beherbergt wurden, sich mit irgendeiner Darbietung revanchieren sollten. Der Mönch hatte bereits angefangen, mit seiner überraschend schönen, wenn auch nicht ganz sicheren Stimme zu singen, und alles schlug im Takt dazu auf die Tischplatte. Dann ergriffen die Wollhändler das Wort und boten mit unterschiedlichem Erfolg Witze, Lieder und verschiedene Kunststücke dar. Hal zog den Kopf ein, weil er bald an der Reihe sein würde.

Da stand der junge Ross auf und deutete mit seinem Tischmesser auf Kirkpatrick.

»He, was ist mit dem da – der Affe, am Ende der Tafel?«

Alles lachte, und Kirkpatrick sprang sofort auf und verbeugte sich. Dann schob er den Unterkiefer vor, machte die Arme lang und kratzte sich, genau wie der Affe, mit dem man ihn verglichen hatte. Er erntete brüllendes Gelächter, und aus dem Mundwinkel zischte er Hal zu: »Lokus. Such sie.«

Hal schlüpfte hinter dem Tisch hervor und hielt sich den Bauch, und die wenigen, die es überhaupt bemerkten, lachten spöttisch. Kirkpatrick fuhr mit seinen Narreteien fort. Er nahm den Teller, das Messer und schließlich sogar den Holzlöffel des Priesters und jonglierte damit. Dann verbeugte er sich, während alles begeistert auf die Tischplatte schlug.

Der Priester nahm seinen Löffel wieder an sich und sah ihn angeekelt an, weil er ihn für schmutzig hielt. Kirkpatrick verbeugte sich wie ein vollendeter Höfling und entschuldigte sich.

»Du solltest denken, ehe du handelst, mein Sohn«, flötete der Mönch fromm.

»Was das anbetrifft, ehrwürdiger Vater, muss ich sagen, dass die Schuld bei Gott liegt«, erwiderte Kirkpatrick schlagfertig. »Denn er gab Adam einen Kopf zum Denken und einen kräftigen Schwanz – aber leider nicht die Fähigkeit, beides gleichzeitig zu benutzen.«

Das Gelächter wollte kein Ende nehmen und wurde durch das empörte Gesicht des Mönchs nur noch weiter angeheizt.

»Sehr gut«, erklärte der Ritter der Johanniter auf Französisch. »Habt Ihr noch weitere Kunststücke auf Lager? Ihr seid ja schwarz wie ein *saracin*.«

»Keine so guten wie die, die Ihr in ihrer eigenen Sprache gerade als ›Räuber‹ bezeichnet habt«, erwiderte Kirkpatrick fließend auf Englisch und sah, wie sich Fitzwalters Augenbrauen misstrauisch zusammenzogen. Gut, dachte er bitter, soll er ruhig wissen, dass ich sowohl Französisch als auch diese Heidensprache verstehe und nicht der Tölpel bin, für den er mich hält.

In diesem Moment hatte er einen Einfall.

»Ich kann allerdings sagen, wo Ihr herkommt«, fuhr er fort, und der Ritter runzelte einen Moment die Stirn, doch dann zuckte er die Schultern.

»Na gut, sprecht.«

»Lasst es mich wissen, wenn ich falsch liege«, sagte Kirkpatrick. »Aus … Carlisle.«

Höhnisches Gelächter, denn das war kaum eine Meisterleistung, da jeder, der durch Closeburn kam, entweder von dort kam oder dorthin wollte.

»Und davor – York«, fügte Kirkpatrick hinzu, und es entstand ein Gemurmel, als der Ritter stumm blieb. »Und davor …«

Er wartete, und alles war gespannt.

»… aus London.«

Alles lachte. Wenn York richtig war, dann war es nicht sehr schwer, auf London zu tippen.

»Und davor«, fuhr Kirkpatrick fort, »Brügge.«

Der Ritter ballte seine Fäuste, die zu beiden Seiten seines Tellers auf der Tischplatte lagen, bis seine Knöchel weiß wurden, und unter den Umsitzenden erhob sich ein leises Gemurmel, aber die meisten applaudierten wild.

»Und davor … Genua«, fuhr Kirkpatrick unbeeindruckt fort, und jetzt beugte sich der Ritter vor, wütend wie ein Hund an der Leine.

»Und davor«, verkündete Kirkpatrick mit eleganter Verbeugung, »Zypern.«

Der Ritter stand auf und stieß heftig seinen Stuhl zurück, sein Gesicht verkündete nichts Gutes.

»Heidnischer Zauber«, brüllte er. »Ketzerei …«

»Um Himmels willen, Sir Oristin, setzt Euch!«

Es war Fitzwalter, der abwehrend die Hand gehoben hatte und den Kopf schüttelte. Der Johanniter setzte sich wieder und sah finster den grinsenden Fitzwalter an, der sich anerkennend an Kirkpatrick wandte und die Augen zusammenkniff.

»Gut gemacht«, sagte er. »Und jetzt erklärt uns Euren Trick. Ich hoffe, Ihr könnt es, denn dieser Bruder in Christo hier sieht schon den Scheiterhaufen lodern.«

Es wurde still in der Halle, selbst die Betrunkenen bekamen einen trockenen Mund – obwohl Kirkpatrick die Einnahmen eines ganzen Tages darauf gesetzt hätte, dass der eine oder andere einen brennenden Ketzer als Abschluss auch äußerst unterhaltsam gefunden hätte.

»Kein Zauber«, sagte er leichthin und breitete die Hände aus. »Carlisle ist einfach. Dafür braucht man keine Zauberformel. Und die Chance war zwei zu eins, dass der Lord von dort kam und nicht auf dem Weg dahin war.«

Bei seiner Selbstsicherheit ließ die Spannung etwas nach. Ein Soldat, der betrunkener war als die anderen, kicherte und wurde von seinem Nachbarn zum Schweigen gebracht.

»Als Carlisle feststand, war es leicht, auf York zu kommen, denn dort ist ein Ordensamt der Johanniter«, fuhr Kirkpatrick fort und nickte dem Ritter respektvoll zu. »Ein guter, frommer Ordensritter würde um Erlaubnis bitten, ehe er sich viele Nächte von seinem Orden entfernt, und seine Seele Gott anempfehlen, ehe er weiterreist.«

Jetzt war der Ritter versöhnt, merkte Kirkpatrick. Fitzwalter nickte und strich sich über den dünn ausrasierten Bart.

»London ist offensichtlich, denn das ist das erste Ziel aller Reisenden, die von den Häfen der Südküste kommen«, fuhr Kirkpatrick fort und machte eine Pause, wobei zum Teil der Schauspieler in ihm durchkam, doch andererseits kam jetzt der schwierige Teil.

»Brügge«, sagte er langsam, denn das war nicht einfach zu erklären, »weil man damit Paris und einen Großteil von Frankreich vermeidet, was jetzt ein unzufriedenes Land ist, dank König Philipp dem Schönen. Man könnte es auch ungerecht nennen, wenn man ein Templer oder ein Jude ist.«

Die Anwesenden lachten – hauptsächlich die italienischen Wollhändler, denen die Machenschaften des französischen Königs gegen die Templer bekannt waren, außerdem hatte er alle Juden verbannt, um sich ihre Besitztümer anzueignen. Trotzdem, niemand hatte dazu viel zu sagen, denn schließlich machte der französische König auch nichts anderes als der englische König, und zwar aus demselben Grund.

»In der Tat«, sagte Fitzwalter nachdenklich. »So weit, so gut. Sir Oristin wollte sich in der Tat die … Peinlichkeit … ersparen, zusammen mit armen Tempelrittern in einem Land gesehen zu werden, in dem bereits Kreuzzüge gegen heidnische Juden stattfinden.«

Er wandte sich an den Johanniter.

»Hat er bisher richtig geraten?«

Der Ritter, der nicht sehr stolz auf seine Feigheit war, nickte widerwillig.

»Aber wie wusste er überhaupt, dass ich aus dem Ausland kam?«, fragte er mit düsterer Stimme. »Ganz zu schweigen von Genua.«

Kirkpatrick zuckte die Schultern. »Ihr wurdet nicht so dunkel geboren«, sagte er lachend, um die Antwort abzumildern, »die Sonne hat Euch gebräunt, aber das wäre hierzulande nicht möglich. Und Genua ist der erste übliche Anlaufplatz für jeden, der aus Zypern kommt« – Kirkpatrick machte eine elegante Handbewegung –, »wo die Ritter des Johanniterordens ihre größten Ordenshäuser haben, seit sie nicht mehr im Heiligen Land sind.«

Allgemeines Gelächter. Es klang befreit, fand Kirkpatrick. Der junge Ross von Wark sah Kirkpatrick argwöhnisch an.

»Für einen Straßenhändler seid Ihr gut informiert«, sagte er, und Kirkpatrick strahlte ihn an.

»Ich verdiene durch Neuigkeiten und das Kombinieren von Zusammenhängen genauso viel wie mit meinen Bändern und Nähnadeln«, erwiderte er, und die, die das Geschäft kannten, nickten zustimmend. Kirkpatrick, der Hal Zeit verschaffen musste, heizte das Thema weiter an.

»Und durch dieses Kombinieren kann ich auch erraten – wenn der kühne Ritter der Johanniter es gestattet –, warum er hier in Closeburn ist.«

Fitzwalters Augenbrauen schossen in die Höhe, und der Ritter rutschte unruhig auf seinem Stuhl herum.

»Nun«, erklärte Fitzwalter listig, »das ist doch alles sehr unterhaltsam. Was sagt Ihr, Sir Oristin? Darf er Eure Geheimnisse hervorzaubern?«

»Kombinationsgabe, keine Zauberei«, berichtigte Kirkpatrick sofort, und Fitzwalter nahm es mit einer angedeuteten Verbeugung zur Kenntnis, während die Anwesenden die Köpfe wiegten. Einige ahnten, dass dieser Händler ein gefährliches Spiel spielte. Ganz klar, der Ritter war nicht glücklich über diese Aussicht, aber er konnte es Fitzwalter gegenüber nicht zugeben, also nickte er schließlich. Es wurde still, und alles wartete gespannt.

»Euer Ordenshaus in diesem Königreich ist Torphichen«, erklärte Kirkpatrick, »und das ist weit von hier – doch Ihr könntet schon dort sein, wenn Ihr direkt von York dorthin gereist wärt. Doch das habt Ihr nicht getan, und dafür werdet Ihr bestraft werden – also muss es einen wichtigen Grund geben, dass Ihr hier seid.«

Der Johanniter erstarrte.

»Eine edle Dame vielleicht?«, rief ein betrunkener Soldat, und der zölibatäre Ritter war schon aufgesprungen und blickte wild um sich, wer sich diese Ungeheuerlichkeit erlaubt hatte, doch der junge Ross beruhigte ihn, und er setzte sich wieder hin.

»Keine Dame, und auch nicht um des persönlichen Vorteils willen«, sagte Kirkpatrick langsam, als denke er nach – doch das hatte er schon längst getan. »Also sucht Ihr etwas. Vielleicht … den Heiligen Gral.«

Der Ritter schien erleichtert und die Zuhörer applaudierten, weil sie glaubten, er habe richtig geraten. Der eine oder andere rief aus »Gelobt sei Gott!«, und die übliche Antwort lief rund um die Tafel.

»Allerdings …« – kam es von Kirkpatrick, und wie ein Glockenschlag hing es eine Weile im Raum – »allerdings der Gral ist schon seit vielen Hundert Jahren verloren. Es heißt, die Templer hätten ihn. Und sie streiten es auch nicht ab, also gibt es heutzutage nur noch selten Ritter, die ihn suchen, und die Johanniter dürfen ihn auch gar nicht suchen, weil es als Sünde des Stolzes gilt.«

»Stimmt«, bestätigte Fitzwalter. »Also – deshalb wurde in Closeburn bisher auch kein Gral gefunden.«

Kirkpatrick hob seine schmutzige, noch immer umwickelte Hand, um das Gelächter zu unterbrechen.

»Es gibt noch andere Gründe, weshalb ein Ritter des Johanniterordens unterwegs ist«, fuhr er fort, »aber fast immer ist es wegen einer Angelegenheit des Ordens.«

»Die auch Angelegenheit des Ordens bleiben soll«, knurrte der Ritter warnend.

»Soll es auch«, antwortete Kirkpatrick leise. »Doch hier handelt es sich nicht um eine Ordenssache.«

»Ihr wagt es …«

»Lasst ihn sprechen«, befahl Fitzwalter, und seine Stimme klang so streng, dass der Johanniter ihn seinerseits drohend ansah.

»Eure Angelegenheit mit dem Orden betrifft Torphichen«, fuhr Kirkpatrick fort, während die beiden Ritter sich weiterhin anfunkelten, bis der Johanniter schließlich den Blick senkte. »Ihr seid ein erklärter und frommer und loyaler Ritter des Ordens des heiligen Johannes.«

»Das bin ich«, brummte der Ritter, »und Ihr tätet gut daran, das zu bedenken.«

»Ihr seid darüber hinaus Sir Oristin Del Ard«, fuhr Kirkpatrick fort, »denn das Wappen Eures Hauses findet sich auf dem Griff Eures schönen Tischmessers dort. Was Euer Orden natürlich nicht erlaubt, weil das eine Sünde ist, des Stolzes und der Habsucht und zweifellos noch ein paar anderen. Doch es ist verzeihlich – und damit seid Ihr nicht allein.«

Der Ritter glich jetzt einer zusammengerollten Schlange, die jeden Augenblick zustoßen würde.

»Die Del Ards sind im Gefolge des Earls von Ross im Norden«, fügte Kirkpatrick hinzu, dann machte er eine Handbewegung zu dem jungen Mann, der mit finsterem Gesicht auf der anderen Seite des Ritters saß. »Und dort ist ein Verwandter Eures Lehnsherrn, aus Wark. Zweifellos wird er die Nachricht sehr begrüßen, die Ihr für ihn habt, ehe Ihr sie in Torphichen überbringt.«

Jetzt waren beide Ritter aufgesprungen und verlangten zornig, dass er aufhöre. Fitzwalter schlug mit der Faust auf den Tisch, bis der Lärm sich gelegt hatte, und der junge Ross und der Johanniter setzten sich widerwillig wieder hin.

»Nun ja«, sagte Fitzwalter mit einem schmallippigen Lächeln. »Das war unterhaltamer, als wir erwartet hatten. Ich bin sicher, die beiden Herren hier sind froh, dass es vorbei ist, ehe der restliche Inhalt ihrer edlen Köpfe vor uns ausgebreitet wird.«

Die Zuhörer lachten und fingen an, sich leise zu unterhalten. Kirkpatrick war nicht überrascht, als Fitzwalter einen Mann schickte, der ihm ein paar Münzen überreichte – es war wesentlich mehr, als er für seine Darbietung verdient hatte. Er will wissen, welche Nachricht der Johanniter dem Ross-Clan bringt, dachte er, aber er wird enttäuscht sein, denn ich werde es ihm nicht sagen.

Kirkpatrick war sich fast sicher, dass die Ritter des Johanniter-Ordens einen Angriff auf das heidnische Rhodos planten – aber wenn er das preisgeben würde, würde er damit verraten, dass er Kreisen nahestand, die nicht zu seiner Verkleidung passten. Jedenfalls war in den stillen Nächten bei Bruce darüber gesprochen worden, unter den Brüdern und ein paar weiteren Vertrauten. Sie wollten es einerseits, weil die Johanniter ein neues Hauptquartier brauchten, wo sie nicht von den Launen des Hauses Lusignan abhingen, denen Zypern gehörte. Andererseits würde ein solcher Angriff dem Papst zeigen, dass sie, im Gegensatz zu den Templern, immer noch in der Lage waren, etwas gegen die Heiden zu unternehmen.

Es wäre für den Ross-Clan von finanziellem Vorteil zu wissen, wann und wo das passieren sollte, denn sie hatten Handelsbeziehungen mit Zypern.

»Und was macht Euer Gefährte?«, fragte der junge Ross mit lauter Stimme über das übrige Geschwätz hinweg. »Hat er auch einen so scharfen Verstand wie Ihr?«

»Ganz im Gegenteil, Mylord«, sagte Kirkpatrick, der aufgestanden war und sich respektvoll verbeugte. »Er hat nicht mal genug Verstand, um zu wissen, dass man kein Wasser aus zweifelhaften Bächen trinkt, was jetzt der Grund für sein Bauchgrimmen ist. Meine selige Mutter sagte immer: Trink niemals Wasser, wenn du Dünnbier trinken kannst.«

Wieder erntete er Gelächter, aber Kirkpatrick geriet jetzt ins Schwitzen, weil man Hals Abwesenheit bemerkt hatte. Doch er hatte schon einen anderen Plan.

»Nun, eigentlich kenne ich den Mann kaum«, fuhr er fort. »Ich habe ihn vor zwei Tagen auf der Straße getroffen, und wir blieben zusammen, weil es sicherer ist.«

»Ach so«, murmelte Fitzwalter nachdenklich, aber Ross von Wark stieß es noch immer sauer auf, dass er offenbar durchschaut war, und er wollte diesen neunmalklugen Marktschreier vorführen.

»Und ich kombiniere«, sagte er triumphierend, »dass Ihr ein Lautenspieler seid, weil Ihr jeden Finger einzeln mit diesen schmutzigen Lappen umwickelt habt. So könnt Ihr trotzdem die Saiten zupfen.«

»Ein guter Bogenschütze macht dasselbe«, gab Kirkpatrick zurück, aber Ross tat es mit einer ungeduldigen Bewegung ab.

»Ihr habt nie ernsthaft mit einem Bogen geschossen«, sagte er verächtlich.

»Man braucht auch bewegliche Finger, um Schlösser aufzubrechen«, sagte Fitzwalter. »Oder wenn man ein Taschendieb ist.«

»Der Himmel bewahre«, erwiderte Kirkpatrick und bekreuzigte sich. Er hoffte, niemand würde darauf kommen, dass ein Mann mit einem Dolch ebenfalls bewegliche Finger braucht. Er lächelte.

»Oder wenn man als kleiner Straßenhändler Nähnadeln aus einem Päckchen fummeln muss«, fügte er hinzu, und Fitzwalter nahm es lächelnd zu Kenntnis, während die anderen am Tisch lachten.

»Eure kombinatorische Vernunft ist noch nicht ganz ausgereift«, sagte Fitzwalter zu dem schmollenden jungen Ross. »Euer Händler hier wickelt seine Finger ein, um sein Glück zu bewahren. Schade – mir wäre ein guter Lautenspieler sehr willkommen gewesen.«

»Vernunft und Glück sind schon immer Rivalen gewesen«, erklärte Kirkpatrick, während der Duft der Speisen seine Nase kitzelte und seinen Magen knurren ließ. »Davon weiß ich eine Geschichte zu erzählen, wenn Eure Lordschaft sie hören möchte – und wenn Ihr mir vielleicht als Ansporn etwas von Eurem Braten zukommen lassen würdet?«

»Eine Geschichte? Sehr gut. Küchenmeister, Ihr habt doch sicher Hammelfleisch, das genügend abgehangen und jetzt gebraten ist – es müsste seit Martini gehangen haben, nach diesen Wollhändlern hier zu gehen. Ich erwarte es auf meinem eigenen Teller, und ich bin sicher, Ihr habt auch noch ein Stück für diesen Mann.«

Der Küchenmeister brachte ein Lächeln zustande und verbeugte sich gehorsam. In der Halle wurde es still, alle blickten zu Kirkpatrick, der tief Luft holte.

»Die Vernunft und das Glück stritten einst miteinander, wer der Wichtigere von ihnen sei. Das Glück erklärte, dass derjenige, der mehr ausrichten könne, der bessere sei. ›Siehst du diesen pflügenden Jungen dort?‹, sagte es zur Vernunft. ›Fahre in ihn hinein, und wenn es ihm mit dir besser geht als mit mir, werde ich dir Platz machen, wann immer wir uns begegnen.‹ Also fuhr die Vernunft in den Jungen.

Als der Junge die Vernunft spürte, dachte er: ›Warum sollte ich mein ganzes Leben Felder pflügen? Ich könnte auch woanders glücklich werden.‹ Dann ging er heim und erzählte es seinem Vater, der ihn prompt für seine Frechheit und Dummheit verprügelte, denn Leibeigene sind an das Land gebunden und dürfen nicht einfach ziehen, wohin sie wollen.«

»Und mit gutem Grund«, unterbrach der Mönch, doch sofort merkte er, was er gesagt hatte, er wurde rot und alles lachte.

Gut, gut, dachte Kirkpatrick, der abwartete, bis sich die Männer wieder beruhigt hatten. Jetzt haben sie den Lord von Herdmanston vergessen. Ich hoffe nur, er nutzt seine Chance.

Nachdem Hal hinausgegangen war, nahm er die ausgetretene Wendeltreppe nach oben, denn alle Aborte waren oben, und außerdem war ein Diener in der Nähe, der ihn auf dem oberen Treppenabsatz sehen konnte. Eigentlich wollte er nach unten gehen, denn Gefangene befanden sich eher im Keller – aber es war ja möglich, dass der Schach spielende Profos von Closeburn seine Springer und Bauern nicht im Keller herumschieben würde, sondern eher in seinem bequemen Privatgemach. Mit Isabel.

Er stieg hoch und erreichte den nächsten Stock. Links oder rechts? Er ging nach rechts, den gefliesten Gang entlang, der so eng war, dass er Mühe hatte, nicht an die Wandleuchter zu stoßen. Gut beleuchtet, dachte er und griff nach seinem versteckten Dolch – dann ließ er ihn wieder los, als sei er gestochen worden.

Dummheit. Sobald er erst die Klinge zog, waren sie verloren …

Vorsichtig ging er um eine Ecke – dies war der Wohnturm von Closeburn, viereckig und solide wie ein Steinklotz – und traf auf einen überraschten Diener, die Hände voll mit Schüsseln und einer Messingkanne. Speisen und Wein, stellte Hal fest, für die, die hinter dieser Tür saßen, die weit genug offen stand, dass goldenes Licht herausfiel – kostbares goldenes Licht von Wachskerzen, das den Helm der Wache aufblitzen ließ.

»Wer … was im Namen Gottes habt Ihr hier zu suchen?«

Der Diener schien erstaunt und sah ihn empört an. Hal hielt sich stöhnend den Bauch.

»Dort entlang, Dummkopf«, erklärte der Diener und deutete mit dem Kinn in die Richtung, aus der Hal gekommen war. »Und wehe, Ihr schafft es nicht und beschmutzt den Fußboden.«

Gehorsam drehte Hal um und rannte los, seine Gedanken rasten, denn er war sicher, dass er die Gemächer des Burgherrn gefunden hatte. Er hörte, wie hinter ihm der Diener die Wache aufforderte, Hal zu folgen und ihn im Auge zu behalten. Der Wachmann jedoch bestand darauf, auf seinem Platz zu bleiben wie befohlen.

Hal kam zu der Wendeltreppe und ging wieder nach unten in das Geschoss, wo die Halle war. Er blieb einen Moment stehen, um sicherzugehen, dass der Diener ihn nicht mehr sehen konnte, dann rannte er weiter nach unten. Merkwürdigerweise hörte er nur Kirkpatricks Stimme, aber er wusste nicht, warum dieser – wenn er richtig hörte – ausgerechnet über einen Pflüger sprach.

»Der junge Pflüger, der Tam hieß«, erzählte Kirkpatrick seinen gebannt lauschenden Zuhörern, »lief davon, er dachte gar nicht darüber nach, welches Unglück er damit über seinen Vater und seine Brüder brachte, die ihrem Lehnsherrn dafür eine Entschädigung zahlen mussten. Tam ging in die nächste Stadt, denn er wusste, wenn man ein Jahr und einen Tag unerkannt in einer Stadt leben kann, entgeht man der Strafe dafür, dass man Gottes Plan missachtet hat.«

Kirkpatrick unterbrach sich, um den Edlen Zeit zu geben, missbilligend den Kopf zu schütteln und mit der Zunge zu schnalzen.

»Unter falschem Namen verschaffte er sich Arbeit in der Burg, obwohl es die niedrigste Arbeit von allen war – er musste die Latrinen ausleeren und war jeden Tag von Kopf bis Fuß mit Scheiße verdreckt. Aber er wurde gut dafür bezahlt – er bekam so viel wie ein guter Armbrustschütze.«

Die Armbrustschützen unter den Zuhörern ließen das Gejohle ihrer Kameraden gutmütig über sich ergehen, obwohl es einiger scharfer Worte vom Kopf der Tafel bedurfte, um ein paar stark Betrunkene wieder zur Ordnung zu rufen. Kirkpatrick wartete geduldig. Er zählte im Geist die Sekunden und hoffte, dass Hal sie gut nutzte. Der Schweiß lief ihm in kalten Bächen über den Rücken und sammelte sich am Gürtel.

»In der Burg hatte es noch nie so gut gerochen wie jetzt, da Tam die Gruben ausleerte, und der Earl erklärte, es sei ja jetzt direkt ein Vergnügen, auf den Abort zu gehen, und er hoffe, diese wohlriechende Neuerung würde seine Tochter ebenfalls freuen. Sie war eine reife Schönheit und hatte ganze Truhen voller Schätze – aber sie hatte mit neun Jahren aufgehört zu sprechen und seitdem keinen Laut mehr von sich gegeben. Und keiner wusste, warum.«

Die Soldaten wurden aufmerksamer, schöne junge Mädchen mit Schatztruhen versprachen eine gute Geschichte, und Kirkpatrick – der das wusste und sein wohlklingendes Englisch des Südens dem Dialekt des Nordens angepasst hatte, wo die meisten der Männer herkamen – sah, dass Fitzwalter es ebenfalls gemerkt hatte und sich nachdenklich den Bart strich.

Das ist ein schlauer Fuchs, der da, dachte Kirkpatrick. Er hoffte inständig – Gott helfe uns –, dass Hal wusste, wo er war. Ein falscher Schritt und unsere Köpfe stecken an irgendeinem Stadttor auf der Stange.

Hal hatte keine Ahnung, wo er war, außer dass er sich in den dunklen Kellergewölben befand, einem Labyrinth von Räumen, die meisten leer. Er wusste, dass die Küche auf der anderen Seite der Halle sein musste, und schloss daraus, dass diese Keller geräumt worden waren, um Gefangene aufzunehmen, aber die Türen der meisten waren fest verschlossen.

Plötzlich hörte er im Halbdunkel das Rasseln eines Schlüsselbundes, er sah einen rotgoldenen Lichtschein. Hal erstarrte, er war gefangen. Er hielt sich den Bauch und verfiel wieder in das schmerzliche Gewimmer, mit dem er bisher gut gefahren war, sodass Dixon ihn anstarrte und seine bläuliche Unterlippe vor Überraschung bebte.

»Lokus«, stöhnte Hal, und Dixon runzelte die Stirn.

»Einen Abort in einem Kellergewölbe?«, brummte er. »Bist du schwachsinnig? Geh nach oben, du Dummkopf. Jetzt geh schon …«

Er schwang die einzige Waffe, die er hatte, die schweren Schlüssel, und erwischte Hal an der Schulter, der schmerzlich zusammenzuckte. Er rannte wieder die Treppe hoch, wo er gerade vernahm, wie ein betrübter Earl seine Tochter zum Sprechen bringen wollte.

»Der Earl verkündete, wer seine Tochter wieder zum Sprechen bringe, sollte sie zur Frau bekommen«, erzählte Kirkpatrick. »Viele kluge Edelleute aus dem ganzen Land bemühten sich – aber das schöne Mädchen blieb stumm.«

»Was für ein Segen«, rief einer der Soldaten aus. »Die perfekte Frau …«

Das Gelächter gab Hal Gelegenheit, wieder in die Halle zu huschen, aber Kirkpatrick sah, wie Fitzwalter ihn anstarrte, und als Hal wieder am Tisch saß, wusste er, dass seine Rückkehr bemerkt worden war.

»Eines Tages war Tam gerade wieder dabei, die Grube unter dem Abort leer zu schaufeln, als die Tochter des Earls vorbeikam, sie lief bald hierhin, bald dorthin mit ihrem kleinen Hund, der ein kluges Tier war und auch ohne Worte wusste, was seine Herrin wollte. Also fing Tam an, zu dem Hund zu sprechen: Ich habe gehört, dass du ein kluger Hund bist, und ich brauche deinen Rat. Wir waren drei Reisende – ein Holzschnitzer, ein Schneider und ich, und wir zogen zusammen durchs Land. Als wir ein Lager für die Nacht aufschlugen, übernahm der Holzschnitzer die erste Wache, und weil er nichts anderes zu tun hatte, nahm er ein Stück Holz und schnitzte daraus ein kleines Mädchen. Dann weckte er den Schneider. Der Schneider sah das hölzerne Mädchen, er nahm Schere, Nadel und Faden und nähte ihm ein Kleid, das er ihm anzog. Dann war ich an der Reihe zu wachen – und ich brachte ihm das Sprechen bei, sodass es lebendig wurde. Am Morgen, als alle wach waren, wollte jeder das Mädchen haben. Der Holzschnitzer sagte: ›Ich habe es gemacht.‹ Der Schneider sagte: ›Ich habe es angezogen.‹ Aber ich wollte das Mädchen auch haben. ›Sag mir, du kluger kleiner Hund, wer sollte das Mädchen bekommen?‹ Und Tam wartete und legte den Kopf zur Seite, als erwartete er tatsächlich eine vernünftige Antwort von dem Hund.«

Es wurde still in der Halle, weil alle über das Problem nachdachten. Kirkpatrick merkte, dass Hal anscheinend Schmerzen hatte, er warf einen Blick auf ihn herab und sah, dass er eine Schulter rieb, und wurde unruhig bei dem Gedanken, was das zu bedeuten hatte.

»Und?«, fragte der junge Ross ungeduldig, und Kirkpatrick musste sich schnell wieder auf seine Geschichte konzentrieren.

»Nun ja«, sagte er und breitete die Hände aus, »natürlich sprach der kleine Hund nicht – aber die Tochter des Earls tat es.

›Ihr solltet es haben, wer sonst?‹, sagte sie bissig. ›Was ist schon ein Mädchen, das von einem Holzschnitzer stammt? Was ist das Kleid des Schneiders, wenn es nicht sprechen kann? Du gabst ihr das beste Geschenk – Leben und Sprache –, also solltest du das Mädchen haben.‹«

Es folgte lautes Gelächter, denn alle wussten, dass Tam, der Latrinenleerer, gewonnen hatte.

»Damit war natürlich der Fuchs im Hühnerhaus«, sprach Kirkpatrick weiter, der jetzt schwitzte. »›Also habt Ihr es für Euch selbst auch entschieden‹, sagte Tam zur Tochter des Earls. ›Ich gab Euch Sprache und Leben, also sollt Ihr mein sein.‹ Man kann sich denken, dass der Earl andere Vorstellungen hatte, als dass sein kostbares Töchterlein einen mit Scheiße verdreckten Mann heiraten würde. Er bot ihm eine andere reiche Belohnung, aber Tam hatte ja Verstand, er bestand darauf, dass das Wort eines Earls in seinem Land Gesetz sei, und wenn der Earl wolle, dass seine Leute sich gesetzestreu verhielten, dann müsse er es auch tun. Der Earl müsse ihm seine Tochter geben.«

»Das nimmt kein gutes Ende«, sagte der Mönch düster, doch die Zuhörer brachten ihn zum Schweigen. Kirkpatrick nickte ihm zu.

»Ihr habt recht«, sagte er, »denn der Earl verkündete, Tam solle wegen seiner Unverschämtheit den Kopf verlieren, und der arme Junge wurde gefesselt und zum Schafott geführt. Der beste Scharfrichter wurde gerufen, der spuckte in die Hände und hob die Axt.«

Kirkpatrick machte eine Kunstpause und wurde mit atemloser Stille belohnt.

»Das Glück mischte sich ein. ›Verlasse ihn sofort‹, sagte sie zum Verstand. ›Sieh dir an, in welche Situation du den Jungen gebracht hast.‹ Und jetzt schlüpfte das Glück in den Jungen, der Scharfrichter schwang die Axt – und der Stiel brach ab. Ehe er eine neue Axt holen konnte, hatte die Tochter des Earls ihren

Vater angefleht, den Jungen zu begnadigen, sie würde ihn heiraten. Nun, und es gab eine prächtige Hochzeit«, schloss Kirkpatrick, »zu der alle eingeladen waren, sogar der Verstand. Die meisten kamen auch, aber da der Verstand wusste, dass er das Glück dort antreffen würde, lief er davon. Und so bleibt es bis auf den heutigen Tag – wenn der Verstand das Glück trifft, dann tritt er zur Seite und lässt dem Glück den Vortritt.«

Es folgte lauter Applaus und viel Gelächter. Fitzwalter winkte dem Küchenmeister und ließ den beiden Straßenhändlern Braten vorsetzen, während die Diskussionen über Glück und Verstand in der Halle fortgesetzt wurden.

»Was sollte das denn alles?«, zischte Hal mit gesenktem Kopf, als konzentriere er sich völlig auf sein Essen.

»Ablenkungsmanöver«, sagte Kirkpatrick grimmig. »Ich hoffe, es hat sich gelohnt – habt Ihr etwas gefunden?«

Hal merkte plötzlich, wie hungrig er war. Er sah Kirkpatrick mit seinem schwarzen, fettigen, strahlenden Gesicht an, während er sich mit Fleisch und Brot bediente.

»Ich weiß, wo dein Vetter ist«, sagte er kauend. »Und dort wird sie auch sein.«

Kirkpatrick nickte, er dachte an die Erfüllung des Auftrags seines Königs – und an die Rache, die er gleichzeitig nehmen würde.

Hal dachte an den Ring, den er Creishie Marthe bei Methven abgenommen hatte, den sie von der Hand des Waffenknechts geschnitten hatte.

Der Ring war in einem Beutel in seiner Achselhöhle. Was für ein kleiner Gegenstand, dachte er, um ein derartiges Unheil anzurichten.

KAPITEL 16

BURG VON CLOSEBURN, ANNANDALE
SPÄTER IN DERSELBEN NACHT

Sie schlichen sich aus der Halle, in der jetzt nur noch lautes Schnarchen zu hören war. Vorsichtig stiegen sie über die Schläfer. Der Mönch regte sich kurz und schrie auf wie ein Kind, und Hal, den Fuß in der Filzsocke schon erhoben, blieb stehen wie ein Reh, das Witterung aufnimmt.

Er trug seine Stiefel um den Hals, denn Nichol hatte ihm dicke neue Lederstollen auf die Sohlen genagelt, die in dieser Stille wie Hammerschläge geklungen hätten.

Die Leute, die hier schliefen, waren die Niedrigsten unter den Bewohnern Closeburns – die Diener, die Hunde und die weniger wichtigen Gäste. Kirkpatrick fragte sich, ob der Mönch wohl davon träumte, was die Zukunft für ihn bereithielt, wenn bei Tagesanbruch klar werden würde, was geschehen war.

Hal ging leise weiter, sein Atem stand in graublauen Wölkchen vor seinem Gesicht. Sie stahlen sich hinaus und die Wendeltreppe hoch, Kirkpatrick ging in seinen weichen Schuhen aus Hirschleder völlig lautlos. Hal beneidete ihn, denn seine Füße wurden langsam eiskalt.

Sie gingen den Korridor entlang, in dem die Wandleuchter jetzt erloschen waren, schlichen bis zur Ecke und blieben stehen, reglos vor Anspannung, sie wagten kaum zu atmen. Hier hatte die Wache gestanden. Mit klopfendem Herzen wagte Kirkpatrick einen Blick um die Ecke, dann hielt er seinen

Mund ganz dicht an Hals Ohr, sodass dieser seinen heißen Atem spürte.

»Nur der Diener – vor der Tür. Wir müssen ihn ausschalten.«

Hal sah ihn an. Er wusste, was Kirkpatrick meinte. Er schüttelte den Kopf und deutete einen Fausthieb an, und nach einem Moment des Nachdenkens zuckte Kirkpatrick die Schultern. Er ging zu dem schlafenden Mann, der quer vor der Tür lag, kniete sich hin und stieß ihm den Dolch ins Herz, während er ihm mit der anderen Hand den Mund zuhielt. Man hörte nur ein kurzes Wimmern, dann war es wieder still. Hal kam hinzu und signalisierte lautlos Empörung, aber Kirkpatrick wischte den Dolch ab, stand auf und zuckte die Schultern.

»Besser auf Nummer sicher«, zischte er und öffnete die Tür. Es war warm im Zimmer, das Kohlebecken auf dem Steinsockel glühte wie ein feuriges rotes Auge. Drei Kerzen brannten in hohen Leuchtern, die dick mit erstarrten Wachstränen überzogen waren. Sie beleuchteten zwei Männer, die über einem Schachbrett saßen, sodass ihre Köpfe sich fast berührten. Überrascht sahen sie auf, als Hal und Kirkpatrick hereinkamen, Letzterer zerrte die Leiche des Dieners mit sich und schloss die Tür.

»Wer im Namen Gottes seid Ihr?«, fragte der eine und wollte aufstehen, aber Kirkpatrick war schon hinter ihm, und sein langer Dolch blitzte in seiner Hand.

»Ganz ruhig, Vetter«, sagte er mit bösem Grinsen.

Sir Roger, der Profos von Closeburn, ließ sich schwer wieder fallen, eine Hand an seiner Kehle.

»Der Schwarze Roger«, sagte er kaum hörbar.

»Genau.«

»Wo ist Isabel?«, wollte Hal wissen, der verwundert um sich blickte und dann den anderen Spieler ansah. »Wer seid … Moment … dieses Gesicht kenne ich doch.«

»Solltet Ihr auch«, erklärte Kirkpatrick, der jetzt seinem Vetter den Dolch abnahm. »Das ist doch der kleine Mann, der uns beide ab und zu behandelt hat, wenn wir im Dienste seines Lehnsherrn verletzt worden waren.«

»Der Quacksalber«, sagte Hal unsicher. »Bruce' Arzt.«

»Was wollt ihr hier?«, fragte der Profos von Closeburn, der sich von seinem Schrecken so weit erholt hatte, dass er wieder etwas sagen konnte. Hal sah ihn zum ersten Mal deutlich, und es fiel ihm auf, wie ähnlich er Kirkpatrick war. Die Verwandtschaft war nicht zu verkennen, doch der Profos war älter, kräftiger von Gestalt und mit einem volleren Gesicht.

Eigentlich war es ein Wunder, dass man Kirkpatrick nicht gleich erkannt hatte, als sie die Burg betraten, aber schließlich war sein Gesicht schwarz gewesen, und niemand hätte einen zweiten Blick auf diesen ärmlichen Straßenhändler verschwendet. Trotzdem, jetzt wusste Hal, warum Kirkpatrick so geschwitzt hatte, als er in der Halle stand und alle Blicke auf ihn gerichtet waren und es sehr wahrscheinlich war, dass jemandem seine Ähnlichkeit mit dem Vetter auffallen musste.

Ungeduldig gab Kirkpatrick ihm einen Stoß und deutete ihm an, er solle den Arzt nach Waffen durchsuchen. Als das getan war, wandte er sich wieder seinem Vetter zu, der jetzt aufrecht und in höchster Anspannung dasaß.

»An Eurer Stelle würde ich mir diesen Ausdruck vom Gesicht wischen, Vetter«, sagte Kirkpatrick. »Ein falsches Wort oder eine falsche Bewegung, und Ihr werdet versuchen, Euch mit beiden Händen wieder das Blut in den Hals zurückzustopfen.«

»Warum seid Ihr hier?«, fragte Sir Roger wieder, obwohl er sich etwas zu entspannen schien.

»Er sucht mich«, sagte der Arzt leise, und Kirkpatrick ließ ein leises Lachen hören und nickte. Hal blickte von einem zum anderen, dann sah er Kirkpatrick an.

»Was soll das? Wo ist Isabel?«

»Isabel?«, wiederholte Sir Roger. »Welche Isabel?«

»Die Gräfin von Buchan«, erwiderte Kirkpatrick, dann warf er etwas auf den Tisch, das metallisch klang und kurz kreiselte. Hal sah, dass es ein Ring war. Der Arzt streckte die Hand aus und griff danach, als seien seine Finger plötzlich fette Würste, über die er keine Gewalt hatte.

»Den habe ich Creishie Marthe bei Methven abgenommen«, sagte Kirkpatrick, »nachdem sie den Finger des Mannes abgeschnitten hatte, dessen Schild seine Lehnspflicht verkündete, nämlich Closeburn.«

»Robert Haws«, sagte Sir Roger fast müde. »Der ist nicht mehr zurückgekommen. Spurlos verschwunden.«

»Ja klar, der ist tot, dem hat Creishie Marthe die Kehle durchgeschnitten. Ihr seid besser dran ohne ihn«, fuhr Kirkpatrick fort, »denn diese diebische kleine Ratte hat James von Montaillou seinen kostbarsten Besitz geklaut. Aber da der arme James ein Gefangener war, konnte er ja kaum protestieren, und Ihr hättet auch nicht viel Aufhebens darum gemacht, Vetter – wenn Ihr nicht erfahren hättet, welche Geheimnisse Euch dieser Arzt hier verraten kann. Geheimnisse, die Edward von England reich belohnen würde.«

Er deutete mit dem Kopf in Richtung des Arztes, der wie vom Donner gerührt dasaß, den Ring in der Hand.

»Ein sehr ungewöhnlicher Ring«, sagte er, »der mir mehr als einmal auffiel, wenn Ihr meine Rippen bandagiert oder die Blutergüsse mit brennender Salbe behandelt habt.«

Er grinste Hal an, der verständnislos dastand, genauso sprachlos wie der Arzt und der Herr von Closeburn.

»Wenn Ihr ihn genau anseht«, fuhr Kirkpatrick fort, der jetzt schneller sprach, »werdet Ihr sehen, er hat eine Hand, ein Herz, einen Sack Gold, einen Totenkopf und eine winzige Inschrift in der *langue d'oc,* jener Sprache, die man im Süden Frankreichs spricht. Sie bedeutet: *Dein seien diese drei, doch der vierte macht mich frei*. Ich vermute, der vierte hat die Frau frei gemacht.«

»Es war meine Frau …«, sagte der Arzt, dann verstummte er und senkte den Kopf.

»Bis Ihr Katharer wurdet. Habt *Ihr* die Gelübde abgelegt und der Welt entsagt, oder tat sie es?«

James von Montaillou stöhnte und sah Kirkpatrick mit gequältem Gesichtsausdruck an.

»Ihr wisst es doch. Ihr wart ja dabei und habt es gesehen.«

Kirkpatrick nickte grimmig.

»Ich war dabei. Während des *risorgimento,* zusammen mit Fournier und d'Albis.«

Hal merkte, wie bitter seine Stimme klang. Er wusste, dass er sich schämte, und war überrascht. Er kannte die Namen von Jacques Fournier und Geoffroy d'Al bis, entschlossene Ankläger der Inquisition. Das also war Kirkpatricks Kreuzzug gewesen – gegen die Katharer in Carcassonne. Kein Wunder, dass er die Länder des Oc kannte, einschließlich ihrer Lieder – und die *lingua franca,* die Leute wie Lamprecht sprachen.

»War sie eine *bonne femme,* mein kleiner Ausreißer?«, fragte Kirkpatrick mit leiser, giftiger Stimme. »Eine von diesen Frauen, die die vollständige Überwindung der Fleischeslust erreicht haben, die Ihr für das Werk des Teufels haltet? Eine von denen, die glaubten, nie mehr rückfällig werden zu können, damit sie glückselig sterben konnten?«

Der Arzt beugte den Kopf und schluchzte. Hal schüttelte sich und gab ein unwilliges Brummen von sich. Er hatte keine Ahnung, wovon Kirkpatrick sprach, aber die *bonne femme* erinnerte ihn wieder daran, warum er hier war und was Kirkpatricks Auftrag bezüglich dieses kleinen Quacksalbers war. Er hätte dem Mann genauso gut glühende Nadeln unter die Fingernägel treiben können.

»Genug davon – jetzt zur Gräfin Buchan«, unterbrach er ungeduldig. »Lady Mary Bruce und das Kind Marjorie. Wo sind sie?«

Sir Roger machte den Mund ein paarmal auf und wieder zu, dann sah er Kirkpatricks Gesicht und lachte kurz und nervös auf.

»Seid Ihr deshalb hier?«, fragte er und fing wieder an zu lachen, sodass Hal warnend seinen Dolch hob.

»Die sind schon seit Wochen fort«, sagte der Profos von Closeburn. »Mary Bruce sitzt inzwischen in Roxburgh in einem Käfig, und die Gräfin von Buchan hat in Berwick ein ähnliches Quartier. Das Mädchen ist in einem Kloster irgendwo im Süden. Mein Gott, ich hätte gedacht, jemand, der herausbringt, dass ich einen Katharer hier verstecke, hätte inzwischen auch erfahren, dass die Frauen längst woanders sind.«

Er sah mit einem schiefen, dreckigen Grinsen erst in Kirkpatricks versteinertes Gesicht, dann zu Hal, der untröstlich wirkte.

»Ihr seid reingelegt worden, Sirra, und deshalb werdet Ihr hängen, glaubt mir. Ein Wort von mir …«

»… und Ihr seid tot«, erklärte Kirkpatrick, dann blickte er Hal an.

Hal ahnte jetzt die Wahrheit. Kirkpatrick hatte gewusst, dass Isabel schon lange nicht mehr hier war, und hatte ihn benutzt, weil er in dieser Sache, um was immer es auch gehen mochte, seine Hilfe brauchte. Er wusste zwar nicht, was Kirkpatrick zu seinem Verwandten oder zu Bruce' Arzt getrieben hatte, aber er war sich sicher, dass es sich um einen Mord handelte, und er selbst war mit hineingezogen worden. Wieder einmal.

Kirkpatrick sah, wie Hals Augen sich verschleierten, ein Zeichen, das er nur zu gut kannte. Er wurde unruhig.

»Hal, hier geht es um Dinge, von denen du nichts weißt …«, fing Kirkpatrick an, dann traf ihn ein Faustschlag, und er taumelte zurück. Mit einem Aufschrei fiel er zu Boden, und Sir Roger sprang blitzartig auf und versuchte, nach dem Wehrgehänge zu greifen, das mit dem Schwert darin an der Wand hing.

»Nein! Hal! Sei vernünftig …«

Hal bemerkte Sir Rogers Bewegung und sprang instinktiv hinter ihm her. James von Montaillou sah seine Chance und rannte zur Tür, doch er verhedderte sich in den Kleidern des toten Dieners, fiel der Länge nach hin und polterte laut gegen die Tür.

Fluchend rappelte Kirkpatrick sich wieder auf und stürzte zu James von Montaillou, der stöhnend mit blutendem Kopf dalag. Kirkpatrick fühlte unter der Tunika nach seinem Herzen, das flatterte wie ein gefangener Vogel, suchte mit den Fingern – alle einzeln umwickelt, dachte er wild triumphierend – die richtige Stelle und stieß den Dolch hinein.

Der Arzt bäumte sich auf und trat mit den Beinen. Hinter sich hörte Kirkpatrick Poltern und Fluchen.

Hal hatte Sir Roger um die Hüfte gepackt, im letzten Moment, ehe dieser den Griff seines Schwerts in der Hand gehabt hätte, er zog ihn zurück und warf ihn zu Boden. Ein Leuchter stürzte um, das Schachbrett fiel mit einem Hagel von Schachfiguren vom Tisch, und sie kämpften miteinander, keuchend und knurrend wie wütende Hunde.

Sir Roger war stärker, er warf Hal ab und stand auf, wurde aber wieder gepackt und da standen sie, wie ineinander verkeilte Hirsche. Hal merkte, wie angespannt seine Sehnen waren, wie übermüdet seine Muskeln, und er wusste, mit Stärke allein konnte er seinen Gegner nicht bezwingen.

Er hatte sich gerade eine verzweifelte Strategie ausgedacht, als Sir Roger hustete und allen Widerstand aufgab. Er sank vor Hal in die Knie und sah Kirkpatrick an, der dastand, in der einen Hand den Dolch, mit der anderen die Tunika seines Vetters festhaltend. Er ließ den Profos von Closeburn zu Boden sinken, und er und Hal sahen sich an, beide atmeten schwer.

»Erledigt«, sagte Kirkpatrick heiser, als Hal ihn packte und dicht vor sein Gesicht zog.

»Du Schuft«, zischte er wütend. »Isabel ist gar nicht hier – du hast mich reingelegt, Kirkpatrick …«

»Ehe jemand kommt und wissen will, was der Krach hier zu bedeuten hat«, zischte Kirkpatrick seinerseits, »wäre es bestimmt klüger, wir gehen jetzt erst einmal und klären das andere später.«

Hal war wie von Sinnen vor Zorn, diese Ungerechtigkeit – und die Tatsache, dass Isabel weiter entfernt war denn je. Und in einem Käfig. Ein Käfig!

»Ich hoffe, es war die Sache wert«, fauchte er Kirkpatrick an, der unsicher lächelte. Nun ja, beide Männer waren tot, und die Geheimhaltung von Bruce' Lepra, wenn es tatsächlich Lepra war, was er hatte, war erst einmal gesichert. Trotzdem, dachte Kirkpatrick, der kleine Arzt hatte es nicht verdient, der Profos von Closeburn allerdings schon. Kirkpatrick hätte seinen Vetter schon allein aus Rache für frühere Beleidigungen umgebracht, und dass er ein Feind von Bruce war, war noch ein zusätzlicher Grund.

Er erwähnte von all dem nichts, er bedeutete Hal nur, Sir Rogers Schwert mitzunehmen.

Es war eine schöne Waffe, der Knauf war mit dem Wappen des Masters geschmückt – dem blauen Kreuz von Annandale, darüber ein blauer Balken mit drei goldenen Getreidesäcken, dem protzigen Symbol für Closeburns Reichtum. Hal wies Kirkpatrick darauf hin, der nur grinsend den Kopf schüttelte.

»Du kämpfst mit dem Schwert besser als ich«, erklärte er. »Ich kann nicht viel damit anfangen.«

Dann war er auf seinen Hirschledersohlen genauso leise wieder verschwunden, wie er gekommen war, und Hal stand da und blickte auf die Verwüstung, die sie zurückließen, Leichen und der metallische Geruch von frisch vergossenem Blut. Ein Gemetzel, dachte Hal bitter, das, was Kirkpatrick überall zurücklässt.

Zunächst jedoch verbannte er diese Erfahrung in die große, fest verschlossene Kiste in seinem Kopf, die schon so vollgestopft war mit Sünden, dass sie aus allen Fugen platzte. Bestimmt war sie voller als Pandoras Büchse, dachte er.

Dann folgte er Kirkpatrick, das Schwert in der Hand, mit vom Blut klebrigen Socken. Zurück blieben nur die Leichen. Das war der Auftrag eines Königs, den sie ausgeführt hatten. Er war vielleicht ein Dutzend Schritte gegangen, als er am oberen Absatz der Wendeltreppe Kirkpatrick einholte. Zusammen schlichen sie hinab, zurück zur Tür der Halle, wo sie stehen blieben und lauschten.

Regelmäßige Atemzüge, Schnarchen ... und Bewegung im Geschoss unter ihnen, die jetzt lauter wurde. Ein Klirren, das Hal gut kannte, denn der Bluterguss, den das Schlüsselbund auf seiner Schulter hinterlassen hatte, schmerzte bis auf den Knochen. Er machte die Bewegung des Schlüsseldrehens, damit Kirkpatrick verstand, der nickte kurz, und schon war er verschwunden.

Er hörte einen leisen Grunzer und ein Aufklatschen, und einen Moment später war Kirkpatrick zurück und wischte den Dolch an seinem Ärmel ab. Er grinste Hal an, dann schlüpfte er lautlos in die Halle.

Mein Gott, dachte Hal, jetzt hat er schon vier Menschen umgebracht, und das in kürzerer Zeit, als man braucht, um einen Humpen Bier zu leeren. Bei dem Gedanken überkam ihn ein starker Würgereiz, den er panikartig niederkämpfte. Das wäre ja noch schöner, wenn sie gefasst würden, weil er mitten in einer Halle voll schlafender Männer auf seine Socken kotzte!

Sie verließen die Halle durch eine kleine Schlupftür im hinteren Tor, die zum Glück unverschlossen war. Der Diener daneben schlief so fest, dass er, seiner Alkoholfahne nach zu urteilen, vermutlich nicht einmal dann aufgewacht wäre, wenn sie auf ihn getreten wären.

Schließlich aber verließ sie ihr Glück. Das Fallgitter im Burgtor war heruntergelassen, die beiden großen Flügeltüren fest verschlossen und der Balken davorgelegt. Die Torwächter waren hellwach und stampften in der Kälte mit den Füßen – aber dies war Closeburn, wo Kirkpatrick sich zum Glück gut auskannte. Es gab noch ein kleines Tor in der Burgmauer hinter dem Stall, auf das er jetzt ohne zu zögern lossteuerte.

Es war immer unbewacht gewesen, bis auf heute Nacht, wie er feststellte. Er fluchte, denn er hätte sich denken können, dass die erhöhte Alarmstufe, die wichtigen Gefangenen, das Kommen und Gehen der Engländer und die Bedrohung durch schottische Überfälle Gründe genug waren, um diese Schwachstelle durch zwei gute Männer bewachen zu lassen.

Hal und Kirkpatrick näherten sich leise und vorsichtig, und die Männer merkten nichts, bis die beiden Gestalten aus der Dunkelheit vor ihnen auftauchten.

Es war ihre Rettung, dass sie von innen kamen, dachte Hal, denn die Wachen hielten Ausschau nach Eindringlingen von draußen, also stellten sie zunächst keine Bedrohung dar. Das änderte sich jedoch schlagartig, als Hal das Schwert schwang und einen am Unterarm traf, der Hieb drang durch Leder und Kettenpanzer und brach den Knochen.

Der Mann kreischte wie ein Mädchen, hoch und schrill, sodass Hal ihm die Spitze in den Mund rammte. Seine Zähne brachen, und die Klinge drang durch den Kopf hindurch und auf der Rückseite wieder heraus. Er fiel auf Hal, der von dem Gewicht taumelte und mit aller Kraft an seinem Schwert zerrte, das im Schädel des Toten feststeckte, der dabei wild hin und her schleuderte.

Kirkpatrick konzentrierte sich auf den anderen. Sein Dolch blitzte auf, glitt jedoch vom Kettenhemd des Mannes ab. Geschockt stolperte der Mann ein paar Schritte vorwärts, verlor seinen Speer und versuchte, sein Schwert zu lösen, gleichzeitig hob er den Schild. Jetzt hatte der Dolch keine Chance mehr, deshalb warf Kirkpatrick sich mit seinem ganzen Gewicht auf ihn, und beide gingen zu Boden, der Wächter brüllte.

Hal sah sie am Boden rollen, der Mann versuchte mit aller Kraft, Kirkpatrick abzuschütteln, doch sein Schild war ihm jetzt hinderlich, weil Kirkpatrick seine Schwerthand festhielt. Hal setzte seine blutgetränkte Socke auf das Gesicht des toten Mannes, und mit beiden Händen zog er das Schwert heraus, wie Excalibur aus dem Stein, wobei Knochen- und Gehirnmasse spritzten.

Der zweite Wächter kämpfte wild und schlug mit dem Schild, um sich Kirkpatrick vom Leib zu halten. Er traf ihn am Kniem und Kirkpatrick spürte, wie ein Schmerz in ihm explodierte, der ihn fast blind machte. Mit äußerster Kraft gelang es ihm aufzustehen, sein Knie schmerzte wie Feuer. Er sah das triumphierend verzerrte Gesicht des anderen, der sein Schwert erhoben hatte wie einen langen, tödlichen Blitzstrahl.

Dann hörte man ein zischendes Geräusch und einen Aufprall, der Kopf des Wächters fiel zur Seite. Dann war er weg. Hal stand über der hingestreckten Gestalt und hechelte wie ein erschöpfter Hund, in der Hand das blutige Schwert.

»Nie aufgeben«, knurrte er, und im Mondlicht sah man, wie er grinste. Kirkpatrick humpelte unsicher, sein Knie gab bei jedem Schritt nach und tat höllisch weh. Man hörte Rufe, es wurde heller – dann ertönte der gefürchtete Klang einer Alarmglocke.

»Ich sagte ja, du bist der Mann für dieses Schwert«, brummte Kirkpatrick, als er zum Tor humpelte und den Riegel hochschob. »Aber jetzt sollten wir uns davonmachen, und zwar so schnell wie Steine aus der Schleuder.«

Doch ihr Fortkommen glich eher dem von zwei langsamen Bachkieseln. Hal musste den stark humpelnden Kirkpatrick stützen, bis sie eine holprige Straße am Rande von Closeburn erreicht hatten, wo Kirkpatrick stehen blieb und sich fallen ließ. Im Mondlicht erschien alles bleich, trotzdem sah Hal, dass er käseweiß war. Hinter sich hörten sie Hundegebell.

»Hunde«, sagte Kirkpatrick, und seine Stimme klang heiser vor Schmerz. »Geh, hol die Pferde. Beeil dich.«

Das war im Moment die beste Lösung, deshalb widersprach Hal nicht. Er zwang seine Füße mit den durchweichten, klebrigen Socken in die Stiefel, dann lief er leicht geduckt los, dorthin, wo Donald mit den Pferden warten sollte. Zwischen seinen Zehen spürte er das Blut anderer Menschen.

Als die Gestalt des Pferdes im Dunkel auftauchte, erschrak er so, dass er das Schwert hob und fast laut aufgeschrien hätte, aber dann sah er die Frau, die es führte, und beim Anblick ihres blassen, besorgten Gesichts ließ er das Schwert sinken.

»Sir Hal.«

Annie zitterte, sie schien völlig verängstigt, und Hal wusste sofort, dass etwas Schlimmes passiert sein musste. Atemlos berichtete sie.

Donald und Annie und ihr Mann hatten mit den Pferden gewartet, doch bereits da hatte Annie geahnt, dass etwas nicht stimmte. Dann hörten sie die Alarmglocke, und Donald erklärte, er müsse fort, könne aber außer dem Pferd, auf dem er ritt, nur zwei weitere mitnehmen, die beiden anderen ließ er »aus Barmherzigkeit« bei Nichol und Annie zurück.

»Nichol ist stinksauer auf Roger«, fuhr sie ängstlich flüsternd fort. »Er wartete nur mit uns, um ihn sich vorzuknöpfen. Er hat uns gehört, als wir zusammen im Kohlenschuppen … geflüstert haben. Er hat das Pferd, das er bringen sollte, losgelassen und hat sich aufgemacht, um den Schwarzen Roger zu suchen.«

Und jetzt hat sie dieses Pferd mitgebracht, weil sie hoffte, ihren alten Liebhaber zuerst zu finden, dachte Hal und verfluchte alle beide.

»O Barmherzigkeit«, sagte Annie, als sie ihm die Zügel gab und auf den nassen Boden niedersank. »Ich wollte doch keinem von beiden wehtun. Bei Gott, nein, das habe ich wirklich nicht gewollt.«

Hal konnte gut verstehen, dass sie Hals über Kopf in diese Situation hineingeschlittert war – in dieser Hinsicht waren er und Annie gar nicht so verschieden. Er streichelte sie unbeholfen, dann ließ er sie zurück und ging wieder zur Straße und hielt Ausschau nach Kirkpatrick.

Der war noch nicht viel weitergekommen und humpelte unter großen Schmerzen, doch er blieb stehen, als er das Hufgetrappel auf dem gefrorenen Boden hörte. Sein Gesicht wurde finster.

»Eins nur?«

Schnell berichtete Hal, und Kirkpatrick stöhnte auf und hielt sich am Steigbügel fest.

»Na ja, da hast du's. Jetzt kannst du dich revanchieren und *mir* sagen, ich sei immer vernünftig, außer, wenn es um diese Frau geht.«

»Versuch, aufzusitzen«, drängte Hal. »Wir können zu zweit reiten. Zieh dich hoch und setz dich richtig hin, ich horche schnell noch mal nach den Hunden.«

Er ging ein paar Schritte, neigte den Kopf zur Seite und horchte in die Dunkelheit. Am Gebell der Hunde konnte er erkennen, ob sie bereits Witterung aufgenommen hatten oder noch suchten. Plötzlich nahm er eine Bewegung hinter sich wahr und drehte sich um, gerade als etwas aus dem Dunkel sprang und sich von hinten auf Kirkpatrick stürzte.

Kirkpatrick, der sich unter Schmerzen abmühte, in den Sattel des geduldigen Pferdes zu kommen, hörte den Mann zu spät. Der Stoß traf ihn in den Rücken und warf ihn gegen das Pferd, das erschrocken zur Seite sprang, sodass er am Boden landete.

Kirkpatrick wusste, wer ihn angegriffen hatte, er wusste auch, dass es ein Dolchstoß war. Er war erstaunt, denn das war ihm bisher noch nie im Leben passiert. So also fühlt es sich an, wenn das Messer in einem steckt, dachte er, das schreckliche Gefühl, wenn eine Stahlklinge dort eindringt, wo sie nicht hingehört, dann dieses schreckliche, saugende Gefühl, als wehre sich der Körper dagegen, sie wieder freizugeben. Dann spürte er den Schmerz und versuchte aufzustehen.

»Du mieses Schwein«, keuchte Nichol, der breitbeinig über ihm stand. »Du elender Hurensohn, dir werde ich's zeigen, mit meiner Frau rumzumachen …«

Er fluchte weiter, halb triumphierend, halb entsetzt darüber, was er getan hatte, dann drehte er sich um und rief, so laut er konnte:

»Hier! Hier drüben! Ich hab den Schwarzen Roger!«

Dann fiel ihm ein, welchen Ruf dieser Mann hatte, der sich gerade bemühte, wieder aufzustehen, also fuhr er herum und sah ihn an. Nichol wusste nicht, was er machen sollte, er konnte sich nicht entschließen, die Sache zu Ende zu bringen und den anderen zu töten. Laute Stiefelschritte hinter ihm ließen ihn wieder herumfahren, es war Hal, das Schwert in der Hand.

Nichol schrie auf und floh. Hal ließ ihn laufen und rannte zu Kirkpatrick, der auf den Knien lag und nach Luft rang.

»Bei Gott und allen Heiligen«, keuchte er, »tut das weh.«

»Aber du lebst noch«, sagte Hal und zog ihn hoch, sodass er vor Schmerz aufschrie.

Die Hunde kamen näher, man hörte geiferndes Gebell. Hal hob Kirkpatrick in den Sattel und blickte in sein schmerzverzerrtes Gesicht.

»Reite zurück zu deinem König«, sagte er ruhig. »Und erzähle dem Hundejungen, was hier passiert ist.«

Kirkpatrick wusste, dass das Pferd mit zwei Reitern den Hunden nicht entkommen würde. Er ahnte, was Hal vorhatte, und wollte protestieren, aber das Pferd spürte einen Schlag auf die Kruppe, es galoppierte los, und Kirkpatrick hatte alle Hände voll zu tun, sich festzuhalten.

Hal wusste, was er getan hatte und was jetzt passieren würde, gleichzeitig verfolgte er das Hundegebell, das immer näher kam. Wenn er überhaupt einen Gedanken daran verschwendete, ob Kirkpatrick dies verdient hatte oder ob er zu einem Märtyrer für die Sache des Königs wurde, dann sicher nicht länger als einen Wimpernschlag.

Er war hier. Er war ein Ritter, der einen Schwächeren schützte, der trotz all seiner Fehler für seinen König von größerem Nutzen sein konnte. Das war Grund genug …

Der erste Hund schoss wie ein bleiches Gespenst auf ihn zu, Hal trat zur Seite, holte mit seinem Schwert aus, und der Hund flog schrill aufjaulend ins Farnkraut. Den zweiten spießte er auf, aber der Ruck riss ihm das Schwert aus der Hand, und jetzt hatten auch die Männer ihn eingeholt, angeführt von Fitzwalter und dem Johanniter, gefolgt von dem fetten, schnaufenden jungen Ross.

»Lebend!«, brüllte Fitzwalter. »Ich will ihn lebend!«

Hal kämpfte mit Fäusten und Stiefeln und Zähnen, bis ihn etwas traf – eine dunkelrote Welt aus Schmerz umgab ihn, als sei er in einen Tümpel voll Blut getaucht, der immer kälter und dunkler wurde, je tiefer er fiel.

Dann war alles schwarz.

EPILOG

ABTEI VON CROSSRAGUEL, AYRSHIRE
AM TAG DES HEILIGEN DROSTAN, JULI 1307

Wald und Felder lagen regungslos in der flirrenden Mittagshitze, Libellen, Laubfrösche und Kröten hielten sich versteckt und sehnten sich nach Wasser. Es gab Brachvögel, es gab Hasen und Eichhörnchen – doch vor allem gab es Fliegen.

Sie kamen, um sich an den verendeten, aufgetriebenen Rindern und Schafen gütlich zu tun, sie stiegen von den Kadavern auf wie die schwarzen Rauchwolken aus den Kaminen der Abtei. Die Menschen hatten sich Tücher vor Mund und Nase gebunden gegen diesen Gestank, vor dem auch die robustesten Ekel empfanden.

»Pech gehabt«, meinte Jamie Douglas, während der Hundejunge die blutigen aufgerissenen Mäuler der toten Hunde betrachtete, die dem Abt gehört hatten, und er musste ihm recht geben. Pech für die Engländer, die grausam wie ein gereiztes Tier über die Wehrlosen hergefallen waren, als wollten sie sich damit bestätigen, dass sie noch nicht erledigt waren, trotz der Niederlage, die sie bei Loudoun Hill vor wenigen Wochen erlitten hatten.

Es war wie ein Frühlingsfest gewesen. Nach einem langen, harten Winter hatte plötzlich Tauwetter eingesetzt, und die Nachricht hatte sich ausgebreitet wie ein Buschfeuer.

Der König war zurück.

Und langsam, wie ein Bär, der nach dem Winterschlaf aus seiner Höhle kommt, hatten die Schotten wieder Mut gefasst und sich gegen die überraschten Engländer zur Wehr gesetzt.

Kirkpatrick war auch nicht müßig gewesen mit Geld und Versprechen, von denen die meisten auch eingehalten wurden – die letzten Früchte seiner Bemühungen waren erst am Abend zuvor eingetroffen, aus dem Mund eines Mannes, der aussah wie ein Lastenträger, in Wirklichkeit aber ein Priester war.

Daneben gab es noch etwa zwanzig weitere, sowohl Männer als auch Frauen. Unauffällig und anonym zogen sie dorthin, wohin Kirkpatrick sie schickte, und taten, was ihnen aufgetragen wurde. Teils aus Rache, teils um aufzusteigen, aber auch – und das überraschte Kirkpatrick mit seinem Zynismus am meisten – immer öfter auch aus Überzeugung für König und Königreich.

Der Priester brachte eine Nachricht mit.

»Er ist tot«, sagte er, und einen Augenblick war Kirkpatrick so geschockt, dass es ihm fast die Beine weggezogen hätte – doch als der Mann weitersprach, durchflutete ihn unendliche Erleichterung.

»In Burgh-on-Sands, vor etwa einer Woche. Die Armee weiß noch nichts davon.«

Longshanks. Eigentlich hätte Kirkpatrick jubeln müssen, aber er fühlte sich einfach zu erleichtert darüber, dass es sich nicht um den anderen Mann handelte, den er durch seine Spione beobachten ließ. Also nicht Hal. Kirkpatrick blies die Backen auf. Er hatte in Erfahrung gebracht, wo Hal gefangen gehalten wurde, und konnte nicht verstehen, warum der Mann überhaupt noch am Leben war. Aber er war es, auch wenn seine Befreiung nicht wahrscheinlicher wurde.

Jetzt wartete Kirkpatrick ungeduldig, während der Vorsteher der ausgebrannten Abtei von Crossraguel resigniert die Beileidsbekundungen seines Königs empfing – schließlich hatten die Bruces von Carrick sie gegründet, und sie war mit ihren Geldern unterhalten worden. Deshalb versuchte der Abt, das Unglück und den Krieg, der das alles verursacht hatte, zu verdrängen. Er verbeugte sich lächelnd und versprach ewige Messen für die Brüder des Königs, Thomas und Alexander, die Anfang des Jahres gefallen waren.

Die Kapelle war berühmt für ihre Schönheit, und wie durch ein Wunder war sie auch von de Valence' Horden nicht angetastet worden. Sie war ein kleines Juwel aus Stein, dessen farbige Wände weder vom Zahn der Zeit noch von Kerzen- oder Weihrauch dunkel geworden waren.

Bruce beugte das Knie, dann kniete er sich ganz hin und legte seine Hände auf den altehrwürdigen Altar, als wolle er damit ein Gedenken an diejenigen erzwingen, um die er trauerte. Er blieb auf den Knien, während alle anderen halb drinnen und halb draußen warteten und nicht wagten, näher zu kommen, obwohl einige von ihnen mit ihm verwandt waren. Selbst der Kaplan des Königs blieb draußen stehen, die Hände in den Ärmeln verborgen, den Kopf gesenkt.

Die Anwesenden blickten auf den wirren, gebeugten Kopf, das lange narbige Gesicht und die Hände, die flach auf dem kalten Stein lagen, und fanden, dass er das Ebenbild eines Kriegerkönigs war, der sich vor seinem Schöpfer beugte und um Barmherzigkeit und Frieden bat für alle, die er verloren hatte, und um Hilfe bei dem Versuch, das Königreich von den Plantagenets, Vater und Sohn, zurückzuerobern. Auch sie beugten die Köpfe, denn sie befanden sich wieder in ihrem eigenen Königreich und würden alle Hilfe von Gott brauchen, um hierbleiben zu können.

Bruce nahm sie wahr, wie man Nachtfalter im Dunkeln wahrnimmt. Sein Gewissen war belastet von den Sünden, die er begangen hatte – und von denen, die noch folgen würden –, während der scharfe Brandgeruch ihn noch stärker an den Verlust seiner Brüder erinnerte. Besonders Alexanders Tod bereitete ihm tiefen Schmerz, Bruce würde diesen Jungen mit seiner Gelehrtheit und Intelligenz sehr vermissen.

Dann waren da noch die anderen, die Abtrünnigen, die Schwankenden. Randolph, sein eigener Neffe, bei Methven gefangen genommen, aber von König Edward begnadigt unter der Bedingung, in Zukunft aufseiten der Engländer zu kämpfen. Was Bruce besonders schmerzte, war, dass er sich ohne Weiteres dazu bereit erklärt hatte. Und dann David Strathbogie, der junge Earl von Atholl, der in Panik übergelaufen war und den König um Gnade angefleht hatte, denselben König, der kurz vorher seinen Vater gehängt hatte.

Plötzlich vernahm er lautes Gelächter, das aber sofort wieder verstummte, und er wusste, dass Jamie Douglas von einem weiteren Raubzug zurückgekehrt war. Selbst er hatte geschwankt und einen Brief an König Edward geschickt, in dem er anscheinend um Gnade bat. Seit dem Erfolg bei Loudoun Hill hatte er aber wieder Oberwasser bekommen, und sowohl er als auch Bruce taten so, als sei ein solcher Brief nie geschrieben worden. Doch es schmerzte Bruce, dass selbst der Schwarze Sir James, der doch die Engländer aus ganzem Herzen hasste, sich erniedrigt und ihnen die Hand gereicht hatte.

Doch der junge Alexander Bruce bedeutete den größten Verlust, umso mehr, weil er nichts weiter hatte sein wollen als ein Gelehrter. Jetzt kannten nur noch er selbst und Kirkpatrick das Geheimnis, das sie mit Alexander geteilt hatten. Bruce war sich der Ironie sehr bewusst: Ich bin zurück, und mein Heer wird täglich größer, aber obwohl mein Königreich ständig wächst, wird der Kreis derer, denen ich vertrauen kann, immer kleiner.

Wie aufs Stichwort kam jetzt Kirkpatrick angehumpelt, drängte sich durch die Menge und schob selbst Edward, Bruce' letzten überlebenden Bruder, zur Seite.

Kirkpatrick wusste, welchen Eindruck er machte – er war grau im Gesicht und sah krank aus. Nichols Messer hatte seine lebenswichtigen Organe nur um Haaresbreite verfehlt, und er hatte sieben lange, schmerzhafte und fiebernde Monate gebraucht, um sich einigermaßen zu erholen, aber noch immer war er nicht völlig wiederhergestellt. Trotzdem war er für seinen König von unschätzbarem Wert, und das mehr denn je.

Im dämmrigen Licht der Kapelle wartete er, bis Bruce sich erhoben und bekreuzigt hatte, ehe er sich wieder der Welt zuwandte. Jetzt sprach er es aus. Den ganzen Weg hierher hatte er über möglichst wirksame Formulierungen nachgedacht, um die große Neuigkeit zu überbringen, doch schließlich hatte er sie alle verworfen.

»Longshanks ist tot«, sagte er einfach. »Schon eine Woche oder noch länger, aber sie haben es der Armee noch nicht mitgeteilt, weil sie fürchten, es würde sie demoralisieren. Sie wollen warten, bis der Sohn ankommt.«

Es wurde still. Kirkpatrick wusste, dass die anderen es gehört hatten – dann wurden Rufe laut, als die Nachricht sich wie ein Lauffeuer verbreitete.

Bruce brauchte gar nicht zu fragen, ob Kirkpatrick sich auch sicher war. Stattdessen wandte er sich ab, weil ihm plötzlich die Tränen kamen. Kirkpatrick sah es und war überrascht. Dieser herrschsüchtige König hatte drei seiner Brüder umgebracht, hatte seine Königin, seine Schwester und seine Tochter eingesperrt – und jetzt weinte Bruce um ihn.

Bruce war ja selbst überrascht. Er war sich bewusst, dass es unechte Tränen waren, er wusste auch, dass alle es gesehen hatten und sich darüber wunderten. Jetzt würde sich die Nachricht von dem frommen König verbreiten, der über den Tod seines größten Feindes weinen konnte, und Bruce würde die Wahrheit nie zugeben – dass es tatsächlich Tränen der Erleichterung waren.

Longshanks war tot. Dies ist der Moment, auf den ich hätte warten können, dachte er, der Moment, um Anspruch auf den Thron zu erheben. Wenn ich bis jetzt gewartet hätte und nicht zur Greyfriars-Kirche gezogen wäre, wäre alles anders gekommen – Thomas und Niall und Alexander …

Mit einer energischen Kopfbewegung verscheuchte er diese Gedanken und wandte sich Kirkpatrick zu, der mit besorgter Miene dastand. Das Gesicht des Königs wirkte nicht gerade beruhigend, mit den roten Narben über und unter dem linken Auge und der immer noch nicht abgeheilten Wunde auf der rechten Wange.

Doch jetzt lächelte der König, und seine Augen leuchteten, als er in die vielen erwartungsvollen Gesichter sah.

»Der Leopard ist tot – jetzt kann der Löwe brüllen«, sagte er und erntete zustimmendes Gemurmel. Der Abt fing an, mit lauter und wohltönender Stimme Gott zu danken, die Anwesenden bekreuzigten sich und knieten nieder.

Vor Bruce' Augen erschien plötzlich das Gesicht seines Großvaters, grimmig wie eine Felswand. Er war es gewesen, der Bruce die Rechtmäßigkeit des Anspruchs der Bruces auf den Thron eingehämmert hatte und sich nicht um die missbilligenden Blicke von Bruce' Vater gekümmert hatte, für den diese Dinge anscheinend längst unwichtig geworden waren.

Bis jetzt hatte Bruce nur Verachtung für seinen Vater empfunden, dem die Entschlossenheit gefehlt hatte, die den Großvater und ihn selbst beflügelt hatte. Verfolgt vom Fluch des Malachias, hatte er gedacht.

Jetzt war ihm die Wahrheit klar geworden, die für seinen Vater schon lange festgestanden hatte – nämlich, dass es für die Bruces kein gottgegebenes Recht auf den Thron gab. Brüder, Freunde, die Ehe, der gute Ruf, Seelenfrieden, die Lust am Leben – alles war geopfert worden, selbst Essen und Schlaf. Geopfert für diesen Thron und alles, was damit zusammenhing. Die lächelnd vorgebrachten Lügen, die heuchlerischen Ehrbezeugungen, die Lippenbekenntnisse, der Betrug, die Selbsttäuschung, die Einflüsterungen eines Judas. Skorpione für die Seele. Der Fluch des Malachias.

Ehrgeiz, das wusste er jetzt, war ein Werk des Teufels.

BURGH-ON-SANDS, CUMBRIA
TAG DES HEILIGEN SWITHIN, JULI 1307

Die Welt war vor Tagen zu Ende gegangen, doch irgendwie verhielten sich die Menschen, als sei nichts geschehen. Selbst der königliche Schreiber fand noch Dinge, die erledigt werden mussten und die ihn immer wieder in diesen Raum führten, der mit wohlriechenden Blumen und Kräutern gefüllt war, in dem aber selbst der Weihrauch den Gestank nicht mehr überdecken konnte.

Jetzt stand er wieder hier, an der Tür des Raumes, in dem die Welt zu Ende gegangen war, mit gesenktem Kopf, sodass er nur die Stiefel sah, die laut klappernd ankamen, grünes und rotes Leder, elegante Absätze, Handarbeit aus Cordoba, alle beschmutzt von weiten Reisewegen.

»Wer seid Ihr?«

Er hob den Kopf, vor ihm stand der Lord von Caernarvon. Wie ein Spiegelbild im Wasser erkannte er die Ähnlichkeit mit seinem geliebten König. Er ist genauso groß, dachte er …

»Norbert, der Schreiber«, sagte jemand neben Caernarvon, als der Schreiber zögerte. Es war Lord Monthermer, der Mühe hatte zu sprechen.

»Ihr habt die letzten Worte meines Vaters festgehalten?«, fragte Edward. Norbert nickte. Edward machte eine ungeduldige Handbewegung und zeigte auf die geschlossene Tür.

»Dort drin?«

Wieder nickte Norbert, und Monthermer trat vor und riss sie auf, fuhr aber sofort zurück und hielt sich die Hand über Mund und Nase, als der Gestank ihn traf.

»Eine Woche tot«, sagte Edward trocken, »und in dieser feuchten Wärme … Außerdem ist er an blutigem Durchfall gestorben. Ihr hättet es wissen müssen, Mylord. Was waren seine letzten Worte?«

Norbert, der bei diesen letzten, scharf gebellten Worten erschrak, zögerte einen Moment, dann zog er das entsprechende Pergament hervor, obwohl er das, was darauf stand, längst auswendig wusste.

»Er wünscht, dass sein Herz ins Münster von London kommt«, sagte er heiser. »Sein Körper soll ausgekocht und seine Gebeine in einen Sarg gelegt werden, der vor der Armee hergetragen wird, denn er hat geschworen, in Schottland einzumarschieren, und hatte die Absicht, es auf diese Weise zu tun.«

Einen Moment war es still, dann sah Edward ihn an.

»Das also wollte er. Hat er sonst noch etwas gesagt?«

Norbert räusperte sich nervös.

»*Pactum serva*«, erwiderte er und sah, wie das Augenlid des Prinzen leicht zuckte. *Pactum serva* – halte die Verpflichtungen ein.

»Noch etwas?«

Zum Beispiel über die Liebe des Vaters zu seinem Sohn?, dachte Marmaduke Thweng, der gerade hinzutrat und Zeuge der Unterhaltung wurde. Davon wirst du nichts zu hören bekommen, du neuer kleiner König, außer dass dein Papa dich an deinen Schwur beim Schwanenfest erinnert. Wegen des Gestanks atmete er durch den Mund und bemerkte, dass alle anderen im Gefolge es genauso machten.

Edward schien weder sie noch den Gestank zu bemerken, doch seine nächsten Worte verrieten ihn.

»Sargt ihn ein. Schlagt den Sarg mit Blei aus – nehmt das Blei hier vom Dach, wenn es sein muss. Er wird nach Süden gebracht und begraben.«

Norbert sah ihn an.

»Mylord«, fing er an, »der Wunsch des Königs …«

»… ist, dass der Tote in dem Raum dort eingesargt wird«, befahl er mit fester Stimme. »Und dass Ihr etwas gegen diesen Gestank unternehmt. Habt Ihr mich verstanden?«

Er wartete nicht auf die Antwort, sondern ging eilig davon, während Monthermer die Tür schloss, hinter der Edward der Erste lag. Er wandte sich an Norbert.

»Ihr habt Euren König erzürnt, Schreiber«, sagte er und lächelte boshaft. »An Eurer Stelle würde ich mich schleunigst bemühen, die neuen Gegebenheiten anzuerkennen. Und mir eine neue Stellung besorgen.«

Norbert schluckte schwer, dann blickte er auf die Listen, die er in seinen verschwitzten Händen hielt. Sie enthielten die Namen derer, die über den ganzen Norden Englands verstreut in Gefangenschaft saßen und auf die Begnadigung des Königs warteten. Den Gefährlichsten, nämlich jenen, die bei der Krönung des Rebellenkönigs geholfen hatten oder am Mord des Lords von Badenoch beteiligt gewesen waren, war vorerst der Landfriede gewährt worden, bis der König über ihr Schicksal entschied.

Drei Meilen, drei Wegstunden und drei Morgen breit, neun Fuß, neun Handbreit und drei Gerstenkörner lang, dachte er, der mystische Radius, innerhalb dessen der Landfriede galt. Innerhalb dieser Grenze war jeder Mensch sicher. Aber die Welt war an ihr Ende gekommen, und der König war tot. Galt dieser Friede auch weiterhin, vor Gott und dem Gesetz?

Es war klar, dass dieser unbekümmerte neue König – Norbert konnte die Tatsache immer noch nicht ganz akzeptieren – keine Lust hatte, sich mit solchen Dingen zu befassen. Also sollen die Gefangenen doch warten, dachte er in einem plötzlichen Anfall von Trotz. Sollen sie warten, bis jemand den neuen König daran erinnert und er zu mir kommt. Oder sonst zu jemandem, der darüber Bescheid weiß, fügte er im Stillen hinzu und dachte an Monthermers Worte.

Draußen im Freien atmeten alle auf. Am Abend zuvor war ein Gewitter niedergegangen, und jetzt hatte ein kalter Nieselregen die drückende Hitze der letzten Tage beendet.

»Was ist mit der Armee?«, fragte Marmaduke Thweng. »Werdet Ihr mitziehen, Mylord? Oder werdet Ihr Euren Vater nach Süden begleiten?«

Edward seufzte. Die Arme wartete darauf, unter de Valence einen neuen und völlig sinnlosen Feldzug nach Norden zu unternehmen, der die irrsinnigen Schulden, die er geerbt hatte, nur noch vergrößern würde. Schulden und ausgekochte Knochen – die Hinterlassenschaft meines Vaters, dachte er bitter, aber kein freundliches Wort für mich.

Er sehnte sich nach Langley zurück. Dort könnte er schwimmen gehen. Und Gräben ausheben. Und schlagartig kam ihm zu Bewusstsein, dass er all das jetzt ohne schlechtes Gewissen tun konnte.

Er blickte in die Runde der versammelten Lords, denen er noch mehr misstraute als den Schotten. Monthermer trat hinzu, er verbeugte sich mit höflichem Lächeln, und Edward verbeugte sich ebenfalls. Was für ein Mummenschanz, dachte er wütend. Seine Schwester Joan war gerade gestorben, und sie war Monthermers Frau gewesen, wodurch dieser niedere Ritter des königlichen Haushalts plötzlich den Titel eines Earl von Hartford und Gloucester trug und zusätzlich auch noch den eines Earl von Atholl bekam, nachdem Strathbogie gehängt worden war.

Jetzt hatte er plötzlich gar nichts mehr. Gilbert, Joans kleiner Sohn, hatte nach dem Tod seiner Mutter wieder Anspruch auf die ersten beiden Titel, und der junge David Strathbogie hatte seine Ländereien von Atholl ebenfalls wiederbekommen, sodass Monthermer stattdessen eine Entschädigung in Gold zustand. Die Hälfte davon aus der königlichen Schatulle, stellte Edward ärgerlich fest, zusätzliche Schulden, die mein Vater mir hinterlässt. Nach ursprünglich drei Grafschaften hatte Monthermer jetzt gar keinen Titel mehr – und Edward traute ihm nicht. Gaveston war überzeugt, der Mann sei früher viel zu eng vertraut mit Bruce gewesen.

Gaveston. Die Sehnsucht nach ihm war fast unerträglich …

»Bruce wird wieder stärker, Euer Gnaden«, hörte er eine tiefe Stimme. »Seit er bei Loudoun Hill de Valence in den Arsch getreten hat, werden er und sein Gesindel immer frecher. Immer mehr Leute glauben ihm und dieser verfluchten Lüge, die seine Pfaffen verkünden, nämlich dass Merlin prophezeit habe, der Tod Eures Vaters bedeute endlich die Freiheit für Schottland und Wales.«

Das wurde von Sir John Segrave vorgetragen, grimmig stand er da, in Schwarz und Silber gewandet. Er hatte seine Worte offenbar vorbereitet – obwohl Edward die Wahrheit bereits kannte. Dieser verfluchte Bruce.

»Wir müssen sie eines Besseren belehren«, fügte Segrave hinzu, und Edward schloss für einen Moment genervt die Augen.

In Wahrheit würde die Armee, die sein Vater mit viel Mühe und großen Kosten zusammengetrommelt hatte, keine schottische Armee treffen, die so dumm war, sich mit ihr einzulassen. Sie würden in einer völlig sinnlosen *chevauchée* ein paarmal hin und her marschieren und sich dann wieder nach Süden zurückziehen, ehe sie vernichtet würden. Jeder wusste das zwar, aber vermutlich würde sich dieses Ritual wohl kaum vermeiden lassen.

Aber erst, dachte Edward wütend, wenn *ich* die Krone trage …

»Erst muss ich meinen Vater wohl ein Stück des Weges nach Süden begleiten«, erwiderte Edward, und dagegen konnte niemand etwas einwenden. »Bis York scheint mir angemessen. Und dann werde ich erst gekrönt werden müssen, Mylords, ehe ich eine Armee anführe.«

In *meinem* Namen, dachte er triumphierend. Nicht im Namen meines Vaters oder seiner verfluchten ausgekochten Knochen. Seine Zeit ist vorbei. Und plötzlich kam ihm ein herrlicher Einfall, es durchzuckte ihn wie ein freudiger Blitz.

»Schickt Boten nach Frankreich«, befahl er. »Ruft meinen lieben Bruder Gaveston zurück und mit ihm alle anderen, die dort in der Verbannung schmachten. Wenn es hier eine Krönung und einen Krieg gibt, sollen alle Lords unseres Reiches daran teilnehmen.«

Segrave warf Thweng einen finsteren Blick zu, doch dessen Schnurrbart schien lediglich noch etwas trübsinniger herunterzuhängen, während er in den Regen hinaussah. Der Tag des heiligen Swithin, fiel ihm ein – wenn die Bauernregel stimmt, wird es jetzt weitere vierzig Tage regnen.

Thweng fing Segraves Blick auf, dessen düsteres Gesicht nichts Gutes versprach. Thweng duckte sich, teils wegen des Wetters, teils weil er Schlimmes ahnte. Wieder einmal, dachte er, werden wir Feuer und Schwert in den Norden tragen und ihn zu einer Wüste machen, wo die Wölfe überleben und die Schafe umkommen. Und alle kämpfenden Männer dieses Landes haben Wölfe als Paten, und eines Tages werden sie zurückbeißen …

Kalter Regen, dazu der Schwarze John, dachte er düster. Keine ermutigenden Voraussetzungen für einen erfolgreichen Krieg.

HISTORISCHE NACHBEMERKUNG

Das hier geschilderte Zeitalter beschreibt die Zustände im Königreich Schottland. Der ursprüngliche Sturm der Rebellion, die Erfolge – und Katastrophen – von Wallace' Zwischenspiel als Regierungsrat und de facto Herrscher über Schottland sind längst vorbei, und einzig der eiserne Wille dieses Mannes selbst überlebt noch, unbeugsam und entschlossen.

Es ist leicht, Wallace und Bruce miteinander zu vergleichen und eine einfache Schwarz-Weiß-Zeichnung anzufertigen – aber wie immer ist die Welt komplizierter. Wallace' Festhalten an John Balliol als König wird nirgendwo schlüssig erklärt. Mir scheint er stur bis zur Besessenheit, eine typische Eigenschaft des Mannes generell. Am Ende war es auch völlig sinnlos, und Bruce, der das schon lange wusste, konnte sich erst recht nicht für die Rückkehr eines Königs einsetzen, der von den Comyns unterstützt wurde. Nicht nur hätte das alle seine eigenen Hoffnungen auf den Thron zunichtegemacht, es hätte auch die Rückkehr eines Königs bedeutet, dem gar nichts an der Krone lag.

John Balliol, der von den Comyns so lange »gehalten« wurde, bis klar war, dass es keinerlei Hoffnung mehr gab, hatte im Exil lediglich eine Funktion – nämlich das Vermächtnis an seinen Sohn weiterzugeben und die Ansprüche und Hoffnungen der enteigneten schottischen Lords aufrechtzuerhalten, die im Dienst für König Edward ihren Besitz verloren hatten.

Am Anfang des Buches wirft die verhältnismäßig kleine

Schlacht von Happrew – die meisten Schlachten in Schottland fanden mit nicht mehr als ein paar Hundert Mann auf beiden Seiten statt – ein Schlaglicht auf das Elend, das zu jener Zeit in Schottland herrschte.

In der düsteren Marschlandschaft der Grenzregion kämpfte Bruce für England und Wallace für die letzten Reste der Rebellion, die schon Jahre vorher bei Falkirk niedergeschlagen worden war. Es ist nicht bekannt, ob die beiden sich in dieser Gegend persönlich getroffen haben, doch in Anbetracht der beiden kleinen Armeen war die Versuchung des »Was wäre, wenn« zu groß, um ihr nicht zu erliegen.

Nicht nur wird es immer einsamer um Wallace, den letzten Unbeugsamen in einem kriegsmüden Schottland, inzwischen wird er auch von allen geschmäht. Der gefeierte Freiheitskämpfer früherer Jahre ist jetzt nichts anderes mehr als ein Hindernis für den Frieden, den jeder herbeisehnt, um endlich die Felder bestellen und sich um die Familien kümmern zu können.

Hat Bruce ihn verraten? Wahrscheinlich nicht, obwohl er dazu in der Lage gewesen wäre. Doch irgendein Schotte muss es gewesen sein, denn König Edwards raffinierter Plan sah ja vor, diesen Rebellenführer nicht nur festzunehmen, sondern diese schmutzige Arbeit von seinen früheren Anhängern selbst erledigen zu lassen.

Die Apostelrubine sind natürlich eine Erfindung – nicht aber das Heilige Kreuz von Schottland. Es wurde mit den anderen Krönungsinsignien nach Südengland gebracht und vermutlich im königlichen Schatzhaus von Westminster aufbewahrt, das 1303 von Richard von Pudlicote und anderen Mittätern ausgeraubt wurde. Dabei verschwanden Dinge, deren Wert den Steuereinnahmen eines Jahres entsprach, und die meisten der Diebe entkamen.

König Edwards Zorn war schrecklich, er ließ Pudlicote die Haut abziehen und ans Tor der Abtei von Westminster nageln. Allerdings hätte es auch Longshanks' Charakter entsprochen,

Wallace zu begnadigen, falls dieser die Taten, deren er beschuldigt wurde, auch nur im Geringsten bereut hätte. Zu Bruce' Charakter andererseits hätte es gepasst, dass er dies um jeden Preis verhindert hätte, indem er dafür sorgte, dass man bei Wallace Gegenstände aus dem geraubten Schatz von Westminster fand. Denn das hätte Edward niemals verziehen.

Aber in erster Linie geht es in dieser Geschichte um menschliche Beziehungen. Um Bruce mit seinen vermeintlichen Freunden und seinen ihm bekannten Feinden – und um ihn selbst. Um König Edward und seinen Sohn, um seine Barone – und um ihn selbst. Es geht um Hal, Isabel, den Earl von Buchan, Lamprecht und den geheimnisvollen Kirkpatrick, um das komplizierte Gewebe aus Verschwörung, Gegenverschwörung und Paranoia. Das sind die tragenden Säulen eines Königreichs, das mit sich selbst Krieg führt.

Deshalb kann Hal nach dem Mord in der Kirche der Franziskanermönche – der Greyfriars – in Dumfries, wo Bruce den Roten Comyn umbringt, auch nicht glauben, dass die Seelennöte bei Bruce ganz echt sind – und diese Ansicht hat sich gehalten. Hatte Bruce diesen Mord geplant, um ein weiteres Hindernis aus dem Weg zu räumen? Oder war es ein Augenblick geistiger Verwirrung, der die verfrühte Rebellion lostrat? Siebenhundert Jahre später wissen wir die Antwort darauf immer noch nicht.

Geplant oder nicht, das Resultat jedenfalls wurde zu einer Katastrophe für Bruce – das wenige, was er sich an Unterstützung sichern konnte, wurde bei der Niederlage von Methven zunichtegemacht, sodass ihm schließlich nur noch seine treuesten Gefolgsleute übrig blieben. Doch gerade da, als alles verloren schien, ging es mit seiner Sache aufwärts, und er gewann langsam an Stärke.

Davon handelt diese Geschichte. Betrachtet sie als einen neu entdeckten Fund klösterlicher Handschriften. Beim Licht einer flackernden Talgkerze gelesen, erzählen sie Bruchstücke von Lebensgeschichten, die im Dunkel der Zeiten verschwunden oder zur Legende geworden sind.

Solltet ihr über Fehler oder Nachlässigkeiten stolpern – blast die Kerze aus, und akzeptiert meine Entschuldigung.

DIE HAUPTPERSONEN

ADDAF, DER WALISER

Ein typischer Soldat seiner Zeit, aus einem der Länder, die Edward I. erst vor Kurzem erobert hatte. Die Waliser waren als geschickte Bogen- und Speerkämpfer bekannt, aber ihr wahres Können mit Pfeil und Bogen, die Strategie der dicht gedrängten Reihen von Crécy und Azincourt, war während der schottischen Unabhängigkeitskriege noch in der Entwicklung. Wie bei allen Walisern ist Addafs Loyalität den Engländern gegenüber dürftig, besonders da er in den Jahren seiner Beteiligung am Kriegshandwerk ein bezahlter Söldner war.

BADENOCH, LORD VON

Die Badenochs gehörten zum Clan der Comyns und waren als Rote Comyns bekannt, weil sie dasselbe Wappen hatten wie die Comyns von Buchan, allerdings auf rotem Hintergrund statt auf blauem. Sir John, der zweite Lord Badenoch, starb 1302, angeblich an den Folgen seiner Gefangenschaft im Tower – und der Titel ging auf seinen Sohn über. Obwohl er mit Joan de Valence verheiratet war – der Schwester von Aymer de Valence, dem Earl von Pembroke –, war der Rote Comyn die treibende Kraft im frühen Widerstand gegen Edward I. – und während dieser Zeit ein überzeugterer Verfechter der schottischen Sache als Bruce. Obwohl der Earl von Buchan in der damaligen Hierarchie über dem Lord von Badenoch stand, war es der Rote Comyn, der aufgrund seiner Blutsverwandtschaft den Anspruch der Comyns auf den Thron hatte. Seine Ermordung durch Bruce und seine Männer in der Kirche der Greyfriars in Dumfries im Februar 1306 beschleunigte Bruce' Griff nach der Krone – samt allem, was folgte.

BANGTAIL HOB

Erfunden. Ein Bediensteter Hals von Herdmanston, typisch für einen Kämpfenden im Gefolge eines schottischen Adligen der damaligen Zeit – Chirnside Rowan, Sore Davey, Illmade Jock sind weitere dieser einfachen Männer aus Lothian und dem Grenzgebiet zu England, die auf beiden Seiten das Rückgrat der Heere bildeten.

BELLEJAMBE, MALISE

Erfunden. Der skrupellose Diener des Earls von Buchan, Erzrivale von Kirkpatrick.

BEVERLEY, GILBERT VON

Eine historische Gestalt, die hier etwas unverdient negativ dargestellt ist. Er wird in einem Epos über William Wallace erwähnt, das der »Blinde Harry« im 15. Jahrhundert gedichtet hat, eine der Hauptquellen für die Geschehnisse dieser Zeit. Gilbert ist vermutlich Gilbert de Grimsby, den Wallace' Männer Jop nannten. Er wird als ein Mann »von großer Statur« beschrieben, der »schon angegraut« war. Ursprünglich aus Riccarton, war er im Dienste Edwards als »Unterherold im Krieg« weit herumgekommen – obwohl Harry berichtet, dass er sich weigerte, Waffen zu tragen. Zweifellos war er jener Gilbert de Grimsby, der während Edwards Marsch durch Schottland das heilige Banner des heiligen Johannes von Beverley trug, was als große Auszeichnung galt. Auf Edwards Wunsch besorgte de Warenne ihm dann eine Pfründe, die etwa zwanzig Pfund im Jahr einbrachte. Es ist unbekannt, ob er mit Wallace verwandt war, aber ich habe es angedeutet, denn sein Körperbau lässt auf eine Ähnlichkeit schließen, und er kam aus Riccarton, das eine Hochburg von Wallace war. Außerdem trat er aus der Armee aus, sobald ihm seine zwanzig Pfund Einkommen sicher waren, und schloss sich den Rebellen an.

BISSOT, ROSSAL DE

Erfunden, doch ich habe ihn zu einem Nachkommen jener Familie gemacht, die an der Gründung des Templerordens beteiligt gewesen war. Er weiß um die geheimen Absprachen, mit denen man den Templerorden schwächen und auflösen will, und versucht es zu verhindern.

BRUCE, EDWARD

Der älteste und rücksichtsloseste der Geschwister Bruce, mit eigenen Ambitionen. Von ungeduldiger und impulsiver Natur, war er Robert Bruce' stärkster und treuester Helfer, wurde jedoch schließlich ein Opfer seines Ehrgeizes. Seine anderen Brüder – Niall, der zweitälteste, und Alexander, der gelehrte jüngste – überlebten den Kampf des Bruders um den Thron nicht, und von den Schwestern tauchen hier nur Mary und Christina auf. Edward Bruce wurde schließlich die Aufgabe übertragen, im Jahr nach der Schlacht bei Bannockburn eine Invasion in Irland zu leiten. Diese war erfolgreich, und er wurde »Hochkönig von Irland«. Doch typisch für ihn überschätzte er sich einmal zu oft und fiel 1318 in der Schlacht von Faughart.

BRUCE, ROBERT

Kann jeweils einer von dreien sein. Robert, der Earl von Carrick, wurde später König Robert I. und ist heute als Robert Bruce (oder Robert the Bruce) bekannt. Sein Vater, ebenfalls Robert, war der Earl von Annandale. (Er trat den Titel von Carrick seinem Sohn ab, denn sonst hätte er den Comyns den Lehnseid leisten müssen, was er vermeiden wollte.) Schließlich gab es noch Bruce' Großvater Robert, der unermüdlich das Recht der Bruces auf den schottischen Thron verteidigte, eine Aufgabe, die er auf seinen Enkel übertrug.

BUCHAN, GRÄFIN VON

Isabel MacDuff, Mitglied des mächtigen, doch weit verstreuten Clans aus der Region von Fife. Es war Isabel, die Robert Bruce 1306 offiziell krönte, eine Handlung, die traditionell den MacDuffs von Fife zufiel – jedoch gab es zu dem betreffenden Zeitpunkt nur noch ihren jüngeren Bruder, der in England gefangen gehalten wurde. Mit dieser Krönung widersetzte sich Isabel nicht nur ihrem Mann, sondern den Familien der Comyn- und der Balliol-Clans. Sie wurde später gefangen genommen und mit Zustimmung ihres Mannes in einem Käfig an der Außenmauer der Burg von Berwick zur Schau gestellt. In diesem Buch ist sie mit Sicherheit zu negativ dargestellt – die Behauptungen über ihre Affäre mit Bruce waren zum größten Teil Propaganda der Comyns. Wahrscheinlich hat sie ihre Kerkerhaft nicht überlebt, denn damit verschwindet sie aus den Berichten.

BUCHAN, EARL VON

Ein mächtiger Magnat der Comyns (Vetter des Roten Comyn, Lord Badenoch) und Erzfeind der Bruces. Seine Frau, Isabel MacDuff empörte ihn mit ihren angeblichen Affären und – was noch schlimmer war – mit dem Verrat der Comyns zugunsten der Bruces.

BURGH, ELIZABETH DE

Tochter des mächtigen Roten Earl von Ulster und Ehefrau von Bruce – und damit Königin von Schottland. Gefangen genommen durch den Verrat des Earl von Ross, wurde sie acht Jahre lang im Süden Englands gefangen gehalten, bis sie nach der Schlacht bei Bannockburn, in der ihr Vater aufseiten Edwards II. kämpfte, freigekauft wurde. Zusammen mit Bruce hatte sie danach drei Kinder, von denen eines der schottische König David II. wurde.

CAMPBELL, SIR NEIL

Sir Neil war von Anfang an ein Vertrauter von Bruce, der 1293 persönliche Besitztümer für Isabella, Robert Bruce' Schwester, nach Norwegen brachte, wo sie Königin war. 1296 war er allerdings ein Gefolgsmann von Edward I., dem er bis zu Bruce' Krönung die Treue hielt, wonach er wieder zu dessen Gefolge zurückkehrte. Fortan blieben sowohl Neil als auch sein Bruder Domnhall Bruce treu und kämpften bei Bannockburn auf seiner Seite. Sir Neil starb 1316.

CRAW, SIM

Eine halb erfundene Persönlichkeit – Sim von Leadhouse wird in der schottischen Geschichte nur einmal erwähnt, als der kluge Erfinder der Strickleitern, mit denen James Douglas 1314 heimlich Roxburgh einnahm. Hier ist er die zuverlässige rechte Hand Hals von Herdmanston, älter als Hal, von kräftiger Gestalt und am liebsten ausgestattet mit einer großen Armbrust.

DOUGLAS, JAMES

Sohn von Sir William dem Kühnen (»The Hardy«) und seiner ersten Frau, einer Stewart, die der Kühne ins Kloster steckte, um eine andere zu heiraten, nämlich Eleanor de Lovaine. Nach dem Tod seines Vaters kam James unter dem Schutz Lambertons, des Bischofs von St. Andrews, nach Paris. Als junger Mann kehrte er im Gefolge Lambertons zurück und versuchte, Edward I. zu bewegen, ihm seine Besitztümer zurückzugeben, die Clifford übergeben worden waren. Ungeduldig, leidenschaftlich und tief verärgert schloss er sich Bruce' Rebellen an, wo er aufstieg und einer von Bruce' wichtigsten Vertrauten wurde. Ein schlanker, dunkelhaariger Jüngling, der lispelt. Seine höfischen Manieren stehen im Widerspruch zu seinen fast psychotischen Wutausbrüchen in der Schlacht, die in seinem tiefen Hass gegen die Engländer wurzeln.

DUNS, JOHN

Ein Franziskaner, auch bekannt als Duns Scotus. Einer der wichtigsten Theologen und Philosophen des Mittelalters, der wegen seines Scharfsinns auch *Doctor subtilis* genannt wurde. Seine Beteiligung am Aufstieg von Robert Bruce ist erfunden, allerdings wurde er der Universität Paris verwiesen, weil er in der Auseinandersetzung zwischen Philipp dem Schönen und Papst Bonifatius, in der es um die Versteuerung von Kirchenbesitz ging, die Seite des Papstes ergriff. Er starb 1308. Als Todestag gilt allgemein der 8. November, und es wird erzählt, dass er, nachdem er ins Koma fiel, lebendig begraben wurde. Im 16. Jahrhundert wurden seine Lehren als Spitzfindigkeit abgetan, und sein Name wurde zum Ursprung des englischen Ausdrucks »dunce«, mit dem man einen dummen Schüler bezeichnet. Die »dunce's cap«, die spitze Kopfbedeckung, die bis vor noch gar nicht so langer Zeit Schüler zur Strafe aufsetzen mussten, ist der Mönchskapuze nachempfunden.

EDWARD I.

König von England und zum Zeitpunkt der Romanhandlung der bisher älteste und am längsten regierende Monarch Englands. Hier, in diesem Teil der Geschichte, muss er sich mit Fehlschlägen abfinden: dem Scheitern seiner Pläne, ein vereinigtes Königreich zu regieren, aber vor allem dem Scheitern seines ehrgeizigsten Plans, nämlich einen Kreuzzug ins Heilige Land zu unternehmen. Er weiß auch, dass sein Sohn und Erbe sprunghaft und unzuverlässig ist. Aber noch verfügt der alte Leopard über ein gehöriges Maß an Kraft und Schlauheit …

EDWARD II.
In vieler Hinsicht eine tragische Gestalt, die im Schatten des großen Vaters stand, den er in gleichem Maße zu lieben und zu hassen schien und von dem er, außer bei wichtigen Anlässen, weitgehend missachtet wurde. Wahrscheinlich war es ein Ergebnis dieser konfliktreichen Beziehung, dass er wenig charakterfest war. Vor allem konnte er gegenüber anderen Menschen äußerst besitzergreifend sein, wobei er seine Favoriten auf Kosten anderer begünstigte. Zur Zeit des Romans ist Piers Gaveston sein besonderer Liebling.

HUNDEJUNGE
Erfunden. Ein junger Bauer im gleichen Alter wie Jamie Douglas, mit dem er zusammen auf der Burg Douglas aufwuchs. Beiden wird allmählich klar, dass der Hundejunge in Wirklichkeit ein unehelicher Sohn von Sir William Douglas und damit Jamies Halbbruder ist. Der Krieg hat dem Hundejungen bereits zu einem gewissen Selbstbewusstsein verholfen, jedoch wird er im Dienste von Bruce noch weiter aufsteigen.

KILWINNING, BERNARD VON
Ein Abt der Tironenser zur Zeit der schottischen Kriege. Erscheint zum ersten Mal 1296 als Abt von Kilwinning, verschwindet dann für zehn Jahre, um als Bruce' Kanzler wieder aufzutauchen, gleichzeitig Abt von Arbroath. Es gibt keinen Hinweis darauf, dass er der Schreiber von John Duns war, doch ist man allgemein der Ansicht, dass er die Erklärung von Arbroath aufgesetzt hat und später Bischof der Diözese von Sodor und Man wurde. Er starb 1331.

KIRKPATRICK, ROGER

Erfunden, aber basierend auf dem echten Sir Roger Kirkpatrick von Closeburn, den ich als Verwandten des erfundenen beibehalten habe. Der Grund dafür ist, dass mein Kirkpatrick von Anfang an ein unerschütterlicher Anhänger von Bruce war, was der echte Sir Roger nicht war, der bei Falkirk sogar auf englischer Seite für Clifford kämpfte. Mein Kirkpatrick spielt die Rolle von Bruce' Diener, dem kein Auftrag zu schmutzig ist – einschließlich Mord –, solange es dem Aufstieg seines Herrn hilft.

LAMBERTON, BISCHOF

Bischof von St. Andrews, von dem man jetzt annimmt, dass es ein gewisser William Cunningham von Kilmaurs war, der seinen Aufstieg Wallace verdankte, den er ebenso wie Robert Bruce unterstützte. Er stand als dritter Vertreter 1299 zwischen Bruce und dem Roten John Comyn und wurde als Diplomat und Gesandter eingesetzt. Aus seiner riesigen Diözese zweigte er Gelder ab, um damit die schottische Sache zu unterstützen.

LAMPRECHT

Erfunden. Ein Ablass- und Reliquienhändler aus Köln, der die *lingua franca* spricht, eine Mischung aus Latein, Französisch, Spanisch und anderen Sprachen aus dem Mittelmeerraum, mit der sich die Kreuzritter untereinander verständigten. Lamprecht gibt vor, ein Pilger zu sein, der in Jerusalem war – doch in Wahrheit ist er nur bis ins maurische Spanien gekommen. Als Gelegenheitsspion und Erfüllungsgehilfe für den, der am besten bezahlt, wird er in Buchans Komplott gegen Hal von Herdmanston verwickelt.

MALENFAUNT, SIR ROBERT

Erfunden, obwohl es eine Familie dieses Namens gab. Ein Ritter von zweifelhaftem Ruf, der nicht verwinden kann, dass er von Bruce und Hal überrumpelt wurde, ihnen seine Gefangene, Isabel MacDuff, auszuhändigen. Dadurch wird er ein williges Werkzeug der Comyns und Buchans.

MONTAILLOU, JAMES VON

Den Ort Montaillou gibt es, aber die Person ist erfunden. Ein Quacksalber von zweifelhaftem Können, der behauptet, Mediziner zu sein, aber in Wirklichkeit nicht mehr als ein Bader und Wundarzt ist. Dennoch ist er Bruce' Arzt und verhält sich zunächst loyal, weil er als Anhänger der Katharer – einer Sekte, die im französischen Languedoc verfolgt wird – dieser Position seine Sicherheit verdankt. Er weiß auch von Bruce' Befürchtung, Lepra zu haben, ein gefährliches Geheimnis …

SEGRAVE, SIR JOHN

Der Schwarze John, zeitweilig von Edward als Gouverneur von Schottland eingesetzt. Der verhasste englische Befehlshaber, der zusammen mit seinem Sohn Stephen den gefangenen Wallace in Ketten nach London brachte.

SIENTCLER, SIR HENRY VON HERDMANSTON

Erfundene Person, allgemein Hal genannt. Er ist der Sohn und Erbe von Herdmanston, dem bescheidenen Sitz einer Familie, die bei ihren Verwandten, den Sientclers von Roslin, in Lehnspflicht steht. Hal ist ein typisches Beispiel der vielen verarmten Adligen Lothians, die auf beiden Seiten der Trennlinie in die Kriege verwickelt wurden. Hal wird ebenfalls von Zweifeln geplagt, wem er vertrauen kann in einem Königreich, das zerrissen ist von Familienzwisten und Verrat. Die Sientclers von Herdmanston sind ein weniger bekannter Zweig dieser Familie, der im fünfzehnten Jahrhundert kurz von sich reden machen sollte. Die Burg von Herdmanston ist heute nichts weiter als ein unscheinbarer Steinhaufen am Rande eines Ackers, und ihre Beschreibung ist ein Produkt meiner Fantasie.

SIENTCLER, SIR HENRY VON ROSLIN

Die geschichtliche Person wurde von den Engländern im Tower als Geisel festgehalten, zusammen mit seinem Vater. Er wurde schließlich freigekauft und kämpfte später in der Schlacht von Roslin Glen zusammen mit dem Roten John Comyn und Sir Simon Fraser gegen die Engländer von Segrave und andere, wo er 1303 einen großen Sieg für Schottland errang, zu einer Zeit, als Siege selten waren.

THWENG, SIR MARMADUKE

Lord von Kilton in Yorkshire, ein berühmter Ritter, der mit einer gewissen Lucia de Brus verheiratet war, einer entfernten Verwandten von Robert Bruce. Sir Marmaduke verkörperte den gemäßigten, von allen akzeptierten Vertreter des englischen Rittertums. In seinem eigenen Land durchaus auch als Plünderer bekannt, gehörte er auch zu dem Kreis der Turnierkämpfer um den jungen Robert Bruce. Er kämpfte bei der Brücke von Stirling und gehörte zu den wenigen, die sich wieder bis zur Burg von Stirling durchkämpften, wo er schließlich gefangen genommen wurde. Er war an weiteren Schlachten beteiligt, einschließlich der von Bannockburn, wo er, obwohl er die sechzig schon überschritten hatte, mitkämpfte, bis er sich Bruce persönlich ergeben konnte, der ihn ohne Lösegeld freiließ.

VALENCE, AYMER DE

De Valence, der spätere zweite Earl von Pembroke, war mit dem französischen Königshaus verwandt und einer der sogenannten Lords Ordainers, die versuchten, die Macht Edwards II. und Gavestons zu beschneiden. Zur Zeit des Romans ist er ein junger, zielstrebiger Befehlshaber (1297 zum Ritter geschlagen), dem Edward I. die Befehlsgewalt über die englische Armee in Schottland anvertraut.

WALLACE, WILLIAM

Der legendäre Held, der die schottischen Streitkräfte bei Stirling zum Sieg führte und bei Falkirk geschlagen wurde, musste seine Position als schottischer Regierungsrat (»Guardian of Scotland«) aufgeben und wurde schließlich an die Engländer verraten. Zur Zeit der Aufstände gehörte Wallace, der als »Räuberhauptmann« beschrieben wird, nur knapp zum schottischen Adel, der ihn nur so lange akzeptierte, wie er erfolgreich war. Wallace war aber tatsächlich der Einzige, der nie die Seite wechselte. Über seine Leistungen wird bis heute diskutiert, und auch wenn viel Heldenverehrung mit im Spiel ist, gibt es genügend Beweise für sein herausragendes Geschick als Soldat und Kämpfer. Historiker sind sich jedoch nicht einig über seine Fähigkeiten als Feldherr und glauben, dass Moray für die Strategien zuständig war (weil er ein Adliger war und die entsprechende Ausbildung hatte). Als Beweis zitieren sie den großartigen Sieg bei Stirling, wo Moray zugegen war, andererseits die Katastrophe von Falkirk, wo Wallace allein war. Dies scheint mir zweifelhaft, denn die wenigen Dokumente, die wir haben, zeigen Wallace als jemanden, der, auch wenn er kein geschickter Taktiker war, immerhin klug genug war, sich mit Menschen zu umgeben, die es waren. Und ebenso dürfte es ihm nicht an Experten gemangelt haben, die sich auf die kämpferischen Taktiken ihrer Zeit verstanden. Allerdings verläuft kaum eine Schlacht nach Plan. Wenn man sich die Schlacht bei Falkirk näher ansieht, wird einem klar, dass selbst der Sieger, König Edward I., der als der größte Krieger der Christenheit galt, ebenfalls Fehlentscheidungen traf und fast die Kontrolle über seine Ritter verloren hätte. Es ist eine Ironie der Geschichte, dass ausgerechnet Wallace' Guerillataktiken – blitzartiger Überfall und Flucht – zur Norm für schottische Armeen wurden, die zu klein und zu schwach waren, um sich den Streitkräften des Nachbarn zu stellen. Jedoch hatte Wallace eine fatale Charakterschwäche – er verdankte ihr seinen Aufstieg und seinen Untergang –, und das war seine unerschütterliche Überzeugung, dass John Balliol und niemand anderer wieder auf den Thron zurückkehren müsse.

WISHART, ROBERT, BISCHOF VON GLASGOW
Nach dem Tod von König Alexander III. war Wishart einer der ursprünglichen Regierungsräte Schottlands und mit dafür verantwortlich, dass Edward I. eingeladen wurde, den Vorsitz bei der Wahl des nächsten Königs zu übernehmen. Bischof Wishart war auch einer der Ersten, die zur Rebellion aufriefen, und wurde zu einem entschiedenen Vertreter erst von Wallace, dann von Bruce. Er und Lamberton, der Bischof von St. Andrews, waren auch dann noch die wichtigsten Anhänger von Bruce, als dieser seinen Rivalen, den Roten Comyn, ermordet hatte. Wishart ging sogar so weit, Bruce dafür die Absolution zu erteilen. Wisharts Grund zur Rebellion war leicht zu verstehen: Die Kirche von Schottland war nur dem Papst verantwortlich, der alle höheren Prälaten ernannte. Sie hielten nichts von der englischen Version, wo der König diese Funktion innehatte. Dieser Unterschied konnte natürlich nur erhalten bleiben, solange Schottland ein unabhängiges Königreich blieb.

DANKSAGUNG

Wie immer ist die Liste derjenigen, die dieses Buch möglich gemacht haben, so lang wie ein ganzes Heer von Rebellen – aber ganz oben steht Jock Simpson, unbesungen und schon lange tot. Er war mein Englischlehrer in der St. John's Grammar School in Hamilton und derjenige, der nicht nur das beginnende schriftstellerische Talent seines Schülers sah, sondern ihm auch das Interesse an einem Zeitalter vermittelte, das ihn selbst ebenso fesselte und das während meiner gesamten Schulzeit im Geschichtsunterricht nicht erwähnt wurde. Wenn je ein Mensch mir den Anstoß gab, mich mit dem Schottland des frühen 14. Jahrhunderts zu befassen, dann war er es.

Erst viel später begriff ich, was er mir damit geschenkt hatte, und ich muss beschämt eingestehen, dass ich mich zu seinen Lebzeiten nie dafür bedankt habe, was mir bis heute leidtut.

Gleich nach ihm kommt Nigel Tranter, dessen Bücher über die Geschichte Schottlands, insbesondere die Trilogie über Bruce, eine Nachfolge schwer machen. Ich hoffe, er muss sich nicht zu oft im Grabe umdrehen.

Ich stehe auch weiterhin in der Schuld der Glasgow Vikings (www.glasgowvikings.co.uk) und allen anderen Wikingern, hierzulande und international (www.vikingsonline.org.uk), die in mehreren Ländern für Unterhaltung und Bildung sorgen und auf mindestens einer kleinen Insel dafür verantwortlich waren, dass das Bier knapp wurde. Obwohl sie in erster Linie Wikinger sind, interessieren sie sich für alle Aspekte schottischer Geschichte und sind im Handumdrehen in der Lage, auch ein

Reenactment der Schlacht von Bannockburn hinzulegen. Die im Juni 2014 abgehaltene Siebenhundertjahrfeier war ein großer Erfolg, und ich möchte dem NTS und dem Bannockburn Heritage Centre meinen Dank ausdrücken, für ihre Hilfe bei diesem und den nachfolgenden Bänden.

Meiner Lektorin bei HarperCollins, Katie Espiner, muss man gratulieren, weil sie eine feste Hand mit dem alten Schotten bewies.

Die Bücher wären jedoch nie entstanden, wenn mein Agent, James Gill von United Agents nicht den Weitblick gehabt hätte, das Potenzial meiner Story zu erkennen – ich erhebe mein Glas in seine Richtung.

Der Schreibprozess wurde von einem ganzen Kreis guter Freunde unterstützt, die bereits den *Eingeschworenen* gefolgt sind und jetzt weiterlesen wollen. Mein besonderer Dank gilt Warren Cummin, einem Nachkommen der historischen Familie Comyn im Roman, der die Sache von Kanada aus mit großem Interesse verfolgt.

Ich danke euch allen für euer Lob, eure Kritik, eure Kommentare und euren nie versiegenden Humor. Ich hoffe, dieses Buch macht euch so viel Freude, wie es bei den anderen offensichtlich der Fall war.

Lesen Sie weiter im dritten Band
der großen Schottland-Saga

Robert Low

Die letzte Schlacht

Die Königskriege III

Roman

Aus dem Englischen
von Christine Naegele

Erhältlich ab September 2015

ISBN 978-3-453-41244-6